身处大地

心向银河

生而为人

就要成为这样的人

——致宫泽贤治

银河铁道之夜

[日] 宫泽贤治 著
程亮 译

中国出版集团 现代出版社

目录

不畏风雨

不畏风雨

不畏雨
不畏风
不畏酷暑严冬
拥有强健的身体
不抱私欲
绝不动怒
面上常带笑容

每天吃四合玄米
配上味噌和些许蔬菜
凡事亲历
不计较一己得失
细致观察
明辨是非
并时刻记清楚

原野松林的树荫下
小小一间茅屋足以安身
东街如有孩子生病
便关怀照顾
西家若有大妈倦累
就帮忙背负稻草
南邻有人即将过世
便去宽慰解忧
北里有人发生纷争
就前去劝止

干旱时节为之落泪
寒灾扰夏为之奔走
被众人唤作傻瓜
不求赞誉
也不觉苦
我啊
愿意成为这样的人

银河铁道之夜

一、午后的课堂

“同学们，看这片白茫茫的东西，有人说它像一条大河，有人说它像牛奶流淌过的痕迹，你们知道它究竟是什么吗？”

黑板上挂着一张大大的星空图，老师指着图中漆黑背景里纵贯上下的白茫茫的银河问道。

康帕内拉第一个举起手，随之又有四五个同学举起手。乔万尼也想举手，可他刚有动作就急忙止住了。他的确曾在杂志上见过，那些都是星星。不过这段日子，乔万尼连每天在教室里上课时都会打瞌睡，没空看书也无书可看，所以自觉对什么事情都是稀里糊涂的。

然而老师已经有所察觉。

“乔万尼，你知道吧？”

乔万尼猛地起立，却呆站着答不上来。坐在前排的查内利回头冲乔万尼扑哧一笑，把乔万尼臊得面红耳赤。

“用大型望远镜仔细观察银河，就能知道银河究竟是什么了，对吧？是什么呢？”老师又问。

就是星星。乔万尼心里虽这般想，仍没能立刻说出答案。

老师似乎有些困惑，把目光转向康帕内拉，点名叫道："康帕内拉，你来回答。"

刚刚还在踊跃举手的康帕内拉扭扭捏捏地站起身，却也答不上来。

老师诧异地盯着康帕内拉好一会儿，才急忙说了声"好了"，又指着星图继续说道，"用大型高倍望远镜观察这条白茫茫的银河，就能看见许多小星星。对吧，乔万尼？"

乔万尼红着脸点了点头，不知不觉间却已眼泪汪汪。是的，我知道答案，康帕内拉当然也知道。我和康帕内拉曾在他的博士父亲家里看过一本杂志，答案就在其中。而且看完那本杂志，康帕内拉又马上从父亲的书房里拿出一本大书，翻到银河那页，我们俩久久地凝视着那张漆黑背景上缀满闪亮白点的美丽图片。这些康帕内拉应该还记得，他之所以没有立刻回答，一定是知道我最近早晚做工很辛苦，到了学校也没法跟大家一起玩耍，和他也说不了几句话，所以他同情我，就故意装作答不上来。想到这里，乔万尼不禁觉得自己和康帕内拉都很可怜。

老师又说："所以，如果把这条银河当成真的河流，那一颗颗小星星就相当于河底的沙砾；如果把它当成一大片牛奶流淌过的痕迹，那就更相似了，所有星星都相当于悬浮在牛奶中的小油脂球。这么说来，相当于银河水的又是什么呢？是以某个速度传播光的真空。太阳和地球都悬浮其中。也就是说，我们也是住在银河水里的。从银河水里望向四周，正如水越深看起来越蓝的道理一样，银河底部越是深远的地方，星星看起来就越多，所以显得白茫茫的。

大家看这个模型。”

老师指着一个装有许多发光沙粒的大凸透镜继续说道：“银河的形状恰似这块凸透镜。这一个个发光的颗粒，就是一颗颗自体发光的星球，像我们的太阳一样。太阳就位于这块凸透镜的正中央，地球紧挨着它。大家可以想象一下，假设现在就是深夜，我们正站在地球上环视四周。因为凸透镜的这一面较薄，所以只能看见很少的发光颗粒，也就是星星；而这面和这面的玻璃较厚，所以能看见很多星星。离我们非常遥远的星星，看起来就成了白茫茫的一片。这就是目前的银河学说。这节课就上到这儿，关于银河这块凸透镜的大小，以及其中繁星的种种知识，下次自然课上再讲。今天就是银河节①，大家到户外好好观察天空吧。好了，下课，同学们把书本收好。”

一时间，教室里充斥着开合桌盖和叠摞书本的声音。没多久，大家便整齐起立，向老师躬身施礼，然后离开了教室。

二、印刷厂

乔万尼走出校门，见同班的七八个同学并没回家，他们正围着康帕内拉聚在校园一角的樱花树下，像是在商量着去摘王瓜，好做成今晚银河节要放的蓝色河灯。

---

①即七夕节。

乔万尼甩开双臂，阔步走出校门，来到街上，只见家家户户都在为今晚的银河节做着各种准备，有的在悬挂紫杉叶球，有的在往扁柏枝上装饰彩灯。

乔万尼没回家，他在街上拐了三个弯，走进一家大型印刷厂，向门口结账台后的一个身穿肥大白衬衫的人鞠了一躬，脱鞋踏上走廊笔直前行，在尽头打开一扇大门。虽是白天，屋里却亮着电灯，一台台卷筒印刷机正在啪嗒啪嗒地高速运转，一群额系布巾、戴着头灯的人像唱歌般或念念有词或数着数字，卖力地工作着。

乔万尼来到门口第三张高脚桌前，向坐在桌后的人鞠了一躬。对方在架子上翻找片刻，递过一张纸，说："拣够这些就行了。"乔万尼从桌脚旁取出一个扁平的小盒子，走到对面挂着很多电灯的墙壁前。靠墙早已立起许多堆满铅字的木板框，乔万尼找个角落蹲下身，开始用小镊子一个个拣出小米粒般的铅字。

一个胸前系着蓝色围裙的人从乔万尼身后走过，说："哟，放大镜君，早啊！"附近的四五个人也不朝这边瞧上一眼，只发出无声的冷笑。

乔万尼不停揉眼，不停拣出铅字。

六点钟刚过，乔万尼将装满铅字的扁盒子与手上的纸片重新核对一遍，然后回到方才的桌子前。桌后那人默默接过盒子和纸片，微微点了点头。

乔万尼鞠了一躬，开门来到结账台前，那个白衣人同样默不作声地递给他一枚小银币。乔万尼立刻喜笑颜开，用力鞠了一躬，然后拿起放在台下的书包，飞一般地跑出印刷厂。他兴冲冲地吹着口哨，去面包店买了一块面包和一袋方糖，然后一溜烟儿地奔跑起来。

三、家

乔万尼一路飞奔回到家。这是陋巷里的一栋小房子，并排有三道门，最左侧的是乔万尼家的屋门，门畔放着一个空箱子，里面种有紫甘蓝和芦笋。两个小窗子上都挂着遮阳帘，并未撩起。

“妈妈，我回来了。身体有没有不舒服？”乔万尼边脱鞋边说。

“啊，乔万尼，工作累坏了吧？今天很凉快，我感觉很好。”

乔万尼踏上玄关，见母亲正躺在靠门的房间里休息，身上盖着一张白被单。

乔万尼打开窗户，说：“妈妈，我今天买了方糖，这就给您放在牛奶里。”

“哦，你先吃吧，我还不饿。”

“妈妈，姐姐什么时候回去的？”

“三点来钟回去的，家务活都是她干的。”

“妈妈，您的牛奶还没送来吗？”

“好像还没。”

“我这就去取。”

“我不急，你先吃饭吧。你姐姐用西红柿做了点儿吃的，放那儿就走了。”

“那我先吃啦。”

乔万尼从窗边端过盛着西红柿的盘子，就着面包狼吞虎咽地吃了起来。

“妈妈，我觉得爸爸肯定快回来了。”

“嗯，我也这么觉得。那你为什么会这么想？”

“今早的报纸上说了，今年北方的渔情特别好。”

“噢，可是你爸爸也许根本没去打鱼。”

“肯定去了，爸爸才不会干那种会坐牢的坏事呢。他以前送给学校的大蟹壳，还有驯鹿角，现在还摆放在标本室里。六年级一上课，老师们就会轮流拿去教室呢。”

“你爸爸还说下次会给你带回一件海獭皮外套呢。”

“大家一见我就提这事儿，说的话像是在嘲笑我。”

“他们说你坏话了？”

“嗯。但康帕内拉是绝不会说的。每次大家说起这件事，他就显得很同情我。”

“据说康帕内拉的父亲和你爸爸从小就是朋友，像你俩一样。”

“啊，怪不得爸爸上次带我去康帕内拉家里玩呢。那会儿多好啊，我一放学就顺道去康帕内拉家玩。他家里有一辆用酒精驱动的小火车，由七节路轨组成一圈铁道，还带电线杆和信号灯，信号灯只在火车通过时才会变绿。后来酒精用光了，我俩换成煤油，结果把油罐熏得一团黑。”

“是吗？”

“现在我每天早晨还会去送报纸呢，不过他家里总是一点儿动静也没有。”

“你去得太早了吧？”

“他家有条狗，叫索尔，尾巴简直就是一把扫帚。我每次去，它都会打着响鼻儿跟在后头，一直跟到街角，有时甚至更远。听说今晚大家去放王瓜河灯，那条狗肯定也会跟着。”

“对呀，今晚是银河节。”

“我取牛奶的时候顺便去看看。”

“你去玩吧，可别下河。”

“我只在岸上瞧着。一小时后就回来。”

“多玩会儿吧。你和康帕内拉在一起，我不担心。”

“嗯，肯定和他在一起。妈妈，窗户要不要关上？”

“关上吧，天凉了。”

乔万尼起身关窗，收拾好盘子和面包袋，然后飞快地穿上鞋，说了声“我去玩一个半小时就回来”，便消失在门外的夜色中。

四、半人马座节之夜

乔万尼神情落寞地噘着嘴，像是在吹口哨，从两列黑乎乎的扁柏中间走下斜坡。

坡下立着一盏高大的街灯，耀武扬威地发出苍白的亮光。随着乔万尼朝街灯的方向越走越近，一直似怪物般跟在他身后的那道模糊的长影子，渐渐变得浓黑清晰起来，举手投足间已转到乔万尼的身侧。

我是一辆威风凛凛的火车头！前面是下坡，要加速了。即将超越那盏街灯！看哪，这次我的影子是个圆规。它可真能转呀，这不就要转到前面来了。乔万尼边想边大步流星地从街灯下走过。

就在这时，白天曾同堂听课的查内利身穿一件崭新的尖领衬衫，突然从街灯对面的漆黑小巷里窜出来，与乔万尼擦肩而过。

“查内利，你这是去放王瓜灯吗？”

乔万尼一句话还没说完，查内利就从身后劈头盖脸地大喊：“乔万尼，你爸爸给你带回海獭皮外套了！”

乔万尼顿时感到胸腔中涌起一股寒意，心里无处不在嘶吼。

“你想怎样？查内利！”乔万尼大声回敬，可查内利早跑进对面一栋扁柏环绕的房子里去了。

我又没做什么，查内利为什么要说那种话？跑起来像只耗子似的，真是个浑蛋！乔万尼气愤地胡乱想着心事，踏上被各样彩灯和树枝装扮得美丽缤纷的街道。

钟表店的霓虹灯光怪陆离。橱窗里，猫头鹰钟表的红宝石眼珠每隔一秒钟就会骨碌一转。另一个座钟那海蓝色的厚玻璃盘上托载着五光十色的各类宝石，似星球般缓缓旋转着，便有一个半人马铜像自对面慢慢转到前面来了；中间摆着一个黑色的、圆形的星座平面图，装饰着绿色的芦笋叶。

乔万尼出神地凝视着那张星座图。

它比白天在学校见过的那张星空图要小得多，但胜在圆盘可以转动，只要对准相应的日期和时辰，当日当时的天空便会如实呈现在椭圆内框里。缥缈朦胧的带状银河自中央纵贯上下，其下端像是发生过小型爆炸，向外发散开去，犹如热气蒸腾。

星座图后方立着一架金光闪闪的带三脚架的小型望远镜，最后面的墙上挂着一幅大图，将天上的星座画成了野兽、蛇、鱼、水瓶等形状。

天上真的满是这样的蝎子和勇士吗？乔万尼一时间呆立在窗前，只想去天上四处漫游，但他很快便想起妈妈的牛奶，连忙离开了钟表店。

乔万尼忍受着窄小的上衣对肩膀的束缚，反而故意昂首挺胸，甩开双臂走在街上。

空气清澈如水，流淌在街头店角，每一盏街灯都被绿意盎然的冷杉和橡树的枝叶裹了起来，电力公司大楼前的六棵梧桐树上挂满了小彩灯，人在其中仿佛置身于美人鱼的国度。孩子们个个身穿崭新的衣裳，吹着《巡星之歌》的口哨，嘴里喊着“半人马座，快降露水”，跑来跑去地燃放着蓝色烟花，快活地嬉戏玩闹着。可乔万尼不知何时又垂下头，想着迥异于眼前欢闹氛围的事情，朝牛奶店的方向匆匆走去。

不经意间，乔万尼已走到镇子边上，那里有无数棵高大的白杨树耸入星空。他穿过牛奶店的黑色大门，站在散发着牛圈气味的昏暗厨房前，摘下帽子，说：“晚上好。”

屋里鸦雀无声，好像没人。

“晚上好！有人在吗？”乔万尼挺直身子，再次喊道。

过了片刻，一个老妇人像身体不舒服似的，慢吞吞地挪了出来，口中含混不清地询问乔万尼有什么事。

“是这样的，今天没给我家送牛奶，我是来取牛奶的。”乔万尼鼓足勇气说。

“现在家里没人，我又不管事，请你明天再来吧。”老妇人揉着红肿的眼袋，俯身看着乔万尼。

“我母亲生病了，今晚喝不到牛奶就麻烦了。”

“那请过会儿再来吧。”说着，老妇人已走回屋里。

“哦，那谢谢了。”乔万尼道谢后离开了厨房。

乔万尼刚要拐过十字街角，忽然看见对面通往大桥路上的杂货店门口闪过几个穿白衬衫的黑影。原来是六七个学生各自手持王瓜灯，吹着口哨有说有笑地走了过来。他们的谈笑声和口哨声听起来都很熟悉。是乔万尼的同班同学。乔万尼心里一颤，当即就要回身退走，可他转念一想，反而快步迎了上去。

乔万尼想问“你们这是去河边吗”，却觉得喉咙仿佛被堵住了。

就在这时，刚照过面的查内利又叫嚷起来：“乔万尼，海獭皮外套来了！”

“乔万尼，海獭皮外套来了！”大家也立刻跟着起哄。

乔万尼涨红了脸，也不知道自己是在走还是干脆已经跑了起来，只想赶快躲开这些人，却看见康帕内拉也在其中。康帕内拉没说话，只是轻轻笑了笑，似乎同情地望着乔万尼，仿佛在问：“你不生气吗？”

乔万尼心虚般避开了康帕内拉的目光。待康帕内拉那高大的身影走过去后，那群人又立刻吹起了口哨。拐过街角时，乔万尼回头看去，见查内利也正转头望来。康帕内拉再次吹响口哨，朝对面影影绰绰的桥头走去。乔万尼什么话也说不出来，只觉得无比寂寞，突然撒腿奔跑起来。一群小孩正单腿蹦来蹦去，手捂耳朵哇哇叫着，他们看到乔万尼的模样十分滑稽，不禁哄然大笑。

乔万尼跑得越发急促，向黑色的山丘飞奔而去。

五、天气轮柱①

牧场后面是个低缓的山丘，黝黑而平坦的山顶在北天大熊星座的映衬下，显得朦朦胧胧，仿佛比平时更加低矮，几乎同地面连成一片。

乔万尼在凝露的林间小径上不断攀行。那条小路从黢黑的草丛和奇形怪状的灌木丛间穿过，被星光映成一条白线。草丛中有些闪着蓝色荧光的小虫子。一片叶子被虫光映透，蓝汪汪的，令乔万尼想起大家刚才拿去河边的王瓜灯。

越过黑黢黢的松栎林，天空豁然铺展开来，白茫茫的银河亘连南北，山顶的天气轮柱清晰可辨。眼前的山坡遍布着盛开的鲜花，不知是风铃草还是野菊花，散发出如梦似幻的芬芳。一只鸟儿不停地叫着，从山丘上空掠过。

乔万尼来到山顶的天气轮柱脚下，把滚烫的身体丢在冰冷的草

①嵌有竖向转轮的石柱，通常立在寺庙或坟墓前。据说拨动转轮即可吊慰死者、预测天气等。

地上。

黑暗中的镇子亮着灯光，宛如海底的水晶宫，隐约可以听见孩子们的歌唱声、口哨声和断断续续的叫嚷声。远处传来风声，山丘上的草也随之轻轻摇曳，乔万尼身上那件被热汗濡湿的衬衫已变得冰凉。

乔万尼放眼望向镇外辽阔的黑色原野，听见那里传来火车的声音。在乔万尼的想象中，那列小火车有一排玲珑小巧的红色窗子，车厢里坐满了旅客，有的在削苹果，有的在开怀欢笑，情态各异。这么一想，乔万尼只觉得难过到说不出话来，又抬眼望向天空。

啊，天上那条白色的缎带全是星星！

可是再怎么看，乔万尼也不觉得那片天空像老师白天说的那样空旷冷清，他甚至越看越觉得，天空好像一片有小树林和牧场的原野。接着，乔万尼看见蓝色的天琴座一分为三——要么就是四个，都一闪一闪地眨着眼，还把脚反复伸出缩回，最后终于伸得长长的，像蘑菇一样。就连眼前的镇子，似乎也变成了一片朦胧的群星，或是一大团烟雾。

六、银河车站

乔万尼发现，身后的天气轮柱不知何时变成了模模糊糊的三角点测标的形状，一时如萤火虫般忽明忽灭，后来逐渐清晰，终于不再晃动，仿佛新出炉的钢板，凛然挺立在深青色的天之原野。

不知从何处传来一个神秘的声音，一直在叫着：“银河车站！银河车站！”转瞬之间，眼前光明大盛，好似有人将亿万只荧光乌贼的荧光同时变成化石沉入了整片天空，又如同钻石公司为避免跌价而故意囤藏的钻石突然被人掀翻，散落了一地。乔万尼不由得把眼睛揉了又揉。

他回过神来才发现，自己正坐在一列小火车里，而这列火车从刚才就一直在咣当咣当地向前行驶。是的，乔万尼一直坐在夜行轻便列车里，他在亮着一排黄色小灯泡的车厢中望着窗外。车厢里，裹着蓝色天鹅绒的座椅上几乎空无一人，对面刷了鼠灰色油漆的墙壁上，两朵黄铜大牡丹闪闪发亮。

乔万尼发现自己前面一排的座位上坐着一个高个子小孩，他穿着一件黑得像要滴下水来的上衣，正把头伸出窗外张望。乔万尼觉得那孩子的肩部十分眼熟，忍不住想知道对方究竟是谁。他也正要把头伸出窗外，却见那孩子突然缩回头向自己望来。

是康帕内拉。

乔万尼刚想问康帕内拉是不是早就上车了，却听康帕内拉说道：“大家一直在拼命追，还是没赶上。查内利追到最后，仍然晚了一步。”

乔万尼心想，对了，我们先前是约好一起出发的。他问：“要不要在哪儿等等他？”

康帕内拉答道：“查内利已经回家了，是他父亲来接走的。”

不知为何，说这句话的时候，康帕内拉的脸色有些苍白，像身体很不舒服的样子。乔万尼心里生出一种古怪的情绪，像把什么东西忘在了什么地方似的，便不再作声。

然而康帕内拉望着窗外，已经彻底恢复了精神，兴冲冲地说："哎呀，糟糕！我忘了带水壶，写生簿也忘带了。不过没关系，马上就到天鹅站了。我真是太喜欢看天鹅了，就算它们飞到河的远方，我也肯定看得见。"

说着，康帕内拉拿出一张圆盘状的地图，频频转动着察看。没想到，那上面真有一条铁道，沿着白茫茫的银河左岸一路伸向南方。那张地图的不凡之处在于，它那黑夜般的盘面上镶嵌着蓝、橙、绿等绚丽的光点，标示出一处处车站、测标、泉水、森林。

乔万尼总觉得在哪里见过那张地图。

"这地图是从哪里买的？竟然是黑曜石做成的。"乔万尼说。

"银河车站免费送的。你没拿吗？"

"哦，我不记得有没有路过银河车站了。我们现在是在这儿，对吧？"乔万尼指着地图上"天鹅站"标记偏北一些的位置问道。

"没错。咦，那片河滩上是月光吗？"

乔万尼望向窗外，只见白光闪耀的银河岸上，银色的天之芒草铺天盖地，沙沙沙地随风摇曳，荡起层层波浪。

"不是月光，是银河在发光。"乔万尼说着，开心得简直要跳起来了。他噔噔地跺着脚，把头伸出窗外，高声吹响《巡星之歌》的口哨，又极力伸长身子，想把银河水看个透彻。一开始怎么也瞧不清楚，于是他看得越发仔细，终于渐渐看真切了，只见那澄澈的河水比玻璃和氢气还要透明。或许是用肉眼的缘故，他看见银河水时而泛起一圈圈紫色的涟漪，时而像彩虹般瞬间放射出耀眼的光芒，又无声地流向远方。原野上到处竖立着磷光闪闪的测标：远的看上去小，呈现清晰的橙色或黄色；近的看起来大，显现出略微模糊的苍白色。有的测标呈三角形，有的是四方形，还有的形如闪电或锁链，千姿百态，非常美丽，将整片原野装点得光彩绚烂，看得乔万尼一颗心怦怦直跳。他用力甩了甩头，于是整片原野上蓝、橙闪烁的色彩缤纷的测标也仿佛各自发出了一声叹息，纷纷摇晃颤抖起来。

“我竟然真的来到天之原野了！”乔万尼说，“还有，这列火车竟然不是烧煤的！”他伸出左手，望向车头的方向。

“大概不是用酒精就是用电的。”康帕内拉说。

咣当咣当——那列漂亮的小火车，穿过随风摇晃的天之芒草，穿过银河水和测标发出的苍白微光，一路向前行驶，仿佛要去往天涯海角。

“啊，龙胆开花了！完全入秋了。”康帕内拉指着窗外说。

铁道沿线低矮的结缕草坪中，盛开着仿佛用月长石雕刻成的紫色龙胆花，漂亮极了。

“我跳下去摘几朵再跳上来，怎么样？”乔万尼兴奋地说。

“来不及了，都甩得那么远了。”

康帕内拉话音未落，就见又一片光芒闪闪的龙胆花从窗外掠过。

接着，数不清的黄底杯状龙胆花如狂风暴雨一般，接连从眼前掠过。立在原野上的测标行列如迷离的烟雾，又似燃烧的火焰，越发光辉熠熠。

七、北十字星与上新世[①]海岸

“不、不知道妈妈会不会原谅我。”康帕内拉突然心灰意冷了一样，一边不住地咳嗽，一边结结巴巴地说。

啊，是了。此时此刻，我的妈妈正在那个遥远如尘埃般的橙色测标附近想念着我呢。乔万尼心里这样想着，呆呆地一言不发。

“只要能让妈妈真的幸福，不管什么事我都会去做。可究竟什么才是妈妈最大的幸福呢？”康帕内拉似乎在拼命忍着不哭出来。

“你妈妈不是一切都挺好的吗？”乔万尼惊问。

“我不知道。不过，无论是谁，只要真的做了好事，就是最大的幸福，对吧？所以，我觉得妈妈会原谅我的。”康帕内拉似乎真的做了某个决定。

突然，一片白光洒进车窗内，车厢里唰地一下亮起来了。只见在那仿佛汇集了钻石、草露等一切华丽物事的光辉灿烂的银河河床上，水正在无声无形地流动着，水流中央有一座岛，放射出苍白朦胧的圆光。岛的平顶上耸立着一座洁白的十字架，壮观醒目，仿如北极冻结的云所铸就，沐浴在清爽的金色圆光下，永恒地静立着。

“哈利路亚！哈利路亚！”车厢前后都响起颂祷声。乔万尼和康帕内拉回头一看，只见旅客们均已笔直起立，抚平了衣服上的褶

① Pliocene，属于地质时代中第三纪，从距今约 530 万年始，至距今 258 万年终。

皱，有人把黑色的《圣经》贴在胸口，有人把水晶念珠挂在颈上，所有人都恭敬地十指交叉紧握，面向那边祈祷。乔万尼和康帕内拉也不由自主地站起身。康帕内拉的脸颊闪动着美丽的光泽，宛若熟透了的苹果。

接着，那座岛和十字架就逐渐移到火车后边去了。

对岸迷离着苍白的银光，似是天之芒草随风飘扬的缘故，那银色不时倏地一下晕开，就像哈了口气。草丛在数不清的龙胆花中忽隐忽现，犹如温柔的磷火。

眨眼之间，银河和火车就被一溜儿芒草隔开了。天鹅岛重新出现在后方，但又迅速远去缩小，变得如同一幅画。芒草哗哗作响，最后彻底消失不见了。在乔万尼身后，不知何时上来一位戴黑头巾、穿黑外衣的高个子修女，溜圆的绿眼睛直勾勾地望着脚下，似乎仍在虔诚地聆听从那边传来的话语或声音。旅客们静静地坐回座位上。乔万尼和康帕内拉也用异于往常的语气，若无其事地悄声谈论起胸中充塞着的从未有过的近于悲伤的情绪。

“马上就到天鹅站了。”

“嗯，十一点整到站。”

很快就见绿色的信号灯和影影绰绰的白色柱子在窗外一闪而过，然后是岔口的硫黄火焰般的朦胧灯光从窗下掠过。火车渐渐慢下来了。不久，站台上一排整齐利落的电灯便映入眼帘，它们渐渐变大，而后散开。车不动了，乔万尼和康帕内拉所在的车厢刚好停在天鹅站的大时钟前。

秋夜里格外清爽，时钟钟面上两根青色的钢针准确地指向十一点。旅客们齐齐拥下火车，车厢里顿时变得空荡荡的。

时钟下方写着“停车二十分钟”的字样。

“我们也下去看看吧？”乔万尼说。

“走吧。”

二人同时跃身而起，冲出车门，跑到检票口。谁知检票口空无一人，只亮着一盏微紫色的明晃晃的电灯。他们环视一圈，连站长和行李搬运工也没看见。

二人又来到站前小广场。

广场周围立着水晶工艺品般的银杏树，从广场伸出一条宽阔的道路，笔直伸入银河的青光中。

刚才下车的旅客们不知去了哪里，不见一个人影。乔万尼和康帕内拉并肩踏上那条白色大道，两人的影子就像一间透明屋子里的两根柱子的投影，又像车轮的两根辐条般，朝四面八方投出无数条影子。不一会儿，他们就来到在火车上看见的那片美丽的河滩。

康帕内拉抓起一把美丽的沙子，在掌上摊开，一边用手指搓捻，一边梦呓般地说：“这些沙子全是水晶，每个水晶里都有一小团火焰在燃烧。”

“是啊。”乔万尼觉得自己早就不知从哪儿听说过这件事了，他含混地应道。

河滩上的砾石个个晶莹剔透，有水晶，有黄玉，还有遍体布满褶皱的，也有棱边发出苍白光雾的刚玉。乔万尼跑到岸边，把手浸入河水。那奇异的银河水比氢气还要透明得多，但他们知道，河水确实是在流淌着的——他们手腕浸在水中的部位呈现出水银色，微微上浮，水流撞在手腕上荡起的波纹闪耀着美丽的磷光，如燃烧的火焰。

朝上游望去，只见长满天之芒草的山崖下，沿河露出一块白色岩石，上面平整得像运动场。那里有五六个小小的人影，像是正在挖掘或掩埋什么，忽而站起忽而蹲下，还不时使用某种工具，猛然放出耀眼的亮光。

“过去看看！”二人不约而同地喊着，朝那边跑去。

白色岩石的入口处立着一个光滑的陶瓷标牌，上面写着“上新世海岸”。对岸的沙滩上到处插着细细的铁栏杆，还摆放着精美的长木椅。

“咦？这里有个怪东西。”康帕内拉惊讶地停下脚步，从岩石上捡起什么。那东西乌黑细长，前头尖尖，跟核桃似的。

“是核桃。你看，这里还有很多。这不是河水冲来的，而是原本就长在岩石里的。”

“好大呀！这核桃得比普通核桃大上一倍。这一枚还是完好无损的呢。”

“快去那边瞧瞧。那些人肯定在挖什么东西呢。”

他们手里握着边缘粗糙的黑核桃，继续朝那边走。左方河水畔，波浪犹如温柔燃烧的闪电，荡向岸边；右侧山崖上，大片天之芒草穗像是由白银或贝壳做成的，随风摇曳。

二人渐渐走近，看见一个学者模样的高个子男人，戴着深度近视眼镜，穿着长靴，一边在笔记本上匆匆写着什么，一边投入地向三个或挥舞镐头或铲动铁锹的助手模样的人发出各种指令：“别弄坏那里的那个突起，用铁锹，铁锹！喂，离远点儿再挖！不行，不行，太用力了！”

只见洁白松软的岩石中倒卧着一具巨兽的白骨，像被压扁了似的，已经挖出一多半。再仔细一看，附近有十来块切得四四方方的带编号的岩石，每块岩石上都有两个蹄印。

“你们是来参观的吗？”学者模样的人望着二人，眼镜片闪了一闪，“你们看到那些核桃了吧？那都是大约一百二十万年前的，算是很新的了。这里在一百二十万年前的第三纪后期是一片海岸，这底下还能挖出贝壳呢。现在河水流动的地方，以前全是海潮涨落之处。至于这只野兽，叫作‘巨头’——”学者模样的人突然嚷道，“喂喂，那里不能用镐！得用凿子小心地凿！”接着又冲二人说，“叫作‘巨头’，是现在的牛的祖先，以前数量众多。”

“你们是要把它做成标本吗？”

“不，是用来做证据的。在我们看来，这片深厚的地层非常宝贵。尽管已有许多证据证明，这里早在约一百二十万年前就已形成，但那些与我们不是一路人的家伙未必能认清这片地层的可贵之处，或许在他们眼里，这里跟风呀水呀空荡荡的天空呀，都没什么不同。明白了吗？不过——”学者又嚷道，“喂喂，那里也不能用锹！那下面就埋着肋骨呢！”

他边说边匆匆跑了过去。

“时间到了，走吧。”康帕内拉比照着地图和手表说。

“那我们告辞了。”乔万尼郑重地向学者鞠了一躬。

“那就再见了。”学者又开始四处走动，忙着监督助手去了。

康帕内拉和乔万尼担心赶不上火车，便在白色岩石上飞奔起来。他们仿佛真的化成了轻飘飘的风，大气也不喘，也不觉得膝盖酸痛。

乔万尼心想，要是能一直这么跑下去，跑遍整个世界都不成问题。

他们穿过先前的河滩，看见检票口的那团灯光逐渐变大。不一会儿，他们俩就已跑进车厢，坐在原来的座位上，又朝窗外刚刚跑回来的方向望去。

八、捕鸟人

“我可以坐在这里吗？”他们身后响起一个沙哑而亲切的成年人的声音。

那人穿一件略显破旧的茶色外套，行李用白包袱皮裹成两份，分挎在双肩上。两颊留着红色胡须，背佝偻着。

“嗯，请坐。”乔万尼耸耸肩，算是打了招呼。

那人自胡须中露出微笑，把行李轻轻放在行李架上。乔万尼突然感到一阵莫名的寂寞和悲伤。他默默地注视着正对面的时钟。就在这时，前方更远处响起玻璃哨子似的声音，火车已经缓缓开动。康帕内拉注视着车厢的天花板，看见一只黑甲虫趴在灯上，灯光将虫影放大，投在天花板上。红胡子男人脸上带着感怀般的笑容，打量乔万尼和康帕内拉。火车越开越快，天之芒草和银河轮流从窗外闪过。

红胡子略带羞怯地问："你们要去哪里？"

"哪儿都想去。"乔万尼有些不好意思地答道。

"那很好啊，这列车真的哪儿都能去。"

"你又是要去哪儿呢？"康帕内拉忽然挑衅似的问道。乔万尼哑然失笑。坐在对面的一个头戴尖顶帽、腰挂大钥匙的人朝这边扫了一眼，也笑了起来。最后，康帕内拉也红着脸笑了出来。

红胡子却没生气，只是脸颊抽搐着回答："我一会儿就下车。我是做捕鸟生意的。"

"捕什么鸟？"

"鹤、大雁，还有白鹭和天鹅。"

"鹤很多吗？"

"多呀！从刚才就一直在叫，你没有听见吗？"

"没有。"

"现在还在叫呢，你们仔细听。"

康帕内拉和乔万尼仰起头，侧耳倾听。在火车咣当咣当的响声和掠过天之芒草的风声中间，有类似水流汩汩涌动的声音传来。

"鹤怎么捉？"

"鹤还是白鹭？"

"白鹭。"乔万尼觉得哪个都无所谓，便随口敷衍道。

"这家伙呀，很容易捉。它们都是银河沙凝结成的呆头鸟，而且终归得回到河边来，所以只要在河岸上等着就行。所有白鹭在落地时，腿都会变成这种样子。看准以后，趁它们即将着地的瞬间，扑过去一把按住，白鹭就会变得僵硬，安然死去。之后嘛，只要压扁就行了。”

“把白鹭压扁？是要做成标本吗？”

“不是标本，是人们常吃的食物呀。”

“真奇怪。”康帕内拉歪着头说。

“没什么好奇怪的，给你们看看。”捕鸟人起身从行李架上取下包裹，麻利地层层解开，“来，你们看，这是我刚捉的。”

“真是白鹭！”二人齐声惊呼。

只见那十来只白鹭通体雪白，像先前的北十字星一样闪闪发光，身子略呈扁平，缩着黑色的腿，宛如浮雕。

“眼睛是闭着的。”康帕内拉用手指轻触白鹭那紧闭的新月形的眼睛，白鹭脑后两根长长的矛一般的白羽依然完好无损。

“没错吧？”捕鸟人叠起包袱皮，又把白鹭层层裹起，再用细绳系好。

乔万尼一边寻思究竟谁会在这附近吃白鹭，一边问道：“白鹭好吃吗？”

“好吃，每天都有人买。不过大雁更受欢迎。大雁身上的纹理比白鹭的更好看，而且最重要的是吃起来不费事。你们看。”捕鸟人解开另一个包裹，只见里面的大雁身上黄蓝斑驳，像某种灯光一样发亮，跟刚才的白鹭一样，身子略呈扁平，嘴巴靠在一起。

“大雁直接就能吃。怎么样，尝一下吧？”捕鸟人轻扯大雁那黄色的脚，就见那里像是由巧克力做成似的，一下子就断开了。

“尝尝吧。”捕鸟人把断掉的部分掰成两块，递给他们。

乔万尼尝了尝，心想：什么呀，这不就是点心嘛。虽然比巧克力更好吃，但这样的大雁还能飞？这个人肯定是在原野上的什么地方开点心店的。不过，我瞧不起人家，却又吃了人家的点心，真是过意不去。

想虽是这么想的，可乔万尼还在大口大口地嚼个不停。

“再吃点儿。”捕鸟人又取过包袱。

“不了，谢谢！”乔万尼其实还想吃，但还是婉拒了。

捕鸟人又递向对面那个挂着钥匙的人。

“哎呀，这是你用来做生意的，真是过意不去啊！”那人摘下帽子，说。

“别客气。今年候鸟的情况怎么样？”

“哎呀，特别多！前天夜里值第二班岗的时候，到处都打来电话抗议，质问我为什么在非规定时间里关掉灯塔的灯，但那又不是我干的，是一大群黑压压的候鸟从灯前飞过导致的，所以说没办法。那些浑蛋，都来跟我诉苦，可我能有什么法子？只好叫他们找那位披着蓬松的斗篷、腿和嘴都细得离谱的首领说去。哈哈！”

由于没了天之芒草的遮挡，从对面原野上啪地射来一道光。

“吃白鹭为什么费事？”康帕内拉早就想问了。

“那是因为呀，吃白鹭的时候，”捕鸟人转过身，“得先把白鹭在银河水的波光中吊上十天，不然就得在沙里埋个三四天。这样一来，它身上的水银都蒸发没了，才能吃。”

“这不是鸟，只是点心，对吧？”康帕内拉似乎也跟乔万尼的想法一样，鼓足勇气问道。

捕鸟人顿时惊慌失措，说了句“对了，我得在这儿下车了”，便起身去拿行李，然后消失不见了。

“人呢？”二人面面相觑。灯塔看守嘿嘿一笑，稍踮起脚，探起身子朝二人旁边的窗外张望。二人也向窗外看去，只见那个捕鸟人正站在一大片黄蓝相间、磷光闪闪的珠光香青草丛中，神色郑重地展开双臂，仰望着天空。

“他在那儿呢，姿势好奇怪啊。那地方肯定是能捉到鸟的，希望在火车开走前，鸟儿快点落下来。”话音未落，就见原本空荡荡的桔梗色天空中出现了大群白鹭，跟刚才见到的一模一样。它们呱呱地叫着，如雪片般铺天盖地飞来。捕鸟人夙愿得偿一般，乐滋滋地将两腿叉开呈六十度站好，用双手一只接一只地抓住白鹭蜷起准备落地的黑色细腿，装进布袋。袋里的白鹭起初像萤火虫一样闪烁着蓝光，忽明忽暗，最终都变成灰白色，眼睛也合上了。不过比起被捉住的，安全降落在银河沙洲的鸟儿更多。它们的脚甫一触及银河沙砾，身体就如雪融般缩成扁扁的一片，瞬间就像熔炉里淌出的铜水一样，在沙砾上扩散开来，留下鸟的形状，但那形状也只是明灭了两三下，就融入沙中，跟周围再无二致了。

捕鸟人把二十来只白鹭装进袋里，就匆匆高举双手，摆出士兵中弹将死时的姿势。下一瞬间，捕鸟人就在那里失去了踪影。随即一个熟悉的声音在乔万尼身畔响起：“啊，真痛快！有益身体同时还能赚钱，真是再好不过了。”只见捕鸟人已将捉来的白鹭压平，正在一只只重新叠放整齐。

“你是怎么做到一下子就从那边回来的？”乔万尼觉得这件事既正常又不正常，便怀着这种古怪的情绪问道。

“怎么回来的？我想回来就回来了呗。倒是你们，到底是从哪儿来的呀？”

乔万尼很想立刻回答他，却怎么也想不出自己究竟是从哪里来的。康帕内拉也涨红了脸，像在竭力思索着什么。

“噢，你们是从远方来的。”捕鸟人立刻恍然大悟般点了点头。

九、乔万尼的车票

“这里已是天鹅区的尽头。你们看，那就是著名的天鹅座 β ① 观测站。”

窗外，在宛如烟花盛放的银河中央，矗立着四栋巨大的黑色建筑，其中一栋建筑的天台上，有两个分别由蓝宝石和黄玉做成的晶莹耀眼的球，正绕成一圈旋转着。黄色大球渐渐转到对面，蓝色小球则慢慢转到前面来。很快，两个球的边缘就重叠起来，形成一个翠绿色的双面凸透镜。凸透镜的中央又渐渐隆起，最后，蓝宝石球来到黄玉球的正面，形成绿色的核心和明黄色的外环。接着，两个球又渐渐横向错开，再次变成先前的凸透镜形状，最终完全分离，

---

①又名辇道增七，是天鹅座的第五亮星，因位于天鹅的头部而在巴耶恒星命名法中成为 β 星。肉眼观看是一颗单独的 3 等星，用低倍数的望远镜看是双星，亮的一颗是黄色，光度微弱的是蓝色伴星。

蓝宝石转去对面，黄玉来到前面，恰好又变成最初的样子。在无形无声的银河水的环绕下，那栋黑色的观测站安静地卧在那里，仿佛正在沉睡。

“那是测量水速的装置，水也——”捕鸟人话没说完，就被身旁的人打断：“请出示车票。”

不知何时，三人座位旁出现了一位头戴红帽、站得笔直的高个子列车员。捕鸟人默默地从衣袋里掏出一张小纸片。列车员只瞥了一眼，就迅速移开目光，把手伸向乔万尼二人，挑动的手指像是在说：“你们的车票呢？”

“呃……”乔万尼扭扭捏捏，不知如何是好，康帕内拉却随手掏出一张鼠灰色的小车票。乔万尼彻底慌了神，心想也许是在上衣口袋里，便伸手进去摸，却摸到一张折叠的大纸片。他可不记得兜里装过这东西，急忙掏出来一看，是一张折成四折的明信片大小的绿纸。见列车员还伸着手，乔万尼只好硬着头皮把纸递了过去。列车员挺直腰板，恭恭敬敬地把纸展开，边看边扶正上衣的纽扣。灯塔看守也从下方凑近了偷觑。乔万尼看出那确实是证明书一类的东西，不禁感到有些忐忑。

“这是从三维空间带来的吗？”列车员问。

“我也不大清楚。”乔万尼终于松了口气，仰头望着列车员轻声笑道。

“可以了。到南十字星站是凌晨三点。”列车员把那张纸递还给乔万尼，朝对面走去。

康帕内拉迫不及待地想知道那张纸是什么，急忙凑上来看。乔万尼自己也想赶快弄清楚。只见那张纸上布满了黑色的蔓藤花纹，当中印着十来个古怪的字，凝视时竟有一种会被吸入其中的错觉。

捕鸟人从旁瞄了一眼，忙说：“哎呀，这东西可了不得！这是真正的通行证，连天堂也能去。何止是天堂，去任何地方都能畅行无阻。原来如此。有了这东西，别说是这种不完整幻想中的四维空间里的银河铁道了，想去哪儿都不成问题呀！你们可真了不起！”

“我不知道是怎么回事。”乔万尼红着脸回答。他又把那张纸折好放回衣袋里去了。因为觉得不好意思，他和康帕内拉又望向窗外，但仍能隐约察觉到，那个捕鸟人不时朝这边瞥上一眼，像是还在赞叹二人真了不起。

“马上就到天鹰站了。”康帕内拉将对岸三个并排的苍白小测标跟地图比对着，说。

不知为何，乔万尼突然觉得身旁的捕鸟人很可怜。因为痛快地捉到白鹭而兴高采烈，用包袱皮把白鹭仔细地层层包裹，似乎惊羡于别人的车票而偷偷打量又忙不迭地赞叹——把这些情景逐一想来，乔万尼就觉得，为了这个萍水相逢的捕鸟人，自己愿意献出身上所有的一切，食物也好，其他任何东西也好，只要这个人能获得真正的幸福，自己情愿在那片发光的银河河滩上连续站上一百年。乔万尼无论如何也没办法继续保持沉默，他想问对方真正渴望的究竟是什么，又觉得这样做过于冒失。正思量着如何是好，扭头一看，却发现捕鸟人已经不见了，行李架上的白包袱也不在了。乔万尼以为那人又在窗外叉开两腿仰望天空准备捕捉白鹭，连忙朝窗外望去，只见一片美丽的沙子和白浪般的天之芒草，不见那个捕鸟人的宽背脊和尖帽子。

“那人去哪儿了？”康帕内拉也怔怔地问。

“去哪儿了呢？究竟在哪里还能再遇见呢？我还有些话想对他说呢。”

“嗯，我也是。”

“我之前还觉得那人碍眼，现在竟然心里特别难受。”乔万尼委实还是头一次感受到这样的奇异情绪，以前也从没说过这样的话。

“我好像闻到一股苹果味儿，是因为我刚才想到苹果了吗？”康帕内拉难以置信地环视四周。

“真是苹果味儿，还有野蔷薇的花香。”乔万尼也四下看了看，还是觉得那气味大概是从窗外飘进来的。可他又一想，现在是秋季，不应该有野蔷薇的花香呀！

正疑惑间，乔万尼突然发现眼前出现一个六七岁大的小男孩，一头光润的黑发，穿一件没系扣的红夹克，满脸都是极度震惊的神情，浑身瑟瑟发抖，光着脚站在那里。他身旁站着一个高个子青年，穿着一身板板正正的黑西装。他紧紧牵着小男孩的手，站姿挺拔，如大风中的榉树。

“咦？这里是什么地方？好漂亮呀！”青年身后还跟着一个十二三岁的可爱女孩，穿一件黑大衣，正抱着青年的胳膊，一双褐色的眼眸惊奇地望着窗外。

“哦，这里是兰开夏。不对，是康涅狄格州。也不对。我知道了，我们来到天上了，正在前往天堂。你看，那个标志就是天堂的象征。这下没什么可怕的了，我们受到了上帝的召见。”黑衣青年脸上洋溢着喜悦的光芒，对小女孩说。

可是不知为何，青年又蹙起了眉头，额上现出深深的皱纹，而且显得异常疲惫。他勉强笑着让小男孩坐在乔万尼旁边，然后温柔地对小女孩指了指康帕内拉身旁的座位。小女孩乖巧地坐下，双手十指交叉紧握成拳，端放在腿上。

“我要去找大姐。”小男孩一坐下，就冲着刚在灯塔看守对面坐下的神情异样的青年说。

青年无言以对，神色悲伤地凝视着小男孩那头湿漉漉的鬈发。小女孩突然双手捂脸，抽泣起来。

“爸爸说了，大姐还有许多工作要做，但很快就会赶来。更重要的是，妈妈已经等得太久太久了。她肯定一直在想，我的宝贝儿子阿正此刻在唱着什么歌呢？下雪的早晨，大家是不是还会手牵手绕着接骨木丛转圈玩耍呢？妈妈真的盼望、挂念着你们呢，所以得赶快去见妈妈。”

“嗯，我要是没上船就好了。”

“是啊。不过，你看那边怎么样？那条壮观的河。那年夏天，我们入睡前唱着‘Twinkle，twinkle，little star，how I wonder what you are’，从窗口看见的白茫茫的一片就是那里呀。就是那边。怎么样，漂亮吧？那么明亮。”

一直哭泣的小女孩用手帕擦了擦眼睛，望向窗外。

青年又循循善诱地对姐弟俩说：“我们再也不用难过了。我们来到了这么美好的地方，马上就要前往上帝的国度。那里特别特别明亮，特别特别香，还有许许多多的好人。而且，那些代替我们坐上救生艇的人肯定都活下来了，各自回到了焦急等待的爸爸妈妈身边，回到了自己的家。好了，马上就要到了，打起精神来，要高高兴兴地唱着歌去见妈妈。”青年抚摸着小男孩湿漉漉的黑发，安慰着两个孩子，他的脸上也渐渐明朗起来。

“你们从哪儿来？出什么事了？”灯塔看守似乎终于看出些眉目来，问那青年。

青年微微一笑，说：“是这样的，我们乘坐的船撞上冰山沉没了。孩子们的父亲因为有急事，两个月前先回国了，我们是后来出发的。我在念大学，是他们俩的家庭教师。就在第十二天——大概就是今天或昨天吧，船撞上冰山，一下子就倾斜了，接着开始下沉。虽然还有朦胧的月光，但是雾非常浓。救生艇的左舷有一半已经被水淹没，装不下所有人，同时大船仍在下沉。我拼命喊：‘请让小孩先上去！’附近的人立即让出一条路，并开始为孩子们祈祷。可是在我们和救生艇之间，还有许多小孩和他们的父母，我实在没勇气推开他们。我又忍不住想，拯救这两个孩子是我的责任，于是我准备推开前面的孩子，可转念又一想，与其用这样的方式救下他们，不如带他们一起去见上帝，才能让他们获得真正的幸福。那么，违逆上帝的罪过就由我一人承担，一定要救下他俩。可看着眼前的情景，我怎么也下不去手——大家都挤在救生艇里，那些母亲疯狂亲吻着自己的孩子，对他们一再叮咛；父亲们则强抑悲痛，默默地伫立着。那场面真叫人肝肠寸断。在这期间，大船的下沉速度越来越快。我决心已定，抱着两个孩子，打算在大船彻底沉没之前，能坚持多久是多久。后来可能是有人扔过来一只救生圈，却从我的指尖滑过，漂远了。我用尽全力拆下一块甲板格栅，三个人牢牢抱住。不知从哪里传来赞美诗的歌声，所有人立刻用各种语言齐声跟唱。就在这时，忽然一声巨响，我们掉进水里。我以为自己掉进了漩涡，就紧紧抱住两个孩子，后来迷迷糊糊地就到这儿来了。这两个孩子的母亲前年去世了。是的，救生艇上的孩子肯定活下来了，毕竟有那么老练的水手划桨，很快就远离了大船。”

周围响起轻微的祈祷声。乔万尼和康帕内拉都隐约想起此前一直被遗忘的种种记忆，不禁热泪盈眶。

啊，那片大海不就是太平洋吗？在那冰山漂流的极北之海，有人乘着小船，与狂风、严寒和冰冷刺骨的海潮搏斗，拼命工作着。我真的很同情他，又觉得对不起他。为了他的幸福，我究竟该怎么做呢？乔万尼低着头，郁郁不乐地想。

“我不知道什么是幸福。我只知道，无论遇到多么痛苦的事，只要沿着正确的道路前行，不管是上高山还是下陡坡，都是在一步步地接近幸福。”灯塔看守安慰道。

“没错。不过为了达成最大的幸福，大家就得遍尝种种悲伤。”青年虔诚地答道。

那对姐弟已累得靠在椅背上沉沉睡去了。小男孩刚才还赤裸着的双脚，不知何时已穿上洁白柔软的鞋。

列车咣当咣当地行驶在磷光灿烂的河岸上。向对面的窗外望去，只见原野好似幻灯一样——原野尽头密密麻麻地布满成百上千个大大小小的测标，有如一大片苍白的雾，大测标上还能看见星星点点的红色测量旗。也不知是从那里还是从更遥远的地方，不时有什么东西如蒙蒙狼烟一般，形状各异地轮流升上桔梗色的天空。澄澈的清风中荡漾着蔷薇的芬芳。

“怎么样，这种苹果是第一次见吧？”不知何时，对面灯塔看守的腿上多出一堆用黄金和红绸装饰得漂漂亮亮的大苹果，灯塔看守正用双臂拢着，生怕苹果掉下去。

“咦？哪儿来的？真漂亮呀！这种苹果是这一带出产的？”青年似乎格外惊讶，眯着眼，歪着头，痴痴地望着被灯塔看守拢在双臂当中的那一堆苹果。

“拿吧，别客气。”

青年拿了一个，瞅了瞅乔万尼二人。

“来，那边的两个小家伙，也来拿吧，别客气。”

乔万尼被对方称作“小家伙”，心里有些不快，半天没吭声，最后还是康帕内拉说了声“谢谢”。

于是青年拿过两个苹果递给他们，一人一个。这回乔万尼也站起来道了声谢。

灯塔看守总算腾出了双手，他拿起两个苹果轻轻地放在熟睡中的姐弟俩的腿上。

“谢谢。这么漂亮的苹果，是哪里产的？”青年仔细打量着苹果，说。

“这一带当然也有人从事农业，而且依这里的规矩，自然而然就能丰收，所以务农也就没那么辛苦。通常只要播下自己想要的作物的种子，自然就会茁壮成长。这里的稻米也不同于太平洋地区的稻米，这里的稻米没有稻壳，米粒足有寻常的十倍大，香味也更好闻。不过，你们要去的地方已经没有农业了。那边无论苹果还是点心，吃完以后都没有一丁点儿残渣，毛孔里还会散发出因人而异的淡淡清香。”

小男孩突然睁开眼睛，说：“啊，我刚才梦见妈妈了。她在一个有漂亮柜子和书的地方看着我，朝我伸出手，一直微笑。我说，妈妈，我给您捡个苹果吧。刚说完就醒了。唉，这里还是刚才的火车上吧？”

“苹果在那儿，是这位叔叔给的。”青年说。

“谢谢叔叔。咦？阿香姐姐还在睡呢，我叫醒她。姐姐，你看，有人送我们苹果了，快醒醒。”

姐姐笑着醒了过来，像是觉得有些晃眼，她先用双手遮眼，然后看向苹果。

小男孩已经像在吃馅饼一样大口咬苹果了。那好不容易削下来的干干净净的苹果皮，一圈圈垂下来，还没掉到地上就唰地一下变成一团灰光，随即蒸发消失了。

乔万尼和康帕内拉把苹果珍而重之地装进衣袋。

河下游的对岸上是一大片郁郁葱葱的树林，树枝上挂满红彤彤、圆滚滚的果实。林子中央耸立着一座高大的测标。自林中随风飘来铁琴混合着木琴的乐曲，音色柔润，美不可言。

青年不禁打了个寒战。他静静聆听，乐声宛若一大片或明黄或浅绿的原野或地毯铺展在眼前，又似洁白如蜡的露水从太阳面前掠过。

“看那群乌鸦！”康帕内拉身旁那个叫阿香的小女孩喊道。

“那些不是乌鸦，全是白鹭！”康帕内拉若无其事地高声说着，语气却像是在教训对方。乔万尼不禁笑了起来，小女孩显得有些难堪。白光苍苍的银河滩上，有许多黑鸟成群结队地站在那里，一动不动地沐浴着河水发出的微光。

“是白鹭，脑后长着长毛呢。”青年打着圆场。

对面那片绿色森林里的测标，已经来到火车的正前方。就在这时，从车后极远处传来一阵耳熟能详的赞美诗的旋律，似乎是有很多人正在合唱。青年的脸色顿时变得惨白，起身似乎想往那边去，却又改变主意坐了下来。小女孩阿香用手帕捂住了脸，连乔万尼也觉得鼻子酸酸的。

不知不觉间，有人带头唱起那首歌，歌声越来越清晰，越来越响亮。乔万尼和康帕内拉也不由自主地一同唱了起来。

葱郁的橄榄树林在无形的银河对面闪烁着，渐渐移向后方去了。从那里传来的神秘音乐，也被火车声和风声消磨得所剩无几，渐渐消失。

“啊，有孔雀！”

“是啊，有很多呢。”小女孩回应道。

乔万尼看见，在那片越来越小，小得已如一颗绿色贝壳纽扣的森林上方，不时闪烁着苍白的光。那一定是孔雀开关屏时反射的光芒。

“对了，我刚才听见孔雀的叫声了。”康帕内拉对小女孩说。

“嗯，足有三十来只呢。叫声听起来像竖琴的都是孔雀。”小女孩回应道。

乔万尼心中陡然涌起一种无法形容的悲伤，脸色变得很难看，几乎就要脱口而出：“康帕内拉，我们从这里跳下去玩吧。”

河流一分为二。在一座漆黑岛屿的正中央，耸立着一座高大的塔架，塔架上站着一个身穿宽袍、头戴红帽的男人，他双手各执一面红旗和一面绿旗，正在仰头向天发出信号。

在乔万尼观看的过程中，那人一直频频挥动红旗。突然，他把红旗背在身后，高高举起了绿旗，像管弦乐团的指挥一样用力挥舞起来。顿时，空中响起唰的一声，仿佛大雨倾盆而至，无数黑黢黢的东西铺天盖地，如出膛的子弹般飞向河的对岸。乔万尼不假思索，将半个身子探出窗外，眺望那边。在美丽空旷的桔梗色天穹下，竟有数万只小鸟一群接一群地鸣叫着匆匆飞过。

“原来是鸟儿在飞。”乔万尼在窗外喊道。

“哪儿呢？”康帕内拉也朝天上看去。

就在这时，塔架上的宽袍男人突然举起红旗疯狂挥舞。鸟群一下子停了下来，与此同时，下游方向响起砰的一声，像是什么东西倒塌了，而后半晌寂然无声，直到那个戴红帽的信号员再次挥动绿旗，大声喊道：“快趁现在过河，候鸟！快趁现在过河，候鸟！”

那人话音未落，数万只成群结队的候鸟已经笔直地划过长空。小女孩也跟着二人从中间的车窗探出头去望向天空，漂亮的脸蛋上神采奕奕。

“哎呀，鸟儿可真多呀！你看，天空多美呀！”小女孩跟乔万尼搭话，乔万尼却觉得对方是个无礼的讨厌鬼，便一声不吭地紧闭双唇望着天。小女孩轻轻叹了口气，默默坐回座位上。康帕内拉似乎出于同情，也从窗外缩回头来看地图。

“那人是在给鸟儿指路吗？”小女孩悄声问康帕内拉。

“是在给候鸟发信号。应该是有什么地方升起了烽火的缘故。”康帕内拉有些迟疑地答道。

随后，车厢里一片寂静。乔万尼也想把头缩回来，可他又觉得明亮的地方太难受，只好一声不吭地继续站在那里，还吹起了口哨。

我为何如此悲伤呢？我必须拥有更纯净、更宽广的心境才行。彼岸的远方有一点迷离的蓝火，看上去既宁静又清凉。我要仔细地望着它，让心境平静下来。乔万尼双手按着发烫疼痛的脑袋，望向那边，心里又想：真的没有人能永远和我一路同行吗？康帕内拉正跟那女孩聊得起劲，我真的好难受啊！

泪水再度浸湿了乔万尼的眼眶。银河似乎也已远去，只能看见白茫茫的一片。

这时，火车好像逐渐驶离河岸，开到了山崖上。对岸的黑色山崖把脚下的河岸挤向下游，显得越发巍峨。一株高大的玉米从乔万尼眼前闪过，玉米叶蜷缩着，叶子下面露出绿油油的大玉米棒，已经吐出红缨，还能隐约窥见珍珠般的玉米粒。窗外的玉米越来越多，已在山崖和铁道中间排了一溜儿。乔万尼下意识地从窗外缩回脑袋，转而望向对面的车窗，只见整片美丽的天之原野上栽满了高大的玉米，一直蔓延到地平线的边际。玉米在风中轻轻摇曳，卷缩的叶子尖儿上挂满钻石般的露珠，仿佛已在白天吸收了充足的阳光。植株间红绿交错，似熊熊火焰般闪闪发光。

“那是玉米吧？”康帕内拉问乔万尼。

然而乔万尼的心情尚未好转，他只是呆望着天之原野答道：“是吧。”

这时，火车声渐渐小了下来，经过几盏信号灯和道岔灯后，车停在了一个小站上。

正面的白色时钟指向两点整。风也消失了，火车也静止了。钟摆在万籁俱寂的原野上嘀嗒作响，一下下地准确刻记着时间。

在钟摆声的间歇里，从极遥远的原野尽头传来一丝几不可闻的旋律。

“是《新世界交响曲》。”小女孩看着乔万尼，自言自语般地轻声说。

车厢里的所有人——包括那个高大的黑衣青年，都仿佛沉浸在温柔的梦乡里。

“在如此宁静美好的地方，我为什么不能更快乐些呢？为什么如此孤独寂寞呢？不过康帕内拉也太过分了，和我一起上了火车，却只顾着跟那个女孩聊天。我真的好难受啊。”乔万尼又一次用双手遮住半边脸，凝视着对面的窗外。

如透明玻璃般清澈的哨声响起，火车徐徐开动，康帕内拉也寂寞地吹起《巡星之歌》的口哨。

“这一带已经是很高的高原了。”后方响起一个苍老的声音，像是刚睡醒就快言快语地开始了聊天，“要说种玉米，非得用棍子捅出一个二尺深的洞，再把种子撒下去，不然长不活。”

“是吗？这里距离河流很远吧？”

“嗯，离河流有两千尺到六千尺远，简直相当于险峻的峡谷了。”

对了，这里莫不是科罗拉多高原？乔万尼下意识地想。

康帕内拉又寂寞地独自吹起口哨。小女孩望着乔万尼所看的方向，脸蛋犹如绸缎包裹下的苹果。

突然，玉米丛不见了，广袤的黑色原野尽情铺展开来，《新世界交响曲》更加清晰地从地平线的边际涌来。

漆黑的原野上，一个印第安人头上插着白羽毛，手臂和胸前佩戴着串串石头饰品，手里举着一把箭在弦上的小弓，一溜烟儿地从火车后方追来。

“哎呀，是印第安人！是印第安人！姐姐你快看！”

黑衣青年睁开双眼，乔万尼和康帕内拉也站了起来。

“他跑过来了！他跑过来了！他是在追火车吧？”

“不是在追火车。他要么是在打猎，要么就是在跳舞。”青年似乎忘记了当下的处境，把手插进兜里，起身说道。

印第安人还真有几分像在跳舞。尽管他的确是在奔跑，但若是为了追赶火车，步法就该更省力气，神情也该更加认真才对。突然，印第安人猛地站住了，头上那根醒目的白羽毛随着惯性向前一抖。他迅速拉弓对天上射去，一只鹤晃晃悠悠地掉了下来。印第安人及时赶过去，张开双臂，猎物恰好落入怀中，他不禁开怀地放声大笑。

印第安人拎着鹤站在那里，望着火车，身影越来越小，越来越远。一根电线杆上的两个绝缘瓷瓶接连闪过，密密麻麻的玉米又出现了。从这边的车窗向外望去，可知火车正行驶在极高的悬崖上。谷底河面宽阔，明澈的河水流淌不息。

“嗯，从这里开始就要下坡了，会一口气降到那片水面的高度，非同小可。这样的倾斜程度，火车从对面是绝对开不上来的。看，车速逐渐变快了吧。”刚才那个苍老的声音响起。

火车飞速下降。驶过铺在崖边的铁道时，下方明澈的河流便映入眼帘。乔万尼的心情逐渐明朗起来。火车从一间棚屋前驶过，屋前站着一个小孩，本来无精打采的，看见火车冲过来，不禁兴奋得大叫起来。

火车飞速行驶。车厢里的旅客身子都向后仰着，双手紧紧抓住座椅不放。乔万尼不禁和康帕内拉一起笑了起来。银河以前所未见的惊人之势汹涌奔来，仿佛与火车近在咫尺，波光不时闪耀。浅红色的瞿麦花遍地盛开。终于，火车像是恢复了冷静，开始缓慢行驶。

对面和这边的岸上都立着画有星星和鹤嘴镐的旗帜。

“那是什么旗？”乔万尼终于开口说话了。

“不知道，地图上也没有。那边还有铁船呢。”

“嗯。”

“应该是要架桥的位置吧？”小女孩说。

“啊，那是工兵的旗帜。是在进行架桥演习呢，不过怎么看不见士兵的身影？”

这时，只见在对面稍近下游的岸边，无形的银河水骤然一闪，一根水柱高高升起，随即传来一声轰然巨响。

“是爆破！是爆破！”康帕内拉雀跃欢呼。

水柱消失不见了，巨大的鲑鱼和鳟鱼被抛到空中，白肚皮一闪一闪，划出一道道弧线又落回水里去了。

乔万尼开心得都要跳起来了，说：“是天上的工兵大队！没想到鳟鱼都被炸得翻着肚皮飞上天了！我从没经历过如此愉快的旅行，真是太棒了！”

“那些鳟鱼要是凑近了看，得有这么大吧？没想到这片水里有那么多鱼。”

“也有小鱼吗？”小女孩插嘴问道。

“有吧。既然有大的，就会有小的。不过现在离得太远了，小的看不见。”乔万尼兴致勃勃地笑着回答，他的心情已经彻底转晴了。

“那肯定是双子星神的宫殿！”小男孩突然指着窗外大喊。

只见右侧的矮丘上，并排矗立着两座仿佛用水晶砌成的小宫殿。

“双子星神的宫殿是怎么回事？”

“我以前听妈妈讲过好多次了，说是两个小水晶宫并排矗立着，准是那里。”

“你把双子星神的故事讲讲看。”

“我也知道！双子星神去天之原野上玩，却跟乌鸦打起来了，对吧？”

“才不是呢。妈妈说过，是在银河岸边——”

“后来彗星叽里呱啦地叫着来了。”

“净胡说。阿正，你说的那是别人。”

“这么说，他们现在就在那边吹笛子呢？”

“现在去海里了。”

“不对，他们已经从海里出来了。”

“没错没错。我知道，我来说。”

银河对岸突然变得一片赤红。

柳树等所有物事都如水印般透现在漆黑的背景前，无形的银河水波也不时闪烁出锐利如针的红光。对岸的原野上赤焰熊熊，黑烟仿佛要将高高在上的、染着桔梗色的天空烤焦。那烈烈火焰，似乎比红宝石更红更透亮，比燃烧的锂金属更美更醉人。

“那是什么火？要燃烧什么才能发出那样红亮的火焰呢？”乔万尼说。

“是天蝎之火。”康帕内拉又看着手中的地图答道。

“啊，要是天蝎之火的话，我知道。”

“天蝎之火是什么？”乔万尼问。

“就是蝎子烧死时的火。我听爸爸讲过好多次了，那火至今还在燃烧呢。”

“蝎子是虫子吧？”

“嗯，是虫子，不过是好虫子。”

“蝎子可不是好虫子。我在博物馆见过泡在酒精里的蝎子，尾巴上有个大钩子。老师说过，被它蜇了就会死的。”

“你说得没错，但它还是好虫子，这是爸爸说的。很久以前，在巴尔多拉原野上有一只蝎子，靠吃小虫子活着。有一天，一只鼬鼠发现了这只蝎子，要吃掉它。蝎子拼命逃啊逃啊，最后快被鼬鼠抓住时，前面突然出现了一口井，蝎子掉进井里，怎么也爬不上来，很快就要淹死了。据说，蝎子当时开始祈祷：我至今已不知夺走了多少条性命，而这次要被鼬鼠捉住的时候，我也曾那么拼死地逃命，最终却落得这样的下场。这下什么都没了。为什么我不把自己直接送给鼬鼠呢？那样的话，鼬鼠也能多活一天。上帝啊，请您听听我的心声，请不要让我的性命白白丢在这里，请用我的身体为大家谋求真正的幸福吧。不知不觉间，蝎子看见自己的身体燃起通红的美丽火焰，照亮了黑夜。爸爸说，那火现在还在燃烧呢。那个真的就是天蝎之火吗？”

“是的。你看，那边的测标恰好组成了一个蝎子的形状。”

乔万尼也看见了，大火对面的三个测标恰好组成蝎子的钳子，这边的五个测标组成了蝎子的尾巴和钩子，而那无声燃烧着的赤红天蝎之火，是那么光明美丽。

随着天蝎之火逐渐移向后方，众人听见一阵难以形容的喧闹声，其中有各种乐器的演奏声，仿佛携带着花草的芬芳，还有口哨声和鼎沸的人声。感觉像是附近有个小镇，而那里正在举行节日庆典。

“半人马座，快降露水！”一直在乔万尼身旁熟睡的小男孩突然望着对面的窗外大喊。

只见那边立着铁青色的鱼鳞云杉或是枞树，装扮得像圣诞树一样，树枝间挂满数不清的迷你灯泡，如同成百上千只萤火虫齐聚。

“对了，今晚是半人马座节呀。”

“这里是半人马村。”康帕内拉脱口而出。

“快到南十字星站了，请准备好下车。”青年对众人说。

“我还要再坐一会儿。”小男孩说。

康帕内拉身旁的小女孩心神不宁地站起身准备下车，可是看样子，她并不愿意与乔万尼等人分别。

“必须在这里下车。”青年嘴角紧绷，俯身看着小男孩说。

“不嘛，我要多坐一会儿再走。”

乔万尼忍不住说："和我们一起坐下去吧，我们有能去任何地方的车票。"

"可是我们不得不在这里下车，因为从这里才能去往天堂。"小女孩神情落寞地说。

"干吗非得去天堂呢？我的老师说过，我们必须在这里创造一个比天堂更美好的世界。"

"因为我们的妈妈去了天堂，而且上帝也在那里。"

"那种神是假神。"

"你的神才是假神呢。"

"不是。"

"你的神是怎样的神？"青年笑问。

"我其实并不清楚，但他不像你们说的那样，他是真正的唯一的神。"

"真正的神当然是唯一的。"

"不，我的意思是，他是唯一的真真正正的神。"

"就是啊。我祈望不久的将来，你们能在那位真正的神面前与我们再会。"青年虔诚地十指交叉紧握。

小女孩也同时做出同样的动作。大家都很不舍，脸色透着几许苍白。乔万尼几乎快要放声大哭了。

"准备好了吗？南十字星站就要到了。"

就在这时，遥远的银河下游出现一个闪闪发光的十字架，它被蓝、橙等所有色彩装点着，似一棵大树般屹立在无形的银河水中，树冠上方悬着一圈圆光般的白色云环。车厢里顿时一片喧哗。所有人都像当初见到北十字星时一样，笔直起立，开始祈祷。到处都是孩子扑向瓜果时发出的那种欣喜的声音，以及无以言喻的恭谨而深长的赞叹声。渐渐地，十字架来到车窗正面，可以看见那圈苹果肉般的白色云环正在缓缓旋转。

“哈利路亚！哈利路亚！”众人嘹亮的颂祷声中满是喜悦。从那片冰冷天空的远方传来难以形容的通透清脆的喇叭声，接着，火车驶入一片如林的信号灯和电灯丛中，速度渐渐放慢，最后恰好来到十字架的正对面，停了下来。

“好了，下车吧。”青年牵起小男孩的手，慢慢走向车门。

“再见了。”小女孩回头对二人说。

“再见。”乔万尼强忍着不哭出来，赌气般生硬地说。

小女孩神情难过地睁大眼睛，再次回头望了望二人，便默默地走出车厢。火车里人少了一半，顿时变得空荡荡的，风儿争先恐后地涌进这处陷入寂寞的所在。

二人望向窗外，只见旅客们规规矩矩地排着队，跪在那个十字架前的银河岸边。一个身穿白衣的神圣庄严的人，渡过无形的银河水，张开双臂朝这边走来。就在这时，玻璃哨子吹响，火车徐徐开动，更有银色的雾从下游迅速飘来，将那边挡了个严实，只能看见许多核桃树耸立在雾中，叶子闪闪发光，发出金色圆光的电动松鼠不时从树叶间闪现出可爱的小脸。

雾气飞快散去，窗外现出一条不知通往何处的路，路旁亮着一排小小的街灯。这条仿佛是城镇街道的路，沿着铁道向前延伸了一段。当二人从那排淡黄色的街灯前方通过时，那些街灯如同打招呼般，骤然一齐熄灭，等二人过后又再度点亮。

二人回头望去，刚才的十字架已经变得格外渺小，简直可以直接拿来挂在胸前了。一片朦胧中，也看不清刚才的小女孩和青年他们是仍然跪在那片白色的河岸上，还是已经去了不知位于何方的天堂。

乔万尼深深叹了口气，说："康帕内拉，又只剩下我们俩了。不管去哪儿，我们都要一路同行。我也要像那只蝎子一样，只要能让大家获得真正的幸福，就算把我的身体燃烧百遍也无所谓。"

"嗯，我也是。"康帕内拉的眼窝里浮现出晶莹的泪花。

"可真正的幸福究竟是什么呢？"乔万尼说。

"我不知道。"康帕内拉茫然地说。

"我们努力吧。"乔万尼感到胸中涌起一股新的力量，他用力吸了口气说。

"那儿，那里是煤袋星云，是天之洞。"康帕内拉似乎微微向后躲闪着，指向银河的某处说道。

乔万尼望向那边，不禁大吃一惊，只见那里的银河敞开了一个漆黑的大洞，其深不知几许。乔万尼把眼睛揉得生疼，也没看出里面有什么，只好说："即使置身在无限的黑暗中，我也不再害怕了。我一定会去为大家寻找真正的幸福。不管去哪儿，我们都要一路同行。"

"嗯，一言为定！那片原野真漂亮呀，大家都在那儿呢，那里是真正的天堂。啊！那是我的妈妈！"康帕内拉突然指着窗外远方的美丽原野大喊。

乔万尼也向那边望去，却只见一片白雾迷蒙，怎么也看不出康帕内拉所说的那种景象。他无话可说，心下落寞，正呆然望着，突然看见对面的河岸上立着两根电线杆，各自的红色托架连在一起，犹如手挽着手。

“康帕内拉，我们一起去吧。”乔万尼说着，扭头一看，却见康帕内拉的座位上已经没了他的身影，只留下黑色的天鹅绒闪着亮光。

乔万尼从座位上一跃而起，像是怕人听见一样把身子探出窗外，拼命捶打胸口，痛哭失声。他觉得，周围在瞬间陷入了一片漆黑。

乔万尼睁开眼，发现自己还躺在那个山丘的草丛里，原来是累得睡着了。他的胸中澎湃着莫名的火热，脸颊上却挂着冰冷的泪珠。

乔万尼如弹簧般跳起，只见镇子一如方才，在下方亮着点点灯火，可是不知怎的，那光芒似乎比刚才更炽热了。

他刚才在梦中遨游的银河，也依旧白茫茫地挂在天上，垂在南方漆黑地平线上空的部分尤显缥缈，右方天蝎座的红星在闪耀着美丽的光芒，整片天空的位置似乎没什么变化。

乔万尼一溜烟儿地跑下山丘。他想起等在家里还没吃晚饭的妈妈，心里便再也搁不下别的事情了。穿过黑黝黝的松林，绕过灰白色的牧场栅栏，乔万尼从先前的入口再次来到昏暗的牛圈前。好像有人刚刚回来，牛圈前多了一辆车，车上载着两个木桶。

“晚上好！”乔万尼喊。

“来了。”一个穿白色肥腿裤的人应声而出，“有什么事？”

“今天没给我家送牛奶。”

“啊，对不起。”那人立刻返身回屋，拿来一瓶牛奶递给乔万尼，“实在抱歉，今天午后我迷迷糊糊的，忘了关小牛圈的栅栏。

结果领头的小牛跑去找母牛，把一半牛奶都给喝了……”那人说着笑了起来。

“原来是这样啊，那我拿走了。”

“好的，实在对不起。”

“没关系。”

乔万尼用双手包住温热的奶瓶，走出牧场的围栏。

他穿过镇里的林荫道来到大街上，又走了一会儿，就到了十字路口。右手边的街道尽头是一座大桥，架在康帕内拉等人先前要去放河灯的那条河上，桥头堡影影绰绰地耸立在夜空中。

乔万尼发现，十字路口的街角和杂货店前各聚集了七八个女人，正望着大桥的方向交头接耳，而桥上也有许多灯火晃来晃去。

不知为何，乔万尼突然心里泛起一股寒意。他大声问附近的人：“出什么事了？”

“有小孩落水了。”一人答道。其他人一齐向乔万尼望来。乔万尼不顾一切地跑向大桥。桥上挤满了人，连河水都看不见，身穿白色制服的警察也出动了。

乔万尼从桥畔飞也似的下到宽阔的河滩上。

这边河滩上，有许多灯火正在忙碌地上上下下；对岸黑暗的河堤上，也有七八束火光正在移动。两岸中间，是那已看不见王瓜灯的灰色河水，无声无息地静静流淌着。

河滩最靠近下游的地方形成一块沙洲，沙洲上面站满了黑压压的人，格外显眼。乔万尼朝那里快步奔去，突然看见了先前跟康帕内拉在一起的马塞尔。

马塞尔跑到乔万尼身旁，说:“乔万尼，康帕内拉掉进河里了。”

“怎么回事？什么时候？”

“查内利想从船上顺水推一把王瓜灯，不巧当时船身一晃，他就掉下水了。康帕内拉立刻跳进河里，把查内利往船这边推。查内利抓住了加藤，可康帕内拉后来就不见了。”

“大家都在找吧？”

“嗯，大家很快都赶来了，康帕内拉的父亲也来了，但是没找到。查内利已经被带回家了。”

乔万尼走向人群，只见脸色苍白、下颌瘦削的康帕内拉的父亲身穿黑衣，直挺挺地立在学生和镇上居民当中，两眼死死地凝视着右手里的表。

众人也都盯着河面，所有人一声不吭。乔万尼心里七上八下，双腿不住打战。捉鱼时用的电石灯往来穿梭，黑色的河水泛着闪闪涟漪，犹自奔流。

下游的河面相当宽阔，倒映出巨大的银河，仿佛天空直接降临。

乔万尼不禁觉得，除了银河边上，康帕内拉不会在任何地方。

可是其他人看起来似乎还在幻想康帕内拉会一边说着“我游了好远啊”，一边从波浪中钻出来，或是康帕内拉已经游到了某处不为人知的沙洲上，正站在那里等人去接他呢。

突然，康帕内拉的父亲断然下结论:“没用了，落水已经四十五分钟了。”

乔万尼不假思索地冲到博士身前站定。他想告诉对方，我知道康帕内拉的去向，我一直和康帕内拉同行，但他的喉咙堵住了，一句话也说不出来。博士似乎以为乔万尼是来问候的，反复打量他好半天，才和蔼地说："你就是乔万尼吧？今晚谢谢你了。"

乔万尼无言以对，只是不停鞠躬。

"你父亲回来了吗？"博士紧攥着手表，又问。

"没有。"乔万尼轻轻摇了摇头。

"怎么会呢？他前天还给我来信说他很好呢，还说今天大概就能到家了。也许是船耽误了。乔万尼，明天放学后和大家一起去我家玩吧。"说完，博士又把目光投向倒映着银河的下游水面，痴痴地望着。

百感交集的乔万尼默默地离开博士，沿着河滩一溜烟儿地跑向镇里。他要尽快把牛奶带给母亲，要让母亲尽快知道父亲就要回来的消息。

大提琴手高修

高修是镇电影院乐团的大提琴手，但大家都说他拉得不怎么好。其实何止是不怎么好，他根本就是乐团里水平最差的，也因此一直被指挥欺负。

一天午后，乐团成员们在后台围成一圈，为本届镇音乐会排练贝多芬的《第六交响曲》。

小号竭力高歌。

双声部的小提琴悠扬婉转，有如风吟。

单簧管也热情洋溢地赶来伴奏。

高修神情凝重地紧绷着嘴，圆睁双眼盯着乐谱，专心致志地拉动琴弦。

“啪！”指挥突然一拍巴掌。众人立刻停止演奏，一时间鸦雀无声。

指挥怒吼：“大提琴没跟上拍子！ Do Fa La Do La Si，从这里重来，开始！”

众人从前一个小节开始重新演奏。高修面红耳赤，满头大汗，勉强才通过这一段。他松了口气，刚继续往下拉了几下，指挥又拍巴掌了。

“大提琴！弦不准！真拿你没办法。我可没闲工夫教你 Do Re Mi！”

众人替高修感到难堪，只好故意探头察看自己的乐谱，或是埋头摆弄自己的乐器。高修慌忙把弦调准。其实，高修的琴艺蹩脚不假，但他那把大提琴也着实不怎么样。

“从上一个小节重来。开始！”

众人再次开始演奏。高修抿着嘴，拼尽了全力。这次倒是顺利推进了一大段。高修刚觉得渐入佳境，指挥就又威吓般地拍响了巴掌。高修吓了一跳，以为自己又出错了，所幸这次出错的是别人。高修就学着众人在自己刚才出错时的做法，故意把眼睛凑到乐谱前，装出思考的模样。

“从下一个小节再来。开始！”

高修刚拉了几下，指挥突然又跺脚怒吼起来：“不行！简直不像话！这部分是全曲的核心，却被你们演奏得如此粗陋！诸位，离公演可就剩下不到十天了。我们这些专业的音乐人，要是输给那群钉马掌的铁匠和砂糖铺的学徒，大家颜面何存啊！喂，高修，你太叫人头疼了，演奏毫无表情可言，喜怒哀乐这些感情一点儿也体现不出来。还有，你怎么老是跟不上其他乐器的节奏呢？每次都是只有你一个人像鞋带松了一样，慢吞吞地走在大家后头。这怎么行？你得努力练习啊！我们金星乐团享誉多年，要是因你一人坏了名声，对其他人就太不公平了。好了，今天就练到这儿，大家休息一下，六点整都去包厢。”

众人躬身施礼后，有的叼起香烟划燃火柴，有的径直离去。高修抱着他那把破木箱般的大提琴，抿着嘴面壁而坐，泪珠止不住地滑落。待重新打起精神后，他开始独自一人静静地从刚才练习的地方重新演奏。

这天夜里高修背着一个黑乎乎的大家伙，很晚才回到家。说是家，其实只是位于镇边河畔的一间废弃的水车棚屋。高修独自住在那里，每天上午会在棚屋周围的小菜地里给西红柿剪剪枝，为甘蓝挑挑虫，过午就会出门。高修走进屋，点亮灯，打开背回来的黑包袱。里面装的不是别的，正是傍晚练习时使用的那把粗制滥造的大提琴。高修将大提琴轻轻地放在地上，一把抓过柜上的杯子，舀起桶里的水，咕咚咕咚地灌了起来。

喝完水，他甩甩头，坐在椅子上，以猛虎下山之势拉起白天练习的那支曲子。他翻看着乐谱，拉几下想一想，想一会儿再接着拉，好不容易拉完了整支曲子，又从头开始，一遍接一遍地嗡嗡嗡拉个不停。

子夜早就过了，高修已经不知自己是不是还在拉琴。他满脸通红，双眼充血，面目骇人，似乎随时都会因体力不支而栽倒。

就在这时，后门响起咚咚的敲门声。

“是霍修吗？”高修迷迷糊糊地问。然而一把推门走进来的，却是曾见过五六次的大花猫。

花猫吃力地抱着一个从高修田里摘下的半生不熟的西红柿，放在高修面前，说：“累死我了，搬运这活儿可真不好干。”

“你说什么？”高修问。

“这是见面礼，请吃吧。”花猫说。

高修把满肚子的闷气一股脑儿地发泄出来：“谁叫你拿什么西红柿来的！别的先不说，我怎么会吃你们拿来的东西呢？再说了，那西红柿本来就是我地里结的。咦？摘的竟然还是没红的西红柿。以前那个啃断西红柿茎、还把菜地踩得乱七八糟的家伙，就是你吧？快滚！你这只臭猫！”

听了这话，花猫缩起肩膀，眯起眼睛，却微笑着说：“先生，气大伤身啊。不如拉一首舒曼的《梦梦曲》①来听听，我给你品品。”

“你区区一只花猫，也敢如此大言不惭？”大提琴手十分恼火，心想怎么教训教训这家伙。

“哎呀，别客气，请开始吧。我不听先生的音乐就睡不着觉呢。”

“放肆！放肆！放肆！”高修气得面红耳赤，正像白天的指挥一样跺脚怒吼着，却忽然改了主意，“好，我拉。”

高修不知打的什么主意，不仅锁了门，还把所有窗户都关了，然后拿出大提琴，又熄了灯。于是，屋外下弦月的月光照亮了半个房间。

“拉什么曲子？”

“《梦梦曲》，就是罗曼蒂克·舒曼②写的那个。”花猫抹抹嘴，镇定自若地说。

“哦，《梦梦曲》是不是这样子的？”

大提琴手不知想到了什么主意，先撕裂一条手帕，将耳孔塞

①此处是花猫将舒曼《梦幻曲》误作《梦梦曲》。

②此处是花猫将罗伯特·舒曼误作罗曼蒂克·舒曼。

紧，然后以暴风骤雨般的气势拉起了《印度猎虎曲》。

花猫歪着头听了一会儿，突然眼珠开始骨碌碌地乱转，接着嗖地一下扑向房门，身子猛地撞在门上，发出砰的一声，然而门却没被撞开。花猫似乎已明白自己犯下了一生中最严重的错误，不由得惊慌失措，眼睛和额头噼噼啪啪地迸出火星，跟着嘴上的胡须和鼻子也冒出火星来了。花猫似乎觉得很痒，作势要打喷嚏，但它很快就醒悟过来，知道眼下耽搁不得，开始满屋疾走。高修看得津津有味，拉琴的劲头越发高涨。

“先生，够了，够了！求你别再拉了，我今后再也不敢指挥你啦！”

“闭嘴！接下来就要猎虎了。”

花猫十分痛苦，又是上蹿下跳，又是团团乱转，还把身子紧贴在墙上，蹭出道道青光。最后，花猫像风车一样围着高修滴溜溜、滴溜溜地绕起圈来。

高修也被转得有些头晕，便说：“好了，就饶了你吧。”然后终于停了下来。

花猫却又满不在乎地说：“先生，你今晚的演奏有点儿不对劲。”

大提琴手顿时气又不打一处来，但他若无其事地取出一根卷烟叼在嘴里，然后拈出一根火柴，说：“怎么样？没吓坏你吧？舌头伸出来我看看。”

花猫哧溜一下吐出又尖又长的舌头，像在做鬼脸。

“哈，有点粗糙呀。”说着，大提琴手突然把火柴在猫舌上嗖地一划，火苗燃起，再点燃了口中的香烟。这一下，花猫不知是被吓坏了还是怎的，把舌头转得风车一般，走到门口用脑袋狠狠撞了下门板，又趔趔趄趄地走了回来，接着又走过去狠狠撞了一下，然后再次趔趔趄趄地走回来。如此反复再三，像是在寻找逃路。

高修饶有兴致地看了一会儿，才说："我放你出去，别再来了。笨猫。"

大提琴手打开房门，看着花猫一溜烟儿地钻进芒草丛中，不禁轻笑起来。高修终于感觉神清气爽，酣畅地睡了个好觉。

第二天晚上，高修又背着那个装大提琴的黑包袱回到家里。咕咚咕咚喝完水，他又像昨晚那样，开始不停拉琴。十二点很快就过去了，一点钟过去了，两点钟也过去了，高修还没停下来。他嗡嗡地拉着琴，已经忘了时间，甚至连自己是不是正在拉琴也不清楚了。

就在这时，屋顶传来咚咚的响声。

"这只臭猫！还没吃够苦头？"高修叫道。

忽听吧嗒一声，从天花板的洞里掉下一只灰色的鸟。等那只鸟落在地板上，高修才看清是一只布谷鸟。

"怎么连鸟都来了，有什么事？"高修说。

"我想跟你学习音乐。"布谷鸟镇定自若地说。

高修笑道："学习音乐？你唱的歌不就只是布谷、布谷吗？"

布谷鸟格外认真地说："是啊，没错。但这可不是件容易的事。"

"有什么难的。你们唱歌不就是把布谷喊上很多遍，吵得人心烦意乱，哪里谈得上唱法？"

"可正因如此才不容易呢。比如，这样唱布谷和那样唱布谷，一听就知道大不一样呢。"

“在我听来没什么两样。”

“那是你不懂得如何分辨。我们的同伴叫一万声布谷，就有一万种不同。”

“你爱怎么说都行。既然你分辨得那么清楚，又何必来找我呢？”

“我想正确地发出 Do Re Mi 的音。”

“你学会 Do Re Mi 有用吗？”

“有用。去外国之前，我一定要学会。”

“你还要去外国？”

“先生，请务必教我 Do Re Mi！我跟着唱就行。”

“真麻烦。行了，我只拉三遍，你听完就赶快走。”

高修拿起大提琴，嗡嗡地调准琴弦，然后拉起了 Do Re Mi Fa So La Si Do。

布谷鸟连忙啪啪地拍动翅膀说：“不对，不对。不是那样的。”

“你可真够烦的，那你唱一个我听听。”

“是这样的。”布谷鸟把身子向前弯，摆了半天姿势，才叫了一声布谷。

“什么呀，这是 Do Re Mi？对你们来说，Do Re Mi 和《第六交响曲》都一样是吧？”

“那可不一样。”

“哪里不一样？”

“难就难在要持续不停地唱很多遍。”

“就是这样吧？”大提琴手再次拿起大提琴，布谷布谷、布谷布谷地连续拉了起来。

布谷鸟非常高兴，中途也和着琴声，布谷布谷、布谷布谷地叫了起来。

布谷鸟竭力弓着身子，叫个不停，而高修终于拉得手都疼了。

“行了，还不适可而止？”说着，高修停了下来。

布谷鸟却意犹未尽地一挑眼梢，又唱了一会儿，最后叫着布谷、布谷、布、布、布、布、布……终于停了下来。

高修气坏了，说：“好了，臭鸟，完事了就走吧。”

“请务必再拉一遍。你的琴声听起来不错，但有些地方不大对劲。”

“你说什么？可不是我在跟你学习！还不快走！”

“求你无论如何再拉一遍，一遍就好。”布谷鸟不停点头鞠躬。

“那就再拉最后一遍。”说着，高修架好琴弓。

布谷鸟呼地喘了口气，说：“那就请你尽量拉得久一些。”说完又鞠了一躬。

“真拿你没办法。”高修苦笑着开始拉琴。布谷鸟则又变得格外认真，弓着身子，布谷布谷地拼命叫了起来。高修起初还很恼火，可是在不断拉琴的过程中，他突然发觉，布谷鸟唱出的才是真正的Do Re Mi。他越拉越觉得，布谷鸟的表现比自己更好。

“唉，瞧瞧我做的蠢事，这样下去岂不是要变成鸟了。”高修突然停了下来。

布谷鸟犹如头上挨了重重一击，身子晃了几晃，然后又像刚才那样叫着布谷、布谷、布、布、布、布、布，然后停了下来。布谷鸟恨恨地盯着高修，说：“为什么停下了？我们布谷鸟就算是再不争气的家伙，不叫到喉咙出血也不会罢休。”

“真是大言不惭。如此幼稚的把戏要持续到什么时候？你快走吧。看，天都亮了。”高修指了指窗户。

东方的天空已泛起朦胧的银色，乌云正经由那里涌向北方。

“那就请拉到太阳出来吧。再拉一遍，拉一下下就好。”布谷鸟再次低头鞠躬。

“闭嘴！你这只笨鸟，真是得寸进尺。你再不走，我就把你煮了当早饭吃。”高修嘭地跺了跺脚。

布谷鸟好像吓了一跳，猛地朝窗户飞去，脑袋狠狠地撞在玻璃上，吧嗒一下掉了下来。

“怎么去撞玻璃啊，傻瓜。”高修慌忙站起身，想要打开窗户，谁知那扇窗户本来就不是随时都能轻易打开的。高修当当地不停敲打窗框，而布谷鸟又撞上去，掉下来，眼看着嘴角已渗出点点鲜血。

“我这就给你开窗，别急！”当高修终于把窗户推开两寸来宽的一条缝时，布谷鸟爬起身，以不成功便成仁的气势，直直凝望着窗外的东方天空，用尽全力振翅飞去。不用说，这次又撞在玻璃上，而且比上次撞得更狠，布谷鸟又掉了下来，好半天一动不动。高修伸出手，想抓住布谷鸟从门口放飞，谁知布谷鸟突然睁开眼睛，飞快地闪了开去。接着，布谷鸟再一次对准玻璃作势欲冲。高修不假思索，抬起腿一脚踹在窗户上。伴随着一记可怕的声响，玻璃碎成了两三块，整个窗户连同窗框都掉到屋外去了。布谷鸟如一支离弦之箭，穿过空荡荡的窗洞飞到屋外，然后一刻不停地笔直飞呀飞呀，直到失去踪影。高修朝窗外呆望了一阵子，直接躺倒在屋角睡着了。

第三天晚上，高修又拉琴直到后半夜。他觉得有点儿累，正舀了一杯水喝，就听见门口又响起咚咚的敲门声。

高修心想，今晚不管谁来，都要像昨晚对付布谷鸟那样，一开始就把它吓跑。于是高修端着水杯，静候来客。门打开一条缝，进来一只小狸猫。高修又把门缝开大了些，然后猛地跺脚大吼："听着！小狸猫！你知道什么是狸肉汤吗？"小狸猫一脸懵懂，端坐在地板上，歪头想了半天，才说："我不知道什么是狸肉汤。"高修看着小狸猫那张脸，差点儿笑出声来，却强行装出凶恶的表情说："那我来告诉你。所谓的狸肉汤呀，就是把像你这样的狸猫，跟卷心菜和盐拌在一起，再咕嘟嘟地炖烂了，给大爷我这样的人吃。"

小狸猫似乎仍然不明所以，说："可是我爸爸说过，高修人特别好，叫我不用害怕，去跟他学吧。"

高修终于忍不住笑了出来，说："叫你来学什么呢？我正忙着呢，而且很困了。"

小狸猫陡然来了精神，向前迈出一步，说："我是小鼓手。爸爸叫我来和你的大提琴合奏。"

"哪有小鼓啊？"

"看，就是这个。"小狸猫从背后拽出两根小棒。

"光有鼓槌有什么用？"

"那么，就请你拉《快乐的马车夫》吧。"

"什么？《快乐的马车夫》是爵士乐吗？"

"就是这个谱子。"小狸猫又从背后拿出一张乐谱。

高修接过一看，不禁笑了出来："嚯，这曲子可够奇怪的。好，我要拉了。你敲小鼓？"高修好奇小狸猫会怎么做，于是一边偷瞄着小狸猫，一边开始拉琴。

小狸猫握着小槌，和着拍子，在大提琴的琴马下方咚咚地敲了起来。它敲得特别好，高修拉着拉着，也开始觉得兴致盎然了。

全曲拉完，小狸猫歪头想了会儿，似乎终于有了答案，说："高修先生，你拉第二根弦的时候，总是慢半拍，害我几次差点儿摔跤。"

高修大吃一惊。的确，他从昨晚就觉得，那根弦不管自己怎么快拉，都无法即时发出声音。

"嗯，也许吧。是这把大提琴不行。"高修伤心地说。

小狸猫露出同情的表情，又想了一会儿，说："是哪里不行呢？你再拉一遍吧。"

"好，我再拉一遍。"高修又开始拉琴。小狸猫还像刚才那样咚咚地敲打鼓点，并不时侧头倾听大提琴的发声。全曲拉完，东方又已发亮了。

"啊，天亮了。谢谢。"小狸猫手忙脚乱地把乐谱和鼓槌背在身后，用胶带粘牢，又鞠了两三个躬，便急匆匆地跑了出去。

高修呆立原地，灌了一肚子从昨晚破碎的窗口吹进来的凉风。过了好半晌，他突然想起去镇里之前得先睡一觉恢复精力，连忙钻进了被窝。

第四天晚上，高修照旧通宵拉琴。临近黎明时分，他正累得端着乐谱昏昏欲睡时，又听见了咚咚的敲门声。那声音微不可闻，但由于每晚都不例外，高修还是一下子就听出来了，便说了声"进来”。从门缝钻进来的是一只田鼠，它领着自己的孩子——一只非常小的小田鼠，哧溜哧溜地走向高修。那只小田鼠小得简直只有一块橡皮那么大，高修不禁笑了起来。田鼠不知自己何处引人发笑，左顾右盼着来到高修面前，放下一颗青栗子，恭恭敬敬地鞠了一躬，说：“先生，这孩子身体不好，就快不行了。请您发发慈悲，给治一治吧。”

“我哪里会看病啊？”高修有些不悦地说。

田鼠妈妈低下头沉默了片刻，又鼓足勇气说：“先生，您在说谎。您不是每天都用高明的医术治好了大家的病吗？”

“我不明白你在说什么。”

“先生，多亏您出手相助，兔奶奶的病才治好了，狸猫爸爸的病也治好了，就连心眼儿那么坏的猫头鹰，您都给治好了，却唯独不肯救治这孩子，实在太无情了！”

“喂喂，你肯定搞错了。我可没给猫头鹰治过什么病，不过是小狸猫昨晚来玩乐队游戏，仅此而已。”高修诧异地俯视着那只小田鼠，笑道。

田鼠妈妈哭了起来：“既然这孩子注定要生病，那还不如早点儿生病呢。您刚才还在嗡嗡地拉琴，这孩子一生病，琴声就一下子停了，而且怎么央求您都不肯为这孩子拉琴。多么不幸的孩子呀！”

高修惊叫：“你说什么？我一拉大提琴，猫头鹰和兔子的病就都好了？这是怎么回事？”

田鼠用一只爪子抹着眼泪，说：“是的。这一带的居民只要一生病，都会钻到先生家的地板下面治病。”

“然后病就好了？”

“是啊，全身血流通顺，心情舒畅，有的当场就能痊愈，有的回家以后也好了。”

“啊，原来如此。我拉大提琴发出的嗡嗡声，能起到按摩的作用，才治好了你们的病。好，我明白了，我这就拉。”高修吱嘎吱嘎地调了调弦，然后一把抓起小田鼠，从大提琴孔送进了琴箱。

“我也要一起进去。无论去哪家医院，都是妈妈陪在孩子身边的。”田鼠妈妈发狂似的扑向大提琴。

“你进得去吗？”大提琴手让田鼠妈妈从大提琴孔往里钻，可是它只钻进去了半个脑袋。

田鼠四脚扑腾着，冲里面的小田鼠喊：“你自己在里面还好吗？落地的时候，有没有像妈妈平时教你的那样四脚同时着地？”

“我很好，落地也很顺利。”琴箱底部的小田鼠用细如蚊子般的声音答道。

“不要紧的，都叫你不用哭了。”高修把田鼠妈妈放在地上，然后抄起琴弓，嗡嗡隆隆地拉起了狂想曲还是什么曲子。这一来，田鼠妈妈听着琴声反而开始担心了，最后终于忍不住说：“好了，够了，请把孩子放出来吧。”

“怎么？这就行了？”高修将大提琴斜放，用手在琴孔下方接着，小田鼠很快就出来了。高修默默地把小田鼠放在地上，只见小田鼠双眼紧闭，浑身颤抖。

“怎么样？感觉好些了吗？”

小田鼠一声不吭，仍闭着眼不停打哆嗦，片刻后突然爬起身奔跑起来。

“啊，好了！谢谢，谢谢。”田鼠妈妈也跟着小田鼠跑了起来。不久，田鼠回到高修面前，不住鞠躬，接连说了十来遍“谢谢”。

高修心里生出一股莫名的怜意，问：“喂，你们吃面包吗？”

田鼠似乎吓了一跳，朝四下望了望，才说：“没吃过。听说面包是把小麦粉揉完再蒸做成的，软软的，特别好吃。但我们可没上过您的橱柜，何况既然蒙您出手相助，我们又怎么好意思偷您的东西吃呢？”

“不，我不是那个意思。我只是问你们吃不吃。这么说就是吃喽？稍等一下，我拿给你那胃口不好的孩子吃。”

高修把大提琴放在地板上，从橱柜里抓出一块面包，放在田鼠面前。

田鼠简直像个傻瓜一样，又哭又笑又鞠躬，然后无比珍惜地叼着那块面包，让小田鼠走在前头，母子双双离去了。

“啊，跟田鼠讲话可真够累的。”高修一头倒在床上，很快就呼呼睡着了。

六天后的晚上。金星乐团的成员们一个个兴奋得脸蛋红通通的，他们拿着各自的乐器从镇公共礼堂的舞台上鱼贯而下，来到后台的休息室。他们从头到尾顺利地完成了《第六交响曲》的演奏。掌声似暴风雨般响彻整个礼堂，经久不息。指挥把手插在兜里，对掌声置若罔闻，慢条斯理地在众人中间走来走去，其实心里高兴极了。团员们有的叼着香烟划燃火柴，有的正把乐器收进盒里。

礼堂里的观众仍在啪啪鼓掌。不仅如此，掌声还越来越大，最后变成了令人束手无策的可怕巨响。

胸口系着白色大领结的主持人走进休息室，说："观众希望返场，大家可否再次登台，演奏一小段也好啊。"

指挥坐直了，说："不行啊，刚刚演奏的乐曲如此经典，接下来我们不管再演奏什么，观众都不会满意的。"

"那就请指挥登台跟观众打个招呼吧。"

"不行。对了，高修，你上去拉一首吧。"

"我？"高修惊呆了。

"就是你，就是你。"首席小提琴手突然抬起头说。

"好了，快上去吧。"指挥说。

众人把大提琴硬塞到高修手里，打开门，猛地把高修推到舞台上。高修拿着那把破洞的大提琴，无比窘迫地来到台前。观众见高修出现，掌声越发热烈，甚至有人哇哇大叫。

"没这么欺负人的。好，等着瞧吧。我就拉一首《印度猎虎曲》。"高修彻底镇定下来，走到舞台中央。

接着，他像那晚面对花猫时一样，以怒象之势开始演奏。谁知，观众席间却变得鸦雀无声，大家都在用心聆听。高修不停地拉，令花猫痛苦不堪、噼噼啪啪直冒火花的部分过去了，无数次用身体撞门的部分也过去了……

一曲终了，高修不敢去看观众的反应，拿着大提琴像那只花猫一样一溜烟儿地逃进后台。这时他见到以指挥为首的所有人，像骤然见到了被大火烧毁的家园废墟一般，目瞪口呆地僵坐在原地，一句话也说不出来。高修抱着破罐子破摔的心态，从众人中间快步穿过，一屁股坐在对面的长椅上，跷起了二郎腿。

众人齐齐转头望着高修，表情严肃，没人发笑。

“今晚真是怪了。”高修心想。

指挥站起身，说：“高修，拉得好！虽然是那么激烈的曲子，大家却都听得非常认真。在十来天的时间里，你就进步了这么多。比起十天之前，简直就是天壤之别。看来你只要想做，任何时候都能做好。”

团员们也纷纷起身，向高修表示祝贺。

“因为身体结实，才能拉出这样的曲子，换成普通人怕是要累死了。”指挥在对面说。

是夜，高修很晚才回到家。

他又咕咚咕咚地喝了杯水，然后打开窗户，遥望着自己不知何时就会想起的、当初布谷鸟飞走不见的那片天际，自言自语似的说：“布谷鸟，那天真对不起，我没生气。”

黄色西红柿

博物局十六等官科斯特记

我们镇博物馆里有个大玻璃柜，柜里摆放着四只被剥制成标本的蜂鸟。

这些娇小可爱的蜂鸟，活着时会啾啾地鸣叫，像蝴蝶一样吸食花蜜。在这四只蜂鸟当中，我尤其喜欢站在最高枝头上振翅欲飞的那一只。它的眼睛是红色的，凛然高挺的光滑胸脯是铜绿色的，上面还带着波浪般的漂亮花纹。

小时候的一天早晨，我在上学路上偷偷去看蜂鸟，刚站到玻璃柜前，就听那只蜂鸟突然用银针般尖细清亮的声音对我说："早安！彭佩尔真是个好孩子，却遇到了那么可怜的事。"

当时窗前尚遮着茶色的厚窗帘，屋里就像隔着啤酒瓶碎片看起来那般昏暗。

我也打了声招呼："早安，蜂鸟！你说的彭佩尔遇到了什么事？"

玻璃对面的蜂鸟又说："嗯，早安。他的妹妹奈莉也是个可爱的好孩子，却也那么可怜。"

"快告诉我是怎么回事。"

蜂鸟咧了咧嘴，像是笑了一下，又说："我这就告诉你。你先垫着书包坐下来吧。"

我并不情愿坐在装有课本的书包上，不过又想听听是怎么回事，最后还是依了蜂鸟的话。

蜂鸟便开始娓娓道来："彭佩尔和奈莉的父母每天辛勤劳作，兄妹俩就在一旁尽情玩耍。"

□□□□[①]

当时我也说着"再见、再见"，从彭佩尔家那美丽的林间花丛中笔直穿过，飞回自家去了。

后来当然还舂了小麦。

兄妹俩每次舂小麦，我都会去旁观。一到那天，彭佩尔就在红色的玻璃水车磨坊里咿咿地舂捣麦粉，他身上从卷发、浅黄色的短背心，再到肥大的棉布裤，都蒙上一层白花花的麦粉；奈莉则把每四百格令[②]麦粉分装在一个棉布口袋里，累了就倚在门口，望着原野出神。

这时我就会飞过去捉弄她说："你喜欢野草啊？"

当然他们还种了卷心菜。

兄妹俩每次割卷心菜，我都会去旁观。

彭佩尔把卷心菜从粗壮的根部割断，放在地上使劲一推，奈莉用双手捧起滚过来的卷心菜，摞在漆成浅蓝色的独轮车上。然后兄妹俩推着车，把卷心菜运到黄色的玻璃仓房里。绿油油的卷心菜在

①此处原稿缺页。

②英式重量单位，英文写作 grain，1 格令约等于 0.0648 克。

田间滚动的场景，真是格外壮观。

就这样，兄妹俩快乐地生活在一起，只有他们两个人。

“那里没有大人吗？”我忽然想到这个问题，便问。

“那附近一个大人也没有，彭佩尔和奈莉兄妹俩一直只有两个人快乐地生活着。然而真是可怜啊！彭佩尔那么好的孩子，却遇到了那么可怜的事。奈莉也是十分可爱的女孩子，却也那么可怜。”

蜂鸟突然陷入了沉默。

我感觉如坐针毡。

良久，玻璃对面的蜂鸟始终一言不发。

我强捺着心里的焦躁，双手抱着膝盖，一时间也不说话。可是看蜂鸟嘴巴紧闭的模样，简直像从坟墓里爬出来的死人，怎么还会开口说话？

于是我再也坐不住了，起身走到玻璃柜前，双手按在上面，对蜂鸟说：“蜂鸟，彭佩尔和奈莉后来到底怎么样了？他们遇到了什么事？蜂鸟，你倒是快说呀！”

可是蜂鸟依然紧闭着尖细的嘴，只望着对面的大山雀，看来并不打算回答我。

“蜂鸟，你倒是说呀。话只说一半可不行啊，蜂鸟。快说嘛，来，接着刚才继续说。你为什么不说啊？”

玻璃被我的哈气蒙上了一层白雾，连四只美丽的蜂鸟也变得模糊不清，我终于忍不住哭了出来。

我为什么要哭？首先是因为那只美丽的蜂鸟刚刚还在用银丝般动听的声音和我说话，忽然之间却像是僵死掉了，那对活泼泼的眼珠也变成了生气全无的黑玻璃球，始终只看着大山雀，甚至都不知道它是真的在看，抑或只是眼珠朝着那个方向罢了。再有，彭佩尔和奈莉这对顶着烈日劳作的可爱兄妹，遇到了非常可怜的事，这令我无法忍住不哭。为了这个原因，我甚至能哭上一个礼拜。

正哭着，我感到右肩一沉，随之而来的是一股暖意。我吓了一跳，扭头看见身后站着值班的老爷爷，他满脸忧色，白眉紧锁，一只手正放在我的肩上。

老爷爷说："你为什么哭得这么伤心啊？是肚子疼吗？好端端地怎么会一大清早跑到鸟标本的玻璃柜前如此痛哭呢？"

然而我怎么也没有办法停止哭泣。

老爷爷又说："你可不能哭得这么大声。现在离开展时间还有一个半钟头呢，你这是偷着溜进来的。你哭得这么大声，要是被外面的人听见了，会来找我抗议的，所以可不能哭得这么大声。你究竟为什么哭得这么伤心啊？"

我勉强开口回答："因为蜂鸟不再跟我说话了。"

老爷爷哈哈大笑。

"噢，肯定是蜂鸟跟你说了什么，然后又突然沉默不语了，对吧？这怎么行。这只蜂鸟老是爱用这个法子捉弄人。好，看我教训教训它。"说着，老爷爷来到玻璃柜前，"喂，蜂鸟，今天这是第几次了？这笔账我会给你记下来的，一定会记下来哦。实在是拿你没办法了，只好告诉馆长，把你送到冰岛去。"他转而对我说，"好了，小朋友，这家伙一定会再跟你说话的。快把眼泪擦擦，瞧这脸上一把鼻涕一把泪的。看，这样多干净啊。话说完了记得快去上学啊。要是聊得太久，这家伙不耐烦了，又会说出一堆讨人厌的话来。知道了吗？”

老爷爷替我擦干眼泪，然后背着双手，迈着轻快的脚步去外间巡视了。

老爷爷的脚步声慢慢离开这个昏暗的茶色房间，消失在隔壁。这时，蜂鸟再次向我看了过来。

我的心脏猛然一跳。

蜂鸟用细如口琴的声音悄悄对我说："刚才对不起，我实在是累得没力气了。"

我也柔声说："蜂鸟，我一点儿也没生气，你接着刚才继续讲吧。"

蜂鸟便再次娓娓道来……

彭佩尔和奈莉真的非常可爱。兄妹俩住在蓝色的玻璃房子里，只要把窗户全部关上，就如同置身海底一样。而且这样一来，我就听不见兄妹俩的说话声了。

因为那些玻璃很厚很厚。

不过呢，要是看见兄妹俩盯着一本大册子，嘴唇同时一张一合的样子，任谁都知道两人是在同唱一首歌。我特别喜欢看那两张动来动去的小嘴，所以总是停在院子里的紫薇树上瞧得出神。彭佩尔真是个好孩子，却遇到了那么可怜的事。奈莉也是十分可爱的女孩子，却也那么可怜。

"快说到底发生了什么事。"

就是说啊，兄妹俩的生活真的充满乐趣，要是能一直那样下去就好了。可是兄妹俩在田里栽了十棵西红柿，其中五棵是黄松品种，另五棵是红樱桃品种。黄松西红柿结出的果实又红又大，红樱桃西红柿则会结出许多樱桃般的小红果。我虽然不吃西红柿，却格外喜欢黄松西红柿的模样。有一年，幼苗出现了两种颜色，栽下去后也是两种颜色。颜色特异的幼苗渐渐长大，叶子散发出青涩西红柿的气味，茎上也涌现出许多金黄色的小颗粒，然后很快就结出了果实。

可是在五棵红樱桃西红柿里，好像只有一棵结出了罕见的黄色果实，并且还闪闪发着光。透过边缘呈锯齿状的青黑色叶子的间隙望去，那耀眼夺目的黄色西红柿真是令人叹为观止。

于是奈莉问："哥哥，那几颗西红柿为什么会发光呢？"

彭佩尔把手指抵在唇上，思考了一会儿后回答："那是黄金啊。因为是黄金，所以会发光。"

"呀，竟然是黄金。"奈莉有些惊讶，"真漂亮啊！"

"嗯，真漂亮。"

兄妹俩当然没有摘下那几颗黄色西红柿，甚至连碰也没碰一下。

然而，后来兄妹俩的遭遇实在可怜。

"快说到底发生了什么事。"

就是说啊，兄妹俩生活得那么快乐，要是能一直那样下去就好了。可是有一天傍晚，兄妹俩正在给羊齿的叶子浇水，就听见从遥远的原野上随风传来丝丝缕缕难以形容的声音。那声音简直好听得无法言喻，尽管断断续续的，却仿佛带着铃兰和香水草的芬芳。兄妹俩拿着喷壶的手停在空中，面面相觑，都不说话。

过了好半天，彭佩尔才开口说："多么好听的声音啊，我们过去看看吧。”

奈莉当然更加迫不及待，说：“走吧，哥哥，这就走吧。”

“嗯，这就走。不要紧，没什么危险的。”

于是兄妹俩手牵着手出了果园，朝声音传来的方向跑去。

那声音相当遥远。兄妹俩越过了长满白桦的小山，还是离得很远；又渡过了三条垂柳成荫的小溪，依然相距遥远。

尽管如此，多少还是近了一些。

直到兄妹俩从两棵形如拱门的榧树下方钻过时，那神奇的声音终于不再是断断续续的了。

于是兄妹俩振作精神，一面用袖子擦着满头的汗，一面继续前行。

那声音越来越清晰，其中还夹杂着悠扬婉转的笛声和大喇叭的怒吼声。我彻底明白是怎么回事了。

“奈莉，就快到了，要抓紧我哦。”彭佩尔对妹妹说。

奈莉一言不发地甩了甩她那裹着头巾的鹅蛋形的小脑袋，咬紧嘴唇向前跑去。

兄妹俩再一次绕过长满白桦的山丘时，一条尘土飞扬的大路突然横在眼前。那声音正从道路右边清晰地传来，而道路左方另有一团白色的烟尘朝这边卷来，里面有闪亮的马蹄忽隐忽现。

那团烟尘很快就来到了兄妹俩身前。彭佩尔和奈莉紧握着彼此的手，屏息注视着眼前的光景。

我当然也看见了。

来的是七八个骑手。

马儿汗流浃背，身上乌光锃亮，鼻孔呼呼地喘着粗气，踏着小碎步快速跑来。马背上的骑手个个身穿红衬衫，脚蹬油光水滑的棕褐色长筒皮靴，帽子上插的不知是白鹭羽毛还是什么，随风摆荡着。队伍里既有蓄着胡须的大人，末尾也有与彭佩尔年龄相仿、长着一张红脸蛋和两颗黑眼珠的可爱小孩。在烟尘的掩映下，太阳的脸也模模糊糊地显出红色来。

大人们对彭佩尔和奈莉视而不见，队伍最后的那个可爱小孩却望着彭佩尔，把手指在嘴唇上轻触，送来一个飞吻。

然后，一行人就完全从兄妹俩面前过去了。那好听的声音就从他们的去向传来，越发清晰可闻。没多久，那一行人就绕过对面的山丘消失不见了，但道路左边似乎又有人缓缓行来。

首先映入眼帘的是一个白色的方形箱子一样的东西，约有一间房屋那么大，后面跟着四五个人。等这些人逐渐靠近后再仔细一看，竟然都是黑人，只有眼睛闪闪发亮，浑身上下只穿着兜裆布，好像还赤着脚。他们簇拥着那个白色的方形物体走来，但那东西原来并不是箱子，而是如同一顶日式蚊帐，由白布在四面悬垂围成，底下露出四只灰色的大脚，极缓慢地重复起落着。

在彭佩尔和奈莉眼中，黑人实在是既可怕又有趣，而那个四脚方形“怪物”也很可怕，却又难得一见。

所以等这群人从面前通过后，兄妹俩互相望着对方，涩声说：“我们跟过去吧。”

“嗯，走吧。”

于是兄妹俩便远远地跟了上去。

黑人们动不动就莫名其妙地大喊大叫，还仰望着天空又蹦又跳。那“怪物”仍然极缓慢地重复起落着四只大脚，还不时发出呼呼的喘息声。

兄妹俩牢牢握住彼此的手，追随着他们越走越远。

在前行过程中，太阳的脸逐渐变成了诡异的浊红色，没入西方山后，留下一片发着黄光的天空，草色也由青绿渐渐转为灰暗。

那声音越来越近了。眼前出现一个山丘，山丘背后传来马儿咴咴的嘶鸣声和噗噗的响鼻声，似乎正是先前的那些马。

当那个房屋般的四方形“怪物”把脚起落了上百次之后，彭佩尔和奈莉被眼前呈现的景象吓了一跳，不禁用力揉了揉眼。只见对面矗立着一座灯火通明的大城镇，自己身前是一片平整的草地，草地上耸立着一幢原木搭建的大帐篷。尽管天色尚未全黑下来，帐前已亮起许多发出蓝光的电石灯和拖着长长油烟的马灯。帐篷二层上挂满了漂亮的广告宣传画，那好听的声音就是从画后传来的。其中一张画里正是刚才抛飞吻的小孩，他双手分别撑在两匹马的背上表演着倒立。刚才那些马都被拴在那张画前，和其他十五六匹马并排站在一块儿，正在大口吞嚼燕麦。

男男女女、老老少少都聚集在草地上，仰头望着那些广告画。

画后面的声音越发热闹起来。

可是从近处听来，那声音远没有先前那般美妙，不过是普通的乐队演奏罢了。

然而那声音在穿过原野的途中，携带了花的芬芳，使声音逐渐变得不似此时这般嘹亮，却另有一种撩拨人心的魅力。

白色的四方形“怪物”也缓缓走进帐篷里头去了，帐篷里随即响起某种尖细高亢的叫声。

人越来越多了。

乐队简直如同发了疯般，越发卖力地演奏起来。

那帐篷犹如一个大旋涡，把人们三五成群地吸了进去。

彭佩尔和奈莉痴痴地看着眼前的景象，甚至忘了呼吸。

“我们也进去吧。”彭佩尔对妹妹说。他的心脏怦怦直跳。

“进去吧。”奈莉答道。

可是不知为何，兄妹俩总觉得心里很不安。

所有走进帐篷的人，都会在入口递给守门人某种东西。彭佩尔稍稍走近了些，仔细观察起来。他的目光是那样专注，两眼简直一眨不眨。

然后他确认了，那些东西就是散碎的金银。

如果递上黄金，守门人就会找给银子，然后就让那人进去了。

于是，彭佩尔也在口袋里摸找起黄金来。

“奈莉，你在这儿等着，我回家一趟，很快就回来。”

“我也去。”

不等奈莉说完，彭佩尔已经跑远了。奈莉似乎很担心，欲哭又止，再次看向了广告画。

我也有些担心，一直在考虑究竟是该守着奈莉，还是该跟着彭佩尔。想了一会儿，我就在周围接连飞了好几圈，发现所有人都在看广告画，没有谁像是会拐走奈莉的坏人。

于是我就放心地跟着彭佩尔飞了回去。

彭佩尔当时跑得可真快呀。

十五的月亮静静地高悬在西天上，洒下苍白朦胧的亮光，彭佩尔就沐浴在月光中不停飞奔。我费了好大劲才跟上他，只觉得眼中金星乱闪，耳畔烈风咆哮。无论桦树还是白杨，统统变得黑黢黢的，草丛里也是一片漆黑。彭佩尔就在这片黑暗中不停飞奔着。

后来，他终于跑进了自家果园。

玻璃房子在月光的照耀下，绽放出令人无比怀念的光辉。彭佩尔停下脚步看了一会儿，又再次跑向黑暗中的西红柿丛，从结着黄果实的枝叶间摘下了四颗黄西红柿。然后，彭佩尔放任身上汗水挥洒，听凭内心悸动似要喷薄而出，如暴风般回到了刚才那片草地。我则彻底累得精疲力竭了。

奈莉还等在原地，频频向这边望来。

彭佩尔对奈莉说："好了，我们进去吧。"

奈莉欢呼雀跃，兄妹俩手牵着手来到木门前。彭佩尔默默地递出两颗西红柿。

守门人一边说着"欢迎光临"，一边接过西红柿，脸上随即露出奇怪的表情。

他盯着手中的西红柿，突然神色狰狞地大声叱骂："搞什么鬼！你们这两个小兔崽子，竟敢捉弄老子！凭两个烂西红柿，就想让我帮你们挤进这爆满的场地？赶快滚蛋！妈的！"

说着，守门人就把手里的西红柿——那两颗黄色西红柿——丢了过来。其中一颗重重砸在奈莉的耳朵上，奈莉哇的一声哭了出来，众人哄然大笑。彭佩尔一把拽过奈莉抱在怀里，逃开了。

众人的笑声仍如浪涛般一波波涌来。

逃至一片黑黢黢的山丘之间，彭佩尔突然失声痛哭。那种悲伤，你肯定不懂。

后来，兄妹俩一直沉默不语，只偶尔抽噎一下，回到了白天跟随大象而来的那条路上。然后，彭佩尔紧紧地攥着拳头，奈莉不时吞咽着口水，兄妹俩越过长满白桦的黑黝黝的小山，回到了家里。

“多么可怜啊，实在太可怜了。你明白了吗？那么再见了，我已经没什么好说的了。你可不能再把老爷爷招来哟。再见。”

说完，蜂鸟重新闭紧尖细的嘴，沉默地望着对面的大山雀。

我也感到悲从中来。

“那么再见了，蜂鸟。我还会再来的。你要是有什么想说的话，就再讲给我听。再见。谢谢你，蜂鸟，谢谢。”说着，我轻轻拎起书包，默默走出那间好似处在茶色玻璃碎片中的屋子，来到走廊上。突如其来的强烈光线和那对兄妹的可怜遭遇，使我的双眼刺痛不已，泪珠滚滚而下。

这是发生在我很小时候的故事。

鹿舞起源

那时，夕阳自西天耀眼的卷云间，将火红的余晖斜洒在苔原上。芒草闪着亮光，随风摇曳，好似银白色的火焰。我疲惫不堪，躺下睡着了。有风呼呼吹来，风声渐渐变得仿如人语，将如今盛行在北上山区和原野上的鹿舞的真正精神娓娓道来。

那一带还是遍地高大野草和黑色林木的时候，嘉十跟着爷爷等人从北上川东岸迁来，开垦了一小块田地，种起了小米和稗子。

有一次，嘉十从栗子树上跌下，摔伤了左膝。那段日子，大家总是带他去西山里泡温泉疗伤，还搭了个棚屋过夜。

天气好的时候，嘉十也会外出。一天，他背着粮食、豆酱和锅，一瘸一拐地缓步行走在原野上。

穿过抽出银穗的遍地芒草，越过多条小溪和乱石密布的荒原，山脉的轮廓变得大且清晰起来，山上的树也变稀疏了，像金发藓，一棵是一棵看得分明。嘉十走到这里时，太阳已经坠到了西天边，由十来棵苍翠赤杨组成的树丛顶端开始闪烁出耀眼的苍白光芒。

嘉十卸下背上沉重的行李丢在草地上，从中掏出橡子和小米做成的饭团吃了起来。放眼望去，芒草一丛连着一丛，仿佛在整片草原上掀起一波波银白的光浪。嘉十边吃饭团，边望着耸立在芒草丛中的黝黑的赤杨树干，觉得真是挺拔威风。

也不知出于什么缘故，嘉十跋涉了那么久，却觉得肚子很饱。橡子饭团没吃完，剩下橡子大的一块。

“要不留给鹿吧。鹿啊，来吃吧。”嘉十喃喃自语着，把剩下的饭团放在梅花草的白花下，再次背起行李，缓缓迈步前行。

走出没多远，嘉十突然想起自己把手巾落在刚才休息的地方了，急忙掉头往回走。那片黑色的赤杨树丛看起来近在眼前，回到那里似乎并不费事。

嘉十突然停住了脚步。

他确信那是鹿发出的动静。估计至少有五六只鹿，正把湿乎乎的鼻尖探得老长，安静地行走着。

嘉十小心地避开芒草，踮起脚尖，踏着青苔，悄悄摸过去。

鹿果然是为了橡子饭团而来的。

“哈，你们这些鹿来得倒快。”嘉十笑着嘀咕道。

他弯腰悄悄靠近，躲在一丛芒草的阴影里，刚探出头就被吓了一跳，忙又缩了回去。他屏住呼吸，从芒草缝里朝外窥视。六只鹿正围成一圈，在刚才那片草地上一遍遍地绕圈。

太阳正巧挂在一棵赤杨顶上，照得树梢发出奇异的青光，宛如一个静静矗立俯视鹿群的青色巨人。每一根芒草穗也都银光闪闪，将鹿的毛色映衬得格外美丽。

嘉十心生喜悦，轻轻单膝跪地，看得入了迷。

六只鹿围成一个大圆，正在一遍遍地绕圈。仔细一看，每只鹿的注意力似乎都被圈子正中的事物牢牢吸引住了。因为它们的脑袋、耳朵、眼睛都朝向圈子中央，而且屡次离开原地，向那边迈出两三步，就像是被人硬拽过去一样。

当然，嘉十吃剩下的那一小块橡子饭团就放在圆圈中央，但令鹿群格外在意的绝非饭团，而是嘉十掉在旁边草地上的弯折着的白手巾。嘉十轻轻扳动受伤的腿，在青苔上端坐下来。

六只鹿转圈的动作渐渐慢了下来，它们轮流向圈子中央伸出一只前脚，似乎下一刻就要冲过去，却又受惊似的迅速缩回来，继续嘚嘚地轻快奔跑。蹄声清脆悦耳，直传到原野的黑土底下。接着，鹿群停止转圈，站在原地，像是在等手巾自己过来。

嘉十耳中突然铮地一响，然后他浑身不住颤抖。鹿群的心思如同随风摇曳的草穗，一拨拨地传了过来。

嘉十简直不敢相信自己的耳朵，自己竟然听懂了鹿语。

“还是我过去看看吧。”

“别去，危险。再等等看。”

两句对话听得清清楚楚。

“为了区区一个橡子饭团，要是像上次的狐狸那样被陷阱炸死，就太不值了。”

“没错没错，说得太对了。”

这两句话也听懂了。

“说不定这是个活物呢。”

“嗯，是有点像。”

这两句话也听得明明白白。

与此同时，终于有一只鹿像是下定了决心，挺直身子离开圈子，朝中央走去。

其他鹿都停下来看着它。

那只鹿尽力伸长脖子，绷紧四肢，慢慢凑到手巾跟前，却突然高高跃起，一溜烟儿地逃了回来。周围的五只鹿也一哄而散，正要四下逃窜，却见刚才那只鹿忽然站住了，它们才放心地悠然回来，聚在那只鹿跟前。

“怎么回事？那个又白又长的家伙究竟是什么玩意儿？”

“只是个有许多纵向皱纹的东西。”

“这么说不是活物喽？应该就是蘑菇之类的吧，毒蘑菇。”

“不对，不是蘑菇。好像还是个活物。”

“要是活物，还有很多皱纹的话，那是个老家伙呀！”

“嗯，是个老哨兵。哈哈哈哈！”

“呵呵呵，是个苍白的哨兵。”

“噢哈哈哈，是个白脸哨兵。”

“这回我去看看。”

“去吧，没事的。”

“不会咬我吧？”

“不会，没事的。”

于是，又一只鹿慢慢凑了上去。其余五只鹿站在原地，啪嗒啪嗒地甩头看着它。

那只鹿不时把四条腿尽量凑在一起，身子缩成一团，仿佛怕得不行，好半晌才缓缓展开身体，继续慢慢前进。

终于走到距手巾只有一步之遥的地方，那只鹿尽力探长脖子，抽动鼻子嗅着，突然一跃而起，逃了回来。其他鹿又吓了一跳，正要四下逃散，就见那只鹿也站住了，才又放心转回来，聚在那只鹿跟前。

“怎么回事？怎么逃回来了？”

“那东西刚才好像要咬我。”

“那到底是个什么东西呀？”

“不知道，我只看见一白一蓝两条边。”

“气味呢？气味。”

“气味像柳叶。”

“啊？那东西喘气吗？”

“不清楚，我没注意。”

“这回我去看看。”

“去吧。”

第三只鹿也慢慢走上前去。这时吹来一阵风，手巾忽地动了一下，那只鹿吓了一跳，立刻停下脚步。这边的几只鹿也都惊恐万分。不过，那只鹿似乎总算恢复了镇静，继续慢慢前进，终于把鼻子伸到了手巾上。

这边的五只鹿连连点头表示称许。就在这时，那只鹿突然扬起前蹄，一跃而起，逃了回来。

“怎么逃回来了？”

“太可怕了！”

“那东西喘气吗？”

“不清楚，但我没听见喘气声，而且那东西好像也没长嘴。”

“长头了吗？”

“我也不清楚长没长头。”

“既然如此，这回我去看看。”

第四只鹿出发了。这只鹿同样战战兢兢，但还是坚持走到了手巾跟前，毅然决然地把鼻子凑在手巾上，然后迅速缩回，一溜烟儿地跑了回来。

“嚯，是个软软的东西。”

“像泥巴一样吗？”

“不像。”

“像草一样？”

“不像。”

“像萝藦草的绒毛？”

“嗯，但比那个稍微硬一些。”

“那是什么呢？”

“总之是个活物。”

“果然如此。”

“嗯，还有汗味儿。”

“我也去瞅一眼。”

第五只鹿也慢慢上前。这只鹿表现得十分滑稽，只见它垂下头，把鼻子完全贴在手巾上，跟着猛地一歪脑袋，像是发现了什么可疑情况似的。这边的五只鹿看了，笑得直蹦高。

对面那只鹿得意扬扬，伸出舌头在手巾上用力舔了一下，却骤然像是受到了惊吓，张大嘴巴吊着舌头，一阵风似的蹿了回来。其余的鹿也都吓了一大跳。

“喂喂！被咬了吗？疼不疼？”

“噗噜噜噜——”

“舌头被咬掉了？”

“噗噜噜噜——”

“怎么了？怎么了？怎么了？喂！”

“呼……啊，舌头抽筋了。”

“那东西什么味道？”

“没味道。”

“是活物吗？”

“我也不知道是不是活物。这次你去看看吧。”

“好。”

最后一只鹿也慢吞吞地出发了。其他鹿都饶有兴致，摇头晃脑地看着它。那只鹿低头在手巾上嗅了一会儿，像是再也没了顾虑，叼起手巾跑了回来。其他鹿都兴奋得又蹦又跳。

“嚯！干得好！干得好！只要把这家伙捉来，就再没什么可怕的了！”

“这家伙肯定是个干透了的大蛞蝓。”

“好了，我来唱歌，大家转起来！”

那只鹿走回同伴当中，唱起歌来，六只鹿开始围着手巾不停转圈。

草原中央稀罕物，

原来是橡子饭团，

垂涎却又不敢吃，

只因旁边俯卧着，

一个苍白的哨兵。

白脸哨兵软趴趴，

既不叫来也不哭，

又瘦又长皱巴巴，

脑袋不知生在哪，

定是干死的蛞蝓。

六只鹿跑呀，转呀，跳呀，不时如一阵风般冲上去，对准手巾又是用角顶，又是用蹄踩。嘉十的手巾沾满泥土，到处都是破洞，模样惨不忍睹。

鹿转圈的动作渐渐慢了下来。

“嘿！这就吃团子喽！”

“嘿！是煮饭团！”

“嘿！溜圆溜圆的！”

“嘿！大口猛嚼呀！”

“嘿！口水都流出来了！”

“嘿！真不赖！”

六只鹿纷纷散开，又从四面围聚到橡子饭团前。

接着，从第一只接近手巾的鹿开始，每只鹿各咬一口饭团。第六只鹿只吃到了豆粒大的一点儿。

吃完饭团，六只鹿再次围成一圈，不停转了起来。

嘉十看得太入迷了，深受感染，正想跳出去加入鹿群，却蓦地瞧见自己那双大手，觉得还是不能这么做，只好继续屏息旁观。

此时，太阳正好挂在赤杨树梢中间，闪耀着微黄的亮光。鹿转圈的动作又渐渐慢下来，相互点头示意，随即面向太阳站成一排，挺直身子，像在拜日一样。嘉十早就看得如痴如醉，这下更是恍若在梦中。

站在最右端的鹿细声唱道：

赤杨那
碎密绿叶的后头，
悬挂着
灿烂黄澄的太阳。

听着水晶笛般的声音，嘉十闭上眼睛，浑身颤抖。右数第二只鹿突然跳了起来，接着把身子扭动得像波浪一样，在同伴中间穿梭游走，并不时向太阳鞠躬。做完这些，它又回到自己的位置站定，然后唱道：

将太阳
驮在背上的赤杨，
就像那

碎光闪闪的铁镜。

嘉十也在这边朝庄严的太阳和赤杨拜了一拜。

右数第三只鹿急匆匆地上下点头，唱道：

太阳呀

纵然低过了赤杨，

那芒草

依旧闪亮又耀眼。

芒草真的都像熊熊燃烧的银白火焰一样。

赤杨呀

站在闪亮芒草中，

脚下哟

拖着长长的影子。

第五只鹿低垂着脑袋，已在喃喃唱道：

芒草间

上头闪亮底下黑，

苔原上

不见小蚂蚁爬行。

此时，六只鹿都低垂着头，其中第六只鹿猛地昂首，凛然唱道：

就在那
闪亮的芒草底下，
梅花草
朵朵盛开真可爱。

接着，六只鹿发出笛子般的短促叫声，纷纷跃起，围成圆圈，激昂地奔跑起来。

寒冷的北风呼啸吹来，赤杨果真像破碎的铁镜一样闪闪发亮，连树叶的摩擦声似乎也变成了铿锵之音，芒草穗看上去也像是混在鹿群里，一同转起圈来了。

嘉十彻底忘了自己与鹿的不同，嘴里喊着“嚯！跳呀！跳呀！”，从芒草丛后蹦了出来。

六只鹿大吃一惊，直挺挺地蹿了起来，随即像疾风中的树叶一样，斜着身子逃开了。它们分开银色的草浪，冲破层层夕照，远远地逃去，一路所经的芒草宛如宁静湖面上的水纹，久久地闪耀不息。

嘉十无奈地笑着，捡起那条沾满泥土、满是破洞的手巾，也迈步向西方走去。

后来……没错，我沐浴在苔原的夕照里，从拂面而过的秋风中听说了这个故事。

猫的事务所

关于一个小小官衙的幻想

轻便铁路车站附近，有一家猫的第六事务所。这里的主要工作是调查猫的历史和地理。

书记官们皆身穿黑绸短衣，备受尊敬，所以一旦有书记官离职，年轻的猫们就会跃跃欲试，没一个不争着想继任的。

然而这家事务所的书记官仅有四个名额，所以只能从众多候选者中选出一只最擅长写字吟诗的猫。

事务长是一只大黑猫，尽管有些年老昏聩，眼里却似有层层铜丝横在瞳中，显得颇具威严。

它的下属有四位：第一书记官白猫，第二书记官虎猫，第三书记官花猫，第四书记官灶猫。

灶猫并非天生就叫灶猫，它生来可以是任意一种猫，只因有着夜间爬进灶里睡觉的怪癖，所以身上总是沾满煤灰，脏兮兮的，尤其鼻子和耳朵，老是被炭弄得漆黑，看起来跟狸猫似的。

就因这点，灶猫一直被其他猫嫌弃。

好在这儿的事务长就是只黑猫，所以本来再怎么努力学习也当不上书记官的灶猫，还是从四十只猫中脱颖而出。

宽敞的办公室正中央，摆着一张铺着鲜红呢绒桌布的桌子，黑猫事务长来到桌前，一屁股坐了下去。它右手边是第一书记官白猫和第三书记官花猫，左手边是第二书记官虎猫和第四书记官灶猫。四个书记官端坐椅中，面前各有一张小桌。

要说这历史和地理对猫有什么用呢？

用处就在这里——

有人咚咚敲响事务所的门。

“进来！”黑猫事务长把手插进兜，上身往后一靠，端起了架子。

四个书记官埋头查阅文件簿，显出忙碌的模样。

挑食猫走了进来。

“有什么事？”主任问。

“我想去白令地区吃冰河鼠，哪里最合适？”

“嗯，第一书记官，报出冰河鼠的产地。”

第一书记官翻开一个蓝封面的大本子，答道：“伍斯特拉格梅纳、诺瓦斯卡雅、胡萨河流域。”

主任对挑食猫说：“伍斯特拉格梅纳、诺瓦……什么来着？”

“诺瓦斯卡雅。”第一书记官和挑食猫异口同声地说。

“对，诺瓦斯卡雅。还有哪里？”

“胡萨河。”又是挑食猫和第一书记官同时回答。主任脸上有些挂不住了。

“对对，胡萨河。嗯，这些地方应该不错。”

“那旅行都要注意些什么？”

“嗯，第二书记官，说说白令地区旅行的注意事项。”

“是。”第二书记官翻开自己的文件簿，“夏猫完全不适合旅行。”

不知为何，这时众猫都把锐利的目光投向灶猫。

“冬猫也得多加小心。在函馆附近，有被人用马肉做诱饵捉住的危险。尤其是黑猫，旅行中若不时时表明自己的身份，常会被人误认作黑狐，可能遭到穷追猛打。”

“好了，如上所述。阁下并非我辈黑猫，无须过于担心，只要在函馆警惕马肉即可。”

“好的。还有，那一带有哪些有权有势的人物？”

“第三书记官，列出白令地区有权势者的名单。”

“是。白令地区……找到了，有两个人，鸟羽斯基和源藏斯基①。”

“鸟羽斯基和源藏斯基，他们是怎样的人呢？”

“第四书记官，讲讲鸟羽斯基和源藏斯基的大致情况。”

“是。”第四书记官灶猫早将两只短手分别插在文件簿中记录鸟羽斯基和源藏斯基的地方待命已久了。

事务长和挑食猫显得很佩服，另外三个书记官却轻蔑地斜着眼，嘿嘿地嗤笑。

灶猫认真念出簿册中记录的内容：“鸟羽斯基，酋长，德高望重，目光炯炯有神，讲话稍慢。源藏斯基，财主，讲话稍慢，但目光炯炯有神。”

“噢，这下我就明白了。谢谢。”

---

①作者将当时岩手师范学校的代理教师鸟羽源藏的姓名拆分后起的新名字。

挑食猫走了。

由此可见，第六事务所着实为猫提供了许多便利。不料，从那以后仅仅过了半年左右，这家事务所竟然关门了。至于原因嘛，想必诸位看官已经明了，正是由于第四书记官灶猫深为上头三个书记官所憎，尤其是第三书记官花猫，早对灶猫的工作觊觎已久了。灶猫也曾想方设法争取大家的善待，结果却总是适得其反。

例如有一天，坐在灶猫旁边的虎猫取出盒饭，放在桌上，正准备吃午饭，却突然想打哈欠。

于是，虎猫把两只短手举得很高，肆无忌惮地打了一个大哈欠。猫类之间，即使当长辈的面，这样做也并无失礼之处，以人类而言，不过相当于捻捻胡子罢了，所以此举原本无妨。可问题在于，虎猫蹬出去的腿把桌子踹得一歪，饭盒从倾斜的桌面上滑下，掉在事务长桌前的地板上。饭盒摔得坑坑洼洼，好在是铝质的，很结实，没摔坏。虎猫连忙止住哈欠，尽力伸长胳膊，隔着桌子去抓饭盒。爪尖好不容易刚刚摸到了，却把饭盒碰得左动一下右滑一下，就是抓不住。

“你呀，那样没用，够不到的。”黑猫事务长大口嚼着面包笑道。此时，第四书记官灶猫刚打开自己的饭盒，见状立刻起身，捡起地上的饭盒递给虎猫。不料虎猫却勃然大怒，不去接灶猫好意递过来的饭盒，而是把手背在身后，赌气般地抖擞着身子，大吼：“干什么？！你想叫我吃这盒饭吗？！你想叫我吃从桌上掉到地上的盒饭吗？！”

“不是，我只是看你想去捡，就帮你捡起来了。”

“我什么时候想去捡了?!哼，我只是觉得饭盒掉在事务长面前太不礼貌，想把它推到我桌下去。”

“原来是这样啊。我见饭盒动来动去的，就……”

“实在太无礼了！我要跟你决——”

“行了行了行了行了！”事务长怒喝，为免虎猫提出决斗而故意打断，“你俩别吵了。灶猫也不是为了叫虎猫吃这掉在地上的盒饭而去捡的，对吧？还有，我今早忘了说，虎猫的月薪涨了十文。”

虎猫躬身听主任训话，起初还是横眉怒目的，听到最后终于喜笑颜开了。

“抱歉吵到大家了。”说完，虎猫瞪了身旁的灶猫一眼，才坐下来。

诸位，我很同情灶猫。

后来过了五六天，又出了类似的事。之所以屡屡发生此类事件，一来是因为猫性情惫懒；二来则是猫的前肢——也就是胳膊——过于短小的缘故。这回是坐在灶猫对面的第三书记官花猫。早上开始工作前，花猫桌上的笔骨碌碌地一路滚下，最后掉在地上。花猫要是马上起身去捡就好了，可它懒得动，也像虎猫那样伸长双臂隔着桌子去捡。这次也一样够不到。何况花猫个头更矮小，身子便逐渐探了出去，最后双脚终于从椅子上滑脱了。灶猫不知该不该帮着捡，鉴于上次的事，它犹豫了好一阵子，不停眨巴眼睛，最后实在看不下去，站了起来。

可就在这时，花猫由于站立不稳，身子忽然一翻，“咣当”一下重重磕到脑袋，直接从桌上掉了下去。那撞击声太过响亮，主任黑猫也大吃一惊，起身从背后的架子上取下一瓶治疗昏厥的稀氨水瓶子。谁知花猫一骨碌爬起身，火冒三丈地大吼：“灶猫！你小子竟敢推我！”

但这一次，事务长立刻劝起了花猫：“我说花猫呀，这可就是你的不对了。灶猫只是出于好意刚站起来，碰都没碰到你。不过算了，这种小事有什么大不了的呢？来，把那个……桑通坦的迁居申请书和那个……”事务长迅速投入工作。花猫无奈，也只好开始工作，但仍不时用凶狠的目光瞪着灶猫。

可见灶猫过得多么痛苦。

灶猫也曾仿效普通的猫，多次尝试在窗外睡觉，可每到半夜就被冻得直打喷嚏，迫不得已只好钻回灶坑。

为什么灶猫那么怕冷呢？因为它的皮毛太薄了。为什么灶猫的皮毛那么薄呢？因为它生在三伏天。

没办法，只能怪自己命不好——灶猫这般想着，圆溜溜的眼睛里噙满泪水。可它转念又想，事务长对我那么好，其他灶猫也以我能在事务所工作为荣，所以就算再怎么辛苦，我也要坚持住，决不放弃。灶猫哭着握紧了拳头。

可不承想，事务长居然也变得靠不住了。因为猫这种动物看似聪明，实则愚蠢。有一次，灶猫不幸受了风寒，腿肿得有碗口粗，寸步难行，只好在家休息了一天。灶猫痛苦得翻来滚去，哭了又哭。它望着从仓房小窗射进来的黄色日光，抹着眼泪哭了一整天。

与此同时，事务所里却是这样一番场景——

“咦？今天灶猫怎么这么晚了还没来？”事务长在工作之余问道。

“大概是去海边玩儿了吧。”白猫说。

“不对，肯定是去哪儿赴宴了。”虎猫说。

“今天什么地方有宴会吗？”主任惊问。它认为猫办宴会，理当邀请自己。

“听说北方有所学校要举办开学典礼。”

“是吗？”黑猫默然不语，陷入沉思。

“为什么？为什么是灶猫？这家伙最近到处应酬，听说它还声称‘这回该我当事务长了’，所以那些蠢货害怕了，才极力讨好它。”花猫说。

“这是真的?！”黑猫怒问。

“当然是真的，您可以去调查。”花猫噘着嘴说。

“岂有此理！我对那家伙够照顾的了。好，我自有打算。”

一时间，事务所里鸦雀无声。

次日。

灶猫的腿总算消了肿，它一大早顶着呼啸的大风，高高兴兴地来事务所上班了。可它一进屋就发现，自己平日珍而重之、每次一来就会细细抚摸封皮的文件簿，此刻并不在自己桌上，而是分放在旁边的三张桌上。

“啊，昨天大家一定很忙。”灶猫胸中涌起一股莫名的激动，声音沙哑地自言自语道。

咣当！房门打开，花猫走了进来。

“早上好！”灶猫起身打招呼，花猫却一言不发地坐下，随即开始不停翻阅簿册，像是忙得没空回应一样。

咣当！砰！虎猫走了进来。

“早上好！”灶猫起身打招呼，虎猫却看也不看它一眼。

“早上好！”花猫说。

“早！今天风真大呀！”虎猫也立刻开始翻阅簿册。

咣当！砰！白猫走了进来。

“早上好！”虎猫和花猫一起打了声招呼。

“早！好大的风啊！”白猫也状似忙碌地开始工作。这时，灶猫有气无力地站起身，默默鞠了一躬，白猫却完全视若不见。

咣当！砰！

“呼，好大的风啊。”黑猫事务长走了进来。

“早上好！”三个书记官迅速起立，躬身施礼。灶猫仍垂头站在原地，也茫然地施了一礼。

“简直就是暴风啊！”黑猫看也不看灶猫一眼，立刻开始工作，“各位，今天必须接着昨天继续调查阿摩尼亚克兄弟并给出答复。第二书记官，在阿摩尼亚克兄弟当中，去了南极的是谁？”

工作开始了。灶猫默默地垂着头。文件簿不在手上。它想要回来，却张不开口。

“是庞·珀拉里斯。”虎猫答道。

“好。说说庞·珀拉里斯的详细情况。”黑猫说。

啊，这是我的工作。文件簿！文件簿！灶猫心里想着，泫然欲泣。

“庞·珀拉里斯，南极探险归途中死于雅浦岛海域，遗体海葬。”第一书记官白猫照着灶猫的文件簿念道。灶猫难过极了，只觉得两颊周围发酸，继而引发一阵强烈的耳鸣，它只能低着头强自忍耐。

事务所里渐渐忙得热火朝天，工作进展顺利。大家一句话也不跟灶猫说，只偶尔朝它瞥上一眼。

到了中午，灶猫仍然把手放在膝盖上，低着头一动不动，自己带来的盒饭也没吃。

从下午一点钟开始，灶猫终于抽泣起来。它哭哭啼啼，停一会儿又继续哭，一直哭到傍晚，足足哭了三个钟头。

然而大家都在兴致勃勃地工作着，对此置若罔闻。

就在这时，众猫都没发觉，事务长身后的窗外露出了一个威严的金色狮头。

狮子用狐疑的目光向屋里观察片刻，突然拍开房门走了进来。众猫惊愕万分，手足无措，只会在原地不停打转。只有灶猫停止哭泣，挺身而立。

狮子用洪亮而坚定的声音说：“你们干什么呢？这个样子成何体统？要那些地理和历史还有什么用？快停下！嗯，我命令你们解散。”

就这样，事务所被撤销了。

我半是赞同狮子的决定。

夜鹰之星

夜鹰这种鸟，实在长得很丑。

不光脸上到处是斑，像涂了酱似的，嘴巴还又扁又平，直裂开到耳根下。

腿脚也没力气，走起路来步履蹒跚，连两米远都撑不到。

别的鸟只要看见夜鹰那张脸，就觉得讨厌。

譬如云雀，本身也不算多漂亮，却自以为要比夜鹰强得多，倘在傍晚遇见了，便会显出极鄙夷的姿态，慢吞吞地合上眼，别过头去不屑一顾。就连那些体型比夜鹰更小的鸟，也都个个聒噪刻薄，总是当着夜鹰的面冷嘲热讽。

“哼，又出来招摇了。瞧它那副尊容，真给我们鸟类丢脸。”

“是啊，再看看那张大嘴，它肯定跟癞蛤蟆是亲戚。”

众鸟对待夜鹰的态度不外如是。对了，说来还有名字相近的鹰。那些眼高手低的小鸟，光是听见鹰的名字，就会吓得浑身发抖，惊慌失措地蜷缩着躲在树叶后头。然而夜鹰与鹰其实既不沾亲也不带故，反而是那美丽的翠鸟与鸟中宝石般的蜂鸟的哥哥。蜂鸟吸食花蜜，翠鸟捉鱼果腹，夜鹰吃的却是昆虫。况且夜鹰既无利爪又无尖喙，所以再弱小的鸟也不怕它。

既然如此，那夜鹰的名字里怎么会带个“鹰”字呢？原来一是因为夜鹰的翅膀异常有力，迎风飞翔时的身姿简直同鹰一模一样；二来则是夜鹰叫声尖锐，与鹰颇有几分相似。当然，鹰对此事一直耿耿于怀，极其不满，每次见着夜鹰，都会咄咄逼人地要求对方改名。

一天傍晚，鹰终于找到夜鹰家里来了。

“哦，你在家啊，还不改名吗？脸皮可真厚。你和我的素质差得太远了，好比我能在蓝天上任意翱翔，想飞去哪儿都不在话下，而你呢，只能在阴天或夜里出来。还有，看看我的喙和爪，再看看你自己的，好好比一比吧。”

“鹰先生，你这就太强人所难了。我的名字并非由我擅自决定，而是神赐予的。”

“胡说八道！要说我的名字是神给的还成，你那名字根本就是借用我和夜的。快还来吧！”

“鹰先生，这可不行。”

“没什么不行的。我来教你个好名字，叫市藏[①]。这名字不赖吧？而且啊，改名这件事必须广而告之才行。听好了，你得做个牌子，写上‘市藏’这两个字，挂到脖子上挨家挨户去拜访，亲口告诉大家你以后就叫市藏了。”

“这种事绝不可行。”

①一说认为，该人名与夏目漱石作品中曾出现的同义，象征“高等游民”。

“不，完全可行。就这么定了！要是到了后天早上你还没照做，我就立刻把你抓住弄死。你就把这当作改名的理由也行。总之后天一大早，我就到各家鸟巢挨个儿问，看你去没去。只要有一家没去，你就死定了！”

“所以说这不是强人所难吗？如果非要这么做，我还不如死了更好。你现在就杀了我吧。”

“别急，你待会儿再好好想想。市藏这名字可不赖哟。”说完，鹰将巨大的羽翼完全展开，朝自家老巢的方向飞了回去。

夜鹰闭目想了好久。

“大家究竟为何如此讨厌我呢？只是因为我的脸像沾了酱，嘴也是裂开的吗？可我至今从没做过一件坏事。绿绣眼的雏鸟从巢里掉出来的时候，是我帮着送回去的，绿绣眼却从我手上一把夺回孩子，简直当我是贼，还把我狠狠地嘲笑了一通。这次又被鹰逼着改名叫市藏，还得在脖子上挂牌子，实在是太刻薄了。”

天色已暗。夜鹰从巢里飞出。暮云低垂，发着恶意的光。夜鹰在空中无声盘旋，几乎快要擦挨着云。

接着，夜鹰猛地张大嘴巴，笔直伸展翅膀，箭一般在空中横掠。一只又一只小虫被夜鹰吞入咽喉。

当身子即将贴到地面的一刹那，夜鹰再度翩然腾起，飞上高空。天上的云已呈鼠灰色，对面山上的山火烧得一片赤红。

当夜鹰尽情飞翔时，天空好似被利刃割成了两半。一只甲虫被夜鹰吞进咽喉，剧烈挣扎起来。夜鹰迅速将它咽下肚里，却没来由地感到一阵毛骨悚然。

云色变得漆黑，唯有东方被山火映得通红，让人有些害怕。夜鹰感到胸中郁郁，再次升上高空。

又一只甲虫被夜鹰吞下，在咽喉里抓挠挣扎，夜鹰勉强将其咽进肚里。就在这时，夜鹰忽然感到心头一悸，不禁大声哭了出来，一边哭泣，一边在天上一圈圈地盘旋。

“啊，每晚都有这么多昆虫被我杀死，而独一无二的我，眼看又要被鹰所杀。被杀原来如此痛苦。啊，好痛苦，好痛苦啊！我不要再吃虫子了，就让我饿死吧。不，在饿死之前，我恐怕早就被鹰杀死了。不，在被鹰杀死之前，我要远远地飞到天的另一头去。”

山火如流水般渐渐蔓延，连天上的云似乎也烧了起来。

夜鹰径直飞去了弟弟翠鸟的家。美丽的翠鸟刚起床，也在遥望山火。

见夜鹰飞临，翠鸟说：“哥哥，晚上好。有什么急事吗？”

“没事。我即将远行，所以来见见你。”

“哥哥，你可不能走啊！蜂鸟也住得那么远，岂不是要剩下我孤零零的了？”

“我也是没办法。今天什么都不必说了。还有，你要记着，不到万不得已的时候，不要再肆意捉鱼了。就这样，再见了。”

“哥哥，出什么事了？等等再走吧。”

“不了，等多久也改变不了什么。你告诉蜂鸟一声，以后就得你们俩相依为命了。再见。不，不会再见。永别了。”

夜鹰哭着回到自己的家。天际开始泛白，短暂的夏夜即将过去。

羊齿的叶子吸收了黎明的雾气，泛出冷冽的蓝色左右摇晃着。

夜鹰高声鸣唳，然后将巢里仔细收拾了，又把身上的羽毛梳理齐整，便再次飞离了巢。

雾已散去，太阳正自东方冉冉升起。夜鹰忍受着令其目眩头晕的明晃晃的日光，像一支离弦的箭飞向太阳。

“太阳啊太阳，请带我去你那儿吧。纵使被烧死，我也心甘情愿。就算是我这样丑陋的身体，燃烧时也会发出一些光亮来吧？请带我走吧。”

夜鹰飞呀飞呀，太阳却并不靠近过来，反而变得越来越小，越来越远。

太阳说：“你是夜鹰呀。原来如此，很痛苦吧？但你还是去拜托星星吧，因为你并不属于白天。”

夜鹰刚想躬身施礼，突然感到一阵天旋地转，从空中掉下来，摔落在原野的草丛间。接着，夜鹰仿佛做了一场梦，只觉自己的身体忽而在红色星星和黄色星星之间不断攀升，忽而被大风刮得四处飘荡，下一刻又被从天而降的鹰一把抓在爪中。

有什么凉冰冰的东西掉在脸上，夜鹰睁开眼。是从一棵幼嫩芒草的叶子上滴落的露水。夜已深，黑苍苍的穹幕上缀满了闪烁的星辰。夜鹰飞上天空。这一夜，山火仍在熊熊燃烧。夜鹰在微亮的火光与清冷的星光中逡巡不决，先是盘旋了一圈，跟着又绕了一圈。

然后，夜鹰下定决心，径直飞向西方美丽的猎户座，一边喊道：“星星啊，西方的苍白星星啊，请务必带我去你那儿吧。纵使被烧死，我也心甘情愿。”

猎户星自顾自地唱着雄赳赳的歌，对夜鹰不理不睬。夜鹰快要哭了，摇摇坠落，好不容易才稳住身子，再度逡巡起来。

盘旋了一圈后，夜鹰径直飞向南方的大犬座，一边喊道："星星啊，南方的蓝色星星啊，请务必带我去你那儿吧。纵使被烧死，我也心甘情愿。"

大犬星只忙着闪烁出或蓝或紫或黄的美丽光芒，说："别说蠢话了。你究竟是个什么东西？鹰不是鸟吗？凭你的翅膀想飞到我这儿来，得亿年兆年，甚至亿兆年。"说完，大犬星又偏过头去。

夜鹰失望极了，摇摇坠落。

盘旋了又一圈后，夜鹰再次下定决心，径直飞向北方的大熊座，一边喊道："尊敬的北方的蓝色星星啊，请务必带我去您那儿吧。"

大熊星淡漠地说："别做梦了，快让你的脑子清醒一下吧。最好飞进冰山漂浮的大海里，要是附近没有海，就找杯浮着冰块的水一头扎进去吧。"

夜鹰失望极了，摇摇坠落。

又盘旋了一圈后，夜鹰再次朝着东方刚刚升起的银河对岸的天鹰座喊道："尊敬的东方的白色星星啊，请务必带我去您那儿吧。纵使被烧死，我也心甘情愿。"

天鹰星趾高气扬地说："不可能，真是无理取闹。要想成为星星，得有相应的身份才行，还需要一大笔钱。"

夜鹰彻底没了力气，翅膀闭合，向地上坠去。在它孱弱的双脚还差一尺即将触及地面的瞬间，夜鹰突然如骤起的狼烟直冲上天。夜鹰升至中天，像巨鹰攻击大熊时一样，扑棱棱地抖动身体，浑身羽毛倒竖。

紧接着，夜鹰振声鸣唳起来，那叫声同鹰一模一样。原野和树林中的其他鸟本已入眠，此刻纷纷被惊醒过来，浑身哆嗦着，惊疑不定地仰脖看向星空。

夜鹰一刻不停地朝上空笔直飞去。山火此时看来，黯淡渺小如同烟蒂。夜鹰就这么飞啊，飞啊。

寒冷使得气息没出胸腔就被冻成了白雾。空气稀薄，夜鹰不得不拼命挥动翅膀。

尽管如此，星星看来仍与先前一般大小，毫无变化。夜鹰的呼吸像在拉风箱，严寒和冰霜如利剑般刺在身上，翅膀早已失去知觉。夜鹰抬起含泪的双眼，再一次望向天空。是的，这是夜鹰此生的最后一刻。夜鹰已不知自己是在头下脚上地坠落，还是仍在头上脚下地攀升，只感觉心绪安宁，染血的大嘴尽管歪向一旁，却露出一丝坚定的笑意。

夜鹰静立空中，片刻后蓦然睁开双眸，看见自己的身躯已化作磷火般的美丽蓝光，静静地燃烧着。

身旁就是仙后座①，银河正在身后闪耀着蓝白色的光芒。

夜鹰之星就这样不停燃烧着，永恒地燃烧着。

至今不熄。

①北天星座之一，呈W形，隔着北极星与北斗七星遥遥相对，极易辨认。

水仙月四日

雪婆子出远门了。

那个长着一对猫样耳朵、披着一头蓬乱灰发的雪婆子，越过西方山脉上的亮晃晃的卷云，去了远方。

一个小孩，裹着红毛毯，心心念念着焦糖，从形似巨大象头的雪丘脚下绕过，急匆匆地朝家里赶去。

“嗯，只要把报纸卷成圆锥状，对准木炭呼呼吹气，就会燃起蓝幽幽的火焰。向焦糖锅里放入一撮红砂糖，再放一撮粗砂糖，然后加够水咕嘟咕嘟地煮就行了。”小孩一边琢磨着怎么做焦糖，一边拼命往家里赶。

太阳在清冷的遥远天际，不停燃放着耀眼的白焰，火光笔直射向四方，落到下面来的，将静悄悄的台地上的雪变成了一整片亮闪闪的雪花石膏板。

两头雪狼呼哧呼哧地吐着火焰般的红舌，奔行在形似象头的雪丘上。人眼看不见它们，但只要狂风一起，它们就会出现在覆满雪的台地一端，飞快地踏上轮廓模糊的雪云，在空中四处奔走。

“呼！叫你们别走那么快。”后脑壳顶上戴着白熊皮三角帽、脸蛋像苹果般红亮的雪童子，从雪狼身后缓步走来。

两头雪狼甩甩头，滴溜溜转了个圈，又吐出血红的舌头奔跑起来。

仙后座仙后座，
水仙即将开花，
快去嘎吱转起，
你的玻璃水车。

雪童子仰望蓝天，冲着隐形的星星大喊。

波浪般的青光自空中奔涌直下，两头雪狼在远处不停吐着红舌，如同燃起了两束火焰。

“呼！回来！呼！”雪童子跳着脚叱责。他那本来一直落在雪上的清晰影子，于晃动间变成了白光。两头雪狼竖起耳朵，一溜烟儿地跑了回来。

仙女座仙女座，
蓟花即将盛开，
快去呼呼燃起，
你灯里的酒精。

雪童子风也似的登上象头状的雪丘。丘上的雪被风塑造成了贝壳模样，丘顶立着一棵高大的栗子树，树身上挂着槲寄生及其美丽的金色球果。

“去摘下来。”雪童子边登山边说。一头雪狼看见主人的小牙闪了闪，便马上像个皮球一样噌地跳上树干，一口咬住结着红果的小枝条，咔嚓咔嚓地啃了起来。在树上频频扭动脖颈的雪狼的影子落在雪上，又大又长。枝条终于被咬断了青色外皮和黄色内芯，落在刚刚登上丘顶的雪童子脚下。

“谢谢。”雪童子拾起枝条，遥遥望向坐落在蓝白相间的原野上的美丽小镇。河水波光粼粼，车站白烟袅袅。雪童子把目光落在雪丘脚下，看见刚才那个裹着红毛毯的小孩正走在覆满积雪的狭窄小路上，一门心思赶着回家。

“那小子昨天推着装满木炭的雪橇去了镇上，看样子肯定是卖钱买了砂糖，这才空着手回来的。”

雪童子笑着把手中的槲寄生枝条掷向小孩。枝条如出膛的子弹笔直飞去，准确地掉在小孩眼前。小孩吓了一跳，捡起枝条，四下张望。

雪童子笑着挥了下皮鞭——啪！

顿时，万里无云的深蓝色天空竟落下洁白的雪花，如白鹭羽毛般漫天飘落，天空下方平原上的雪、啤酒色的日光、茶色的丝柏构成的静谧素洁的星期天变得更加美丽了。

小孩拿着槲寄生枝条，又开始拼命赶路。

然而，当漫天大雪停止飘落后，太阳似乎就移驾到了遥远的天边，在那里重新燃起耀眼的白色火焰。

接着，有风自西北方徐徐吹来。

天空早就变得相当冷了。遥远东方的大海上空，像是有什么机关被拆掉了似的，响起轻微的咔嗒声，许多细霰从不知何时化作一面白镜的太阳面前不断掠过。

雪童子把皮鞭夹在腋下，用力抱着胳膊，双唇紧闭，目不转睛地凝望着风吹来的方向。两头雪狼也伸长脖子，频频望向那边。

风越刮越猛，脚下的雪沙沙地流向后方，对面的山脉顶上扬起团团白雾，紧接着西方就彻底暗成了灰色。

雪童子的目光锐利似电，炽热如炬。天空一片白茫茫，劲风如刀，干燥的细雪迫不及待地飘落。天地之间仿佛已被灰雪完全占据，分不清哪些是雪哪些是云。

雪丘的各条棱角同时发出如碾似斫的刺耳声响，地平线和小镇都被暗雾掩在后头，只有雪童子那隐隐约约的白色身影，依然立得笔直。

嘶吼咆哮的风声中传来一个怪异的声音："呼！你磨磨蹭蹭地干什么呢?！快下雪！快下啊！呼呼呼！呼呼！下雪啊！挥鞭啊！磨磨蹭蹭地干什么呢?！还不抓紧时间！呼！呼！没看我特地大老远给你带回来三个帮手吗?！快！下雪啊！呼！"

雪童子陡然似触电般跳了起来。是雪婆子回来了。

啪！雪童子挥响皮鞭。两头雪狼一跃而起。雪童子脸色铁青，双唇紧抿，帽子也不知被刮到哪儿去了。

"呼！呼！赶紧认真干活！不许偷懒！呼！呼！快给我好好干！今天是这一带的水仙月四日！快好好干！呼！"

雪婆子那一头蓬乱冰冷的白发，化作风雪中的一个旋涡。从滚滚而来的黑云间的缝隙，还露出她那尖耳朵和目光灼灼的金色眼珠。

被雪婆子从西方原野带回的三个雪童子，个个面无血色，紧咬着嘴唇，连招呼也不打，只忙着接连挥响皮鞭，往来奔走。哪里是山丘哪里是雪烟，甚至连哪里是天空，都已分不清了，只能听见雪婆子四下奔走的催喊声、雪童子们的挥鞭声，还有正在雪中奔跑的九头雪狼的喘息声。蓦地，雪童子从这些声音里，又隐约听见了那个小孩淹没在风雪中的哭声。

雪童子的双眸中似乎燃起了两团火。他伫立在原地想了想，猛地一挥鞭，向哭声传来的方向奔去。

但雪童子似乎弄错了方向，一直跑到了南方的黑松山。他把皮鞭夹在腋下，侧耳倾听。

“呼！呼！不许偷懒！快下雪！快下雪！快呀！呼！今天是水仙月四日！呼！呼！呼！呼呼！”

风雪呼啸声中，又隐约传来一声清澈的哭声。雪童子径直奔去。雪婆子披散着的乱发拂在脸上，令人毛骨悚然。山坳的雪堆中，裹着红毛毯的小孩被风困住，脚陷在雪里拔不出来，摇摇晃晃地倒在地上，正哭着把手撑在雪上，试图爬起来。

“盖好毛毯！把头低下！盖好毛毯！把头低下！盖好毛毯！把头低下！呼！”雪童子边跑边喊。可是，他的声音在小孩听来只是风声，他的身影小孩也看不见。

“低头躺下！呼！低头躺下！呼！别动！暴风雪马上就停，盖好毛毯躺下别动！”雪童子又跑回来大喊，可那小孩还在挣扎着想爬起来。

“躺下来！呼！低头静静躺下来！今天还不太冷，不会冻僵的！”雪童子又一次大喊着从小孩身旁飞奔而过，小孩却撇着小嘴，流着眼泪，还想要爬起来。

“不行的，躺下吧。”雪童子故意从正面用力撞去，把小孩撞倒了。

“呼！给我再加把劲！不许偷懒！快！呼！”

雪婆子过来了，隐约可以看见那张如同被撕裂的血盆大口和尖利的牙齿。

“咦？有个古怪的小孩。对了对了，把他抓过来！今天是水仙月四日，抓一两个人也不要紧。”

“这就对了，快装死。”雪童子又故意用力撞向小孩，同时悄声说，“躺着别动。叫你别动呀。”

雪狼们发狂般地东奔西跑，黑色的四肢在雪云间时隐时现。

“对对，就是这样！快！给我下雪！不许偷懒！呼呼呼！呼呼！”雪婆子又向对面飞去。

小孩还在挣扎着要爬起来，雪童子笑着又用力撞了上去。此时四周昏昏暗暗，还没到三点钟，却像太阳已落了山似的。小孩筋疲力尽，终于不再试图爬起来。雪童子笑着伸手过去，把红毛毯严严实实地盖在小孩身上。

“睡吧，我会给你盖上很多被子，这样就不会冻僵了。睡到明早，做个吃糖的好梦吧。”

雪童子在小孩身上盖满厚厚的雪。眨眼之间，红毛毯就看不见了，小孩身上的雪已经堆得跟周围一样高了。

“那小孩还一直拿着我扔给他的槲寄生呢。”雪童子自言自语着，有点想哭。

“快！好好干！夜里两点之前不能休息！今天是这一带的水仙月四日，不准休息！快！给我下雪！呼！呼呼！呼呼！”雪婆子又远远地在风中叫喊。

在风雪和灰蒙蒙的云层中，太阳真的落山了。大雪接连下了一整夜，总算临近拂晓，雪婆子又叫喊着从南边直冲向北方：“好了，差不多可以休息了！我接下来还要去海上，你们就不用跟来了！好好休息一下，为下次做好准备！嗯，这次干得不错！水仙月四日总算顺利度过了。”

雪婆子双眼在黑暗中闪烁着诡异的青光，满头乱发缠绕翻腾，她颤抖着嘴唇，朝东方飞去了。

原野和山丘仿佛都松了口气，雪地青光熠熠。天空不知何时放晴了，满天繁星正在桔梗色的苍穹上眨着眼。

雪童子们带着各自的雪狼，互相寒暄起来：

“刚才下得可真狠啊！”

“是啊！”

“下次再见面是什么时候呢？”

“谁知道呢。不过，今年已经下过两遍了吧。”

“真想早些一起回北方啊！”

“是啊！”

“刚才死了一个小孩。”

“那小孩没事，只是睡着了。明天我会在那里做个标记的。”

“那好，走吧。天亮前得赶回去呢。”

“好吧。可我有件事就是搞不懂。那是仙后座三星[①]对吧？都冒着蓝火呢。可是，为什么火烧得越旺，反而越要下雪呢？”

“这跟棉花糖机是一个道理。你想，棉花糖机不是骨碌骨碌一直转吗，粗砂糖就都变成了松软的棉花糖。所以啊，火烧得越旺越好。”

“哦。”

“那再见了。”

“再见。”

三个雪童子带着九头雪狼，回西方去了。

不久，东方天际就泛起黄玫瑰似的亮光，接着又闪耀起琥珀色的光芒，最后变成了金色的火焰。山丘和原野遍披新雪。

两头雪狼趴坐在地上，累得筋疲力尽。雪童子坐在雪上笑了起来。他的脸颊像苹果一样，呼出的气息带着百合的芬芳。

耀眼的太阳冉冉升起。今晨的太阳染上了几许蓝色，更显得庄重威严。桃红色的日光普照大地。雪狼爬起身，张大嘴巴，喷出摇曳的蓝色火焰。

“来，你们跟我走。既然天亮了，得去叫醒那个小孩了。”

雪童子奔到昨天埋藏着孩子的地方。

“快，给我扒散这些雪。”

两头雪狼立刻用后肢把雪扒开。散开的雪被风吹飞，扬起阵阵

①指仙后座最亮的三颗二等星。

烟雾。

一个脚下踩着雪鞋套、身上裹着毛皮大衣的人，从村子的方向匆匆赶来。

“醒醒！”雪童子看着雪中露出的红毛毯边角大喊，“你爸爸来了！快醒醒！”

雪童子一边叫喊，一边跑向后面的山丘，身后扬起一溜雪烟。小孩的身体似乎动了一下。此时，穿毛皮大衣的人拼命跑了过来。

山梨

这是两张拍摄于山涧水底的蓝色幻灯片。

* * *

一、五月

两只幼小的螃蟹正在苍白的水底交谈。

“克拉姆邦[①]笑了哟。”

“克拉姆邦张大嘴巴笑了哟。”

“克拉姆邦又蹦又跳地笑了哟。”

“克拉姆邦张大嘴巴笑了哟。”

它们的上方和两侧，看起来犹如青黑的钢板。一个个灰突突的水泡向平滑的水面浮去。

“克拉姆邦一直在笑哟。”

---

①该词为作者杜撰，意义不明，众说纷纭。

“克拉姆邦张大嘴巴笑了哟。”

“那你知道克拉姆邦为什么笑吗？”

“不知道。”

水泡不断涌向上方。两只小螃蟹也噗噗噗地接连吐出五六个水泡。水泡似水银般闪着亮光，晃晃悠悠地朝斜上方升去。

嗖地一下，一条鱼翻着银色的肚皮，从两只小螃蟹的头顶游了过去。

“克拉姆邦死了哟！”

“克拉姆邦被杀死了哟！”

“克拉姆邦死掉了哟……”

“被杀死了哟！”

“那你知道为什么被杀死了吗？”螃蟹哥哥把右边四条腿中的两条搭在弟弟扁平的头上，说。

“不知道。”

那条鱼嗖地一下又折返回来，朝下游去了。

“克拉姆邦笑了哟！”

“笑了。”

突然，周围一下子变得亮堂起来了，金色的阳光降临水中，如梦似幻。

透过水波投下的光网，在水底的白色岩石上摆荡伸缩，美丽极了。水泡和细碎的尘埃投出长长的影柱，倾斜着并立在水中。

那条鱼又游了过来，像是在大口吞咽那些金色的光线，竟使自己变成了铁青色，之后又溯向上游。

“那条鱼为什么要游来游去？”螃蟹弟弟似乎觉得很晃眼，转动着眼珠。

“在干坏事呢。在捉呢。”

“在捉？”

“嗯。”

那条鱼又从上游折返回来了。这次倒是显得不慌不忙，鳍和尾都一动不动，只将嘴巴张得溜圆，顺水慢慢漂了下来。鱼的影子在水底的光网上无声滑过。

“那条鱼……”

就在这时，水面猛然翻腾起白色的气泡，一个东西泛着蓝光，犹如刺目的子弹激射而至。

螃蟹哥哥清楚地瞧见，那蓝东西的前头是黑色的，像圆规脚一样尖。只见那条鱼的白肚皮闪了一闪，身子便翻了个个儿，像是朝水面浮上去了。随后，那个蓝东西和鱼都不见了，只留下摆荡的金色光网和一个个涌动的水泡。

两只螃蟹早已吓得浑身瘫软，说不出话来。

螃蟹爸爸来了。

“出什么事了？怎么直打哆嗦？”

“爸爸，刚才来了个奇怪的东西。”

“是什么东西？”

“蓝色的，发着光，前头又黑又尖。那东西一来，鱼就浮上去了。”

“那家伙的眼睛是不是红色的？”

“不知道。”

“噢。那家伙应该是鸟，叫翠鸟。不要紧，放心吧，它是不会搭理我们的。”

“爸爸，那条鱼去哪儿了？”

“鱼吗？去了可怕的地方。”

“我好害怕呀，爸爸。”

“不怕不怕，没事的，别担心。哎呀，桦树花漂过来了。快看，多漂亮啊。”

数不清的白桦花瓣和水泡一道从水面上漂了过来。

“我好害怕呀，爸爸。”螃蟹弟弟也说。

光网摆荡伸缩，花影自沙砾上无声滑过。

二、十二月

夏天走了，秋天也过去了，小螃蟹们已经长大了许多，水底的景色彻底变了模样。

有洁白柔润的鹅卵石滚来，也有锥状的小水晶颗粒和金云母碎片漂来。

月光洒入水中，仿佛透过了青碧的汽水瓶，直照到冰冷的水底。水面上荡着波浪，宛如时燃时熄的苍白火焰。四周万籁俱寂，只能听见若有若无的水浪声仿佛从遥远的地方传来。

由于月光太亮，水太明净，两只小螃蟹都睡不着，一起来到外头，一边抬头望着水面，一边默默地吐着水泡。

“还是我的水泡大。”

“哥哥，你是憋着劲儿才吐那么大的。我要是真想吐，能吐得更大。”

“那你吐吐看。哎哟，才那么大呀！来，哥哥给你吐一个。看，没错吧？很大吧？”

“哪里大了，明明一样啊！”

“那是因为你离自己的水泡近，所以看起来才觉得大。不信我们一块儿吐。好了，这下看清楚了吧？”

“还是我的更大呀。”

“真的？那我再吐一个。”

“不行不行，你都踮脚了。”

螃蟹爸爸也出来了。

“快去睡觉，都这么晚了。明天还要带你们去个好地方呢。”

“爸爸，我们俩谁的水泡更大？”

“应该是哥哥的更大。”

“才不是呢，明明是我的更大。”螃蟹弟弟委屈得快要哭了。

就在这时，忽听扑通一声。

一个黑乎乎、圆滚滚的东西从水面掉进来，下沉了好一阵子，又向上方浮去。那东西身上的斑点闪烁着金色的光芒。

“是翠鸟。”小螃蟹们缩着脖子说。

螃蟹爸爸尽力把两只望远镜似的眼睛探得老长，仔细观察后，说：“不是翠鸟，那是山梨，就要漂远了。我们跟上去瞧瞧。啊，真香呀。”

果然，被月光照亮的水中漫溢着山梨的香气。

三只螃蟹向疾速漂走的山梨追去。

三只并排横行的螃蟹，加上水底的三道黑影，共是六个，像跳着舞一样追向那颗影影绰绰的圆滚滚的山梨。

不久便听见哗哗的水声，水面的波浪荡起青色的火焰。山梨打了个转，挂到树枝上停住了，水汽蒙蒙的外表沐浴在一片月华红光之中。

“怎么样，果然是山梨吧。已经熟透了，味道可真好闻。”

“好像很好吃啊，爸爸。”

“再等等。再过两三天，它就会沉下来，到时就能自然而然地酿出美酒啦。好了，该回去睡觉了，走吧。”

螃蟹父子仨朝自家洞穴爬去。

水波荡起的苍白火焰晃动得更厉害了，又像是在喷吐着金刚石的粉末。

* * *

我的幻灯片到此结束。

双子星

一

银河西岸有两颗极小的星星，看着就像问荆草的孢子一样。那是双子星神琼瑟童子和宝瑟童子居住的小水晶宫。

这两座晶莹通透的宫殿正对而立。每天晚上，二人都会返回宫殿，正襟端坐，和着响遍夜空的《巡星之歌》，吹奏一宿的银笛。这是两位双子星神的职责。

一天清晨，当太阳全力摇撼身躯，自东方庄严升起时，琼瑟童子放下银笛，对宝瑟童子说："宝瑟，别吹了。太阳已经出来了，云朵也放出了雪白的光芒。我们今天去西边原野上的天空之泉玩吧？"

宝瑟童子双眼半开半合，仍在全神贯注地吹奏银笛。

琼瑟童子走下宫殿，穿上鞋子，登上宝瑟童子宫殿前的台阶，再次说道："宝瑟，别吹了。东方的天空白炽如火，地上的小鸟看样子也已醒来。我们今天去西边原野上的天泉玩吧？可以用风车收拢雾气，发射小彩虹。怎么样？"

宝瑟终于回过神，连忙放下笛子说："啊，琼瑟。不好意思，原来天已经大亮了呀。我这就穿鞋。"

说完，宝瑟童子穿上洁白的贝壳鞋，与琼瑟童子结伴而行。二人欢欢乐乐地唱着歌，走在银色的天之原野上。

天上的白云哟，
要把太阳所经之路，
清扫洁净，
使光明散布。
天上的青云哟，
要把太阳所经之路，
遍铺绿茵，
将板石深埋。

不知不觉间，二人来到了天空之泉。

在晴朗的夜晚，从地面上能清楚地看见这口清泉——距离银河西岸相当遥远的地方，围着一圈蓝色的小星星，圈中底部平铺了一层蓝色的小石子，有清水从石子间汩汩涌出，在泉边汇成一条小溪，流向银河。每逢人间大旱之时，不就屡屡可见枯瘦的夜鹰、杜鹃等鸟儿沉默地仰望着天上的这口清泉，满心不甘地自喉中发出干涩的嘶声吗？人间无论什么鸟，都飞不到那里去，可是天鸦星、天蝎星、天兔星等星辰，却能轻松抵达。

“宝瑟，我们先在这里造个瀑布吧？”

“好的，造吧。我来搬运石头。”

琼瑟童子脱鞋踏入小溪，宝瑟童子开始在岸边收集大小合适的石头。

此刻，空中充溢着苹果的清香。那是西天的银色残月呼出的气息。

忽然，原野对面传来一阵嘹亮的歌声：

银河西岸的天空之泉，
泉水汩汩。
环绕四周的蓝色星辰，
星光熠熠。
夜鹰、猫头鹰、鸻鸟、松鸦，
想来却来不了。

“啊，是天鸦星。”两个童子异口同声地说。

话音未落，就见天鸦已经分开空中的芒草，甩着肩膀，迈着大步，从对面悠悠走来。它上身披着乌黑的天鹅绒斗篷，下身穿着乌黑的天鹅绒窄脚裤。

天鸦看见二人，停步驻足，郑重地躬身施了一礼，说：“哎呀，是琼瑟童子和宝瑟童子啊，你们好。今天天气如此晴朗，真是不错。不过天气太好，嗓子就干得受不了，再加上昨晚高歌有些过了头，抱歉。”说着，天鸦就把脑袋扎进泉水里。

“没关系的，请多喝点。”宝瑟童子说。

天鸦咕咚咕咚地一气喝了足有三四分钟，才仰起脸来眨了眨眼，然后扑棱棱地摇晃脑袋，甩掉头上的水。

这时，对面又传来一阵粗野的歌声：

南天上的赤目蝎，
生就毒钩和巨螯，
浑然不知其厉害的，
无疑就是大笨鸟。

天鸦骤然变得脸色极差，浑身不住地颤抖，怒道：“是天蝎星。浑蛋！说什么大笨鸟，分明是在影射我。等着瞧吧，它要是敢过来，我就把它那对红眼珠子挖出来。”

琼瑟童子说：“天鸦先生，不行啊，会被天帝知道的。”

没多久，就见赤目天蝎星晃动着一对巨螯，拖着长长的尾巴，从对面走来。尾巴拖在地上发出轻快的咔啦咔啦声，在寂静的天之原野上回荡不息。

天鸦早已气得浑身发抖，眼看就要飞扑过去，双子星拼命打手势才将其制止。

天蝎轻蔑地瞥了天鸦一眼，爬到泉边，说：“啊，嗓子好干。哟，双子星，你们好。抱歉，我来这儿是想喝点水。哎呀，这水怎么一股子土腥味啊？看来是有哪个黑不溜秋的笨蛋把脑袋扎进去过。唉，没办法，忍忍吧。”

说完，天蝎咕咚咕咚地喝了足有十来分钟。其间，它还朝天鸦频频挥动那只带毒钩的尾巴，怎么看都像是在戏耍对方。

天鸦终于忍无可忍，啪地张开翅膀大叫：“喂，天蝎！你这家伙从刚才就一直说我的坏话，说什么大笨鸟之类的。快道歉！”

天蝎终于从水里拔出脑袋，一对红眼珠滴溜直转，好似两团燃烧的火焰。

“嗯？有人在说话。是红色的那位，还是鼠灰色的那位？要不要和我的钩子打声招呼？”

天鸦勃然大怒，忍不住跳脚大叫：“你说什么？别嚣张！小心我把你大头朝下扔到天边去！”

天蝎也火冒三丈，迅速拧转庞大的身躯，甩动尾钩向空中刺去。天鸦飞起避过毒钩，随即挺起利矛般的尖喙，对准天蝎的脑袋直刺下来。

琼瑟童子和宝瑟童子都来不及阻止。天蝎头上顿时多了一道深深的伤口，天鸦的胸口则被毒钩刺中，它们双双闷哼一声，身子叠在一起昏了过去。

天蝎的血液汩汩流到空中，聚成了一片形状可憎的红云。

琼瑟童子急忙穿上鞋，说：“哎呀，糟了。天鸦中毒了，得尽快把毒吸出来。宝瑟，你能不能按住天鸦？”

宝瑟童子也穿上鞋，匆匆绕到天鸦身后，将它牢牢按住。琼瑟童子把嘴贴在天鸦胸前的伤口上。

宝瑟童子说：“琼瑟，你吸出毒液后可不能吞进肚里，必须立刻吐出来。”

琼瑟童子默默地从伤口吸出毒血吐掉，反复六遍以后，天鸦终于醒转过来，微微睁开眼说：“啊，谢谢。我怎么了？我真把那个浑蛋打死了吗？”

琼瑟童子说："快用溪水清洗伤口。还能走路吗？"

天鸦摇摇晃晃地站起身，看着天蝎，再度浑身颤抖着说："浑蛋！这只天上的毒虫！死在这里，可喜可贺。"

两个童子把天鸦匆匆带至溪畔，将伤口洗净，又朝上面吹了两三口仙气，然后说："好了，慢慢走，趁天还没黑，快回家吧。以后别再做这种事了，天帝可都一清二楚着呢。"

天鸦十分沮丧，无力地垂着翅膀，一遍遍地鞠躬道谢："谢谢，谢谢。我今后会注意的。"

说完，它便拖着双腿，走向生满银色芒草的原野的另一头。

两个童子又查看了天蝎的伤势。尽管头上的伤口很深，但血已经止住了。二人掬来泉水洒在伤口上，清洗干净后又轮流朝伤口吹气。

太阳升至中天时，天蝎微微睁开了眼睛。

宝瑟童子边擦汗边问："感觉怎么样？"

天蝎喃喃道："天鸦那浑蛋死了吗？"

琼瑟童子有些生气地说："怎么还说这种话？你自己都差点儿死掉了。好了，打起精神，趁天亮快回家，天黑下来就麻烦了。"

天蝎目光灼灼地说："双子星，救人救到底，能不能送我回家？"

宝瑟童子说："那就送你回家。来，抓紧我。"

琼瑟童子也说："喂，也得抓紧我。不尽快动身的话，天黑前是到不了家的，那样就无法演奏今晚的《巡星之歌》了。"

天蝎抓着两个童子，踉踉跄跄地迈步前行。两人的肩胛骨都快被拗弯了，因为天蝎的身体实在太重了，单论体型，就有两人的十倍之多。

两个童子疼得满脸通红，仍然强忍着一步一步前行。

天蝎的尾巴在石子上拖动，发出沉重的摩擦声。同时，它口中呼呼喷出令人厌恶的气息，脚下步履蹒跚，一个钟头也没走出一公里。

由于天蝎的身体过于沉重，而它的手又深深陷入肉里，两个童子被掐得生疼，肩膀和前胸早已失去知觉。

天之原野上白光闪闪。他们走过了七条小溪和十片草甸。

两个童子头昏脑涨，已经不知自己是正在行走还是站着没动，但他们依旧默默地一步步前进着。

六个钟头过去了。到天蝎家恐怕还得一个半钟头，可太阳眼看就要落山了。

“能不能再走快些？我们必须在一个半钟头之内把你送到家。啊，你是不是很难受啊？痛不痛？”宝瑟童子说。

“啊，就快到了。请两位发发慈悲。”天蝎哭道。

“好吧，就快到了。伤口痛不痛？”琼瑟童子忍着肩胛骨几近碎裂的痛楚，说。

太阳已经庄严地摇晃三下，沉到西山后头去了。

“我们得回去了。真伤脑筋啊。这附近有人吗？”宝瑟童子喊道。

天之原野寂然无声。

西天的云霞丹红耀眼，天蝎的双眸也闪烁着鲜红而哀伤的光芒。那些格外明亮的星星，已经身穿银色铠甲，唱着歌，在遥远的天际现出身形。

“见一颗星星许一个心愿，我想成为大富翁！”一个小孩在地上仰望着那片天空大喊。

琼瑟童子说："天蝎先生，就快到了。能不能走快些？累不累？"

天蝎哀声道："我已经精疲力竭了，请容我稍微歇会儿。"

星星啊星星，

怎会只出一颗星，

千颗万颗亮满天。

下面又有其他小孩在大喊。西山已是一片漆黑，天上到处都有一闪一闪的星星现身。

琼瑟童子后背弯得厉害，仿佛下一刻就要被压折，但他还是说："天蝎先生，我们今晚已经误了时辰，肯定要被天帝责骂，说不定还会被流放。但你要是不能待在平时的居所，那才真叫糟糕呢。"

"我已经累得要死了。天蝎先生，你得打起精神，赶快回家。"话音未落，宝瑟童子终于体力不支倒地了。

天蝎哭道："请多原谅。我就是个浑蛋，连你们的一根头发都不如。我一定洗心革面，并为此事道歉。一定。"

就在这时，对面唰地一闪，身穿水蓝色炫光大衣的闪电飞了过来，双手抚地，对两个童子说："我奉天帝之命，前来迎接二位。请一起抓紧我的斗篷，我立刻带你们回宫殿。天帝不知怎么从刚才起就很高兴。还有，天蝎，多年未见，你还是如此面目可憎。给，这是天帝赐下的药，快吃了吧。"

两个童子喊道："天蝎先生，再会了！请快把药吃了！还有，别忘了刚才的约定，一定要做到哦！再见！"

说完，二人一起抓住闪电的斗篷。天蝎将众多手臂齐齐伸出，伏地叩拜，服了药后又郑重地鞠了一躬。

闪电放出刺眼的亮光，仅是一闪，就已带着两个童子站在刚才那口清泉旁了，随即说道：“好了，请二位沐浴洁身，天帝已赐下全新的衣服和鞋子。《巡星之歌》十五分钟后就要开始了。”

两位双子星神在冷冽如水晶的溪水里畅快地洗了个澡，穿上香气宜人、青辉熠熠的薄衣和白光闪闪的新鞋。身上的痛楚和疲惫一扫而空，整个人神清气爽。

“好了，走吧。”闪电说。

两个童子再次抓住闪电的斗篷。紫光一闪，他们就站在了自家宫殿前，闪电则已不见踪影。

“琼瑟童子，马上准备吧。”

“宝瑟童子，马上准备吧。”

他们登上宫殿，相对端坐，举起了银笛。

四下里恰好开始响起《巡星之歌》：

红眼的蝎子，
雄鹰展翅，
蓝眼的小狗，
猛蛇盘踞。

猎户座高歌，
降露与霜，

仙女座星云，

形似鱼吻。

大熊座五足，

伸向北方，

小熊座额上，

巡天所在。

两位双子星神开始吹笛。

二

（银河西岸有两颗极小的星星，看着就像问荆草的孢子一样。那是双子星神琼瑟童子和宝瑟童子居住的小水晶宫。

这两座晶莹通透的宫殿正对而立。每天晚上，二人都会返回宫殿，正襟端坐，和着响遍夜空的《巡星之歌》，吹奏一宿的银笛。这是两位双子星神的职责。）

一天夜里，空中乌云密布，云下大雨滂沱。尽管如此，两个童子仍像往常一样，端坐在各自的宫殿前，面对面吹响笛子。

突然飞来一颗粗鲁的大彗星，一边冲二人的宫殿呼呼吹出苍白的光雾，一边说道：“喂，双子蓝星，不出去逛逛吗？像今晚这样的天气，你们就不用吹得如此卖力了。遇难船上的船员就算想通过星星确定方位，被云遮着也看不见；天文台的工作人员今天也休息，正打着哈欠呢；经常观星的那个狂妄的小学生，也被这场大雨浇灭了气焰，正猫在家里画画呢。你们不吹笛子，星星照样旋转。跟我出去逛逛吧，怎么样？明天傍晚之前就带你们回来。”

琼瑟童子暂停吹笛，说：“天帝也曾允许我们阴天不吹笛子。可我们吹笛，只是觉得有趣而已。”

宝瑟童子也暂停吹笛，说：“但外出旅行未曾得到天帝允许，谁也说不准什么时候云散天晴。”

彗星说：“不用担心。天帝以前就曾交代我找个阴天的晚上，带你们出去逛逛。走吧，走吧。我可是很有趣的。我的绰号叫作‘天上鲸鱼’。跟你们讲啊，像沙丁鱼一样瘦弱的星星，还有青鲔鱼般的黑色陨石，我都能大口吞进肚里。最痛快的时候，就是在笔直飞去再飞回时猛然转弯的那一刻，身体像要坏掉一样嘎吱乱响，连光做的骨头也禁不住发出呻吟呢。”

宝瑟童子说：“琼瑟，既然它说天帝允许了，那我们就去吧？”

琼瑟童子说：“可这只是它的一面之词，天帝未必真允许了。”

彗星说：“嘿，要是我说谎，就叫我的脑袋裂成两半，再叫脑袋、身子、尾巴七零八落，掉进海里变成海参好了。我怎么会说谎？”

宝瑟童子说：“那你敢向天帝发誓吗？”

彗星毫不犹豫地说：“好，我发誓。天帝明鉴，今天我奉天帝之命，带双子蓝星外出旅行。喂，这样可以了吧？”

两个童子齐声说：“嗯，可以了。我们走吧。”

彗星摆出一副道貌岸然的可恶嘴脸，说：“那就快抓住我的尾巴。要抓紧哦。好了吗？”

二人牢牢抓住了彗星的尾巴。

彗星噗地吐出一口苍白的光团，说：“好，出发。嘎吱嘎吱嘎吱噗，嘎吱嘎吱噗。”

彗星不愧有“天上鲸鱼”之称，吓得弱小的星星四处逃窜。没多久已飞出很远，两个童子的宫殿被远远抛在身后，只能看见两个苍白的小点。

琼瑟童子说：“已经飞出很远了，银河的落水口还没到吗？”

彗星的态度突然一百八十度大转弯：“哼，与其想着银河的落水口，不如看看你们自己是怎么掉下去的吧。一、二、三！”

彗星猛抖了两三下尾巴，还扭头朝身后用力吹出一口森然白雾，把两个童子吹得掉落下去。

他们朝着黑苍苍的无尽虚空笔直坠下。

“啊哈哈！啊哈哈！刚才的誓言什么的，统统不算数！嘎吱嘎吱嘎吱噗，嘎吱嘎吱噗。”说着，彗星掉头飞奔离去。

坠落途中，两个童子紧紧抓住彼此的胳膊肘。不管沦落何处，二人都不愿分开。

他们的身体坠入大气层中，爆发出雷鸣般的巨响，赤红的火花噼啪四溅，瞧上一眼都让人头晕目眩。接着，二人穿过乌云，如箭一般扎入浊浪咆哮的大海。两个童子在海水中不断下沉，但神奇的是，他们仍能自由呼吸。

海底铺满柔软的淤泥，有巨大的黑色生物呼呼沉睡，还有蓬乱的海藻摆荡不定。

琼瑟童子说："宝瑟，这里是海底吧？我们已经回不去天上了，还不知今后会有怎样的遭遇呢。"

宝瑟童子说："我们被彗星骗了，没想到它竟敢对天帝撒谎。这个可恶的家伙！"

话音未落，就听脚下一个发着红光的海星说："你们是哪片海域的海星？身上竟有蓝海星的特征。"

宝瑟童子说："我们不是海星，是星星。"

海星怒道："你说什么?！星星？所有海星本来都是星星。你们是刚来的吧？那就是新晋海星喽。新鲜出炉的坏蛋！分明是做了坏事才沦落到这里，还敢趾高气扬地以星星自居，海底可不兴这一套。我们在天上的时候，可都是一流士兵呢。"

宝瑟童子神色悲伤地仰望天空。

雨已停了，乌云消散一空，海面波平如镜，天空清晰地映在上面。无论银河、天泉，还是天鹰星、天琴星，全都历历在目，就连他们那两座极小的宫殿也能看见。

"琼瑟，天空完全露出来了，我们的宫殿也能看见，可惜我们到头来却成了海星。"

"宝瑟，已经没办法了，就在这里跟天上的大家道别吧。还有，尽管再也见不到天帝了，还是向他道个歉吧。"

"天帝，永别了。我们从今天起就是海星了。"

"天帝，永别了。愚蠢的我们被彗星骗了。从今天起，我们就要在黑暗海底的淤泥上爬来爬去了。"

"永别了，天帝。还有天上的各位，愿你们永葆安康。"

“永别了，诸位。还有至高无上的天帝，愿您永享尊荣。”

无数红海星蜂拥而至，将他们围在当中，七嘴八舌地说：“喂，把衣服献上来。”“喂，把剑交出来。”“快交税。”“变小点儿。”“给我擦鞋。”

突然，上方出现了一个黑黢黢的庞然大物，发出“嗷——嗷——嗷”的连声咆哮，惊得一众海星慌忙躬身施礼。

那只黑色生物眼看就要一掠而过，却突然停了下来，装腔作势地看着两个童子说：“哈哈，是新来的呀。看来还没学习怎样行礼呢。你们可认得本鲸鱼大人？本大人的绰号叫作‘海中彗星’。跟你们讲啊，像沙丁鱼那样的瘦子，还有青鳉鱼那样的瞎子，本大人都能大口吞进肚里。最痛快的时候，就是在笔直前行再掉头返回时缓缓转弯的那一刻，身上会渗出黏糊糊的油。对了，你们既然是从天上被流放下来的，应该带着流放证明吧？快拿出来。”

二人面面相觑。

琼瑟童子说：“我们没有那种东西。”

鲸鱼勃然大怒，噗地吐了一大口水，海底当即激流汹涌。海星个个神色大变，东倒西歪，两个童子强自忍耐，仍旧挺直背脊站在原地。

鲸鱼神色狰狞地说：“没有流放证明？你们这两个坏蛋。住在这里的，不管在天上做了什么坏事，都有流放证明。你们两个真是岂有此理。好，那我就吞了你们，准备受死吧！”

鲸鱼张大嘴巴，摆好架势。海星和附近的鱼不是哧溜一下钻进泥里，就是一溜烟儿地逃之夭夭，以免受到牵连，沦为鲸鱼的腹中餐。

就在这时，对面突然嗖地射来一道银光。原来是一条小海蛇。鲸鱼似乎非常震惊，急忙闭起了嘴。

海蛇难以置信地凝视着两个童子的头顶，说："你们是怎么回事？我看不像是在天上做了坏事而被流放下来的。"

鲸鱼从旁插嘴说："这两个家伙没有流放证明。"

海蛇狠狠地瞪了鲸鱼一眼，说："住口！你这狂徒，竟敢如此称呼两位贵客？做了坏事的人，头顶上都有个张着大嘴的黑影子，一目了然；而常做善事的人，头上有光环，你却根本看不见。星神大人，这边请。我带二位去见大王。喂，海星，把灯点上。还有你，鲸鱼，别再胡闹了！"

鲸鱼搔着脑袋，俯身叩拜。

发出红光的海星整齐地排成了两列长长的纵队，好似街道两旁的路灯一般，令人啧啧称奇。

"那我们走吧。"海蛇晃动着满头白发，恭声说道。

两个童子跟在海蛇身后，自海星队列中间穿过。没走多久，就见黑苍苍的水光中现出一座巨大的白色城门。城门自动开启，从中涌出许多美丽的海蛇，引领两位双子星神来到海蛇王面前。

海蛇王是一位生着花白长髯的老人，他笑着说："我知道二位是琼瑟童子和宝瑟童子。你们先前拼命感化了天上那只坏心肠的蝎子，此事我也早有耳闻，我已下令将你们的事迹编入这里的小学课本。你们这次突遭横祸，受惊不小吧？"

琼瑟童子道："大王这样说，实在让我们惶恐。我们已经回不去天上了，想在这边为大家贡献绵薄之力。"

海蛇王说："不不，不必谦虚。我会立刻通知水龙卷，送你们返回天庭。还请二位回归之后，代本王向天帝问好。"

宝瑟童子喜道："这么说，大王也认识我们的天帝？"

海蛇王连忙走下王座，说："岂止认识。天帝是我唯一尊奉的王，他从很久以前就是我的老师，我是他的蠢仆人。唉，你们还不明白，不过很快就会明白的。如今趁着天还没亮，我叫水龙卷送你们一程。来人啊，准备好了吗？"

一条海蛇臣子应声答道："是，已在门前等候。"

两个童子郑重地向海蛇王鞠了一躬，说："大王请多保重，改日再从天上向您致以问候，愿您的王宫永远繁荣昌盛。"

海蛇王说："也祝二位飞黄腾达。再见，请多保重。"

海蛇臣子们毕恭毕敬，一齐躬身施礼。

两个童子来到门外。只见一条银龙蜷成一团，正在打盹儿。

一条海蛇将他们送到了水龙卷头顶。他们抓住龙角。

许多发着红光的海星蜂拥而来，高声叫喊："再见！请向天帝问好！希望我们有一天也能得到赦免！"

二人齐声回答："我们一定向天帝转达，相信大家很快就能在天上重逢。"

水龙卷扶摇直上。

"再见！再见！"

水龙卷已将头颅探出漆黑的海面，紧接着发出一阵哗啦哗啦的急促巨响，裹卷着海水，似利箭般冲向高空。

还有好一阵子天才会亮。银河越来越近，双子星神的宫殿已然清晰可见。

“请看那边。”水龙卷在黑暗中说。

只见那个发出苍白光芒的大彗星四分五裂，头颅、尾巴和身体变得七零八落，伴随着疯狂的嘶吼，闪着黯淡的光，坠入了漆黑的大海。

“那家伙会变成海参。”水龙卷轻声说。

空中已传来《巡星之歌》的歌声。

两个童子抵达宫殿。水龙卷放下二人，说了声“再见，请多保重”，便一阵风似的回了海里。

双子星神各自登上宫殿的台阶，正襟端坐，对无形无相的天帝说：“我们二人因疏忽而擅离职守，愧疚万分。但今晚托您的福，竟得到了海蛇王的帮助，他托我们向您表达崇高的敬意。而海底的海星也都请求您的慈悲。另外，海参想必也渴望得到您的宽恕。”

说完，二人举起银笛。

东方的天空变得金灿灿的，眼看就要天亮了。

要求多多的餐厅

两个年轻的绅士，通身作英军士兵装扮，扛着锃亮的猎枪，牵着两条白熊般的大狗，踏着深山老林里的厚厚积叶，边走边聊。

“这一带的山也太不像话了，竟连一只鸟兽也没有。甭管打什么东西，真想砰砰开上两枪啊。”

“要是能在鹿的黄肚皮上来那么两三枪，该有多痛快啊。那鹿肯定会在原地滴溜溜转上几圈，然后一头栽倒。”

这里已是名副其实的深山，连先前一直带路的资深猎人也迷了路，不知走到哪里去了。

而且山势又险得可怕，两条白熊般的大狗居然双双晕倒在地，狂吠了一阵子，便口吐白沫死掉了。

“害我损失了两千四百元。”一个绅士拨开狗的眼皮看了看，说。

“我可损失了两千八百元。”另一个绅士面露不甘之色，恼怒地说。

头一个绅士脸色难看地盯着另一个绅士，说：“我打算回去了。”

“嗯，我也觉得又冷又饿，正想回去呢。”

“那就到此为止吧。回去的路上，在昨天那家旅馆花十元钱买些铜长尾雉就是了。”

“还有兔子呢。管他打的还是买的，反正都一样。那我们这就往回走吧。”

可麻烦的是，两人根本不知道该往哪个方向走了。

大风呼呼地刮了起来，草丛哗哗作响，树叶沙沙可闻，树干也砰然有声。

“看来真是饿了，我的左半边肚子从刚才就疼得受不了。”

“我也一样。真是一步也懒得动了。”

“实在不想走路了。啊！这可怎么办呀！真想吃点儿东西啊。”

“饿死啦！”

两个绅士穿行在哗哗作响的芒草中，边走边说。

不经意间，两人一回头，竟然看见了一幢富丽堂皇的洋房。

门口挂着一块牌子：

Restaurant

西餐厅

Wildcat House

山猫轩

“你看，正好。没想到这里还挺开化的，进去看看？”

“奇怪，这种地方怎么会有这样的房子？但不管怎么说，应该有东西吃了。”

“这还用说，招牌上都写着呢。”

“那就赶紧进去吧，我都饿得快站不住了。”

两人走进门厅。门厅是由白瓷砖镶嵌而成的，相当气派。

对面有一扇玻璃门，门上用金字写着：

任何人都万勿客气，请随便进。

他们一看可乐坏了。

“怎么样，果然是天无绝人之路。我们今天吃了一整天的苦头，现在终于时来运转了。虽说这是一家餐厅，看来白吃一顿还是不成问题的。”

“看样子没错。‘万勿客气’就是这个意思。”

推门而入，迎面是一条走廊，玻璃门背面用金字写着：

胖人和年轻人，本店特别欢迎。

他们见到“特别欢迎”四字，更是乐开了花。

“你看，我们是特别受欢迎的人。”

“谁叫我们两个条件都符合呢。”

两人顺着走廊快步前行，很快又看见一扇漆成浅蓝色的门。

“这房子好奇怪呀，怎会有这么多门？”

“这是俄式建筑，寒冷地区和山里的房子都是这样的。”

说着，他们正想推开那扇门，就见门上用黄字写着：

本餐厅要求多多，敬请知悉。

“没想到这家店开在这种深山僻野里，看来顾客还不少呢。”

“这不奇怪。你看东京那些大餐厅，就少有开在大马路上的。”

他们边说边推开门，见门背面又写着：

尽管要求多多，还望务必海涵。

“这到底是怎么回事？”一个绅士皱起眉头。

“嗯，肯定是顾客点菜太多，准备起来很花时间，所以就得请求顾客谅解。”

“有道理。真想快点儿进到一个房间里呀。”

“是啊，还要在餐桌前坐下来。”

可令人心烦的是，前方又出现了一扇门，门旁还挂着一面镜子，镜子下放着一把长柄刷子。

门上用红字写着：

各位贵客，请在此梳理头发，并刷掉鞋上的泥。

“这个要求倒也合理。刚进门厅那会儿，我还真是小瞧了山里的餐厅。”

“这家店如此讲究礼节，肯定是有许多大人物经常光顾。”

于是两人把头发梳得整整齐齐，又刷掉了鞋上的泥土。

不料两人刚把刷子放回板上，那刷子就突然变得模糊起来，随即消失不见。一阵风呼呼地吹了进来。

两人吓了一跳，相互挨挤着，慌里慌张地推开那扇门，继续往深处走。两人只想尽快吃些热乎乎的食物，好打起精神来，不然还真是担心接下来会发生什么事。

门的内侧又写着奇怪的要求：

请把枪和子弹放在这里。

旁边有一个黑色的台子。

“原来如此，的确没有带着枪吃饭的道理。”

“果然是有大人物经常光顾啊。”

两人卸下猎枪，解下子弹带，放在台子上。

前方又是一扇黑色的门，上面写着：

请摘下帽子，脱掉大衣和鞋。

“怎么办？脱吗？”

“没办法，脱吧。里面肯定来了很了不起的大人物。”

两人把帽子和大衣挂在钉子上，又脱了鞋，吧嗒吧嗒地走进门中。

门背面写着：

请把领带夹、袖扣、眼镜、钱包及其他金属物品，尤其是尖锐物件，全部放在这里。

门旁立着一个漆成黑色的大保险柜，柜门敞开着，连钥匙也备好了。

“哈哈，看来是有些菜得用电做，所以金属物品很危险，尤其是尖锐的物件。”

“嗯。这么说，走的时候得在这里结账喽？”

“应该就是这样。”

“没错，肯定是的。”

两人摘下眼镜，取下袖扣，统统放进保险柜里，然后咔嚓一声上了锁。

继续走了没多远，迎面又是一扇门，门前放着一个玻璃罐。门上写着：

请在面部和四肢涂满罐里的奶油。

两人上前一看，罐里装的确实是牛奶奶油。

“叫人涂奶油是怎么回事？”

“大概是因为外面太冷，而屋里又太暖和，所以得涂奶油预防皮肤皴裂。里面肯定是来了很了不起的大人物。没想到我们在这种地方还有可能结交到贵族呢。”

两人把罐里的奶油涂完脸和手，又脱掉袜子给脚也抹上。要求的部位都涂完了，奶油仍有剩余，两人便装作往脸上涂的样子，偷偷把奶油吃掉了。

然后他们急不可耐地推开门，只见门背面写着：

奶油涂好了吗？耳朵也涂了吗？

门后也放着一个小奶油罐。

“对了对了，我没涂耳朵。险些害得耳朵皴裂。这里的主人可真是心思周到啊。”

“是啊，堪称无微不至。但我只想快点儿吃些东西，这走廊却没完没了的，真是没辙。”

说着，前方又出现了一扇门，上面写着：

饭菜马上就好。

十五分钟都不用等，

稍后即可享用。

请尽快把瓶里的香水洒在头上。

门前放着一个金光闪闪的香水瓶。

两人将香水哗啦哗啦地浇洒在头上。

可那香水的味道闻起来却像是醋。

“奇怪，这香水竟然一股醋味。怎么回事？”

“肯定是女佣受了风寒，头昏眼花的，就错把醋装进来了。”

两人推门而入。门背面写着这样几个大字：

> 各种要求如此繁多，给您添堵了吧？万分抱歉。
>
> 这是最后一条了。请用罐里的盐仔细涂抹全身。

前方果然摆着一个漂亮的蓝色陶瓷罐。直到此时，两人才惊愕地望着彼此涂满奶油的脸，面面相觑。

“好像不太对劲啊。”

“我也觉得有问题。”

“所谓要求多多，原来要求的一方竟是店家，那被要求的一方……”

“所以我琢磨着，这家所谓的西餐厅，并不是为来的人提供西餐吃，而是把来的人做成西餐吃掉。也就、就、就、就是说，我、我、我们……”这个绅士浑身战栗，已经说不出话来。

“那，我、我们……哇！”另一个绅士的反应与同伴的如出一辙。

“快跑……”同伴哆哆嗦嗦地想要推开身后的门，可那扇门却纹丝不动。

前方还有一扇门，门上有两个大大的钥匙孔，雕刻成了银色刀叉的形状。门上写着：

> 哎呀，承蒙光顾，一路辛苦。
>
> 做得很好。

请快进来吧。

钥匙孔里还有两只贼溜溜的蓝眼珠，正朝这边窥伺。

“哇！”哆哆嗦嗦。

“哇！”不停颤抖。

两人放声大哭。

门里传出窃窃私语声：

“糟了，他们已经发觉了，好像没抹盐啊。”

“这不奇怪，实在是老大的措辞太差劲了。什么‘各种要求如此繁多，给您添堵了吧？万分抱歉’，简直就是蠢话连篇。”

“无所谓了，反正我们连根骨头也分不着。”

“那倒是。可这两个家伙要是不进来，老大难免要怪我们失职。”

“要不招呼他们一下？招呼吧。喂！客人，快请进！请进！请进！盘子已经洗好了，青菜也用盐仔细揉过了，就差把你们和青菜拌匀，再盛到雪白的盘子里了。快请进！”

“没错，请进，请进。你们是不是不喜欢凉拌呀？要是不喜欢，那就生火油炸如何？总之快请进。”

两个绅士吓得魂不附体，脸抽搐得如同皱巴巴的废纸，面面相觑，哆嗦着泣不成声。

门里响起窃笑声，又有人喊：“请进！请进！你们这样痛哭流涕，好不容易涂上去的奶油岂不是都被冲掉了？”中间又对着某人回应：“是，这就给您上菜。”然后又冲二人喊道：“好了，你们快进来吧！快请进！我们老大已经系好餐巾，拿起刀叉，舔着嘴唇，静候二位呢。”

两个绅士哭啊哭啊，哭得死去活来。

突然，两人身后响起一阵汪汪汪的叫声，两条白熊般的大狗破门而入。钥匙孔里的眼珠倏地不见了。两条狗低吼着转了几圈，然后汪地大叫一声，猛地冲向那扇门。门砰的一声被撞开，两条狗像被吸了进去一样，消失在门后。

门对面是一片黑暗，从中传出“喵——嗷——”“咕噜咕噜”的声音，然后又是一阵沙沙作响。

眨眼之间，整幢洋房就像烟雾一样消失了，两个绅士站在草丛中，冻得瑟瑟发抖。

他们的大衣、鞋、钱包、领带夹等物件，不是挂在那边的树枝上，就是散落在这边的树底下。大风呼呼地刮了起来，草丛哗哗作响，树叶沙沙可闻，树干也砰然有声。

两条大狗低吼着跑了回来。

从它们身后传来一个人的叫喊声：“老爷！老爷！”

两个绅士顿时来了精神，连忙叫道：“喂！喂！我们在这儿！快来呀！”

头戴蓑笠的资深猎人哗哗地拨开草丛，赶了过来。

绅士们这才松了口气。

两人吃了猎人带来的团子，又在路上花十元钱买了几只铜长尾雉，就这样回了东京。

可即使回到东京，泡过热水澡，两人那废纸般皱巴巴的脸，却再也无法恢复原样了。

渡过雪原

一、小狐狸绀三郎

雪冻得结结实实，比大理石还硬，天空也像一块冰冷光滑的青石板。

“坚雪铿锵，冻雪寂静。”

太阳炽热地燃烧着发出白光，散发出百合花的芬芳，将雪地映得分外耀眼。

树木身披白霜，像撒上了一层粗砂糖，亮晶晶的。

“坚雪铿锵，冻雪寂静。”

四郎和寒子穿着小雪鞋，咔嗒咔嗒地走在原野上。

还有哪个日子能像今天这样有趣呢？不管是平日禁入的黍田里，还是长满芒草的原野上，今天都可以随便踏足。平坦的地面犹如一块平板，到处都像极小的镜子一样闪闪发光。

“坚雪铿锵，冻雪寂静。”

他们来到森林旁。高大的柏树躬着身子，像是被密密麻麻遮住枝条的晶莹冰柱压弯了腰。

“坚雪铿锵，冻雪寂静，小小狐狸，盼着娶媳。”二人冲森林高声叫喊。

过了片刻，林子里始终鸦雀无声。二人深深吸气，正要再喊一遍，就见一只雪白的小狐狸口中念着“冻雪寂寂，坚雪锵锵”，从林中嘎吱嘎吱地踏雪而来。

四郎吓了一跳，忙把寒子护在身后，叉开双脚站定，才又大声喊道：“白狐吭吭叫，若是想娶媳，我来做媒人。”

那只狐狸尽管还幼小，却老气横秋地用力捻了捻银针似的胡须，然后才说：“四郎寂静，寒子铿锵，我可没想要娶媳。”

四郎笑道：“狐狸吭吭叫，若不想娶媳，年糕要不要？”

小狐狸把头摇了两三下，打趣道：“四郎寂静，寒子铿锵，不如我请吃黍团子？”

寒子也觉得格外有趣，躲在四郎身后轻声唱道：“狐狸吭吭叫，小狐狸的黍团子，肯定是兔屎。”

小狐狸绀三郎笑着说：“不不，绝对没那回事儿。怎么能叫你们这样的贵客吃黑黄黑黄的兔子粪团呢？我们狐狸一族爱骗人的罪名，都是被冤枉的。”

四郎惊讶地问：“难道狐狸爱骗人是假的？”

绀三郎热切地答道：“当然是假的。这大概是全天下最恶劣的谎言。那些自称被狐狸骗过的人，基本上不是醉鬼就是胆小鬼。告诉你们俩一件有趣的事。前些天一个月夜里，甚兵卫就坐在我家门口，唱了一宿的净琉璃。我们都跑出来看了呢。”

四郎喊道："甚兵卫才不唱净琉璃呢，肯定是浪花节[①]！"

小狐狸绀三郎露出恍然大悟的表情，说："嗯，也许你说得对。总之请来吃团子。我准备的团子，是我亲手耕地、播种、除草、收割、舂粉、揉面、蒸制，最后再撒上砂糖做成的。怎么样？来一盘尝尝吧。"

四郎笑道："绀三郎，不巧我们来之前刚吃过年糕，肚子不饿。下次再请我们吃好不好？"

小狐狸绀三郎高兴极了，扑腾扑腾地挥舞着短小的胳膊，说："真的？那就等这次幻灯会上请你们吃好了。你们可一定得来呀。幻灯会是在下次雪冻月圆之夜，八点钟开始，我先把入场券给你们吧。要几张？"

"来五张吧。"四郎说。

"五张吗？你们俩用两张，其余三张是给谁的？"绀三郎问。

"给我哥哥他们。"四郎答道。

"你哥哥他们都不到十一岁吗？"绀三郎又问。

"最小的哥哥现在读四年级，八岁加四年是十二岁。"四郎答道。

绀三郎再次一本正经地捻了捻胡须，说："很遗憾，你哥哥他们不能参加，只有你们俩可以，我会为你们准备特别席位。幻灯片很有趣的，第一部名叫'不可饮酒'，拍摄的是你们村里的太右卫门和清作，他们俩喝酒醉得昏了头，竟然要吃原野上来历不明的馒头和面条。照片里把我也拍到了。第二部叫'小心陷阱'，画的是

①日本江户末期大阪兴起的一种以三味线伴奏的单人说唱曲艺。

我们的狐狸绀兵卫在原野上踩中陷阱的场景。这一部是画，不是照片。第三部叫‘别小瞧火’，画的是我们的狐狸绀助去你们家时，尾巴被烧着的场景。你们俩一定要来看哟。”

四郎和寒子高兴地点了点头。

狐狸紧绷着嘴，像是强忍着笑意，开始咔嗒咔嗒咚咚、咔嗒咔嗒咚咚地原地踏步，又摇头摆尾地思考了一会儿，终于像是想了出来，挥动双手打着拍子，唱道：

冻雪寂静，坚雪铿锵，
原野的馒头软绵绵。
太右卫门，醉得踉跄，
去年吃了三十八个。
冻雪寂静，坚雪铿锵，
原野的面条滑溜溜。
醉鬼清作，晃晃荡荡，
去年吃了十三大碗。

四郎和寒子也被狐狸带起了兴致，跟着手舞足蹈。

咔嗒、咔嗒、咚咚。咔嗒、咔嗒、咚咚。咔嗒、咔嗒、咔嗒、咔嗒、咚咚咚。

四郎唱道：“狐狸吭吭叫，小狐绀兵卫，去年左脚踩中了陷阱，吭吭扑腾扑腾吭吭吭。”

寒子唱道：“狐狸吭吭叫，小狐狸绀助，去年企图偷烤鱼，火烧屁股嗷嗷叫。”

咔嗒、咔嗒、咚咚。咔嗒、咔嗒、咚咚。咔嗒、咔嗒、咔嗒、咔嗒、咚咚咚。

两个孩子和一只狐狸跳着舞，慢慢进了森林。厚朴树的嫩芽犹如鲜红的火漆工艺品，在寒风中忽隐忽现。蓝色的树影似一张大网，罩落在林中的雪上，日光所及之处仿佛盛开着银色的百合花。

小狐狸绀三郎说：“把小鹿也叫来吧？小鹿吹笛子可拿手了。”

四郎和寒子高兴地拍手叫好，于是和小狐狸一起喊道：“坚雪铿锵，冻雪寂静，小小鹿儿，盼着娶媳。”

对面随即响起一个清细悦耳的声音：“北风呼啸风三郎，西风怒号又三郎①。”

小狐狸绀三郎故意摆出一副不屑的模样，噘着嘴说：“那就是小鹿。那家伙胆子特别小，看样子是不会过来了。我们还是再喊一遍吧。”

于是他们又再次喊道：“坚雪铿锵，冻雪寂静，小小鹿儿，盼着娶媳。”

这一次，小鹿的歌声遥遥传来，听着既像风声，又像笛声。

“北风呼啸，嗖嗖嗖，西风怒号，呜呜呜。”

小狐狸又捻着胡须，说：“你们俩快回家吧，等雪变软，路就不好走了。到下次大雪封冻的月圆夜，一定要来参加刚才说的幻灯会哟。”

①风三郎是日本部分地区信奉的风神，又三郎则是作者基于风三郎的传说而杜撰的风神之子。

于是，四郎和寒子唱着“坚雪铿锵，冻雪寂静”，渡过银色的雪原回家去了。

“坚雪铿锵，冻雪寂静。”

二、狐狸小学的幻灯会

十五日晚上，苍白的大月亮静悄悄地爬上了冰上山[①]。

雪，青光熠熠，今天也像寒水石一样冻得硬邦邦。

四郎想起与小狐狸绀三郎的约定，小声对妹妹寒子说：“今晚是狐狸的幻灯会，我们这就出发吧？”

寒子雀跃欢呼：“走吧！走吧！小狐狸吭吭叫，吭吭叫的小狐狸绀三郎。”

这时，二哥二郎说：“你们要去狐狸家玩？我也想去。”

四郎为难地耸耸肩，说：“二哥，狐狸的幻灯会只有不超过十一岁的小朋友才能参加，入场券上都写着呢。”

二郎说：“哪儿写着呢？给我看看。哈哈，‘非本校学生家长及十二岁以上的来宾不得入场’——这帮狐狸搞得还挺像样。我是去不了了，没办法呀。你们俩要去的话，带上年糕吧，我看这些镜饼[①]就不错。”

于是，四郎和寒子穿上小雪鞋，扛着年糕出了家门。

①位于日本岩手县陆前高田市。

①正月等节日里用作供品的扁圆形年糕，通常为一大一小两块叠放。

三个哥哥一郎、二郎和三郎并排站在门口喊道:“去玩吧!遇见成年狐狸记得马上闭眼睛!来,我们替你们俩壮壮声势。坚雪铿锵,冻雪寂静,小小狐狸,盼着娶媳。”

月亮已高悬天空,森林笼罩在苍白的雾霭里。

兄妹俩来到森林入口,一个胸前别着橡子徽章的小白狐对二人说:“晚上好。你们来得挺早啊。你们有入场券吗?”

“有。”兄妹俩拿出入场券。

“好,那边请。”小狐狸煞有介事地弯下腰,频频眨巴眼睛,伸手向森林深处示意。

无数束月光射入林中,如同从天下斜斜掷下的青色竹棍。

兄妹俩来到林中空地上,只见那里已经聚集了许多狐狸学校的学生,有的在互扔栗子皮,有的在比试摔跤。尤其好笑的是,一只仅有老鼠那么大的小狐狸正骑在另一只身材高大的小狐狸的脖子上,试图去摘天上的星星。

狐狸们前方的树枝上,垂挂着一张白色床单。

突然,兄妹俩身后响起一个声音:“晚上好。欢迎光临。上次多有失礼。”

四郎和寒子吓了一跳,回头一看,原来是绀三郎。

绀三郎竟然穿着一身气派的燕尾服,胸前插着一朵水仙花,正用一块雪白的手帕频频擦拭尖尖的嘴巴。

四郎欠身施礼,说:“上次失敬了。还要感谢今晚的邀请,这些年糕请大家一起吃。”

狐狸学校的学生们齐齐望了过来。

绀三郎高高挺起胸膛，才收下了年糕。

“谢谢你的礼物。还请稍等，幻灯会马上就开始。我先失陪了。”说完，绀三郎拿着年糕走向对面。

狐狸学校的学生齐声喊道：“坚雪铿锵，冻雪寂静，大年糕硬邦邦，白年糕软黏黏。”

白床单幕布旁摆出了一块大牌子，上面写着“人类四郎、寒子，赠送许多年糕”。狐狸学生们高兴地啪啪鼓掌。

正在这时，一阵清越的笛声响起。

绀三郎装模作样地“喀、喀”地清着嗓子，从幕布一旁转了出来，郑重其事地向大家鞠了一躬。会场顿时变得鸦雀无声。

“今夜天气真美好，月亮宛如珍珠盘，星星好像原野上的凝露那般闪亮。好了，幻灯会现在开始。请大家瞪圆眼睛观看，不要眨眼，也别打喷嚏。另外，由于今晚有两位贵宾，所以大家务必保持安静，绝对不能向我们的贵宾扔栗子皮。我的开幕词讲完了。”

所有狐狸高兴地啪啪鼓掌。

四郎悄悄对寒子说：“绀三郎讲得真好。”

嘹亮的笛声再次响起。

幕布上映出“不可饮酒”四个大字。字消失后，出现了一张照片，拍摄的是一个喝醉了酒的人类老爷爷，手里抓着一个圆滚滚的古怪玩意儿。

狐狸们原地踏步，口中唱道：

咔嗒咔嗒咚咚咔嗒咔嗒咚咚。

冻雪寂静，坚雪铿锵，
原野的馒头软绵绵。
太右卫门，醉得踉跄，
去年吃了三十八个。
咔嗒咔嗒咔嗒咔嗒咚咚咚。

照片消失了。

四郎悄悄对寒子说："那首歌是绀三郎创作的。"

又一张照片出现了。一个喝醉了酒的年轻人，把头埋在一个厚朴树叶做成的大碗里，正在吃着什么，而绀三郎身穿白色裤裙在对面观望着。

狐狸们原地踏步，口中唱道：

咔嗒咔嗒咚咚、咔嗒咔嗒、咚咚。
冻雪寂静，坚雪铿锵，
原野的面条滑溜溜。
醉鬼清作，晃晃荡荡，
去年吃了十三大碗。
咔嗒、咔嗒、咔嗒、咔嗒、咚、咚、咚。

照片消失，进入休息时间。

一只可爱的小母狐狸端着两个盛有黍团子的盘子走了过来。

四郎很为难。为什么为难呢？因为他刚刚看过太右卫门和清作懵然无知地吃下了脏东西。

而且，所有狐狸学生都在望向这边，交头接耳地窃窃私语：“他们会吃吧？喂，他们会吃吧？”

寒子感到很难为情，端着盘子不知所措，小脸涨得通红。

好在四郎终于打定主意，说：“好了，吃吧。可以吃，我不认为绀三郎会骗我们。”然后二人就把黍团子吃光了。那黍团子简直好吃得无法形容。

狐狸学生们高兴得又唱又跳：

咔嗒咔嗒咚咚、咔嗒咔嗒咚咚。
白天日光煌煌，
夜晚月华盈盈，
纵然身躯撕裂，
狐狸也不撒谎。
咔嗒、咔嗒咚咚、咔嗒咔嗒咚咚。
白天日光煌煌，
夜晚月华盈盈，
纵然冻僵倒毙，
狐狸也不偷盗。
咔嗒咔嗒咚咚、咔嗒咔嗒咚咚。
白天日光煌煌，
夜晚月华盈盈，
纵然粉身碎骨，

狐狸也不妒忌。

咔嗒咔嗒咚咚、咔嗒咔嗒咚咚。

四郎和寒子不禁流下了喜悦的泪水。

嘹亮的笛声再度响起。

幕布上映出“小心陷阱”四个大字，字消失后，出现了一张画，画中是狐狸绀兵卫左脚被陷阱套住的场景。

狐狸们唱道：

狐狸吭吭叫，小狐绀兵卫，去年左脚踩中了陷阱，吭吭扑腾扑腾吭吭吭。

四郎悄悄对寒子说：“这是我创作的歌。”

画消失后，出现了“别小瞧火”四个大字。字消失后，又映出一幅画，画的是狐狸绀助企图偷烤鱼却被火烧着了尾巴的情景。

狐狸学生们齐声喊道：

狐狸吭吭叫，小狐狸绀助，去年企图偷烤鱼，火烧屁股嗷嗷叫。

笛声响起，幕布变亮。绀三郎再次现身，说：“各位，幻灯会到此结束。今晚有一件事，大家务必铭记在心，那就是——聪明且清醒未醉的人类小孩子吃下了狐狸做的食物。希望大家长大以后，不要撒谎，不要妒忌人类，将我们狐狸迄今所受的恶评彻底抹除。我的闭幕词讲完了。”

所有狐狸学生感动得高举双手，起立欢呼，晶莹的泪珠滚滚而下。

绀三郎来到四郎和寒子面前，郑重地弯腰鞠躬，说：“再见了，今晚的恩情绝不敢忘。”

兄妹俩也鞠躬回礼，之后踏上了回家的路。谁知狐狸学生们纷纷追上来，往二人怀中和衣兜里塞满橡子、栗子和青莹莹的石子，说着“送给你们”“请收下”，然后又一阵风似的跑开了。

自始至终，绀三郎都默默微笑地在旁边看着。

兄妹俩走出森林，踏上原野，就见白雪皑皑的原野中央，有三个黑色的人影正朝这边走来。那是来迎接兄妹俩的哥哥们。

风又三郎

呜——呜呜！呜呜——呜！呜呜——呜！呜呜——！

青核桃也吹飞，

酸木梨也刮跑，

呜——呜呜！呜呜——呜！呜呜——呜！呜呜——！

山谷里的小河岸边，有一所很小的学校。

教室只有一间，学生从一年级到六年级都有，唯独缺三年级。操场只有网球场那么大，背靠着山，山上长满了栗子树和茵茵绿草。山底一角还有个岩洞，从中咕嘟咕嘟地喷涌出清凉的泉水。

九月一日清晨，天高气爽。大风在蓝天上呜呜呼啸，阳光洒满操场。两个穿黑色深裆窄脚裤的一年级学生绕过河堤，来到操场，见还没有别人来，就争相高喊着“哈！我是第一！第一！”兴高采烈地走进了校门。可二人朝教室里一瞥，顿时惊得呆若木鸡，然后面面相觑，浑身发抖，其中一个孩子更是吓得哭了起来。原来，在清晨静悄悄的教室里，竟有个来历不明的陌生红发小孩端坐在最前排，而那里正是那个被吓哭的孩子的座位。

另一个孩子看模样也快要哭出来了，但他强忍着瞪大双眼，冲那红发小孩怒目而视。就在这时，从小河上游传来一阵“呼哈——嘎！呼哈——嘎！”的叫喊声，只见嘉助抱着书包，如同一只大乌鸦般，笑着朝操场跑来。紧接着，他身后又出现了佐太郎、耕助等人的身影，也都嬉闹着奔跑过来。

“他怎么哭了？是你欺负的？”嘉助抓住那个没哭的孩子的肩膀质问。结果那孩子也哇地哭了起来。大家觉得奇怪，四下一看，就发现了那个若无其事端坐在教室里的古怪的红发小孩。

男孩们顿时变得鸦雀无声。女孩们也渐渐聚了过来，可所有人都说不出话。

红发小孩看来毫无惧意，仍旧端坐在那里，目不转睛地望着黑板。这时，六年级的一郎来了。他像个大人一样，不紧不慢、大摇大摆地走来，看着众人问：“出什么事了？”

大家这才回过神，指着教室里的古怪小孩，叽叽喳喳地叫嚷起来。一郎望了望那个红发小孩，当即抱紧书包，快步走到窗下。

大家也兴致勃勃地跟了过来。

“你是谁？还没到时间，怎么就进教室了？”一郎攀趴在窗台上，把头探进教室问道。

“晴天里擅自进教室，会被老师臭骂一顿的。”窗下的耕助说。

“到时候你挨骂，我可不管。”嘉助说。

“快出来，出来。”一郎说。

可那小孩只是在教室里东张西望，再瞧了瞧众人，又把双手放在膝盖上坐了下来。

他的打扮实在太古怪了，上身套一件怪异而肥大的鼠灰色上衣，下身穿一条白短裤，脚上蹬着一双红皮鞋。

再看他的脸，简直就像熟透的苹果一样，尤其是一对眸子又圆又黑。双方似乎语言不通，一郎也彻底束手无策了。

“那家伙是外国人吧？”

“他是来我们学校上学的吧？”

孩子们七嘴八舌，议论纷纷。

五年级的嘉助突然大喊：“啊！他准是来上三年级的。”

“嗯，没错。”低年级的小孩们也这么想。一郎却歪着头不说话。

那个古怪的小孩仍旧端坐在座位上，又左顾右盼着瞧了过来。

这时，一阵大风吹来，教室的玻璃窗咔嗒作响，学校后山上的茅草和栗子树都变成了诡异的苍白色，在风中摇摆不定。教室里的小孩微微一笑，似乎动了一下。

嘉助立刻大叫：“啊！我知道了！那家伙是风又三郎！”

大家心里赞同，站在后面的五郎却突然叫了起来：“啊！好疼！”

大家回头看去，只见五郎的足尖正被耕助踩在脚下。五郎怒气冲冲，举起拳头就要揍耕助。

耕助也生气地说：“哼！虽然是我不对，但你也不能打人呀！”说完也要揍五郎。

五郎泪流满面，就要揪住耕助撕打。一郎忙将他们隔开，嘉助也按住了耕助。

“喂，别打架。老师已经来了，就在教员室呢。”说着，一郎朝教室里望了一眼，突然怔住了。

先前一直坐在教室里的那个古怪小孩，此刻已经不见踪影。大家感觉很失落，就像好不容易成为朋友的马驹突然被人带去了远方，又像是费尽心思才捉住的山雀突然逃走了。

大风仍在呜呜吹来，震得玻璃窗咔嗒作响，又在后山的茅草丛中掀起苍白的波浪涌向上游。

“喂，都怪你们俩打架，又三郎才离开了。”嘉助生气地说。

大家也觉得确实如此。五郎感到很对不住大家，垂头丧气地站在那里，连脚疼也忘了。

“看来那家伙真是风又三郎。”

“今天正是立春后的第二百一十天①。”

“他穿着皮鞋呢。”

“还穿着洋装呢。”

“头发是红的，真是个怪家伙。”

“哎？又三郎在我课桌上放了块小石头。”一个二年级学生说。

大家一看，那孩子的课桌上果然放着一块脏兮兮的小石头。

“对了，那块窗玻璃也被他打破了。”

“不是，那是嘉助在放假前扔石头打破的。”

“喂，谁说是我打破的？”

①在日语中称为“二百十日”，是日本的杂节之一，人们认为这一天会起大风或台风。

孩子们正在议论纷纷，忽然察觉老师无声无息地出现在玄关。老师右手拿着一个锃亮的哨子，看来正准备叫大家集合。紧跟在老师身后的，正是刚才那个红发小孩，只见他头戴一顶白帽，宛如菩萨身旁的随侍童子般，一本正经地从容走来。

大家默不作声。

终于，一郎说了声“老师早”，大家也跟着说了声“老师早”。

“同学们早。大家都很有精神呢。好了，列队。”老师嘟嘟地吹响了哨子。哨声瞬间传到山谷对面的山上，又低沉地荡了回来。

六年级一人，五年级七人，四年级六人，一、二年级十二人，分别按年级排成纵队。大家边站队边想，这跟放假前一模一样。

二年级的八个人和一年级的四个人向前看齐，站成一列。

在此期间，那个古怪的小孩站在老师身后，用后槽牙咬着舌头一侧，目不转睛地看着学生们站队，不知是觉得可笑还是有趣。见学生们列队完毕，老师说：“高田，站到这里来。”随即把那个小孩带到五年级的队列里，跟嘉助比了比个头，然后让他站在嘉助和后面的喜代中间。

大家纷纷回头张望。

老师回到玄关前发号施令：“向前看齐！”

大家一起向前看齐，列好队形，却都想看看那个古怪的小孩会怎么做，便轮流转头朝那边看，或是用眼角余光偷瞄。只见那个小孩似乎十分熟悉“向前看齐”等列队口令，他淡定地向前伸出双臂，将指尖探到堪堪触及嘉助后背的程度。嘉助觉得后背发痒，站在那里扭来扭去，似乎痒得忍不住想笑。

“向前看齐！”老师再度发号施令，“从一年级开始，按顺序进教室。”

于是，一年级迈步前行，二年级随即跟上，从队列前头绕到右边，走进了立有鞋柜的校舍正门。四年级走后，那个怪小孩也跟在嘉助身后，昂首挺胸地迈步前行。走在前面的孩子不时回头看他，后面的孩子也一直目不转睛地盯着他瞧。

没多久，所有人便都脱下鞋放进鞋柜，走进教室，像刚才在外面列队时一样，按年级各成一列，坐了下来。那个怪小孩也大模大样地坐在嘉助后面。教室里早已一片喧哗。

“哎呀！我的课桌里有石块！”

“哎呀！我的课桌换了！”

“喜耕，喜耕，你带家长通知书了吗？我忘带了。”

“喂，纱乃！铅笔借我用用，快借我用用！”

“不行，你怎么拿别人的本子呀！”

这时，老师走进教室，大家乱哄哄地起立，一郎在最后排高喊：“敬礼！”

大家弯腰鞠躬，其间稍稍安静下来，之后又你一言我一语地嚷嚷起来。

“同学们静一静。肃静！”老师说。

“嘘！悦治，别吵！嘉助、喜耕，喂！”一郎在后面挨个儿训斥嚷得欢的人。

大家终于静了下来。

老师说：“同学们，漫长的暑假过得很开心吧？可以一大早就去河里游泳，可以在森林里叫得比鹰更嘹亮，还可以随哥哥去上野原割草，对吧？不过，暑假到昨天就结束了。从现在起就是第二学期了，就是秋天了。自古相传，秋天是身心蓬勃的季节，是最适合学习的时候。所以从今天起，同学们也要共同努力，好好学习。另外，在暑假期间，你们多了一个新朋友，就是坐在这里的高田同学。高田同学的父亲这次因为工作关系，调到上野原的入口来了。高田同学以前一直在北海道上学，从今天起就是大家的朋友了，所以无论是在学校学习，还是去捡栗子或者抓鱼，大家都得叫上高田同学。明白了吗？明白的同学举手。”

大家立刻举起手，那个叫高田的小孩也用力把手举高，老师不禁笑了一下，但马上又说：“看来都明白了。好了，把手放下吧。”大家顿时变得无精打采，一齐放下了手。

嘉助马上又举起手说：“老师。”

“讲。”老师指了指嘉助。

“高田同学全名叫什么？”

“高田三郎。”

“啊！太棒了！他果然是又三郎！”嘉助拍着巴掌，在座位上又蹦又跳、手舞足蹈。

高年级的孩子们哄堂大笑，低年级的小孩们却像害怕一样，默不作声地望着三郎。

老师又说：“今天大家都把家长通知书和作业带来了吧？带来的同学放在课桌上，我这就下去收。”

大家手忙脚乱，翻书包的翻书包，解包袱的解包袱，纷纷拿出家长通知书和作业本摆在课桌上。老师从一年级开始按顺序收。就在这时，大家却被吓了一大跳。原来，一个大人不知何时站在了大家身后。那人穿一件肥大的白麻布褂子，脖子上没戴领带，而是围了一条乌亮的手巾，手持白扇，一边朝脸上轻轻扇风，一边面带微笑地俯身望着大家。孩子们渐渐都收了声，坐在座位上一动也不敢动。

然而，老师却对那人视若无睹，仍在依次收家长通知书，收到三郎的座位前，只见三郎桌上既没有家长通知书，也没有作业本，只有一对攥得紧紧的小拳头。老师什么也没说就走了过去，继续收其他人的。全部收上来后，老师一边用双手归拢整齐，一边走回讲台。

“下周六作业批改完就发还给大家。今天没带作业的同学——悦治、勇治和良作——明天千万别忘记带来。好了，今天的课就上到这儿。从明天开始，要像往常一样好好预习功课。还有，四年级和六年级的同学跟老师一起打扫教室。好了，下课。”

一郎高喊：“起立！”

大家齐齐起身，后面的大人垂下扇子，站直身子。

“敬礼！”

老师和学生们互相鞠躬施礼，后面的大人也微微低下了头。礼毕，低年级的小孩们一溜烟儿地冲出教室，四年级的孩子们则不情不愿地留了下来。

三郎走到身穿肥大白衣的那人身旁。老师也走下讲台，迎上前去。

“您辛苦了。”那个大人彬彬有礼地鞠了一躬。

“他很快就会和大家成为好朋友的。”老师边还礼边说。

“那就劳您多费心啦。我告辞了。”那人再次恭敬地行了个礼，然后向三郎递了个眼色，径自顺着走廊绕到玄关，去外面等候了。在大家的注视之下，三郎凛然睁大双眼，默默走出校舍正门，追上那人，一起穿过操场，朝小河下游的方向走去。

走出操场时，那孩子回头朝学校和众人的方向凝望了片刻，才又快步跟上白衣的大人离去。

“老师，那人是高田同学的父亲吗？”一郎拿着扫把问老师。

“是的。”

“他来这里做什么？”

“据说上野原的入口发现了钼矿，他是来这里准备慢慢采矿的。”

“在哪一带？”

“我也不太清楚，好像是从大家平时牵马走的那条路再往下游去一点的地方。”

“钼有什么用？”

“据说可以和铁掺在一起，还能用来制药。”

“要是这样的话，又三郎也会去采矿吗？”嘉助问。

“不是又三郎，是高田三郎。”佐太郎说。

“就是又三郎，就是又三郎。”嘉助面红耳赤地坚持。

“嘉助，既然你也留下来了，那就帮忙扫除吧。”一郎说。

“喂，我可不干。今天是四年级和六年级值日。”

嘉助火急火燎地窜出教室逃之夭夭了。

风又吹来，玻璃窗再次咔嗒作响，泡着抹布的水桶里也泛起了黑色的涟漪。

次日，一郎急于知道那个古怪的小孩是否从今天起真会来学校读书，便比平日更早去找嘉助一起上学。谁知嘉助似乎比一郎还要迫切，早早地吃完早饭，抱着装书本的包袱站在家门口等待一郎。二人一路上聊了许多关于那个小孩的事，来到学校后，见操场上已聚集了七八个低年级的小孩，正在玩藏木棒游戏，而那个古怪的小孩还没来。他们想起那小孩昨天是提前进了教室的，便朝教室里望去，里面空无一人，只有黑板上残留着昨天扫除时用湿抹布擦抹过的痕迹，干后形成了一道道模糊不清的白色条纹。

“昨天那家伙还没来呢。”一郎说。

“嗯。”嘉助附和着，环视四周。

一郎走到单杠下方，双手握杠勉强翻了上去，再一点点挪动双臂靠近右侧的托架，在上面坐下，目不转睛地俯望着三郎昨天离去的方向，静静等待。波光粼粼的河水流向下游，那边山上似乎正在刮风，不时掀起白色的草浪。

嘉助也站在单杠下，凝望着那边默默等待。二人没等太久，三郎就突然出现在下方的小路上，右手抱着灰色的书包快步走来。

一郎不假思索，正要对站在下面的嘉助喊一声“来了”，却见三郎早已绕过河堤，穿过校门，来到大家面前，脆生生地道了声“早”。孩子们一齐扭头望着他，却没人应声。

并非大家故意不理他，而是因为老师一直教学生要说“早上好”，所以他们彼此之间从没用“早”打过招呼。此时听见三郎这么说，一郎和嘉助慑于对方此举的突如其来和堂堂气势，都只在嘴里含混不清地咕哝着，到底没能清晰地吐出那个“早”字。

不过三郎似乎并不在意，向前走了两三步，然后稳稳站定，用那双漆黑的眸子环视整个操场，好像在寻找可以一起玩耍的伙伴。可大家只是目光游离地瞧了瞧他，又忙着玩起了藏木棒游戏，没人去找他。三郎显得有些失落，呆立在校门前，又把操场张望了一遍。

然后，他迈开大步走向玄关，边走边数步数，仿佛想计算出整个操场有多大。一郎匆匆跳下单杠，与嘉助并肩而立，屏息望着三郎的举动。

与此同时，三郎已经走到玄关前。他转过身子，微歪着头，像是在默默计算。

大家又开始目光闪烁地望着他。三郎似乎被看得有些难为情，将双手背在身后，从教员室前经过，朝对面的河堤走去。

这时，一阵大风吹来，河堤上的草飒飒作响，掀起层层波浪，操场中央卷起一团沙尘，飘飞到玄关前，便呼呼地转悠起来，形成了一小股旋风。黄色的沙尘像是倒立的汽水瓶，升得比房顶还高。

嘉助突然大声说：“没错，那家伙果然是又三郎。他只要一做什么，就肯定会起风。”

一郎不知真假，只是默默旁观。三郎对此毫不理会，继续快步走向河堤。

就在这时，老师像往常一样，手持哨子从玄关里走了出来。

“早上好。”低年级的小孩们都聚了过来。

“早上好。”老师飞快地扫了眼操场，“好了，列队。”说完，便嘟嘟地吹响了哨子。

大家都过来集合了，像昨天那样整齐列队。三郎也乖乖地站在昨天指定的位置。

老师正对着太阳，似乎感到有些晃眼，但仍有条不紊地发号施令，指挥学生们从校舍正门进入教室。

礼毕，老师说："好了，同学们，从今天起开始上课。大家都把文具带来了吧？好，一年级取出字帖、砚台和纸，二年级和四年级取出算术本、笔记本和铅笔，五年级和六年级取出语文课本。"

老师话音刚落，讲台下顿时一片嘈杂。其中，紧邻三郎而坐的四年级的佐太郎突然伸手，一把夺过二年级的佳代的铅笔。佳代是佐太郎的妹妹。

"呀，哥哥，你怎么抢我的铅笔！"佳代说着，就想夺回铅笔。

"喂，这是我的铅笔。"佐太郎边说边把铅笔塞进怀里，然后像中国人行礼时一样，将双手揣在袖里，又把前胸紧贴在课桌上。

"哥哥，你的铅笔明明前天在棚屋里就弄丢了。快还给我！"佳代起身上前，边说边用力去扳哥哥的身子，可佐太郎已经死死贴在课桌上，像一块巨大的螃蟹化石般岿然不动。佳代毫无办法，终于小嘴一咧，就要放声大哭。

三郎早已取出语文课本端端正正地摆在课桌上，然后就在为难地看着兄妹俩争抢铅笔，此刻见佳代珠泪涟涟，便默默地把右手里的半截铅笔放在佐太郎的课桌上。

佐太郎立刻"活"了过来，霍地起身冲三郎问："给我了？"三郎似乎有些犹豫，但还是下定决心般地说了声"嗯"。佐太郎忽然笑了，从怀里掏出铅笔，塞在佳代红扑扑的小手里。

老师正在对面给一年级学生的砚台加水，而嘉助坐在三郎前面，对于身后发生的事一无所知，只有一郎坐在最后排，从头到尾看得清清楚楚。他怀着难以名状的异样情绪，把牙咬得咯吱直响。

“好了，二年级把放假前学过的减法再复习一遍。请算出这道题。”老师在黑板上写下“25 - 12 =”。二年级的孩子们认认真真地把这道算式抄在笔记本上，佳代的小脑袋都快贴在本子上了。

“四年级算这道题。”说着，老师又写下“17 × 4 =”。包括佐太郎在内，四年级的喜藏、甲助等所有人都抄下了算式。

“五年级把课本翻到 ×× 页的 ×× 课，默读课文，不认识的生字挑出来记在笔记本上。”

五年级的孩子都依言开始默读课文。

“一郎查查课本的 ×× 页，遇到生字也挑出来记下。”

布置完毕，老师再次走下讲台，挨个查看一年级写的毛笔字。

三郎双手持书，端端正正地放在课桌上，专心致志地默读老师指定的课文，气也不喘一口。但他在笔记本上只字未写，也不知是真的没有不认识的字，还是仅有的一根铅笔已经给了佐太郎的缘故。

与此同时，老师已经回到讲台上，把二年级和四年级的算术题解给学生看，然后出了新题，接着又把五年级记在笔记本上的生字抄在黑板上，标出假名和字义，然后说：“嘉助，把这里读一下。”

嘉助中途卡壳了两三次，在老师的指导下才得以继续读下去。

三郎静静地听着，老师也端着课本听得仔细。

“可以了。”嘉助读到十来行的时候，老师叫了停，自己开始朗读。

就这样轮完一圈，老师逐渐教会学生们生字，然后站在讲台上说了声“下课”，一郎在后排高喊“起立”。礼毕，学生们依序走出教室，这次没在外面列队，而是三五成群地玩开了。

第二节课是所有年级一起上的音乐课，老师手持一把曼陀林走了进来。学生们跟着曼陀林的伴奏，唱了五首以前学过的歌。

三郎也会唱这些歌。所有人齐声歌唱，越唱越起劲，所以这节课过得特别快。

第三节课，二年级和四年级上的是语文课，五年级和六年级是数学课。老师又在黑板上出题，让五年级和六年级计算。一郎很快就写出了答案，然后朝三郎那边瞄了一眼。

只见三郎拿着一小条不知从哪儿找来的木炭，正在笔记本上咯吱咯吱地写着大字进行计算呢。

次日清晨，天气晴朗，小河流水淙淙。一郎途中叫上了嘉助、佐太郎和悦治，一起朝三郎家的方向走去。

四人在离学校不远的下游渡过小河，各自在岸边折了一段柳枝，一圈圈剥去青色外皮做成鞭子，一边拿在手里呼呼挥舞，一边沿着通往上野原的山路往上走。走了没多久，就已累得气喘吁吁。

“又三郎真的会在那边的泉水旁等我们吗？”

“肯定会，又三郎不会撒谎。”

“啊，好热呀，来阵风就好了。”

“真起风了！不知是从哪儿吹来的。”

“难道不是又三郎吹来的吗？”

“太阳怎么变模糊了？”

天空中出现了数朵白云。四人已经爬得挺高了，遥遥可见下方山谷里自家的房屋，一郎家小木屋的屋顶闪着白光。

前方山路伸入一片树林，这段路有些阴森森的，周围都看不清楚。不一会儿，四人来到约定见面的泉水附近，就听三郎在对面高喊：“喂！大家都来了吗？”

四人忙朝坡上奔去。三郎站在对面拐角处，抿着小嘴，看着他们跑上来。

四人终于来到三郎面前，已经累得上气不接下气，一时间说不出话来。嘉助心急难耐，仰天号了一声，要把憋在胸口的气息尽快吐出去。

三郎放声大笑：“我等你们很久了。对了，今天看样子可能会下雨。”

“那就快走吧，不过等我们先去喝点儿水。”四人擦了擦汗，蹲下身子，掬了好几捧从白色岩石的缝隙间喷涌而出的清凉泉水，喝了个痛快。

“我家离这儿很近，就在那个山谷上头。大家回来时顺便去我家玩吧！”

“嗯，我们还是先去上野原。”

五人正要迈步前行，就听泉水突然“咕嘟”响了一声，仿佛在传达什么信息，周围的树木也在飒飒作响。

五人穿过树林外的灌木丛，又从一块块巨岩隙间钻过，来到上野原的入口附近。

走到这里，五人顺来路向西方眺望。

在明暗交错、层层叠叠的群山对面，依稀可见一片碧绿广袤的真正的原野，沿着一条大河铺展开去。

“啊，那是条河。”

“真像春日明神的衣带呀！”三郎说。

“你说像什么？”一郎问。

“像春日明神的衣带。”

“你见过神仙的衣带？”

“在北海道见过。”

大家茫然不解，都不吭声。

上野原的入口真的到了。被割得整整齐齐的草丛中，耸立着一棵高大的栗子树，近根部的树干上一团焦黑，看上去如同一个大窟窿，树枝上挂着破旧的绳子、断裂的草鞋等物事。

“再往前走不远，就能看见割草的人们，还有养马的地方。”一郎说着，率先踏上草丛中唯一的一条路，大步流星地向前走去。

“这一带没有熊，所以放马出来也不要紧。”说完，三郎紧随其后。

走不多久，就见路旁一棵大栎树下丢着一只麻袋，四周散乱地倒放着许多草捆。

两匹驮着草捆的马，见到一郎就噗噜噜地打起了响鼻。

“哥！在吗？哥！我来了！”一郎边擦汗边喊。

“在呢！你待在那儿！我这就过去！”对面的山坳里远远传来一郎的哥哥的声音。

太阳骤然大放光明，一郎的哥哥笑着从那边的草丛里走了出来。

“你来得正好。带大家一块儿来的？太好了。回去时帮我把马牵上。今儿下午肯定是阴天，我还得再多割几捆草。你们要玩的话，就去堤坝里头玩吧，牧场的二十来匹马也在里头呢。”说完，一郎的哥哥就要走向对面，他又回过头说，“你们就在堤坝里头玩，别出来，要是迷路就危险了。我到中午还会过来。”

“嗯。我们就在堤坝里头玩。”

一郎的哥哥离开了。

天空铺满薄云，太阳似一面白镜子，与云背道而驰。有风吹来，尚未收割的草掀起一大片波浪。一郎率先踏上小路，笔直前行，很快就来到堤坝边上。那道堤坝的一处缺口上横架着两根粗大的原木。

悦治正要从原木底下钻过去，嘉助却一边说“等我把它挪开”，一边把原木的一头卸下，放在地上。几人便跳过原木，进入堤内。

对面的小山坡上，七匹皮毛油亮的棕色骏马聚在一处，正在悠闲地甩动尾巴，尾毛唰唰作响，像是水沫飞溅的声音。

“这些马每一匹都得上千元，从明年起都会参加赛马。”一郎说着，走上前去。

那几匹马似乎早就闲得百无聊赖了，一起奔到一郎等人身畔，用力伸长鼻尖，像是想要什么。

“哈哈，它们是在要盐呢。”大家边说边伸出手去给马舔，只有三郎把手插在兜里，像是不习惯，又似乎很害怕。

“哟，又三郎怕马。”悦治说。

“我才不怕呢。”三郎说着，立刻从兜里抽出手，伸到马鼻子底下。那匹马探长脖子，伸出舌头，在三郎手上哧溜舔了一下，三郎顿时脸上变色，急忙把手又插回兜里去了。

“哟，原来又三郎真的怕马呀！”悦治又说。

三郎羞得面红耳赤，扭捏了好半晌才说：“要不我们来赛马吧？”

大家心想：赛马该怎么赛呢？

三郎说：“我看过很多次赛马，但我们这些马都没有鞍，骑不了。我建议大家各跟着一匹马，最先到达对面的……看，到达那棵大树下，就是第一。”

“有意思。”嘉助说。

“要是被牧人发现，会挨骂的。”

“没关系。要去参加比赛的马，不训练可不行。”三郎说。

“好，我选这匹马。”

“我要这匹。”

“那我就选这匹马好了。”

大家一边呼呼挥舞着柳枝和茅草穗，一边轻轻拍打身边的马。

谁知那些马一动也不动，依旧低头吃着草，或是伸长脖子望向远方，似乎想把那边的景色瞧得更清楚些。

一郎见状，啪地狠拍了下巴掌，大喊一声“驾”。

七匹马遽然奔出，齐头并进，连飞扬的鬃毛都是一般长短。

“干得漂亮！”嘉助一跃而起，追了上去。

然而，这场面怎么看也称不上是赛马。

首先，七匹马不管跑到哪里，始终都是耳鬓厮磨着并驾齐驱。

再者，它们奔跑的速度也不像赛马那么快。即便如此，大家还是觉得很有趣，一边喊着“驾！驾！”一边在后面拼命追赶。

七匹马跑跑停停，就把几人累得气喘吁吁了，但他们还是强撑着追上去，却见马儿不知何时已绕过刚才那片小山坡，跑向堤坝上的一处缺口。那里正是五人刚才进来的地方。

“啊！马要出去了！马要出去了！拉住它们！快拉住它们！”一郎脸色铁青，大喊大叫。七匹马离堤坝越来越近，越跑越快，眼看着就要越过那两根原木了。

一郎彻底慌了神，一边喊着“吁！吁！吁吁！”一边拼命追赶，终于连滚带爬地跑到马匹近前，展开双臂拦阻，可有两匹马已经越过木栏，跑到堤外去了。

“快来拉住它们！快来！”一郎简直快要喊断了气，还没忘记把原木抬回原位。

另外四人急忙跑过来，从原木底下钻到外面，却见那两匹马已经不跑了，正站在堤外吃草呢。

“慢慢上去拽住它们！慢慢上去！”一郎边说边牢牢扣住一匹马的马嚼子上的名签。嘉助和三郎已经凑上前去，打算拽住其中一匹，可那匹马却像受了惊似的，沿着堤坝一溜烟儿地向南方跑去。

“哥！马跑了！马跑了！哥！马跑了！”一郎在后面声嘶力竭地叫喊。三郎和嘉助拼命追赶。

可那匹马这次似乎真的打算一走了之，只见它在一人来高的草丛中腾起落下，就那么忽高忽低地跑远了。

嘉助的双腿已经抽筋，不知道还能怎么追，也不知道该往哪儿追。

他感到周围变得一片苍白，天旋地转，终于摔倒在深密的草丛里。倒地之前，他隐约看见马的红鬃毛和从后追赶的三郎头上的那顶白帽子一闪而过。

嘉助仰躺在地上，望向天空。天空白光闪闪，转个不停，浅灰色的云层滚滚涌来，随即响起轰隆隆的雷声。

嘉助终于爬起身，喘着粗气，朝马消失的方向走去。草丛中残留着马和三郎通过的痕迹，如一条隐隐约约的小路。嘉助笑了，心想：哼，那匹马肯定怕得不敢跑了，正在什么地方若无其事地傻站着呢。

于是，嘉助顺着那道痕迹拼命追了上去。

可是还没走上一百步，那道痕迹就在败酱草和高大的蓟草丛中分成了两三道，不知该走哪边才对。

嘉助大喊一声："喂！"

"哎！"似乎是三郎在什么地方答应着。

嘉助打定主意，沿着正中的那道痕迹向前走去。

然而那道痕迹时断时续，还得从马根本上不去的陡坡横切过去。

天空阴沉沉的，四周雾气迷蒙。一股冷风掠过草丛，随即便有细碎的云雾自眼前不停飘过。

嘉助心想：啊，这下坏了，真是祸不单行。

像是要证实他的想法似的，草丛中的痕迹突然消失了。

嘉助心惊肉跳，暗叫糟糕。

草弯下腰，时而噼啪作响，时而沙沙有声。雾更浓了，身上的和服全被打湿了。

嘉助声嘶力竭地大喊："一郎！一郎！快来这边！"可是没有任何回应。

灰土土的冷雾珠，犹如黑板上纷纷撒落的粉笔屑，在周围舞动盘旋，已能听见水珠从草叶上滚落下来的滴答声。除此之外，四下里骤然变得一片死寂，阴森可怖。

嘉助匆忙掉头折返，盼着与一郎等人尽快会合，可他走着走着却发现，回去的路似乎与来时的不一样了——来时的路上没有这么多蓟草，草丛里也没有这么多随处可见的岩石。走到最后，嘉助眼前豁然出现一条前所未闻的大峡谷。芒草飒飒作响，对面的一切都隐没在浓雾之中，如同深不见底的峡谷。

山风吹来，芒草穗伸出全身上下的小细手，忙乱地挥动着，像是在说："啊，西边！啊，东边！啊，西边！啊，南边！啊，西边！"

嘉助看得心烦意乱，只好闭起眼睛别过头去，随即匆匆转身折返。突然，草丛里出现了一条黑黢黢的小路。那是由许多马蹄踩踏而成的。嘉助不禁嘿嘿一笑，顺着那条路快步走去。

可令他感到不安的是，这条路的宽度时而只有五寸，时而超过三尺，还绕了个大圈子，最后终于来到一棵树冠被烧焦的栗子树前，道路却又分成了隐隐约约的好几条。

这里大概是野马的聚集之地，在雾中看起来犹如一个圆形广场。

嘉助失望地转身沿着来路往回走。不知名的草穗轻轻摇晃着，一阵不大不小的风吹来，像是有什么东西从什么地方打出了暗号似的，整片草丛齐齐伏身避让。

天上电闪雷鸣。

眼前的雾中出现一个形如房屋的黑乎乎的大家伙。嘉助停下脚步，一时间不敢相信自己的眼睛，可那怎么看似乎都是一栋房子。他战战兢兢地凑近一瞧，原来是一块冰冷的大黑岩。

白晃晃的天空转个不停，草丛啪地一下抖落了全身的露水。

嘉助半琢磨半嘀咕：要是走错了路，掉到原野对面去，不管是又三郎还是我，早都没命了。

然后他又叫喊起来："一郎！一郎！你在吗？一郎！"

四周又是一亮，野草齐齐发出喜悦的喘息。

"据说伊佐户镇的电工的孩子曾被山男[①]捆住手脚抓走了。"不知不觉间，嘉助耳畔忽然清晰地响起某人说过的这句话。

紧接着，黑黢黢的小路骤然消失了，四周陡地一静，随即狂风乍起。

天空如一面光闪闪的大旗，呼啦啦招展翻腾，上面燃起火花，噼啪四溅。嘉助终于体力不支倒地，躺在草丛里昏了过去。

刚刚发生的一切，仿佛都成了许久以前的往事。

又三郎正伸腿坐在自己眼前，默默地仰望着天空。不知何时，他平日那件鼠灰色上衣的外面又披了一件玻璃斗篷，脚上还穿着一双闪亮的玻璃鞋。

栗子树的青影落在又三郎肩上，又三郎的影子又落在青草上。

---

①日本妖怪名。

大风呜呜呼啸，刮得越来越猛。

又三郎不笑也不说话，只是紧绷着小嘴，默默地望着天空。突然，伴随着呼啦一声，又三郎腾空而起，玻璃斗篷闪闪发光。

嘉助猛地睁开眼，只见灰雾正在四周疾速翻涌。

一匹马正若无其事地站在眼前。它似乎有些怕嘉助，眼睛始终望向一旁。

嘉助一跃而起，扣住马的名签，然后就见三郎紧抿着毫无血色的嘴唇，从马身后走了出来。

嘉助不由得浑身发抖。

“喂！”伴随着轰隆隆的雷声，雾中传来一郎的哥哥的声音。

“喂！嘉助！你在吗？嘉助！”又响起一郎的声音。

嘉助兴奋地跳起来大喊：“喂！我在！我在！一郎！喂！”

一郎的哥哥和一郎突然出现在两人眼前。嘉助一下子就哭了出来。

“真叫我们一通好找呀！多危险啊！看看你，全身都湿透了。没事吧？”一郎的哥哥熟练地抱住马的脖子，把带来的马嚼子迅速戴在马嘴上，“好了，走吧。”

“又三郎，你吓坏了吧？”一郎对三郎说。

三郎仍旧紧绷着嘴，默不作声地点了点头。

大家跟着一郎的哥哥，翻过两三个低缓的山坡，然后顺着一条黑黢黢的大路走了一会儿。

闪电亮了两下，发出朦胧的白光。空气中弥漫着一股野草燃烧的气味，雾中隐约可见流烟缭绕。

一郎的哥哥高喊："爷爷！找到了！找到了！所有人都找到了！"

一个老爷爷站在雾中说："啊，太好了，可把我担心坏了。哎呀，嘉助，冻坏了吧？快进来。"看样子，嘉助和一郎都是这个老爷爷的孙子。

一棵已被烧焦半截的大栗子树下，有一个草窝棚，窝棚里燃着一小堆红红的篝火，火苗不大。

一郎的哥哥把马拴在了栎树上。

那匹马咴的一声长嘶。

"哎呀，可怜的孩子！可劲儿哭鼻子了吧？那孩子是挖矿人的儿子吧？来来，大家吃团子！吃吧！哎呀，刚才可把我给急坏了，你们究竟去哪儿了？"

"笹长根的出口。"一郎的哥哥答道。

"太危险了，太危险了。要是从那儿掉下去，不管是马是人都得没命。来，嘉助，吃团子。你这孩子也吃。来来，这里还有。"

"爷爷，我们这就把马带回去吧？"一郎的哥哥说。

"嗯嗯，不然牧人来了又得唠叨了。不过等会儿再走，天马上就晴。啊，可把我担心坏了，我都跑到虎子山下去找你们了。哈，不管怎么说，没事就好。雨要停了。"

"今早天气明明那么好。"

"嗯，会再变好的。啊，漏雨了。"

一郎的哥哥走出窝棚。棚顶滴滴答答地响个不停，老爷爷笑着抬头看着。

一郎的哥哥又走进窝棚，说：“爷爷，雨过天晴了。”

“嗯嗯，是吗？那大家好好烤烤火，我还得出去割草。”

雾眨眼间就散得一干二净，阳光照进窝棚。日头略偏西了，几片雾气还没来得及逃散，无奈地发出烛火般的微光。

晶莹的水珠从草叶上滴落，所有的叶、茎、花，都在吸收今年最后的阳光。

遥远西方的碧绿原野仿佛刚刚破涕为笑，对面的栗子树也放射出圆光般的青色光环。

大家已累得精疲力竭，跟在一郎身后走下原野。行至泉水附近，三郎仍旧紧抿着嘴唇，默默地告别了大家，独自朝自家方向走去。

回去的路上，嘉助说：“我看那家伙就是风神，是风神的孩子，他们父子俩就隐居在那边。”

“没这回事。”一郎大声说。

次日，从清晨就一直下雨，但上第二节课的时候，天色开始逐渐放亮，到第三节课后的十分钟课间休息，雨终于彻底停了，东一鳞西一爪地露出了蓝天，下方雪白的鱼鳞云不断向东涌去，残存的雾霭从山中的茅草和栗子树梢上升起，宛如热气蒸腾。

“放学后去不去采葡萄？”耕助悄声问嘉助。

“去，去。三郎你不去吗？”嘉助想叫上三郎。

耕助忙说：“喂，那地方怎么能让三郎知道呢？”

三郎却没听见，说：“去。我在北海道也采过，我妈妈还在酒桶里泡了两串葡萄呢。”

“你们去采葡萄，也带上我行吗？”二年级的承吉也说。

“不行。怎么能告诉你呢？我去年又发现了一个新地方。”

大家都迫不及待地等着放学。第五节课结束后，一郎、嘉助、佐太郎、耕助、悦治和三郎六人离开学校，朝上游的山坡上爬去。走出没多远，就见路边有一栋麦秆屋顶的房子，房前有一小块烟草田。烟草下部的叶子已被摘去，翠绿的茎秆光溜溜的，看上去犹如一片整齐的树林，显得格外有趣。

三郎忽然说："这叶子是怎么回事？"说着，揪下一片叶子给一郎看。

一郎吓了一跳，沉着脸说："哎呀，又三郎，揪烟叶会被专卖局的人骂的。哎呀，又三郎，你为什么要揪烟叶呀？"

“哎呀，专卖局的人早就逐一清点过烟叶的数量了，都是有记录的。这事跟我可没关系。”

“跟我也没关系。”

“跟我也没关系。”

大家起初还在七嘴八舌地乱嚷嚷，最后却异口同声地表示自己置身事外。

三郎面红耳赤地甩弄着手里的烟叶，一时不知该如何回答，想了一会儿才愤愤地说："我揪之前又不知道。"

大家提心吊胆地看向对面的房子，生怕有人看见刚才那一幕。透过烟草田上方升腾起的蒙蒙雾气望去，对面的房子一片寂静，似乎空无一人。

“那房子是一年级小助他家。”嘉助像是在宽慰大家。

可耕助从一开始就不愿意带三郎和大家去自己发现的葡萄丛，此刻便不怀好意地对三郎说：“喂，三郎，你说不知道也没用。喂，三郎，你得按价赔偿。”

三郎不知如何是好，又沉默了片刻才说：“那我放回去不就行了。”说着，就把烟叶轻轻放在了那棵烟草下。

一郎说了声“快走”，率先迈开大步离去，大家立即跟上，只有耕助还站在原地嘟囔道：“喂，这可不关我的事。又三郎放下的叶子就在那儿呢。”他见大家都快跑没影了，才连忙追赶上去。

大家沿着茅草丛中的小路往山上爬了没多久，就见朝南的一块洼地里长满了栗子树，树下就是果实累累的大片葡萄丛。

“这里是我发现的，你们可不能摘太多。”耕助说。

三郎说了声“我去采栗子”，便捡起石块朝一棵栗子树的树枝丢去。一个青绿色的刺球掉了下来。三郎用半截木棒砸开刺球，取出两个尚未成熟的白色栗果。

其他人一窝蜂地冲向葡萄丛。

耕助摘了一会儿，想去另一处葡萄丛，正自一棵栗子树下走过，上方突然落下一大片露水，将耕助连肩带背都打湿了，整个人像是刚从水里出来一样。耕助吓了一跳，嘴巴大张着朝上看去，只见三郎不知何时爬到了树上，正用袖子擦脸，却难掩那一抹笑意。

“喂，又三郎！你干什么?！”耕助气急败坏地仰头冲着树上大喊。

“是风吹的。”三郎在树上窃笑着说。

耕助离开树下，又去别处开始摘葡萄。他到处大摘特摘，手里的葡萄多得都快拿不下了，嘴巴被染成了紫色，看上去仿佛大了一圈。

“好了，摘够这些就回去吧。”一郎说。

“我还要多摘点儿。”耕助说。

就在这时，忽听哗的一声，耕助又被一片冰凉的露水从头到脚浇了个透。耕助又吓了一大跳，仰头朝树上望去。这次三郎没在树上。

但树后却露出了三郎那件鼠灰色上衣的肘部，还能听见窃笑声，这下耕助彻底怒了。

“喂，又三郎！你怎么又往人身上泼水?! ”

“是风吹的。”

大家哄然大笑。

“喂，又三郎！肯定是你在那里摇晃树枝了！”

大家又是一阵哄笑。

耕助气急败坏，默不作声地盯着三郎看了好半天，又说：“喂，又三郎！这个世界要是没有你就好了！”

三郎狡猾地一笑，说：“哎呀，耕助同学，对不起了。”

耕助还想说点什么，可他实在已经气得无法思考，只好又把刚才的话喊了一遍：“喂，你听着，又三郎！世界上要是没有你这样的风就好了！哼！”

“对不起，可你也太刁难我了。”三郎眨着眼睛，有些过意不去地说。

可是耕助依然怒气难消，又把刚才的话重复了一遍：“喂，又三郎！世界上要是没有风就好了！哼！”

三郎似乎觉得有些好笑，又窃笑着问：“世界上要是没有风就好了是什么意思？你把好处逐一说来听听。说吧。”三郎学着老师的神态，伸出一根手指。

耕助觉得自己就像在面对一场无聊的考试，心里非常后悔，却又无可奈何，想了想才说：“你光顾着恶作剧，把伞都刮坏了。”

“还有呢还有呢？”三郎兴致勃勃地踏前一步追问。

“还有，大风刮断树木，有时还会连根拔起呢。”

“还有呢？还有什么？”

“还会刮倒房子。”

“还有呢还有呢？还有什么？”

“吹灭灯火。”

“继续说继续说，还有什么？”

“吹飞帽子。”

“还有呢？继续说，还有什么？”

“刮跑斗笠。”

“还有呢还有呢？”

“还有、有、有，刮倒电线杆。”

“还有呢？还有呢？还有呢？”

“还有掀翻屋顶。”

“啊哈哈哈，房子都刮倒了，屋顶难道还在？还有呢？还有呢？”

“还有、有、有，吹灭油灯。”

“啊哈哈哈哈，油灯和灯火是一回事。就这些吗？喂，还有呢？继续说继续说。”

耕助说不出话。他大概把该说的都说了，再也想不出来了。

三郎越发兴致勃勃地竖起一根手指，说："还有呢？还有呢？嗯？还有呢？"

耕助满脸通红，考虑了好久才又答道："还会刮坏风车。"

三郎终于憋不住了，笑得直蹦高。大家也笑个不停。

终于，三郎忍住笑意，说："你看，最后连风车都说出来了。风车可不会觉得风不好。当然，风车的确经常被风刮坏，但它随风转动的时间要多得多，所以风车丝毫不会埋怨风。还有，你刚才举例时的样子实在太好笑了，光会说'有、有、有'，最后连风车都算上了。哈哈，太好笑了。"

三郎再次捧腹大笑，差点儿笑出眼泪来。

耕助刚才一直在搜肠刮肚地列举风的罪状，渐渐忘了生气，终于跟着三郎一起笑了起来。

三郎也不再赌气，说："耕助同学，是我捉弄了你，对不起。"

"好了，走吧。"一郎说着，递给三郎五六串葡萄。

三郎给每人分了两个白栗果，然后大家一起下山，顺原路各自回家去了。

次日清晨，浓雾弥漫，学校后山只能看出隐约的轮廓。但今天也是上第二节课的时候，雾气开始逐渐散去，天空很快变得一碧如洗，火热的阳光普照大地。到了中午一、二年级放学后，天气热得简直像盛夏一样。

午后，老师在讲台上不时擦汗，上书法课的四年级和上美术课的五、六年级也都热得头昏脑涨，边运笔边打瞌睡。

放学时间一到，大家一齐冲向小河下游。

嘉助招呼道：“又三郎，去不去游泳？那些小鬼早就去了。”

三郎于是应邀同行。

游泳的地方比上次去上野原时更靠近下游，从右边另有一条山涧汇入河中，形成一片较宽广的河滩，下游不远是一处断崖，崖上长着一棵大皂荚树。

“喂！”先到的低年级小孩们光着身子高举双手大喊。一郎等人简直像在赛跑一样，争先恐后地穿过河滩上的合欢树丛，手脚麻利地脱掉和服，扑通扑通地跳进水里，双腿轮流弯曲，啪啪地拍打水面，排成一条斜线朝对岸游去。那些先到的小孩也跟了上去。三郎脱掉和服，跟在大家身后游着游着，突然大声笑了起来。

一郎已经抵达对岸，一头湿发紧贴在脑袋上，使他看起来活像一只海豹。他张开冻得发紫的嘴唇，哆哆嗦嗦地问：“喂，又三郎！你笑什么？”

三郎也瑟瑟发抖地从水里站起来，说：“这条河可真冷呀。”

“又三郎，我是问你刚才笑什么？”一郎追问。

“你们的泳姿太好笑了，为什么要那么用力地用脚啪啪拍水呢？”三郎说着，又笑起来。

“喂！”一郎脸上有些挂不住了，“要不要玩抢石头？”说着，他捡起一块白色的圆石头。

“好呀好呀！”孩子们齐声高叫。

“那我就从那棵树上往下扔。”一郎敏捷地爬上那棵长在崖壁中间的皂荚树，“我要扔了！一、二、三！”说完，他便把那块白石头丢进水潭，只听见扑通一声。

岸上的孩子们争先恐后地头朝下扎进水里，像苍白的海獭一样潜入水下，争抢那块石头。

可大家还没摸到水底就都憋不住气了，一个接一个浮上来换气，水面上飘起缕缕白雾。

三郎一直目不转睛地盯着大家的举动，见大家都露头了，他才扑通一声跳进水里。可他也没摸到底就浮了上来，惹得大家哄然大笑。就在这时，对面河滩上的合欢树丛里走出四个光着膀子的大人，他们拎着鱼网朝这边走来。

一郎在树上压低嗓门冲大家喊：“喂，是炸鱼的来了。我们就装不知道。别抢石头了，快到下游去。”于是，孩子们都尽量不往那边看，有的人捡磨刀石，有的人追撵鹡鸰，装作对炸鱼毫不知情。

水潭对岸，在下游当矿工的庄助四下察看片刻，突然盘腿坐在砂石上，慢悠悠地自腰间掏出烟具，叼起烟袋，吧嗒吧嗒地抽了起来。孩子们正看得莫名其妙，就见他又从围裙里掏出个什么东西。

“是炸药！是炸药！”孩子们高喊。一郎急忙挥手示意大家收声。

只见庄助把烟袋锅里的火苗缓缓凑近那东西，他身后的一人立刻下水撒网。庄助十分冷静地站起身，一只脚踏进水里，猛地把那东西抛向皂荚树下方。顷刻后，只听轰隆一声巨响，瞬间水浪翻涌，震耳的爆炸余音在潭边久久回荡。

对面的几个大人都下水了。

“快，鱼会漂过来，大家快抓。”一郎说。

很快，耕助就看见一条小拇指大的褐色杜父鱼横着漂了过来，被他一把抓在手里。接着，嘉助就在他身后发出吸食甜瓜般的声音——他捉住了一条六寸来长的鲫鱼，兴奋得满脸通红。其他人也都各有所获，开心得哇哇大叫。

"别出声，别出声。"一郎说。

这时，对面的白河滩上又跑来五六个大人，有的打着赤膊，有的只穿了一件衬衫。他们身后还有一人，穿着网眼衬衫，骑在光溜溜的马背上飞奔而来，跟演电影似的。这些人都是听见爆炸声，前来一探究竟的。

庄助抱着胳膊看众人捉鱼，过了一会儿忍不住嘀咕道："怎么一条也没有呢。"

不知何时，三郎出现在庄助身旁，把两条不大不小的鲫鱼丢在河滩上，说："鱼还给你。"

庄助盯着三郎，问："你这孩子是从哪儿冒出来的？古里古怪的。"

三郎一言不发地返了回来。

庄助神色古怪地望着三郎。孩子们哄然大笑。

庄助默不作声地又朝上游走去。其余几个大人也跟在后面，穿网眼衬衫的人又策马赶去。耕助游到对岸，拿了三郎放下的鱼回来。大家不禁又笑起来了。

"炸药丢过去，鱼儿漂过来！"嘉助在河滩上蹦蹦跳跳着大喊。

大家用石块围出一个小鱼塘，把捉到的鱼放在里面，鱼儿醒来也逃不掉。然后，大家又去攀爬上游的那棵皂荚树。

天气委实太热了，合欢树像在夏天里一样蔫巴巴的，天空也仿佛成了一个无底的深潭。

这时，不知是谁大喊一声："啊！有人在破坏鱼塘！"

只见一个尖鼻子、穿西装、蹬草鞋的男人，手里提着一根拐杖似的棍子，正在鱼塘里乱搅和呢。那人闻声走过来，湿淋淋的草鞋踩在河岸上，发出啪嚓啪嚓的声音。

"啊，那家伙是专卖局的，是专卖局的。"佐太郎说。

"又三郎，这人肯定发现你摘下的烟叶了，他是来带你走的。"嘉助说。

"哼，我不怕。"三郎紧抿着嘴唇，说。

"大家把又三郎围起来，快围起来。"一郎说。

于是，大家让三郎躲在皂荚树最中间的树枝上，其余人在周围的树枝上团团围坐下来。

"来了来了，来了来了，来了。"孩子们屏住了呼吸。

然而，那人似乎无意抓三郎，他径直从孩子们面前走过，看样子是想渡过水潭上游不远处的浅滩。但他没有立即过河，而是在水里来回蹚了好几次，像是要洗掉草鞋和绑腿上的泥土。孩子们渐渐不再害怕了，取而代之的是一种厌恶的情绪。

一郎终于说："大家听着，我先喊，你们跟着喊。我喊一二三，然后你们就喊老师说，不许弄脏河水！明白了吗？一、二、三！"

"老师说，不许弄脏河水！"

那人吓了一跳，回头看过来，却似乎并没听清孩子们说什么，于是大家又喊："老师说，不许弄脏河水！"

尖鼻子用吧嗒吧嗒抽烟袋时的口型说："你们喝这里的水？"

"老师说，不许弄脏河水！"

尖鼻子似乎有些为难，又说："在河里走不行吗？"

"老师说，不许弄脏河水！"

那人像要掩饰内心的慌乱，故意慢吞吞地过了河，然后用阿尔卑斯探险家般的姿势，斜着爬上蓝黏土和红沙砾的山崖，走进崖上的烟草田。

"原来不是来抓我的。"三郎说着，率先跳入水潭。

大家都生出一种莫名的情绪，有些同情那个男人和三郎，感觉心里空落落的。他们一个接一个地从树上跳下，游到河滩，用手巾包起或是用手抓着鱼，回家去了。

次日早晨上课前，学生们正在操场上玩，有的吊在单杠上，有的在玩藏木棒游戏。佐太郎来得有些晚，他怀里偷偷抱着一个笸箩，里面不知装了什么东西。

"是什么？是什么？是什么？"大家立刻跑上来往笸箩里瞅。

佐太郎用袖子遮住笸箩，急匆匆地朝学校后面的岩洞走去。大家在后面追得越发紧了。

一郎朝笸箩里瞥了一眼，不禁大惊失色。

原来里面装的是用来毒鱼的山椒粉，用这东西和使用炸药一样，会被警察逮捕。佐太郎却把山椒粉藏在岩洞旁的茅草丛里，然后若无其事地回到了操场。

直到上课前，大家都在窃窃议论这件事。

这天从上午十点钟起，天气又像昨天一样热了起来，学生们都迫不及待地盼着放学。

到下午两点钟，第五节课一结束，大家就一溜烟儿地冲出教室。佐太郎又用袖子偷偷遮住笸箩，在耕助等人的掩护下走向河滩。三郎和嘉助一起跟了上去。河滩上的合欢树丛散发出令人窒闷的气味，犹如镇里过节时的那股瓦斯味儿，大家强忍着，快步从中穿过，来到长有皂荚树的水潭旁。天上的云层峦叠嶂，壮观之处不亚于夏日里的云，东天上的云峰更加高耸，皂荚树看上去青光闪闪。

大家匆匆脱掉和服，站在水潭岸边。佐太郎望着一郎，说："大家站成一列！听好了，看见鱼漂过来，就快游过去捉。谁捉到了就归谁，明白了吧？"

低年级的小孩们可开心了，兴奋得小脸通红，推推搡搡地围在水潭边上。

小吉等三四个人早就游到皂荚树下等着了。

佐太郎大模大样地走到上游的浅滩上，把笸箩放在水里哗啦哗啦地涮了个干净。

大家盯住水面，静立不动。

三郎却不看水面，而是望着远方云峰上飞过的黑鸟。一郎也坐在河滩上，捡起石块嗒嗒地敲着。

可是过了好久，却没有鱼漂来。

佐太郎站得溜直，望着水面，表情格外严肃。大家心想，要是换作昨天扔炸药那会儿，就算是十条鱼也早到手了。大家又默不作声地等了好半天，还是一条鱼也不见漂来。

"根本没鱼漂过来呀！"耕助大喊。

佐太郎吓了一跳，却仍专心致志地望着水面。

“哪儿有鱼漂过来呀。”小吉也在对面的树下说。

这一来，大家七嘴八舌地嚷嚷起来，最后都跳下了水。

佐太郎尴尬地蹲下身子，望着水面，良久后终于站起来，说：“要不要玩鬼捉人？”

“玩！玩！”大家齐声高喊，从水里伸出手来猜拳。已经游到远处的孩子急忙游到水浅的地方，探着身子伸出手。

一郎也从河滩上跑过来，伸手加入战团。首先由他选定了大本营——昨天那个尖鼻子怪人爬上去的山崖下方那片滑溜溜的蓝黏土地，只要跑到那里，“鬼”就不能再捉了。又规定不准出“剪刀”，但并不是布赢石头，而是多数者胜少数者负，直到最后决出一个输家当“鬼”。

谁知悦治一上来就出了“剪刀”，惹得大家一通埋怨，只好由他当“鬼”。悦治冻得嘴唇发紫，在河滩上跑来跑去，终于抓住了喜作，于是“鬼”又多了一个。后来，大家就在沙滩上和水潭边东奔西跑，一会儿捉，一会儿被捉，玩了好几个回合。

最后，只剩下三郎自己当“鬼”了，不过他很快就捉住了吉郎。

“吉郎，你从上游往这边赶。明白了吗？”三郎对吉郎说完，站在原地默默地望着正在皂荚树下观望的孩子们。

吉郎大张着嘴，伸开双臂，从上游冲上黏土地。

大家已经做好跳入水潭的准备，一郎则爬到了一棵柳树上。就在这时，吉郎由于在黏土地上粘了一脚泥巴，不小心滑了一跤，摔倒在地。

大家哇哇欢呼，有的人从吉郎身上一跃而过，有的人跳进水里，最后都回到了上游的蓝黏土大本营。

“又三郎！来抓我呀！”嘉助站在大本营里，张大嘴巴，伸开双手，戏弄三郎。

三郎从刚才就显得很生气，说了声“好，等着瞧”，便扑通一声跳进水里，拼命朝那边游去，看来是要动真格的了。

三郎的红发不停拍打水面，激起水沫四溅，而他又在水里泡得太久，冻得嘴唇发紫。孩子们见他这副模样，都害怕了。

那片黏土地面积不大，站不下所有人，加之地势不平，是一处滑不唧溜的斜坡，所以下方的四五个人在坡上人的连拉带拽之下，才总算没滑落到河里去。只有一郎站在最高处，冷静地招呼大家商量对策，大家也把脑袋凑过去仔细听。与此同时，伴随着啪嚓啪嚓的脚步声，三郎已经逼近了。

大家正在窃窃私语，冷不防三郎突然用双手撩水过来。大家慌忙躲闪防御，脚下的整块黏土却开始渐渐下滑，眼看就要掉进河里。

三郎喜出望外，撩得更起劲了。

结果大家一起滑落下来，掉进水里，被三郎挨个儿捉住。一郎也没能幸免，只有嘉助一人逃向上游，却被三郎迅速追上。三郎一把按住嘉助，还拽着他的胳膊在水里抡了四五圈。嘉助好像被灌了几口水，呛得不住咳嗽，喷出的气息在空中凝成缕缕白雾。

“我不玩了，再也不玩这样的鬼捉人了。”嘉助说。

低年级的小孩们都爬到了沙滩上。

三郎独自站在皂荚树下。

此时天空已是乌云密布，柳树显得异常惨白，山上的草丛幽深昏暗，周围的景色恐怖得难以形容。

上野原一带陡然响起轰隆隆的雷声，紧接着又传来山洪般的声音，暴雨倾盆而下，大风呼呼刮来。

潭水突然冒出许多大疙瘩，分不清哪儿是水哪儿是石头。

大家跑回河滩抱起衣服，逃到合欢树下。不知为何，三郎似乎头一次害怕起来，从皂荚树下扑通一声跳进水里，向大家游去。

不知是谁喊了一声："大雨哗哗雨三郎，大风呼呼又三郎。"

大家也立刻齐声叫喊："大雨哗哗雨三郎，大风呼呼又三郎。"

三郎慌了神，仿佛担心自己的脚会被什么东西抓住一样，从水潭里猛地蹿出，一溜烟儿地跑到大家身旁，哆哆嗦嗦地问："刚才是你们在喊吗？"

"不是！不是！"大家异口同声。

小吉也独自走出来说："不是。"

三郎心有余悸地望着河水，像往常一样紧咬着已无血色的嘴唇，说了句"怎么回事"，身子仍然抖个不停。

大家等到大雨暂歇，便各自回家了。

呜——呜呜！呜呜——呜！呜呜——呜！呜呜——！

青核桃也吹飞，

酸木梨也刮跑，

呜——呜呜！呜呜——呜！呜呜——呜！呜

呜——！

一郎在梦中又听见了前阵子三郎唱过的那支歌。

他惊得猛然坐起，就见外面真的在刮狂风，山林如野兽嘶吼，拉门、柜上的灯笼箱和屋里的一切，都蒙着一层拂晓前的青黑色微光。一郎迅速系好腰带，穿上木屐，来到堂屋，经过马厩[①]，打开角门，呼啸的大风便携着冰冷的雨滴吹了进来。

马厩后面啪嗒一声响，门似乎被刮倒了，马噗噜一声打了个响鼻。

一郎感觉寒风仿佛渗进了胸膛深处，不禁用力吐了口气，然后跑到门外。

外面天光大亮，土地一片湿漉，房前那一溜栗子树看起来苍白异常，仿佛刚被风雨当成了待洗的脏衣，好一通揉搓。

片片绿叶也被雨打风吹，黑色的地面上散落着许多破裂的青色栗壳。空中，云层发出险恶骇人的灰光，被大风一个劲儿地吹向北方。

远处的森林犹如狂暴的大海，时而轰隆作响，时而唰唰有声。一郎顶着劈头盖脸砸来的冰冷的雨滴，裹紧身上几乎要被风卷走的和服，默默地聆听着那声音，目不转睛地仰望着天空。

他感到胸中仿佛荡起阵阵微澜，而当他再次凝目望向那咆哮袭来的狂风时，心里已掀起惊涛骇浪。

直至昨天，大风还蛰伏于山丘和原野上那片极高远的澄澈的天

①当地的马厩是建在住房里的。

空，到今天拂晓时分，却遽然齐齐出动，一往无前地冲向塔斯卡罗拉海渊的北端。想到这里，一郎已感到脸颊发烫，呼吸急促，仿佛连自己也飞上天随风而去了。他慌忙回到屋里，使劲挺起胸膛，呼地喷出一口粗气。

“啊，好大的风。今天烟草和栗子可都遭殃了。”一郎的爷爷站在角门旁，神情凝重地望着天空。

一郎急忙打来满满一桶井水，开始麻利地擦洗灶间，然后取出白铁皮脸盆胡乱洗了把脸，又从橱里拿出冰凉的粗粮饭和豆酱，狼吞虎咽地吃了起来。

“一郎，酱汤马上就好了，等会儿再吃吧。今天怎么这么急着去学校呀？”灶上煮着给马吃的□□[①]，一郎的母亲边往灶里添柴边问。

“嗯，又三郎可能已经飞走了。”

“又三郎是什么？鸟吗？”

“不是鸟，是个叫又三郎的家伙。”一郎匆匆吃完饭，三下五除二洗好碗，取下灶间钉子上挂着的油纸斗篷披在身上，拎着木屐，光着脚去找嘉助了。

嘉助刚起来，说吃完饭就走，一郎只好在马厩前等他。

没过多久，嘉助披着小蓑衣走了出来。

二人顶着猛烈的风雨，浑身湿漉漉地赶到学校，进入校舍正门来到教室门口，只见教室里空无一人，却因雨水从窗户的各处缝隙

①此处原文缺失。

进来，地板上已成汪洋。

一郎环视教室，说：“嘉助，我们俩把积水扫出去吧。”说着找来一把棕榈扫帚，把水扫向窗下的小洞。

老师闻声赶来。不可思议的是，老师竟然若无其事地穿着一件单衣，手里拿着一把红团扇。

“原来是你们俩在打扫教室，来得可真早呀。”老师说。

“老师早上好。”一郎说。

“老师早上好。”嘉助说完，立刻又问，“老师，又三郎今天来吗？”

老师想了想，说：“又三郎指的是高田同学吧？唉，高田同学昨天已经跟他父亲离开了。因为是星期日，所以没来得及跟大家告别。”

“老师，他是飞走的吗？”嘉助又问。

“不是。他父亲的公司发来电报叫他们回去。据说他父亲还能再回来一次，但高田同学得在那边的学校上学，他的母亲也在那边。”

“公司为什么叫他父亲回去？”一郎问。

“听说是这里的钼矿暂时不开采了。”

“不是的！他就是风又三郎！”嘉助大喊。

值班室的方向传来一阵咣当咣当的响声。老师手持红团扇，匆匆赶去查看。

二人站在原地，良久相视无言，仿佛在猜度对方的真实想法。

风仍未止，玻璃窗蒙着雨滴溅出的水雾，犹在咔嗒作响。

奥茨贝尔与大象

这是一个牛倌讲述的故事。

第一个星期日

要说奥茨贝尔这个人哪，真是了不起。他整整置办了六台打谷机，机器工作时不停发出轰隆隆的可怕巨响。

十六个村民累得满脸通红，猛踩踏板，使打谷机运转如飞，再把堆积似小山的一捆捆稻草接连塞进机器，脱了谷的秸秆便被抛出来，很快又在后方堆成一座新的小山。稻壳和秸秆散发出的粉尘，将四周变得昏黄迷蒙，如同沙漠里的烟尘。

在这间昏暗的作坊里，奥茨贝尔叼着一只琥珀大烟斗，一面眯着眼小心避免烟灰掉进秸秆里，一面背着双手来回溜达。

小屋建得很牢固，不亚于学校校舍，但在六台新型打谷机同时运转之下，还是轰隆隆地震颤个不停，甚至人一进到里面，就会感到饥肠辘辘。实际上，奥茨贝尔正是巧妙地利用这一点让自己保持空腹，等到午餐的时候，就可以美美地享用六寸大的牛排和又热又软的抹布那么大的煎蛋卷了。

总之，打谷机就这样轰隆隆地不停运转着。

直到有一天，莫名其妙地来了一头白色的大象。那的的确确是一头白象，而不是普通大象刷了白漆。要说这是怎么回事，大概是因为那只大象在散步时不小心走出了森林，结果就溜达到这里来了。

当大象从小屋门口缓缓探进头时，村民们吓了一跳。为什么吓一跳？问得好。因为没人知道它会干出什么事情。跟大象打交道可不是闹着玩的，因此所有人都不敢轻举妄动，只管认真打好自己的稻谷。

但当时正双手插兜站在一排机器后方的奥茨贝尔目光敏锐得很，他一眼就瞥见了大象，却迅速低头装作若无其事，继续来回溜达。

大象抬起一只脚，踩在地板上。村民们又吓了一大跳。可是尽管如此，由于活计忙碌，又怕遭到牵连，村民们仍然头也不抬，只管拼命打谷。

站在后方暗处的奥茨贝尔从兜里抽出双手，又朝大象瞥了一眼。接着，他刻意装作百无聊赖地打了个大哈欠，把双手叠在脑后走来走去。却不料大象猛地探出两条前腿，看样子是想进屋。村民们大吃一惊，奥茨贝尔也有些慌了神，噗地从琥珀大烟斗里喷出一团烟来。但他还是装出若无其事的样子，照旧在那里踱步。

终于，大象大摇大摆地进了屋，在机器前面不紧不慢地转悠起来。

打谷机转得飞快，稻壳如骤雨似软雹般倾泻而出，噼里啪啦地打在大象身上。大象眯着小眼睛，乍看上去似乎很不耐烦，但仔细瞧来，却是面带笑意。

奥茨贝尔终于下定决心，走到机器前，打算跟大象谈谈。

就在这时，大象突然用黄莺般的悦耳声音抱怨道："哎呀，这可不行啊。打得太急了，沙子都溅到我牙上了。"

果然，稻壳噼里啪啦地打在大象的牙上，还砸在它那雪白的脑袋和脖子上。

这下奥茨贝尔必须得豁出去了。

他换用右手拿住烟斗，壮着胆子问："怎么样？这里有趣吗？"

"很有趣。"大象侧着身子，眯眼答道。

"那你一直留下来怎么样？"奥茨贝尔说完这句话，身体忽然如筛糠一般。

村民们目瞪口呆，屏息望向大象。

大象却满不在乎地说："留下来也行啊！"

"是吗？那就这么办！就该这么办！"奥茨贝尔脸上乐开了花，红光满面地说。

这么一来，大象就成了奥茨贝尔的私人财产。瞧着吧，不管是让大象干活儿，还是把它卖给马戏团，奥茨贝尔都能轻松赚到上万元。

第二个星期日

要说奥茨贝尔这个人哪，真是了不起。还有那只在打谷作坊里被他纳为私产的大象，也很厉害。它的力量足有二十马力，不仅通体雪白，拥有整齐漂亮的象牙，而且全身皮肤既美观又结实，还特别能干。但它之所以那么能干，还是因为它的主人了不起。

“喂，你要不要表？”奥茨贝尔叼着烟斗，来到原木搭建的象厩前，皱眉问道。

“我不需要表。”大象笑着回答。

“还是戴戴看吧，表可是个好东西。”说着，奥茨贝尔把一块马口铁做的大表挂在大象脖子上。

“看起来是挺不错。”大象说。

“还得配条链子才行。”说完，奥茨贝尔把一条一百千克重的锁链拴在大象前腿上。

“嗯，这条链子也不赖。”大象试着走了三步，说。

“再穿上鞋怎么样？”

“可我从来也不穿鞋呀！”

“穿上试试嘛，鞋可是个好东西。”奥茨贝尔皱着眉头，把一双纸糊的大红鞋套在大象后腿的脚跟上。

“挺好的。”大象说。

“还得给鞋装上饰品。”奥茨贝尔又迫不及待地把一个四百千克重的大秤砣挂在大象的鞋子上。

“嗯，不错。”大象试着走了两步，显得很开心。

可第二天，马口铁大表和废纸鞋就裂开了，大象只好拖着锁链和秤砣，兴高采烈地走来走去。

“对不住，因为还要交很多税，所以今天得叫你去河边打水回来。”奥茨贝尔背着双手，皱着眉头，对大象说。

“好的，我去打水。你要多少，我打多少。”

大象眯着眼睛，高高兴兴地去河边打水。过午以后，它来回足足打了五十趟水，都浇在菜田里了。

傍晚，大象蹲坐在象厩里，一边嚼着十把稻草，一边望着西天上初三的新月，自言自语地说：“啊，劳动真愉快呀！神清气爽。”

第二天，奥茨贝尔头戴流苏悬垂的红帽子，双手插在兜里，对大象说：“对不住，税金又涨了。今天得叫你去森林运些木柴回来。”

“好的，我去运柴。天气真好啊，我最喜欢去森林了。”大象笑道。

奥茨贝尔一愣，烟斗险些脱手，而大象早已缓缓迈步，兴高采烈地出发了。奥茨贝尔松了口气，叼起烟斗，轻咳了一声，又找村民们视察工作去了。

过午以后，大象运回了九百捆木柴，开心得小眼睛眯成了缝儿。

傍晚，大象蹲坐在象厩里，一边嚼着八把稻草，一边望着西天上初四的明月，自言自语地说：“啊，真是痛快呀！圣母马利亚。”

又过了一天。

“对不住，税金涨了五倍，今天能不能叫你去铁匠铺吹吹炭火？”

“好的，我去吹炭。我要是认真起来，连石头也能一口气吹飞呢。”

奥茨贝尔又是一愣，但马上就恢复镇静，笑了起来。

大象慢悠悠地走到铁匠铺，弯腿一屁股坐在地上，代替风箱吹了半天炭火。

当晚，大象在象厩里一边嚼着七把稻草，一边望着天上的初五明月，自言自语地说：“啊，好累呀！真开心！圣母马利亚。”

从那天起，大象每天从早到晚干活儿。吃的稻草隔了两天也只有五把了。真难为它只吃那么少的稻草，就能有那么大的力气。

有了大象可真省钱，但那也是因为奥茨贝尔够精明够厉害。要说奥茨贝尔这个人哪，真是了不起。

第五个星期日

你问奥茨贝尔？我正要说呢，那个奥茨贝尔已经死了。

别急，听我慢慢道来。上次说的那头大象，奥茨贝尔对它实在是太过分了。他的行为越来越出格，大象早就再也没笑过了，还经常瞪着龙一样的血红大眼，居高临下地死死盯着奥茨贝尔。

一天晚上，大象在象厩里一边嚼着三把稻草，一边抬头望着初十的月亮，自言自语地说：“好苦呀！圣母马利亚。”

奥茨贝尔听见这话，对待大象越发变本加厉了。

一天晚上，大象摇摇晃晃地回到象厩里，终于体力不支栽倒。它坐在地上，连稻草也不吃，只是望着十一的月亮，说：“永别了，圣母马利亚。”

“哎？你说什么？永别？”月亮突然开口问大象。

“嗯，永别了，圣母马利亚。”

“原来你这个大块头只是虚有其表啊，真没出息。你就不会给你的伙伴写信？”月亮笑道。

“我没有笔也没有纸。”大象用清细悦耳的声音说完，忍不住抽泣起来。

“喏，就是这个吧？”身前突然响起一个小孩的可爱声音。

大象抬头一看，只见眼前站着一个红衣童子，手上捧着纸笔和砚台。

大象立刻写了一封信：“我受尽折磨，大家出山救救我吧。”

童子随即带上信件，朝森林的方向走去。

晌午时分，红衣童子抵达山里，大象们正在桫椤树荫里下围棋，闻讯纷纷围聚过来看信。

——我受尽折磨，大家出山救救我吧。

大象们一拥而起，黑压压地站了一大片，同时怒吼起来。

“干掉奥茨贝尔！”大象首领高呼。

“对，立刻出发！咕啦啦啊嘎啊！咕啦啦啊嘎啊！”大象们齐声响应。

嘿！大象们以狂风暴雨之势冲出森林，“咕啦啦啊嘎啊、咕啦啦啊嘎啊”地咆哮着奔向原野。它们个个都像发了疯似的，小树被连根拔起，灌木丛之类的全被践踏得狼藉不堪。大象们“嗷——嗷——嗷——嗷”地吼叫着，像烟花一样冲向原野。它们跑啊跑啊，终于在笼罩着青色雾霭的原野尽头，发现了奥茨贝尔家的黄色屋顶。大象们胸中的怒火顿时爆发了。

“咕啦啦啊嘎啊！咕啦啦啊嘎啊！”当时正是下午一点半，奥茨贝尔在皮床上午睡正酣。他梦见了一只乌鸦。奥茨贝尔家的村民们听见巨响传来，纷纷走出门口，手搭凉棚张望，就见密如丛林的象群狂奔而至，速度比火车还快。

嘿！那群村民顿时吓得面无人色，惊慌失措地跑回屋里，声嘶力竭地叫嚷起来："老爷！是大象！一群大象冲过来了！老爷！是大象！"

要说奥茨贝尔这个人哪，真是了不起。他睁大眼刚一醒来，就明白出什么事了。

"喂，那家伙在象厩里吗？在吗？在吗？在啊。好，关门。我说关门！快把象厩的门关上！好，再拿些原木来，把门堵死。浑蛋！慌什么！用原木把那儿堵住。只要像这样削弱大象的力量，它们来了又能怎样？好，再拿五六根过来。嘿，这回没问题了。我都说了没事，有什么好慌的。喂，伙计们，接下来是大门。关大门，换门闩。顶紧，顶牢。对，就这样。喂，我都说了，大家不用担心。打起精神来！"奥茨贝尔做好准备后，开始用他那喇叭似的洪亮声音鼓励村民。

可是不管他怎样努力，村民们仍然坐立不安。他们不愿被这样的主人牵连，纷纷把毛巾、手帕和用脏了的白色东西一圈圈地缠在胳膊上——那是投降的标志。

奥茨贝尔终于坐不住了，在那里团团乱转。他的狗也变得很兴奋，像身上着了火似的狂吠，还在院子里四处乱窜。

没过多久，地面开始晃动，随着一阵噼里啪啦的脚步声，四下里变得天昏地暗，整个院子都被大象包围了。

在一片“咕啦啦啊嘎啊、咕啦啦啊嘎啊”的可怕咆哮声中，也能听见温言软语：“我们这就来救你，放心吧。”

“谢谢。你们来了就好，我真的很开心。”象厩里也传出回应。

嘿，这么一来，大象们叫得更大声了。“咕啦啦啊嘎啊！咕啦啦啊嘎啊！”它们围着院墙一圈圈地狂奔，象群中还屡次露出愤怒甩动的长鼻子。可墙是水泥砌的，还嵌有钢筋，连大象也很难破坏掉。墙内只有奥茨贝尔一个人在大喊大叫，村民们早已晕头转向，像无头苍蝇般团团乱转。外面的大象趁机开始踏着同伴的身体翻越围墙，一个个象头从墙头上冒了出来。奥茨贝尔的狗仰脖瞧见那些皱巴巴的灰色大脸，顿时吓得昏死过去。嘿，奥茨贝尔开枪了。用的是六连发手枪。砰！咕啦啦啊嘎啊！砰！咕啦啦啊嘎啊！砰！咕啦啦啊嘎啊！可是子弹打不进大象的身体，击中象牙也会被弹飞。

一头大象抱怨道：“这家伙真讨厌，噼里啪啦地都打到我脸了。”

奥茨贝尔觉得这句话有些耳熟，却想不起来曾在何时何地听过。他从腰带里掏出子弹，重装弹匣。趁这工夫，一头大象已从墙外跨进来一条腿，跟着又是一头。五头大象一齐从墙头滚落进来。奥茨贝尔手里握着弹匣，直接就被压扁了。“咕啦啦啊嘎啊！咕啦啦啊嘎啊！”大象们从早已打开的大门一拥而入。

“牢房在哪儿？”大象们冲向象厩。

原木像火柴棍儿一样被轻易折断，那头白象从象厩里走出来，骨瘦如柴。

“还好吗？你瘦了。”大象们安静地靠过来，卸掉了白象身上的锁链和秤砣。

“是啊，谢谢。我真的得救了。”白象神情落寞地苦笑着说。

哎呀，你这蠢牛[①]，不是告诉过你不能下河吗！

①原稿在此处缺失一字，导致所指对象不明，对此众说纷纭，本译文取“牛倌所养之牛”一说。

雁童子

在流沙以南杨柳环绕的一小汪清泉旁边，我将炒麦粉用水化开，充作午餐。

这时，一位朝圣老者也为就餐而来。我们相互点头致意，默默无言。

然而因为这次半日未遇一人的旅程，我吃完了午餐，仍不愿立刻与泉水和朝圣老者告别。

好一阵子，我都在漫不经心地注视着老人突出的喉结艰涩地上下滚动。我想上前搭话，可是对方太沉静了，我感到十分局促。

好在，我偶然在泉水后头发现了一间小庙。那庙实在是小，简直可被地理学家或探险家当作标本带走。它遍体披着新刷的黄红两色油漆，无疑显得反常。庙前还立着一杆粗劣的幡。

我见老人像已吃完，便问："冒昧请教，那间庙供的是哪一位？"

老人也确实有话想说。他默默地点了两三下头，把食物咽下，才低声说："是童子。"

"童子是谁？"

“便是称作雁童子的。”老人收起食器，俯身掬起泉水，将口漱净，“他的故事并不久远，却像神话传说。他是不久前下凡到此地的天童子。像这样的庙，近来在流沙对面也盖了不少。”

“天童子下凡？是因获罪而被流放的吗？”

“谁知道呢。附近的人都这么说，大概是吧。”

“您若是不急着赶路，可否告知详情？”

“不急。那就讲讲我听说的故事吧——”

莎车有个名叫须利耶圭的人。相传他出身名门，后来家道衰落，便与夫人安闲度日。夫人织布，他则一如既往地抄写经书。

一天拂晓时分，须利耶老爷与他持枪的堂弟一道走在原野上。地面是极精美的青石，天空泛着朦胧的白光，雪也即将降下。

须利耶老爷对其堂弟说：“你还是尽早停手，别再那般杀生取乐了。”

他的堂弟却冷淡地回答：“我停不了。”

“你这人太冷酷无情了。你知道自己杀害的究竟是什么吗？须知任何生命都是可悲可悯的。”须利耶老爷再次教诲。

“或许如此，或许不然。倘若果真如此，那就更有趣了。行了，别说这些无聊的话了，那都是以前的大和尚才会念叨的。你看那边飞的，是大雁吧？我这就杀死它们给你看。”说着，堂弟便端着枪跑向对面，很快就不见了。

须利耶老爷站在原地，凝望着天上排成一队的黑色大雁。

突然，从远处蹿起一颗尖尖的黑子弹，正中队首大雁的胸口。

大雁晃了两三下，身上瞬间腾起火焰，发出堪令举世皆悲的惨叫，从天上掉了下来。

子弹再次蹿起，射穿了第二只大雁的胸口。

然而所有大雁都没逃命，反而哀鸣着追向坠落的大雁。

第三颗子弹蹿起。

第四颗子弹蹿起。

六颗子弹射伤了六只大雁，只有队尾的一只幼雁还没受伤。六只燃烧的大雁不住惨叫挣扎着从空中坠下，队尾那只幼雁悲泣着追随飞落。即便如此，大雁整齐的队列仍然丝毫未乱。

令须利耶老爷惊愕的是，不知何时，大雁全都变成了飞天之人的模样。

六人浑身裹卷着赤焰，不住哀号惨叫，手脚挣扎着坠落下来，只有最后那个可爱的天童子安然无恙。

须利耶老爷确信自己以前见过那孩子。

第一个人已经落到地面。那是一位白须老翁，倒在地上，浑身烈焰熊熊。他用枯瘦的双掌对着须利耶老爷双掌合十行礼，痛呼央求："须利耶老爷！须利耶老爷！求您带走我的孙子！"

须利耶老爷自然不会置之不理，他快步上前，说："好的，好的，我一定收留他。可你们究竟是什么人？"

这时，大雁接连落在地上，身上火焰未熄。其中既有大人，也有佩戴美丽瓔珞的少女。那少女周身赤焰滚滚，却仍把手伸向最后面的孩子，那孩子哭着在少女身边不住奔走。

雁老翁再次说道："我等本是天国一家族，此前因罪获罚，化作雁形，如今果报已了，即将回返天国，唯有我的孙儿尚不得归。他与你有缘，恳请你将他认作子嗣，抚养成人。”

须利耶老爷说：“好，我全明白了。我认下这个儿子了，你放心吧。”

老翁双手合十，以头叩地，顷刻间已化为灰烬，形影不存。须利耶老爷怔怔出神，堂弟也持枪呆立，以为他们二人一起做了一场大梦。后来据他堂弟讲述，当时枪管余温尚存，子弹也有减少，那些人跪倒之处的草也都被压得贴在了地上。

还有那童子自然也在。须利耶老爷回过神，对童子说：“从今天起，你就是我的孩子。不必再哭了，你以前的母亲和兄长们已去了美好的天国。来，跟我走吧。”

须利耶老爷启程返家。归途中的原野上，青石寂默，唯有孩子的哭声相随。

回到家中，须利耶老爷与夫人商量给孩子取什么名，考虑了三四天仍无结果。而与此同时，这件事已传遍整个莎车，所有人都叫这孩子“雁童子”。须利耶老爷无奈之下，也只好这么叫了。

说到这里，老人喘了口气。

我望着脚下的一小片青苔，脑海里清晰浮现出那些身燃赤焰从天而落最终黯然离去的异人的身影。

老人望了我一会儿，又继续讲述——

莎车的暮春时节，原野上漫天飘飞着白花花的柳絮，远方的冰山放出难以形容的白光，混在日光中爬来，刺得人眼生疼。果树轻轻摇曳，云雀在空中掀起透明的声波。那一年，童子已经六岁了。

一天傍晚，须利耶老爷带着这个大雁变来的孩子走在街上。紫红色的沉云下，有黑色的蝙蝠翩然掠过。一群孩子在长棍顶端系了绳子，追在蝙蝠身后挥打。

“是雁童子！是雁童子！”孩子们丢掉棍子，手拉着手围成一个大圈，把须利耶老爷父子俩围在当中。

须利耶老爷笑了。

孩子们像往常一样，齐声歌颂道：“雁之子，雁童子，从天降来须利耶家。”

其中却有一个孩子戏言道：“雁弃儿，雁弃儿，到春天还赖着不走？”

孩子们哄然大笑。后来不知何处飞来一块小石子，打在童子脸上。须利耶老爷护住童子，对孩子们说：“你们干什么？难道这孩子做了什么坏事？即便是开玩笑，也不能丢石子呀。”

孩子们纷纷叫着跑过来，对童子又是道歉又是安慰，一个孩子还从围裙兜里掏出一把无花果干递给童子。

童子自始至终面带微笑，须利耶老爷也露出笑容，原谅了那些孩子，带着童子离开了。

在浅黄玛瑙般的静谧暮霭中，须利耶老爷对童子说：“你刚才竟然没哭，好样的！”

童子搂着须利耶老爷说：“父亲，我以前的爷爷身体里有七颗子弹呢。”

朝圣老者看着我的脸，我也抬眼凝视着老人那双温润的眼眸。

老人继续讲述——

又一晚，童子久久难眠，在床上辗转反侧，对须利耶夫人说："母亲，我睡不着。"夫人起身走到童子身边，轻轻抚摩童子的头。童子只觉脑子疲惫不堪，似一张白网般颤悠悠地晃动不休，忽而有硕大的红色新月浮现其中，忽而长出一大片紫萁嫩芽般的东西，忽而又有异常柔软的白色四方形物事渐渐扩大，变成一个可怕的大箱子。夫人听童子说额头烫得厉害，很是担心。须利耶老爷对着刚开始抄写的经文合掌拜毕，起身扶起童子，为他系好红色皮腰带，带他出了家门。车站左近的家家户户均已关了门，一栋栋黑黢黢的房屋林立在满天繁星之下。这时，童子蓦地听见了流水声。他想了想，问："父亲，水在夜里也会流动吗？"须利耶老爷望着从沙漠对面升起的硕大的蓝色星辰，答道："水在夜里也会流动。无论昼夜，只要不是平地，水就会永恒不息地流动。"

童子脑中一下子平静下来，但紧接着又叫嚷起来，却是催童子快快回到母亲身畔。

"父亲，我们回家吧。"童子拽了拽须利耶老爷的衣袖。父子俩回到家里，夫人迎上前去。不等母亲闩好门环，童子已经爬上自己的床，衣服也没来得及换就沉沉睡去了。

还有这样一则逸事：一天，须利耶老爷和童子坐在桌前吃饭，菜肴里有两条蜜煮鲫鱼。须利耶夫人将一条鱼放在须利耶老爷面前，另一条鱼给了童子。

"我不想吃，母亲。"童子说。

"很好吃的。来，筷子给我。"须利耶夫人取过童子的筷子，把鱼夹碎，"好了，吃吧。很好吃的。"夫人夹鱼时，童子一直凝视着母亲的侧脸，突然一股难以名状的情绪袭上胸口，似怜悯似悲哀，叫人忍不住地难过。童子霍地起身，如一颗出膛的子弹般冲出家门，仰望漫天白云放声痛哭。“这孩子怎么了？”须利耶夫人惊呆了。“怎么回事？你快去看看。”须利耶老爷也担心起来。可当须利耶夫人来到门口时，童子却已停止哭泣，露出了笑容。

还有一次，须利耶老爷带着童子经过一个马市，看见一匹马驹正在吃奶。一个身穿粗布黑衣的马贩走来，拉开那匹马驹，与另一匹马驹拴在一起，然后牵着两匹马驹默默离去。母马受惊，高声嘶鸣，可马驹还是被牵着越走越远。将要拐过远处街角时，马驹猛地抬起一条后腿，拍打腹部的苍蝇。

童子瞥见母马那褐色的双眸，突然搂住须利耶老爷哭了起来。须利耶老爷没有责怪童子，而是摸着他的头，仿佛用自己的衣袖包住他的脑袋一样，带着他穿过马市，来到河畔，让他坐在青草地上，拿出杏子给他吃，然后才轻声问：“你刚才为什么哭？”

“父亲，因为那些人不管不顾就抢走小马。”

“那是马，没办法。小马已经长大了，以后就得独立干活了。”

“那匹马还在吃奶呢。”

“没办法。要是一直留在母亲身边，它就永远无法真正长大。”

“父亲，那些人接下来就会往母马和小马背上堆满货物，带它们走险峻的山路，而且一旦没了食物，就会把它们杀死吃掉。对吧？”

须利耶老爷装作若无其事地说：“你还小，不用考虑这种大人的事。”但实际上，他觉得这个天童子有些可怕。

童子十二岁时，须利耶老爷送他去了离家稍远的首都的一家外道私塾读书。

童子的母亲拼命织布，攒下学费和零用钱寄给童子。

寒冬临近，天山已是银装素裹，桑叶枯黄，簌簌飘落。一天，童子突然回了家。须利耶夫人从窗里一眼就看见童子，连忙迎了出去。

须利耶老爷却佯作不知，继续抄写经书。

“你怎么这个时候回来了？”

“我要和母亲一起干活，就没空读书了。”

须利耶夫人担心老爷发火，忙说：“你又操心这种大人的事，这怎么行？你得快回去读书，为了大家出人头地。”

“母亲，您的手都那么粗糙了，可我的手还这么白嫩。”

“你不用考虑这些事。任谁上了年纪，手都会变得粗糙。你与其担心这个，不如快回去读书。你学有所成，我才开心。被你父亲知道了会挨骂的。听话，快走吧。”

童子垂头丧气地走出院子，却又驻足不前，夫人只好出来送他一程，来到一片沼泽地。夫人回去之前又说：“好了，快走吧！”童子却依然站在原地，呆呆地望着自家的方向。夫人无奈，转身拔了根芦苇，做成一个小哨子交给童子。

童子终于迈开脚步。芦苇沙沙作响，童子的身影越来越小，终于远远地消失在层层冷云的那一头。空中突然响起振翅之声，一队大雁飞过，须利耶老爷从窗里望着天上的大雁，心头不由得一悸。

就这样入了冬。严冬过后，先是柳芽泛出温和的光，沙漠中徘徊着砂糖水般的热浪，杏树李树绽放着白花，树丛和草地都变得一片苍翠，玉髓般的云峰巡绕四方天空。

恰在此时，莎车城外的沙地里掘出了一座古代大寺院的遗迹。人们发现一面完好无损的墙壁，墙上画着三位天童子，据说其中一位尤其栩栩如生，赢得一致赞叹。

一个大晴天，须利耶老爷来到都城拜访童子的老师，再三致谢，又赠以三匹粗布，最后提出欲带童子游玩半日。

父子俩穿过拥挤喧闹的大街。

须利耶老爷边走边装作若无其事地说："怎么样？今日碧空万里，你这个年龄，正是振翅高飞的好时候。"

童子无精打采地回答："父亲，我哪儿也不想去，就想和您在一起。"

须利耶老爷笑道："当然喽。人这一生的漫长旅途，不能只是自己飞去光明的远方。"

"不是的，父亲。我哪儿也不想去，还有大家都哪儿也不去，可以吗？"童子问得莫名其妙。

"大家都哪儿也不去是什么意思？"

"就是所有人都不独自离开，可以吗？"

"嗯，那还是不离开的好吧。"须利耶老爷继续装作若无其事地含混答道。

父子俩穿过城内广场，渐渐来到郊外。这里沙地广漠，其中一处被挖开了一个深坑，许多人正站在坑里。父子二人也下到坑底，只见坑里露出一面古旧的墙壁，已褪了色，墙上画着三位天童子。

须利耶老爷心里不由得咯噔一下，仿佛有个又大又沉的东西突然自遥远的天空飞来，重重砸在自己身上。尽管如此，他仍装作若无其事地说：“画得太逼真了，简直逼真得可怕。这位天童子不知哪里跟你很像啊！”

须利耶老爷回头望向童子，却见童子正含笑倒下。须利耶老爷吓了一跳，急忙将童子一把抱住。童子躺在父亲怀中，梦呓般地自言自语：“爷爷来接我了。”

须利耶老爷急得大叫：“你怎么了？你哪儿也不要去呀！”

童子声音微弱地说：“父亲，请原谅我。我是您的孩子，这面壁画是父亲以前所绘。那时我是大王的……但此画绘成之后，大王便遇害身亡，我等一起遁入佛门。后来敌方首领追至，烧了寺院，我等只好改换俗装，躲藏起来。那两日里，我有了恋人，便生出不再出家的念头。”

此时众人围聚过来，纷纷叫喊：“是雁童子！是雁童子！”

童子双唇再次微微翕动，似乎还有话想说，可须利耶老爷再也听不到童子的声音了……

“我所知道的就是这些。”

老人看样子不得不启程上路了。我依依不舍地直起身子合掌行礼，说：“感谢您为我讲述了这样一个宝贵的故事。其实你我只是在沙漠边缘的泉畔碰巧相遇，共同度过了一段时光，但我认为这却并非可以轻忽的小事。我们看似是两个偶遇的旅人，互相全不了解，然而终究都应踏着善逝所示的光明大道，至于彼之无上菩提境。就此别过，后会有期。”

老人默默还礼，欲言又止，忽然转身面朝我来时经过的那片荒地，蹒跚走去。我也双掌合十，反向踏上那片石块遍布的寂寂荒原。

古斯柯·布多力传记

一、森林

古斯柯·布多力出生在伊哈托布的大森林里。他的父亲叫古斯柯·纳多力，是远近闻名的樵夫，锯倒树木就像放倒婴儿一样轻松，再高大的树也不成问题。

布多力有个妹妹，名叫奈莉。兄妹俩每天都去森林里玩，经常走出很远，远到只能听见父亲在森林深处锯树的沙沙声。兄妹俩就在那附近采摘树莓泡在自流泉里，或是轮流仰天学山斑鸠叫，惹得四周的鸟儿跟着发出“咕、咕”的昏昏欲睡般的叫声。

每当母亲在家门口的小块田地里播种小麦时，兄妹俩就会一同坐在路边，用马口铁罐煮兰花。各种各样的鸟儿打招呼般地鸣叫着，呼呼啦啦地从二人那毛发干枯的头顶飞过。

布多力开始上学后，午前的森林变得格外冷清，不过一到下午，布多力就会和奈莉一起跑去森林，用红黏土或木炭条在树干上写下树的名字，然后快活地漫步高歌。

兄妹俩还曾在一棵白桦树上写下“布谷鸟禁止通过”几个字。那棵树被蛇麻草的藤蔓从两旁攀附缠绕，变得像是一道拱门。

在布多力十岁、奈莉七岁那一年，不知出于什么缘故，太阳从春天起就白得诡异，往年总是一待雪融就绽放出洁白花朵的玉兰树也一反常态，五月天还频频雨雪交加，七月末气温仍不见升高，前一年播种的小麦只长出了光秃无籽的白穗，绝大多数果树也都有花无实。

到秋天，栗子树结出的尽是空瘪的青壳，人们最常吃的重要谷物水稻同样颗粒无收。原野上的镇子里到处人心惶惶。

布多力的父母经常背木柴去镇上卖，冬天还用雪橇运了好几次大木头，但总是只能带着少到可怜的麦粉失望而归。尽管如此，那年冬天好歹熬了过去，到次年开春，田里又播下精心保管的种子，结果还是跟去年如出一辙。后来到秋天，终于闹起了真正的饥荒。那段日子，孩子们不再上学，布多力的父母也彻底停了工。他们经常忧心忡忡地商量事情，并轮流去镇上，有时能带回一点黍米粒，有时则只能阴沉着脸空手而归。一家人靠吃橡子、葛根、蕨菜根、柔软的树皮和其他各种东西，才算挨过了那个冬天。

一到开春，布多力的父母好像双双得了重病。

一天，父亲一动不动地抱头沉思了许久，突然起身说“我要去森林里逛逛”，便趔趔趄趄地出了家门，直到天黑也没回来。兄妹俩问母亲：“爸爸怎么了？”母亲只是定定地望着两个孩子，一言不发。

次日傍晚，森林里已是一片漆黑，母亲突然起身给炉里添了许多柴火，将屋里照得亮堂堂的，又对两个孩子说：“我去找爸爸，你们待在家里，橱柜里的麦粉省着点儿吃。”然后母亲就趔趔趄趄地出了家门。兄妹俩哭着追上去，母亲回头厉声大喊：“你们这两个孩子怎么不听话呢！”

说完，母亲便跌跌撞撞地快步进了森林。兄妹俩哭着在原地乱转，总是迈出几步又返回来，最后还是忍不住走进了漆黑的森林。两人在那道蛇麻草拱门附近打转，在自流泉畔徘徊，整夜呼唤着母亲。有星星在林木的隙间闪烁如诉，还屡次有仿佛受惊的鸟儿从黑暗中飞过，偏偏全无人声。最后，兄妹俩只能恍惚归家，一进屋就躺倒在地，不省人事了。

布多力醒来时，已是当天下午。

他记起母亲嘱咐过的麦粉，打开橱柜一看，里面有满满一袋荞麦粉和许多橡子。布多力摇醒奈莉，兄妹俩舔食了一些麦粉，然后依照父母平时的做法，将炉子生起火。

就这样浑浑噩噩地过了二十来天。直到有一天，门口响起一个人的声音："你好，有人在家吗？"布多力以为是父亲回来了，冲出门一看，却是个背着箩筐、目光锐利的男人。那人从箩筐里拿出一块圆年糕，啪地一下丢过来，说："我是来这地方救助饥荒的。来，想吃什么别客气。"

兄妹俩一时愣住了，直到听见对方又说"吃吧，吃吧"，才提心吊胆地吃了起来。

那人起初只是目不转睛地看着，后来说："你们俩都是好孩子，但光是好孩子可没用。跟我走吧。男孩子的生存能力本来就强，何况我也不能两个人都带上。喂，小女孩，你留在这里也没东西吃，和叔叔一起去镇里吧，保管你每天都能吃上面包。"说完，男人一把抱起奈莉，放进背后的箩筐里，然后"嗷哟哟、嗷哟哟"地吆喝着，一阵风似的冲出房门。

奈莉直到被带至屋外才反应过来，吓得哇哇大哭。布多力哭喊着“强盗！强盗！”追了上去，可那男人已从森林旁直穿而过，跑到了远方的草原上，只能隐约听见奈莉那颤抖的哭声。

布多力哭呀，喊呀，一直追到森林尽头，终于累得一头栽倒在地。

二、天蚕丝工厂

布多力猛地睁开双眼，就听见头顶突然响起一个死板的声音：“终于醒了。你以为还在闹饥荒吗？还不快起来帮忙？”

布多力起身一看，见对方是个头戴褐色蘑菇帽、汗衫外面直接套着大衣的男人，手里拿着一个铁丝做的晃悠悠的东西。

“饥荒已经过去了？要我帮什么忙？”布多力问。

“挂网。”

“在这里挂网？”

“对。”

“挂网干什么？”

“养天蚕。”

布多力看见眼前长着一棵栗子树，两个男人正架梯子往树上爬，然后像是在用力抛撒、摆弄着网，却完全看不见那里有网或线。

“那样就能养天蚕？”

“对。你这小孩真啰唆。喂，你说这话可不吉利。不能养天蚕的地方建什么工厂呢？当然能养了。实际上，包括我在内的许多人，都是靠这个谋生的。”

布多力好不容易才涩声说：“哦。”

“而且，这一整片森林已经被我买下来了。你留下帮忙可以，不然就得搬走。但你就算搬到别处，恐怕也没东西吃。”

布多力强忍着才没哭出来，说：“那我留下来帮忙。可是该怎么挂网呢？”

“我自然会教你。看好了，”男人用双手将那个铁丝笼一样的东西拉长，“这样弄就会变成梯子。”

男人大步走到右手边的栗子树前，将梯子挂在下方的树枝上。

“好了，这回该你拿着这张网爬上去了。来，试试看。”

男人把一个奇怪的球状物交给布多力。布多力没办法，只好拿着那东西抓住梯子往上爬。可是梯撑实在太细了，深深勒进肉里，布多力觉得自己的手脚简直快要被勒断了。

“继续爬。再高点儿，再高点儿，然后试着把我给你的球抛起来，要越过栗子树。把球抛向空中。怎么回事？你在发抖吗？真没出息。抛球！抛球！快，抛啊！”

无奈之下，布多力用尽全力把球抛向蓝天，可紧接着，他突然感到眼中的太阳变成了漆黑一团，下一刻就四脚朝天栽了下来。布多力很快醒过神来，发现自己被那男人接住了。

男人一边把布多力放在地上，一边怒冲冲地发脾气：“你也是个窝囊废，怎么这么没用！要不是被我接住，你现在就是脑瓜开瓢的下场。我是你的救命恩人，以后不准对我无礼。好了，这次去爬那边那棵树，再过一会儿就让你吃饭。”

说着，男人又递给布多力一个新球。布多力带着梯子走向下一棵树，爬上去把球抛出。

“好，很有进步。球多得很，你可别偷懒。至于爬哪棵树，只要是栗子树都行。”

男人从兜里掏出十来个球交给布多力，便匆匆离开了。布多力又抛了三四个球，累得气喘吁吁，浑身脱力。他想回家，可走过去一看却大吃一惊，只见家里不知何时竖起了红陶管烟囱，门口还挂着“伊哈托布天蚕丝工厂”的招牌，然后就见刚才那个男人叼着香烟走了出来。

“来，孩子，我给你带吃的了。吃完趁天没黑，再多干点儿活。”

“我不干了，我要回家。”

“你说的家，是指那里吗？那里不是你的家。那里是我的天蚕丝工厂。那栋房子，还有这一带的森林，都被我买下了。”

已经自暴自弃的布多力默默接过男人递来的蒸面包狼吞虎咽，吃完又抛了十来个球。

当晚，布多力躺在这栋以前是自己的家、如今却已变成天蚕丝工厂的房子的角落里，缩成一团睡去了。

那个男人和三四个陌生人围着炉子烤火，边喝酒边聊至深夜。第二天一大早，布多力就来到森林里，像昨天一样干起活来。

过了一个来月，森林里的栗子树都被挂上了网，养蚕男人又叫工人在每棵树上挂五六块木板，木板上缀满了小米粒般的东西。与此同时，树木开始发芽，整片森林变得绿意盎然。那些挂在树上的木板也生出许多青色的小虫，顺着绳子排成一列爬上树枝。

这一回，布多力和其他工人又被养蚕男人要求每天捡拾木柴。等到木柴在房子周围堆积如山，栗子树枝头开满细绳般的青白色小花时，那些小虫的颜色和形状也刚好变得同栗子花一般。然后，森林里的栗子叶就被小虫啃咬得不成样子了。

没多久，小虫就开始在每个网眼里结出黄色的大茧。

这一来，养蚕男人像发了疯似的，对布多力等人连催带骂，命令他们用箩筐收集虫茧，然后一个接一个放进锅里咕嘟咕嘟地煮，再用手转动纺车抽取蚕丝。工人们不分昼夜，嘎啦嘎啦、嘎啦嘎啦地转动三台缫丝车拼命抽丝。当抽取的黄色蚕丝堆满半间小屋时，放在屋外的虫茧开始扑啦啦、扑啦啦地飞出许多白色的大蛾子。养蚕男人面容扭曲，狰狞似鬼，不仅亲自动手拼命抽丝，还从原野上的镇子里带回四个人赶工。然而蛾子的数量与日俱增，最后竟使得森林里犹如白雪纷飞。

一天，从镇上来了六七辆运货马车，将蚕丝全部装车后便逐一回返，工人们也各搭一辆马车离开了。最后一辆马车出发时，养蚕男人对布多力说："小子，我在屋里留了食物，足够你吃到明年春天。这段时间，你就在这里看守森林和工厂。"说完，男人反常地笑了笑，然后搭上马车迅速离开了。

布多力心不在焉地留了下来。屋里一片狼藉，仿佛刚经历了一场暴风雨，森林也满目荒凉，就像刚被山火肆虐过一样。次日，布多力开始屋里屋外地收拾，却在养蚕男人平时常坐的位置发现了一个旧纸箱。箱里满满当当地塞了十来本书，翻开一看，书里有许多天蚕图画和机器图样。有的书完全看不懂，有本书里则画着各种草木图并注有名称。

布多力努力照着那本书写字、画画，度过了那个冬天。

一开春，养蚕男人就穿着一身气派的衣装，带领六七个新工人赶了回来。第二天，同去年一模一样的工作就开始了。

网都挂好了，黄色的木板也已挂在树上，小虫爬上树枝后，布多力等人又开始捡拾木柴。

一天早上，布多力等人正在拾柴，大地突然一阵晃动，接着从远处传来一声轰隆巨响。过了片刻，太阳竟诡异地暗了下来，无数细灰扑簌簌地从天而降，森林变得一片白茫茫。布多力等人蹲在树下，一个个呆若木鸡，直到养蚕男人急匆匆地赶来。

“喂，大家不能待在这里了。是火山，火山开始喷发了！天蚕都被火山灰盖住闷死了。你们快跑吧。喂，布多力，你想待在这里也行，但我这次不会留食物给你了，况且留在这里实在太危险了，你最好也去原野上另谋出路吧。”话音刚落，养蚕男人已经甩开大步跑远了。

布多力回到工厂一看，里面已经空无一人，只好无精打采地踏着留有众人足迹的白灰，朝原野的方向走去。

三、沼田

布多力朝着镇子的方向，在盖满火山灰的森林里持续步行了半日。每当有风吹过，灰尘就会从树上呼啦啦地散落，犹如一片烟雾，又仿佛一场暴风雪。不过越接近原野，火山灰就变得越浅、越少，最后终于看见了绿树，道路上的足迹也消失了。

终于，布多力穿出了森林，眼前所呈现的景象令他不由得目瞪口呆：从身前直到远方的白云下，整片原野仿佛是由桃红色、绿色和灰色的美丽卡片拼接而成的。走近了看，只见桃红色的卡片上遍地盛开着低矮的鲜花，蜜蜂忙碌地在花丛中飞来飞去；绿色的卡片上密密麻麻地生长着抽出小穗的草；灰色的卡片则是浅浅的泥沼地，每一块都被低矮狭窄的田埂分隔开了，有人正牵着马在田里耕掘劳作。

布多力穿行其间，走了没多久，就见路当中站着两个人，正在像吵架一样大声争论。

右边那个长着红胡子的人说："不管怎样，我已经决定这么干了。我相信自己的直觉。"

另一个头戴白斗笠、身材高大的老年男人则说："叫你别干就别干。像你那样大肆施肥，稻草倒是能得到不少，稻米就肯定颗粒无收。"

"不，依我推断，今年肯定得有前三年加起来那么热。我这一年就要收获三年的稻米给你看！"

"不行，不行，都叫你别干了。"

"不，我就要干。花都埋好了，接下来还得放入六十张煎豆饼，然后再加一百驮[①]鸡粪。得快马加鞭才行。像现在忙成这样，我都

---

①一匹马所能负载的重量为一驮。根据江户时代所定标准，一驮约为一百三十五千克。

想请豇豆蔓帮忙了。”

布多力不假思索地上前鞠了一躬，说：“既然这样，你能不能雇我？”

二人吃惊地抬起头，手扶下巴看着布多力。过了一会儿，红胡子忽然笑出声来。

“好，好，我就雇你牵马笼头犁地吧，这就跟我走。总之成败在此一举，到秋天您老就等着瞧吧。好了，走吧。真是忙得连豇豆蔓都想请来帮忙啊。”红胡子轮番对布多力和老人说完，当先迈步就走。

老人在后面嘀咕着“不听老人言，吃亏在眼前”，目送二人离去。

从那日起，布多力每天都要到沼田里牵马犁地。桃红色卡片和绿色卡片也日渐被翻垦成了泥沼。耕马经常吧唧一下溅起泥水，打在牵马人的脸上。一块沼田犁完，紧接着就是下一块沼田。一天二十四个钟头变得格外漫长，最后都已弄不清楚自己是不是正在走路了，甚至觉得泥如糖稀，水似热汤。时常有风吹来，先在近处的泥水上抚弄起鱼鳞似的波纹，又将远处的水搅荡成青白色，然后扬长而去。空中每天都有几片看似又酸又甜的云朵缓缓飘动，那悠闲的姿态委实叫人艳羡。

就这样过了二十来天，沼田终于全部犁成了黏稠的泥浆。第二天一早，东家就兴冲冲地带着四处找来的帮手，在沼田里栽满了矛一样的绿苗。用去十来天栽完，东家又领着布多力等人，每天去前来帮忙的人家里干活。等到所有人家里的活都干完了，东家又带人回到自家沼田，开始整日整日地除草。布多力的东家田里的苗，长成后的颜色竟然近乎黑色，而邻家田里的苗，却是一片浅绿蒙蒙。即使从远处看，两家沼田仍然界限分明，一清二楚。七八天后除草完毕，东家又带着人去别家帮忙。

可是一天早上，东家带着布多力经过自家沼田时，突然啊地大叫一声，变得呆若木鸡。布多力一看，只见东家目光愣怔地直视着前方，连嘴唇都变得毫无血色了。

“生病了。”东家终于开口说道。

“是头疼吗？”布多力问。

“不是我，是稻子。你看。”东家指着先前栽种的稻子，说。

布多力蹲下身仔细一看，果然所有叶片上都出现了前所未见的红色斑点。东家一言不发，无精打采地绕沼田转了一圈，就掉头回家了。布多力担心地跟了过去。东家默不作声地浸湿毛巾，拧至半干搁在额上，径直躺倒在铺着木地板的房间里。没多久，女主人就从外头冲了进来。

“稻子真的生病了？”

“嗯，全完了。”

“就没什么办法了吗？”

“大概没了，跟五年前一模一样。”

“所以我早就叫你不要赌运气，老爹不也劝过你吗？”说着，女主人呜呜咽咽地哭了起来。

东家却陡然精神大振，忽地翻身站起，说：“好！身为伊哈托布原野上屈指可数的大富农，我怎么能因为这种事就轻易认输呢？

好，来年再战！布多力，你自打来到我家，就没睡过一宿的安稳觉吧？好，这次你就痛痛快快地睡个饱吧，哪怕睡上五天十天都不要紧。等你睡够了，我在沼田里变个好玩的戏法给你看。不过，今年冬天家里就只能吃面条了，但我想你应该是喜欢吃面的吧。”说完，东家就迅速戴好帽子出了家门。

布多力本想依着东家的话去仓房里睡一觉，可心里终究还是放不下稻子的事，便又信步来到沼田。东家不知何时早就到了，正独自抱着膀站在田埂上。布多力一看，沼田里灌满了水，稻子只有叶子勉强露在外面，水面上漂着一层乌亮乌亮的石油。

东家说：“我正在尝试把病菌闷死。”

“用石油能杀死病菌吗？”布多力问。

“从头到脚泡在石油里，就算是人也活不了。”东家边说边用力吸了一口气，然后缩了缩脖子。

就在这时，水渠下游那块沼田的主人梗着脖子，气喘吁吁地跑过来，大声怒吼：“你为什么往水里倒石油？！都流进我家田里来了！”

东家抱着破罐子破摔的心态，冷静地答道：“你问我为什么往水里倒石油，当然是因为稻子生病了，我才往水里倒石油的。”

“那为什么流到我家田里去了？”

“你问为什么流到你家田里去了，当然是因为水会流动，所以石油也跟着流过去了。”

“那你为什么不堵住水口，防止水流到我家田里？”

“你问为什么不堵住水口，防止水流到你家田里，当然是因为那里并不是我家的水口，所以我没办法堵住。”

邻居气得说不出话来，突然哗啦哗啦地踏进水里，开始堆泥封堵自家的水口。

东家微笑着说：“那家伙很难缠。要是由我把水口堵上，他一定会生气地责问我为什么要堵住水口，所以我才故意让他自己堵。只要他那边堵住了，今晚水就会没过稻顶。好了，回去吧。”说完，东家率先大步流星地朝自家走去。

次日早上，布多力又和东家去了沼田。东家从水里捞出一片叶子查看再三，脸上始终不见丝毫喜色。第二天同样如此。第三天也一样。第四天依然如故。第五天早上，东家似乎终于下定决心，说：“布多力啊，是时候在这里播种荞麦了。你去那边，把隔壁家的水口打通。”

布多力依言打通水口，混着石油的水以惊人之势涌向隔壁田里，布多力觉得那家男主人肯定又会怒冲冲地跑来责问。

晌午过后，那个男人果然来了，手里还拎着一把大镰刀，生气地问：“喂，为什么让石油流进人家的田里？”

东家依旧理直气壮地答道：“石油流过去有什么不好？”

“那样稻子岂不是都死光了？”

“稻子会不会死光，你不如先看看我家沼田里的稻子吧。到今天为止，我家的稻子已经从头到脚在石油里泡了四天，现在不还是好好的吗？稻子变红是因为生了病，而长势旺盛正是石油的功劳。你家田里的石油，不是才刚没过稻子的脚而已吗？说不定反倒是好事呢。”

“石油能当肥料？”对方脸色变得柔和了些。

“我不知道石油能不能当肥料，但石油终归还是油啊。”

“石油的确是油。”那男人顿时转怒为喜，笑着应道。

水已渐渐退去，眼瞅着稻子露出根部，上面尽是红斑，像被火燎过一样。

“好了，我的稻田要收割了。”东家笑道。然后，他就和布多力一起开始依次收割稻子，随割随在原处播下荞麦种子并盖好土。于是，那一年果真如东家所说，一家人光吃荞麦了。

到了次年春天，东家说：“布多力，今年沼田比去年少了三分之一，需要干的活儿很轻松。不过从今天起，你得努力学习我那死去的儿子读过的书，想办法帮我种出健康茁壮的稻子，叫以前那些嘲笑我只会凭直觉赌运气的家伙大吃一惊。”

随后，东家给布多力拿来了各种各样的书。劳作之余，布多力就一本接一本地阅读，尤其是其中一本由名叫库邦的人所写的书，阐述了关于事物观的思想，非常有趣，所以布多力反复读了很多遍。他还了解到，那人正在伊哈托布市开办为期一个月的学校，就非常想去那里学习。

刚到夏天，布多力就立了大功。同去年的这个时候一样，稻子又开始生病了，但这一回，布多力用木灰和食盐及早阻止了病菌的蔓延。到八月中旬，稻子集体抽穗，稻穗的每一根枝条上都开出一朵小白花，这些花又逐渐变成浅绿色的稻谷，随风摇曳，滚起层层稻浪。东家得意到了极点，对每一个闻讯前来的人都要自夸一番：“嘿，虽说我在稻子上赌了四年，失败了四年，可是今年一年的收获就抵得上这四年了。这样也挺不错的。”

然而接下来的一年，却是好景不再。自打插秧时起，老天就滴雨未下，水渠干涸，沼田龟裂，秋天的收成勉强才够一冬的口粮。原本还寄望于来年，可是转年一样大旱。从那以后，布多力的东家每次都寄望于来年，却年年失望，渐渐连肥料也无力供应，不仅卖了马，连沼田也一块块卖掉了。

一年秋天，东家难过地对布多力说："布多力，我本也算是伊哈托布的大富农，以前没少赚钱，可如今每年不是冻灾就是旱灾，现在沼田只剩以前的三分之一了，来年也没有肥料可用。不光是我，来年还能买得起肥料的人，整个伊哈托布怕也找不出几个了。如此情况下，也不知什么时候才能付你工钱。你还年轻力壮，继续留在我这里太可惜了。很抱歉，你带上这个，去别处寻找好运吧。"说完，东家交给布多力一个口袋，里面装着一些钱、一件藏青色的麻布新衣和一双红皮鞋。

数年劳作的辛苦已从布多力的记忆中淡去，他以为自己什么也不需要，只想继续留在这里。可他仔细一想，留下来也几乎无事可做，于是再三向东家道谢后，他便告别了六年来为之劳作的沼田和东家，迈步朝车站的方向行去。

四、库邦大博士

布多力走了两个多钟头来到车站，买好车票，乘上驶往伊哈托布的火车。火车一溜烟儿地飞驰，将好几处沼田逐个抛在身后。另一边则是一大片黑色的森林，不断变换着形状，最终也被火车甩在身后。布多力心中思绪万千，他想尽快抵达伊哈托布市，见到那本亲切的书的作者——名叫库邦的人，可能的话半工半读，努力设法让大家种田不至于那么辛苦，还要想办法消除火山灰、旱灾和冻灾。一想到这些，布多力就觉得火车简直慢得难以忍受。当日午后，火车抵达伊哈托布市。布多力一脚踏出车站，耳中听到地底深处好似什么东西沸腾翻滚所发出的声响，眼前看见混浊得肉眼轻易可辨的空气和许许多多来来往往的汽车，不禁愣在原地。过了好半晌，布多力才重新打起精神，向周围的人打听去库邦博士学校的路怎么走。可是不管问到谁，对方一瞧见布多力脸上那严肃认真的表情，都会忍俊不禁地说“没听过有那种学校”或“你走出五六百米再问问看吧”。等布多力终于找到学校，已是时近傍晚了。在那幢已经出现破损的庞大白色建筑物的二楼，有人正在大声讲话。

“您好！”布多力高喊。

没人出来。

“您好！”布多力用尽全力再次大喊。

头顶二楼窗户里探出一张灰扑扑的大脸，两个眼镜片闪了闪，就听那人吼道：“现在正上课呢，你这家伙吵死了！有什么事就自己进来！”吼完又把头缩了回去。窗内响起一阵哄堂大笑，那人却浑不在意，继续大声讲课。

布多力于是打定主意，尽量不发出声音，蹑手蹑脚地来到二楼。楼梯尽头是一扇大大敞开的门，门后是一间宽大的教室，教室里坐满了衣着各异的学生，学生对面是一面大黑墙，墙上画着许多白线。刚才那个戴眼镜的高个子男人，正对着一个形如船桨的大模型到处指指点点，用一如方才的洪亮声音向学生们做着讲解。

布多力一眼看见那个模型，心里就想：啊，这是老师那本书里画的名叫“历史的历史”的模型。老师笑着转动一个把手，模型咔嗒一响，变得形如一艘样式罕见的大船。老师再次转动把手，模型又随之变成了一只大蜈蚣的形状。

学生们频频歪头，似乎难以理解其中的奥妙，布多力则只是觉得很有趣。

“这样一来，就能形成这样的图。”老师迅速在黑墙上画了另一张错综复杂的图。

他左手里也拿着粉笔，画得飞快。学生们也都在拼命照着画。布多力也从怀里掏出那本在沼田劳作时就一直随身携带的脏兮兮的笔记本，抄下墙上的图。老师早已画完，笔直地站在讲台上，目不转睛地环视着在座的一众学生。布多力也画完了，正在翻来覆去地观察那张图，就听旁边的一个学生长声打了个哈欠。

布多力小声问对方：“这位老师叫什么名字？”

“库邦大博士。你不知道？”那学生嗤笑一声，轻蔑地回答完，就目不转睛地打量布多力，“你怎么刚来就能画出这张图？我可是连续听了六年同样的课程。”说完，他把自己的笔记本塞回怀里去了。

就在这时，教室里突然亮起电灯。已是傍晚时分。

大博士站在讲台上说：“眼下傍晚已然远道而至，鄙人之讲义亦已悉数授毕。诸君若有意愿，盖当依循惯例，示笔记于鄙人，另接受几则考问，而后决定自身去向。”学生们哇哇大叫，纷纷毫不迟疑地合上本子。随后，大部分人径直离去，只剩下五六十人排成一列，依次走到大博士面前，打开笔记接受审阅。大博士只稍微看两眼，再问一两个问题，就用粉笔在学生衣领上写下“合格”“再来”“奋励”等字样。接受批语时，学生们都忐忑不安地缩着脖子，等大博士写好后，才耸着肩膀轻悄悄地来到走廊里，让朋友念出衣领上的批语，或欣喜若狂或垂头丧气。

考试很快就结束了，最后只剩布多力一人。当布多力拿出那个脏兮兮的小笔记本时，库邦大博士一边打了个大大的哈欠，一边弯下腰目不转睛地盯着瞧，看样子简直像要把笔记本一口吞掉似的。

大博士当然没有那么做，他只是像刚刚享受了一顿美味似的轻轻吸了口气，说：“很好，这张图画得非常准确。我再看看其他页上画了……什么？哈哈，沼田的肥料，还有马的食物？好，来回答问题。从工厂烟囱里冒出的烟，有几种颜色？”

布多力不假思索地大声回答：“黑、褐、黄、灰、白、无色，还有这些颜色的混合色。”

大博士笑道：“无色的烟可太好了。再来说说形状。”

“如果无风而烟又很多，就会像竖直的柱子，但顶端会渐渐散开。云非常低的时候，烟柱会升至云端，然后横向扩散。有风的日子里，烟柱会变得倾斜，倾斜程度则由风力大小决定。如果烟呈波状或裂成许多片状，其中固然也有风吹的缘故，但另一个重要原因在于烟本身及烟囱的特性。烟太少的时候，还会变成螺旋状。如果烟里夹杂了沉重的气体，还可能在烟囱口形成穗状，再向一方乃至四方飘落。”

大博士再次笑道："很好。你现在做的是什么工作？"

"我是来找工作的。"

"我给你介绍一份有趣的工作。拿上我的名片，这就过去吧。"博士取出名片，在上面飞快地写了些什么，交给布多力。布多力鞠了一躬，准备离开教室，大博士用眼神轻轻示意他只管去，然后低声嘀咕："怎么回事？在烧垃圾？"他将粉笔头、手帕、书本一股脑儿地扔进桌上的皮包，再把包夹在腋下，嗖地一下从刚才探头的那张窗户跳了出去。布多力吓了一跳，跑到窗边一看，只见大博士不知何时已坐在一艘玩具般的小飞船里，并且亲自掌舵，操纵飞船从淡青色雾霭笼罩的城市上空笔直划过，朝对面飞去。布多力越发看得目瞪口呆。不一会儿，大博士就降落在对面那幢庞大的灰色建筑的天台上，将飞船停在一个锁头般的物体上，便快步走进建筑，不见了踪影。

五、伊哈托布火山局

布多力按照大博士写在名片上的地址，好不容易才找到一栋褐色大楼。楼后竖立着一根白色的穗状柱子，高高耸入夜空，格外醒目。布多力走到门口，按下门铃，很快出来一人，接过布多力递上的名片看了一眼，立刻带他来到走廊尽头的一个大房间。

房间里有一张布多力从未见过的大桌子，正中端坐着一个头发有些花白的人，看上去和蔼可亲而又气派不凡。那人正把话筒贴在耳边，同时手上写着什么，见布多力进来，指了指一旁的椅子，又继续书写。

房间右侧的整面墙壁上，是伊哈托布的全景地图，被制成了色彩绚丽的大模型，铁路、街道、河流、原野，全都一目了然。地图中央是一条如脊骨般纵贯上下的山脉，另有一条山脉紧邻海岸，仿佛是大海的一道镶边，从该山脉又探出若干分支，在海中形成点点岛屿。这些山脉上都装有红、橙、黄等颜色不一的灯，有的灯在轮流变换颜色，有的灯发出蝉鸣般的吱吱声，有的灯上则有数字时隐时现。墙下靠着一个架子，架上摆放着三排打字机般的黑色物体，足有上百个，都在安静地运行，偶尔才发出轻微的响声。布多力正看得出神，那人啪地一下放下听筒，从怀里掏出名片夹，取出一张名片递给布多力，说："你就是古斯柯·布多力？我叫这个名字。"布多力一看，名片上写着"伊哈托布火山局技师潘恩纳姆"。那人见布多力露出一副不善寒暄的扭捏模样，便再次和蔼地说："我刚才接到库邦博士的电话，就一直在等你过来。今后你就在这里边工作边努力学习吧。这里的工作从去年才刚开始，但是需要很强的责任心，而且有一半时间得在随时可能喷发的火山上工作。还有，火山的特性不是光靠纸上谈兵就能理解的，我们以后必须格外努力才行。今晚那边有地方给你住，你去好好休息一下吧，明天我会带你了解整栋大楼。"

第二天早上，布多力在潘恩老技师的带领下，走遍了大楼里的每一个地方，听老技师详细讲解了各种机械的名称和结构。楼里的所有器械均与伊哈托布境内的三百多座活火山及休眠火山相连接，除了这些火山的冒烟、喷灰、淌出岩浆等情况以外，就连外表死寂的老火山，从其中的岩浆和气体的情况，到山形的变化，都会以数字或图表的形式呈现出来。而且每次火山出现剧烈变化，模型都会发出各种声音示警。

从那天起，布多力开始跟随潘恩老技师学习所有器械的操作和观测方法，夜以继日、专心致志地工作、学习。过了两年多，布多力就被派去和其他人一起在各处火山上安装设置器械，有时还会修理其中出现故障的器械，所以布多力对于伊哈托布三百多座火山的活动状况已经了如指掌。

在伊哈托布境内，每天都会冒烟或淌出岩浆的火山多达七十余座，还有五十几座休眠火山会喷出各种气体或流出沸腾的岩浆。其余的一百六十七座死火山当中，有些火山也随时可能出现活动迹象。

一天，布多力正在跟老技师并肩工作，突然听见器械开始嘀嘀地报警，对象是位于南方海岸上的一座名叫圣姆托利的火山。

老技师大喊："布多力！直到今早，圣姆托利还没有任何活动迹象呢吧?!"

"是的，我从来没见过圣姆托利活动。"

"唉，这座火山已经临近爆发，肯定是被今早的地震刺激到了。在它北部十公里处是圣姆托利市。要是这次爆发了，整座山体的三分之一都将被崩到北面，会有大如牛犊或桌子的岩石同热灰和气体一起，不断落在圣姆托利市。必须提前在朝向大海的那面山壁上打孔，制造出口，让气体和岩浆排出来。我们马上过去看看。"

二人迅速准备停当，乘上驶往圣姆托利的火车。

六、圣姆托利火山

次日清晨，二人抵达圣姆托利市，于午时攀至圣姆托利火山峰顶附近，进入了放置观测器械的小屋。圣姆托利山的老火山山口的外轮山面朝大海一侧，是薄弱点。从小屋的窗户向外望去，只见海水仿佛化成了无数或青或灰的条纹，有汽船喷吐着黑烟，拖着银色的浪花，在水纹间久久地滑行。

老技师默默地查看了所有的观测机，对布多力说："你认为这座火山大概还有几天会爆发？"

"我想不到一个月了。"

"没有一个月，十天都不到。要是不赶快施工，后果不堪设想。我认为，应该在这座山朝向大海的那一面施工，那里是最薄弱的地方。"老技师指着山腹谷地上方的浅绿草地。云影从那片草地上静静滑过，也带上了几分绿意。

"那里只有两处岩浆层，其余都是柔软的火山灰和火山砾层，而且牧场通往那里的路况非常好，运送材料也不费事。我这就申请施工队。"老技师立刻开始联系火山局。

就在这时，二人脚下响起一阵轻微的声响，仿佛一个人在低声自语。一时间，房屋吱呀作响。

老技师离开器械，说："局里说会立刻派遣施工队。说是施工队，其实跟敢死队差不多。我以前从没干过如此迫在眉睫的工作。"

“十天内能完工吗？”

“肯定能。安装设备用三天，从圣姆托利市的发电所拉电线用五天。”技师掰着指头想了想，似乎放了心，轻声说，“布多力，难得如此美景当前，不如泡壶茶喝吧？”

布多力点着带来的酒精灯，开始沏茶。天上的云越来越多，或许是太阳已落的缘故，大海变成寂寞的灰色，许多白浪一齐涌到了火山脚下。

不经意间，布多力忽然发现有一艘似曾见过的形状古怪的小飞船已经飞至眼前。老技师一跃而起，喊道：“啊，库邦来了！”布多力也跟着冲出小屋，就见飞船已停落在小屋左侧的大岩壁上，身材高大的库邦大博士敏捷地跳下飞船，开始在周围的岩石中寻找大裂缝，片刻后似乎终于有所发现，便迅速拧上螺栓，系好了飞船。

“我是来喝茶的。开始晃动了吗？”大博士呵呵笑道。

老技师答道：“还没到那个程度，但碎岩已经哗啦啦地往下掉了。”

话音未落，火山突然怒吼起来，布多力感到眼前一片青光。火山不停晃动，库邦大博士和老技师都蹲着身子扒在岩石上，飞船也像巨浪上的小舟般左摇右摆。

终于，地震停了下来，库邦大博士爬起身，匆匆跑进小屋，只见茶水已经打翻在地，酒精灯正燃烧着温和的蓝焰。库邦大博士仔细查看器械，又和老技师商量了半天，最后说：“无论如何，来年必须建好所有的潮汐发电所。建好以后，即使再遇到刚才这种情况，也能在当天之内就完成施工，还能撒下布多力所说的沼田肥料。”

“而且也完全不用怕天旱了。”潘恩技师也说。

布多力感到心脏怦怦直跳，仿佛连脚下的山也跟着跃动起来。而实际上，火山当时恰巧正在剧烈晃动，将布多力震翻在地。

大博士说："来了，来了。现在肯定连圣姆托利市也感受到明显的震感了。"

老技师说："现在这次地震，似乎是在我们脚下往北约一公里、地下约七百米深的地方，一块足有这间小屋六七十倍大的岩石掉进岩浆中造成的。不过，在气体冲破最后一层岩壁之前，火山还得吞下一两百块这样大的岩石才行。"

大博士思考了一会儿，说："对了，我得告辞了。"说完，大博士走出小屋，眨眼之间就已敏捷地跳上飞船，一面晃了两三下灯光以示告别，一面绕过山头朝对面飞去。老技师和布多力目送大博士飞远，才又回到小屋里，轮流睡觉、观测。拂晓时分，施工队抵达山脚，老技师将布多力一人留在小屋里，自己下山去了昨天手指的那片草地。每当有风从山下吹上来，布多力就能清楚地听见施工队员们的交谈声和铁质材料互相碰撞的声音。潘恩技师不断传来那边的施工进度，同时也向布多力询问火山气压和形变等情况。整整三天里，在强烈的地震和地鸣声中，布多力和山脚的施工队员都忙得几乎没合过眼。

第四天上午，老技师传来信息："布多力，都准备好了，你快下来吧。把观测器械全部检查一遍，然后保持原状即可。记得把图表都带下来，那间小屋今天下午就将不复存在了。"

布多力依言行事，下到山脚，只见此前堆放在火山局仓库里的大型铁质材料已被组建成塔架，各种器械均已备妥，通电即可开工。潘恩技师脸颊深陷，施工队员们除了双眼炯亮之外，也都个个面色苍白，不过大家都笑着跟布多力打招呼。

老技师说：“马上撤离吧。大家准备一下，然后上车。”众人匆匆坐上二十辆汽车，车辆排成一列，沿山脚一溜烟儿地驶往圣姆托利市。当车队恰好行至火山与城市中间时，技师下令停车，说：“在这儿扎营，大家睡一觉。”众人一言不发，搭好帐篷，倒头就睡。

当天下午，老技师放下听筒，随即大喊：“电线接通了！布多力，要开始喽！”说完，老技师按下开关。布多力等人走出帐篷，凝望着圣姆托利火山的半山腰。原野上遍地盛开着白百合，苍绿的圣姆托利山静静地矗立在远处。

突然，圣姆托利山的左侧山麓开始晃动，一道黑烟噗地急冲而出，眨眼间已升至上空，形成奇怪的蘑菇状。冒烟的地方流淌出闪亮的金色岩浆，眼看着扩展成扇形，流进海里。紧接着，地面开始剧烈颤动，整片百合花也跟着摇晃起来，随即传来一声险些将众人震倒的轰然巨响，跟着便是一阵大风呼啸而过。

“成功了！成功了！”众人指着火山高声欢呼。此时，圣姆托利火山喷出的浓烟已经崩解，在空中扩散漫开，天空顷刻间变得一片漆黑，滚烫的碎石噼里啪啦地掉落。众人躲进帐篷，忧心忡忡，潘恩技师却看着手表说：“布多力，成功了。已经毫无危险了，只是会在城市里降下一些灰而已。”从天而降的碎石逐渐变成了火山灰，而火山灰也越来越稀薄。众人再次冲出帐篷，只见整片原野已变成鼠灰色，地面积了一寸来厚的火山灰，百合花均已折断，被灰掩埋，天空反倒一片碧绿。圣姆托利山的山麓出现了一个小瘤，从中仍在不断冒出灰烟。

当天傍晚，众人踏着火山灰和碎石，再次登上火山，安装好新的观测器械后踏上了归途。

七、云海

此后四年间，一如库邦大博士的计划，沿着伊哈托布的海岸足足建成了两百座潮汐发电站。伊哈托布全境内的火山上，也接连建起了观测站和漆成白色的铁塔架。

布多力成为代理技师，一年大部分时间都在各座火山间往来奔走，或是在变得危险的火山上进行施工。

次年春天，伊哈托布火山局在各个村镇张贴了如下公告：

> 降撒氮肥通知：
>
> 今年夏天，我们会在下雨时向大家的沼田和菜地里降撒硝酸铵，分量是每一百平方米一百二十千克，请施肥者将此部分计算在内。
>
> 我们也会降下一些雨水。
>
> 若逢天旱，我们可以降下适量雨水，确保作物不至于枯萎，所以过去因缺水而未能种植的沼田，今年请放心栽种吧。

那年六月，布多力待在位于伊哈托布正中央的伊哈托布火山峰顶的观测站里。下方是一片灰茫茫的云海，伊哈托布境内的各座火山均在云海中冒出山尖来，宛如座座黑色的小岛。一艘飞船紧贴云海，船尾喷着白烟，在一座座山峰之间往来穿梭，好似架桥一般。时间过得越久，那些白烟逐渐变得越发粗大而清晰，静静地落在云海上。不一会儿，整片云海就被罩上了一面织结在各座火山之间的白光闪闪的大网。飞船不知何时已经停止喷烟，像打招呼似的原地飞了几圈，就垂下船首，静静地沉入云中去了。

电话丁零零响起，是潘恩技师的声音："飞船刚刚已经返回，下方全都准备好了，正在哗哗下雨。我觉得可以了，你开始吧。"

布多力按下按钮。眨眼之间，那些烟网就忽明忽灭地闪烁出美丽绚烂的桃红色、蓝色和紫色。布多力痴痴地望着眼前的景象，一时间心醉神迷。与此同时，天色渐暗，当亮光消失后，云海也分不清是纯灰色还是鼠灰色了。

电话铃响："硝酸铵已经掺入雨中，这些分量正好，移动状况似乎也不错。再持续四个小时，本地这个月的肥料应该就足够了。你继续撒吧。"

布多力高兴得简直要蹦起来了。

在这片云海下，以前的红胡子东家也好，隔壁那个问石油能不能当肥料的男人也好，大家一定都在喜悦地聆听着雨声。明天早上，他们看见绿油油的稻子，会以为自己眼花了，即使用手抚摩确认后，仍会望着天上时而变得一片漆黑、时而闪耀出美丽光芒的云，以为自己犹在梦中。然而短暂的夏夜似乎即将过去，电光歇止间，东方的云海尽头开始泛黄。

原来是月亮出来了。黄色的大月亮静静地升上天空。当云海泛起青光时，月亮显得白晃晃的，而当云海发出桃红色的亮光时，月亮看上去笑盈盈的。布多力已经忘了自己是谁，在做什么，只顾着痴望眼前这一幕。

电话丁零零响起："这边雷可响了，烟网似乎已经散得七零八落了。要是响得太厉害，明天的报纸就该说我们的坏话了，所以再过十来分钟就停了吧。"

布多力放下听筒，侧耳倾听，云海到处都在扑哧扑哧地闷响。仔细一听，果然是断断续续的雷声。

布多力关闭开关。骤然间只剩月光照耀的云海，依然静静地流向北方。布多力裹上毛毯，沉沉睡去。

八、秋

那年农作物的收成，尽管也有气候好的原因，终归是十年未有的大丰收，火山局因此收到了多方发来的感谢函和鼓励信。第一次，布多力真正体会到了人生的意义。

然而有一天，布多力从塔西那火山回来，途经一个小村庄。那村子周围的沼田已经收获完毕，空无一物。当时正值晌午，布多力打算买个面包，便来到一家贩卖杂货和点心的小店，询问有没有面包。

店里有三个赤脚大汉正在喝酒，个个眼睛通红，其中一人起身戏谑道："包的确有，但是不能吃，因为不是面包，而是土包。"众人饶有兴致地看着布多力，哄然大笑。

布多力感到不悦，掉头出了小店，却从对面走来一个身材高大的平头男人，突然说："喂，你就是今年夏天用电撒肥的布多力吧？"

"是的。"布多力坦然答道。

那个男人高喊："火山局的布多力来了！大家快集合！"

顿时，从小店和附近田地里跑来十八个哈哈大笑的农民。

"你这臭小子！都怪你用电，害我们的稻子全倒了。你为什么要做那种蠢事？"一个人说。

布多力轻声回答："稻子倒了能怪我吗？难道你们没看春天贴出的公告？"

"什么？你这臭小子！"一人突然掀掉了布多力的帽子。接着，众人一拥而上，对布多力拳打脚踢。最后，布多力被打倒在地，不省人事。

布多力悠悠醒来，发现自己似乎正躺在医院病房里，白床上的枕头边堆满了慰问的电报和信件。布多力感到浑身又痛又烫，动弹不得。不过一个礼拜之后，布多力就又变得生龙活虎了。他在报纸上读到关于那次事件的报道，说是一个农业技师教错了施肥方法，害得稻子倒伏，技师本人却统统归咎于火山局，打算借此蒙混过关。独自躺在病房里的布多力不禁哈哈大笑。

次日午后，医院的勤务员走进来说："有一个叫奈莉的女人要来探病。"布多力还以为自己是在做梦。不久，一个皮肤晒得黝黑、貌似农妇的女人怯生生地走了进来。尽管像是完全变了一个人，但她的确就是被人从森林中掳走的奈莉。兄妹俩久久无言，最后布多力终于问起那天之后发生的事，奈莉也开始用伊哈托布农民的俚语慢慢讲述迄今的经历。原来，那个男人将奈莉掳走之后，仅仅过了三四天，似乎就觉得不耐烦了，把奈莉丢在一个小牧场附近就走了。奈莉哭着在那一带走来走去，牧场主觉得可怜，就把她带回家，让她照看婴儿。渐渐地，奈莉就能胜任任何工作了，终于在三四年前嫁给了牧场主的长子。她还说，以往施肥必须把厩肥运到远处的田地里，特别难运的才会就近施在芜菁田里，而今年由于降撒肥料，免去了那些麻烦，加上远处的玉米也长得很好，所以全家人都很开心。此外，她还和丈夫一起去森林里看过好几次，老家已经彻底成了废墟，也不知道布多力去了哪里，所以总是失望而归。直到昨天，牧场主在报纸上看到布多力受伤的消息，她才得以过来跟布多力重逢。

布多力与奈莉约定，伤好后就去她家拜访，并向牧场主道谢，然后便让奈莉回家了。

九、卡尔伯纳多岛

此后五年，布多力过得非常快乐。

他曾多次去红胡子东家家里致谢。东家虽已上了年纪，依旧精力十足，这回饲养了一千多只长毛兔，还把沼田改成了专门种植紫甘蓝的菜地。他爱冒险的性子也没变，但似乎一直过得不错。

奈莉生下一个可爱的男孩。每到冬闲时节，她就把儿子打扮成小村民的模样，和丈夫一起去布多力家拜访，有时还会小住几日。

一天，一个以前曾跟布多力一起被养蚕男人使唤的工人来到布多力家中造访，离开前告知布多力，他父亲的坟墓就在森林最深处的一棵大香榧树下。原来，养蚕男人初到森林时，曾四处走动观察树木，发现了布多力父母早已冰冷的尸体，便瞒着布多力偷偷用土埋了，还在坟上插了一根桦树枝。布多力当即带上奈莉一家人赶到那里，建起一座白色的石灰岩坟墓。后来每次路过附近，他都会前去祭拜一番。

在布多力二十七岁那年，上次那种可怕的严寒气候似乎又有降临的迹象。气象站根据太阳及北方海域结冰的情况，于该年二月向公众发布了预警。预警一步步成真，玉兰花不再开放，到五月还接连下了十天雨夹雪，大家不由得想起上次的饥荒，顿时丧失了生活的希望。库邦大博士也经常同气象人员和农业技师们商量，并在报纸上发表意见，但似乎也对这次冻灾束手无策。

到了六月初，眼见稻苗还是黄的，树木也不发芽，布多力感到如坐针毡。这样下去，不管森林里还是原野上，都会出现许多像当年布多力一家那样亲人离散的人。布多力不吃不喝地想了好几宿，终于在一天晚上来到库邦大博士的家。

“老师，如果大气层里的二氧化碳增多，气候就会变暖吗？”

“应该会吧。可以说，地球自诞生至今的气温，大抵都是由空气中的二氧化碳含量决定的。”

“要是卡尔伯纳多火山岛现在爆发，喷出的二氧化碳量足以改变当前的气候吧？”

“我也计算过了，要是那座火山现在爆发，喷出的气体应该会立刻混入大循环的上层大气里，将整个地球包裹，从而阻止下层大气与地表的热量散发，大概能使整个地球的平均气温升高五度。”

“老师，不能让那座火山立即爆发吗？”

“能倒是能，但去施工的队伍中，最后一人是无论如何也逃不出来的。”

“老师，请让我去做这个人。请老师替我向潘恩技师申请许可。”

“不行。你还年轻，况且目前没人能替代你的工作。”

“像我这样的人，今后会有很多。会有远比我更能干的人，笑着把工作做得更出色更漂亮。”

“我没法跟你讨论这件事。你去找潘恩技师说吧。”

布多力回来找潘恩技师商量，技师点头赞同：“这是个好办法，但应该由我去做。我今年已经六十三了，如此正是死得其所。”

“老师，可是这项工作的成效还很不确定。即使一次就能引爆成功，喷出的气体也有可能被雨水迅速吸收，更何况，也许一切都无法按计划顺利进行呢。老师要是就这么走了，如果再出什么状况，可就没人能力挽狂澜了。”

老技师无言地垂下头。

三天后，火山局的船匆匆赶到卡尔伯纳多岛。施工队在岛上建造了许多塔架，电线也接好了。

一切准备就绪后，布多力让众人乘船返航，自己一人留在了岛上。

次日，伊哈托布的居民发现，蓝天变成了浊绿色，日月变成了棕褐色。

又过了三四天，气温开始迅速转暖，当年秋天的收成大致达到了普通水平。许许多多本来会像这个故事开头一样下场的布多力父母，同许许多多的布多力和奈莉一起，吃着热烘烘的食物，烧着亮堂堂的柴火，快快乐乐地度过了那年冬天。

图书在版编目（CIP）数据
银河铁道之夜 /（日）宫泽贤治著；程亮译. —2版. —北京：现代出版社，2019.3
ISBN 978-7-5143-7604-3

Ⅰ. ①银… Ⅱ. ①宫… ②程… Ⅲ. ①小说集—日本—现代
Ⅳ. ①I313.45
中国版本图书馆CIP数据核字（2018）第289686号

银河铁道之夜

作　　者：[日] 宫泽贤治
译　　者：程　亮
责任编辑：曾雪梅　朱文婷
出版发行：现代出版社
通讯地址：北京市安定门外安华里504号
邮政编码：100011
电　　话：010-64267325　64245264（传真）
网　　址：www.1980xd.com
电子邮箱：xiandai@vip.sina.com
印　　刷：北京市松源印刷有限公司

字　　数：197千字
开　　本：880mm×1230mm　1/32
印　　张：9.25
版　　次：2019年3月第1版
印　　次：2019年3月第1次印刷
书　　号：ISBN 978-7-5143-7604-3
定　　价：49.80元

无论遇到多么痛苦的事，
只要沿着正确的道路前行，
不管是上高山还是下陡坡，
都是在一步步地接近幸福。

——宫泽贤治

银河铁道之夜

[日] 宫泽贤治 | 著　只读文化工作室 | 出品

只读

时间宝贵，我们只读好书。
现代译文馆
放眼人类的文学财富

和风译丛 · 新书推荐

作者：［日］上村松园
译者：贝青
出版时间：2018 年 11 月
ISBN：9787514372748

《青眉抄》是日本美人画巅峰上村松园随笔全集精装彩插典藏本，为国内首次出版。本书包括《青眉抄》和《青眉抄拾遗》两辑，另有其孙子、同为著名画家的上村淳之为本书所作的序言。

本书以“青眉”为题眼，切入其数十年孜孜钻研的美人画创作之艺术，剖析她本人从艺之道、艺术之本心，其对日本绘画的揣摩研究、对服饰妆容等在内的日本传统文化有深入系统地研究，有较高的文化价值和艺术价值。

编 审 人 员

主　编　何秀玲　刘晓冰
　　　　广东环境保护工程职业学院

副主编　丁淑杰
　　　　河北科技工程职业技术大学

　　　　李艳波
　　　　福建农业职业技术学院

　　　　赵秋利
　　　　杨凌职业技术学院

主　审　钱　谊
　　　　南京师范大学地理科学学院

成　员　黄　华
　　　　广东环境保护工程职业学院
　　　　刘国杨
　　　　广东环境保护工程职业学院

再版说明

2007 年，刘晓冰主编的《环境影响评价》在教育部高等学校高职高专环保与气象类专业教学指导委员会的指导下正式出版，在全国高等专科学校和高等职业技术学院的环境科学、环境管理等专业教学中得到广泛的使用。

2015 年，环境影响评价工作进入改革阶段。《中华人民共和国环境影响评价法》先后在 2016 年和 2018 年进行修正。环境影响评价制度作为国务院“放管服”工作开展的重要内容之一，进行了较大的改革。环境影响评价的技术工作也随之发生巨大改变。自 2016 年 12 月发布了《建设项目环境影响评价技术导则　总纲》（HJ 2.1—2016）后，多个导则进行修订，包括《环境影响评价技术导则　地下水环境》（HJ 610—2016）、《环境影响评价技术导则　大气环境》（HJ 2.2—2018）、《环境影响评价技术导则　地表水环境》（HJ 2.3—2018）、《建设项目环境风险评价技术导则》（HJ 169—2018）、《规划环境影响评价技术导则 总纲》（HJ 130—2019）。新出台的技术文件包括《环境影响评价技术导则 土壤环境（试行）》（HJ 964—2018）、《污染源源强核算技术指南 准则》（HJ 884—2018）及行业的污染源源强核算技术指南等。《环境影响评价公众参与办法》也对公众参与工作提出新要求。由于环境影响评价工作发生了较大的变化，因此，对《环境影响评价》教材进行再版。

本次出版由何秀玲、刘晓冰任主编，丁淑杰、李艳波、赵秋利任副主编，编写人员为黄华、刘国杨。特此说明。

编　者

2020 年 2 月

前 言

随着贯彻落实科学发展观、实现可持续发展观念的不断深化，环境影响评价在环境保护工作中的地位不断得到加强，技术方法也随之不断完善。掌握从事环境影响评价工作的基本技能，已经成为环境保护第一线高素质劳动者必须具备的职业能力之一。本书是为高职高专环境类专业环境影响评价课程提供的配套适用教材。

编者在编写过程中充分考虑到高职高专学生的培养目标及教学要求，强调实用性、突出技能性，以环境影响评价技术导则为依据，按照环境影响评价工作的技术路线进行章节及内容的设置。教材在阐述环境影响评价基本理论、技术方法的基础上，紧扣环境影响评价工作实际，力争通过典型案例，针对性的习题、实践，帮助学生掌握建设项目环境影响文件的编制要求。同时，在教材编写过程中也考虑到为学生提供必要的知识储备，进一步提高环境影响评价技能。

本书由广东环境保护工程职业学院何秀玲、刘晓冰担任主编，负责教材整体构思、统稿工作。编写人员及分工：第一章何秀玲；第二章刘晓冰、丁淑杰；第三章李艳波；第四章李艳波；第五章丁淑杰；第六章赵秋利、刘国杨；第七章刘国杨；第八章赵秋利、黄华；第九章何秀玲；第十章何秀玲、黄华；第十一章丁淑杰；第十二章丁淑杰；第十三章黄华、刘晓冰；第十四章刘晓冰、何秀玲、刘国杨。

教材在编写过程中得到原环保与气象类专业教学指导委员会专家

的关心和支持，中国环境出版集团黄晓燕、侯华华、刘焱等同志对本书的编写和出版给予了大力的支持和帮助，在此一并致以深深的谢意。

由于编者水平有限，时间仓促，书中难免有错漏之处，望同行、读者批评指正。

（如需使用本课程教学课件，可与 hexiulingfs@163.com 联系获取）

编　者

2020 年 2 月 12 日

目　录

第一章 绪 论

【知识目标】

1. 了解环境影响评价的概念、环境影响评价的分类。

2. 重点了解环境影响评价过程中涉及的主要法律法规、环境标准，懂得环境影响评价工作中涉及主要环境标准的使用。

3. 知晓环境影响评价工作的管理程序。

【能力目标】

1. 能够正确选择环境影响评价中使用的环境标准。

2. 能够正确运用相关的法律法规、产业政策分析、判断建设项目建设的合法性。

3. 能够准确判断建设项目开展环境影响评价工作的类型。

第一节 环境影响评价基本概念

一、环境影响评价的基本概念

（一）环境影响

环境影响是指人类的各种活动对环境的作用和导致的环境变化，以及由此引起的对人类社会和经济的效应。环境影响有多种不同的分类方法，常见的有以下几种。

1．按影响的来源分类

环境影响按影响的来源分类可分为直接影响、间接影响和累积影响。

直接影响是指人类活动的结果对人类社会或其他环境的直接作用。如，工业生产中排入大气中的 SO_2、NO_x、烟尘等污染物，它们直接作用于人体、动植物、建筑物等而产生危害。

间接影响是指由这种直接作用诱发的其他后续结果。如，项目开发建设过程中砍伐林木，造成植被的破坏及减少是直接影响，而植被破坏后所引起的水土流失则是间接影响。

直接影响与人类活动在时间上同时，在空间上同地，而间接影响在时间上推迟，在空间上较远，但仍在可合理预见的范围内。

累积影响是指“当一项活动与其他过去、现在及可以合理预见的将来的活动结合在一起时，因影响的增加而产生的对环境的影响”。当一个项目的环境影响与另一个项目的环境影响以协同的方式结合，或当若干个项目对环境产生的影响在时间上过于频繁或在空间上过于密集，以致各项目的影响得不到及时消纳时，都会产生累积影响。累积影响的实质是各单项活动影响的叠加和扩大。例如，日本的痛痛病是由于重金属镉在稻米中累积后，通过食物链在人体及动物体内产生的累积影响。

2．按影响效果分类

环境影响按影响效果分类可分为有利影响和不利影响。

这是一种从受影响对象的损益角度进行划分的方法。有利影响是指对人群健康、社会经济发展或其他环境的状况有积极的促进作用的影响。反之，对人群健康、社会经济发展或其他环境的状况有消极的阻碍或破坏作用的影响的，则为不利影响。

须注意的是，不利与有利是相对的，是可以相互转化的，而且不同的个人、团体、组织等由于价值观念、利益需要等的不同，对同一环境变化的评价不尽相同，导致同一环境变化可能产生不同的环境影响。因此，关于环境影响的有利和不利的确定，要综合考虑多方面的因素，是一个比较困难的问题，也是环境影响评价工作中经常需要认真考虑、调研和权衡的问题。

3．按影响程度分类

环境影响按影响程度分类可分为可恢复影响和不可恢复影响。

可恢复影响是指人类活动造成环境某特性改变或某价值丧失后可逐渐恢复到以前面貌的影响。如油轮的泄油事件，被污染海域经一段时间的人为努力和环境的自净作用可以恢复原貌。

不可恢复影响是指人类活动造成环境的某些特性改变或某些价值丧失后不能恢复的影响。一般认为，在环境承载力范围内对环境造成的影响是可恢复的，超出了环境承载力范围，则为不可恢复影响。

（二）环境影响评价

广义的环境影响评价指对拟议中的人为活动（包括建设项目、资源开发、区域开发、政策、立法、法规等）可能造成的环境影响，包括环境污染和生态破坏，也包括对环境的有利影响进行分析、论证的全过程，并在此基础上提出防治措施和对策。环境影响评价的根本是鼓励在规划和决策中考虑环境因素，最终达到更具环境相容性的人类活动目的。

环境影响评价（简称“环评”）是一种过程，此过程的重点是在决策和开发建设活动开始前体现预防功能，决策后或开发建设活动开始后，通过实施环境监测计划和持续性研究，不断验证其评价结论，并反馈给决策者和开发者，进一步修改和完善其决策和开发建设活动。

《中华人民共和国环境影响评价法》第二条对环境影响评价给出如下定义：本法所称环境影响评价，是指对规划和建设项目实施后可能造成的环境影响进行分析、预测和评估，提出预防或者减轻不良环境影响的对策和措施，进行跟踪监测的方法与制度。

一种理想的环境影响评价过程，应该满足以下条件：①基本上适应所有可能对环境造成显著影响的项目，并能够对所有可能的显著影响作出识别和比较；②对各种替代方案（包括项目不建设或地区不开发的方案）、管理技术、减缓措施进行比较；③编写清楚的环境影响报告书，使专家和非专家都能了解可能产生的影响的特征及其重要性；④进行广泛的公众参与和严格的行政审查；⑤能够及时为决策者提供有效的信息。

二、环境影响评价的分类、意义

（一）环境影响评价的分类

1．按照评价对象分类

环境影响评价按评价对象分类，可分为规划环境影响评价和建设项目环境影响评价。

根据《规划环境影响评价条例》，国务院有关部门、设区的市级以上地方人民政府及其有关部门，对其组织编制的土地利用的有关规划和区域、流域、海域的建设、开发利用规划（以下称综合性规划），以及工业、农业、畜牧业、林业、能源、水利、交通、城市建设、旅游、自然资源开发的有关专项规划（以下称专项规划），应当进行环境影响评价。分析、预测和评估的内容包括：规划实施可能对相关区域、流域、海域生态系统产生的整体影响；规划实施可能对环境和人群健康产生的长远影响；规划实施的经济效益、社会效益与环境效益之间，以及当前利益与长远利益之间的关系等。

建设项目环境影响评价指对拟议中的建设项目在兴建前（即可行性研究阶段），对其选址、设计、施工等过程，特别是运营和生产阶段可能带来的环境影响进行预测和分析，提出相应的防治措施，为项目选址、设计及建成投产后的环境管理提供科学依据。这是我国目前开展得最多的一种环境影响评价，它与可行性研究同时进行。

2．按照环境要素分类

环境影响评价按环境要素分类，可分为大气环境影响评价、地表水环境影响评价、地下水环境影响评价、土壤环境影响评价、声环境影响评价、固体废物环境影响评价、生态环境影响评价等。

3．按照时间顺序分类

环境影响评价按时间顺序分类，可分为环境质量现状评价、环境影响预测评价、规划环境影响跟踪评价和建设项目环境影响后评价。

（二）环境影响评价的意义

环境影响评价是环境管理工作的重要组成部分，它具有不可替代的预知功能、导向作用和调控作用。对开发项目而言，它可以保证建设项目的选址和布局的合理性，同时也可以提出各种减缓措施和评价各种环境减缓措施的技术经济可行性，从而为污染治理工程提供依据。规划的环境影响评价，可以在更深层次上保证区域开发和公共决策对环境的负面影响降低到最小或人们可以接受的程度。

三、环境影响评价发展历程

（一）国外环境影响评价发展历程

20 世纪中叶以来，随着社会发展和科技水平的提高，人类认识世界、改造世界的能力越来越强，对自身活动造成的环境影响也越来越重视，逐步开始在活动之前进行环境影响评价。环境影响评价是预防性环境政策的最重要支柱之一，其作为一项强制性的环境行政管理制度，最先于 1969 年出现在美国。

1969 年，美国国会通过了《国家环境政策法》，并于 1970 年 1 月 1 日起正式实施。该法规定：在对人类环境质量具有重大影响的每一生态建议或立法建议报告和其他重大联邦行动中，均应由负责官员提供一份包括如下内容的详细说明：①拟议中的行动将会对环境产生的影响；②如果建议付诸实施，将会不可避免地出现的任何不利于环境的影响；③拟议中行动的各种选择方案；④地方对人类环境的短期使用与维持和驾驭长期生产能力之间的关系；⑤拟议中的行动如付诸实施，将要造成的无法改变和无法恢复的资源损失等。同时，应该将该说明和负责制定、执行环境标准的相应联邦、州和地方官员所作的评价和意见书一并提交总统和环境质量委员会，并依照美国法律向公众宣布。这些文件应随同建议一并按现行的审查办法审查通过。

正是有了《国家环境政策法》，美国成为世界上第一个建立环境影响评价制度的国家。随后瑞士、澳大利亚、法国、加拿大、英国等西方发达国家纷纷以立法的形式确立了这一制度。

至 20 世纪 70 年代，巴西、泰国、印度、马来西亚、印度尼西亚、中国等发展中国家也开始实行环境影响评价制度。与此同时，国际上设立了许多有关环境影响评价的机构，召开了一系列有关环境影响评价的会议，开展了环境影响评价的研究和交流，进一步促进了各国环境影响评价的应用与发展。一些国际组织对该制度的推行和运作也逐渐重视起来，如世界银行决定在审查与开发活动有关的贷款、投资计划时应审查其对环境造成的潜在的影响，并设立专门的监督组织，要求受援国提交环境影响报告等。

在环境影响评价的发展历程中，有两个重要的里程碑，一个是美国《国家环境政策法》（1969 年），另一个是《里约环境与发展宣言》（1992 年）。

1969 年，美国《国家环境政策法》创立了环境影响评价制度。该法案提出的思想几十年来一直影响着环境影响评价制度的发展。

1992 年，在巴西的里约热内卢召开了联合国环境与发展大会，会议通过的《里约环境与发展宣言》和《21 世纪议程》中都写入了环境影响评价的内容，明确指出对拟议中可能对环境产生重大不利影响的活动，应进行环境影响评价，并作为一项国家手段，应由国家主管当局作出决定。从而使各国在环境影响评价制度的执行上达成共识。

目前，世界上已经有 100 多个国家建立了环境影响评价制度，在环境影响评价制度不断得到世界上越来越多国家认可的同时，环境影响评价技术方法也在不断发展。1969 年以来，环境影响评价的概念、基本原则、要求、程序、公众参与方法被明确提出。同时，也不断出现一些环境影响评价方法，如矩阵法、列表法、网络法、风险分析、生态模型等。另外，各国也不断致力于累积环境影响的研究，并建立环境影响的跟踪监测机制，综合考虑生态系统和景观影响。

经过多年的发展，环境影响评价的内涵不断丰富：①从自然环境影响评价发展到社会环境影响评价；②自然环境的影响不仅考虑环境污染，还注重生态影响；③开展了风险评价；④关注累积性影响并开始对环境影响进行后评估；⑤环境影响评价从最初单纯的工程项目环境影响评价，发展到区域开发环境影响评价和战略影响评价，环境影响评价的技术方法和程序不断得到提高和完善。

（二）国内环境影响评价发展历程

我国的环境影响评价主要是在建设项目环境管理实践中不断发展起来的，它经历了一个逐步形成、完善的过程，大体上可以分为 6 个阶段。

1．确立阶段

我国在 1973 年正式将环境保护工作纳入政府工作议事日程，第一次全国环境保护会议是我国环境保护工作全面起步的标志。1974—1976 年开展的“北京西郊环境质量评价研究”和“官厅水系水源保护研究”工作，可以说是我国在开展环境质量评价工作方面的初步尝试。

1978 年 12 月 31 日，中发〔1978〕79 号文批转的国务院环境保护领导小组《环境保护工作汇报要点》，首次提出了环境影响评价的意向。1979 年 5 月国家计委、国家建委曾发文《关于做好基本建设前期工作的通知》，明确要求建设项目要进行环境影响预评价。

1979年9月颁布的《中华人民共和国环境保护法（试行）》明确规定："一切企业、事业单位的选址、设计、建设和生产，都必须充分注意防止对环境的污染和破坏。在进行新建、改建和扩建工程时，必须提出对环境影响的报告书，经环境保护部门和其他有关部门审查批准后才能进行设计"。

《中华人民共和国环境保护法（试行）》的规定，标志着我国的环境影响评价制度正式确立。

2．规范阶段

环境影响评价制度确立后，我国通过相继颁布的各项环境保护法律、法规和部门行政规章予以规范。

1981年，国家计委、国家经委、国家建委、国务院环境保护领导小组联合颁布的《基本建设项目环境保护管理办法》明确要求将环境影响评价纳入基本建设项目审批程序。

1986年颁布的《建设项目环境保护管理办法》，对环境影响评价的范围、内容、程序、审批权限和环境影响报告书（表）的编制格式等做了规定。

1986年颁布的《建设项目环境影响评价证书管理办法（试行）》，标志着我国开始实行环境影响评价单位的资质管理。

1989年12月26日颁布的《中华人民共和国环境保护法》再次明确规定：建设污染环境的项目，必须遵守国家有关建设项目环境保护管理的规定。建设项目的环境影响报告书，必须对建设项目产生的污染和对环境的影响作出评价，规定防治措施，经项目主管部门预审并依照规定的程序报环境保护行政主管部门批准。环境影响报告书经批准后，计划部门方可批准建设项目设计任务书。

在不断从法律法规角度规范环境影响评价制度的同时，我国也开始注意环境影响评价技术方法的探索和完善。

3．强化和完善阶段

20世纪90年代以来，建设项目的环境保护管理特别是环境影响评价制度得到进一步的强化。这种强化不单体现为管理的强化，也体现在技术方法的完善。

自1993年起，国家陆续颁布了《环境影响评价技术导则 总纲》《环境影响评价技术导则 地面水》《环境影响评价技术导则 大气环境》《辐射环境保护管理导则 电磁辐射环境影响评价方法与标准》《火电厂建设项目环境影响报告书编制规范》《环境影响评价技术导则 非污染生态影响》等技术规范，不断完善环境影响评价的技术方法。

1998年11月29日，《建设项目环境保护管理条例》颁布实施，这是建设项目环境管理的第一个行政法规，对环境影响评价做了全面、详细、明确的规定。

1999年3月，国家环境保护总局颁布了《建设项目环境影响评价资格证书管理办法》，对评价单位的资质进行了规定。同年4月，发布了《关于公布〈建设项目环境保护分类管理名录（试行）〉的通知》，公布了建设项目分类管理名录。

在上述工作的基础上，国家还加强了对环境影响评价人员的资质管理，实行环境影响评价人员持证上岗制度。

4．提高和拓展阶段

2002 年 10 月 28 日第九届全国人民代表大会常务委员会第三十次会议正式通过了《中华人民共和国环境影响评价法》，该法自 2003 年 9 月 1 日起施行。该法首次将环境影响评价从单纯的建设项目扩展到各类发展规划，同时，更加突出了公众在环境保护中的作用，并通过环境影响跟踪评价和后评价制度，将环境影响评价落实到规划执行的全过程。该法的实施使环境影响评价制度在法制化、规范化上得到深化。

为了加强环境影响评价管理，提高从业人员的业务素质，确保环境影响评价的质量，自 2004 年 2 月起，人事部、国家环境保护总局在全国环境影响评价系统建立了环境影响评价工程师职业资格制度，对环境影响评价人员提出了更高的技术要求。

2009 年 8 月 12 日国务院第 76 次常务会议通过了《规划环境影响评价条例》，该条例自 2009 年 10 月 1 日起实施。《规划环境影响评价条例》的颁布实施标志着我国规划环境影响评价工作进入了新阶段。

5．改革和优化阶段

2014 年修订的《中华人民共和国环境保护法》，在政策环评、未批先建查处、环评机构责任追究等方面提出了新的要求。2015 年，环评改革完成一项重要措施，就是环评机构与生态环境行政部门脱钩，环评机构成为真正独立的中介服务机构、独立的市场主体。“十三五”以来，环境影响评价进入了改革和优化阶段。《中华人民共和国环境影响评价法》在 2016 年进行了第一次修正，以适应当时的环境管理制度与体系。环境保护部于 2016 年 7 月 15 日印发了《“十三五”环境影响评价改革实施方案》。

6．全面深化改革阶段

国家政府职能改革推进，环境影响评价制度改革是国务院“放管服”工作开展的重要内容之一。2018 年 8 月，生态环境部在《关于生态环境领域进一步深化“放管服”改革 推动经济高质量发展的指导意见》中系统阐述了建设项目环境影响评价“放管服”的内涵，总的原则是行政许可标准化、精简审批环节、提高审批效率。2018 年 12 月 29 日第十三届全国人民代表大会常务委员会第七次会议通过的《全国人民代表大会常务委员会关于修改〈中华人民共和国劳动法〉等七部法律的决定》对《中华人民共和国环境影响评价法》作出第二次修正，修改后的《中华人民共和国环境影响评价法》取消了建设项目环境影响评价资质行政许可事项，不再强制要求由具有资质的环评机构编制建设项目环境影响报告书（表）。2019 年，《关于进一步深化生态环境监管服务推动经济高质量发展的意见》继续完善了环评“放管服”的相关要求，包括进一步优化环评分类；加强规划环评与项目环评联动，依法简化项目环评内容；提前介入国家重大项目、地方重大项目、外资利用重大项目，加快环评审批速度；要“将环评中与污染物排放相关的主要内容载入排污许可证”；严格监管环评中介市场，加强环评文件质量管理，根据环境影响程度，合理设置“双随机”抽查比例，及时公开抽查情况和抽查结果。2019 年，《国务院办公厅关于印发〈全国深化“放管服”改革优化营商环境电视电话会议重点任务分工方案〉的通知》和《国务院办公厅关于做好优化营商环境改革举措复制推广借鉴工作的通知》，继续要求推进环评制度改革。党的十九届四中全会和中央经济工作会议都强调了“源头预防”，而环评作为发挥“源头预防”作用的基础性制度，得到了进一步的强调。2019 年 12 月，在全国环境影响评价与排污许可工作会议上，生态环境部部长李干杰强调，要以习近平生态文明思想为指引，坚持和完善环境影响评价与排污许可制度，为打好打胜污染防治攻坚战、建设美丽中国提供有力支撑。

第二节　环境影响评价法律法规

一、环境保护法律法规体系

我国目前建立了由法律、国务院行政法规、政府部门规章、地方性法规和地方性规章、环境标准、环境保护国际公约组成的完整的环境保护法律法规体系。

（一）法律

1．宪法

宪法由全国人大制定，具有最高的法律效力，一切法律、行政法规、地方性法规、自治条例、单行条例、规章均不得与之相抵触。

《中华人民共和国宪法》（2018 年修订）（以下简称《宪法》）中对环境保护的规定是制定其他环境法的依据，主要依据来自序言、第九条第二款以及第二十六条第一款。

序言中明确“推动物质文明、政治文明、精神文明、社会文明、生态文明协调发展”。

第九条第二款：“国家保障自然资源的合理利用，保护珍贵的动物和植物。禁止任何组织或者个人用任何手段侵占或者破坏自然资源。”

第二十六条第一款：“国家保护和改善生活环境和生态环境，防治污染和其他公害。”

2．环境保护法律

环境保护法律包括环境保护综合法、环境保护单行法和环境保护相关法，其由全国人大及其常委会制定，由国家主席签署主席令予以公布，法律效力高于行政法规、地方性法规、规章。

环境保护综合法是指 2014 年修订的《中华人民共和国环境保护法》，该法共有七章七十条，第一章“总则”规定了环境保护的任务、对象、适用领域、基本原则以及环境监督管理体制；第二章“监督管理”规定了环境标准制定的权限、程序和实施要求，环境监测的管理和状况公报的发布，环境保护规划的拟定及建设项目环境影响评价制度、现场检查制度及跨地区环境问题的解决原则；第三章“保护和改善环境”，对环境保护责任制、自然保护区、自然资源开发利用、农业环境保护、海洋环境保护做了规定；第四章“防治污染和其他公害”对排污单位防治污染的基本要求、“三同时”制度、排污许可管理制度、征收环境保护税、限期治理制度以及禁止污染转嫁和环境应急进行了规定；第五章“信息公开和公众参与”规定了公众参与的主体、信息公开的内容、公众参与的方式等；第六章“法律责任”规定了违反本法有关规定的法律责任；第七章“附则”规定了施行时间。

环境保护单行法包括污染防治法、生态保护法、《中华人民共和国海洋环境保护法》和《中华人民共和国环境影响评价法》。

环境保护相关法是指一些自然资源保护和其他有关部门法律，涉及环境保护的有关要求，也是环境保护法律法规体系的一部分。

环境保护主要法律分类见图 1-1。

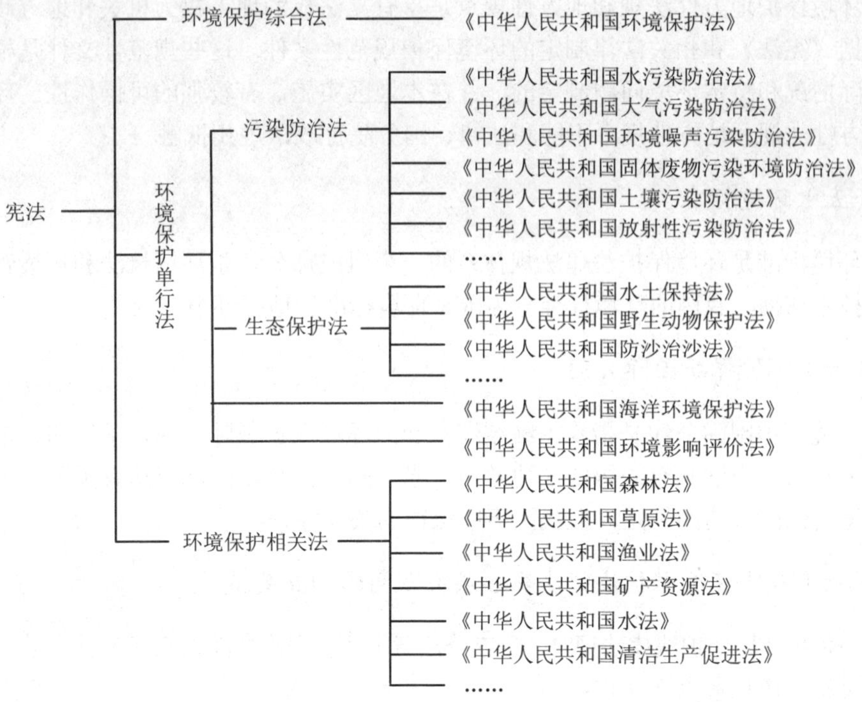

图 1-1 环境保护主要法律分类

（二）环境保护行政法规

环境保护行政法规是由国务院根据《宪法》和法律制定并公布或经国务院批准有关主管部门公布的环境保护规范性文件，有两种：一种是根据法律授权制定的环境保护法的实施细则或条例；另一种是针对环境保护的某个领域而制定的条例、规定和办法，如《建设项目环境保护管理条例》《规划环境影响评价条例》。其法律效力高于地方性法规及地方性规章。

（三）政府部门规章

政府部门规章是指国务院生态环境主管部门单独发布或与国务院有关部门联合发布的环境保护规范性文件，以及政府其他有关行政主管部门依法制定的环境保护规范性文件。政府部门规章是以环境保护法律和行政法规为依据而制定的，或者是针对某些尚未有相应法律和行政法规调整的领域作出的相应规定，如《环境影响评价公众参与办法》《建设项目环境影响报告书（表）编制监督管理办法》《建设项目环境影响评价分类管理名录》等。

（四）环境保护地方性法规和地方性规章

环境保护地方性法规和地方性规章是享有立法权的地方权力机关和地方政府机关依据《宪法》和相关法律制定的环境保护规范性文件。这些规范性文件是根据本地实际情况和特定环境问题制定的，并在本地区实施，有较强的可操作性。环境保护地方性法规和地方性规章不能和法律、国务院行政法规相抵触。

（五）环境标准

环境标准是环境保护法律法规体系的一个组成部分，是环境执法和环境管理工作的技术依据。我国的环境标准分为国家环境标准和地方环境标准。

（六）环境保护国际公约

环境保护国际公约是指我国缔结和参加的环境保护国际公约、条约和议定书。国际公约与国内法具有同等的法律效力，当国际公约与我国环境法有不同规定时，优先适用国际公约的规定，但我国声明保留的条款除外。

（七）我国环境保护法律法规各层次之间的相互关系

在使用环境保护法律法规时，应充分注意上述各层次之间的相互关系（图 1-2），使用过程中应把握以下几点：

①如果法律规定中有不一致的地方，应遵循后法大于前法的原则。

②国务院环境保护行政法规的法律地位仅次于法律。

③部门规章、地方环境法规和地方政府规章均不得违背法律和行政法规的规定，地方法规和地方政府规章只在制定法规、规章的辖区内有效。

④我国的环境保护法律如与我国参加和签署的国际条约有不同规定时，应优先适用国际公约的规定，但我国声明保留的条款除外。

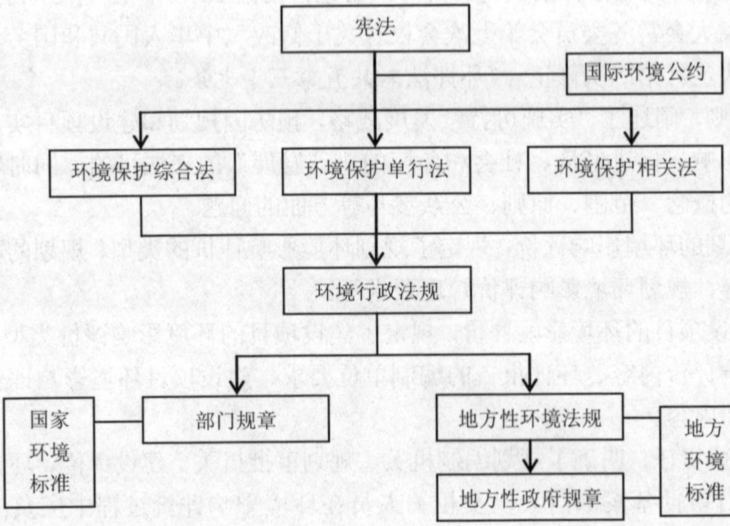

图 1-2 环境保护法律法规体系

二、环境影响评价的法律法规

（一）中华人民共和国环境保护法

《中华人民共和国环境保护法》是为保护和改善环境，防治污染和其他公害，保障公众健康，推进生态文明建设，促进经济社会可持续发展制定的国家法律，由中华人民共和国第十二届全国人民代表大会常务委员会第八次会议于 2014 年 4 月 24 日修订通过，自 2015 年 1 月 1 日起施行。

《环保法》第十九条规定："编制有关开发利用规划，建设对环境有影响的项目，应当依法进行环境影响评价。未依法进行环境影响评价的开发利用规划，不得组织实施；未依法进行环境影响评价的建设项目，不得开工建设。"

该条对于规划和建设项目的环境影响评价作出了明确的规定，成为环境影响评价制度最为根本的法律依据。

（二）中华人民共和国环境影响评价法

《中华人民共和国环境影响评价法》（以下可简称《环评法》）于 2002 年 10 月 28 日第九届全国人民代表大会常务委员会第三十次会议通过；根据 2016 年 7 月 2 日第十二届全国人民代表大会常务委员会第二十一次会议《关于修改〈中华人民共和国节约能源法〉等六部法律的决定》第一次修正；根据 2018 年 12 月 29 日第十三届全国人民代表大会常务委员会第七次会议《关于修改〈中华人民共和国劳动法〉等七部法律的决定》第二次修正。《环评法》共五章三十七条。

第一章 总则，阐述了“实施可持续发展战略，预防因规划和建设项目实施后对环境造成不良影响，促进经济、社会和环境的协调发展”的立法目的，同时明确了环境影响评价的概念、范围、原则、公众参与等方面的问题。

第二章 规划的环境影响评价，规定了规划环境影响评价的类型、规划的环境影响报告书的内容、规划环境影响评价管理要求等。

第三章 建设项目的环境影响评价，规定了建设项目的环境影响评价类型、建设项目的环境影响评价内容、环评报告的编制单位要求、建设项目环境影响评价的管理程序等方面的内容。

第四章 法律责任，明确了规划编制机关、规划审批机关、建设单位、环评技术单位、建设项目审批备案部门，以及相关人员在环境影响评价过程中应负的法律责任。

第五章 附则，主要对本法实施中可能遇到的问题进行解释说明。

该法集中体现了“预防为主”的环境政策，规定从大范围的发展规划到具体项目的建设都必须执行“先评价、后建设”的原则，是实施了三十多年的环境影响评价制度的总结和完善，是指导环境影响评价工作的直接法律依据。

（三）建设项目环境保护管理条例

1998 年 11 月 18 日国务院第十次常务会议通过了《建设项目环境保护管理条例》，并于当年 11 月 29 日以中华人民共和国国务院令第 253 号发布施行。2017 年 7 月 16 日，国务院发布《关于修改〈建设项目环境保护管理条例〉的决定》，自 2017 年 10 月 1 日起施行。该条例的施行，对贯彻实施建设项目环境影响评价制度和“三同时”制度，防止建设项目产生新的环境污染和生态环境破坏，具有重要意义。

第一章 总则，主要阐明了条例的立法目的、适用范围以及对建设项目环境保护的原则要求。

第二章 环境影响评价，主要是阐述我国环境影响评价制度的管理要求，包括建设项目的环境保护分类管理、环境影响报告书内容、环境影响评价文件的审批、编制报告书应征求公众意见等内容。

第三章 环境保护设施建设，主要阐述我国“三同时”制度的管理要求，包括“三同时”制度的内容、环境保护竣工验收的要求等内容。

第四章 法律责任，主要是对违反《建设项目环境保护管理条例》法律责任的认定，涉及建设单位、环境影响评价单位、环保行政主管部门的责任。

第五章 附则，主要对本条例实施中可能遇到的问题进行解释说明。

《建设项目环境保护管理条例》是目前指导我国环境影响评价工作的重要法规依据，由其进行的建设项目环境保护分类管理、建设项目环境影响报告书（表）编制监督管理等工作直接关系到环境影响评价的具体实践。

（四）规划环境影响评价条例

2009 年 8 月 12 日国务院第 76 次常务会议通过了《规划环境影响评价条例》，并于 2009 年 8 月 17 日以中华人民共和国国务院令第 559 号发布，2009 年 10 月 1 日正式生效。条例共六章三十六条，其在《环评法》的基础上进一步明确规范了规划环境影响评价的实施细则。

第一章 总则，主要明确了立法的目的、依据，规划环境影响评价范围、原则等方面的问题。

第二章 评价，主要明确了规划环境影响评价的时间、技术要求、内容、公众参与，规划环境影响评价文件的编制机构，以及规划调整、修订时的评价等方面的要求。

第三章 审查，主要明确了规划环境影响评价审查主体、审查程序、审查的原则，规划环境影响评价与建设项目环境影响评价的关系等方面的要求。

第四章 跟踪评价，主要明确了跟踪评价实施对象、内容、方法、管理要求、区域限批等方面的规定。

第五章 法律责任，主要明确了规划环境影响评价过程中规划编制机关、规划审批机关、规划环境影响评价技术机构、审查小组应承担的法律责任。

第六章 附则，主要明确了县级人民政府对其组织编制的规划进行环境影响评价的原则要求以及条例实施的时限。

（五）环境政策与环境准入

国务院制定并公布或由国务院有关主管部门，省、自治区、直辖市负责制定，经国务院批准发布的环境保护规范性文件（包括决定、办法、批复等）均归属于环境政策类。环境政策是推动和指导经济与环境可持续协调发展的重要依据和措施，在环境影响评价工作中必须认真贯彻执行。

1．生态文明建设

生态文明建设是中国特色社会主义事业的重要内容，自党的十八大提出后，政府出台了一系列重大决策部署。2015 年 4 月 25 日中共中央、国务院发布《关于加快推进生态文明建设的意见》；2015 年 9 月 11 日召开的中共中央政治局会议，审议通过了《生态文明体制改革总体方案》；2017 年 2 月，中共中央办公厅、国务院办公厅印发《关于划定并严守生态保护红线的若干意见》。

2．污染防治

为切实加大污染防治力度，国务院于 2015 年 4 月印发《水污染防治行动计划》；2016 年 5 月印发《土壤污染防治行动计划》；2018 年 6 月印发《打赢蓝天保卫战三年行动计划》。2018 年 6 月中共中央、国务院印发《关于全面加强生态环境保护坚决打好污染防治攻坚战的意见》；2018 年 11 月，生态环境部、农业农村部联合印发《农业农村污染治理攻坚战行动计划》。

3．环境准入

为进一步加强对涉及自然保护区开发建设活动的监督管理，严肃查处各种违法违规行为，2015 年 5 月，环境保护部等十部门联合发布《关于进一步加强涉及自然保护区开发建设活动监督管理的通知》，内容包括严格执行有关法律法规；坚决整治各种违法开发建设活动；加强对涉及自然保护区建设项目的监督管理；严格自然保护区范围和功能区调整；完善自然保护区管理制度和政策措施等。其中规定了“严禁在自然保护区内开展不符合功能定位的开发建设活动”等，对违法开发行为和整治要求给出了明确说明。

为加快推进城镇人口密集区危险化学品生产企业搬迁改造，2017 年 9 月，国务院发布《关于推进城镇人口密集区危险化学品生产企业搬迁改造的指导意见》。总体目标是到 2025 年，城镇人口密度区现有不符合安全和卫生防护距离要求的危险化学品生产企业就地改造达标、搬迁进入规范化工园区或关闭退出，企业安全和环境风险大幅降低。

为全面加强挥发性有机物（VOCs）污染防治工作，强化重点地区、重点行业、重点污染物的减排，提高管理的科学性、针对性和有效性，遏制臭氧上升势头，促进环境空气质量持续改善，2017 年 9 月，环境保护部、国家发展和改革委员会、财政部、交通运输部、国家质量监督检验检疫总局和国家能源局印发《“十三五”挥发性有机物污染防治工作方案》，明确严格建设项目环境准入，提出加快实施工业源 VOCs 污染防治具体要求。其中规定“新建涉 VOCs 排放的工业企业要入园区”；“严格涉 VOCs 建设项目环境影响评价，实行区域内 VOCs 排放等量或倍量削减替代，并将替代方案落实到企业排污许可证中，纳入环境执法管理”等。

为加强涉重金属行业污染防控，打好重金属污染防治攻坚战，2018 年 4 月，生态环境部发布了《关于加强涉重金属行业污染防控的意见》，明确了严格环境准入，规定“新、改、扩建涉重金属重点行业建设项目必须遵循重点重金属污染物排放‘减量转换’或‘等量替换’的原则”；“无明确具体总量来源的，各级环保部门不得批准相关环境影响评价文件”等要求。

（六）产业政策

产业政策是国家制定的，引导国家产业发展方向、引导推动产业结构升级、协调国家产业结构、使国民经济健康可持续发展的政策。产业政策是判断项目建设是否合法的重要依据之一，是环境影响评价工作者应随时关注的方面。

应该注意的是，各项产业政策是为适应某一特定时期的某些要求而制定的政策，随着时间的推移，经济技术的发展，产业政策也将不断地发生变化，在环境影响评价工作中必须时刻关注国家、地方产业政策方面的变化。

为了制止低水平重复建设，防止环境污染，加快结构调整步伐，促进生产工艺、装备和产品的升级换代，国家发展改革委颁布了《产业结构调整指导目录（2019 年本）》，2020 年 1 月 1 日起施行。

《产业结构调整指导目录（2019 年本）》由鼓励类、限制类和淘汰类三类目录组成，不属于鼓励类、限制类和淘汰类，且符合国家有关法律、法规规定的行业类型为允许类，允许类未列入《产业结构调整指导目录（2019 年本）》。

1. 鼓励类

主要是对社会经济发展有重要促进作用，有利于节约资源、保护环境、产业结构优化升级，需要采取政策措施予以鼓励和支持的关键技术、装备及产品。该类项目属于国家积极鼓励扶持的项目，因此，其环境可行性较大。

2. 限制类

主要是工艺技术落后，不符合行业准入条件和有关规定，不利于产业结构优化升级，需要督促改造和禁止新建的生产能力、工艺技术、装备及产品。从项目建设的角度讲，限制类的项目属于禁止新建的项目，其环境可行性不大。

3. 淘汰类

主要是不符合有关法律法规规定，严重浪费资源、污染环境、不具备安全生产条件，需要淘汰的落后工艺技术、装备及产品。

三、环境标准

环境标准一方面是我国法律法规重要的组成部分，另一方面是进行环境影响评价的尺子，掌握环境标准的使用原则及技巧是从事环境影响评价工作必须具备的基本技能。

（一）我国环境标准体系的构成

1. 环境标准的含义

环境标准是控制污染、保护环境的各种标准的总称。它是为了保护人群健康、社会物质财富和促进生态良性循环，对环境结构和状态，在综合考虑自然环境特征、科学技术水平和经济条件的基础上，由国家按照法定程序制定和批准的技术规范；是国家环境政策在技术方面的具体体现，也是执行各项环境法规的基本依据。

环境标准包括多种内容、多种形式、多种用途的标准，充分反映了环境问题的复杂性和多样性。标准的种类、形式虽多，但都是为了保护环境而制定的技术规范，可以形成一个有机的整体。建立科学的环境标准体系，对于更好地发挥各类标准的作用，做好标准的制定和管理工作有着十分重要的意义。

2. 我国环境标准体系

经过四十余年的发展，我国目前已形成两级五类的环境标准体系，分别为国家级和地方级标准，类别包括环境质量标准、污染物排放（控制）标准、环境监测类标准、环境管理规范类标准和环境基础类标准。截至“十二五”末期，累计发布国家环保标准 1 941 项，废止标准 244 项，现行标准 1 697 项。在现行环保标准中，环境质量标准 16 项，污染物排放（控制）标准 161 项，环境监测类标准 1 001 项，环境管理规范类标准 481 项，环境基础类标准 38 项。其中地方环境标准只有环境质量标准和污染物排放（控制）标准两类（图 1-3）。

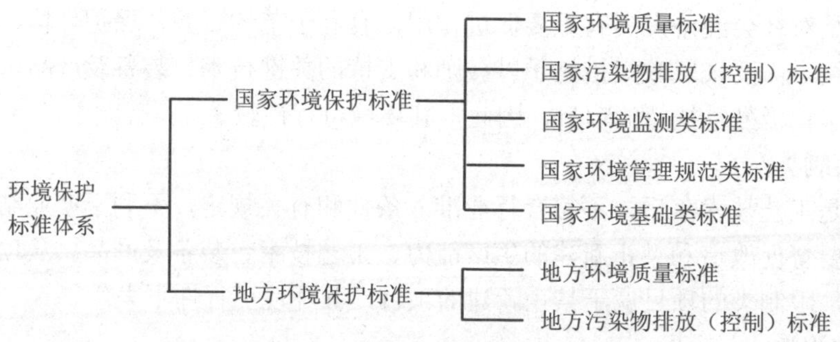

图 1-3 环境保护标准体系

国家环境保护标准根据是否强制执行又可分为强制性环境标准和推荐性环境标准。环境质量标准、污染物排放（控制）标准和法律、法规规定必须执行的其他标准为强制性标准。强制性环境标准必须执行，超标即违法。强制性标准以外的环境标准属于推荐性标准。国家鼓励采用推荐性环境标准，推荐性环境标准被强制性标准引用，也必须强制执行。

3. 各类环境标准的含义及特点

（1）国家环境质量标准

环境质量标准是为了保护人群健康、社会物质财富和维持生态平衡而对有害物质或因素所做的规定，是环境政策目标，是制定污染物排放（控制）标准的依据。

用于衡量一定时期内环境的优劣程度，从某种意义上讲是环境质量的目标标准。

同时，环境质量标准也是制定各类环境标准的依据，它为环境管理部门提供工作指南和监督依据。具体而言，环境质量标准对环境中有害物质和因素作出限制性规定，它既规定了环境中各污染因子的容许含量，又规定了自然因素应该具有的不能再下降的指标。我国的环境质量标准按环境要素和污染因素分成大气、水质、土壤、噪声、放射性等各类环境质量标准。我国环境质量标准是分级的，质量标准级别的划分与环境功能区一一对应。

（2）国家污染物排放（控制）标准

污染物排放（控制）标准是为了实现环境质量标准目标，结合技术经济条件和环境特点，对排入环境的污染物或有害因素所做的控制规定。

根据环境质量标准及污染治理技术、经济条件，而对排入环境的有害物质和产生危害的各种因素所做的限制性规定，是对污染源排放进行控制的标准。污染物排放（控制）标准是确认某排污行为是否合法的依据和实现环境质量标准的手段，是结合环保需求和行业经济、技术发展水平对排污单位提出的最基本的污染物排放控制要求。

按照一般的理解，只要严格执行排放标准环境质量就应该达标，而事实上由于各地区污染源的数量、种类不同，污染物降解程度及环境自净能力不同，即使排放满足了要求，环境质量也不一定达到要求。为解决此矛盾还制定了污染物的总量指标，将一个地区的污染物排放与环境质量的要求联系起来。

（3）国家环境监测类标准

为监测环境质量和污染物排放，规范采样、分析测试、数据处理等所做的统一规定（指对分析方法、测定方法、采样方法、试验方法、检验方法、生产方法、操作方法等所做的统一规定，环境中最常见的是分析方法、测定方法、采样方法）。环境监测类标准主要包括环境监测分析方法标准、环境监测技术规范、环境监测仪器技术要求以及环境标准样品 4 个小类。

（4）国家环境管理规范类标准

为提高环境管理的科学性、规范性，对环境影响评价、排污许可、污染防治、生态保护、环境监测、监督执法、环境统计与信息等各项环境管理工作中需要统一的技术要求、管理要求所做出的规定。

其中，环境影响评价技术导则由规划环境影响评价技术导则和建设项目环境影响评价技术导则组成。规划环境影响评价技术导则由总纲、综合性规划环境影响评价技术导则和专项规划环境影响评价技术导则构成。目前发布的规划环境影响评价技术导则包括《规划环境影响评价技术导则 总纲》和《规划环境影响评价技术导则 煤炭工业矿区总体规划》。建设项目环境影响评价技术导则由总纲、污染源源强核算技术指南、环境要素环境影响评价技术导则、专题环境影响评价技术导则和行业建设项目环境影响评价技术导则等构成（图 1-4）。

- 建设项目环境影响评价技术导则
  - 《建设项目环境影响评价技术导则 总纲》（HJ 2.1—2016）
  - 环境要素环境影响评价技术导则
    - 《环境影响评价技术导则 地表水环境》（HJ 2.3—2018）
    - 《环境影响评价技术导则 地下水环境》（HJ 610—2016）
    - 《环境影响评价技术导则 大气环境》（HJ 2.2—2018）
    - 《环境影响评价技术导则 声环境》（HJ 2.4—2009）
    - 《环境影响评价技术导则 土壤环境（试行）》（HJ 964—2018）
    - 《环境影响评价技术导则 生态影响》（HJ 19—2011）
  - 专题环境影响评价技术导则
    - 《建设项目环境风险评价技术导则》（HJ 169—2018）
    - 《环境污染物人群暴露评估技术指南》（HJ 875—2017）
    - 《建设项目危险废物环境影响评价指南》（环境保护部公告 2017 年第 43 号）
  - 行业建设项目环境影响评价技术导则
    - 《环境影响评价技术导则 城市轨道交通》（HJ 453—2018）
    - 《环境影响评价技术导则 钢铁建设项目》（HJ 708—2014）
    - 《环境影响评价技术导则 输变电》（HJ 24—2020）
    - ……
  - 污染源源强核算技术指南
    - 《污染源源强核算技术指南 准则》（HJ 884—2018）
    - 《污染源源强核算技术指南 锅炉》（HJ 991—2018）
    - 《污染源源强核算技术指南 电镀》（HJ 984—2018）
    - 《污染源源强核算技术指南 纺织印染工业》（HJ 990—2018）
    - 《污染源源强核算技术指南 制药工业》（HJ 992—2018）
    - 《污染源源强核算技术指南 有色金属冶炼》（HJ 983—2018）
    - ……

图 1-4 建设项目环境影响评价技术导则体系

（5）国家环境基础类标准

对环境保护工作中，需要统一的技术术语、符号、代号（代码）、图形、指南、导则、量纲单位及信息编码等所做的统一规定。

目前我国的环境基础标准主要包括以下几种：

- 环境保护名词术语标准：如我国颁布的《空气质量 词汇》《水质 词汇》；
- 环境保护图形符号标准：为提高公众环境意识和加强环境管理而制定的“水污染排放口”和“工业固体废弃物堆放场”的图形标志；
- 环境信息分类和编码标准：环境保护信息量极为丰富，计算机的应用带来了管理技术的革命，而随着环境信息的积累和环境数据库的建立，信息分类编码的标准化已成为十分迫切的任务。

（二）环境标准的使用

环境标准是环境影响评价的尺子，加之环境标准种类较多，因此如何正确使用各类标准是环境影响评价工作的一个关键性问题。

1．国家环境标准与地方环境标准

①在环境标准的执行中应坚持地方环境标准优先于国家环境标准执行，即凡颁布了地方环境标准的地区，执行地方环境标准。如国家标准进行更新，则应按照地方标准和国家标准中较严者执行。

②地方环境标准是对国家环境标准的补充和完善，对国家环境标准中未规定的污染物，或虽已规定但较松、不符合地方特殊要求的，可制定地方环境标准。地方标准应报国务院生态环境主管部门备案。

2．跨行业综合性污染物排放标准和行业性污染物排放标准

污染物排放标准是环境影响评价中经常使用的环境标准之一，其从适用范围上又可以区分为跨行业综合性污染物排放标准（如《大气污染物综合排放标准》《污水综合排放标准》）、行业性污染物排放标准（如《火电厂大气污染物排放标准》《医疗机构水污染物排放标准》）。根据环境标准的使用原则，跨行业综合性污染物排放标准与行业性污染物排放标准不交叉执行，即有行业性排放标准的执行行业性排放标准，没有行业性排放标准的执行综合性排放标准。

（三）环境影响评价的主要标准

环境影响评价工作中用到的环境标准较多，但使用最多的还是环境质量标准和污染物排放标准。

1．环境质量标准与环境功能区

环境功能区依据区域的社会环境、社会功能、自然环境条件及环境自净能力等确定和划分。

环境质量一般分等级，与环境功能区类别相对应。高功能区环境质量要求严格，低功能区环境质量要求宽松一些。

考虑到环境污染对人体的危害及环境投资效益两方面的因素，在确定环境规划目标前常常要先对研究区域进行功能区的划分，然后根据各功能区的性质分别制定各自的环境目标，这种对区域内执行不同功能的地区从环境保护角度进行的划分被称为环境功能区划。

环境功能区划一般由地方生态环境主管部门将区划方案报当地人民政府审批、公布实施，并报上级生态环境主管部门备案。

（1）环境空气质量功能区的分类与《环境空气质量标准》

①环境空气质量功能区分二类：一类区为自然保护区、风景名胜区和其他需要特殊保护的区域；二类区为居住区、商业交通居民混合区、文化区、工业区和农村地区。

②《环境空气质量标准》（GB 3095—2012 及修改单）：一类区适用《环境空气质量标准》一级浓度限值；二类区适用《环境空气质量标准》二级浓度限值。

（2）地表水环境质量功能区的分类与《地表水环境质量标准》

①地表水域环境功能区分类。地表水指江河、湖泊、运河、渠道、水库等具有使用功能的地表水域。

依据地表水水域环境功能和保护目标，地表水环境功能区按功能高低依次划分为五类水域功能（表 1-1）。

表 1-1　地表水水域功能划分及与标准值对应关系

Ⅰ类	主要适用于源头水、国家自然保护区
Ⅱ类	主要适用于集中式生活饮用水地表水源地一级保护区、珍稀水生生物栖息地、鱼虾类产卵场、仔稚幼鱼的索饵场等
Ⅲ类	主要适用于集中式生活饮用水地表水源地二级保护区、鱼虾类越冬场、洄游通道、水产养殖区等渔业水域及游泳区
Ⅳ类	主要适用于一般工业用水区及人体非直接接触的娱乐用水区
Ⅴ类	主要适用于农业用水区及一般景观要求水域

②《地表水环境质量标准》（GB 3838—2002）。该标准适用于中华人民共和国领域内江河、湖泊、运河、渠道、水库等具有使用功能的地表水域。具有特定功能的水域，执行相应的专业用水水质标准。

对应于地表水五类水域功能，将地表水环境质量标准基本项目标准值分为五类，不同功能类别分别执行相应类别的标准值。水域功能类别高的标准值严于水域功能类别低的标准值。同时，应特别指出的是同一水域兼有多类使用功能的，执行最高功能类别对应的标准值。

集中式生活饮用水地表水源地补充项目和特定项目适用于集中式生活饮用水地表水源地一级保护区和二级保护区。

批准划定的单一渔业水域按《渔业水质标准》进行管理；处理后的城市污水及与城市污水水质相近的工业废水用于农田灌溉的水质按《农田灌溉水质标准》进行管理。

（3）地下水质量分类和《地下水质量标准》

①地下水质量分类见表 1-2。

表 1-2 地下水质量分类

Ⅰ类	地下水化学组分含量低，适用于各种用途
Ⅱ类	地下水化学组分含量较低，适用于各种用途
Ⅲ类	地下水化学组分含量中等，以《生活饮用水卫生标准》（GB 5749—2006）为依据，主要适用于集中式生活饮用水水源及工农业用水
Ⅳ类	地下水化学组分含量较高，以农业和工业用水质量要求以及一定水平的人体健康风险为依据，适用于农业和部分工业用水，适当处理后可作生活饮用水
Ⅴ类	地下水化学组分含量高，不宜作为生活饮用水水源，其他用水可根据使用目的选用

②《地下水质量标准》（GB/T 14848—2017）。地下水环境质量指标分为五类，不同功能类别分别执行相应的标准值。水域功能类别高的区域执行的标准值严于水域功能类别低的区域。

（4）海水水质分类与《海水水质标准》

①海水水质分类。按照海域的不同使用功能和保护目标，海水水质分为四类：第一类适用于海洋渔业水域，海上自然保护区和珍稀濒危海洋生物保护区；第二类适用于水产养殖区，海水浴场，人体直接接触海水的海上运动或娱乐区，以及与人类食用直接有关的工业用水区；第三类适用于一般工业用水区，滨海风景旅游区；第四类适用于海洋港口水域，海洋开发作业区。

②《海水水质标准》（GB 3097—1997）。对应海水水质分类，将海水水质标准分为四类，不同功能类别分别执行相应类别的标准值。水域功能类别高的区域执行的标准值严于水域功能类别低的区域。

（5）声环境功能区的分类和《声环境质量标准》

城市环境噪声标准值共分五类，分别适用于 0、1、2、3、4 类功能区，其中：0 类标准适用于康复疗养区等特别需要安静的区域。1 类标准适用于以居民住宅、医疗卫生、文化教育、科研设计、行政办公为主要功能，需要保持安静的区域。2 类标准适用于以商业金融、集市贸易为主要功能，或者居住、商业、工业混杂，需要维护住宅安静的区域。3 类标准适用于以工业生产、仓储物流为主要功能，需要防止工业噪声对周围环境产生严重影响的区域。4 类标准适用于交通干线两侧一定距离之内，需要防止交通噪声对周围环境产生严重影响的区域，包括 4a 类和 4b 类两种类型。4a 类适用于高速公路、一级公路、二级公路、城市快速路、城市主干路、城市次干路、城市轨道交通（地面段）、内河航道两侧区域；4b 类适用于铁路干线两侧区域。

《声环境质量标准》（GB 3096—2008）的使用中应注意位于乡村的康复疗养区、村庄、集镇，独立于村庄、集镇之外的工业、仓储集中区，位于交通干线两侧一定距离内的噪声敏感建筑以及不同功能区相邻时边界噪声的标准执行问题。

（6）土壤环境功能区分类和标准值

①建设用地分类。建设用地指建造建筑物、构筑物的土地，包括城乡住宅和公共设施用地、工矿用地、交通水利设施用地、旅游用地、军事设施用地等。

第一类用地：包括《城市用地分类与规划建设用地标准》（GB 50137）规定的城市建设用地中的居住用地（R），公共管理与公共服务用地中的中小学用地（A33）、医疗卫生用地（A5）和社会福利设施用地（A6），以及公园绿地（G1）中的社区公园或儿童公园用地等。

第二类用地：包括 GB 50137 规定的城市建设用地中的工业用地（M），物流仓储用地（W），商业服务业设施用地（B），道路与交通设施用地（S），公用设施用地（U），公共管理与公共服务用地（A）（A33、A5、A6 除外），以及绿地与广场用地（G）（G1 中的社区公园或儿童公园用地除外）等。

②农用地。农用地指《土地利用现状分类》（GB/T 21010）中的 01 耕地（0101 水田、0102 水浇地、0103 旱地）、02 园地（0201 果园、0202 茶园）和 04 草地（0401 天然牧草地、0403 人工牧草地）。

③标准值。建设用地适用《土壤环境质量　建设用地土壤污染风险管控标准（试行）》（GB 36600—2018）中规定的建设用地第一类、第二类用地的风险筛选值和风险管制值。

建设用地土壤污染风险筛选值：指在特定土地利用方式下，建设用地土壤中污染物含量等于或者低于该值的，对人体健康的风险可以忽略；超过该值的，对人体健康可能存在风险，应当开展进一步的详细调查和风险评估，确定具体污染范围和风险水平。

建设用地土壤污染风险管制值：指在特定土地利用方式下，建设用地土壤中污染物含量超过该值的，对人体健康通常存在不可接受风险，应当采取风险管控或修复措施。

农用地适用《土壤环境质量　农用地土壤污染风险管控标准（试行）》（GB 15618—2018）中规定的农用地土壤污染风险筛选值和管制值。

农用地土壤污染风险筛选值：指农用地土壤中污染物含量等于或者低于该值的，对农产品质量安全、农作物生长或土壤生态环境的风险低，一般情况下可以忽略；超过该值的，对农产品质量安全、农作物生长或土壤生态环境可能存在风险，应当加强土壤环境监测和农产品协同监测，原则上应当采取安全利用措施。

农用地土壤污染风险管制值：指农用地土壤中污染物含量超过该值的，食用农产品不符合质量安全标准等农用地土壤污染风险高，原则上应当采取严格管控措施。

2．污染物排放标准

主要的污染物排放标准有《大气污染物综合排放标准》（GB 16297）、《污水综合排放标准》(GB 8978)、《工业企业厂界环境噪声排放标准》(GB 12348)、《社会生活环境噪声排放标准》(GB 22337)、《建筑施工场界环境噪声排放标准》(GB 12523)、《恶臭污染物排放标准》(GB 14554)、《工业炉窑大气污染物排放标准》(GB 9078)、《锅炉大气污染物排放标准》(GB 13271)、《生活垃圾填埋污染控制标准》(GB 16889)、《危险废物焚烧污染控制标准》(GB 18484)、《一般工业固体废弃物贮存、处置场污染控制标准》(GB 18599)等。

过去,对于水、气污染物排放标准大部分是分级别的,分别对应于相应的环境功能区,处在高功能区的污染源执行严格的排放限值,处在低功能区的污染源执行宽松的排放限值。

如《大气污染物综合排放标准》(GB 16297—1996)规定了33种大气污染物的排放限值,设置了三项指标,即:a. 通过排气筒排放废气的最高允许排放浓度;b. 通过排气筒高度规定的最高允许排放速率;c. 以无组织方式排放的废气,规定无组织排放的监控点及相应的监控浓度限值。标准规定,按照污染源所在的环境空气质量功能区类别,执行相应级别的排放速率标准,即位于一类区的污染源执行一级标准(一类区禁止新建、扩建污染源,一类区现有污染源改建时执行现有污染源的一级标准),位于二类区的污染源执行二级标准。

在《污水综合排放标准》(GB 8978—1996)中规定,排入GB 3838—2002 Ⅲ类水域(划定的保护区和游泳区除外)和排入GB 3097—1997中二类海域的污水,执行一级标准;排入GB 3838—2002 Ⅳ类、Ⅴ类水域和排入GB 3097—1997中三类海域的污水,执行二级标准;排入设置二级污水处理厂的城镇排水系统的污水,执行三级标准。GB 3838—2002 中Ⅰ类、Ⅱ类水域和Ⅲ类水域中划定的保护区,GB 3097—1997 中一类海域,禁止新建排污口,现有排污口按水体功能要求,实行污染物总量控制,以保证受纳水体水质符合规定用途的水质标准。同时规定了,对于第一类污染物,一律在车间或车间处理设施排放口采样;对于第二类污染物,在排污单位排放口采样。

目前,污染物排放标准的制定思路有所调整。

首先,排放标准限值建立在经济可行的控制技术基础上,不分级别。制定国家排放标准时,明确以技术为依据,采用“污染物达标技术”,即现有源以现阶段所能达到的经济可行的最佳实用控制技术为标准的制定依据。国家排放标准不分级别,不再因污染源所在地区环境功能的不同而不同,而是根据不同工业行业的工艺技术、污染物产生量水平、清洁生产水平、处理技术等因素确定各种污染物排放限值。排放标准以减少单位产品或单位原料消耗的污染物排放量为目标,根据行业工艺的进步和污染治理技术的发展,适时对排放标准进行修订,逐步达到减少污染物排放总量,进而改善环境质量的目标。

其次,国家排放标准与环境质量功能区逐步脱离对应关系,由地方根据具体需要进行补充制定排入特殊保护区的排放标准。逐步改变目前国家排放标准与环境质量功能区对应的关系，超前时间段不分级别，现时间段可以维持，以便管理部门的逐步过渡。排放标准的作用对象是污染源，污染源排污量水平与生产工艺和处理技术密切相关。而目前这种根据环境质量功能区类别来制定相应级别的污染物排放标准过于勉强，因为单个排放源与环境质量不具有一一对应的因果关系，一个地方的环境质量受到诸如污染源数量、种类、分布，人口密度，经济水平，环境背景及环境容量等众多因素的制约，必须采取综合整治措施才能达到环境质量标准。但地方可以根据具体情况和管理需要，对位于特殊功能区的污染源制定更为严格的控制标准。

如在《锅炉大气污染物排放标准》（GB 13271—2014）中，按在用锅炉和新建锅炉执行相应燃料燃烧时的排放浓度限值，还规定了重点地区执行大气污染物特别排放限值（执行大气污染物特别排放限值的地域范围、时间，由国务院环境保护主管部门或省级人民政府规定）。不同时段建设的锅炉，若采用混合方式排放烟气，且选择的监控位置只能监测混合烟气中的大气污染物浓度，应执行各个时段限值中最严格的排放限值。

（四）环境标准使用中其他应注意的问题

①跨省河流、湖泊以及由大气传输引起的环境质量标准执行方面的争议，由有关省、自治区、直辖市人民政府生态环境主管部门协调解决，协调无效时，报生态环境部协调解决。

②在国家及地方污染物排放标准中未包括的评价因子，由相关生态环境主管部门确认应执行的污染物排放要求。

③项目执行排放标准的时段以报告书（表）批复的时间为依据。

第三节　环境影响评价管理程序

一、环境影响评价制度

（一）环境影响评价制度的确立

环境影响评价制度是把环境影响评价工作以法律、法规和行政规章的形式确定下来从而必须遵守的制度，是进行环评的法律依据。

1979 年 9 月 13 日，第五届全国人大常委会第十一次会议通过《中华人民共和国环境保护法（试行）》，该法第六条明确规定：“在进行新建、改建和扩建工程时，必须提出对环境影响的报告书，经环境保护部门和其他部门审查批准后才能进行设计”。第一次用法律规定了建设项目的环境影响评价，标志着环境影响评价制度在我国的形成。1989 年正式颁布的《中华人民共和国环境保护法》，进一步用法律确立和规范了环境影响评价制度。2002 年 10 月 28 日通过的《中华人民共和国环境影响评价法》，用法律把环境影响评价从项目环境影响评价拓展到规划环境影响评价，标志着我国环境影响评价制度发展到了一个新的阶段。为适应环境保护工作新形势的需要，《中华人民共和国环境影响评价法》在 2016 年进行第一次修正，在 2018 年进行了第二次修正。

同时应该指出的是，在这期间国家陆续颁布的各项环境保护单行法，以及针对建设项目环境管理出台的法规政策，均对环境影响评价作出了相应的规定，对完善和促进我国的环境影响评价制度起到了积极的作用。

（二）环境影响评价制度的特点

我国的环境影响评价制度有以下几个特点。

1. 以建设项目环境影响评价为主

目前，我国进行的环境影响评价仍然以建设项目的评价居多，近年来逐步开展了一些开发区环境影响评价、规划环境影响评价工作，但相对较少。今后，随着环境影响评价制度的深化，《规划环境影响评价技术导则 总纲》的修订实施，规划环境影响评价将逐步增多。

2. 具有法律强制性

我国的环境影响评价制度是国家环境保护法明确规定的一项法律制度，以法律形式约束人们必须遵照执行，具有不可违背的强制性，所有对环境有影响的建设项目以及规划必须执行这一制度。

3. 已纳入基本建设的程序

建设项目的环境影响评价已经纳入基本建设的程序，为建设单位所熟知，建设项目的环境影响评价文件未依法经审批部门审查或者审查后未予批准的，建设单位不得开工建设。

4. 实行分类管理

对造成不同程度环境影响的项目实行分类管理。根据《建设项目环境保护管理条例》及《建设项目环境影响评价分类管理名录》，对环境有重大影响的项目必须编写环境影响报告书，对环境影响较小的项目可以编写环境影响报告表，而对环境影响很小的项目，可只填报环境影响登记表。

【例 1】某新建项目 A 位于某市某工业区，主要从事塑料合成革的生产和销售，每年生产塑料合成革 8 000 吨。项目涉及喷涂工序，年使用溶剂型涂料（含稀释剂）28 吨。判断该项目环境影响评价的类型。

分析：根据《国民经济行业分类》（GB/T 4754—2017），该项目行业类别及代码为“塑料人造革、合成革制造（C 2925）”，查看《建设项目环境影响评价分类管理名录》（2021 年版），本项目类别属于“二十六、橡胶和塑料制品业 29”中“53 塑料制品业 292”，该类别有“以再生塑料为原料生产的；有电镀工艺的；年用溶剂型胶粘剂 10 吨及以上的；年用溶剂型涂料（含稀释剂）10 吨及以上的”等情况的，需要编制报告书。项目 A 属于“年用溶剂型涂料（含稀释剂）10 吨及以上的”，因此，项目 A 需要编制环境影响报告书。

【例 2】某新建项目 B 位于某市某工业区，主要从事油墨的生产和销售，年产水性油墨 500 吨，溶剂型油墨 100 吨。项目的生产工艺包括配料、投料、混合、研磨、分散和包装，生产过程为单纯物理混合过程。判断该项目环境影响评价的类型。

分析：根据《国民经济行业分类》（GB/T 4754—2017），该项目行业类别及代码为“油墨及类似产品制造（C 2642）”，查看《建设项目环境影响评价分类管理名录》（2021 年版），本项目类别属于“二十三、化学原料和化学制品制造业 26”中“44 涂料、油墨、颜料及类似产品制造 264”，该行业有“全部（含研发中试；不含单纯物理分离、物理提纯、混合、分装的）”等情况的需要编制报告书，有“单纯物理分离、物理提纯、混合、分装的（不产生废水或挥发性有机物的除外）”等情况的编制报告表。项目 B 的生产过程为单纯物理混合过程，且有挥发性有机物产生，因此，项目 B 编制环境影响报告表。

5．实行环境影响评价工程师职业资格制度

2004 年 2 月，人事部、国家环境保护总局联合发布的《环境影响评价工程师职业资格制度暂行规定》，在环境影响评价行业建立了环境影响评价工程师职业资格制度。环境影响评价工程师是指取得《中华人民共和国环境影响评价工程师职业资格证书》，并经登记后，从事环境影响评价工作的专业技术人员。凡从事环境影响评价、技术评估和环境保护验收的单位，应配备环境影响评价工程师。环境影响评价工程师职业资格实行全国统一大纲、统一命题、统一组织考试制度，原则上每年举行 1 次。

6．实施信用管理

编制单位、编制主持人和主要编制人员的相关违法信息记入社会诚信档案。生态环境部发布了《建设项目环境影响报告书（表）编制单位和编制人员信息公开管理规定（试行）》和《建设项目环境影响报告书（表）编制单位和编制人员失信行为记分办法（试行）》，建设了全国统一的环境影响评价信用平台（以下简称信用平台），组织建立编制单位和编制人员诚信档案管理体系。信用平台纳入全国生态环境领域信用信息平台统一管理。2019 年 11 月环境影响评价信用平台正式上线，标志着环评进入信用管理的新时代。

（三）环境影响评价的管理程序

1．环境影响评价的类型

根据《中华人民共和国环境影响评价法》，环境影响评价可分为规划的环境影响评价和建设项目的环境影响评价。目前开展较多、较成熟的是建设项目的环境影响评价。

2．规划的环境影响评价管理程序

（1）规划的环境影响评价的形式

根据规划的类型进行划分，主要有环境影响的篇章和说明、环境影响报告书两种形式。

（2）规划的环境影响评价的技术要求

①环境影响的篇章或说明的技术要求。规划的有关环境影响的篇章或说明，应当对规划实施后可能造成的环境影响作出分析、预测和评估，提出预防或者减轻不良环境影响的对策和措施。

②规划的环境影响报告书的技术要求。专项规划的环境影响报告书应该包括实施规划对环境可能造成影响的分析、预测和评估，预防或者减轻不良环境影响的对策和措施，环境影响评价结论三方面的内容。

（3）规划环境影响评价的审查程序

规划的有关环境影响的篇章或者说明，应作为规划草案的组成部分一并报送规划审批机关，未编写有关环境影响的篇章或者说明的规划草案，审批机关不予审批。

专项规划的编制机关在报批规划草案时，应当将环境影响报告书一并附送审查机关审查，未附送环境影响报告书的审批机关不予审批。

生态环境主管部门在收到专项规划环境影响报告书之日起30日内，应会同专项规划审批机关召集有关部门代表和专家组成审查小组，对报告书进行审查并提出书面意见。

3．建设项目的环境影响评价管理程序

（1）建设项目环境影响评价的形式

按建设项目对环境影响程度的大小，把建设项目的环境影响评价分为"环境影响报告书"、"环境影响报告表"和"环境影响登记表"三种形式。

（2）环境影响报告书的技术要求

建设项目环境影响报告书的内容要符合《中华人民共和国环境影响评价法》中的规定，应包括：①建设项目概况；②建设项目周围环境状况；③建设项目对环境可能造成影响的分析、预测和评估；④建设项目环境保护措施及其技术、经济论证；⑤建设项目对环境影响的经济损益分析；⑥对建设项目实施环境监测的建议；⑦环境影响评价的结论。

环境影响报告表和环境影响登记表的内容和格式，由国务院生态环境主管部门制定。

（3）环境影响评价文件的编制单位和编制人员要求

根据《中华人民共和国环境影响评价法》，“建设单位可以委托技术单位对其建设项目开展环境影响评价，编制建设项目环境影响报告书、环境影响报告表；建设单位具备环境影响评价技术能力的，可以自行对其建设项目开展环境影响评价，编制建设项目环境影响报告书、环境影响报告表”。

为规范建设项目环境影响报告书和环境影响报告表编制行为，加强监督管理，保障环境影响评价工作质量，生态环境部制定了《建设项目环境影响报告书（表）编制监督管理办法》及配套文件，包括《建设项目环境影响报告书（表）编制能力建设指南（试行）》等。

根据《建设项目环境影响报告书（表）编制监督管理办法》，编制单位应当具备环境影响评价技术能力。环境影响报告书（表）的编制主持人和主要编制人员应当为编制单位中的全职人员，环境影响报告书（表）的编制主持人还应当为取得环境影响评价工程师职业资格证书的人员。报批的环境影响报告书（表）附具由信用平台导出的编制单位和编制人员情况表。建设单位、编制单位和相关人员需要在情况表相应位置盖章或者签字。

（4）环境影响评价文件的审批程序

建设单位应严格按照环境影响评价相关法律法规的要求，在开工建设前完成环境影响评价文件的报审工作。

①审批权限。建设项目的环境影响报告书、报告表，由建设单位按照国务院的规定报有审批权的生态环境主管部门审批。环境影响登记表实行备案管理。生态环境行政主管部门是环境影响评价文件的审批机构，不同级别的生态环境主管部门其审批权限也不同。

须报国务院生态环境主管部门审批的项目：核设施、绝密工程等特殊性质的项目；跨省、自治区、直辖市行政区域的项目；国务院审批或国务院授权有关部门审批的项目。

规定以外的建设项目的环境影响评价文件的审批权限，由省、自治区、直辖市人民政府规定，如《广东省建设项目环境影响评价文件分级审批办法》（2019 年 1 月修订）、《四川省生态环境厅审批环境影响评价文件的建设项目目录（2019 年本）》等。

建设项目可能造成跨行政区域的不良环境影响，有关生态环境主管部门对该项目的环境影响评价结论有争议的，其环境影响评价文件由共同的上一级生态环境主管部门审批。

②审批程序。建设项目环境影响评价文件的报批，应由建设单位负责提出，具

体包括以下程序：首先是预审，由建设单位负责提出，报主管部门预审；其次才是审批，主管部门提出预审意见后转报负责审批的生态环境主管部门审批。

当建设项目的性质、规模、地点、采用的生产工艺或者防治污染、防止生态破坏的措施发生重大变动的，建设单位需要重新报批建设项目的环境影响评价文件。

③审批时限。按照《中华人民共和国环境影响评价法》，环境影响报告书的审批时限为60日，环境影响报告表的审批时限为30日。地方可根据当地行政工作需要，缩短审批时限。

④“未批先建”的法律责任。建设单位未依法报批建设项目环境影响报告书、报告表，或者有重大变动情况没有重新报批或者报请重新审核环境影响报告书、报告表，擅自开工建设的，由县级以上生态环境主管部门责令停止建设，根据违法情节和危害后果，处建设项目总投资额百分之一以上百分之五以下的罚款，并可以责令恢复原状；对建设单位直接负责的主管人员和其他直接责任人员，依法给予行政处分。

建设单位未依法备案建设项目环境影响登记表的，由县级以上生态环境主管部门责令备案，处五万元以下的罚款。

（5）建设项目环境影响评价的实施

①建设项目的环境保护对策措施。

《中华人民共和国环境影响评价法》第二十六条规定：“建设项目建设过程中，建设单位应当同时实施环境影响报告书、环境影响报告表以及环境影响评价文件审批部门审批意见中提出的环境保护对策措施。”

《建设项目环境保护管理条例》第十五条规定：“建设项目需要配套建设的环境保护设施，必须与主体工程同时设计、同时施工、同时投产使用。”第十六条规定：“建设项目的初步设计，应当按照环境保护设计规范的要求，编制环境保护篇章，落实防治环境污染和生态破坏的措施以及环境保护设施投资概算。建设单位应当将环境保护设施建设纳入施工合同，保证环境保护设施建设进度和资金，并在项目建设过程中同时组织实施环境影响报告书、环境影响报告表及其审批部门审批决定中提出的环境保护对策措施。”

建设项目环境保护措施的提出及其技术、经济论证是环境影响评价工作的重要内容。须将预防或者减轻不良环境影响的对策和措施应用到项目建设和运行中，将环境影响评价的成果落到实处。环境影响评价制度与“三同时”制度是紧密结合的，对建设项目需要配套的环境保护设施，必须与建设项目主体工程同时设计、同时施工、同时投产使用。编制环境影响报告书、环境影响报告表的建设项目，其配套建设的环境保护设施未经验收或验收不合格的，该建设项目不得投入生产或者使用。

②建设项目环境影响评价与排污许可制度。

做好环境影响评价制度与排污许可制度衔接是落实固定污染源类建设项目全过

程管理的重要保障。根据《关于做好环境影响评价制度与排污许可制衔接相关工作的通知》（环办环评〔2017〕84号）和《排污许可管理办法（试行）》（2019年修订），环境影响评价制度是建设项目的环境准入门槛，是申请排污许可证的前提和重要依据。在建设项目发生实际排污行为之前，排污单位应当按照国家环境保护相关法律法规以及排污许可证申请与核发技术规范要求申请排污许可证，不得无证排污或不按证排污。环境影响报告书（表）2015年1月1日（含）后获得批准的建设项目，其环境影响报告书（表）以及审批文件中与污染物排放相关的主要内容应当纳入排污许可证。建设项目无证排污或不按证排污的，建设单位不得出具该项目验收合格的意见，验收报告中与污染物排放相关的主要内容应当纳入该项目验收完成当年排污许可证执行年报。排污许可证执行报告、台账记录以及自行监测执行情况等应作为开展建设项目环境影响后评价的重要依据。

二、环境影响评价工作程序

分析判定建设项目选址选线、规模、性质和工艺路线等与国家和地方有关环境保护法律法规、标准、政策、规范、相关规划、规划环境影响评价结论及审查意见的符合性，并与生态保护红线、环境质量底线、资源利用上线和环境准入负面清单进行对照，作为开展环境影响评价工作的前提和基础。

环境影响评价工作一般分为三个阶段，即调查分析和工作方案制定阶段，分析论证和预测评价阶段，环境影响报告书（表）编制阶段。具体流程见图1-5。

第一阶段为调查分析和工作方案制定阶段，主要工作内容：①研究有关文件（包括：国家和地方的法律法规、发展规划和环境功能区划、技术导则和相关标准、建设项目依据、可行性研究资料及其他有关技术资料）；②进行初步的工程分析，明确建设项目的工程组成，根据工艺流程确定排污环节和主要污染物；③进行建设项目影响区域的环境现状调查；④识别建设项目的环境影响因素，筛选主要的环境影响因子；⑤明确评价重点和环境保护目标；⑥确定各单项环境影响评价的评价工作等级和评价范围，编制工作方案。

第二阶段为分析论证和预测评价阶段，主要工作内容：①做进一步工程分析，进行充分的环境现状调查、监测并开展环境质量现状评价；②根据污染源源强和环境现状资料进行建设项目的环境影响预测，评价建设项目的环境影响。

第三阶段为环境影响评价文件编制阶段，主要工作内容：①提出减少环境污染和生态影响的环境管理措施和工程措施；②给出污染物排放清单；③汇总、分析第二阶段工作所得到的各种资料、数据，从环保角度确定项目的可行性，给出评价结论和提出进一步的减缓环境影响的建议，最终完成环境影响报告书（表）的编制。

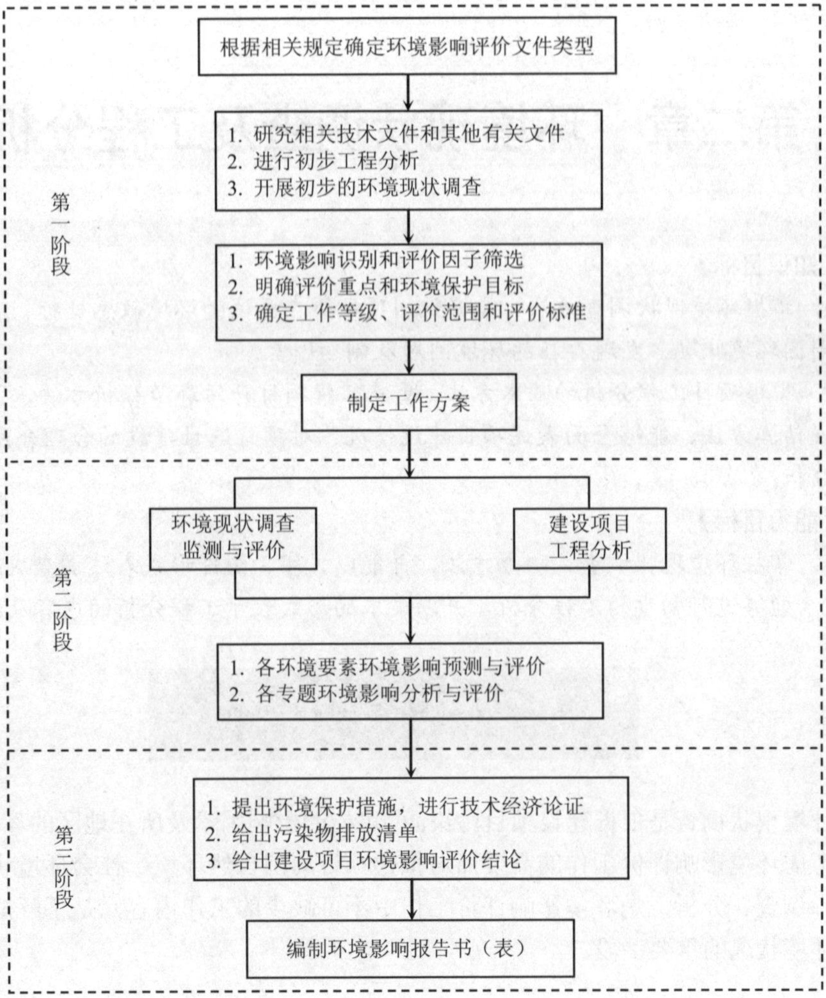

图 1-5 环境影响评价工作程序

复习与思考题

1. 什么是环境影响和环境影响评价？

2. 如何使用《建设项目环境影响评价分类管理名录》确定环境影响评价文件类型？

3. 什么是环境标准？简述我国环境标准体系的构成。

4. 在环境影响评价过程中，选择和使用环境标准应注意什么问题？

5. 简述环境影响评价的工作程序及每个阶段应完成的主要任务。

第二章　环境现状调查及工程分析

【知识目标】

1. 掌握环境现状调查方法、能够识别项目所在区域的环境敏感目标、清晰描述项目周围环境状况、发现存在的环境问题及制约因素。

2. 掌握项目工程分析的基本方法、重点掌握项目产污环节分析方法、了解污染物源强估算方法、能够全面表述项目建设情况、对项目选址建设的合理合法性进行初步分析。

【能力目标】

1. 掌握环境现状调查、踏勘方法，并能以文字、图件形式表达调查成果。

2. 能够进行初步的工程分析，并以文本的形式表示工程分析的内容及结果。

第一节　环境现状调查

环境现状调查是根据建设项目污染源、可能的影响因素及所在地区的环境特点，充分考虑环境影响评价工作的需要而对拟建项目周围自然环境、社会环境状况进行的初步调查、分析，是环境影响评价工作中不可缺少的工作内容，是了解拟建项目周围环境状况的重要手段。

一、环境现状调查的方法

环境现状调查常用收集资料法、现场调查法、遥感和地理信息系统分析法等方法。

1. 收集资料法

收集资料法是环境现状调查中常用的方法，相较于其他两种方法而言具有应用范围广，比较节省人力、物力和时间的优点，其不足之处在于获得的是第二手资料，可靠性和全面性方面需依靠其他的方法进行补充、验证。在环境影响评价工作中，该方法是首选的环境现状调查方法，当资料不能满足评价需要时，应进行必要的现场调查。

2. 现场调查法

现场调查法是环境现状调查中必不可少的方法，该方法可以直接获得第一手数据和资料，可以弥补收集资料法的不足，是环境现状调查中必须依靠的方法。该方法由于工作量大，耗费人力、物力和时间，受到客观条件的限制，使用中有一定的局限性，实际工作中应根据项目的特点及评价工作等级选用。

3. 遥感和地理信息系统分析法

遥感和地理信息系统分析可以帮助我们从整体上了解一个区域的环境特点，可以弄清人们无法到达地区的地表环境情况，是环境影响评价工作区域较大时经常采用的一种方法。目前主要依靠卫片、航片的判读。该方法精度低，因此主要用于辅助性调查。在生态调查中经常选用该方法。

二、环境现状调查的内容

在环境现状调查中，对环境中与评价项目有密切关系的部分（如大气、地表水、地下水等）应全面、详细调查，对这些部分的环境质量现状应有定量的数据，并做出分析或评价；对一般自然环境与社会环境，应根据评价地区的实际情况进行调查。

环境现状调查涉及的内容较为广泛，从实际开展环境影响评价工作的角度考虑，主要包括以下内容。

（一）项目现场踏勘

对拟建项目选址周围环境情况进行现场踏勘是环境影响评价工作必需的环节，是评价项目环境影响不可或缺的步骤，一般应涉及五个方面的内容。

1. 地理位置

通过现场踏勘，应能够准确确定建设项目所在的地理位置并在地图上进行标注，最终以文字描述及建设项目地理位置图的图件形式直观表达。

①地理位置及相关信息描述。项目地理位置的描述应包括项目所处的经度、纬度，行政区位置和交通位置，同时还应说明项目所在地与主要城市、车站、码头、港口、机场等的距离和交通条件。

【例 1】某建设项目地理位置情况的具体描述。

本项目位于 A 市 L 镇，地理位置为东经 113°17′，北纬 22°37′。项目所在的 A 市东邻 B 市，和 C 市相邻，与 D 市隔江相望。

项目所在的 A 市 L 镇地处 A 市南部，距 A 市 20 km，东邻 M 镇，南接 N 镇，距 B 市 30 km，西与 H 县一桥相连，北邻 K 镇。L 镇交通网络四通八达。G 国道从旁而过，S 省道纵贯全镇，40 km 范围内有 K、E 两个国际机场，30 km 范围内有 F 港、R 港、T 港 3 个港口。

②建设项目地理位置图。除了能够用文字描述地理位置的相关信息外，通过现场踏勘，还应绘制建设项目地理位置图。建设项目地理位置图中至少应包括图例、比例尺、方位（风向玫瑰图）、项目所在的具体位置等内容。

【例 2】图 2-1 为某建设项目地理位置。

图 2-1 建设项目地理位置

2．项目附近环境敏感区、敏感目标调查

项目开发建设活动对附近环境敏感区、敏感目标的影响是评价工作中十分关注的问题。因此，在现场踏勘调查的过程中应对项目附近的环境敏感区、敏感目标进行详细的调查、识别。根据《建设项目环境影响评价技术导则 总纲》环境保护目标的确定要求，依据环境影响因素识别结果，附图并列表说明评价范围内各环境要素涉及的环境敏感区、需要特殊保护对象的名称、功能、与建设项目的位置关系以及环境保护要求等。

（1）环境敏感区的含义

按照《建设项目环境影响评价分类管理名录》中的规定，环境敏感区是指依法设立的各级各类保护区域和对建设项目产生的环境影响特别敏感的区域，主要包括下列区域：

①国家公园、自然保护区、风景名胜区、世界文化和自然遗产地、海洋特别保护区、饮用水水源保护区；

②除①外的生态保护红线管控范围，永久基本农田，基本草原，自然公园（森林公园、地质公园、海洋公园等），重要湿地，天然林，重点保护野生动物栖息地，重点保护野生植物生长繁殖地，重要水生生物的自然产卵场、索饵场、越冬场和洄游通道，天然渔场，水土流失重点预防区和重点治理区，沙化土地封禁保护区，封闭及半封闭海域；

③以居住、医疗卫生、文化教育、科研、行政办公为主要功能的区域，以及文物保护单位。

（2）环境敏感区、敏感目标的调查内容

现场踏勘中应注意对上述环境敏感区、敏感目标的调查，调查内容应包括环境敏感目标的位置（距离建设项目的方位、距离）、类型、规模等并以表格及图件的形式标示。调查的结果可参考《环境影响评价技术导则　大气环境》（HJ 2.2）的附录C表格进行汇总整理。

【例3】表2-1为某建设项目选址附近环境保护敏感点情况。

表2-1　项目周围环境保护目标一览表

序号	名称	坐标/m		保护对象	保护内容	环境功能区	相对厂址方位	相对厂界距离/m
		X	*Y*					
1	莲花别墅	0	–729	居民点（280户）	大气环境	大气环境二类区	南面	729
2	高级中学	–550	0	学校（1 500人）	大气环境	大气环境二类区	西面	550
3	莲花新村	0	–110	居民点（330户）	大气环境、声环境	大气环境二类区；声环境2类区	南面	110
4	莲花山庄	1 027	1 127	酒店	大气环境	大气环境二类区	西北面	1 500
5	花山水库	–800	–638	水库	水环境	Ⅱ类水域	东南面	1 000

注：环境保护目标坐标取距离厂址最近点位位置。

3．项目与外环境关系

现场踏勘的过程中，应充分注意项目与外环境的关系，调查结果要求以文字和图件的形式表达。

项目与外环境的关系，关键在于了解清楚项目的东、南、西、北边界外的情况，在环境影响评价中除用文字对外环境情况进行描述外，还需配以图件（建设项目四至图）。与建设项目地理位置图一样，建设项目四至图同样应包括图例、比例尺、方位（风向玫瑰图）等基本内容，同时应标示周边建筑物以及敏感目标距离项目边界的距离。

4．纳污水体调查

现场踏勘过程中，还应注意项目建成后的排水去向的调查，即对纳污水体的调查。对纳污水体的调查，主要包括直接纳污水体、最终纳污水体、纳污水体水系的调查等几个方面。

首先，根据项目所处的位置，弄清项目废水排放的直接去向和最终去向，也就是直接纳污水体和最终纳污水体。

其次，根据现场调查及必要的资料调研，弄清项目纳污水体的环境功能属性，明确从法律法规的角度是否可以接纳项目的污水。

最后，对于比较复杂的情况应绘制或找到项目附近水系分布图，并能确定项目在纳污水体上的排污口。

5．项目周围污染源情况初步调查

现场踏勘的过程中，除识别上述问题外，还需要对项目所在区域的污染源情况进行了解，掌握区域主要的环境问题、污染要素、污染因子等内容，污染源调查内容的深度与广度根据评价工作等级、项目建设特点等具体确定。

（二）项目地质条件的调查

一般情况，只需根据现有资料，概要说明当地的地质状况，如当地地层概况，地壳构造的基本形式（如岩层、断层及断裂等）以及相应的地貌表现，物理与化学风化情况，当地已探明或已开采的矿产资源情况。若建设项目规模较小且与地质条件无关时，地质环境现状可不叙述。

评价生态影响类建设项目（如矿山以及其他与地质条件密切相关的建设项目）的环境影响时，对与建设项目有直接关系的地质构造，如断层、断裂、坍塌、地面沉陷等不良地质构造，要进行较为详细的叙述，一些危害特别大的地质现象，如地震，也须加以说明，必要时应附图辅助说明。若没有现成的地质资料，应根据评价要求做一定的现场调查。

（三）项目周围地形地貌调查

一般情况，只需根据现有资料，简要说明建设项目所在地区海拔高度，地形特征、相对高差的起伏状况，周围的地貌类型（如山地、平原、沟谷、丘陵、海岸等）

以及岩溶地貌、冰川地貌、风成地貌等情况。崩塌、滑坡、泥石流、冻土等有危害的地貌现象及分布情况，若不直接或间接威胁建设项目，可概要说明其发展情况。若无可查资料，需做一些简单的现场调查。

当地形地貌与建设项目密切相关时，除应比较详细地叙述上述全部或部分内容外，还应附建设项目周围地区的地形图，特别应详细说明可能直接对建设项目有危害或将被项目建设诱发的地貌现象的现状及发展趋势，必要时还应进行一定的现场调查。

（四）气象与气候调查

建设项目所在地区的主要气候特征包括：年平均风速和主导风向，风向玫瑰图，年平均气温，极端气温与最冷月和最热月的月平均气温，年平均相对湿度，平均降水量，降水天数，降水量极值，日照，主要的天气特征（如梅雨、寒潮、雹和台风、飓风）等。

如需进行建设项目的大气环境影响评价，除应详细叙述上面全部或部分内容外，还应按《环境影响评价技术导则　大气环境》（HJ 2.2）的规定，增加有关内容。

（五）水文情况的调查

水文情况的调查涉及地表水、地下水两个方面。

1．地表水调查

如果建设项目不进行地表水环境的单项影响评价，应根据现有资料选择下述部分或全部内容，概要说明地表水状况，即地表水资源的分布及利用情况，地表水各部分（河、湖、库等）之间及其与海湾、地下水的联系，地表水的水文特征及水质状况，以及地表水的污染来源。

如果建设项目建在海边又无须进行海湾的单项影响评价时，应根据现有资料选择性叙述部分或全部内容，概要说明海湾环境状况，即海洋资源及利用情况、海湾的地理概况、海湾与当地的地表水及地下水之间的联系、海湾的水文特征及水质现状、污染来源等。

如需进行建设项目的地表水（包括海湾）环境影响评价，除应详细叙述上面的部分或全部内容外，还需按《环境影响评价技术导则　地表水环境》（HJ 2.3）的规定，增加有关内容。

2．地下水调查

当建设项目不进行与地下水直接有关的环境影响评价时，只需根据现有资料，全部或部分地简述下列内容：当地地下水的开采利用情况，地下水埋深，地下水与地表水的联系以及水质状况与污染来源。

如果项目需要进行地下水环境影响评价，除比较详细叙述上述问题外，还可根据需要，选择以下内容进一步调查：水质的物理化学特性，污染源状况，水的储量与运动状态，水质的演变与趋势，水源地及保护区的划分，水文地质方面的蓄水层特性，承压水状况等。当资料不全时，应进行现场采样分析。

（六）土壤与水土流失情况调查

当建设项目不进行与土壤直接有关的环境影响评价时，只需根据现有资料，全部或部分地简述下列内容：建设项目周围地区的主要土壤类型及其分布，土壤利用现状及其分布，土壤利用规划及其分布，土壤的肥力与使用情况，土壤污染的主要来源及其质量状况，建设项目周围地区的水土流失现状及原因等。

当需要进行土壤环境影响评价时，除应比较详细地叙述上述全部或部分内容外，还应根据需要选择以下内容进一步调查：土壤的理化性质，影响源情况，水土流失的原因、特点、面积、元素及流失量等，同时要附土壤分布图。

（七）动植物及生态环境调查

若建设项目不进行生态影响评价，但项目规模较大时，应根据现有资料简述下列部分或全部内容：建设项目周围地区的植被情况（覆盖度、生长情况），有无国家重点保护的或稀有的、受危害的或作为资源的野生动植物，当地的主要生态系统类型（森林、草原、沼泽、荒漠等）及现状。若建设项目规模较小，又不进行生态影响评价时，这一部分可不叙述。

若要进行生态影响评价，除应详细叙述上面全部或部分内容外，还应根据需要选择以下内容进一步调查：本地区主要的动植物清单，特别是需要保护的珍稀动植物种类与分布，生态系统的生产力、稳定性状况，生态系统与周围环境的关系以及影响生态系统的主要环境因素。

（八）项目周围污染源的调查

在对自然环境状况进行调查时，应根据评价工作的等级对项目周围污染源进行必要的调查，评价工作等级越高，调查内容就越详细。

一般对项目周围污染源进行调查应包括：污染源名称、类型，主要污染物的种类、产生数量及与建设项目的关系等。

（九）项目所在区域社会环境现状调查

对项目所在区域社会环境现状进行调查，主要目的在于评价项目所在地的社会经济状况和发展趋势，以及项目所在区域的社会环境敏感目标及人群健康状况。

1．社会经济情况调查

根据建设项目的规模及影响范围，社会经济情况的调查一般应涉及人口、工业、能源、农业及土地利用、交通运输等方面的内容。

①人口，一般应包括居民区的分布情况（行政区划隶属关系）、人口的数量、常住人口及外来人口的比例等。

②工业，一般应包括建设项目周围地区现有厂矿企业的分布状况、工业总产值、产业结构等方面的内容。

③能源，包括区域能源结构、能源的供给方式及消耗方式。

④农业及土地利用，一般应对项目所在区域的土地利用方式、粮食作物与经济作物构成及产量、农业生产总值等进行必要的描述。

⑤交通运输（基础设施），包括建设项目所在地区公路、铁路、水路、航空等方面的概况，以及与建设项目之间的关系。

2. 文物及景观调查

对建设项目周围社会环境进行调查，还必须注意到项目所在区域存在的文物及景观，文物属于环境保护敏感点，是应该严格保护的，是环境影响评价中必须注意的问题。

景观一般指具有一定价值必须予以保护的特定的地理区域或现象，如自然保护区、风景游览区、疗养区、温泉以及重要的政治文化设施等，并不是泛泛而指。

对该部分内容的调查必须清楚数量、级别，以及与建设项目的位置关系。

如不进行这方面的影响评价，则只需要根据现有资料，概要说明下述部分或全部内容：建设项目周围具有哪些重要文物与景观；文物或景观相对建设项目的位置和距离，其基本情况以及国家或当地政府的保护政策和规定。

如建设项目需进行文物或景观的影响评价，则除应较详细地叙述上述内容外，还应根据现有资料并结合必要的现场调查，进一步叙述文物或景观对人类活动敏感部分的主要内容。这些内容有：它们易于受哪些物理、化学或生物学因素的影响，目前有无已损害的迹象及其原因，主要的污染或其他影响的来源，景观外貌特点，自然保护区或风景名胜区中珍贵的动、植物种类，以及文物或景观的价值（包括经济的、政治的、美学的、历史的、艺术的和科学的等）。

3. 人群健康状况调查

人群健康状况调查不是所有的环境影响评价工作中都必需的，一般是对建设项目传输某种污染物，或拟排放污染物毒性较大时，应该进行的调查工作。调查工作应具有针对性，不是泛泛而谈，应根据环境中现有污染物及建设项目将排放的污染物的特性选定指标。

第二节 污染源调查与评价

污染源调查是建设项目环境现状调查的重要内容，首先应根据建设项目的特点和当地环境状况，确定其调查的主要对象；其次应根据各专项环境影响评价技术导则确定的环境影响评价工作等级，确定污染源调查的范围。同时，应选择建设项目等标排放量较大的污染因子、评价区域已造成严重污染的污染因子，以及拟建项目的特征污染因子作为主要污染因子。

一、污染源与污染物

污染源是污染物的发生源，即向环境排放污染物或对环境产生有害影响的场所、工艺、装置和设备的总称。

在开发建设和生产过程中，凡是以不适当的浓度、数量、速率、形态进入环境系统而产生污染或降低环境质量的物质和能量，统称为污染物。

1．污染源的分类

根据污染物的来源、特征，污染源结构、形态和调查研究目的的不同，污染源可分为不同的类型。

①根据污染物的主要来源，可将污染源分为自然污染源和人为污染源。其中，人为污染源分为生产性污染源和生活性污染源。

②按环境要素的影响，可将污染源分为大气污染源、水体污染源（地表水污染源、地下水污染源、海洋污染源）、土壤污染源和噪声污染源。

③按污染源几何形状，可分为点源、线源和面源。

④按污染源的运动特性，可分为固定源和移动源。

2．污染物的分类

污染物按其物理特性、化学特性、生物特性的不同，可分为物理污染物、化学污染物、生物污染物、综合污染物。

按环境要素分类，可分为水环境污染物、大气污染物、土壤污染物。

污染物之间经常发生转化，如大气污染物可通过降水转变为水污染物和土壤污染物；水污染物可通过灌溉转化为土壤污染物，进而可通过蒸发或挥发转变为大气污染物；土壤污染物可通过扬尘转变为大气污染物，也可通过径流转变为水污染物。

二、污染源调查的一般方法

环境影响评价工作中涉及的污染源调查，可以采用点面结合的方法，分为详查和普查两种。重点污染源调查称为详查；对区域内所有的污染源进行全面调查称为普查。

各类污染源都应有自己的侧重点。同类污染源中，应选择污染物排放量大、影响范围广泛、危害程度大的污染源作为重点污染源，进行详查。对详查单位应派调查组蹲点进行调查，详查的内容从广度上和深度上都超过普查。重点污染源对一个地区的污染影响较大，应认真做好调查。

普查工作一般由主管部门发放调查表，以填表方式进行。对于调查表格，可以根据特定的调查目的自行制定。进行一个地区的污染源调查时，要统一调查时间、调查项目、方法、标准和计算方法等。

三、污染物排放量的确定方法

污染物排放量的确定方法是污染源调查的核心问题。确定污染物排放量的方法有3种：物料衡算法、经验计算法（排放系数法或排污系数法）和实测法。

1．物料衡算法

根据物质守恒定律，在生产过程中，投入的物料量应等于产品所含这种物料的量与这种物料流失量的总和。如果物料的流失量全部由烟囱排放或排水排放，或进入固体废物，则污染物排放量就等于物料流失量。

$$Q=\sum G_{流失}=\sum G_{投入}-\sum G_{产品} \tag{2-1}$$

式中：Q —— 污染物排放量；

$G_{投入}$ —— 进料总量；

$G_{产品}$ —— 产品中所含的该物料的量；

$G_{流失}$ —— 物料流失量。

2．经验计算法

根据生产过程中单位产品的排放系数进行计算，求得污染物排放量的计算方法称为经验计算法。计算公式为：

$$Q=KW \tag{2-2}$$

式中：Q —— 单位时间污染物排放量，kg/h；

K —— 单位产品经验排放系数，kg/t；

W —— 单位产品的单位时间产量，t/h。

各种污染物排放系数与原材料、生产工艺、生产设备以及操作水平有关，它们都是在特定条件下产生的，是在污染源重点调查的基础上经过大量实测统计工作而取得的。

由于各地区、各单位的生产技术条件不同，污染物排放系数和实际排放系数可能有很大差距。因此，可采用类比法进行预测。

搜集国内外和拟建工程的性质、规模、工艺、产品、产量大体相近的生产厂（或设备）的污染物排放量，作为参考数据，估算拟建工程污染源的排放量。

3．实测法

实测法是通过对某个污染源进行现场测定，得到污染物的排放浓度和排放流量，然后计算出排放量，计算公式为：

$$Q = CL \quad (2\text{-}3)$$

式中：C —— 实测的污染物算术平均浓度，mg/m^3；

L —— 烟气或废水的流量，m^3/h。

这种方法只适用于已投产的建设项目。

四、污染源调查内容

污染源排放的污染物质的种类、数量，排放方式、途径及污染源的类型和位置，直接关系到其影响对象、范围和程度。污染源调查就是要了解、掌握上述情况及其他有关问题。通过污染源调查找出建设项目和所在区域内现有的主要污染源和主要污染物，作为评价的基础。

（一）工业污染源调查

工业污染源调查内容具体见表 2-2。

表 2-2　工业污染源调查内容

调查类型	调查内容
工业企业生产和管理	①概况：企业名称、厂址、规模、产品、产量、产值等
	②生产工艺：工艺原理、主要反应方程、工艺流程、主要技术指标、设备条件
	③能源及原材料：种类、产地、成分、单耗、总耗、资源利用率等
	④供水：供水类型、水源、水质、供水量和耗水指标、复用率、节水潜力
	⑤生产布局：原料堆场、水源位置、车间、办公室、居住区位置、废渣堆放、绿化、污水排放系统等
	⑥生产管理：体制、编制、规章制度、管理水平及经济指标等
污染物排放及治理	①污染物产生及排放：污染物种类、数量、成分、浓度、性质、绝对排放量、排放方式、排放规律、污染历史、事故记录，排放口位置类型、数量等；对于工业噪声还需调查声源数量、分布位置、声源规律、声源等级及其与居民的关系等
	②污染物治理：生产工艺改革、综合利用、污染物治理方法、工艺投资、成本、效果、运行费用、损益分析、管理体制等
污染危害及事故的调查处理	危害对象、程度、原因、历史、损失、赔偿，职工及居民职业病、常见病，重大事故发生时间、原因、危害程度与处理情况

（二）农业污染源调查

农业污染既有点源，又有面源。污染物往往以水、大气为媒介造成一次、二次污染。其调查内容见表 2-3。

表 2-3 农业污染源调查内容

调查类型	调查内容
土壤状况	土壤的理化性质，如 pH、电导率等；Cd、Hg、As、Cu、Pb、Zn、Cr、Ni 等含量；水土流失情况；受污染土地的污染源调查
农药使用情况	有机氯类杀虫剂、有机磷类杀虫剂、氨基甲酸盐剂、Hg 制剂、As 制剂、合成除虫菊酯类、昆虫生长调节剂等农药的数量、使用方法，有效成分含量，使用时间、年限，农作物品种
化学肥料使用情况	硫酸铵、过磷酸钙、尿素、氯化钾、硝酸铵钙及复合化学肥料的用量、施用方式、施用时间等
农业废弃物	牲畜粪便、农作物秸秆、农用机油等

（三）生活污染源调查

生活污染源主要包括垃圾、粪便、生活污水、污泥、餐饮业的排放物等，其调查内容见表 2-4。

表 2-4 生活污染源调查内容

调查类型	调查内容
人口	居民人口总数、总户数、分布、密度，居住环境等
用水与排水	用水与排水设备状况，用水量，排水量，排水中污染物含量、种类
城市垃圾	种类、数量，垃圾点分布、占地面积等
供热	供热方式及民用燃料种类构成、年使用量、使用方式
污水及垃圾处理状况	处理厂数量、位置、工艺流程、处理效果等

（四）交通污染源调查

汽车、飞机、船舶等也是造成环境污染的一类污染源。其造成环境污染的原因有三：一是交通工具在运行中发生的噪声；二是运载的有毒、有害物质的泄漏，或清扫车体、船体时的扬尘或污水；三是汽油、柴油等燃料燃烧时排出的废气。交通污染源调查内容见表 2-5。

表 2-5 交通污染源调查内容

调查类型	调查内容
尾气	汽车种类、数量、年耗油量、单耗指标，燃油构成、成分、排气量，NO_x、CO_x、C_xH_y、Pb、S^{2-}、苯并[a]芘排放浓度
噪声	车辆种类、数量，车流量、车速，路面状况，绿化状况，车辆噪声级，道路两旁房屋
扬尘、污水、泄漏	清洗次数、清洗用水量、泄漏量

五、污染源评价

对污染源的评价一般采用等标污染负荷法。

（一）等标污染负荷

污染负荷的计算公式：

$$P_i = \frac{C_i}{C_i'} Q_i \tag{2-4}$$

式中：P_i —— 污染物 i 的等标污染负荷，m^3/a；

C_i —— 污染物 i 的实测浓度，mg/L 或 mg/m^3；

C_i' —— 污染物 i 的评价标准浓度，mg/L 或 mg/m^3；

Q_i —— 含污染物 i 的工业废水、废气的年排放量，m^3/a。

对于排放多种污染物的工厂，定义该厂的等标污染负荷 P_N 为该厂若干（N 种）污染物的等标污染负荷之和，即：

$$P_N = \sum_{i=1}^{N} P_i \tag{2-5}$$

对于某个流域/区域来说，如果有 M 个工厂向该流域/区域排污，则定义这 M 个工厂的等标污染负荷之和为该流域/区域的等标污染负荷（用 P_M 表示），即：

$$P_M = \sum_{j=1}^{M} P_{Nj} \tag{2-6}$$

其中，P_{Nj} —— 第 j 个工厂的等标污染负荷。

（二）等标污染负荷比

某工厂（j）的某污染物（i）的等标污染负荷（P_{ij}）与该厂等标污染负荷的百分比，称为该厂的等标污染负荷比，用 K_j 表示，其计算式为：

$$K_j = \frac{P_{ij}}{\sum_{i=1}^{N} P_{ij}} \times 100\% \tag{2-7}$$

根据调查资料，按照上述定义的各计算式即可计算某工厂或流域/区域的等标污染负荷和等标污染负荷比，从而可以确定主要污染物和主要污染源。

主要污染物的确定：将污染物等标污染负荷按大小排列，计算累计污染负荷比，大于 80%的污染物列为主要污染物。

主要污染源的确定：将污染源按等标污染物负荷大小排列，计算累计百分比，大于 80%的污染源列为主要污染源。

采用等标污染负荷法处理容易造成一些毒性大、在环境中易于积累且排放量较小的污染物被漏掉。然而，控制这些污染物的排放又是必要的，通过计算，还应做全面考虑和分析，最后确定主要污染源和主要污染物。

【例 4】某环境影响评价项目开展大气污染源调查，共获得 13 家企业的废气量及 SO_2、烟尘年排放量数据，见表 2-6。已知 SO_2 的环境质量标准为 0.15 mg/m³、烟尘的环境质量标准为 0.30 mg/m³。问上述企业中的主要污染源是什么？

表 2-6　大气污染评价结果

序号	企业名称	废气量/(10^4 m³/a)	污染物排放量/(t/a)		等标污染负荷 P_i/(10^9 m³/a)		P_N/(10^9 m³/a)	K_N/%	污染排名
			SO_2	烟尘	SO_2	烟尘			
1	长城公司	17 205	137.6	34.4	917.3	114.7	1 032	23.3	2
2	葡萄酒公司	5 212	41.7	5.2	278.0	17.3	295.3	6.7	5
3	造纸厂	372	2.97	0.74	19.8	2.5	22.3	0.5	11
4	水泥有限公司	13 000	28.5	305	190	1 016.7	1 206.7	27.2	1
5	啤酒厂 1	2 000	20.0	2.0	133.3	6.7	140	3.2	8
6	啤酒厂 2	6 100	48.8	12.2	325	40.7	365.7	8.2	4
7	果脯厂	279	2.30	13.3	15.3	51	66.3	1.5	10
8	服装厂	132	1.1	0.3	7.3	1	8.3	0.2	13
9	鞋厂	210	1.7	0.52	11.3	1.7	13.0	0.3	12
10	工业玻璃厂	210	17.65	5.91	117.3	19.7	137.0	3.1	9
11	长城农化有限公司	3 900	31.2	3.8	208	12.7	220.7	5.0	7
12	化工厂	6 144	37.2	3.6	248	12.0	260	5.9	6
13	钢铁有限公司			201		670	670	15.1	3
	合计	54 764	370.72	587.97	2 470.6	1 966.7	4 437.3	100	

根据污染源评价的等标污染负荷法进行计算，得到 P_i、P_N、K_N，由等标污染负荷的计算结果可知，水泥有限公司、长城公司、钢铁有限公司、啤酒厂 2、葡萄酒公司的等标污染负荷比之和为 27.2% + 23.3% + 15.1% + 8.2% + 6.7% = 80.5%＞80%，因此，主要污染源为水泥有限公司、长城公司、钢铁有限公司、啤酒厂 2、葡萄酒公司 5 家企业。

第三节　工程分析

工程分析是环境影响评价中分析项目建设影响环境内在因素的重要环节，是影响环境影响评价工作质量的关键，是把握项目环境影响特点的最重要的手段，其在环境影响评价工作中占有举足轻重的地位。

一、工程分析的概念、目的和意义

（一）工程分析的概念

环境影响评价工作中的工程分析指的是从项目建设性质、产品结构、生产规模、原辅材料、工艺路线、设备选型、能源结构、技术经济指标、总图布置方案等基础资料入手，确定工程建设和运行过程中的产污环节、污染源源强、排放总量等内容的过程，最终为环境影响预测和评价提供数据、为建设项目环境管理提供依据。

（二）工程分析的目的和意义

1. 工程分析是项目决策的重要依据

工程分析是项目决策的重要依据之一。工程分析的重要任务之一就是从环境保护的角度入手，分析项目技术经济的先进性、污染治理措施的可行性、总图布置的合理性、达标排放的可能性，衡量建设项目是否符合国家产业政策、环境保护政策和相关法律法规的要求，确定建设项目的环境可行性。

2. 工程分析为各评价专题提供基础数据

工程分析是环境影响评价的基础，各评价专题需要的基础数据均来自工程分析。工程分析中给出的产污节点、源强、污染物排放方式及去向等技术参数，为定量评价建设项目对环境影响的程度和范围提供了可靠的依据。

3. 工程分析为环保设计提供优化建议

建设项目在进行工程设计时，会根据已知生产工艺过程中的产污环节和产污数量，采取必要的治理措施。工程分析中不仅要考虑前述问题，更重要的是还应包括对生产工艺进行优化论证，提出满足清洁生产要求的清洁生产工艺方案。对于改、扩建项目，还应实现“增产不增污”或“增产减污”的目标，使环境质量得以改善或不会恶化，起到优化环保设计方案的作用。

同时，工程分析中还可对项目拟采取的污染防治措施的先进性、可靠性进行论证，提出进一步改进、完善的建议。

4. 工程分析结论为项目建成后的环境管理提供依据

工程分析中找出的主要污染因子是项目建成后日常环境管理的主要对象，所提出的环境保护措施是工程验收的重要依据，根据核算的排放总量是污染控制的主要目标。

二、工程分析的原则和方法

（一）工程分析的原则

1．工程分析提出的数据资料一定要真实、准确、可信

工程分析中的许多基础数据是由建设单位提供的，在使用这些数据之前，应根据工程分析的需要和精度要求，对其进行必要的分析、复核、校对后方可使用。切忌在工程分析过程中未加复核、校对直接引用建设单位提供的数据资料。

2．工程分析中凡是能够定量描述的内容，应通过分析给出定量的结果

工程分析中应尽量将结果量化，如污染物的排放量、排放浓度等方面的内容。

3．工程分析中应严格把握项目的合法性

随着环境影响评价的不断发展，在实际的评价工作中，越来越强调项目建设的合法性。因此，在工程分析中应严格贯彻执行我国环境保护的法律法规及方针，如产业政策、能源政策、土地利用政策、环境技术政策，节约用水、清洁生产、污染物排放总量控制、达标排放等原则。

4．工程分析应突出重点

建设项目涉及的行业多种多样，也就是说工程具有多样性的特点，从而也就决定了影响环境因素的复杂性。因此，工程分析过程中应注意突出重点，把握工程分析的主攻方向，做到有的放矢；根据各类型建设项目的工程内容及其特征，抓住其对环境可能产生较大不利影响的因素进行深入分析。工程分析能否突出重点，是评价工作质量高低的关键性因素。

5．工程分析应能从环保的角度对项目的选址选线、工程设计提出优化建议

首先，应从与国家环境保护法律法规、地方环境规划的相符性的角度，分析项目选址选线、布局的合理性，并提出改进的建议。

其次，应从产业政策、环境技术政策等方面对工程设计进行分析并提出合理化建议。

（二）工程分析的方法

根据建设单位提供的项目规划、可行性研究报告和设计资料等的详尽程度，工程分析可以采用不同的方法进行。目前，工程分析常用的方法有类比分析法、物料平衡计算法、资料复用（查阅资料）法、实测法、实验法等，其中前三种方法较为常用。

1．类比分析法

类比分析法是利用与拟建项目类型相同的现有项目的设计资料或实测数据进行工程分析的常用方法。

类比分析法常用单位产品的经验排污系数去计算污染物排放量。使用过程中应注意根据生产规模等工程特征、生产管理以及外部因素等实际情况进行必要的修正。

工程分析中的类比法要求时间长，需要投入工作量较大，但是所得结果比较准确，可信度高。在评价工作等级较高、评价时间允许，且又有可参考的相同或相似的现有工程时，建议采用此方法。

同时为提高结果的准确性，使用该方法时需要充分注意分析对象与类比对象之间的相似性。判断分析对象与类比对象之间是否具有相似性，具体应从以下几个方面入手。

（1）工程一般特征的相似性

这是判断分析对象与类比对象是否具有相似性首先要考虑的。工程一般特征的相似性主要指建设项目的性质、建设规模、车间组成、产品结构、工艺路线、生产方法、原料、燃料等的相似性。

（2）污染物排放特征的相似性

污染物排放特征的相似性主要是指污染物的排放类型、浓度、强度、排放方式、污染方式及途径等的相似性。

（3）环境特征的相似性

环境特征的相似性主要指气象条件、地貌状况、生态特点、环境功能，以及区域污染情况等方面的相似性。

2. 物料平衡计算法

物料平衡计算法是用于计算污染物排放量的常规和最基本的方法。具体而言，就是在建设项目产品方案、工艺路线、生产规模、原材料和能源消耗及治理措施确定的情况下，运用质量守恒定律核算污染物排放量，即生产过程中投入系统的物料总量必须等于产品数量和物料流失量之和。

物料衡算有总物料衡算、有毒有害物料衡算、有毒有害元素物料衡算三个层次，至于在具体评价工作中做到哪一个层次应根据项目建设的实际情况确定。

物料衡算是以理论计算为基础，比较简单，所得数据相对可靠和准确。但该方法有一定的局限性，不适用所有的建设项目，尤其对于具有复杂化学反应的项目。另外，由于在理论计算中的设备运行状况均按理想状态考虑，计算结果大多数情况下偏低，应根据实际情况进行修正以获得最大排放量。

【例 5】某城市建有一以煤为燃料的火力发电站，年燃煤量为 200 万 t，煤的含硫量为 1.08%，其中可燃硫占 85%；全市居民约 50 万户，生活用煤量为每户每月 200 kg，生活用煤含硫量为 0.6%，其中可燃硫占 70%。计算该城市每年火力发电站和生活产生的 SO_2 量。

解：①该城市每年火力发电站产生的 SO_2 量为：

$$200 \times 10^4 \times 1.08\% \times 0.85 \times 64/32 = 36\ 720\text{（t）}$$

②该城市每年生活产生的 SO_2 量为：

$$50 \times 10^4 \times 0.2 \times 12 \times 0.6\% \times 0.7 \times 64/32 = 10\ 080\text{（t）}$$

3．资料复用（查阅资料）法

资料复用法是利用同类工程已有的环境影响评价资料或可行性研究报告等资料进行工程分析。虽然该方法非常简单，但所得到的数据准确性较难保证，只适用于评价等级较低的评价工作，或作为前两种方法的补充。

鉴于该方法准确性较差，如果要用该方法，应说明资料来源、出处及进行核实核算。

4．实测法

通过选择相同或类似工艺实测一些关键的污染参数。

5．实验法

通过一定的实验手段来确定一些关键的污染参数。

三、工程分析的整体要求

工程分析要求对全部项目组成和所有时段的全部行为过程的环境影响因素、影响特征、强度、方式进行分析。

项目组成一般包括主体工程、辅助工程、配套（办公、生活设施）工程、环保工程、储运工程，进行工程分析时应逐项考虑各自的环境影响因素、影响特征、强度及方式。

项目从建设到投入使用一般可以分为施工阶段（建设期）、运行阶段（运行期）、退役阶段（服务期满）三个阶段。所有建设项目均必须进行运行阶段的工程分析；对于建设周期长、影响因素复杂且影响区域广的项目（如高速公路项目）需进行施工阶段的工程分析；对于个别由于运行期的长期影响、累积影响或毒害影响，会造成环境质的变化的建设项目需进行退役阶段的工程分析（如生活垃圾填埋场项目）。

除上述问题外，工程分析中不能忽略的是运行阶段非正常工况的工程分析。非正常工况是指生产运行阶段的开车、停车、检修、操作不正常等工况，不包括事故。

四、污染型建设项目的工程分析

对于环境影响以污染因素为主的建设项目来说，工程分析的内容主要包括工程概况、工艺流程及产污环节分析、污染物分析、环保措施方案分析、总图布置方案分析五个方面的内容，如表 2-7 所示。

表 2-7 污染型建设项目工程分析内容

要点	内容
工程概况	①工程一般特征介绍 ②物料与能源消耗定额 ③项目组成
工艺流程及产污环节分析	工艺流程及污染物产生环节
污染物分析	①污染源分布及污染物源强核算 ②物料平衡与水平衡 ③无组织排放源强统计及分析 ④非正常排放源强统计及分析 ⑤污染物排放总量建议指标
环保措施方案分析	①分析环保措施方案及所选工艺及设备的先进水平和可靠程度 ②分析处理工艺有关技术经济参数的合理性 ③分析环保设施投资构成及其在总投资中占有的比例
总图布置方案分析	① 根据气象、水文等自然条件分析项目内部平面布局的合理性 ② 分析环境敏感点（保护目标）处置措施的可行性 ③ 在总图上标示建设项目的环境关注点

（一）工程概况

工程概况分析是工程分析的第一步，通过对工程概况、工程一般特征的简单介绍，分析项目组成情况以找出项目建设可能存在的主要环境问题。

工程概况分析需要完成以下工作。

1．工程一般特征简介

工程一般特征简介主要是介绍项目的基本情况，包括工程名称、建设性质、建设地点、建设规模、车间组成、产品方案、生产设备、辅助设施、配套工程、储运方式、占地面积、职工人数、工程投资及发展规划等，并附平面布置图。

2．物料与能源消耗定额

对于建设项目原辅材料使用及消耗情况的分析，应包括主要原料、辅助材料、助剂、能源（煤、焦、油、气、电、水蒸气）、用水等的来源、成分和消耗量，可按表 2-8 的形式表示。

表 2-8 建设项目原辅材料消耗

序号	名称	单位产品耗量	年耗量	来源
1				
2				
3				
……				

同时，对于项目使用的主要原、辅材料，助剂或有毒有害物质的理化性质应进行描述分析。

3．项目组成情况

工程分析的总体要求之一就是对全部项目组成的环境影响因素、影响特征、强度、方式进行分析，因此，详细了解建设项目组成是确保工程分析不漏项的重要基础。

项目的组成一般按照主体工程、配套工程（办公及生活设施）、辅助工程、公用工程、环保工程、储运工程等几个部分进行描述，除文字描述外，应主要以项目组成表的形式清楚表达，表 2-9 是建设项目组成的一般表达方式。

表 2-9 建设项目组成

项 目 名 称			建 设 规 模
主体工程	1		
	2		
	……		
配套工程（办公及生活设施）	1		
	2		
	……		
辅助工程	1		
	2		
	……		
公用工程	1		
	2		
	……		
环保工程	1		
	2		
	……		
储运工程	1		
	2		
	……		

在分析项目组成时应根据具体项目的实际情况进行，需要指出的是，对于分期建设的项目，应按不同建设期分别说明建设规模。改、扩建项目应列出现有工程，并说明扩建工程部分与现有工程的依托关系。

【例 6】表 2-10 是某配套电镀企业的项目组成情况。

表 2-10　拟建项目组成情况

项目	名称	规模或内容	备注
主体工程	镀铜生产线	年运行时间：2 208 h	新建
	镀镍生产线	年运行时间：2 208 h	新建
	镀金生产线	年运行时间：460 h	新建
	镀银生产线	年运行时间：368 h	新建
	喷油生产线	年运行时间：2 208 h	新建
配套工程	办公楼	占地面积 468 m^2，建筑面积 936 m^2	新建
	员工饭堂	占地面积 1 000 m^2，建筑面积 1 000 m^2	新建
	员工宿舍	占地面积 1 000 m^2，建筑面积 4 000 m^2	新建
辅助工程	发电机房	备用柴油发电机 800 kW、500 kW 各 1 台	新建
	实验室	建筑面积 50 m^2	新建
	机修车间	建筑面积 120 m^2	新建
公用工程	供水工程	工业园区给水管网	新建
	排水工程	清污分流、雨污分流	新建
	供热系统	电加热器作为热源	新建
	供电工程	市政电网供电为主	新建
储运工程	化学品仓库	建筑面积 52 m^2	新建
	产品仓库	建筑面积 156 m^2	新建
环保工程	废气治理设施	发电机尾气治理设施、酸雾治理设施	新建
	废水处理设施	电镀废水、生活污水、磨机废水等处理设施	新建
	消声设施	设备降噪措施	新建
	绿化	绿化率	30%

（二）工艺流程及产污环节分析

工艺流程及产污环节分析是工程分析中的重要内容，环境影响评价中对生产工艺流程的分析，主要目的不是描述项目的生产过程，而是分析工艺过程中产生污染物的具体部位。

产污环节分析主要是通过对项目生产工艺的分析，找出项目主要的产污部位、污染物种类和数量，一般通过绘制污染工艺流程图的方式进行分析。对于生产过程中有化学反应的工序还应列出主要化学反应和副反应方程式。

产污环节分析结果往往以装置流程图（图 2-2）或方块流程图（图 2-3）的形式表示。

同时，在产污环节分析中还需要在总平面布置图上标出污染源的准确位置，以便为其他专题评价提供可靠的污染源资料。

【例 7】图 2-2 展示了某化肥厂的工艺流程和产污环节（装置图），图 2-3 展示了某汽车制造厂的工艺流程和产污环节（方块图）。

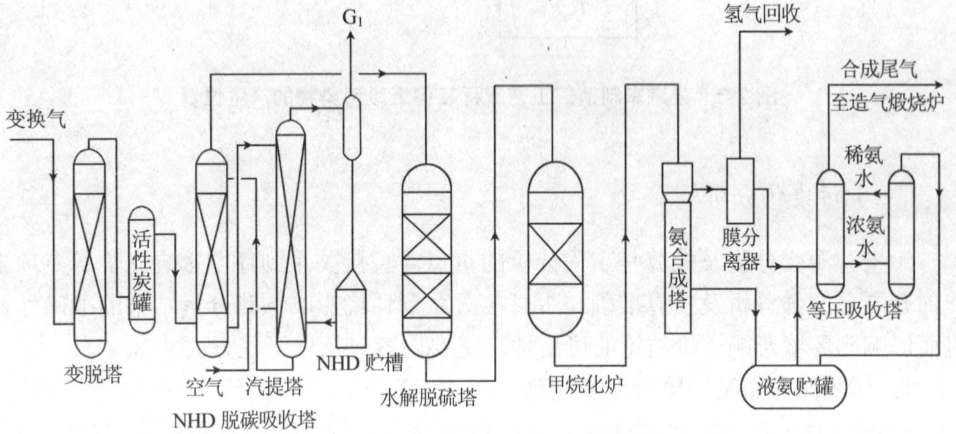

图 2-2　某化肥厂工艺流程及产污位置（脱碳、甲烷化、合成）

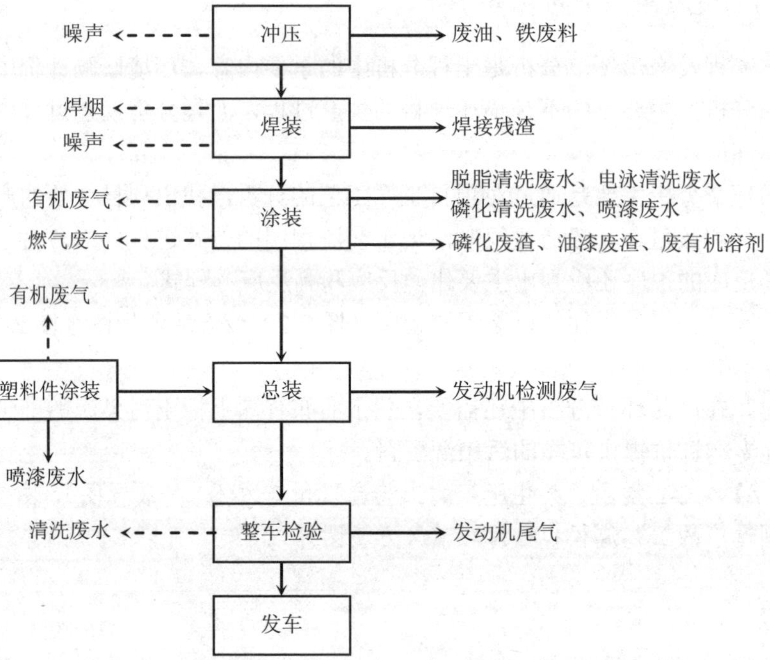

图 2-3 某汽车制造厂工艺流程及各工段污染物的产生位置

（三）污染物分析

污染源源强分析及核算是工程分析的重点，直接关系到环境影响评价各专项工作的开展，源强分析及核算准确与否直接关系到环境影响预测分析结果的准确性，进而影响到环境影响评价结论的可信性，主要内容包括以下几方面。

1．污染源分布及污染物源强核算

污染源分布及污染物源强核算必须按照建设过程、运营过程两个时期详细核算、统计，对于部分项目还应核算其服务期满的情况。

对于污染源分布应根据已经绘制的污染流程图，并按照排放点标明污染物排放部位，然后列表逐点统计各种污染物的排放强度、排放浓度及排放数量。对于最终排入环境的污染物，确定其是否达标排放，达标排放必须按项目的最大负荷计算。

对改、扩建项目的污染物排放量（包括有组织与无组织、正常工况与非正常工况）的统计，应分别按现有、在建、改扩建项目实施后等几种情形汇总污染物产生量、排放量及其变化量，核算改、扩建项目建成后最终的污染物排放量。

已发布污染源源强核算技术指南的行业，污染源源强核算方法由污染源源强核算技术指南具体规定。

（1）污染源源强核算程序

污染源源强核算程序包括污染源识别与污染物确定、核算方法及参数选定、源强核算、核算结果汇总等。

①污染源识别与污染物确定。

结合工艺流程，识别产生废气、废水、噪声、振动、固体废物等的污染源，确定污染源类型和数量，针对每个污染源识别所有规定的污染物及其治理措施。

污染源的识别应结合行业特点，涵盖所有工艺和装备类型，明确所有可能产生废气、废水、噪声、振动、固体废物等污染的场所、设备或装置，包括可能对水环境和土壤环境产生不利影响的“跑、冒、滴、漏”等环节。

废气污染源类型：按照污染源形式可分为点源、面源、线源、体源；按照排放方式可分为有组织排放源、无组织排放源；按照排放特性可分为连续排放源、间歇排放源；按照排放状态可分为正常排放源、非正常排放源。

废水污染源类型：按照排放形式可分为点源、非点源；按照排放特性可分为连续排放源、间歇排放源；按照排放状态可分为正常排放源、非正常排放源。

噪声源类型：按照声源位置可分为固定声源、流动声源；按照发声时间可分为频发噪声源、偶发噪声源；按照发声形式可分为点声源、线声源和面声源。

固废类型：一般工业固体废物、危险废物（按照《国家危险废物名录》划分）、生活垃圾等。

②核算方法及参数的确定。

根据行业指南明确各核算方法的适用对象、计算公式、参数意义以及核算要求，并针对不同污染源类型、污染物特性，区分新（改、扩）建工程污染源和现有工程污染源，分别确定污染源源强核算方法，并给出核算方法的优先级别。

按照行业指南规定的优先级别选取适当的核算方法，合理选取或科学确定相关参数。

③源强核算。

根据选定的核算方法和参数，结合核算时段确定污染物源强，一般为污染物年排放量和小时排放量等。

④源强核算结果汇总。

具体到各环境要素，废气可按点源、面源、线源进行核算，说明源强、排放方式和排放高度等；废水应说明种类、成分、浓度、排放方式、排放去向等；废液应说明种类、成分、浓度、是否属于危险废物、处置方式和排放去向；废渣应说明有害成分、溶出物浓度、是否属于危险废物、排放量、处理和处置方式和贮存方法；噪声和放射性源应列表说明源强、剂量及分布等。

源强核算结果及相关参数列表形式参照《污染源源强核算技术指南 准则》（HJ 884）附录 A，见表 2-11 至表 2-15。

表 2-11 废气污染源源强核算结果及相关参数一览表

工序/生产线	装置	污染源	污染物	污染物产生				治理措施		污染物排放				排放时间/h
				核算方法	废气产生量/（m^3/h）	产生浓度/（mg/m^3）	产生量/（kg/h）	工艺	效率/%	核算方法	废气排放量/（m^3/h）	排放浓度/（mg/m^3）	排放量/（kg/h）	
名称 1	生产装置 1	排气筒 1	污染物 1											
			污染物 2											
			……											
		排气筒 2	污染物 1											
			污染物 2											
			……											
		……												
		无组织排放	污染物 1											
			污染物 2											
			……											
		非正常排放	污染物 1											
			污染物 2											
			……											
	生产装置 2													
	……													
名称 2														
……														

注：对于新（改、扩）建工程污染源强核算，应为最大值。

表 2-12 工序/生产线产生废水污染源源强核算结果及相关参数一览表

工序/生产线	装置	污染源	污染物	污染物产生				治理措施		污染物排放				排放时间/h
				核算方法	产生废水量/（m^3/h）	产生浓度/（mg/L）	产生量/（kg/h）	工艺	效率/%	核算方法	排放废水量/（m^3/h）	排放浓度/（mg/L）	排放量/（kg/h）	
名称 1	生产装置 1	废水 1	污染物 1											
			污染物 2											
			……											
		废水 2	污染物 1											
			污染物 2											
			……											
		……												
	生产装置 2													
	……													
名称 2														
……														

注：对于新（改、扩）建工程污染源源强核算，应为最大值。

表 2-13 综合污水处理厂废水污染源源强核算结果及相关参数一览表

工序	污染物	进入厂区综合污水处理厂污染物情况			治理措施		污染物排放				排放时间/h
		产生废水量/（m^3/h）	产生浓度/（mg/L）	产生量/（kg/h）	工艺	综合处理效率/%	核算方法	排放废水量/（m^3/h）	排放浓度/（mg/L）	排放量/（kg/h）	
综合污水处理厂	污染物 1										
	污染物 2										
	……										

注：对于新（改、扩）建工程污染源源强核算，应为最大值。

表 2-14 噪声污染源源强核算结果及相关参数

工序/生产线	装置	噪声源	声源类型（频发、偶发等）	噪声源强		降噪措施		噪声排放值		持续时间/h
				核算方法	噪声值	工艺	降噪效果	核算方法	噪声值	
名称 1	生产装置 1	产噪设备 1								
		产噪设备 2								
		……								
		其他声源								
	生产装置 2	产噪设备 1								
		产噪设备 2								
		……								
		其他声源								
	……									
名称 2										
……										

注：①其他声源主要是指撞击噪声等。②声源表达量：A 声功率级（LA_w），或中心频率为 63～8 000 Hz 8 个倍频带的声功率级（L_w）；距离声源 r 处的 A 声级[$LA_{(r)}$]或中心频率为 63～8 000 Hz 8 个倍频带的声压级[$LP_{(r)}$]。

表 2-15 固体废物污染源源强核算结果及相关参数

工序/生产线	装置	固体废物名称	固废属性	产生情况		处理措施		最终去向
				核算方法	产生量/（t/a）	工艺	处置量/（t/a）	
名称 1	生产装置 1	固废 1						
		固废 2						
		……						
	生产装置 2	固废 1						
		固废 2						
		……						
	……							
名称 2								
……								

注：固废属性指第 I 类一般工业固体废物、第 II 类一般工业固体废物、危险废物（按照《国家危险废物名录》划分）、生活垃圾等。

（2）污染物排放量的统计

①新建项目污染物排放量的统计。

对于新建项目应按照废水和废气污染物分别统计各种污染物排放总量，固体废物按规定分一般固体废物和危险废物分别统计。

统计过程中应明晰“两本账”，即生产过程中的污染物产生量和实行污染防治措施后的污染物削减量。两者之差为污染物最终排放量，见表 2-16。

表 2-16　新建项目污染物排放量统计

类别	污染物名称	产生量	治理削减量	排放量
废气				
废水				
固体废物				

【例 8】 表 2-17 是某建设项目污染物排放情况的汇总。

表 2-17　某建设项目污染物排放情况汇总

环境影响因素			产生量/（t/a）	削减量/（t/a）	外排量（t/a）
大气污染物	燃煤、石油气废气	烟气量	11 587 万 m^3/a		
		NO_x	95.93	15.3	80.63
		SO_2	135.21	81.1	54.11
		烟尘	301.7	286.6	15.1
	厨房油烟/（kg/a）		112.3	95	17.3
水污染物		废水	179.2 万 t/a	0	179.2 万 t/a
		COD_{Cr}	1 102.2	985.7	116.5
		BOD_5	387.1	362.0	25.1
		SS	738.4	630.9	107.5
		NH_3-N	10.0	0	10.0
		总磷	15.4	14.5	0.9
固体废物			2 756	0	2 756

②技改扩项目污染物排放量的统计。

对于这类项目，在统计污染物排放量的过程中，应明晰新老污染源的“三本账”，即技改扩前污染物排放量、技改扩项目污染物排放量、技改扩完成后（包括“以新带老”削减量）污染物排放量。

技改扩前排放量－“以新带老”削减量+技改扩项目排放量=技改扩完成后的排放量。具体见表 2-18。

表 2-18 技改扩项目污染物排放量统计

类别	污染物	现有工程排放量	拟建项目排放量	“以新带老”削减量	技改扩完成后总排放量	增减量变化
废水						
废气						
固体废物						

2．物料平衡与水平衡

（1）物料平衡

在工程分析中，当项目使用的原辅材料等种类较多且理化性质比较复杂时，应选择有代表性的物料（主要的物料或对环境影响较大的物料）进行衡算和分析。

物料衡算的理论依据为质量守恒定律，具体表现为：

$$\sum G_{投入}=\sum G_{产品}+\sum G_{流失} \tag{2-8}$$

式中：$\sum G_{投入}$ —— 投入系统的某种物料总量；

$\sum G_{产品}$ —— 产出产品中含有的某种物料总量；

$\sum G_{流失}$ —— 某种物料在生产过程中的流失总量。

总物料衡算公式：

$$\sum G_{排放}=\sum G_{投入}-\sum G_{回收}-\sum G_{处理}-\sum G_{转化}-\sum G_{产品} \tag{2-9}$$

式中：$\sum G_{排放}$ —— 污染物的排放量；

$\sum G_{回收}$ —— 进入回收产品中的量；

$\sum G_{处理}$ —— 污染物经净化装置处理掉的量；

$\sum G_{转化}$ —— 生产过程中被分解、转化的量；

其他符号含义同前。

物料平衡分析的结果，最终以物料平衡图的形式表示。

【例 9】图 2-4 为某汽车制造厂的二甲苯的物料平衡。

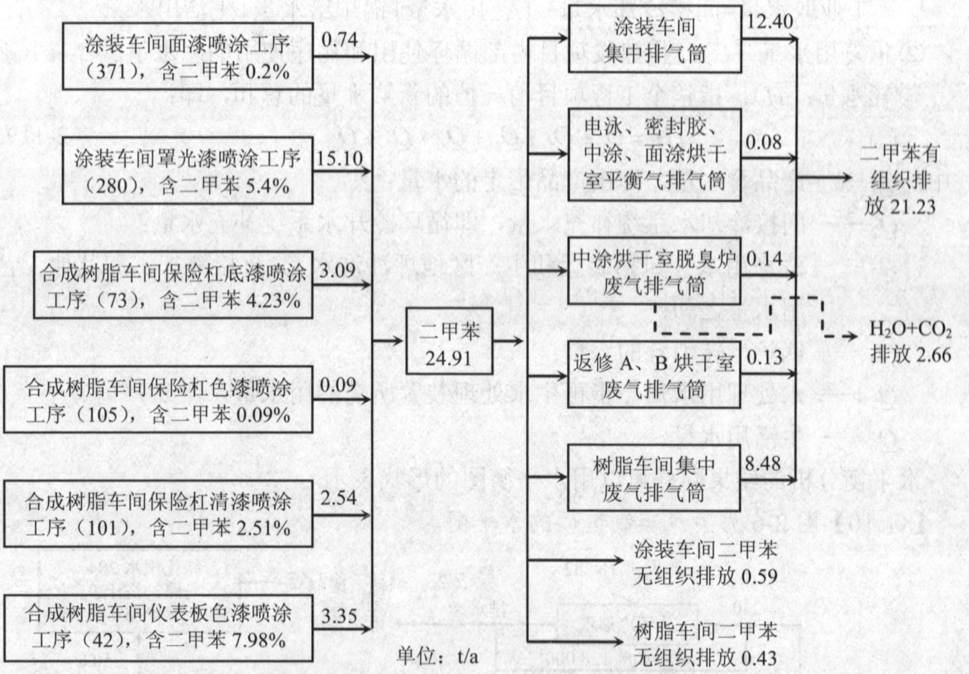

图 2-4　某汽车制造厂的二甲苯的物料平衡

（2）水平衡

水作为工业生产中的原料和载体，在任一用水单元内都存在水量平衡关系，同样可以依据质量守恒定律进行水平衡分析。工业用水量和排水量的关系见图 2-5。

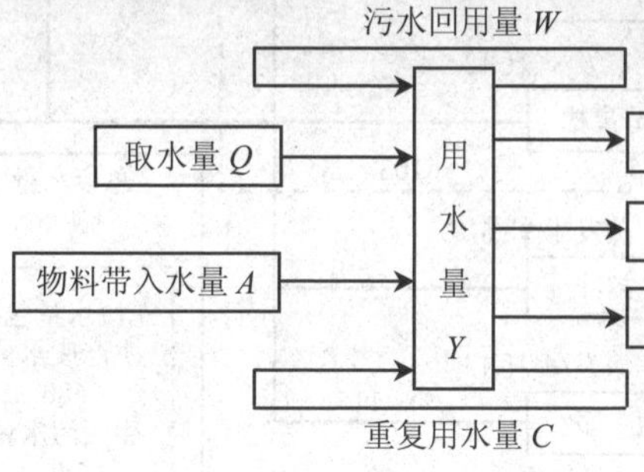

图 2-5　工业用水量和排水量的关系

水平衡关系式如下：

$$Q+A=H+P+L \tag{2-10}$$

①取水量（Q）：工业用水的取水量是指取自地表水、地下水、自来水、海水、城市污水及其他水源的总水量。建设项目工业取水量包括生产用水和生活用水，生

产用水又包括间接冷却水、工艺用水和锅炉给水。

工业取水量=间接冷却水量+工艺用水量+锅炉给水量+生活用水量

②重复用水量（C）：指建设项目内部循环使用和循序使用的总水量。

③耗水量（H）：指整个工程项目消耗掉的新鲜水量的总和，即：

$$H = Q_1 + Q_2 + Q_3 + Q_4 + Q_5 + Q_6 \tag{2-11}$$

式中：Q_1 —— 产品含水量，即由产品带走的水量；

Q_2 —— 间接冷却水系统补充水量，即循环冷却水系统补充水量；

Q_3 —— 洗涤用水（包括装置和生产区地坪冲洗水）、直接冷却水和其他工艺用水量之和；

Q_4 —— 锅炉运转消耗的水量；

Q_5 —— 水处理用水量，指再生水处理装置所需的用水量；

Q_6 —— 生活用水量。

水平衡分析的结果同样可以用水平衡图的形式表示。

【例 10】图 2-6 为某汽车制造厂的水平衡。

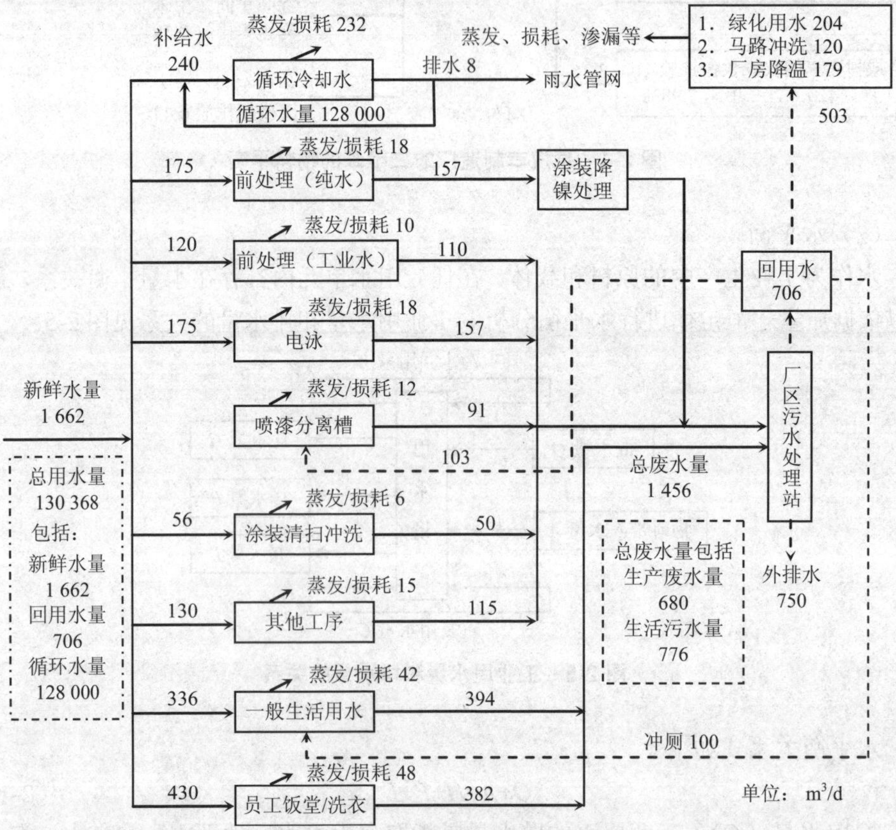

图 2-6　某汽车制造厂的水平衡

3．无组织排放源强统计及分析

无组织排放是对应于有组织排放而言的，主要针对废气排放，表现为生产工艺过程中产生的污染物没有进入收集系统和排气系统，而通过厂房天窗或直接弥散到环境中。工程分析中将没有排气筒或排气筒高度低于 15 m 的排放源称为无组织排放源。其排放源强的确定主要有 3 种方法：

①物料衡算法。通过全厂物料的投入产出分析，核算无组织排放量。

②类比法。与工艺相同、使用原料相似的同类工厂进行类比，在此基础上，核算本厂无组织排放量。

③反推法。通过对同类工厂正常生产时无组织监控点进行现场监测，利用面源扩散模式反推，以此确定工厂无组织排放量。

4．非正常排放源强统计及分析

非正常排污包括两部分：

①正常开车、停车或部分设备检修时排放的污染物。

②工艺设备或环保设施达不到设计规定指标运行时的排污。此类异常排污分析都应重点说明异常情况产生的原因、发生频率和处置措施。

5．污染物排放总量建议指标

在核算污染物排放量的基础上，按国家对污染物排放总量控制指标的要求，提出工程污染物排放总量控制建议指标。污染物排放总量控制建议指标应包括国家规定的指标和项目的特征污染物，通常污染物总量单位为 t/a，对于排放量较小的污染物总量可用适宜的单位。工程污染物排放总量控制建议指标必须满足以下要求：①满足达标排放的要求；②符合其他环保要求（如特殊控制的区域与河段）；③技术上可行。

建设项目污染物排放总量的核算，与排污许可制度紧密衔接，环境质量不达标地区，要通过提高排放标准或加严许可排放量等措施，对企事业单位实施更为严格的污染物排放总量控制，推动改善环境质量。

（四）环保措施方案分析

工程分析应对建设项目拟采用的环保措施进行必要的分析，分两个层次：首先，对建设单位在项目可研报告等相关文件中提出的环保措施进行技术经济可行性分析、污染处理工艺达标排放可靠性分析和环保设施投资构成分析；其次，若所提措施有的不能满足环境保护要求，则需要提出切实可行的改进完善建议，包括替代方案。具体要点如下所述。

1．技术经济可行性分析

根据建设项目产生的污染物特点，充分调查同类企业的现有环保处理措施的经济技术运行指标，分析建设项目拟采用的环保设施的技术可行性、经济合理性及运行可靠性，在此基础上提出改进措施及替代方案。

2．污染处理工艺达标排放可靠性分析

根据现有同类环保设施的经济技术运行指标，结合建设项目排放污染物的基本特点和所采用污染防治措施的合理性，分析建设项目环保设施运行参数是否合理，有无承受冲击负荷的能力，能否稳定运行，确保各种污染物排放达标的可靠性，并提出进一步改进的意见。

3．环保设施投资构成分析

汇总建设项目环保设施的各项投资，分析其投资结构，并计算环保投资在总投资中所占比例。具体可以表 2-19 的形式体现。对于技改扩项目，环保设施投资一览表中还应包括“以新带老”的环保投资内容。

表 2-19　建设项目环保投资情况

项目		建设内容	投资
废气治理	1		
	2		
	……		
废水治理	1		
	2		
	……		
噪声治理	1		
	2		
	……		
固体废物处置	1		
	2		
	……		
厂区绿化			
其他	1		
	2		
	……		

4．依托设施的可行性分析

对于技改扩项目，往往需要继续利用原有的环保设施，如现有的污水处理厂等。工程分析中应对原有设施是否能够满足技改扩建后的要求，进行认真核实，分析依托设施的可靠性。

另外，应注意的是，随着经济的发展，依托公用环保设施已经成为区域环境污染防治的重要组成部分。例如，对于项目产生的废水，经过预处理后排入区域或城市污水处理厂进一步处理后排放的项目，除了对其采取的污染防治措施技术的可靠性、可行性进行分析评价外，还应对接纳排水的污水处理厂的工艺合理性进行分析，分析其处理工艺是否与项目排水的水质相容等。

【例 11】 某地工业园区内一个新建纺织印染厂废水纳入园区污水处理厂集中处理的可行性分析。

园区集中污水处理厂基本情况：该污水处理厂处理能力为 36 000 t/d，其中印染废水 30 000 t/d、生活污水 5 000 t/d、其他工业废水 1 000 t/d，处理工艺由预处理、物化处理、生化处理和氧化处理 4 个阶段组成。废水入厂水质要求为：pH 为 8～11、COD_{Cr}≤1 000 mg/L、BOD_5≤450 mg/L、SS≤600 mg/L、色度≤600 倍（稀释倍数）。

新建纺织印染厂废水产生情况：废水产生量 2 493 t/d，其基本水质状况见表 2-20。

表 2-20　废水水质

类　别	水量/（t/d）	BOD_5/（mg/L）	COD_{Cr}/（mg/L）	SS/（mg/L）	pH	色度/倍
生产废水	2 400	220	630	420	10	360
生活污水	93	110	250	220	6～9	5～20
综合废水	2 493	216	615	412	9～10	346

该项目废水纳入园区污水处理厂集中处理的可行性分析如下：

（1）园区污水处理厂处理能力为 36 000 t/d，其中印染废水 30 000 t/d，生活污水 5 000 t/d，其他工业废水 1 000 t/d。而本项目产生的废水 2 493 t/d，其中印染废水 2 400 t/d、生活污水 93 t/d，占园区废水处理能力的 8.0%、占生活污水处理力的 1.86%，污水处理厂完全有能力、有可能接纳该部分废水。

（2）目前，已经进入污水处理厂的印染废水排放量为 21 116 t/d，占污水处理厂处理能力的 70.4%。从项目规模来分析，项目外排的生产废水约为 2 400 t/d，占污水处理厂印染废水总处理能力的 8.0%，占污水处理厂印染废水剩余处理能力的 27.01%，从水量上看污水处理厂能接纳该项目的废水。

（3）从入厂水质要求及该项目实际废水水质情况看，该项目产生的废水水质满足污水处理厂进水水质要求。

（4）污水处理厂设计的处理工艺由预处理、物化处理、生化处理和氧化处理 4 个阶段组成。该污水处理工艺具有以下特点：

①采用水力澄清器作为物化处理的手段，排泥效果好，处理效果稳定，可分期建设，又可分别运行；操作管理灵活方便，废水一次提升即可排出至最终的排水点，既方便运行管理，又节省运行费用。

②物化处理工艺放置在生化处理工艺之前，能够有效地去除废水中的短纤维，避免其进入后续的生化处理系统；也能够根据废水的特点，选择性地投加混凝剂和助凝剂，有效地去除废水的色度和有机物。

③废水处理设施的运行有较强的变化性，以适应原水水质的变化，同时也使降低运行费用成为可能。

④采用淹没式生物膜法作为生化处理的主工艺，既包括厌氧水解，又包括好氧氧化，污水处理效果稳定可靠，操作简单，管理方便。

结论：综合起来看，园区配套建设的污水处理厂处理工艺比较成熟、运行成本相对较低，而本项目废水产生规模及水质状况均在污水处理厂可接受范围内，因此，该项目废水可进入园区污水处理厂集中处理。

（五）总图布置方案与外环境关系分析

1．分析项目内部平面布局的合理性

根据水文、气象等条件分析项目内部平面布局的合理性，对于布局不合理的地方提出改进措施。

2．分析周围环境敏感点处置措施的可行性

分析项目所产生的污染物的特点及其污染特征，结合现有的有关资料，确定建设项目对附近环境敏感点的影响程度，在此基础上提出切实可行的处置措施（如搬迁、防护等）。

3．在总图上标示建设项目主要环境关注点

设计文件较详细时，在厂区平面布置图中还可标明主要生产单元及公用工程单元设施名称、位置，有组织废气排放源、废水排放口、雨水排放口等位置。

五、生态影响型项目工程分析

生态影响型项目工程分析的内容应结合工程特点，提出工程施工期和运营期的影响和潜在影响因素，能量化的要给出量化指标，其具体内容包括以下几方面。

（一）工程概况

介绍工程的名称、建设地点、性质、规模，给出工程的经济技术指标；介绍工程特征，给出工程特征表；完全交代工程项目组成，包括施工期临时工程，给出项目组成表；阐述工程施工和运营设计方案，给出施工期和运营期的工程布置示意图；有比选方案时，在上述内容中均应有介绍。

应给出地理位置图、总平面布置图、施工平面布置图、物料（含土石方）平衡图和水平衡图等工程基本图件。

（二）初步论证

主要从宏观上进行项目可行性论证，必要时提出替代或调整方案。初步论证主要包括以下 3 个方面内容：①建设项目和法律法规、产业政策、环境政策和相关规划的符合性；②建设项目选址选线、施工布置和总图布置的合理性；③清洁生产和区域循环经济的可行性，提出替代或调整方案。

（三）影响源识别

应明确建设项目在建设阶段、生产运行、服务期满后（可根据项目情况选择）等不同阶段的各种行为与可能受影响的环境要素间的作用效应关系、影响性质、影响范围、影响程度等，分析建设项目可能产生的生态影响。生态影响型建设项目除了主要产生生态影响外，同样会有不同程度的污染影响，其影响源识别主要从工程自身的影响特点出发，识别可能带来生态影响或污染影响的来源，包括工程行为和污染源。

影响源分析时，应尽可能给出定量或半定量数据。

工程行为分析时，应明确给出土地征用量、临时用地量、地表植被破坏面积、取土量、弃渣量、库区淹没面积和移民数量等。

污染源分析时，原则上按污染型建设项目要求进行，从废水、废气、固体废物、噪声与振动、电磁等方面分别考虑，明确污染源位置、属性、产生量、处理（处置）量和最终排放量。

对于改、扩建项目，还应分析原有工程存在的环境问题，识别原有工程影响源和源强。

（四）环境影响识别

建设项目环境影响识别一般从社会影响、生态影响和环境污染三个方面考虑，在结合项目自身环境影响特点、区域环境特点和具体环境敏感目标的基础上进行识别。

应结合建设项目所在区域发展规划、环境保护规划、环境功能区划、生态功能区划、生态保护红线及环境现状，分析可能受建设行为影响的环境因素。生态影响型建设项目的生态影响识别，则不仅要识别工程行为造成的直接生态影响，而且要注意污染影响造成的间接生态影响，甚至要求识别工程行为和环境影响在时间或空间上的累积效应（累积影响），明确各类影响的性质（有利/不利）和属性（可逆/不可逆、临时/长期等）。

（五）环境保护方案分析

初步论证是从宏观上对项目可行性进行论证，环境保护方案分析要求从经济、环境、技术和管理方面来论证环境保护措施和设施的可行性，必须满足达标排放、总量控制、环境规划和环境管理的要求，技术先进且与社会经济发展水平相适宜，确保环境保护目标的可达性。环境保护方案分析至少应有以下 5 个方面内容：①施工和运营方案合理性分析；②工艺和设施的先进性和可靠性分析；③环境保护措施的有效性分析；④环保设施处理效率合理性和可靠性分析；⑤环境保护投资估算及合理性分析。

经过环境保护方案分析，对于不合理的环境保护措施应提出比选方案，进行比选分析后提出推荐方案或替代方案。

对于改、扩建工程，应明确“以新带老”环保措施。

（六）其他分析

其他分析包括非正常工况类型及源强、风险潜势初判、事故风险识别和源项分析以及防范与应急措施说明。

复习与思考题

1. 对建设项目周围环境情况进行现场踏勘应着重调查什么内容？什么是环境敏感区？

2. 工程分析的主要内容是什么？

3. 在污染物排放统计中的“两本账”“三本账”指的是什么？请用表格的形式统计下面两实例中的“两本账”“三本账”。

（1）某拟建设中的纺织厂建成后预计废水产生量为 1 000 t/d，其主要污染物 COD、BOD_5 的浓度分别为 653 mg/L、347 mg/L。项目配套建设废水处理设施，废水经处理后 COD、BOD_5 的浓度分别为 100 mg/L、20 mg/L，处理后的废水有 200 t/d 可回用于生产中。

（2）某纺织厂拟进行扩建，扩建前废水排放量为 1 000 t/d，废水经自建的废水处理设施处理后主要污染物浓度 COD 为 150 mg/L、BOD_5 为 60 mg/L；扩建后废水产生量增加到 1 500 t/d，同时建设单位对废水处理设施进行改造，改造后主要污染物浓度 COD 为 100 mg/L、BOD_5 为 20 mg/L。

4. 如何根据建设单位提供的平面布置图分析项目总图布置方案的合理性？

5. 某企业年耗新鲜水量为 300 万 m^3；重复用水量为 150 万 m^3，其中：工业水重复用量为 80 万 m^3，冷却循环水量为 20 万 m^3，污水回用量为 50 万 m^3；间接冷却水补充新鲜水量为 45 万 m^3；工业取用新鲜水量为 120 万 m^3。计算给出该企业的工业水重复利用率、间接冷却水循环率。

注：工业水重复利用率=重复用水量/（重复用水量+取新鲜水量）×100%；间接冷却水循环率=间接冷却水循环量/（间接冷却水循环量+循环系统补充水量）×100%。

第三章　地表水环境影响评价

【知识目标】

1. 了解地表水环境影响评价的基本工作流程，能够根据工程分析结果，确定地表水环境影响评价工作等级。

2. 掌握制订地表水环境现状补充监测方案并利用监测结果进行现状评价的方法。

3. 能够根据工程分析结论进行地表水环境影响分析，初步了解几种常见的水环境预测方法。

【能力目标】

1. 确定建设项目地表水环境评价工作等级。

2. 制订地表水环境现状补充监测方案。

3. 能够根据地表水环境现状补充监测结果，对水环境现状进行分析并写出水质现状评价报告。

4. 能够根据工程分析结论、地表水环境现状评价结论进行简单的地表水环境影响分析。

第一节　水体与水体污染

一、水体概述

水体是海洋、江河、湖泊、沼泽、水库，以及潜藏在土壤岩石空隙中的地下水等的总称。

水体按其所处的位置，可以将其分为地表水和地下水两类，水环境影响评价工作也是从这两个方面入手的。

二、水体污染

1. 水体污染的概念

水体污染是指排入水体中的污染物在数量上超过了水体的环境容量，从而导致水体的物理特征、化学特征和生物特征发生不良变化，破坏了水体中固有的生态系统，以及水体的功能，从而影响水的有效利用和使用价值的现象。引起水体污染的物质叫水体污染物，产生水体污染物的来源称为水污染源。

2．水污染源的分类

水污染源多种多样，分类方法也不尽相同，但从环境影响评价工作的需要角度来看，一般可以按照污染物产生和进入环境的方式分为点源和面源两种。

（1）点源：污染物产生的源点为点，进入环境的方式也为点。例如，工厂的污水排放口即为一种典型的点源。

（2）面源：又称为非点污染源，污染物产生的源点为面，而进入环境的方式可以为面、线或点。例如，城市生活污水就属于面源。

3．水污染物的分类

水污染物的分类方法同样有多种，从环境影响评价的角度考虑，可按照污染物的性质分为持久性污染物、非持久性污染物、酸碱污染物、废热 4 类。

（1）持久性污染物：在水中不能或很难由于物理、化学、生物作用而分解、沉淀或挥发的污染物。例如，重金属离子、农药等。

（2）非持久性污染物：在水中由于生物作用而逐渐减少的污染物。例如，COD、BOD_5 等有机污染物。

（3）酸碱污染物：各种废酸、废碱等，以 pH 为参数。

（4）废热：由排放热废水所引起，水质参数多为水温。例如，热电厂的温排水。

根据《污水综合排放标准》的要求可以把水中的污染物分为第一类污染物和第二类污染物。

（1）第一类污染物：指能在环境或动植物体内蓄积对人体健康产生长远不良影响的物质。共 13 种，包括：总汞、烷基汞、总镉、总铬、六价铬、总砷、总铅、总镍、苯并[*a*]芘、总铍、总银、总 α 放射性、总 β 放射性。

（2）第二类污染物：长远影响小于第一类污染物，在排污单位排放口采样时其最高允许排放浓度需要符合一定的要求。如：pH、色度、悬浮物、化学需氧量、石油类、挥发酚、总氰化物、硫化物、氨氮等。

第二节　水体中污染物的迁移与转化

一、水体中污染物迁移与转化概述

水体中污染物的迁移与转化包括物理输移过程、化学转化过程和生物降解过程。

(一)物理过程

物理过程主要指污染物在水体中的混合稀释和自然沉淀过程。沉淀作用指排入水体中的污染物中含有的微小的悬浮颗粒，如颗粒态的重金属、虫卵等由于流速较小逐渐沉到水底。污染物沉淀对水质来说是净化，但是对底泥来说却增加了其中的污染物质。混合稀释作用主要由以下 3 个作用所致。

(1)紊动扩散，由水流的紊动特性引起的水中污染物自高浓度向低浓度区转移。

(2)移流，由于水流的推动使污染物随流输移。

(3)离散，由于水流方向横断面上的流速分布不均匀(由河岸及河底阻力所致)而引起分散。

(二)化学过程

氧化—还原反应是水体化学净化的重要作用。流动的水流通过水面波浪不断将大气中的氧溶入，这些溶解氧与水中的污染物将发生氧化反应，如某些重金属离子可因氧化生成难溶物(如铁、锰等)而沉降析出；硫化物可被氧化为硫代硫酸盐或硫而被净化。还原反应对水体净化也有作用，但这类反应多在微生物作用下进行。天然水体接近中性，酸碱反应在水体中的作用不大。天然水体中含有各种各样的胶体，如硅、铝、铁等的氢氧化物、黏土颗粒和腐殖质等，由于有些微粒具有较大的表面积，另有一些物质本身就是凝聚剂，这就使天然水体具有混凝沉淀作用和吸附作用，因此能够除去水中的某些污染物。

(三)生物过程

生物自净的基本过程是水中微生物(尤其是细菌)在溶解氧充足的情况下，将一部分有机污染物当作食饵消耗掉，将另一部分有机污染物氧化分解成无害的简单无机物。生物自净作用的关键是溶解氧的含量，有机污染物的性质、浓度，以及微生物的种类、数量等。生物自净的快慢与有机污染物的数量和性质有关。生活污水、食品工业废水中的蛋白质、脂肪是极易分解的。但大多数有机物分解缓慢，其中少数有机物难分解，如造纸废水中的木质素、纤维素等，须经数月才能分解，更有不少人工合成的有机物极难分解并有剧毒，如滴滴涕、六六六等有机氯农药和用作热传导体的多氯联苯等。水生生物的状况与生物自净有密切关系，它们担负着分解绝大多数有机物的任务。蠕虫能分解河底有机污泥，并以之为食饵。原生动物除了因以有机物为食饵对水体自净有作用外，还和轮虫、甲壳虫等一起维持着河道的生态平衡。藻类虽不能分解有机物，但与其他绿色植物一起在阳光下进行光合作用，将空气中的二氧化碳转化为氧，从而成为水中氧气的重要补给源。其他，如水体温度、水流状态、天气、风力等物理和水文条件，以及水面有无影响复氧作用的油膜、泡沫等均对生物自净有影响。

二、河流水体中污染物的对流和扩散混合

废水进入河流水体后，不是立即就能在整个河流断面上与河流水体完全混合。虽然在垂直方向上一般都能很快地混合，但往往需要经过很长一段纵向距离才能达到与横向完全混合。这段距离通常称为横向完全混合距离（x_1）。纵向距离（x）小于 x_1 的区域称为横向混合区，大于 x_1 的区域称为断面完全混合区（图 3-1）。

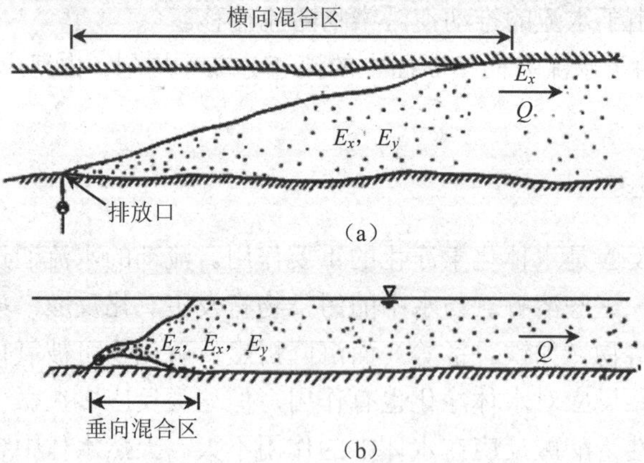

图 3-1　污染物在河流中的混合

在某些较大的河流中，横向混合可能达不到对岸，横向混合区不断向下游远处扩展，形成所谓的“污染带”。

在不同的区域，影响污染物的浓度和输移、转化特性的主要物理、化学过程也有差异。

在横向混合区，排入的废水和上游来水的初始混合稀释程度，取决于排放口的各种特性和河流状况。随着水流携带污染物向下游输移，横向混合使污染物沿河流横向分散，进一步与上游来水混合稀释。

在横向混合以下的完全混合区，污染物在河流断面上完全混合。

在完全混合区，通过一系列物理、化学和生物的输移、扩散方程，一级动力学反应方程来描述。在大多数的情况下，扩散系数、反应速率都可能随空间和时间的变化而变化。

在河流中，影响污染物输移的最主要的物理过程是对流和横向、纵向发生扩散混合。对流是溶解态或颗粒态物质随水流的运动，可以在横向、垂向、纵向发生对流。在河流中，主要是纵向的对流，河流的流量和流速是表征对流作用的重要参数。河流流量可以通过测流、示踪研究或曼宁公式来计算得到。对于较复杂的水流，要获得可靠的流量数据，需要进行专门的水动力学实测及模拟计算。

横向扩散是指由于水流中的紊动作用，在流动的横向方向上，溶解态或颗粒态物质的混合，通常用横向扩散系数（E_y）表示。横向扩散系数可以通过示踪实验确定，或根据包含河流水深、流速，以及河道不规则性的公式来估算。在横向混合区内，对流和横向扩散混合是最重要的，有时纵向混合也不能忽略。

纵向离散是由于水流在横、垂方向上的流速分布不均匀而引起的在流动方向上的溶解态或颗粒态物质的分散混合，用纵向离散系数（E_x）表示。纵向离散系数可以通过示踪实验确定，或利用包含流速、河宽、水深、河床粗糙系数的计算公式确定。不同的计算公式得到的数值不同，较可靠的数值是使用示踪研究得到的。

第三节 评价等级及评价范围

一、评价因子筛选

地表水环境影响因素识别应分别按照建设项目建设阶段、生产运行阶段和服务期满后（可根据项目情况选择，下同）各阶段对地表水环境质量、水文要素的影响行为进行分析。

（一）水污染影响型建设项目

水污染影响型建设项目评价因子的筛选应符合以下要求：

①按照污染源源强核算技术指南，开展建设项目污染源与水污染因子识别，结合建设项目所在水环境控制单元或区域水环境质量现状，筛选水环境现状调查评价与影响预测评价的因子。

②行业污染物排放标准中涉及的水污染物应作为评价因子。

③在车间或车间处理设施排放口排放的第一类污染物应作为评价因子。

④水温应作为评价因子。

⑤面源污染所含的主要污染物应作为评价因子。

⑥建设项目排放的，且为建设项目所在控制单元的水质超标因子或潜在污染因子（指近 3 年来水质浓度值呈上升趋势的水质因子），应作为评价因子。

（二）水文要素影响型建设项目

水文要素影响型建设项目评价因子，应根据建设项目对地表水体水文要素影响的特征确定。

河流、湖泊及水库主要评价水面面积、水量、水温、径流过程、水位、水深、流速、水面宽、冲淤变化等因子，湖泊和水库需要重点关注水域面积或蓄水量及水力停留时间等因子。

感潮河段、入海河口及近岸海域主要评价流量、流向、潮区界、潮流界、纳潮量、水位、流速、水面宽、水深、冲淤变化等因子。

（三）可能导致受纳水体富营养化的建设项目

建设项目可能导致受纳水体富营养化的，评价因子还应包括与富营养化有关的因子（如总磷、总氮、叶绿素 a、高锰酸盐指数和透明度等。其中，叶绿素 a 为必须评价因子）。

二、地表水环境影响评价工作等级划分

划分地表水环境影响评价工作等级是确定地表水环境影响评价工作深度、广度的重要依据。建设项目的地表水环境影响主要包括水污染影响与水文要素影响。根据其主要影响，建设项目的地表水环境影响评价划分为水污染影响型、水文要素影响型以及两者兼有的复合影响型。

根据《环境影响评价技术导则　地表水环境》（HJ 2.3—2018）的规定，评价等级的划分是按照影响类型、排放方式、排放量或影响情况、受纳水体环境质量现状、水环境保护目标等综合确定。对于不同级别的地表水环境影响评价，其现状调查、环境影响预测等的评价工作内容与技术质量要求均有所不同。

（一）水污染影响型建设项目

地表水环境影响评价工作等级的划分，首先应先判定废水的排放方式，其次根据废水排放量和水污染物污染当量来确定。

1．排放方式

废水排放方式主要有两种：即直接排放和间接排放。地表水环境影响评价工作根据排放方式的不同执行不同的排放等级；直接排放建设项目评价等级分为三级，一级评价最详细，二级次之，三级 A 较简略；间接排放建设项目评价等级为三级 B。

2．建设项目废水排放量

建设项目废水排放量的大小是反映项目建设完成后对纳污水体影响的重要因素，一般而言，废水排放量越大，其对纳污水体环境质量的影响就越大，环境影响评价要求就越复杂，评价的等级就越高。在地表水环境影响评价工作等级的划分中，将废水排放量（Q）分为 3 个档次：$Q \geq 20\,000\ m^3/d$；其他（即 $200\ m^3/d \leq Q < 20\,000\ m^3/d$）；$Q < 200\ m^3/d$。

废水排放量按行业排放标准中规定的废水种类统计，没有相关行业排放标准要求的通过工程分析合理确定，应统计含热量大的冷却水的排放量，可不统计间接冷却水的、循环水及其他含污染物极少的清净下水的排放量。

3. 水污染当量

水污染当量，是根据污染物或者污染排放活动对地表水环境的有害程度以及处理的技术经济性，衡量不同污染物对地表水环境污染的综合性指标或者计量单位。

污染当量值表示了不同污染物或污染排放量之间的污染危害和处理费用的相对关系。以污水中 1 kg 最主要污染物化学需氧量（COD）为基准，对其他污染物的有害程度、对生物体的毒性以及处理的费用等进行研究和测算。结果是跟排放 0.5 g 汞、4 kg 悬浮物（SS）、0.8 kg 氨氮、0.1 kg 总铜等所产生的污染危害和相应的处理费用基本相等或等值，也就是污水中汞污染当量值是 0.000 5 kg，SS 污染当量值是 4 kg，氨氮的污染当量值是 0.8 kg，总铜的污染当量值是 0.1 kg。COD 作为基准物，污染当量值就是 1 kg。因此，污染物当量值表中，数值越小的污染物，其对环境的危害越大，处理难度也越大。水污染物及当量值见表 3-1 和表 3-2。

表 3-1　第一类水污染物污染当量值

污染物	污染当量值/kg
总汞（Hg）	0.000 5
总镉（Cd）	0.005
总铬（Cr）	0.04
六价铬（Cr^{6+}）	0.02
总砷（As）	0.02
总铅（Pb）	0.025
总镍（Ni）	0.025
苯并[*a*]芘	0.000 000 3
总铍（Be）	0.01
总银（Ag）	0.02

表 3-2　部分第二类水污染物污染当量值

污染物	污染当量值/kg
悬浮物（SS）	4
5 日生化需氧量（BOD_5）	0.5
化学需氧量（COD_{Cr}）	1
总有机碳（TOC）	0.49
石油类	0.1
动植物油	0.16
挥发酚	0.08
总氰化物	0.05
硫化物	0.125
氨氮	0.8
总铜	0.1

在具体的环境影响评价工作中，水污染影响型建设项目地表水环境影响评价工作等级的划分应综合考虑上述因素，按照 HJ 2.3—2018 的规定划分，详见表 3-3。

表 3-3 水污染影响型建设项目评价等级判定表

评价等级	判定依据	
	排放方式	废水排放量 Q/（m^3/d）；水污染物当量数 W/（无量纲）
一级	直接排放	Q≥20 000 或 W≥600 000
二级	直接排放	其他
三级 A	直接排放	Q＜200 且 W＜6 000
三级 B	间接排放	—

注 1：水污染物当量数等于该污染物年排放量除以该污染物当量值，计算排放污染物的污染物当量数，应区分第一类水污染物和其他类水污染物，统计第一类污染物当量数总和，然后与其他类污染物按照污染物当量数从大到小排序，取最大当量数作为建设项目评价等级确定的依据。

注 2：废水排放量按行业排放标准中规定的废水种类统计，没有相关行业排放标准要求的通过工程分析合理确定，应统计含热量大的冷却水的排放量，可不统计间接冷却水、循环水及其他含污染物极少的清净下水的排放量。

注 3：厂区存在堆积物（露天堆放的原料、燃料、废渣等以及垃圾堆放场）、降尘污染的，应将初期雨水纳入废水排放量，相应的主要污染物纳入水污染当量计算。

注 4：建设项目直接排放第一类污染物的，其评价等级为一级；建设项目直接排放的污染物为受纳水体超标因子的，评价等级不低于二级。

注 5：直接排放受纳水体影响范围涉及饮用水水源保护区、饮用水取水口、重点保护与珍稀水生生物的栖息地、重要水生生物的自然产卵场等保护目标时，评价等级不低于二级。

注 6：建设项目向河流、湖库排放温排水引起受纳水体水温变化超过水环境质量标准要求，且评价范围有水温敏感目标时，评价等级为一级。

注 7：建设项目利用海水作为调节温度介质，排水量≥500 万 m^3/d，评价等级为一级；排水量＜500 万 m^3/d，评价等级为二级。

注 8：仅涉及清净下水排放的，如其排放水质满足受纳水体水环境质量标准要求，评价等级为三级 A。

注 9：依托现有排放口，且对外环境未新增排放污染物的直接排放建设项目，评价等级参照间接排放，定为三级 B。

注 10：建设项目生产工艺中有废水产生，但作为回水利用，不排放到外环境的，按三级 B 评价。

（二）水文要素影响型建设项目

水文要素影响型建设项目评价等级划分根据水温、径流与受影响地表水域等三类水文要素的影响程度进行判定，按照 HJ 2.3—2018 的规定划分，详见表 3-4。

表 3-4　水文要素影响型建设项目评价等级判定表

评价等级	水温	径流		受影响地表水域		
	年径流量与总库容百分比 α/%	兴利库容与年径流量百分比 β/%	取水量占多年平均径流量百分比 γ/%	工程垂直投影面积及外扩范围 A_1/km²；工程扰动水底面积 A_2/km²；过水断面宽度占用比例或占用水域面积比例 R/%		工程垂直投影面积及外扩范围 A_1/km²；工程扰动水底面积 A_2/km²
一级	$\alpha \leqslant 10$；或稳定分层	$\beta \geqslant 20$；或完全年调节与多年调节	$\gamma \geqslant 30$	$A_1 \geqslant 0.3$；或 $A_2 \geqslant 1.5$；或 $R \geqslant 10$	$A_1 \geqslant 0.3$；或 $A_2 \geqslant 1.5$；或 $R \geqslant 20$	$A_1 \geqslant 0.5$；或 $A_2 \geqslant 3$
二级	$20 > \alpha > 10$；或不稳定分层	$20 > \beta > 2$；或季调节与不完全年调节	$30 > \gamma > 10$	$0.3 > A_1 > 0.05$；或 $1.5 > A_2 > 0.2$；或 $10 > R > 5$	$0.3 > A_1 > 0.05$；或 $1.5 > A_2 > 0.2$；或 $20 > R > 5$	$0.5 > A_1 > 0.15$；或 $3 > A_2 > 0.5$
三级	$\alpha \geqslant 20$；或混合型	$\beta \leqslant 2$；或无调节	$\gamma \leqslant 10$	$A_1 \leqslant 0.05$；或 $A_2 \leqslant 0.2$；或 $R \leqslant 5$	$A_1 \leqslant 0.05$；或 $A_2 \leqslant 0.2$；或 $R \leqslant 5$	$A_1 \leqslant 0.15$；或 $A_2 \leqslant 0.5$

注 1：影响范围涉及饮用水水源保护区、重点保护与珍稀水生生物的栖息地、重要水生生物的自然产卵场、自然保护区等保护目标，评价等级应不低于二级。

注 2：跨流域调水、引水式电站、可能受到河流感潮河段影响，评价等级不低于二级。

注 3：造成入海河口（湾口）宽度束窄（束窄尺度达到原宽度的 5%以上），评价等级应不低于二级。

注 4：对不透水的单方向建筑尺度较长的水工建筑物（如防波堤、导流堤等），其与潮流或水流主流向切线垂直方向投影长度大于 2 km 时，评价等级应不低于二级。

注 5：允许在一类海域建设的项目，评价等级为一级。

注 6：同时存在多个水文要素影响的建设项目，分别判定各水文要素影响评价等级，并取其中最高等级作为水文要素影响型建设项目评价等级。

【例 1】某地拟新建一工业污水厂，建成后其废水排放量为 50 000 m³/d，废水中的主要污染物为色度、SS、COD、BOD_5 等。其废水经处理达标后排入项目附近的大新河，大新河平均流量为 19 m³/s。根据当地水环境功能区划，大新河流经项目附近河段执行 GB 3838—2002 Ⅲ类水标准（非划定保护区）。请划分该项目地表水环境影响评价工作等级。

【分析】本项目为水污染影响型项目，主要依据项目污水排放方式、废水排放量、水污染物排放当量 3 个方面来判定。

就本项目而言，主要污染物包括非持久性污染物（COD、BOD_5）、色度、SS、等常规指标，不包括一类污染物，排放方式为直接排放，排放的大新河段不涉及保护目标，废水排放量为 50 000 m³/d。

根据表 3-3，可判定该项目的地表水环境影响评价工作等级为一级。

【例 2】如表 3-5 所示，某塑料加工项目建成后，外排废水 172 m^3/d，主要为员工的生活污水。项目生活污水经自建污水处理站处理达标后外排附近的小河涌。根据工程分析可知，COD 排放量为 2.838 t/a，BOD_5 排放量为 0.437 t/a，NH_3-N 排放量为 0.218 t/a，SS 排放量为 0.437 t/a，总磷排放量为 0.022 t/a。请划分该项目地表水环境影响评价工作等级。

【分析】本项目为水污染影响型项目，主要依据项目污水排放方式、废水排放量、水污染物排放当量 3 个方面来判定。

本项目污水排放方式为直接排放，排放的污染物不涉及第一类污染物，先确定 Q 值，然后再计算出 W 值。计算 W 值的时候要注意，污染物的年排放量单位一般为 t/a，而水污染物排放当量值的单位为 kg，需要统一单位后才进行计算。

表 3-5 项目水污染物当量数计算结果

序号	废水量 Q/(m^3/d)	污染物	年排放量/(t/a)	水污染物当量值/kg	水污染物当量数 W（无量纲）
1	172	COD	2.838	1	2 838
2		BOD_5	0.437	0.5	874
3		NH_3-N	0.218	0.8	272.5
4		SS	0.437	4	109.25
5		总磷	0.022	0.25	88
最大当量数		COD	—	—	2 838

本项目生活污水为直接排放，$Q=172\ m^3/d<200\ m^3/d$，且水污染物最大当量数为 $W_{COD}=2\ 838<6\ 000$，根据表 3-3，确定该项目的地表水环境影响评价工作等级为三级 A。

三、评价范围确定

（一）水污染影响型建设项目

水污染影响型建设项目评价范围，根据评价等级、工程特点、影响方式及程度、地表水环境质量管理要求等确定。

1．一级、二级及三级 A 的评价范围

其评价范围应符合以下要求：

①应根据主要污染物迁移转化状况，至少需覆盖建设项目污染影响所及水域。

②受纳水体为河流时，应满足覆盖对照断面、控制断面与消减断面等关心断面的要求。

③受纳水体为湖泊、水库时，一级评价，评价范围宜不小于以入湖（库）排放

口为中心、半径为 5 km 的扇形区域；二级评价，评价范围宜不小于以入湖（库）排放口为中心、半径为 3 km 的扇形区域；三级 A 评价，评价范围宜不小于以入湖（库）排放口为中心、半径为 1 km 的扇形区域。

④受纳水体为入海河口和近岸海域时，评价范围按照 GB/T 19485 执行。

⑤影响范围涉及水环境保护目标的，评价范围至少应扩大到水环境保护目标内受到影响的水域。

⑥同一建设项目有两个及两个以上废水排放口，或排入不同地表水体时，按各排放口及所排入地表水体分别确定评价范围；有叠加影响的，叠加影响水域应作为重点评价范围。

2. 三级 B 的评价范围

其评价范围应符合以下要求：

①应满足其依托污水处理设施环境可行性分析的要求。

②涉及地表水环境风险的，应覆盖环境风险影响范围所及的水环境保护目标水域。

（二）水文要素影响型建设项目

水文要素影响型建设项目评价范围，根据评价等级、水文要素影响类别、影响及恢复程度确定，评价范围应符合以下要求：

①水温要素影响评价范围为建设项目形成水温分层水域，以及下游未恢复到天然（或建设项目建设前）水温的水域。

②径流要素影响评价范围为水体天然性状发生变化的水域，以及下游增减水影响水域。

③地表水域影响评价范围为相对建设项目建设前日均或潮均流速及水深，或高（累积频率 5%）低（累积频率 90%）水位（潮位）变化幅度超过±5%的水域。

④建设项目影响范围涉及水环境保护目标的，评价范围至少应扩大到水环境保护目标内受影响的水域。

⑤存在多类水文要素影响的建设项目，应分别确定各水文要素影响评价范围，取各水文要素评价范围的外包线作为水文要素的评价范围。

评价范围应以平面图的方式表示，并明确起、止位置等控制点坐标。

四、评价时期确定

建设项目地表水环境影响评价时期根据受影响地表水体类型、评价等级等确定，详见表 3-6。三级 B 评价，可不考虑评价时期。

表 3-6 评价时期确定表

受影响地表水体类型	评价等级		
	一级	二级	水污染影响型（三级A）/水文要素影响型（三级）
河流、湖库	丰水期、平水期、枯水期； 至少丰水期和枯水期	丰水期和枯水期； 至少枯水期	至少枯水期
入海河口（感潮河段）	河流：丰水期、平水期和枯水期； 河口：春季、夏季和秋季； 至少丰水期和枯水期，春季和秋季	河流：丰水期和枯水期； 河口：春季、秋季 2 个季节； 至少枯水期或 1 个季节	至少枯水期或 1 个季节
近岸海域	春季、夏季和秋季； 至少春季、秋季 2 个季节	春季或秋季；至少 1 个季节	至少 1 次调查

注 1：感潮河段、入海河口、近岸海域在丰、枯水期（或春夏秋冬四季）均应选择大潮期或小潮期中的一个潮期开展评价（无特殊要求时，可不考虑一个潮期内高潮期、低潮期的差别）。选择原则为：依据调查监测海域的环境特征，以影响范围较大或影响程度较重为目标，定性判别和选择大潮期或小潮期作为调查潮期。

注 2：冰封期较长且作为生活饮用水与食品加工用水的水源或有渔业用水需求的水域，应将冰封期纳入评价时期。

注 3：具有季节性排水特点的建设项目，根据建设项目排水期对应的水期或季节确定评价时期。

注 4：水文要素影响型建设项目对评价范围内的水生生物生长、繁殖与洄游有明显影响时，需将对应的时期作为评价时期。

注 5：复合影响型建设项目分别确定评价时期，按照覆盖所有评价时期的原则综合确定。

五、水环境保护目标确定

依据环境影响因素识别结果，调查评价范围内的水环境保护目标，确定主要水环境保护目标。应在地图中标注各水环境保护目标的地理位置、四至范围，并列表给出水环境保护目标内主要保护对象和保护要求，以及与建设项目占地区域的相对距离、坐标、高差，与排放口的相对距离、坐标等信息，同时说明与建设项目的水力联系。

六、环境影响评价标准确定

建设项目地表水环境影响评价标准，应根据评价范围内水环境质量管理要求和相关污染物排放标准的规定，确定各评价因子适用的水环境质量标准与相应的污染物排放标准。

根据《海水水质标准》（GB 3097）、《地表水环境质量标准》（GB 3838）、《农田灌溉水质标准》（GB 5084）、《渔业水质标准》（GB 11607）、《海洋生物质量》（GB 18421）、《海洋沉积物质量》（GB 18668）及相应的地方标准，结合受纳水体水环境功能区或水功能区、近岸海域环境功能区、水环境保护目标、生态流量等水环境质量管理要求，确定地表水环境质量评价标准。

根据现行国家和地方排放标准的相关规定，结合项目所属行业、地理位置，确定建设项目污染物排放评价标准。对于间接排放建设项目，若建设项目与污水处理厂在排放标准允许范围内，签订了纳管协议和排放浓度限值，并报相关生态环境主管部门备案，可将此浓度限值作为污染物排放评价的依据。

未划定水环境功能区或水功能区、近岸海域环境功能区的水域，或未明确水环境质量标准的评价因子，由地方人民政府生态环境主管部门确认应执行的环境质量要求；在国家及地方污染物排放标准中未包括的评价因子，由地方人民政府生态环境主管部门确认应执行的污染物排放要求。

第四节 环境现状调查与评价

地表水环境现状调查的目的是掌握评价范围内水体污染源、水文、水质和水体使用功能等方面的环境背景情况，为地表水环境现状评价和影响预测提供基础资料。具体实施中以资料收集为主，现场实测为辅，开展地表水环境现状调查。调查的内容为环境水文条件、水污染源和水环境质量。

环境现状调查与评价应遵循问题导向与管理目标导向统筹、流域（区域）与评价水域兼顾、水质水量协调、常规监测数据利用与补充监测互补、水环境现状与变化分析相结合的原则。

应满足建立污染源与受纳水体水质响应关系的需求，符合地表水环境影响预测的要求。

一、调查范围的确定

建设项目环境现状调查范围的确定，需要遵循以下原则：

①地表水环境的现状调查范围应覆盖评价范围，应以平面图方式表示，并明确起、止断面的位置及涉及范围。

②对于水污染影响型建设项目，除覆盖评价范围外，受纳水体为河流时，在不受回水影响的河流段，排放口上游调查范围宜不小于 500 m，受回水影响河段的上游调查范围原则上与下游调查的河段长度相等；受纳水体为湖库时，以排放口为圆心，调查半径在评价范围基础上外延 20%～50%。

③对于水文要素影响型建设项目，受影响水体为河流、湖库时，除覆盖评价范围外，一级、二级评价时，还应包括库区及支流回水影响区、坝下至下一个梯级或河口、受水区、退水影响区。

④对于水污染影响型建设项目，建设项目排放污染物中包括氮、磷或有毒污染物且受纳水体为湖泊、水库时，一级评价的调查范围应包括整个湖泊、水库，二级、三级 A 评价时，调查范围应包括排放口所在水环境功能区、水功能区或湖（库）湾区。

⑤受纳或受影响水体为入海河口及近岸海域时，调查范围依据《海洋工程环境影响评价技术导则》（GB/T 19485）要求执行。

二、调查因子

地表水环境现状调查因子根据评价范围水环境质量管理要求、建设项目水污染物排放特点与水环境影响预测评价要求等综合分析确定。调查因子应不少于评价因子。

【例 3】某高尔夫球场项目，其建设完成后包括 27 洞高尔夫球场及配套会所、高尔夫球练习场，员工人数预计 830 人，最大设计接待能力为 650 人/天。另外，球场运营过程中农药、化肥使用情况如下：

（1）农药包括两大类，即杀虫剂和杀菌剂。

杀菌剂：25%阿米西达（嘧菌酯）、百菌清（达可宁）、雷多米尔（甲霜灵）、70%甲基托布津（甲基硫菌灵）、多抗霉素（肽嘧啶核苷类抗菌素）等。

杀虫剂：90%杜邦万灵（灭多威）、48%乐斯本（毒死蜱）、4.5%绿福乳油（高效氯氰菊酯）等。

（2）项目使用的肥料主要为 N-P-K 高效复合肥。球场内有 5 个人工湖，球场生活污水、废水部分进入人工湖、球场附近的水库、河涌。

请根据以上项目建设情况，初步确定地表水环境监测的因子。

【分析】根据项目的实际情况，按照上述确定监测项目的方法：

（1）常规监测项目：pH、BOD_5、DO、SS。

（2）特征水质参数：通过工程分析，本项目的特征水质参数应来自两个方面：

①会所、员工宿舍的生活污水，特征水质参数为 COD、氨氮、阴离子表面活性剂、石油类、粪大肠菌群。

②施用农药、化肥流失后的水质特征参数为百菌清、杜邦万灵、绿福乳油、乐斯本、雷多米尔、甲基托布津、总氮、总磷。

（3）其他方面的参数：考虑到高尔夫球场项目的特点以及项目附近水体的使用功能，本项目需进行水生生物、底质监测。

①水生生物监测包括：浮游藻类、底栖动物。

②底质监测包括：pH、百菌清、灭多威、氯氰菊酯、毒死蜱、甲霜灵、甲基托布津、N、P。

三、调查内容与方法

（一）调查内容

地表水环境现状调查内容包括建设项目及区域水污染源调查、受纳或受影响水体水环境质量现状调查、区域水资源与开发利用状况调查、水文情势与相关水文特征值调查，以及水环境保护目标、水环境功能区或水功能区、近岸海域环境功能区及其相关的水环境质量管理要求等调查。涉及涉水工程的，还应调查涉水工程运行规则和调度情况。

1. 项目污染源调查

根据建设项目工程分析、污染源源强核算技术指南，结合排污许可技术规范等相关要求，分析确定建设项目所有排放口（包括涉及一类污染物的车间或车间处理设施排放口、企业总排口、雨水排放口、清净下水排放口、温排水排放口等）的污染物源强，明确排放口的相对位置并附图件、地理位置（经纬度）、排放规律等。改建、扩建项目还应调查现有企业所有废水排放口。

2. 区域水污染源调查

（1）点污染源调查内容

主要包括：

①基本信息：主要包括污染源名称、排污许可证编号等。

②排放特点：主要包括排放形式（分散排放或集中排放、连续排放或间歇排放），排放口的平面位置（附污染源平面位置图）及排放方向，排放口在断面上的位置。

③排污数据：主要包括污水排放量、排放浓度、主要污染物等数据。

④用排水状况：主要调查取水量、用水量、循环水量、重复利用率、排水总量等。

⑤污水处理状况：主要调查各排污单位生产工艺流程中的产污环节、污水处理工艺、处理效率、处理水量、中水回用量、再生水量、污水处理设施的运转情况等。

⑥根据评价等级及评价工作需要，选择上述全部或部分内容进行调查。

（2）面污染源调查内容

按照农村生活污染源、农田污染源、分散式畜禽养殖污染源、城镇地面径流污染源、堆积物污染源、大气沉降源等分类，采用源强系数法、面源模型法等方法，估算面源源强、流失量与入河量等，主要包括：

①农村生活污染源：调查人口数量、人均用水量、供水方式、污水排放方式、去向和排污负荷量等。

②农田污染源：调查农药和化肥的施用种类、施用量、流失量及入河系数、去

向及受纳水体等情况（包括水土流失、农药和化肥流失强度、流失面积、土壤养分含量等调查分析）。

③分散式畜禽养殖污染源：调查畜禽养殖的种类、数量、养殖方式、粪便污水收集与处置情况、主要污染物浓度、污水排放方式和排污负荷量、去向及受纳水体等。畜禽粪便污水作为肥水进行农田利用的，需考虑畜禽粪便污水土地承载力。

④城镇地面径流污染源：调查城镇土地利用类型及面积、地面径流收集方式与处理情况、主要污染物浓度、排放方式和排污负荷量、去向及受纳水体等。

⑤堆积物污染源：调查矿山、冶金、火电、建材、化工等单位的原料、燃料、废料、固体废物（包括生活垃圾）的堆放位置、堆放面积、堆放形式及防护情况、污水收集与处置情况、主要污染物和特征污染物浓度、污水排放方式和排污负荷量、去向及受纳水体等。

⑥大气沉降源：调查区域大气沉降（湿沉降、干沉降）的类型、污染物种类、污染物沉降负荷量等。

（3）内源污染

一级、二级评价，建设项目直接导致受纳水体内源污染变化，或存在与建设项目排放污染物同类的且内源污染影响受纳水体水环境质量的，应开展内源污染调查，必要时应开展底泥补充监测。底泥物理指标包括力学性质、质地、含水率、粒径等；化学指标包括水域超标因子、与本建设项目排放污染物相关的因子。

3．水文情势调查

水文情势调查内容见表 3-7。

表 3-7　水文情势调查内容表

水体类型	水污染影响型	水文要素影响型
河流	水文年及水期划分、不利水文条件及特征水文参数、水动力学参数等	水文系列及其特征参数；水文年及水期的划分；河流物理形态参数；河流水沙参数、丰枯水期水流及水位变化特征等
湖库	湖库物理形态参数；水库调节性能与运行调度方式；水文年及水期划分；不利水文条件特征及水文参数；出入湖（库）水量变化过程；湖流动力学参数；水温分层结构等	
入海河口（感潮河段）	潮汐特征、感潮河段的范围、潮区界与潮流界的划分；潮位及潮流；不利水文条件组合及特征水文参数；水流分层特征等	
近岸海域	水温、盐度、泥沙、潮位、流向、流速、水深等，潮汐性质及类型，潮流、余流性质及类型，海岸线、海床、滩涂、海岸蚀淤变化趋势等	

4. 水资源开发利用状况调查

（1）水资源现状

调查水资源总量、水资源可利用量、水资源时空分布特征、人类活动对水资源量的影响等。主要涉水工程概况调查，包括数量、等级、位置、规模，主要开发任务、开发方式、运行调度及其对水文情势、水环境的影响。应涵盖大型、中型、小型等各类涉水工程，绘制涉水工程分布示意图。

（2）水资源利用状况

调查城市、工业、农业、渔业、水产养殖业、水域景观等各类用水现状与规划（包括用水时间、取水地点、取用水量等），各类用水的供需关系（包括水权等）、水质要求和渔业、水产养殖业等所需的水面面积。

（二）调查方法

调查方法主要采用资料收集、现场监测、无人机或卫星遥感遥测等方法。

四、调查要求

（一）区域水污染源调查

①应详细调查与建设项目排放污染物同类的，或有关联关系的已建项目、在建项目、拟建项目（已批复环境影响评价文件，下同）等污染源。

a）一级评价，以收集利用排污许可证登记数据、环评及环保验收数据及既有实测数据为主，并辅以现场调查及现场监测；

b）二级评价，主要收集利用排污许可证登记数据、环评及环保验收数据及既有实测数据，必要时补充现场监测；

c）水污染影响型三级 A 评价与水文要素影响型三级评价，主要收集利用与建设项目排放口的空间位置和所排污染物的性质关系密切的污染源资料，可不进行现场调查及现场监测；

d）水污染影响型三级 B 评价，可不开展区域污染源调查，主要调查依托污水处理设施的日处理能力、处理工艺、设计进水水质、处理后的废水稳定达标排放情况，同时应调查依托污水处理设施执行的排放标准是否涵盖建设项目排放的有毒有害的特征水污染物。

②一级、二级评价，建设项目直接导致受纳水体内源污染变化，或存在与建设项目排放污染物同类的且内源污染影响受纳水体水环境质量的，应开展内源污染调查，必要时应开展底泥污染补充监测。

③具有已审批入河排放口的主要污染物种类及其排放浓度和总量数据，以及国家或地方发布的入河排放口数据的，可不对入河排放口汇水区域的污染源开展

调查。

④面污染源调查主要采用收集利用既有数据资料的调查方法，可不进行实测。

⑤建设项目的污染物排放指标需要等量替代或减量替代时，还应对替代项目开展污染源调查。

（二）水环境质量现状调查

①应根据不同评价等级对应的评价时期要求开展水环境质量现状调查。

②应优先采用国务院生态环境主管部门统一发布的水环境状况信息。

③当现有资料不能满足要求时，应按照不同等级对应的评价时期要求开展现状监测。

④水污染影响型建设项目一级、二级评价时，应调查受纳水体近 3 年的水环境质量数据，分析其变化趋势。

（三）水环境保护目标调查

应主要采用国家及地方人民政府发布的各相关名录中的统计资料。

（四）水资源与开发利用状况调查

水文要素影响型建设项目一级、二级评价时，应开展建设项目所在流域、区域的水资源与开发利用状况调查。

（五）水文情势调查

①应尽量收集临近水文站既有水文年鉴资料和其他相关的有效水文观测资料。当上述资料不足时，应进行现场水文调查与水文测量，水文调查与水文测量宜与水质调查同步。

②水文调查与水文测量宜在枯水期进行。必要时，可根据水环境影响预测需要、生态环境保护要求，在其他时期（如丰水期、平水期、冰封期等）进行。

③水文测量的内容应满足拟采用的水环境影响预测模型对水文参数的要求。在采用水环境数学模型时，应根据所选用的预测模型需输入的水文特征值及环境水力学参数决定水文测量内容；在采用物理模型法模拟水环境影响时，水文测量应提供模型制作及模型试验所需的水文特征值及环境水力学参数。

④水污染影响型建设项目开展与水质调查同步进行的水文测量，原则上可只在一个时期（水期）内进行。在水文测量的时间、频次和断面与水质调查不完全相同时，应保证满足水环境影响预测所需的水文特征值及环境水力学参数的要求。

（六）补充监测

1. 补充监测要求

①应对收集资料进行复核整理，分析资料的可靠性、一致性和代表性，针对资料的不足，制定必要的补充监测方案，确定补充监测时期、内容、范围。

②需要开展多个断面或点位补充监测的，应在大致相同的时段内开展同步监测。需要同时开展水质与水文补充监测的，应按照水质水量协调统一的要求开展同步监测，测量的时间、频次和断面应保证满足水环境影响预测的要求。

③应选择符合监测项目对应环境质量标准或参考标准所推荐的监测方法，并在监测报告中注明。水质采样与水质分析应遵循相关的环境监测技术规范。水文调查与水文测量的方法可参照《河流流量测验规范》（GB 50179）、《海洋调查规范》（GB/T 12763）、《海滨观测规范》（GB/T 14914）的相关规定执行。河流及湖库底泥调查参照《地表水和污水监测技术规范》（HJ/T 91）执行，入海河口、近岸海域沉积物调查参照《海洋监测规范》（GB 17378）、《近岸海域环境监测规范》（HJ 442）执行。

2. 监测内容

①应在常规监测断面的基础上，重点针对对照断面、控制断面以及环境保护目标所在水域的监测断面开展水质补充监测。

②建设项目需要确定生态流量时，应结合主要生态保护对象敏感用水时段进行调查分析，有针对性地开展必要的生态流量与径流过程监测等。

③当调查的水下地形数据不能满足水环境影响预测要求时，应开展水下地形补充测绘。

3. 监测布点与采样频次

（1）河流监测断面设置与采样频次

①水质监测断面布设。根据 HJ 2.3 要求，应布设对照断面和控制断面。水污染影响型建设项目在拟建排放口上游应布置对照断面（宜在 500 m 以内），根据受纳水域水环境质量控制管理要求设定控制断面。控制断面可结合水环境功能区或水功能区、水环境控制单元区划情况，直接采用国家及地方确定的水质控制断面。评价范围内不同水质类别区、水环境功能区或水功能区、水环境敏感区及需要进行水质预测的水域，应布设水质监测断面。评价范围以外的调查或预测范围，可以根据预测工作需要增设相应的水质监测断面。

结合 HJ/T 91 和 HJ 2.3，一般情况下应布设对照、控制、削减三种类型的断面，取样断面的布设主要遵循以下原则：

a）在调查范围的两端应布设取样断面；

b）调查范围内重点保护对象附近水域应布设取样断面；

c）水文特征突然变化处（如支流汇入处等）、水质急剧变化处（如污水排入处等）、重点水工构筑物（如取水口、桥梁涵洞等）附近应布设取样断面；

d）水文站附近等应布设采样断面，并适当考虑水质预测关心点；

e）对照断面一般设在拟建成排污口上游 500 m 处。

②水质取样断面上取样垂线的布设按照 HJ/T 91 的规定执行。

③采样频次：每个水期可监测一次，每次同步连续调查取样 3～4 d，每个水质取样点每天至少取一组水样，在水质变化较大时，每间隔一定时间取样一次。水温监测频次，应每间隔 6 h 监测一次水温，统计计算日平均水温。

【例 4】图 3-2 为一建设项目纳污水体附近的水系分布情况，以及地表水环境现状监测断面的布设示意图。

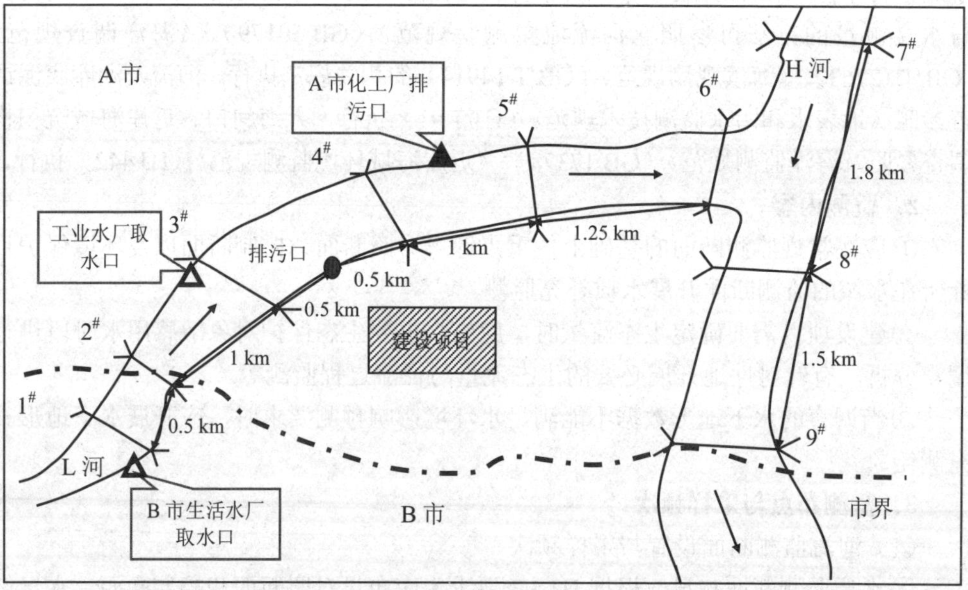

图 3-2 某建设项目水质监测断面分布示意图

【分析】①调查范围内水环境保护目标附近的断面：1#断面位于 B 市生活水厂的取水口，在本项目排污口上游 2 km 处；3#断面为工业用水取水口，在本项目排污口上游 0.5 km 处；2#断面为 L 河在 A 市、B 市交界处，在本项目排污口上游 1.5 km 处；9#断面为 H 河在 A 市、B 市交界处断面。

②水文特征突然变化处的断面：6#断面、8#断面为 L 河汇入 H 河处。

③水质急剧变化处的断面：5#断面为 A 市化工厂排污口附近的断面，其附近水域水质变化比较明显。

④4#断面为本建设项目的控制断面，其与 3#断面、7#断面、9#断面为水环境现状监测的基本断面（对照断面、削减断面）。

（2）湖库监测点位设置与采样频次

①水质取样垂线的布设。对于水污染影响型建设项目，水质取样垂线的设置可采用以排放口为中心、沿放射线布设或网格布设的方法，按照下列原则及方法设置：一级评价在评价范围内布设的水质取样垂线数宜不少于20条；二级评价在评价范围内布设的水质取样垂线数宜不少于16条。评价范围内不同水质类别区、水环境功能区或水功能区、水环境敏感区、排放口和需要进行水质预测的水域，应布设取样垂线。对于水文要素影响型建设项目，在取水口、主要入湖（库）断面、坝前、湖（库）中心水域、不同水质类别区、水环境敏感区和需要进行水质预测的水域，应布设取样垂线。对于复合影响型建设项目，应兼顾进行取样垂线的布设。

②水质取样垂线上取样点的布设按照HJ/T 91的规定执行。

③采样频次：每个水期可监测一次，每次同步连续取样2～4 d，每个水质取样点每天至少取一组水样，但在水质变化较大时，每间隔一定时间取样一次。溶解氧和水温监测频次，每间隔6 h取样监测一次，在调查取样期内适当监测藻类。

（3）入海河口、近岸海域监测点位设置与采样频次

①水质取样断面和取样垂线的设置：一级评价可布设5～7个取样断面；二级评价可布设3～5个取样断面。排放口位于感潮河段内的，其上游设置的水质取样断面，应根据实际情况参照河流决定，其下游断面的布设与近岸海域相同。

②水质取样点的布设：根据垂向水质分布特点，参照GB/T 12763和HJ 442执行。

③采样频次：原则上一个水期在一个潮周期内采集水样，明确所采样品所处潮时，必要时对潮周日内的高潮和低潮采样。当上、下层水质变幅较大时，应分层取样。入海河口上游水质取样频次参照感潮河段相关要求执行，下游水质取样频次参照近岸海域相关要求执行。对于近岸海域，一个水期宜在半个太阴月内的大潮期或小潮期分别采样，明确所采样品所处潮时；对所有选取的水质监测因子，在同一潮次取样。

五、现状评价的内容与要求

根据建设项目水环境影响特点与水环境质量管理要求，选择以下全部或部分内容开展评价：

①水环境功能区或水功能区、近岸海域环境功能区水质达标状况。评价建设项目评价范围内水环境功能区或水功能区、近岸海域环境功能区各评价时期的水质状况与变化特征，给出水环境功能区或水功能区、近岸海域环境功能区达标评价结论，明确水环境功能区或水功能区、近岸海域环境功能区水质超标因子、超标程度，分析超标原因。

②水环境控制单元或断面水质达标状况。评价建设项目所在控制单元或断面各

评价时期的水质现状与时空变化特征，评价控制单元或断面的水质达标状况，明确控制单元或断面的水质超标因子、超标程度，分析超标原因。

③水环境保护目标质量状况。评价涉及水环境保护目标水域各评价时期的水质状况与变化特征，明确水质超标因子、超标程度，分析超标原因。

④对照断面、控制断面等代表性断面的水质状况。评价对照断面水质状况，分析对照断面水质水量变化特征，给出水环境影响预测的设计水文条件；评价控制断面水质现状、达标状况，分析控制断面来水水质水量状况，识别上游来水不利组合状况，分析不利条件下的水质达标问题。评价其他监测断面的水质状况，根据断面所在水域的水环境保护目标水质要求，评价水质达标状况与超标因子。

⑤底泥污染评价。评价底泥污染项目及污染程度，识别超标因子，结合底泥处置排放去向，评价退水水质与超标情况。

⑥水资源与开发利用程度及其水文情势评价。根据建设项目水文要素影响特点，评价所在流域（区域）水资源与开发利用程度、生态流量满足程度、水域岸线空间占用状况等。

⑦水环境质量回顾评价。结合历史监测数据与国家及地方生态环境主管部门公开发布的环境状况信息，评价建设项目所在水环境控制单元或断面、水环境功能区或水功能区、近岸海域环境功能区的水质变化趋势，评价主要超标因子变化状况，分析建设项目所在区域或水域的水质问题，从水污染、水文要素等方面，综合分析水环境质量现状出现问题的原因，明确与建设项目排污影响的关系。

⑧流域（区域）水资源（包括水能资源）与开发利用总体状况、生态流量管理要求与现状满足程度、建设项目占用水域空间的水流状况与河湖演变状况。

⑨依托污水处理设施稳定达标排放评价。评价建设项目依托的污水处理设施稳定达标状况，分析建设项目依托污水处理设施环境可行性。

六、评价方法

水环境功能区或水功能区、近岸海域环境功能区及水环境控制单元或断面水质达标状况评价方法，参考国家或地方政府相关部门制定的水环境质量评价技术规范、水体达标方案编制指南、水功能区水质达标评价技术规范等。

地表水环境质量现状评价主要采用文字分析与描述，并辅之以数学模式计算的方式。在文字分析与描述中，有时可采用检出率、超标率等统计值。数学模式计算分两种：一种采用单项水质参数评价；另一种采用多项水质参数综合评价。根据HJ 2.3—2018，监测断面或点位水环境质量现状评价采用水质指数法，底泥污染状况评价采用单项污染指数法。单项水质参数评价是指将每个污染因子单独进行评价，利用统计得出各自的达标率或超标率、超标倍数、统计代表值等结果。单项水质参数评价能够客观地反映水体的污染程度，可以清晰地判断出主要污染因子、主要污染时段和水体的主要污染区域，能较完整地提供监测水域的时空污染变化。

1．水质指数法

（1）一般性水质因子（随着浓度增加而水质变差的水质因子）的指数计算公式

$$S_{i,j}=C_{i,j}/C_{si} \tag{3-1}$$

式中：$S_{i,j}$——评价因子 i 在 j 点的水质指数，大于 1 表明该水质因子超标；

$C_{i,j}$——评价因子 i 在 j 点的实测统计代表值，mg/L；

C_{si}——评价因子 i 的水质评价标准限值，mg/L。

（2）溶解氧（DO）的标准指数计算公式

$$S_{DO,j}=DO_s/DO_j \qquad DO_j \leqslant DO_f \tag{3-2}$$

$$S_{DO,j}=\frac{|DO_f-DO_j|}{DO_f-DO_s} \qquad DO_j > DO_f \tag{3-3}$$

式中：$S_{DO,j}$——溶解氧的标准指数，大于 1 表明该水质因子超标；

DO_s——溶解氧的水质评价标准限值，mg/L；

DO_j——溶解氧在 j 点的实测统计代表值，mg/L；

DO_f——饱和溶解氧浓度，mg/L，对于河流，$DO_f=468/(31.6+T)$，其中，

T——水温，℃。

（3）pH 的指数计算公式

$$S_{pH,j}=\frac{7.0-pH_j}{7.0-pH_{sd}} \qquad pH_j \leqslant 7.0 \tag{3-4}$$

$$S_{pH,j}=\frac{pH_j-7.0}{pH_{su}-7.0} \qquad pH_j > 7.0 \tag{3-5}$$

式中：$S_{pH,j}$——pH 的指数，大于 1 表明该水质因子超标；

pH_j——j 点的 pH 实测统计代表值；

pH_{sd}——地表水水质标准中规定的 pH 下限值；

pH_{su}——地表水水质标准中规定的 pH 上限值。

水质评价因子的标准指数大于 1，表明该评价因子的水质超过了规定的水质标准，已经不能满足使用功能的要求。

【例 5】在某项目环境影响评价工作中，项目纳污水体环境功能属于Ⅲ类水，评价期间进行了一期水质监测，结果如表 3-8 所示，请根据监测结果对水环境质量状况作出评述。

表 3-8 水质监测结果

断面	pH	DO/（mg/L）	COD/（mg/L）	BOD_5/（mg/L）	水温/℃
$1^{\#}$	7.23	7.82	21.2	4.38	29.8
$2^{\#}$	6.98	7.90	19.8	4.54	29.8
$3^{\#}$	7.10	7.75	22.4	4.15	29.8

【分析】地表水环境质量评价一般采用水质指数法进行。

首先，确定评价的标准，由于项目纳污水体属于Ⅲ类水环境功能区，评价标准执行《地表水环境质量标准》（GB 3838—2002）中Ⅲ类水标准，具体见表 3-9：

表 3-9 纳污水体执行的标准

评价项目	pH	DO/（mg/L）	COD/（mg/L）	BOD_5/（mg/L）
评价标准	6～9	≥5	≤20	≤4

其次，按照水质指数计算方法分别计算各评价项目的水质指数，计算结果见表 3-10：

表 3-10 水质指数计算结果

断面	pH	DO/（mg/L）	COD/（mg/L）	BOD_5/（mg/L）
$1^{\#}$	0.12	0.64	1.06	1.10
$2^{\#}$	0.02	0.63	0.99	1.14
$3^{\#}$	0.05	0.65	1.12	1.04

最后，根据现状监测及水质指数计算结果，发现 COD、BOD_5 两项指标的水质指数大于 1，说明纳污水体环境质量达不到Ⅲ类水要求。

2．底泥污染指数法

底泥污染指数计算公式：

$$P_{i,j} = C_{i,j} / C_{si} \tag{3-6}$$

式中：$P_{i,j}$——底泥污染因子 i 的单项污染指数，大于 1 表明该污染因子超标；

$C_{i,j}$——调查点位污染因子 i 的实测值，mg/L；

C_{si}——污染因子 i 的评价标准值或参考值，mg/L。

第五节 地表水环境影响预测

建设项目地表水环境影响预测是地表水环境影响评价的重要内容，其主要任务是通过一定的技术方法，预测建设项目在不同实施阶段（建设期、运行期、服务期满后）对地表水的环境影响，为采取相应的环境保护措施及管理方案提供依据。

一、预测原则

开展地表水环境影响预测，总体要求如下：

①一级、二级、水污染影响型三级A与水文要素影响型三级评价应定量预测建设项目水环境影响，水污染影响型三级B评价可不进行水环境影响预测。

②影响预测应考虑评价范围内已建、在建和拟建项目中，与建设项目排放同类（种）污染物对相同水文要素产生的叠加影响。

③建设项目分期规划实施的，应估算规划水平年进入评价范围的污染负荷，预测分析规划水平年评价范围内地表水环境质量变化趋势。

④对于环境质量不符合环境功能要求或环境质量改善目标的，应结合区域限期达标规划。

二、预测方法概述

（一）预测方法简介

预测地表水水质变化的方法，大致可以分为四类：数学模式法、物理模型法、类比分析法和专业判断法。

1．数学模式法

此方法是利用表达水体净化机制的数学方程式预测建设项目引起的水体水质变化。该法能给出定量的预测结果，在许多水域有成功应用水质模型的范例。一般情况下，此法比较简便，应首先考虑。但这种方法需一定的计算条件和输入必要的参数，而且污染物在水中的净化机制，很多方面尚难用数学模式表达。

2．物理模型法

此方法是依据相似论，在按一定比例缩小的环境模型上进行水质模拟实验，以预测由建设项目引起的水体水质变化。此方法能反映比较复杂的水环境特点，且定量化程度较高，再现性好。应该指出的是，此方法需要有相应的试验条件和较多的基础数据，且制作模型要耗费大量的人力、物力和时间。因此建议在无法利用数学模式法预测且评价级别较高、对预测结果要求较严时，考虑选用此法。但污染物在水中的化学、生物净化过程难以在实验中模拟。

3．类比分析法

调查与建设项目性质相似，且纳污水体规模、流态、水质也相似的工程。根据调查结果，分析预估拟建设项目的水环境影响。此种预测属于定性或半定量性质。已建的相似工程有可能找到，但与拟建项目有相似的水环境状况的工程不易找到。所以，类比分析法所得结果往往比较粗略，一般多在评价工作级别较低、且评价时间较短、无法取得足够的参数和数据时，用类比分析法求得数学模式中所需的若干参数、数据。

4．专业判断法

此方法定性地反映建设项目的环境影响。主要用于评价时间过短等特殊情况，依靠专业技术经验作出环境影响效应的判断。一般在前 3 种方法无法采用时方选用此方法。

（二）预测条件的确定

1．预测因子与预测范围

（1）预测因子

预测因子应根据评价因子确定，重点选择与建设项目水环境影响关系密切的因子。

（2）预测范围

地表水环境预测的范围应覆盖评价范围，并根据受影响地表水体水文要素与水质特点合理拓展。

2．预测时期

（1）水污染影响型建设项目

水污染影响型建设项目，水体自净能力最不利以及水质状况相对较差的不利时期、水环境现状补充监测时期应作为重点预测时期；自净能力最小的时段通常在枯水期（当然，个别水域由于面源污染较重也可能在丰水期）；自净能力一般的时段通常在平水期。

评价等级为一级、二级时，应分别预测建设项目在水体自净能力最小和一般两个时段的水环境影响。评价等级为三级或评价等级为二级但评价时间较短时，可以只预测自净能力最小时段的水环境影响。

（2）水文要素影响型建设项目

水文要素影响型建设项目，以水质状况相对较差或对评价范围内水生生物影响最大的不利时期为重点预测时期。

3．预测情景

①根据建设项目特点分别选择建设期、生产运行期和服务期满后三个阶段进行

预测。

②生产运行期应预测正常排放、非正常排放两种工况对水环境的影响，如建设项目具有充足的调节容量，可只预测正常排放对水环境的影响。

③应对建设项目污染控制和减缓措施方案进行水环境影响模拟预测。

④对受纳水体环境质量不达标区域，应考虑区（流）域环境质量改善目标要求情景下的模拟预测。

4．预测内容

（1）水污染影响型建设项目

①各关心断面（控制断面、取水口、污染源排放核算断面等）水质预测因子的浓度及变化；

②到达水环境保护目标处的污染物浓度；

③各污染物最大影响范围；

④湖泊、水库及半封闭海湾等，还需关注富营养化状况与水华、赤潮等；

⑤排放口混合区范围。

（2）水文要素影响型建设项目

①河流、湖泊及水库的水文情势预测分析主要包括水域形态、径流条件、水力条件以及冲淤变化等内容，具体包括水面面积、水量、水温、径流过程、水位、水深、流速、水面宽、冲淤变化等，湖泊和水库需要重点关注湖库水域面积或蓄水量及水力停留时间等因子；

②感潮河段、入海河口及近岸海域水动力条件预测分析主要包括流量、流向、潮区界、潮流界、纳潮量、水位、流速、水面宽、水深、冲淤变化等因子。

（三）预测模型

地表水环境影响预测模型包括数学模型、物理模型。地表水环境影响预测宜选用数学模型。评价等级为一级且有特殊要求时选用物理模型，物理模型应遵循水工模型实验技术规程等要求。

数学模型包括：面源污染负荷估算模型、水动力模型、水质（包括水温及富营养化）模型等，可根据地表水环境影响预测的需要选择。

1．面源污染负荷估算模型

根据污染源类型分别选择适用的污染源负荷估算或模拟方法，预测污染源排放量与入河量。面源污染负荷预测可根据评价要求与数据条件，采用源强系数法、水文分析法以及面源模型法等，有条件的地方可以综合采用多种方法进行比对分析确定，各方法适用条件如下：

①源强系数法。当评价区域有可采用的源强产生、流失及入河系数等面源污染负荷估算参数时，可采用源强系数法。

②水文分析法。当评价区域具备一定数量的同步水质水量监测资料时，可基于基流分割确定暴雨径流污染物浓度、基流污染物浓度，采用通量法估算面源的负荷量。

③面源模型法。面源模型选择应结合污染特点、模型适用条件、基础资料等综合确定。

2．水动力模型及水质模型

按照时间分为稳态模型与非稳态模型，按照空间分为零维、一维（包括纵向一维及垂向一维，纵向一维包括河网模型）、二维（包括平面二维及立面二维）以及三维模型，按照是否需要采用数值离散方法分为解析解模型与数值解模型。根据建设项目的污染源特性、受纳水体类型、水力学特征、水环境特点及评价等级等要求，选取适宜的预测模型。各地表水体适用的数学模型选择要求如下：

①河流数学模型。河流数学模型选择要求见表3-11。在模拟河流顺直、水流均匀且排污稳定时可以采用解析解模型。

表3-11　河流数学模型适用条件

模型分类	模型空间分类						模型时间分类	
	零维模型	纵向一维模型	河网模型	平面二维模型	立面二维模型	三维模型	稳态	非稳态
适用条件	水域基本均匀混合	沿程横断面均匀混合	多条河道相互连通，水流运动和污染物交换相互影响的河网地区	垂向均匀混合	垂向分层特征明显	垂向及平面分布差异明显	水流恒定、排污稳定	水流不恒定，或排污不稳定

②湖库数学模型。湖库数学模型选择要求见表3-12。在模拟湖库水域形态规则、水流均匀且排污稳定时可以采用解析解模型。

表3-12　湖库数学模型适用条件

模型分类	模型空间分类						模型时间分类	
	零维模型	纵向一维模型	平面二维模型	垂向一维	立面二维模型	三维模型	稳态	非稳态
适用条件	水流交换作用较充分，污染物质分布基本均匀	污染物在断面上均匀混合的河道型水库	浅水湖库，垂向分层不明显	深水湖库，水平分布差异不明显，存在垂向分层	深水湖库，横向分布差异不明显，存在垂向分层	垂向及平面分布差异明显	流场恒定、源强稳定	流场不恒定或源强不稳定

③感潮河段、入海河口数学模型。污染物在断面上均匀混合的感潮河段、入海河口，可采用纵向一维非恒定数学模型，感潮河网区宜采用一维河网数学模型。浅水感潮河段和入海河口宜采用平面二维非恒定数学模型。如感潮河段、入海河口的下边界难以确定，宜采用一、二维连接数学模型。

④近岸海域数学模型。近岸海域宜采用平面二维非恒定数学模型。如果评价海域的水流和水质分布在垂向上存在较大的差异（如排放口附近水域），宜采用三维数学模型。

三、河流水质数学模式预测方法

（一）混合过程段的确定

对于点源的水环境影响预测，可以将预测范围内的河段分为充分混合段、混合过程段和上游河段。充分混合段是指污染物浓度在断面上均匀分布的河段。当断面上任意一点的浓度与断面平均浓度之差小于平均浓度的5%时，可以认为达到全断面的水质均匀分布。混合过程段是指排放口下游达到充分混合断面以前的河段。上游河段是指排放口上游的河段。

混合过程段的长度计算公式如下：

$$L_m = \left\{0.11 + 0.7 \times \left[0.5 - \frac{a}{B} - 1.1 \times \left(0.5 - \frac{a}{B}\right)^2\right]^{1/2}\right\} \frac{uB^2}{E_y} \tag{3-7}$$

式中：L_m —— 混合过程段长度，m；

B —— 水面宽度，m；

a —— 排放口到岸边的距离，m；

u —— 断面流速，m/s；

E_y —— 污染物横向扩散系数，m^2/s，同 M_y［采用泰勒公式计算 $M_y=(0.058H+0.0065B)(gHI)^{1/2}$，$B/H \leqslant 100$］。

【例6】某河流的基本水文情况是：平均宽度为 102 m，平均水深为 1.52 m，河流平均流速为 0.1 m/s，水力坡度为 0.37%，某新建企业的排污口设在该河的岸边，请确定项目建成后污水的混合过程段长度。

【分析】根据混合过程段长度的计算公式以及案例中给定的已知条件：

B=102 m，H=1.52 m，u=0.1 m/s，I=0.37%，g=9.8 m/s^2。

因项目建成后的废水为岸边排放，故 a 的取值为 0，将上述已知条件代入公式 3-7 可计算出：L_m=2 613 m。

（二）常用数学模型

水环境预测模式很多，在选择时应综合考虑上述的各项原则，一般情况下应选择《环境影响评价技术导则　地表水环境》（HJ 2.3—2018）推荐的模式。

下面介绍几种常用的河流水环境预测模式。

1. 河流完全混合模式（零维模式）

该类模式的主要适用条件是：河流充分混合段、持久性污染物、河流为恒定流动、废水连续稳定排放。

$$C=\frac{C_pQ_p+C_hQ_h}{Q_p+Q_h} \tag{3-8}$$

式中：C —— 污染物浓度（垂向平均浓度、断面平均浓度），mg/L；

Q_p —— 废水排放量，m^3/s；

C_p —— 污染物的排放浓度，mg/L；

Q_h —— 河流来水流量，m^3/s；

C_h —— 河流来水污染物浓度，mg/L。

【例 7】某金属制品厂外排含 Cu^{2+} 的废水，其废水排放量为 200 m^3/d，该厂废水未经处理 Cu^{2+} 的排放浓度为 23 mg/L，排放方式为连续恒定排放，该厂每天的生产时间为 10 h。该厂废水外排后进入一条小河，该河为地表水Ⅳ类水体，河宽 12 m，流速为 0.80 m/s，水深 1.20 m，现场监测其中 Cu^{2+} 的平均浓度为 0.75 mg/L。试问该厂的废水未经处理排入该河流是否会引起河流中 Cu^{2+} 的超标。（Cu^{2+} 的地表水环境质量标准值为 1.0 mg/L）

【分析】根据案例中给出的已知条件，该厂附近的河流规模为小型，其污染物 Cu^{2+} 为持久性污染物，可忽略其混合过程段；废水的排放为连续恒定排放，河流为恒定流动，因此，可采用完全混合模式进行预测。

其中：$Q_p=\frac{200}{10\times60\times60}=0.0056$（$m^3/s$）

$$Q_h=12\times0.8\times1.2=11.52\ (m^3/s)$$

所以：

$$C=\frac{C_pQ_p+C_hQ_h}{Q_p+Q_h}=\frac{23\times0.0056+0.75\times11.52}{0.0056+11.52}=0.76\ (mg/L)$$

由于Ⅳ类水体中 Cu^{2+} 的质量标准为 1.0 mg/L，因此该厂的废水未经处理排入该河流不会引起 Cu^{2+} 的超标。

2．纵向一维数学模型（解析法）

（1）连续稳定排放

根据河流纵向一维水质模型方程的简化、分类判别条件（即 O′Connor 数 α 和贝克莱数 Pe 的临界值），选择相应的解析解公式。

$$\alpha = \frac{kE_x}{u^2} \tag{3-9}$$

$$\mathrm{Pe} = \frac{uB}{E_x} \tag{3-10}$$

当 $\alpha \leqslant 0.027$、$\mathrm{Pe} \geqslant 1$ 时，适用对流降解模型：

$$C = C_0 \exp(-\frac{kx}{u}),\ x \geqslant 0 \tag{3-11}$$

当 $\alpha \leqslant 0.027$、$\mathrm{Pe} < 1$ 时，适用对流扩散降解简化模型：

$$C = C_0 \exp(\frac{ux}{E_x}),\ x < 0 \tag{3-12}$$

$$C = C_0 \exp(-\frac{kx}{u}),\ x \geqslant 0 \tag{3-13}$$

$$C_0 = (C_\mathrm{p}Q_\mathrm{p} + C_\mathrm{h}Q_\mathrm{h}) / (Q_\mathrm{p} + Q_\mathrm{h}) \tag{3-14}$$

当 $0.027 < \alpha \leqslant 380$ 时，适用对流扩散降解模型：

$$C(x) = C_0 \exp\left[\frac{ux}{2E_x}(1 + \sqrt{1 + 4\alpha})\right],\ x < 0 \tag{3-15}$$

$$C(x) = C_0 \exp\left[\frac{ux}{2E_x}(1 - \sqrt{1 + 4\alpha})\right],\ x \geqslant 0 \tag{3-16}$$

$$C_0 = (C_\mathrm{p}Q_\mathrm{p} + C_\mathrm{h}Q_\mathrm{h}) / \left[(Q_\mathrm{p} + Q_\mathrm{h})\sqrt{1 + 4\alpha}\right] \tag{3-17}$$

当 $\alpha > 380$ 时，适用扩散降解模型：

$$C = C_0 \exp(x\sqrt{\frac{k}{E_x}}),\ x < 0 \tag{3-18}$$

$$C = C_0 \exp(-x\sqrt{\frac{k}{E_x}}),\ x \geqslant 0 \tag{3-19}$$

$$C_0 = (C_\mathrm{p}Q_\mathrm{p} + C_\mathrm{h}Q_\mathrm{h}) / (2A\sqrt{kE_x}) \tag{3-20}$$

式中：α —— O′Connor 数，量纲一，表征物质离散降解通量与移流通量比值；

Pe —— 贝克来数，量纲一，表征物质移流通量与离散通量比值；

C_0 —— 河流排放口初始断面混合浓度，mg/L；

x —— 河流沿程坐标，m，x=0 指排放口处，x＞0 指排放口下游段，x＜0 指排放口上游段。

（2）瞬时排放

瞬时排放源河流一维对流扩散方程的浓度分布公式为：

$$C(x,t)=\frac{M}{A\sqrt{4\pi E_x t}}\exp(-kt)\exp\left[-\frac{(x-ut)^2}{4E_x t}\right] \tag{3-21}$$

在 t 时刻、距离污染源下游 $x=ut$ 处的污染物浓度峰值为：

$$C_{\max}(x)=\frac{M}{A\sqrt{4\pi E_x x/u}}\exp(-kx/u) \tag{3-22}$$

式中：$C(x,t)$ —— 在距离排放口 x 处，t 时刻的污染物浓度，mg/L；

x —— 离排放口距离，m；

t —— 排放发生后的扩散历时，s；

M —— 污染物的瞬时排放总质量，g；

其他符号说明同以上公式。

（3）有限时段排放

有限时段排放源河流一维对流扩散方程的浓度分布，在排放持续期间（$0<t_j\leqslant t_0$），公式为：

$$C(x,t_j)=\frac{\Delta t}{A\sqrt{4\pi E_x}}\sum_{i=1}^{j}\frac{W_i}{\sqrt{t_j-t_{i-0.5}}}\exp\left[-k(t_j-t_{i-0.5})\right]\exp\left\{-\frac{\left[x-u(t_j-t_{i-0.5})\right]^2}{4E_x(t_j-t_{i-0.5})}\right\} \tag{3-23}$$

在排放停止后（$t_j>t_0$），公式为：

$$C(x,t_j)=\frac{\Delta t}{A\sqrt{4\pi E_x}}\sum_{i=1}^{n}\frac{W_i}{\sqrt{t_j-t_{i-0.5}}}\exp\left[-k(t_j-t_{i-0.5})\right]\exp\left\{-\frac{\left[x-u(t_j-t_{i-0.5})\right]^2}{4E_x(t_j-t_{i-0.5})}\right\} \tag{3-24}$$

式中：$C(x,t_j)$ —— 在距离排放口 x 处，t_j 时刻的污染物浓度，mg/L；

t_0 —— 污染源的排放持续时间，s；

Δt —— 计算时间步长，s；

n —— 计算分段数，$n=t_0/\Delta t$；

$t_{i-0.5}$ —— 污染源排放的时间变量，$t_{i-0.5}=(i-0.5)\Delta t<t_0$，s；

i —— 最大为 n 的自然数；

j —— 自然数；

W_i —— t_{i-1} 到 t_i 时间段内，单位时间污染物的排放质量，g/s；

其他符号说明同以上公式。

3．平面二维数学模型

（1）连续稳定排放

①不考虑岸边反射影响的宽浅型平直恒定均匀河流，岸边点源稳定排放，浓度分布公式为：

$$C(x,y)=C_h+\frac{m}{h\sqrt{\pi E_y ux}}\exp\left(-\frac{uy^2}{4E_y x}\right)\exp\left(-k\frac{x}{u}\right) \tag{3-25}$$

式中：$C(x,y)$—— 纵向距离、横向距离点的污染物浓度，mg/L；

m —— 污染物排放速率，g/s；

②考虑岸边反射影响的宽浅型平直恒定均匀河流，岸边点源稳定排放，浓度分布公式为：

$$C(x,y)=C_h+\frac{m}{h\sqrt{\pi E_y ux}}\exp\left(-k\frac{x}{u}\right)\sum_{n=-1}^{1}\exp\left[-\frac{u(y-2nB)^2}{4E_y x}\right] \tag{3-26}$$

③宽浅型平直恒定均匀河流，离岸点源排放，浓度分布公式为：

$$C(x,y)=$$

$$C_h+\frac{m}{h\sqrt{4\pi E_y ux}}\exp\left(-k\frac{x}{u}\right)\sum_{n=-1}^{1}\left\{\exp\left[-\frac{u(y-2nB)^2}{4E_y x}\right]+\exp\left[-\frac{u(y-2nB+2a)^2}{4E_y x}\right]\right\} \tag{3-27}$$

（2）瞬时排放

不考虑岸边反射影响的宽浅型平直恒定均匀河流，岸边点源排放，浓度分布公式为：

$$C(x,y,t)=C_h+\frac{M}{2\pi ht\sqrt{E_x E_y}}\exp\left[-\frac{(x-ut)^2}{4E_x t}-\frac{y^2}{4E_y t}\right]\exp(-kt) \tag{3-28}$$

考虑岸边反射影响的宽浅型平直恒定均匀河流，岸边点源排放，浓度分布公式为：

$$C(x,y,t)=C_h+\frac{M}{2\pi ht\sqrt{E_x E_y}}\exp\left(-\frac{(x-ut)^2}{4E_x t}-kt\right)\sum_{n=-1}^{1}\exp\left[-\frac{(y-2nB)^2}{4E_y t}\right] \tag{3-29}$$

宽浅型平直恒定均匀河流，离岸点源排放，浓度分布公式为：

$$C(x,y,t)=C_h+\frac{M}{4\pi ht\sqrt{E_xE_y}}\exp\left(-\frac{(x-ut)^2}{4E_xt}-kt\right)\sum_{n=-1}^{1}\left\{\begin{array}{l}\exp\left[-\frac{(y-2nB)^2}{4E_yt}\right]\\+\exp\left[-\frac{(y-2nB+2a)^2}{4E_yt}\right]\end{array}\right\} \tag{3-30}$$

总结上面的模式，在实际环境影响评价工作中对水质进行预测时应遵循：首先，根据纳污水体的水文资料、排污口的位置计算混合过程段的长度，其次，根据污染物的性质（物质性质、排放方式）、纳污水体的水文资料分别选用不同的模式预测混合过程段、充分混合段的水质情况。

第六节　地表水环境影响评价

地表水环境影响评价是依据上述预测结果定性分析拟建项目在实施过程中的不同阶段能否满足预定的水环境保护的要求，从而说明项目建设对水环境质量的影响。

一、评价内容

1．一级、二级、水污染影响型三级 A 及水文要素影响型三级评价

主要评价内容包括：①水污染控制和水环境影响减缓措施有效性评价；②水环境影响评价。

2．水污染影响型三级 B 评价

主要评价内容包括：①水污染控制和水环境影响减缓措施有效性评价；②依托污水处理设施的环境可行性评价。

二、评价要求

1．水污染控制和水环境影响减缓措施有效性评价要求

①污染控制措施及各类排放口排放浓度限值等应满足国家和地方相关排放标准及符合有关标准规定的排水协议关于水污染物排放的条款要求。

②水动力影响、生态流量影响、水温影响减缓措施应满足水环境保护目标的要求。

③涉及面源污染的，应满足国家和地方有关面源污染控制治理要求。

④受纳水体环境质量达标区的建设项目选择废水处理措施或多方案比选时，应满足行业污染防治可行技术指南要求，确保废水稳定达标排放且环境影响可以接受。

⑤受纳水体环境质量不达标区的建设项目选择废水处理措施或多方案比选时，应满足区（流）域水环境质量限期达标规划和替代源的削减方案要求、区（流）域环境质量改善目标要求及行业污染防治可行技术指南中最佳可行技术要求，确保废水污染物达到最低排放强度和排放浓度，且环境影响可以接受。

2．水环境影响评价要求

①排放口所在水域形成的混合区，应限制在达标控制（考核）断面以外水域，且不得与已有排放口形成的混合区叠加，混合区外水域应满足水环境功能区或水功能区的水质目标要求。

②水环境功能区或水功能区、近岸海域环境功能区水质达标。说明建设项目对评价范围内的水环境功能区或水功能区、近岸海域环境功能区的水质影响特征，分析水环境功能区或水功能区、近岸海域环境功能区水质变化状况，在考虑叠加影响的情况下，评价建设项目建成以后各预测时期水环境功能区或水功能区、近岸海域环境功能区达标状况。涉及富营养化问题的，还应评价水温、水文要素、营养盐等变化特征与趋势，分析判断富营养化演变趋势。

③满足水环境保护目标水域水环境质量要求。评价水环境保护目标水域各预测时期的水质（包括水温）变化特征、影响程度与达标状况。

④水环境控制单元或断面水质达标。说明建设项目污染排放或水文要素变化对所在控制单元各预测时期的水质影响特征，在考虑叠加影响的情况下，分析水环境控制单元或断面的水质变化状况，评价建设项目建成以后水环境控制单元或断面在各预测时期下的水质达标状况。

⑤满足重点水污染物排放总量控制指标要求，重点行业建设项目，主要污染物排放满足等量或减量替代要求。

⑥满足区（流）域水环境质量改善目标要求。

⑦水文要素影响型建设项目同时应包括水文情势变化评价、主要水文特征值影响评价、生态流量符合性评价。

⑧对于新设或调整入河（湖库、近岸海域）排放口的建设项目，应包括排放口设置的环境合理性评价。

⑨满足生态保护红线、水环境质量底线、资源利用上线和环境准入清单管理要求。

3．依托污水处理设施的环境可行性评价要求

依托污水处理设施的环境可行性评价，主要从污水处理设施的日处理能力、处理工艺、设计进水水质、处理后的废水稳定达标排放情况及排放标准是否涵盖建设项目排放的有毒有害的特征水污染物等方面评价，满足依托污水处理设施的环境可行性要求。

三、污染源排放量核算

（一）一般要求

污染源排放量是新（改、扩）建项目申请污染物排放许可的依据。

对改建、扩建项目，除应核算新增源的污染物排放量外，还应核算项目建成后全厂的污染物排放量，污染源排放量为污染物的年排放量。

建设项目在批复的区域或水环境控制单元达标方案的许可排放量分配方案中有规定的，按规定执行。

污染源排放量核算应在满足地表水环境影响评价要求的前提下进行。

规划环评污染源排放量核算与分配应遵循水陆统筹、河海兼顾、满足“三线一单”（生态保护红线、环境质量底线、资源利用上线、环境准入清单）约束要求的原则，综合考虑水环境质量改善目标要求、水环境功能区或水功能区、近岸海域环境功能区管理要求、经济社会发展、行业排污绩效等因素，确保发展不超载、底线不突破。

（二）间接排放要求

间接排放建设项目污染源排放量根据依托污水处理设施的控制要求核算确定。

（三）直接排放要求

直接排放建设项目污染源排放量根据建设项目达标排放的地表水环境影响、污染源源强核算技术指南及排污许可申请与核发技术规范进行核算，并从严要求。

直接排放建设项目污染源排放量核算应在满足地表水环境影响评价要求的基础上，遵循以下原则要求：

①污染源排放量的核算水体为有水环境功能要求的水体。

②建设项目排放的污染物属于现状水质不达标的，包括本项目在内的区（流）域污染源排放量应调减至满足区（流）域水环境质量改善目标要求。

③当受纳水体为河流时，不受回水影响的河段，建设项目污染源排放量核算断面位于排放口下游，与排放口的距离应小于 2 km；受回水影响河段，应在排放口的上、下游设置建设项目污染源排放量核算断面，与排放口的距离应小于 1 km。建设项目污染源排放量核算断面应根据区间水环境保护目标位置、水环境功能区或水功能区及控制单元断面等情况调整。当排放口污染物进入受纳水体在断面混合不均匀时，应以污染源排放量核算断面污染物最大浓度为评价依据。

④当受纳水体为湖库时，建设项目污染源排放量核算点位应布置在以排放口为中心、半径不超过 50 m 的扇形水域内，且扇形面积占湖库面积的比例不超过 5%，

核算点位应不少于 3 个。建设项目污染源排放量核算点应根据区间水环境保护目标位置、水环境功能区或水功能区及控制单元断面等情况调整。

⑤遵循地表水环境质量底线要求，主要污染物（化学需氧量、氨氮、总磷、总氮）需预留必要的安全余量。安全余量可按地表水环境质量标准、受纳水体环境敏感性等确定：受纳水体为 GB 3838 Ⅲ类水域以及涉及水环境保护目标的水域，安全余量按照不低于建设项目污染源排放量核算断面（点位）处环境质量标准的 10%确定（安全余量≥环境质量标准×10%）；受纳水体为 GB 3838 Ⅳ类、Ⅴ类水域，安全余量按照不低于建设项目污染源排放量核算断面（点位）环境质量标准的 8%确定（安全余量≥环境质量标准×8%）；地方如有更严格的环境管理要求，按地方要求执行。

⑥当受纳水体为近岸海域时，参照 GB 18486 执行。

按照上述规定要求预测评价范围的水质状况，如预测的水质因子满足地表水环境质量管理及安全余量要求，污染源排放量即为水污染控制措施有效性评价确定的排污量。如果不满足地表水环境质量管理及安全余量要求，则需进一步根据水质目标核算污染源排放量。

第七节　水污染防控措施与监测计划

地表水环境影响评价工作除了需要预测、说明项目建设过程及建成后对水环境质量影响的大小外，还需要针对项目废水产生的实际情况有针对性地提出水污染防控措施。水污染防控措施包括工程措施和管理措施。

一、水污染防控的工程措施

（一）废水处理方法

废水的工程处理方法按其作用原理可以分为物理法、化学法、物理化学法和生物法四大类。

物理法是利用物理作用来分离废水中的悬浮物或乳浊物，常见的有格栅、筛滤、离心、澄清、过滤、隔油等方法。

化学法是利用化学反应来去除废水中的溶解物质和胶体物质，常见的有中和、沉淀、氧化还原、催化氧化、光催化氧化、电解絮凝等方法。

物理化学法是利用物理化学作用去除水中溶解物质和胶体物质，常见的有混凝、浮选、吸附、离子交换、膜分离、萃取、气提、吹脱、蒸发、结晶等方法。

生物法是利用微生物代谢作用，使废水中的有机污染物和无机微生物营养物转化为稳定、无害的物质，常见的有活性污泥法、生物膜法、厌氧生物消化法、稳定塘及湿地处理等方法。

（二）废水的处理工艺

按照处理程度的不同，废水处理工艺可以分为预处理、一级处理、二级处理和三级处理。污水处理过程会产生沉淀，其处理（处置）也需要关注。

1. 预处理

废水预处理的目的是保护废水处理站（厂）的后续处理设备。预处理一般包括以下几个环节中的一个或多个。

①均匀调节。为尽可能地减少或控制废水水量的波动，一般在废水处理系统之前，设有均匀调节池（简称调节池）。根据其功能可以分为均量池（均化水量）、均质池（保证出水水质比较均匀）、均化池（既能均化水量又能保证水质均匀）和事故池（生产事故废水贮存）四种。

②格栅。格栅的主要作用是去除会阻塞或卡住泵、阀及其机械设备的大颗粒物等，有粗格栅、细格栅之分。

③沉沙。沉沙池一般设置在泵站和沉淀池之前，用以分离废水中密度较大的沙粒、灰渣等无机固体颗粒。

④隔油。隔油池主要采用自然上浮法去除可浮油。

2. 一级处理

废水的一级处理通常被认为是一个沉淀过程，一级处理工艺具体包括：

①沉淀。在一级废水处理系统中，沉淀是主要的处理工艺，处理效果基本上取决于沉淀池的沉淀效果。根据池内水流方向，沉淀池可以分为平流式沉淀池、辐流式沉淀池和竖流式沉淀池。

②中和处理。中和处理主要是指对酸、碱废水的处理，废酸、碱水的互相中和。在中和后不平衡时，考虑采用药剂中和。酸性废水一般投加石灰、石灰石、氢氧化钠等；碱性废水主要是投加工业盐酸。

③化学沉淀处理。化学沉淀处理是向废水中投加某些化学药剂（沉淀剂），使其与废水中溶解态的污染物直接发生化学反应，形成难溶的固体生成物，然后进行固液分离，除去水中的污染物。废水中的重金属离子（如铅、锌、镍、铜、铬等）、某些非重金属离子（如砷、硫、硼等）均可采用该方法去除。

④浮选法。通过投加混凝剂或絮凝剂使废水中的悬浮颗粒、乳化油脱稳、絮凝，以微小气泡做载体，黏附水中的悬浮颗粒物，随气泡夹带浮升至水面，通过收集泡沫或浮渣分离污染物，主要用于处理废水中靠自然沉降或上浮难以去除的浮油或相对密度接近 1 的悬浮颗粒。

3. 二级（生物）处理

二级处理主要是生物处理，污水中的污染物在微生物的作用下被降解和转化为污泥。

①活性污泥法。活性污泥法是一种废水生物处理过程，其将废水与活性污泥（微生物）混合、搅拌并曝气，使废水中的有机污染物分解，污泥随后从处理废水中分离，并根据需要将部分污泥回流到曝气池。

②生物膜法。生物膜法就是使废水与生物膜接触进行固相和液相的物质交换，利用膜内的微生物将有机物氧化，使废水得到净化，有滴滤池、塔滤池、接触氧化池及生物转盘等形式。

③厌氧生物处理。废水厌氧生物处理是指在缺氧条件下通过厌氧微生物（包括兼氧微生物）的作用，将废水中的各种复杂有机物分解转化成甲烷和二氧化碳等物质的过程，也称为厌氧消化，包括厌氧接触法、厌氧生物滤池法、上流式厌氧污泥床反应器法、厌氧流化床法等。

④出水消毒。出水消毒是二级或三级污水处理过程的最后一步。消毒是一种化学处理方法，在出水中加入某些经选择的消毒剂，使水中的致病微生物死亡或灭活。消毒剂主要有氯气、臭氧、紫外线、二氧化氯和溴等。

4. 三级处理

废水的三级处理是污水高级处理（又称深度处理）措施。污水经过二级处理后，仍含有磷、氮和难以生物降解的有机物、矿物质、病原体等，需要进一步净化处理，其目的是提高出水质量，使其达到严格的出水标准及污水回用的目的。

主要方法有生物脱氮法、凝集沉淀法、砂滤法、硅藻土过滤法、活性炭过滤法、蒸发法、冷冻法、反渗透法、离子交换法和电渗析法等。

废水三级处理的基建费和运行费用都比较昂贵，约为相同规模二级处理厂的2～3倍，用于对污染物排放要求严格的情况，或回收和利用经三级处理后的出水。

5. 污泥的处理及处置

在污水的一级、二级和三级处理过程中产生的膨化污泥必须加以处理或适当的处置。污水处理的程度越高，需要处理和处置的污泥量也越大。污泥量及其特性与原污水特点及污水处理过程有关。

污泥处理的基本过程包括浓缩、稳定、调节、脱水、压缩。其中，浓缩是一个去除水、增加固态物含量的过程，目的是减少后续污泥处理单元所处理污泥的体积。污泥稳定的目的是减少病原体，去除引起异味的物质，抑制、减少并去除可能导致腐化的物质。污泥调节的目的是去除污泥中的水分，在污泥脱水之前进行。污泥脱水的主要目的是减少污泥中的水分，可去除污泥异味，使污泥成为非腐败性物质。

污泥的最终处置主要方式是卫生填埋、焚烧，必要时进行安全填埋。

二、水污染防控的管理措施

地表水环境影响评价中在提出水污染防控的工程措施的同时，还应从管理等方面提出相应的防控建议，具体可以从以下几个方面考虑。

（一）排污口设置的建议

1．禁设排污口的水域

在进行地表水环境影响评价时，应特别注意禁设废水排放口的水域：在生活饮用水水源地、风景名胜区水体、重要渔业水体和其他有重要文化价值的水体的保护区内，不得新建排污口。

如果从水环境功能区划看，地表水中Ⅰ类、Ⅱ类水体以及Ⅲ类水体中的集中式生活饮用水水源二级保护区范围内的水体不得新设排污口。

任何建设项目排污口的设置不得在上述水域内。

2．排污口规范化的建议

根据国家的相关要求，建设项目排污口原则上只设 1 个，排污口应在项目辖区边界内设置采样口（半径大于150 mm），若排污管有压力，则应安装采样阀。同时，对于废水排放量大、水质复杂的建设项目应在排污口安装在线监测装置。

（二）禁止向水体排放的污染物

在提出水污染防控建议时，应注意国家明令禁止向水体排放的污染物：禁止向水体排放油类、酸液或者剧毒废液；禁止在水体清洗装贮过油类或者有剧毒污染物的车辆和容器；禁止将含有汞、镉、砷、铅、氢化物、黄磷等的可溶性剧毒废渣向水体排放、倾倒或者直接埋入地下；禁止向水体排放、倾倒工业废渣、城市垃圾和其他废弃物；禁止在江河、湖泊、运河、渠道、水库最高水位线以下的滩地和岸坡堆放、存贮固体废弃物和其他污染物；禁止向水体排放含有高放射性固体废弃物和中放射性物质的废水。

（三）清洁生产建议

遵循清洁生产的理念，考虑工艺的环境友好性，结合前期预防及末端治理，从节约用水、增加中水回用、提高重复用水率等方面提出建议。

三、监测计划

1．水污染源监测计划

按建设项目建设期、生产运行期、服务期满后等不同阶段，针对不同工况、不同地表水环境影响的特点，根据 HJ 819、HJ/T 92、相应的污染源源强核算技术指南和自行监测技术指南，提出水污染源的监测计划，包括监测点位、监测因子、监测频次、监测数据采集与处理、分析方法等。明确自行监测计划内容，提出应向社会公开的信息内容。

2．地表水环境质量监测计划

提出地表水环境质量监测计划，包括监测断面或点位位置（经纬度）、监测因子、监测频次、监测数据采集与处理、分析方法等。明确自行监测计划内容，提出应向社会公开的信息内容。

3．监测计划的其他要求

①监测因子需与评价因子相协调。地表水环境质量监测断面或点位设置需与水环境现状监测、水环境影响预测的断面或点位相协调，并应强化其代表性、合理性。

②建设项目排放口应根据污染物排放特点和相关规定设置监测系统，排放口附近有重要水环境功能区或水功能区及特殊用水需求时，应对排放口下游控制断面进行定期监测。

③对下泄流量有泄放要求的建设项目，在闸坝下游应设置生态流量监测系统。

复习与思考题

1. 什么是水体污染？水体污染源、污染物是如何分类的？

2. 某园区建成后，外排废水将新增排放 672 m^3/d，经处理达标后直接外排到河涌。根据工程分析可知，COD 排放量为 8.064 t/a，NH_3-N 排放量为 1.612 8 t/a，SS 排放量为 4.032 t/a，总铜排放量为 0.100 8 t/a。请判断该项目地表水环境影响评价工作等级。

3. 某一个建设项目，建成投产以后的污水排放量为 2.5 m^3/s，污水中 Pb 浓度为 20 mg/L，污水排入附近一条河流中，河水的流量为 100 m^3/s，该河上游的 Pb 浓度为 0.06 mg/L，问污水排入河中后，其 Pb 浓度是多少？

4. 以你学校为假想建设项目进行地表水环境影响评价，完成以下工作：

（1）根据学校污水产生情况以及污水排入水体的情况，确定评价工作的等级；

（2）针对纳污水体及污水排放情况，制定地表水环境现状补充监测方案；

（3）假定几种主要污染物部分监测断面的现状监测结果如下表，请根据监测结果运用适当的方法评价纳污水体的环境质量现状（水体的环境功能类别根据纳污水体的实际情况确定）；

表 3-13　主要污染物部分监测断面的现状监测结果

断面	pH	DO/（mg/L）	COD/（mg/L）	BOD_5/（mg/L）	水温/℃
1#	7.69	7.80	22.2	4.40	29.8
2#	7.98	7.70	20.8	4.56	29.8
3#	7.40	7.75	22.7	4.18	29.8

（4）分析学校污水排放对纳污水体的可能的环境影响并提出防控措施。

第四章　地下水环境影响评价

【知识目标】

1. 了解地下水环境影响评价的工作程序，掌握地下水环境影响评价工作等级确定的方法。

2. 掌握制定地下水环境现状监测方案并利用监测结果进行现状评价的方法。

3. 了解地下水运移规律，初步了解地下水预测模型的运用。

【能力目标】

1. 能够利用初步工程分析结果，确定建设项目地下水环境影响评价工作等级。

2. 能够根据环境影响评价工作的要求制定地下水环境现状监测方案。

3. 能够根据地下水环境现状监测结果对地下水现状进行分析并写出地下水环境现状评价报告。

4. 能够利用模型法进行简单的预测计算并进行地下水环境质量影响分析。

第一节　地下水

地球上的水根据分布区域可以分为三大类，即大气水（atmospheric water）、地表水（surface water）和地下水（groundwater）。其中地下水是指以各种形式赋存于地面以下岩石空隙中的水，狭义上是指地下水面以下饱和含水层中的水。《环境影响评价技术导则 地下水环境》（HJ 610—2016）中，地下水是指埋藏在地面以下饱和含水层中的重力水。

一、地下水的概念

地下水也是参与自然界水循环过程中处于地下隐伏径流阶段的循环水。地下水是储存和运动于岩石和土壤空隙中的水，因此其必然受到地质条件的限制。地质条件包括岩石性质、空隙类型与连通性、地质地貌特征、地质历史等。地下水环境是地质环境的组成部分，它是指地下水的物理性质、化学成分和贮存空间及其由于自然地质作用和人类工程——经济活动作用下所形成的状态总和。在岩土工程领域，地下水是岩土的重要组成部分，地下水的赋存状态与渗流特性对岩土的理化性质有着极其重要的影响，进而影响工程结构承载能力、变形性状与稳定性、耐久性等；

在环境岩土方面，地下水的赋存状态、理化性质及渗流特性时刻决定了污染物的迁移、转化和归宿。

二、地下水的存在形式

岩石空隙中存在着各种形式的水，按其物理性质可分为气态水、结合水（吸着水和薄膜水）、毛细管水、重力水和固态水等主要形式。此外，还有存在于矿物晶体内部及其间的沸石水、结晶水与结构水。水文地质学研究的主要对象是饱和带的重力水，即在重力作用支配下运动的地下水。

1．气态水

气态水是指呈水汽状态赋存或运动于未饱和的岩土空隙中的水。它的形成原因为大气中的气态水进入岩土空隙中和岩土体内液态水的蒸发。它可以随空气的流动而流动，也可以在气压、温度改变时往低压或低温处迁移，具有较大的活动性。此外，岩土体内的气态水非常容易被吸附在土壤颗粒表面变成结合水。

2．结合水

岩土体中的结合水可以分为吸着水（强结合水）和薄膜水（弱结合水）。松散岩土颗粒表面一般带负电荷，具有静电吸附能力。颗粒越小，静电吸附能力越大。水分子是带电荷的偶极子，一端带正电荷，另一端带负电荷。在岩土颗粒的静电吸附能力的作用下，水分子被牢固地吸附在岩土颗粒的表面，形成水分子薄膜，该薄膜即是结合水。

3．毛细管水

毛细管水（capillary water），又称毛细水，是由于毛细作用而赋存于土层或岩层毛细空隙中的地下水。毛细管水在砂土和粉土层中较多，孔隙大的砂砾层中较少。孔隙过小的黏土其孔隙多为结合水所占据，毛细管水也较少。在表面张力和重力的作用下，毛细管中的水自液面上升到一定高度后稳定下来的高度称为毛细上升高度。毛细水上升高度主要取决于岩土空隙的大小，空隙愈大，毛细水上升高度愈小。潜水面以上常形成毛细水带，由于该毛细水是由地下水水面支持的，故又称之为支持毛细水。在潜水面以上的包气带中，还有因为毛细作用而滞留在毛细空隙中的悬挂毛细水和滞留在颗粒角间的角毛细水。

毛细管水能传递静水压力，并能在毛细空隙中运动，易被植物利用。地下水面离地表较浅时，毛细管水有时会引起土壤沼泽化或盐碱化以及道路冻胀和翻浆等。

4．重力水

重力水（gravity water），又称自由水（free water），是岩土中在重力作用下能自由运动的地下水。它能传递静水压力，有溶解能力、易于流动。泉水、井水和矿坑涌水都是重力水，是水文地质学研究的主要对象。

5．固态水

当岩土体的温度低于水的冰点时，赋存于岩土空隙中的水冻结成冰即形成固态水。一般固态水分布于雪线以上的高山和寒冷地带，在那里浅层地下水终年以固态水（冰）的形式存在。当温度、压强等条件改变时，固态水可以转变成重力水。

另有一种在常温下呈胶状的固态水，又称为固态束缚水。它的物理性状明显不同于普通水，除了不流动性以外，还有0℃不结冰、100℃不融化等特异性能，一般用于造林绿化和农牧业生产。还有报道称伊利诺伊大学的两位物理学家在研究地下水时发现，处于地下深处两个矿物层中的水，由于受到高压的作用变成了类似“果冻”状的胶状体，呈现出固态水的性状。

三、地下水的赋存

地下水的赋存特征对其水量、水质时空分布有决定性意义，其中最重要的是埋藏条件与含水介质类型。地下水的埋藏条件是指含水层在地质剖面中所处的部位及所受隔水层限制的情况。根据地下水不同的埋藏条件，地下水可分为包气带水（含上层滞水）、潜水和承压水。赋存地下水的岩土称为含水介质。含水介质的内部结构包括孔隙、裂隙和溶隙（溶穴）。根据含水介质的不同，地下水还可以分为孔隙水、裂隙水和岩溶水，见表4-1。

表4-1 地下水的分类

类型		分布	水力特征	动态特征	含水层状态	水量	污染情况	成因
包气带水	孔隙水	松散层	无压	随季节变化，一般为暂时性水	层状	水量不大，且随季节性变化很大	易受污染	基本上为渗入形成
	裂隙水	裂隙黏土、基岩裂隙风化区			脉状或带状			
	岩溶水	可溶岩垂直渗入区			脉状或局部含水			
潜水	孔隙水	松散层	无压或局部低压	因素影响变化明显	层状	受颗粒级配影响	较易受污染	渗入形成
	裂隙水	基岩裂隙破碎带			带状层状	一般水量较小		
	岩溶水	碳酸岩溶蚀区			层状脉状	一般水量较大		
承压水	孔隙水	松散层	承压	受当地气象影响不明显，稳定	层状	受颗粒级配影响	不易受污染	渗入和构造形成
	裂隙水	基岩构造盆地、向斜、单斜、断裂			脉状、带状	一般水量不大		
	岩溶水	向斜、单斜、岩溶层或构造盆地岩溶			层状、脉状	一般水量较大		

四、地下水的理化性质

地下水赋存和运用于岩土颗粒的空隙之中，并参与自然界的水循环，不断与周围的土体、地表水及空气等发生复杂的物理和化学作用，从而具有一定的物理性质和一定的化学成分。与此同时，地下水在参与自然界的水循环过程中，其自身的物理性质和化学成分又在不断地发生着变化。地下水理化性质的变化与地下水环境的质量有着重要的关系。

（一）地下水的物理性质

地下水的物理性质主要指水温、颜色、透明度、嗅、味、比重、导电性及放射性等。

1．温度

地下水的温度一般与其所处的地理区域的地表温度相对应。埋藏深度不同，地下水的温度变化规律也不同。因此测量地下水的温度，可以了解它的来源。

一般来说，地下水的温度比较恒定，愈是深层地下水，水温愈恒定。地下水温度有剧烈变动时，在卫生上即表示有被污染的可能。若地下水水温突然增高，可能是由于温度较高的地面水大量流入。水温可以影响水中细菌的生长繁殖和水的自然净化作用。此外，水温对水的净化消毒亦有重要的影响。

当深度变化比较大时，即从宏观来说，地下水越深水温就越高。从地面往下每加深 100 m，温度大约增加 3℃。地表以下 5～10 m 的地层温度就不随室外大气温度的变化而变化，常年维持在 15～17℃。到了一定深度，再往下每加深 100 m，温度大约增加 2℃或者 1℃。

2．颜色

大部分地下水是无色透明的。当地下水中的某类化学成分含量较多时，地下水可能呈现出不同的色彩：地下水硬度大时可呈浅蓝色；水中含有铁的氢氧化物时，可出现褐色絮状沉淀；含氧化铁（Fe_2O_3）的水呈浅红褐色或锈色；含氧化亚铁（FeO）的水呈浅蓝色；含硫化氢时，由于有硫黄胶体生成，常呈翠绿色；沼泽地带含腐殖质的地下水，则呈浅褐色或黑灰黄色等。

3．透明度

纯水是透明的，一般天然水按其透明度的好坏可分透明、半透明、微透明和不透明四种，见表 4-2。这和其中溶解盐类，混杂悬浮物、有机质和胶体的多少及性质有关。一般这些物质的含量越多，其对光线的阻碍程度越大，水越不透明。

表 4-2 地下水透明度分级

类别	特性
透明	无悬浮物及胶体，60 cm 水深可见 3 mm 粗线
半透明	含少量悬浮物质，大于 30 cm 水深可见 3 mm 粗线
微透明	含较多的悬浮物，半透明状，小于 30 cm 水深可见 3 mm 粗线
不透明	含大量的悬浮物或胶体，似乳状，水很浅也看不清楚 3 mm 粗线

4. 嗅/气味

常见的地下水一般是无嗅无味的，如果含有杂质就可能有气味。如，含有硫化氢时具有臭鸡蛋味，含较多的亚铁盐时则具有铁腥味，含腐殖质时具有鱼腥味。气味的强弱与温度有关，一般在低温下气味不明显，随着温度的提高气味越来越强烈，在 40℃左右时气味最为显著。

5. 味

地下水的味取决于其化学成分：含氯化钠（NaCl）的水有咸味；含氯化镁（$MgCl_2$）和硫酸镁（$MgSO_4$）的水有苦味；含硫酸钠的水具有涩味；含碳酸或者重碳酸的水清凉可口；含氧化亚铁的水有“墨水味”等。

6. 比重

地下水的比重取决于所溶盐类的含量。地下纯水的比重认为与化学纯水的比重相同，其数值为 1.0。水中溶解的盐类越多，比重就越大，有的甚至可以达到 1.2～1.3。

7. 导电性

地下水的导电性取决于其所含溶解电解质的种类和数量，即多种离子的含量与离子价态。离子含量越多，离子价态越高，地下水的导电性也越强。此外，由于水温影响电解质的溶解，进而也会影响地下水的导电性。

8. 放射性

地下水具有一定的放射性，但一般极为微弱。其放射性的强度取决于所含放射性元素的种类和数量。一般赋存和运动于放射性矿床及酸性火山岩区域的地下水的放射性强度较高。

（二） 地下水的化学性质

水是良好的溶剂。由于与岩石、土壤、气体相互作用，地壳中循环着的地下水能溶解各种盐类，含有多种元素的离子，目前发现的已有 62 种。其中，较常见且含量较多的离子有氯离子（Cl^-）、硫酸根离子（SO_4^{2-}）、碳酸氢根离子（HCO_3^-）、钾离子（K^+）、钙离子（Ca^{2+}）、镁离子（Mg^{2+}）等。此外，还常含有二氧化碳（CO_2）、氧（O_2）、氮（N_2）、甲烷（CH_4）、硫化氢（H_2S）以及少量惰性气体（如氡）等。

五、地下水的污染

（一）我国地下水污染现状

根据中国地质环境监测院公布的信息，目前我国地下水污染呈现由点到面、由浅到深、由城市到农村的扩展趋势，污染程度日益严重。全国 195 个城市监测结果表明，97%的城市地下水受到不同程度污染，40%的城市地下水污染趋势加重；北方 17 个省会城市中 16 个污染趋势加重，南方 14 个省会城市中 3 个污染趋势加重。地下水超采与污染互相影响，形成恶性循环。水污染造成的水质性缺水，进一步加剧了对地下水的超采，使地下水漏斗面积不断扩大，地下水水位大幅度下降；地下水位的下降又改变了原有的地下水动力条件，引起地面污水向地下水的倒灌，浅层污水不断向深层流动，地下水水污染向更深层发展，地下水污染的程度不断加重。日益严峻的地下水环境问题已经成为自然、社会、经济可持续发展的制约因素。

（二）地下水污染源成因分析

按照污染物产生的行业类型，可以将地下水污染源分为工业污染源、农业污染源、生活污染源和自然污染源。

1．工业污染源

工业污染源主要指未经处理的工业“三废”，即废气、废水和废渣。工业废气如二氧化硫、二氧化碳、氮氧化物等物质会对大气产生严重的一次污染，而这些污染物又会随降雨落到地面，随地表径流下渗对地下水造成二次污染；未经处理的工业废水如电镀工业废水、工业酸洗污水、冶炼工业废水、石油化工有机废水等有毒有害废水直接流入或渗入地下水中，造成地下水污染；工业废渣如高炉矿渣、钢渣、粉煤灰、硫铁渣、电石渣、赤泥、洗煤泥、硅铁渣、选矿场尾矿及污水处理厂的淤泥等，由于露天堆放或地下填埋隔水处理不合格，经风吹、雨水淋滤，其中的有毒有害物质随降水直接渗入地下水，或随地表径流往下游迁移过程下渗至地下水中，形成地下水污染。

2．农业污染源

农业用水占全部用水量的 70%以上，污染的影响面广泛。一是过量施用农药、化肥，残留在土壤中的农药、化肥随雨水淋滤渗入地下，引起地下水污染；二是由于地表水污染严重，农业灌溉使用被污染的地表水，造成污水中的有毒有害物质侵蚀土壤，并下渗到地下水中，造成污染。

3．生活污染源

随着我国城镇化步伐的加快，生活垃圾与生活污水量激增，由于无害化处理率低，造成对陆地生态环境和水生态环境的严重污染。我国每年累计产生垃圾达

720 亿 t，占地约 5.4 亿 m^2，并以每年占地约 3 000 万 m^2 的速度发展，全国已有 200 多个城市陷入垃圾重围之中。由于生活垃圾没有进行有效分类，大量有毒物质及危险废物与生活垃圾一起混合填埋，以及垃圾填埋处理技术落后、垃圾填埋选址不当等原因，垃圾填埋场的渗漏已经造成地下水的严重污染，成为地下水的主要污染源之一。同时，大量未经处理的生活污水，在严重污染地表水的同时，通过下渗也对地下水造成了不同程度的污染。

4．自然污染源

在有些地区，由于特殊的自然环境与地质环境，地下水天然背景不良，有毒有害成分超标。根据中国地质环境监测院调查统计，我国部分地区分布有高砷水、高氟水、低碘水等。全国有 1 亿多人在饮用不符合标准的地下水，使这些地区长期以来一直遭受砷中毒（皮肤癌）、地甲病、地氟病、克山病等地方病困扰。

第二节　评价等级

一、评价基本要求

地下水环境影响评价应对建设项目在建设期、运营期和服务期满后对地下水水质可能造成的直接影响进行分析、预测和评估，提出预防、保护或者减轻不良影响的对策和措施，制订地下水环境影响跟踪监测计划，为建设项目地下水环境保护提供科学依据。

根据建设项目对地下水环境影响的程度，结合《建设项目环境影响评价分类管理名录》，将建设项目分为四类，详见 HJ 610—2016 附录 A。Ⅰ类、Ⅱ类、Ⅲ类建设项目应进行地下水环境影响评价，Ⅳ类建设项目不开展地下水环境影响评价。

二、评价程序

地下水环境影响评价工作可划分为准备阶段、现状调查与评价阶段、影响预测与评价阶段和结论阶段。

（一）准备阶段

搜集和分析有关国家和地方地下水环境保护的法律、法规、政策、标准及相关规划等资料；了解建设项目工程概况，进行初步工程分析，识别建设项目对地下水环境可能产生的直接影响；开展现场踏勘工作，识别地下水环境敏感程度；确定评价工作等级、评价范围、评价重点。

（二）现状调查与评价阶段

开展现场调查、勘探、地下水监测、取样、分析、室内外试验和室内资料分析等工作，进行现状评价。

（三）影响预测与评价阶段

进行地下水环境影响预测，依据国家、地方有关地下水环境的法规及标准，评价建设项目对地下水环境的直接影响。

（四）结论阶段

综合分析各阶段成果，提出地下水环境保护措施与防控措施，制订地下水环境影响跟踪监测计划，完成地下水环境影响评价。

三、评价等级

（一）划分依据

首先，根据附录A确定建设项目所属的地下水环境影响评价项目类别。其次，判断地下水环境敏感程度，建设项目的地下水环境敏感程度可分为敏感、较敏感、不敏感三级，分级原则见表4-3。

表4-3　建设项目的地下水环境敏感程度分级表

敏感程度	地下水环境敏感特征
敏感	集中式饮用水水源（包括已建成的在用、备用、应急水源，在建和规划的饮用水水源）准保护区；除集中式饮用水水源以外的国家或地方政府设定的与地下水环境相关的其他保护区，如热水、矿泉水、温泉等特殊地下水资源保护区
较敏感	集中式饮用水水源（包括已建成的在用、备用、应急水源，在建和规划的饮用水水源）准保护区以外的补给径流区；未划定准保护区的集中式饮用水水源，其保护区以外的补给径流区；分散式饮用水水源地；特殊地下水资源（如矿泉水、温泉等）保护区以外的分布区等其他未列入上述敏感分级的环境敏感区 *
不敏感	上述地区之外的其他地区

注：*“环境敏感区”是指《建设项目环境影响评价分类管理名录》中所界定的涉及地下水的环境敏感区。

（二）建设项目评价工作等级

建设项目地下水环境影响评价工作等级划分见表4-4。

表 4-4 建设项目评价工作等级分级表

项目类别 环境敏感程度	Ⅰ类项目	Ⅱ类项目	Ⅲ类项目
敏感	一	一	二
较敏感	一	二	三
不敏感	二	三	三

对于利用废弃盐岩矿井洞穴或人工专制盐岩洞穴、废弃矿井巷道加水幕系统、人工硬岩洞库加水幕系统、地质条件较好的含水层储油、枯竭的油气层储油等形式的地下储油库，危险废物填埋场应进行一级评价，不按表 4-4 划分评价工作等级。

当同一建设项目涉及两个或两个以上场地时，各场地应分别判定评价工作等级，并按相应等级开展评价工作。

线性工程根据所涉地下水环境敏感程度和主要站场位置（如输油站、泵站、加油站、机务段、服务站等）进行分段判定评价等级，并按相应等级分别开展评价工作。

【例 1】某地拟新建一工业污水厂，位于工业园区内，不属于集中式饮用水水源准保护区及其他保护区，也不属于集中式饮用水水源准保护区以外的补给径流区。建成后其废水排放量为 1 000 m^3/d。请划分该项目地下水环境影响评价工作等级。

【分析】首先该项目属于工业废水集中处理，应编制环境影响报告书；根据 HJ 610—2016 附录 A，项目地下水环境影响评价类别为Ⅰ类建设项目。根据表 4-4，周边均为工业区，无饮用水水源保护区等环境敏感区，周边地下水不敏感，可判定该项目的地下水环境影响评价工作等级为二级。

【例 2】某地拟新建一废塑料再生项目，位于工业区内，周边地下水不敏感。请划分该项目地下水环境影响评价工作等级。

【分析】该项目为废塑料再生项目，根据 HJ 610—2016 附录 A，该项目属于 U 城市基础设施及房地产中的废旧资源加工、再生利用项目，应编制环境影响报告书；项目处理对象为废旧塑料，不涉及危险废物，项目地下水环境影响评价类别为Ⅲ类建设项目。根据表 4-4，周边均为工业区，无饮用水水源保护区等环境敏感区，周边地下水不敏感，可判定该项目的地下水环境影响评价工作等级为三级。

四、地下水环境影响评价技术要求

地下水环境影响评价应充分利用已有资料和数据，当已有资料和数据不能满足评价要求时，应开展相应评价等级要求的补充调查，必要时进行勘察试验。

（一）一级评价

①详细掌握调查评价区环境水文地质条件，主要包括含（隔）水层结构及分布特征、地下水补径排条件、地下水流场、地下水动态变化特征、各含水层之间以及地表水与地下水之间的水力联系等，详细掌握调查评价区内地下水开发利用现状与规划。

②开展地下水环境现状监测，详细掌握调查评价区地下水环境质量现状和地下水动态监测信息，进行地下水环境现状评价。

③基本查清场地环境水文地质条件，有针对性地开展现场勘察试验，确定场地包气带特征及其防污性能。

④采用数值法进行地下水环境影响预测，对于不宜概化为等效多孔介质的地区，可根据自身特点选择适宜的预测方法。

⑤预测评价应结合相应环保措施，针对可能的污染情景，预测污染物运移趋势，评价建设项目对地下水环境保护目标的影响。

⑥根据预测评价结果和场地包气带特征及其防污性能，提出切实可行的地下水环境保护措施与地下水环境影响跟踪监测计划，制定应急预案。

（二）二级评价

①基本掌握调查评价区的环境水文地质条件，主要包括含（隔）水层结构及其分布特征、地下水补径排条件、地下水流场等。了解调查评价区地下水开发利用现状与规划。

②开展地下水环境现状监测，基本掌握调查评价区地下水环境质量现状，进行地下水环境现状评价。

③根据场地环境水文地质条件的掌握情况，有针对性地补充必要的现场勘察试验。

④根据建设项目特征、水文地质条件及资料掌握情况，选择采用数值法或解析法进行影响预测，预测污染物运移趋势和对地下水环境保护目标的影响。

⑤提出切实可行的环境保护措施与地下水环境影响跟踪监测计划。

（三）三级评价

①了解调查评价区和场地环境水文地质条件。

②基本掌握调查评价区的地下水补径排条件和地下水环境质量现状。

③采用解析法或类比分析法进行地下水影响分析与评价。

④提出切实可行的环境保护措施与地下水环境影响跟踪监测计划。

（四）其他要求

①一级评价要求场地环境水文地质资料的调查精度应不低于1∶10 000比例尺，评价区的环境水文地质资料的调查精度应不低于1∶50 000比例尺。

②二级评价环境水文地质资料的调查精度要求能够清晰反映建设项目与环境敏感区、地下水环境保护目标的位置关系，并根据建设项目特点和水文地质条件复杂程度确定调查精度，建议一般以不低于1∶50 000比例尺为宜。

第三节　环境现状调查

一、调查原则

地下水环境现状调查与评价工作应遵循资料搜集与现场调查相结合、项目所在场地调查（勘察）与类比考察相结合、现状监测与长期动态资料分析相结合的原则。

地下水环境现状调查与评价工作的深度应满足相应的工作级别要求。当现有资料不能满足要求时，应通过组织现场监测或环境水文地质勘察与试验等方法获取。

对于一、二级评价的改、扩建类建设项目，应开展现有工业场地的包气带污染现状调查。

对于长输油品、化学品管线等线性工程，调查评价工作应重点针对场站、服务站等可能对地下水产生污染的地区开展。

二、调查范围

（一）非线性工程

建设项目（除线性工程外）地下水环境影响现状调查评价范围可采用公式计算法、查表法和自定义法确定。当建设项目所在地水文地质条件相对简单，且所掌握的资料能够满足公式计算法的要求时，应采用公式计算法确定；当不能满足公式计算法的要求时，可采用查表法确定。当计算或查表范围超出所处水文地质单元边界时，应以所处水文地质单元边界为宜。

1. 公式计算法

$$L=\alpha\times K\times I\times T/n_e \tag{4-1}$$

式中：L —— 下游迁移距离，m；

α —— 变化系数，$\alpha\geqslant1$，一般取2；

K —— 渗透系数，m/d，常见渗透系数表 4-5；

I —— 水力坡度，无量纲；

T —— 质点迁移天数，取值不小于 5 000 d；

n_e —— 有效孔隙度，量纲一。

表 4-5　渗透系数经验表

岩性名称	主要颗粒粒径/mm	渗透系数/（m/d）	渗透系数/（cm/s）
轻亚黏土		0.05～0.1	5.79×10^{-5}～1.16×10^{-4}
亚黏土		0.1～0.25	1.16×10^{-4}～2.89×10^{-4}
黄土		0.25～0.5	2.89×10^{-4}～5.79×10^{-4}
粉土质砂		0.5～1.0	5.79×10^{-4}～1.16×10^{-3}
粉砂	0.05～0.1	1.0～1.5	1.16×10^{-3}～1.74×10^{-3}
细砂	0.1～0.25	5.0～10	5.79×10^{-3}～1.16×10^{-2}
中砂	0.25～0.5	10.0～25	1.16×10^{-2}～2.89×10^{-2}
粗砂	0.5～1.0	25～50	2.89×10^{-2}～5.78×10^{-2}
砾砂	1.0～2.0	50～100	5.78×10^{-2}～1.16×10^{-1}
圆砾		75～150	8.68×10^{-2}～1.74×10^{-1}
卵石		100～200	1.16×10^{-1}～2.31×10^{-1}
块石		200～500	2.31×10^{-1}～5.79×10^{-1}
漂石		500～1 000	5.79×10^{-1}～1.16×10^{0}

采用该方法时应包含重要的地下水环境保护目标，所得的调查评价范围如图 4-1 所示。

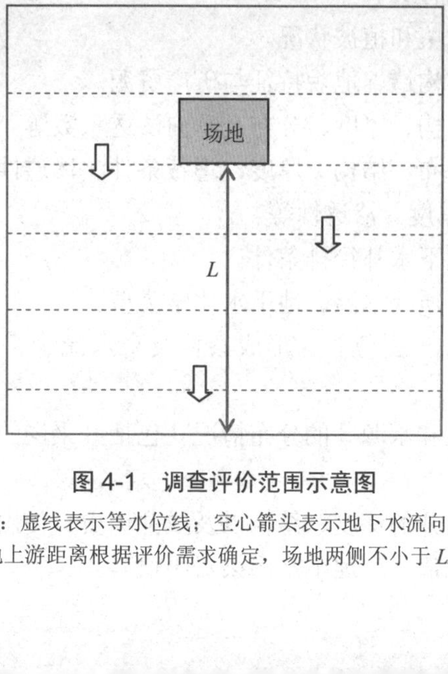

图 4-1　调查评价范围示意图

注：虚线表示等水位线；空心箭头表示地下水流向；
场地上游距离根据评价需求确定，场地两侧不小于 $L/2$。

2．查表法

详见表 4-6。

表 4-6　建设项目地下水环境现状调查评价范围参照表

评价等级	调查评价面积/km^2	备注
一级	≥20	应包括重要的地下水环境保护目标，必要时适当扩大范围
二级	6～20	
三级	≤6	

3．自定义法

可根据建设项目所在地水文地质条件自行确定，一般是一个完整的地下水地质单元。

（二）线性工程

线性工程应以工程边界两侧向外延伸 200 m 作为调查评价范围；穿越饮用水水源准保护区时，调查评价范围应至少包含水源保护区。

三、调查内容

（一）水文地质条件调查

在充分收集资料的基础上，根据建设项目特点和水文地质条件复杂程度，开展调查工作，主要内容包括：

①气象、水文、土壤和植被状况。

②地层岩性、地质构造、地貌特征与矿产资源。

③包气带岩性、结构、厚度、分布及垂向渗透系数等（厂内调查重点）。

④含水层岩性、分布、结构、厚度、埋藏条件、渗透性、富水程度等；隔水层（弱透水层）的岩性、厚度、渗透性等。

⑤地下水类型、地下水补径排条件。

⑥地下水水位、水质、水温、地下水化学类型。

⑦泉的成因类型，出露位置、形成条件及泉水流量、水质、水温，开发利用情况。

⑧集中供水水源地和水源井的分布情况（包括开采层的成井密度、水井结构、深度以及开采历史）。

⑨地下水现状监测井的深度、结构以及成井历史、使用功能。

⑩地下水环境现状值（或地下水污染对照值）。

（二）地下水污染源调查

应调查评价区内具有与建设项目产生或排放同种特征因子的地下水污染源。

对于一、二级的改、扩建项目，应在可能造成地下水污染的主要装置或设施附近开展包气带污染现状调查，对包气带进行分层取样，一般在 0～20 cm 埋深范围内取一个样品，其他取样深度应根据污染源特征和包气带岩性、结构特征等确定，并说明理由。样品进行浸溶试验，测试分析浸溶液成分。

（三）地下水环境现状监测

建设项目地下水环境现状监测应通过对地下水水质、水位的监测，掌握或了解评价区地下水水质现状及地下水流场，为地下水环境现状评价提供基础资料。

1. 布点原则

①地下水环境现状监测点采用控制性布点与功能性布点相结合的布设原则。监测点应主要布设在建设项目场地、周围环境敏感点、地下水污染源以及对于确定边界条件有控制意义的地点。当现有监测点不能满足监测位置和监测深度要求时，应布设新的地下水现状监测井，现状监测井的布设应兼顾地下水环境影响跟踪监测计划。

②监测层位应包括潜水含水层、可能受建设项目影响且具有饮用水开发利用价值的含水层。

③一般情况下，地下水水位监测点数宜多于相应评价级别地下水水质监测点数的 2 倍。

④地下水水质监测点布设的具体要求：

a. 监测点布设应尽可能靠近建设项目场地或主体工程，监测点数应根据评价等级和水文地质条件确定。

b. 一级评价项目潜水含水层的水质监测点应不少于 7 个，可能受建设项目影响且具有饮用水开发利用价值的含水层 3～5 个。原则上建设项目场地上游和两侧的地下水水质监测点均不得少于 1 个，建设项目场地及其下游影响区的地下水水质监测点不得少于 3 个。

c. 二级评价项目潜水含水层的水质监测点应不少于 5 个，可能受建设项目影响且具有饮用水开发利用价值的含水层 2～4 个。原则上建设项目场地上游和两侧的地下水水质监测点均不得少于 1 个，建设项目场地及其下游影响区的地下水水质监测点不得少于 2 个。

d. 三级评价项目潜水含水层的水质监测点应不少于 3 个，可能受建设项目影响且具有饮用水开发利用价值的含水层 1～2 个。原则上建设项目场地上游及下游影响区的地下水水质监测点各不得少于 1 个。

⑤管道型岩溶区等水文地质条件复杂的地区，地下水现状监测点应视情况确定，并说明布设理由。

⑥在包气带厚度超过 100 m 的评价区或监测井较难布置的基岩山区，地下水质监测点数无法满足上述要求④时，可视情况调整数量，并说明调整理由。一般情况下，该类地区一、二级评价项目至少设置 3 个监测点，三级评价项目可根据需要设置一定数量的监测点。

2．取样要求

①地下水水质取样应根据特征因子在地下水中的迁移特性选取适当的取样方法。

②一般情况下，只取一个水质样品，取样点深度宜在地下水位以下 1.0 m 左右。

③建设项目为改、扩建项目，且特征因子为 DNAPLs（重质非水相液体）时，应至少在含水层底部取 1 个样品。

3．监测因子

①检测分析地下水环境中 K^+、Na^+、Ca^{2+}、Mg^{2+}、CO_3^{2-}、HCO_3^-、Cl^-、SO_4^{2-} 的浓度。

②地下水水质现状监测因子原则上应包括两类：一类是基本水质因子，另一类为特征因子。

a．基本水质因子以 pH、氨氮、硝酸盐、亚硝酸盐、挥发性酚类、氰化物、砷、汞、铬（六价）、总硬度、铅、氟、镉、铁、锰、溶解性总固体、高锰酸盐指数、硫酸盐、氯化物、总大肠菌群、细菌总数等及背景值超标的水质因子为基础，可根据区域地下水类型、污染源状况适当调整。

b．特征因子根据项目的识别结果确定，可根据区域地下水化学类型、污染源状况适当调整。

4．监测频率

（1）水位监测频率要求

①评价等级为一级的建设项目，若掌握近 3 年内至少一个连续水文年的枯、平、丰水期地下水位动态监测资料，评价期内至少开展一期地下水水位监测；若无上述资料，依据表 4-7 开展水位监测。

②评价等级为二级的建设项目，若掌握近 3 年内至少一个连续水文年的枯、丰水期地下水位动态监测资料，评价期可不再开展现状地下水位监测；若无上述资料，依据表 4-7 开展水位监测。

③评价等级为三级的建设项目，若掌握近 3 年内至少一期的监测资料，评价期内可不再进行现状水位监测；若无上述资料，依据表 4-7 开展水位监测。

（2）基本水质因子的水质监测频率应参照表 4-7，若掌握近 3 年至少一期水质监测数据，基本水质因子的可在评价期补充开展一期现状监测；特征因子在评价期内需至少开展一期现状值监测。

（3）在包气带厚度超过 100 m 的评价区或监测井较难布置的基岩山区，若掌握近 3 年内至少一期的监测资料，评价期内可不进行现状水位、水质监测；若无上述资料，至少开展一期现状水位、水质监测。

表 4-7 地下水环境现状监测频率参照表

分布区＼评价等级	水位监测频率			水质监测频率		
	一级	二级	三级	一级	二级	三级
山前冲（洪）积	枯、平、丰	枯、丰	一期	枯、丰	枯	一期
滨海（含填海区）	二期[1]	一期	一期	一期	一期	一期
其他平原区	枯、丰	一期	一期	枯	一期	一期
黄土地区	枯、平、丰	一期	一期	一期	一期	一期
沙漠地区	枯、丰	一期	一期	一期	一期	一期
丘陵山区	枯、丰	一期	一期	一期	一期	一期
岩溶裂隙	枯、丰	一期	一期	枯、丰	一期	一期
岩溶管道	二期	一期	一期	一期	一期	一期

注 1：“二期”的间隔有明显水位变化，其变化幅度接近年内变幅。

5．地下水样品采集

①地下水样品应采用自动式采样泵或人工活塞闭合式与敞口式定深采样器进行采集。

②样品采集前，应先测量井孔地下水水位（或地下水位埋深）并做好记录，然后采用潜水泵或离心泵对采样井（孔）进行全井孔清洗，抽汲的水量不得小于井筒水（量）体积的 3 倍。

③地下水水质样品的管理、分析化验和质量控制按照 HJ/T 164 执行。pH、Eh、DO、水温等不稳定项目应在现场测定。

6．环境水文地质勘察与试验

①环境水文地质勘察与试验是在充分收集已有资料和地下水环境现状调查的基础上，针对需要进一步查明的地下水含水层特征和为获取预测评价中必要的水文地质参数而进行的工作。

②除一级评价应进行必要的环境水文地质勘察与试验外，对环境水文地质条件复杂且资料缺少的地区，二级、三级评价也应在区域水文地质调查的基础上对场地进行必要的水文地质勘察。

③环境水文地质勘察可采用钻探、物探和水土化学分析以及室内外测试、试验等手段，具体参见相关标准与规范。

④环境水文地质试验项目通常有抽水试验、注水试验、渗水试验、浸溶试验及土柱淋滤试验等，有关试验原则与方法参见 HJ 610—2016 附录 C。在评价工作过程中可根据评价等级和资料掌握情况选用。

⑤进行环境水文地质勘察时，除采用常规方法外，还可采用其他辅助方法配合勘察。

【例 3】某工业区，园区主要产业为竹木加工产业，经判定该项目地下水评价等级为三级，项目占地面积为 5 000 m^2，请设计该项目的地下水监测方案。

【分析】本项目地下水评价等级为三级，根据导则要求，潜水含水层水质监测点应不少于 3 个，原则上建设项目场地上游及下游影响区的地下水水质监测点各不得少于 1 个。地下水水位监测点数宜多于相应评价级别地下水水质监测点数的 2 倍。制定本项目地下水监测方案见表 4-8。

表 4-8　地下水监测布点一览表

测点编号	监测点位置	监测项目
D1	项目上游西南侧	①地下水水位 ②水质指标：pH、氨氮、硝酸盐、亚硝酸盐、挥发性酚类、硫化物、砷、汞、六价铬、总硬度、铅、氟、镉、铁、锰、溶解性总固体、耗氧量、硫酸盐、氯化物
D2	项目厂址内	
D3	项目下游西南侧	
D4	天蔡村	地下水水位
D5	大兴村	
D6	兴安村	

四、地下水现状评价

（一）地下水水质现状评价

地下水质量标准和有关法规及当地的环保要求是地下水环境现状评价的基本依据。对属于 GB/T 14848 水质指标的评价因子，应按其规定的水质分类标准值进行评价；对于不属于 GB/T 14848 水质指标的评价因子，可参照国家（行业、地方）相关标准（如 GB 3838、GB 5749、DZ/T 0290 等）进行评价。现状监测结果应进行统计分析，给出最大值、最小值、均值、标准差、检出率和超标率等。

地下水水质现状评价应采用标准指数法。标准指数＞1，表明该水质因子已超标，标准指数越大，超标越严重。标准指数计算公式分为以下两种情况：

①对于评价标准为定值的水质因子，其标准指数计算方法见式（4-2）。

$$P_i = C_i / C_{si} \tag{4-2}$$

式中：P_i——第 i 个水质因子的标准指数，量纲一；

C_i——第 i 个水质因子的监测浓度值，mg/L；

C_{si}——第 i 个水质因子的标准浓度值，mg/L。

②对于评价标准为区间值的水质因子（如 pH），其标准指数计算方法见式（4-3）、式（4-4）。

$$P_{pH}=\frac{7.0-pH}{7.0-pH_{sd}} \qquad pH\leqslant 7.0\ 时 \tag{4-3}$$

$$P_{pH}=\frac{pH-7.0}{pH_{su}-7.0} \qquad pH>7.0\ 时 \tag{4-4}$$

式中：P_{pH}——pH 的标准指数，量纲一；

pH_{sd}——标准中规定的 pH 下限；

pH_{su}——标准中规定的 pH 上限。

（二）包气带环境现状分析

对于污染场地修复工程项目和评价工作等级为一、二级的改、扩建项目，应开展包气带污染现状调查，分析包气带污染状况。

第四节　地下水环境影响预测

一、预测范围

地下水环境影响预测范围一般与调查评价范围一致。预测层位应以潜水含水层或污染物直接进入的含水层为主，兼顾与其水力联系密切且具有饮用水开发利用价值的含水层。当建设项目场地天然包气带垂向渗透系数小于 1×10^{-6} cm/s 或厚度超过 100 m 时，预测范围应扩展至包气带。

二、预测时段

地下水环境影响预测时段应选取可能产生地下水污染的关键时段，至少包括污染发生后 100 d、1 000 d，服务年限或能反映特征因子迁移规律的其他重要的时间节点。

三、预测情景设置

一般情况下，建设项目须对正常状况和非正常状况的情景分别进行预测。已依据 GB 16889、GB 18597、GB 18598、GB 18599、GB/T 50934 设计地下水污染防渗措施的建设项目，可不进行正常状况情景下的预测。

四、预测因子判定

①项目的特征因子，按照重金属、持久性有机污染物和其他类别进行分类，并对每一类别中的各项因子采用标准指数法进行排序，分别取标准指数最大的因子作为预测因子；

②现有工程已经产生的且改、扩建后将继续产生的特征因子，改、扩建后新增加的特征因子；

③污染场地现状调查已查明的主要污染物；

④国家或地方要求控制的污染物。

五、预测源强

正常状况下，预测源强应结合建设项目工程分析和相关设计规范确定，如GB 50141、GB 50268等。非正常状况下，预测源强可根据工艺设备或地下水环境保护措施因系统老化或腐蚀程度等设定。

六、预测方法

建设项目地下水环境影响预测方法包括数学模型法和类比分析法。其中，数学模型法包括数值法、解析法等。

预测方法的选取应根据建设项目工程特征、水文地质条件及资料掌握程度来确定，当数值方法不适用时，可用解析法或其他方法预测。一般情况下，一级评价应采用数值法，不宜概化为等效多孔介质的地区除外；二级评价中水文地质条件复杂且适宜采用数值法时，建议优先采用数值法；三级评价可采用解析法或类比分析法。

采用数值法预测前，应先进行参数识别和模型验证。采用解析模型预测污染物在含水层中的扩散时，一般应满足以下条件：①污染物的排放对地下水流场没有明显的影响；②评价区内含水层的基本参数（如渗透系数、有效孔隙度等）不变或变化很小。

采用类比分析法时，应给出类比条件。类比分析对象与拟预测对象之间应满足以下要求：①二者的环境水文地质条件、水动力场条件相似；②二者的工程类型、规模及特征因子对地下水环境的影响具有相似性。

七、预测内容

①给出特征因子不同时段的影响范围、程度，最大迁移距离。

②给出预测期内场地边界或地下水环境保护目标处特征因子随时间的变化规律。

③当建设项目场地天然包气带垂向渗透系数小于 1×10^{-6} cm/s 或厚度超过 100 m 时，须考虑包气带阻滞作用，预测特征因子在包气带中迁移。

④污染场地修复治理工程项目应给出污染物变化趋势或污染控制的范围。

【例 4】 某生活污水处理厂，处理规模为 10 万 t/d，该污水厂进水水质中控制的主要污染物指标为 COD、BOD_5、SS、氨氮、总磷、总氮等，试判定该项目地下水预测因子，设定预测情景并选定预测模式。

【分析】

①评价因子的判定：本项目地下水评价等级为二级，根据导则要求计算，该项目污水排放因子采用标准指数法进行排序后，标准指数最大的因子为 COD、氨氮，因此地下水的预测因子选取 COD、氨氮。

②预测情景的设置：正常情况下，根据相关标准设计的调节池、A^2/O 池、MBR 池等可能渗漏污染的，有污水收集处理措施、防渗设施、地下硬化等防污染泄漏措施，不会对厂区地下水系统造成污染。非正常情况下，主要考虑调节池、A^2/O 池、MBR 池等等因防渗层老化、破坏及意外等造成的地下水污染。根据《环境影响评价技术导则　地下水环境》(HJ 610—2016)，已依据 GB 16889、GB 18597、GB 18598、GB 18599、GB/T 50394 设计地下水污染防渗措施的建设项目，可不进行正常状况情景下的预测。

③预测模型的选择：本项目所进行的地下水评价等级为二级评价，水文地质条件相对简单，且满足解析法模型预测的条件，因此本项目采用解析法进行预测评价。

八、预测模型

常用地下水预测模型简介。

（一）数值模型

1．地下水水流模型

对于非均质、各向异性、空间三维结构、非稳定地下水流系统可用下述模型。

（1）控制方程

$$\mu_s\frac{\partial h}{\partial t}=\frac{\partial}{\partial x}\left(K_x\frac{\partial h}{\partial x}\right)+\frac{\partial}{\partial y}\left(K_y\frac{\partial h}{\partial y}\right)+\frac{\partial}{\partial z}\left(K_z\frac{\partial h}{\partial z}\right)+W \tag{4-5}$$

式中：μ_s —— 贮水率，m^{-1}；

h —— 水位，m；

K_x、K_y、K_z —— 分别为 x、y、z 方向上的渗透系数，m/d；

t —— 时间，d；

W —— 源汇项，m^3/d。

（2）初始条件

$$h(x,\ y,\ z,\ t)=h_0(x,\ y,\ z)(x,\ y,\ z)\in\Omega,\ t=0 \qquad (4\text{-}6)$$

式中：h_0（x，y，z）—— 已知水位分布；

Ω —— 模型模拟区。

（3）边界条件

①第一类边界：

$$h(x,\ y,\ z,\ t)\Big|_{\Gamma_1}=h(x,\ y,\ z,\ t) \qquad (x,\ y,\ z)\in\Gamma_1,\ t\geqslant 0 \qquad (4\text{-}7)$$

式中：Γ_1 —— 一类边界；

h（x，y，z，t）—— 一类边界上的已知水位函数。

②第二类边界：

$$k\frac{\partial h}{\partial \vec{n}}\bigg|_{\Gamma_2}=q(x,\ y,\ z,\ t) \qquad (x,\ y,\ z)\in\Gamma_2,\ t>0 \qquad (4\text{-}8)$$

式中：Γ_2 —— 二类边界；

k —— 三维空间上的渗透系数张量；

$\vec{n}$ —— 边界的 Γ_2 外法线方向；

q（x，y，z，t）—— 二类边界上已知流量函数。

③第三类边界：

$$\left(k(h-z)\frac{\partial h}{\partial \vec{n}}+\alpha h\right)\bigg|_{\Gamma_3}=q(x,\ y,\ z) \qquad (4\text{-}9)$$

式中：α —— 已知函数；

Γ_3 —— 三类边界；

k —— 三维空间上的渗透系数张量；

$\vec{n}$ —— 边界 Γ_3 的外法线方向；

q（x，y，z）—— 三类边界上已知流量函数。

2．地下水水质模型

水是溶质运移的载体，地下水溶质运移数值模拟应在地下水流场模拟基础上进行。因此，地下水溶质运移数值模型包括水流模型和溶质运移模型两部分。

（1）控制方程

$$R\theta\frac{\partial C}{\partial t}=\frac{\partial}{\partial x_i}\left(\theta D_{ij}\frac{\partial C}{\partial x_j}\right)-\frac{\partial}{\partial x_i}(\theta v_i C)-WC_{\mathrm{s}}-WC-\lambda_1\theta C-\lambda_2\rho_{\mathrm{b}}\overline{C} \qquad (4\text{-}10)$$

式中：R —— 迟滞系数，量纲一。

ρ_b —— 介质密度，kg/dm^3；

θ —— 介质孔隙度，量纲一；

C —— 组分的浓度，g/L；

$\bar{C}$ —— 介质骨架吸附的溶质浓度，g/kg；

t —— 时间，d；

x，y，z —— 空间位置坐标，m；

D_{ij} —— 水动力弥散系数张量，m^2/d；

v_i —— 地下水渗流速度张量，m/d；

W —— 水流的源和汇，d^{-1}；

C_s —— 组分的浓度，g/L；

λ_1 —— 溶解相一级反应速率，d^{-1}；

λ_2 —— 吸附相反应速率，d^{-1}。

（2）初始条件

$$C(x, y, z, t) = C_0(x, y, z) \qquad (x, y, z) \in \Omega_1, \ t = 0 \tag{4-11}$$

式中：C_0（x，y，z）—— 已知浓度分布；

Ω —— 模型模拟区域。

（3）定解条件

①第一类边界——给定浓度边界：

$$C(x, y, z, t)\Big|_{\Gamma_1} = c(x, y, z, t) \qquad (x, y, z) \in \Gamma_1, \ t \geqslant 0 \tag{4-12}$$

式中：Γ_1——给定浓度边界；

C（x，y，z，t）—— 给定浓度边界上的浓度分布。

②第二类边界——给定弥散通量边界：

$$\theta D_{ij}\frac{\partial C}{\partial x_j}\Bigg|_{\Gamma 2} = f_i(x, y, z, t) \qquad (x, y, z) \in \Gamma_2, \ t \geqslant 0 \tag{4-13}$$

式中：Γ_2 —— 通量边界；

f_i（x，y，z，t）—— 边界 Γ_2 上已知的弥散通量函数。

③第三类边界——给定溶质通量边界：

$$\left(\theta D_{ij}\frac{\partial C}{\partial x_j} - q_i C\right)\Bigg|_{\Gamma_3} = g_i(x, y, z, t) \qquad (x, y, z) \in \Gamma_3, \ t \geqslant 0 \tag{4-14}$$

式中：Γ_3 —— 混合边界；

g_i（x，y，z，t）—— Γ_3上已知的对流—弥散总的通量函数。

（二）解析法

1．一维稳定流动一维水动力弥散问题

（1）一维无限长多孔介质柱体，示踪剂瞬时注入

$$C(x,\ t)=\frac{m/w}{2n_e\sqrt{\pi D_L t}}e^{-\frac{(x-ut)^2}{4D_L t}} \tag{4-15}$$

式中：x —— 距注入点的距离，m;

t —— 时间，d;

$C(x,\ t)$ —— t时刻x处的示踪剂浓度，g/L;

m —— 注入的示踪剂质量，kg;

w —— 横截面面积，m^2;

u —— 水流速度，m/d;

n_e —— 有效孔隙度，量纲一;

D_L —— 纵向弥散系数，m^2/d;

π —— 圆周率。

（2）一维半无限长多孔介质柱体，一端为定浓度边界

$$\frac{C}{C_0}=\frac{1}{2}\mathrm{erfc}\left(\frac{x-ut}{2\sqrt{D_L t}}\right)+\frac{1}{2}e^{\frac{ux}{D_L}}\mathrm{erfc}\left(\frac{x+ut}{2\sqrt{D_L t}}\right) \tag{4-16}$$

式中：x —— 距注入点的距离；m;

t —— 时间，d;

$C(x,\ t)$ —— t时刻x处的示踪剂浓度，g/L;

C_0 —— 注入的示踪剂浓度，g/L;

u —— 水流速度，m/d;

D_L —— 纵向弥散系数，m^2/d;

erfc（）—— 余误差函数（可查阅《水文地质手册》获得）。

2．一维稳定流动二维水动力弥散问题

（1）瞬时注入示踪剂——平面瞬时点源

$$C(x,\ y,\ t)=\frac{m_M/M}{4\pi nt\sqrt{D_L D_T}}e^{-\left[\frac{(x-ut)^2}{4D_L t}+\frac{y^2}{4D_T t}\right]} \tag{4-17}$$

式中：x，y —— 计算点处的位置坐标;

t —— 时间，d;

$C(x, y, t)$ —— t 时刻点 x，y 处的示踪剂浓度，g/L；
M —— 承压含水层的厚度，m；
m_M —— 长度为 M 的线源瞬时注入的示踪剂质量，kg；
u —— 水流速度，m/d；
n —— 有效孔隙度，量纲一；
D_L —— 纵向弥散系数，m^2/d；
D_T —— 横向 y 方向的弥散系数，m^2/d；
π —— 圆周率。

（2）连续注入示踪剂——平面连续点源

$$C(x, y, t)=\frac{m_t}{4\pi Mn\sqrt{D_L D_T}}e^{\frac{xu}{2D_L}}\left[2k_0(\beta)-W\left(\frac{u^2t}{4D_L}, \beta\right)\right] \tag{4-18}$$

$$\beta=\sqrt{\frac{u^2x^2}{4D_L^2}+\frac{u^2y^2}{4D_L D_T}} \tag{4-19}$$

式中：x，y —— 计算点处的位置坐标；
t —— 时间，d；
$C(x, y, t)$ —— t 时刻点 x，y 处的示踪剂浓度，g/L；
M —— 承压含水层的厚度，m；
m_t —— 单位时间注入示踪剂的质量，kg/d；
u —— 水流速度，m/d；
n —— 有效孔隙度，量纲一；
D_L —— 纵向弥散系数，m^2/d；
D_T —— 横向 y 方向的弥散系数，m^2/d；
π —— 圆周率；
$K_0(\beta)$ —— 第二类零阶修正贝塞尔函数（可查阅《地下水动力学》获得）；
$W\left(\frac{u^2t}{4D_L}, \beta\right)$ —— 第一类越流系统井函数。

第五节 地下水环境污染防控措施

一、防控原则

针对项目可能会造成地下水污染，地下水污染防治措施应按照“源头控制、末端防治、污染监控、应急响应”相结合的原则，从污染物的产生、入渗、扩散、应急响应全阶段来进行控制。

①源头控制措施。固废的收集和储运、污水的收集和处理；通过采取相应的措施防止和降低污染物跑、冒、滴、漏，将污染物泄漏的环境风险事故降到最低程度；管线敷设尽量采用“可视化”原则，即管道尽可能地上敷设，做到污染物“早发现、早处理”，减少由于埋地管道泄漏而造成的地下水污染。

②末端控制措施。建设区域污染区地面的防渗措施和泄漏、渗漏污染物收集措施，即在污染区地面进行防渗处理，防止洒落地面的污染物渗入地下，并把滞留在地面的污染物收集起来，固废应采用规范的容器或包装物进行收集，污水应收集后送至污水处理厂处理；末端控制采取分区防渗，重点污染防治区、一般污染防治区和非污染区防渗措施分别采用不同的防渗原则。

③污染监控体系。实施覆盖生产区的地下水污染监控系统，建立完善的监测制度，配备先进的检测仪器和设备，科学合理地设置地下水监控井，及时发现污染、控制污染。

④应急响应措施。一旦发现地下水污染事故，立即启动应急预案、采取应急措施控制地下水污染，使污染事故及时治理。

二、分区防控措施

结合地下水环境影响评价结果，对工程设计或可行性研究报告提出的地下水污染防控方案提出优化调整的建议，给出不同分区的具体防渗技术要求。

一般情况下，应以水平防渗为主，防控措施应满足以下要求：

①已颁布污染控制国家标准或防渗技术规范的行业，水平防渗技术要按照相应标准或规范执行，如 GB 16889、GB 18597、GB 18598、GB 18599、GB/T 50934 等。

②未颁布相关标准的行业，根据预测结果和场地包气带特征及其防污性能，提出防渗技术要求；或根据建设项目场地天然包气带防污性能、污染控制难易程度和污染物特性，参照表 4-11 提出防渗技术要求。其中，污染控制难易程度分级和天然包气带防污性能分级分别参照表 4-9 和表 4-10 进行相关等级的确定。

表 4-9 污染控制难易程度分级参照

污染控制难易程度	主要特征
难	对地下水环境有污染的物料或污染物泄漏后，不能及时发现和处理
易	对地下水环境有污染的物料或污染物泄漏后，可及时发现和处理

表 4-10 天然包气带防污性能分级参照

分级	包气带岩土的渗透性能
强	岩（土）层单层厚度 Mb≥1.0 m，渗透系数 $K \leqslant 1\times10^{-6}$ cm/s，且分布连续、稳定
中	岩（土）层单层厚度 0.5 m≤Mb＜1.0 m，渗透系数 $K \leqslant 1\times10^{-6}$ cm/s，且分布连续、稳定 岩（土）层单层厚度 Mb≥1.0 m，渗透系数 1×10^{-6} cm/s$<K \leqslant 1\times10^{-4}$ cm/s，且分布连续、稳定
弱	岩（土）层不满足上述“强”和“中”条件

表 4-11 地下水污染防渗分区参照

防渗分区	天然包气带防污性能	污染控制难易程度	污染物类型	防渗技术要求
重点防渗区	弱	难	重金属、持久性有机污染物	等效黏土防渗层 Mb≥6.0 m，$K \leqslant 1\times10^{-7}$ cm/s；或参照 GB 18598 执行
	中-强	难		
	弱	易		
一般防渗区	弱	易-难	其他类型	等效黏土防渗层 Mb≥1.5 m，$K \leqslant 1\times10^{-7}$ cm/s；或参照 GB 16889 执行
	中-强	难		
	中	易	重金属、持久性有机污染物	
	强	易		
简单防渗区	中-强	易	其他类型	一般地面硬化

对难以采取水平防渗的场地，可采用垂向防渗为主、局部水平防渗为辅的防控措施。

根据非正常状况下的预测评价结果，在建设项目服务年限内个别评价因子超标范围超出厂界时，应提出优化总图布置的建议或地基处理方案。

【例 5】某化工厂分区防渗方案。

参考《石油化工工程防渗技术规范》（GB/T 50934—2013），化工项目厂区可划分为非污染防治区、一般污染防治区和重点污染防治区。其中，非污染防治区是指物料或污染物泄漏，不会对地下水环境造成污染的区域或部位。一般污染防治区是指裸露于地面的生产单元，污染地下水环境的物料泄漏后，可及时发现和处理的区域。重点污染防治区是指位于地下或半地下生产功能单元，污染地下水环境的物料或污染物泄漏后，不易及时发现和处理的区域或部位。具体方案见表 4-12。

表 4-12　地下水污染防渗方案

编号	防治区分区	装置或构筑物名称	防渗区域
1	重点污染防治区	污水处理站	底部、水池四周
2		罐区	罐区地面
3		危废暂存间	地面
4		生产车间、动力车间	地面
5		仓库	地面
6		装卸区	地面
7		事故应急池	底部、水池四周
8		物料输送管廊	管廊四周
9	一般污染防治区	化粪池	底部、水池四周
10		垃圾收集点	地面
11		一般工业固废临时堆放场	地面
12		消防水池	底部、水池四周
13	非污染防治区	办公楼	地面
14		门卫	地面
15		配电室	地面

复习与思考题

1. 地下水污染的特征有哪些？地下水污染物主要有哪些？

2. 地下水环境影响评价等级是如何划分的？

3. 某化工企业拟进行地表水环境影响评价，项目周边地表水不敏感，完成以下工作：

（1）根据《环境影响评价技术导则　地下水环境》（HJ 610—2016），确定该项目地下水评价工作的等级。

（2）假设该项目设有甲苯储罐，且该项目生产过程中使用了锌、汞、铬、砷、铅、镉等原辅材料，针对该项目情况，制定地下水环境现状监测方案。

（3）假定该项目地下水共检测了 5 个点位，其中几种主要污染物的现状监测结果如下表，请根据监测结果运用适当的方法评价该项目周边地下水的环境质量现状［该项目周边地下水执行《地下水质量标准》（GB/T 14848—2017）中的Ⅲ类标准］。

项目	D1	D2	D3	D4	D5
pH（无量纲）	7.12	6.94	7.17	7.26	7.50
氨氮/（mg/L）	0.02 L	0.02 L	0.02 L	0.02 L	0.02 L
总硬度/（mg/L）	18	22	31	120	104
耗氧量/（mg/L）	0.84	0.93	1.45	0.62	0.43
氯化物/（mg/L）	10 L	10 L	10 L	10 L	17.4

项目	D1	D2	D3	D4	D5
硫化物/（mg/L）	0.02 L	0.02 L	0.02 L	0.02 L	0.02 L
锌/（mg/L）	0.02	0.01	0.02	0.02	0.01
汞/（mg/L）	0.000 04 L	0.000 04 L	0.000 04 L	0.000 04 L	0.000 04 L
铬(六价)/(mg/L)	0.004 L	0.004 L	0.004 L	0.005	0.005
砷/（mg/L）	0.000 3 L	0.000 3 L	0.000 3 L	0.000 3 L	0.000 3 L
铅/（mg/L）	0.005 L	0.005 L	0.005 L	0.005 L	0.005 L
镉/（mg/L）	0.000 1 L	0.000 1 L	0.000 1 L	0.000 1 L	0.000 1 L
甲苯/（mg/L）	0.11 L	0.11 L	0.11 L	0.11 L	0.11 L

注：根据《地下水环境监测技术规范》（HJ 164—2020），当测定结果低于分析方法检出限时，报所使用方法的检出限值，并在其后加标志位 L。

（4）针对该项目情况提出地下水防控措施。

第五章　大气环境影响评价

【知识目标】

1. 了解大气环境影响评价必需的污染气象要素。
2. 掌握大气环境影响评价工作等级确定及评价范围确定方法。
3. 熟悉大气环境现状调查及评价方法。
4. 掌握估算模型及进一步预测模型。

【能力目标】

1. 确定建设项目大气环境影响评价工作等级。
2. 能够利用初步工程分析结果，确定大气环境影响评价工作等级。
3. 能够根据大气环境现状监测结果对环境空气现状进行分析并写出大气环境现状评价报告。
4. 能够利用预测模型进行简单的预测计算并进行环境空气质量影响分析。

第一节　污染气象要素

在对大气污染状况的监测工作中，常常会发现，在同一地点发自同一污染源的空气污染物，对其浓度监测结果的分析表明，有时可测得很高的浓度，有时却测不出来，不同时间的测量值也有很大差异。这固然与污染源排放条件的变化以及采样点位置的选取有关，但主要是由气象条件的影响所致。

大气当中污染物浓度的高低主要是由污染物排放量及污染气象条件共同影响的，污染气象条件的好坏反映了当地大气环境自净能力的高低，是大气环境影响评价中不可缺少的重要内容。下面将从风、湍流、大气温度层结与大气稳定度、辐射和云等方面介绍污染气象的要素。

一、风

空气的水平运动称为风。风是一个矢量，既有大小，又有方向，风的大小用风速表示，风的方向用风向表示。风直接影响大气中污染物的分布、浓度的变化。具体来说，风一方面决定了污染物的输送方向；另一方面通过影响污染物与空气混合过程而影响空气中污染物的浓度。

（一）风速

风移动的快慢就是风速，用单位时间内空气质点在水平方向上移动的距离来表示，其大小常以 m/s、km/h 或海里/h 来计量。一般气象台测得的地面风速为离地面 10 m 高处的风速，用 u_{10} 表示，如果要得其他高度的风速，需进行换算［式（5-3）］。在实际评价工作中，通常将 $u_{10} \geqslant 1.5$ m/s 称为有风，1.5 m/s $> u_{10} \geqslant 0.5$ m/s 称为小风，$u_{10} < 0.5$ m/s 称为静风。

（二）风向

风向是指风的来向。风向一般由 16 个方位组成，它们分别是北风（N）、东北偏北风（NNE）、东北风（NE）、东北偏东风（ENE）、东风（E）、东南偏东风（ESE）、东南风（SE）、东南偏南风（SSE）、南风（S）、西南偏南风（SSW）、西南风（SW）、西南偏西风（WSW）、西风（W）、西北偏西风（WNW）、西北风（NW）、西北偏北风（NNW），如图 5-1 所示。除上述 16 个方位以外，还有静风（C）情况。

风向也可用角度表示（高空风）：以北为零点，沿顺时针方向旋转（正北为 360°或 0°、正东 90°、正南 180°、正西 270°）。

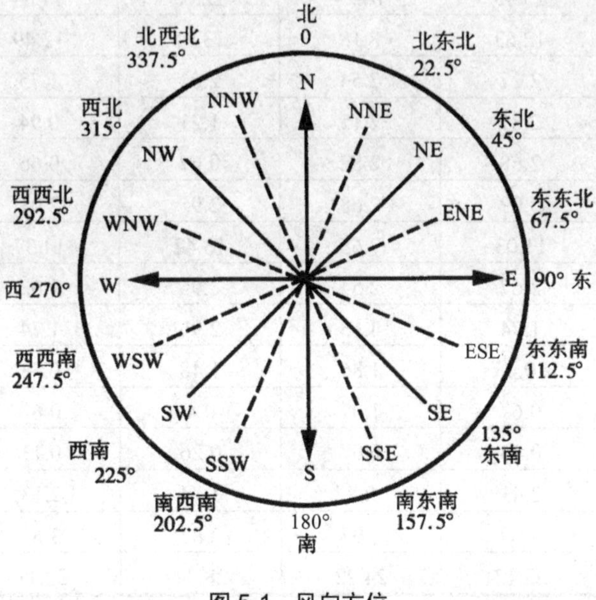

图 5-1　风向方位

（三）风频

某地某段时间内某一风向出现次数的多少，即风向的出现频率，称为风频。具体用式 5-1 表示：

$$风频=\frac{某时段内某风向出现的次数}{该时段内各风向出现次数的总和}\times 100\% \qquad (5\text{-}1)$$

一段时间内所占百分比最大的风向，称为主导风向。某区域的主导风向应有明显的优势，其主导风向角风频之和应大于等于 30%，否则可称该区域没有主导风向或主导风不明显。通常用表格或图形来对某时段各风向的频率进行总结。

【例 1】 表 5-1 是某地的风向频率统计表格。

【分析】 以年平均风向频率统计数据为依据，NE 风向角风频之和为 32.14%，因此，可认为东北风为该地区的主导风向。

表 5-1 某地各季风向频率 单位：%

时段 / 风向	春季	夏季	秋季	冬季	年平均
N	6.32	9.27	5.62	6.57	6.95
NNE	7.51	8.19	6.57	4.83	6.78
NE	13.43	14.24	12.63	13.84	13.54
ENE	12.63	8.18	13.97	12.49	11.82
E	2.27	2.54	2.01	1.75	2.14
ESE	2.81	2.15	1.21	0.94	1.78
SE	2.68	2.82	0.67	0.66	1.71
SSE	5.09	2.68	2.95	2.01	3.18
S	11.03	7.65	13.42	14.37	11.62
SSW	2.67	2.54	2.95	1.62	2.45
SW	1.74	4.15	2.96	1.74	2.65
WSW	0.4	1.86	1.48	0.53	1.07
W	0.67	1.07	0.4	0.67	0.70
WNW	0.53	0.67	0.26	0.13	0.40
NW	2.41	0.8	1.74	2.13	1.77
NNW	4.69	6.97	2.82	3.61	4.52
C	23.12	24.22	28.34	32.11	26.95

表示风向频率的图，称为风玫瑰图，又称为风频图。风玫瑰图一般用 8 方位或 16 方位来表示，在各方向线上按各方向风的出现频率，截取相应的长度，将相邻方向线上的截点用直线联结成闭合的折线。

【例 2】图 5-2 是某地风玫瑰图。

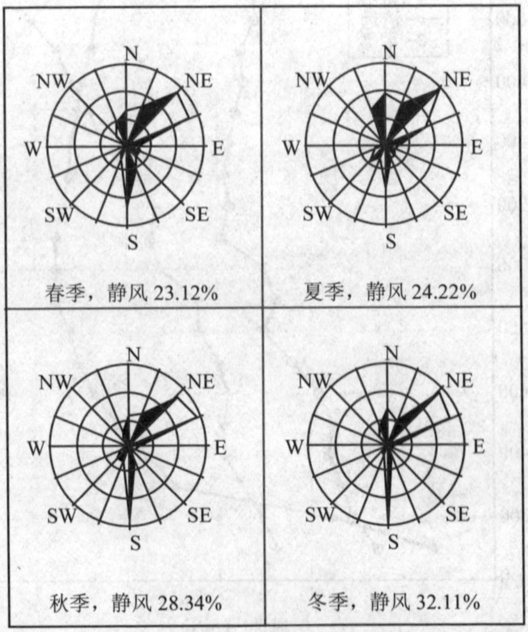

图 5-2 某地风玫瑰图

（四）风的性质

1．风随时间的变化

风速、风向随时都在发生变化，对底层大气来说，风的日变化规律一般是日出以后风速逐渐增大，午后风速达到最大，夜间风速逐渐减小，清晨达到最小。风速这种日变化特征，陆地大于海上，夏季大于冬季，晴天大于阴天。

在我国，风的季节性变化很明显，夏天多为东南风，冬天盛行西北风。这就是常称的季风。

2．风随高度的变化

随着高度的增加，摩擦力逐渐减小，风速逐渐增大。图 5-3 是在某地观测得到的 3 个测点平均风速廓线。

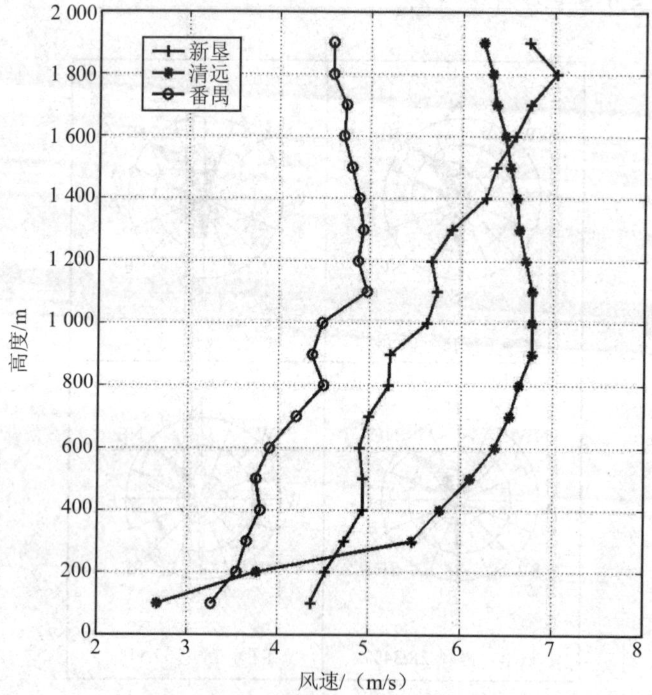

图 5-3 某地 3 个测点的平均风速廓线

由图 5-3 可见，风速随高度的增加而逐渐增大的特征在距离地面 1 500 m 高度以下特别明显，推算该区域内某高度处的风速，可通过风速高度指数模式来计算：

$$u = u_i\left(\frac{Z}{Z_i}\right)^p \tag{5-2}$$

式中：u，u_i —— Z 及 Z_i 高度处的平均风速，m/s；

p —— 风速高度指数，依赖于大气稳定度和地面粗糙度。应根据观测结果，利用统计学方法求出，否则可参照表 5-2 选取。

表 5-2 各稳定度等级的 p 值

稳定度等级	A	B	C	D	E，F
城市	0.1	0.15	0.20	0.25	0.30
乡村	0.07	0.07	0.10	0.17	0.25

一般气象台（站）测得的地面风速均为 10 m 高度的风速，要求其他高度的风速可用式 5-3 表示：

$$u = u_{10}\left(\frac{Z}{10}\right)^p \qquad (5\text{-}3)$$

3．地理环境引起的局地风场变化

由于地理条件影响而形成的气流变化称为局地风场（环流），这样的气流一般以一天为周期随昼夜交替而发生变化。例如，海陆风环流、山谷风环流、城市热岛环流等。

二、湍流

（一）湍流定义

在空气的水平移动过程中，时常伴随有上下、左右的摆动。如果用仪器测量，会发现风速值沿平均风向的方向以及侧向或垂直向都在随时发生变化，这种变化通常称为涨落或脉动。大气的这种无规则的运动称为大气湍流或乱流。

（二）湍流和扩散

大气总是处于不停息的湍流运动中，排放到大气中的污染物，在湍流涡旋的作用下散布开来。大气湍流运动的方向和速度都是极不规则的，具有随机性，并会造成流场中各部分之间的混合和交换。污染物进入大气后，在湍流的作用下逐渐扩散稀释，就是大气扩散。

如果大气中只有有规则的风而没有湍涡运动，一个烟团在气流中的运动情形如图 5-4（a）所示，烟团仅仅靠分子扩散使烟团长大，速度非常缓慢，事实上大气中存在着剧烈的湍流运动，使烟团与空气之间强烈地混合和交换，大大加快了烟团的扩散，如图 5-4（b）所示。湍流扩散比分子扩散的速率快 10^5～10^6 倍，湍流扩散的作用是很重要的。但在平均运动方向上主要仍是风的平流输送作用，只要风速不是太小，在这个方向上的湍流输送作用可以不予考虑。

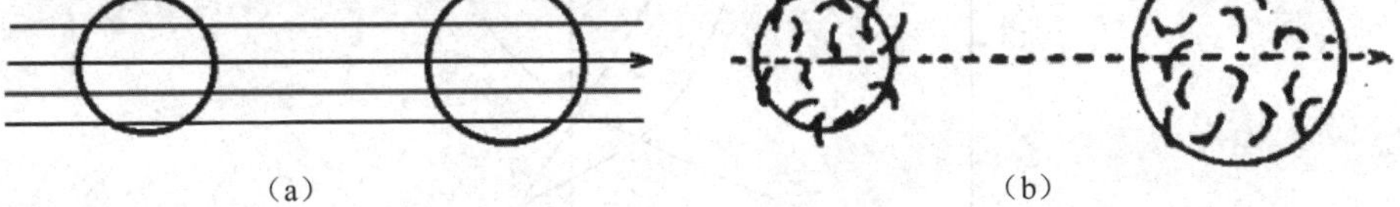

（a）　　　　（b）

图 5-4　非湍流和湍流情况下烟团的扩散

三、大气温度层结与大气稳定度

（一）大气温度层结

大气温度层结是指气温随高度的变化规律，近地面气温的垂直分布一般有 3 种情况。

1．气温随高度变化递减

气温随高度变化递减的情况一般出现在晴朗白天风不太大时。地面吸收太阳辐射增温后，使近地面的空气先被加热，逐渐向上传递，加上近地面空气中水汽及固体杂质较多，吸收地面的辐射也强，因此大气温度形成上低下高的分布情况。

2．气温随高度变化递增

气温随高度变化递增的情况一般出现在晴朗夜间小风时。夜间没有太阳辐射，地面无热量吸入，但向外辐射仍在进行，地面由于失去热量而不断冷却，近地面的空气也随之冷却。由于地面冷却速度比空气快，因此形成大气温度上高下低的分布情况。

这种气温上高下低的现象称为逆温。逆温时，大气层结相当稳定，湍流活动被抑制，空气的混合作用减弱，阻碍了气团的垂直运动，污染物难以扩散，属于不利气象条件，有时会造成严重的污染事件。

3．气温随高度变化基本不变

气温随高度变化基本不变的情况一般发生在白天阴天大风时或夜间多云大风时。阴天由于云层对太阳光的阻挡地面增热不明显，风大时能使上下层空气充分混合，因而上下层空气气温的差别不大，这种气温上下基本不变的现象称为等温。

近地层气温垂直分布常以一天为周期进行变化，经常是夜间逆温，日间递减，午后可能出现超绝热递减，日出后和日落前出现等温过程，如图 5-5 所示。

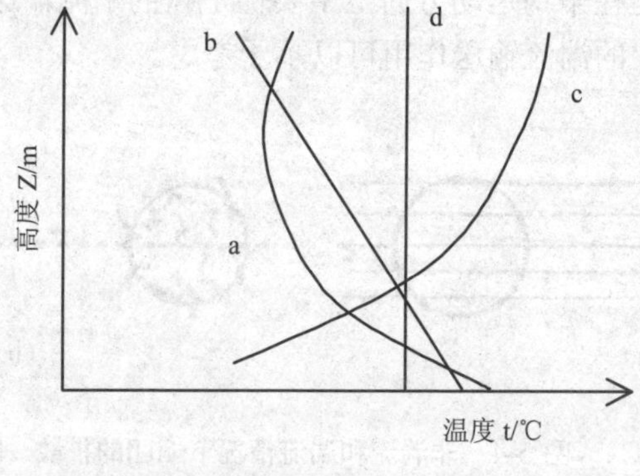

a—递减层结　b—中性层结　c—逆温层结　d—等温层结

图 5-5　温度层结曲线

（二）大气稳定度

大气稳定度是指整层空气的稳定程度，是大气对在其中做垂直运动的气团是加速、遏制还是不影响其运动的一种热力学性质。

大气湍流结构与大气层温度分布密切相关，因此在研究大气扩散时，气层的稳定度是很重要的因素。当气层处于不稳定层结时，会促使湍流运动的发展，使大气扩散稀释能力加强；反之，当大气处于稳定层结时，则对湍流起抑制作用，减弱大气的扩散能力。

（三）大气温度层结与大气稳定度的关系

气温的垂直分布反映了大气的稳定程度，而大气的稳定程度影响着湍流活动的强弱，也就是直接影响污染物的扩散过程，支配着空气污染物的散布，所以，气温的垂直分布与空气的稀释扩散能力有十分密切的关系，也就是说气温的垂直分布与大气稳定度关系密切。

在缺乏温度层结观测资料的情况下，可以根据季节、每天的时间和云量来估计大气的稳定度状况，再结合风速的大小进一步确定大气稳定度，如帕斯奎尔（Pasquill）稳定度分级法，分为强不稳定、不稳定、弱不稳定、中性、较稳定和稳定 6 级，分别表示为 A、B、C、D、E、F。

四、辐射和云

（一）辐射

太阳辐射是地球大气的主要能量来源，地面和大气层一方面吸收太阳辐射能，另一方面不断地对外产生辐射。地面及大气的热状况、温度的分布和变化，制约着大气运动状态，影响着云与降水的形成，对污染物在空气中的扩散起着一定的作用。在晴朗的白天，地面首先吸收太阳辐射，地面温度升高，使近地层的空气温度升高，大气处于不稳定状态；夜间通过地面长波辐射散失热量，地面温度降低，使近地层气温下降，逐渐形成上层温度高而下层温度低的逆温情况，大气处于稳定。

（二）云

云对太阳辐射有反射作用，它的存在会减少到达地面的太阳直接辐射，同时云层又加强大气逆辐射，减小地面的有效辐射，因此云层的存在可以减小气温随高度的变化。有探测结果表明，某些地区冬季阴天时，温度层结几乎没有昼夜变化。

云的多少对辐射的影响很大，一般用云量来表示。云量是指云遮蔽天空的成数。将天空视为 10 份，在这 10 份中为云所遮盖的份数，称为云量。云量记总云量和低云量，低云量不应大于总云量。记录的格式是：总云量/低云量。例如，当时总云量是 8、低云量是 4，记作“8/4”。

第二节　大气环境影响评价工作等级与评价范围

一、大气环境影响评价术语和定义

1．环境空气保护目标

指评价范围内按 GB 3095 的规定划分为一类区的自然保护区、风景名胜区和其他需要特殊保护的区域，二类区中的居住区、文化区和农村地区中人群较集中的区域。

2．大气污染物分类

大气污染源排放的污染物按存在形态分为颗粒态污染物和气态污染物。按生成机理分为一次污染物和二次污染物。其中，由人类或自然活动直接产生，由污染源直接排入环境的污染物称为一次污染物。排入环境中的一次污染物在物理、化学因素的作用下发生变化，或与环境中的其他物质发生反应所形成的新污染物称为二次污染物。

3．基本污染物

基本污染物是指 GB 3095 中所规定的基本项目污染物，包括二氧化硫（SO_2）、二氧化氮（NO_2）、可吸入颗粒物（PM_{10}）、细颗粒物（$PM_{2.5}$）、一氧化碳（CO）、臭氧（O_3）。

4．其他污染物

其他污染物是指除基本污染物以外的其他项目污染物。

5．非正常排放

非正常排放是指生产过程中开停车（工、炉）、设备检修、工艺设备运转异常等非正常工况下的污染物排放，以及污染物排放控制措施达不到应有效率等情况下的排放。

6．空气质量模型

空气质量模型是指采用数值方法模拟大气中污染物的物理扩散和化学反应的数学模型，包括高斯扩散模型和区域光化学网格模型。

高斯扩散模型，也称为高斯烟团或烟流模型，简称高斯模型，采用非网格、简化的输送扩散算法，没有复杂化学机理，一般用于模拟一次污染物的输送与扩散，或通过简单的化学反应机理模拟二次污染物。

区域光化学网格模型，简称网格模型，采用包含复杂大气物理（平流、扩散、边界层、云、降水、干沉降等）和大气化学（气、液、气溶胶、非均相）算法以及网格化的输送化学转化模型，一般用于模拟城市和区域尺度的大气污染物输送与化学转化。

7．推荐模型

推荐模型是指生态环境主管部门按照一定的工作程序遴选，并以推荐名录形式公开发布的环境模型。列入推荐名录的环境模型简称推荐模型。当推荐模型适用性不能满足需要时，可采用替代模型。替代模型一般需经模型领域专家评审推荐，并经生态环境主管部门同意后方可使用。

8．短期浓度

短期浓度是指某污染物的评价时段小于等于 24 h 的平均质量浓度，包括 1 h 平均质量浓度、8 h 平均质量浓度以及 24 h 平均质量浓度（也称为日平均质量浓度）。

9．长期浓度

长期浓度是指某污染物的评价时段大于等于 1 个月的平均质量浓度，包括月平均质量浓度、季平均质量浓度和年平均质量浓度。

10．评价基准年

依据评价所需环境空气质量现状、气象资料等数据的可获得性、数据质量、代表性等因素，选择近 3 年中数据相对完整的 1 个日历年作为评价基准年。

二、大气环境影响评价工作等级划分

1．计算模型

选择项目污染源正常排放的主要污染物及排放参数，采用推荐模型中的估算模型分别计算项目污染源的最大环境影响，然后按评价工作分级判据进行分级。

2．评价工作分级方法

①根据项目污染源初步调查结果，分别计算项目排放主要污染物的最大地面空气质量浓度占标率 P_i（第 i 个污染物，简称最大浓度占标率），及第 i 个污染物的地面空气质量浓度达到标准值的 10%时所对应的最远距离 $D_{10\%}$。其中 P_i 定义见式（5-4）。

$$P_i=\frac{C_i}{C_{0i}}\times 100\% \tag{5-4}$$

式中：P_i —— 第 i 个污染物的最大地面空气质量浓度占标率，%；

C_i —— 采用估算模式计算出的第 i 个污染物的最大 1 h 地面空气质量浓度，μg/m³；

C_{0i} —— 第 i 个污染物的环境空气质量标准，μg/m³。一般选用 GB 3095 中 1 h 平均质量浓度的二级浓度限值；如项目位于一类环境空气功能区，应选择相应一级浓度限值。对仅有 8 h 平均质量浓度限值、日平均质量浓度限值或年平均质量浓度限值的，可分别按 2 倍、3 倍、6 倍折算为 1 h 平均质量浓度限值。如已有地方环境质量标准的，应选用地方标准中的浓度限值。对 GB 3095 中未包含的污染物，使用《环境影响评价技术导则　大气环境》（HJ 2.2—2018）附录 D 中给出的各评价因子 1 h 平均质量浓度限值。对上述标准中都未包含的污染物，可参照选用其他国家、国际组织发布的环境质量浓度限值或基准值，但应作出说明，经生态环境主管部门同意后执行。

②编制环境影响报告书的项目在采用估算模型计算评价等级时，应输入地形参数。

③评价等级按表 5-3 的分级判据进行划分。最大地面空气质量浓度占标率 P_i 按式（5-4）计算，如污染物数 i 大于 1，取 P 值中最大者 P_{max}。

表 5-3　评价等级判别

评价工作等级	评价工作分级判据
一级评价	P_{max}≥10%
二级评价	1%≤P_{max}＜10%
三级评价	P_{max}＜1%

3．评价等级的判定还应遵守的规定

①同一项目有多个污染源（两个及以上，下同）时，则按各污染源分别确定评价等级，并取评价等级最高者作为项目的评价等级。

②对电力、钢铁、水泥、石化、化工、平板玻璃、有色等高耗能行业的多源项目或以使用高污染燃料为主的多源项目，并且编制环境影响报告书的项目评价等级提高一级。

③对等级公路、铁路项目，分别按项目沿线主要集中式排放源（如服务区、车站大气污染源）排放的污染物计算其评价等级。

④对新建包含 1 km 及以上隧道工程的城市快速路、主干路等城市道路项目，按项目隧道主要通风竖井及隧道出口排放的污染物计算其评价等级。

⑤对新建、迁建及飞行区扩建的枢纽及干线机场项目，应考虑机场飞机起降及相关辅助设施排放源对周边城市的环境影响，评价等级取一级。

⑥确定评价等级同时应说明估算模型计算参数和判定依据，相关内容与格式要求见表 5-4。

表 5-4 估算模型参数

参数		取值
城市/农村选项	城市/农村	
	人口数（城市选项时）	
最高环境温度/℃		
最低环境温度/℃		
土地利用类型		
区域湿度条件		
是否考虑地形	考虑地形	□ 是 □ 否
	地形数据分辨率/m	
是否考虑岸线熏烟	考虑岸线熏烟	□ 是 □ 否
	岸线距离/km	
	岸线方向/°	

【例 3】某拟建项目有一燃油锅炉，主要有 SO_2、NO_2 及 PM_{10} 3 种污染物，使用估算模式计算主要污染物的下风向最大质量浓度如表 5-5 所示。试确定该项目的大气环境影响评价工作等级。

【分析】查《环境空气质量标准》（GB 3095—2012）中 SO_2、NO_2 的二级标准中 1 h 平均浓度限值分别为 500 μg/m^3、200 μg/m^3。PM_{10} 没有小时浓度标准，参照执行其日均浓度的 3 倍，即 450 μg/m^3。

表 5-5 估算模式计算结果

污染物	下风向最大预测浓度 c_{max}/（mg/m^3）	最大占标率 P_i/%
SO_2	0.010	2.00
NO_2	0.034	17.00
PM_{10}	0.009	2.00

其次，找出本项目各污染物的最大地面浓度占标率 P_i 值中最大者 P_{max}，应为 NO_2 的最大占标率，为 17%＞10%。根据表 5-3，本项目的评价等级为一级。

三、大气环境影响评价工作范围确定

一级评价项目根据建设项目排放污染物的最远影响距离（$D_{10\%}$）确定大气环境影响评价范围，即以项目厂址为中心区域，自厂界外延 $D_{10\%}$ 的矩形区域作为大气环境影响评价范围。当 $D_{10\%}$ 大于 25 km 时，确定评价范围为边长 50 km 的矩形区域；当 $D_{10\%}$ 小于 2.5 km 时，评价范围边长取 5 km。

二级评价项目大气环境影响评价范围边长取 5 km。

三级评价项目不需要设置大气环境影响评价范围。

对于新建、迁建及飞行区扩建的枢纽及干线机场项目，评价范围还应考虑受影响的周边城市，最大取边长 50 km。

规划的大气环境影响评价范围以规划区边界为起点，外延规划项目排放污染物的最远影响距离（$D_{10\%}$）的区域。

第三节　大气环境现状调查与评价

一、调查内容和目的

1．一级评价项目

调查项目所在区域的环境质量达标情况，作为项目所在区域是否为达标区的判断依据。

调查评价范围内有环境质量标准的评价因子的环境质量监测数据或进行补充监测，用于评价项目所在区域污染物环境质量现状，以及计算环境空气保护目标和网格点的环境质量现状浓度。

2．二级评价项目

调查项目所在区域的环境质量达标情况。

调查评价范围内有环境质量标准的评价因子的环境质量监测数据或进行补充监测，用于评价项目所在区域污染物环境质量现状。

3．三级评价项目

只调查项目所在区域的环境质量达标情况。

二、数据来源

1．基本污染物环境质量现状数据

①项目所在区域达标判定，优先采用国家或地方生态环境主管部门公开发布的评价基准年环境质量公告或环境质量报告中的数据或结论。

②采用评价范围内国家或地方环境空气质量监测网中评价基准年连续 1 年的监测数据，或采用生态环境主管部门公开发布的环境空气质量现状数据。

③评价范围内没有环境空气质量监测网数据或公开发布的环境空气质量现状数据的，可选择符合 HJ 664 规定，并且与评价范围地理位置邻近，地形、气候条件相近的环境空气质量城市点或区域点监测数据。

④对位于环境空气质量一类区的环境空气保护目标或网格点，各污染物环境质量现状浓度可取符合 HJ 664 规定、并且与评价范围地理位置邻近、地形与气候条件

相近的环境空气质量区域点或背景点监测数据。

2．其他污染物环境质量现状数据

①优先采用评价范围内国家或地方环境空气质量监测网中评价基准年连续 1 年的监测数据。

②评价范围内没有环境空气质量监测网数据或公开发布的环境空气质量现状数据的，可收集评价范围内近 3 年与项目排放的其他污染物有关的历史监测资料。

3．补充监测

在没有以上相关监测数据或监测数据不能满足评价内容与方法规定的评价要求时，应按补充监测要求进行补充监测。

三、补充监测

1．监测时段

①根据监测因子的污染特征，选择污染较重的季节进行现状监测。补充监测应至少取得 7 d 有效数据。

凡涉及 GB 3095 中污染物的各类监测资料的统计内容与要求，均应满足该标准中各项污染物数据统计的有效性规定，见表 5-6。其他特征污染物监测资料的统计内容应符合相关引用标准中数据统计有效性的规定。

表 5-6　各项污染物数据统计的有效性规定

污染物项目	平均时间	数据有效性规定
二氧化硫（SO_2）、二氧化氮（NO_2）、颗粒物（粒径≤10 μm）、细颗粒物（粒径≤2.5 μm）、氮氧化物（NO_x）	年平均	每年至少有 324 个日平均浓度值 每月至少有 27 个日平均浓度值（2 月至少有 25 个日平均浓度值）
二氧化硫（SO_2）、二氧化氮（NO_2）、一氧化碳（CO）、颗粒物（粒径≤10 μm）、细颗粒物（粒径≤2.5 μm）、氮氧化物（NO_x）	24 h 平均	每日至少有 20 h 平均浓度值或采样时间
臭氧（O_3）	8 h 平均	每 8 h 至少有 6 h 平均浓度值
二氧化硫（SO_2）、二氧化氮（NO_2）、一氧化碳（CO）、臭氧（O_3）、氮氧化物（NO_x）	1 h 平均	每小时至少有 45 min 的采样时间
总悬浮颗粒物（TSP）、苯并[*a*]芘（BaP）、铅（Pb）	年平均	每年至少有分布均匀的 60 个日平均浓度值 每月至少有分布均匀的 5 个日平均浓度值
铅（Pb）	季平均	每季至少有分布均匀的 15 个日平均浓度值 每月至少有分布均匀的 5 个日平均浓度值
总悬浮颗粒物（TSP）、苯并[*a*]芘（BaP）、铅（Pb）	24 h 平均	每日应有 24 h 的采样时间

②对于部分无法进行连续监测的其他污染物，可监测其一次空气质量浓度，监测时次应满足所用评价标准的取值时间要求。

2．监测布点

以近 20 年统计的当地主导风向为轴向，在厂址及主导风向下风向 5 km 范围内设置 1～2 个监测点。如需在一类区进行补充监测，监测点应设置在不受人为活动影响的区域。环境空气质量监测点位置的周边环境应符合相关环境监测技术规范的规定。

3．监测方法

应选择符合监测因子对应环境质量标准或参考标准所推荐的监测方法，并在评价报告中注明。

凡涉及 GB 3095 中各项污染物的分析方法应符合 GB 3095 对分析方法的规定。对尚未制定环境标准的非常规大气污染物，应尽可能参考 ISO 等国际组织和国内外相应的监测方法，在环境影响评价文件中详细列出监测方法、适用性及其引用依据。

4．监测采样

环境空气监测中的采样点、采样环境、采样高度及采样频率，按 HJ 664 及相关评价标准规定的环境监测技术规范执行。

【例 4】某工业区拟新建一化工企业，产生的大气污染物主要为 TSP 和氨。根据估算结果，本次大气评价工作等级定为二级。环境空气评价范围为：以项目厂址为中心，边长为 5 km 的矩形区域。项目附近没有相关污染物历史监测资料，现需要开展补充监测。

【分析】该项目补充监测方案节选如下：

（1）监测项目和监测时间要求

本次补充监测时段为 2019 年 5 月 5—11 日，监测污染物为 TSP 和氨，取得 7 d 有效数据，见表 5-7，满足《环境影响评价技术导则　大气环境》（HJ 2.2—2018）的要求。

表 5-7　补充监测项目和监测时段

补充监测污染物	监测时段		监测频率/（次/d）	有效数据天数/d	监测指标
TSP	2019 年 5 月 5—11 日	0：00—24：00	1	7	24 h 平均浓度
氨		2：00、8：00、14：00、20：00	4		1 h 平均浓度

（2）监测布点

按照《环境影响评价技术导则　大气环境》（HJ 2.2—2018）的要求，以近 20 年统计的当地主导风向为轴向，在厂址及主导风向下风向 5 km 范围内设置 1～2 个监测点。本次补充监测分别在厂址及主导风向（东南偏东 ESE）下风向 5 km 范围内的新塘村设置补充监测点（表 5-8）。具体监测布点情况图（略）。

表 5-8　其他污染物补充监测点位基本信息

监测点名称	监测点坐标/m		监测因子	监测时段	相对厂址方位	相对厂界距离/m
	X	Y				
厂址	0	0	TSP、氨	2019 年 5 月 5—11 日	—	—
新塘村	−1 700	500			西北偏西	1 800

（3）评价标准

TSP 执行《环境空气质量标准》（GB 3095—2012）及其修改单中的二级标准，氨执行《环境影响评价技术导则 大气环境》（HJ 2.2—2018）附录 D 标准。详见表 5-9。

表 5-9　各项污染物浓度限值

评价因子	平均时段	标准值/（μg/m^3）	标准来源
TSP	24 h 平均浓度	300	GB 3095
氨	1 h 平均浓度	200	HJ 2.2 附录 D

四、评价内容与方法

1．项目所在区域达标判断

城市环境空气质量达标情况评价指标为 SO_2、NO_2、PM_{10}、$PM_{2.5}$、CO 和 O_3，6 项污染物全部达标即为城市环境空气质量达标。

根据国家或地方生态环境主管部门公开发布的城市环境空气质量达标情况，判断项目所在区域是否属于达标区。如项目评价范围涉及多个行政区（县级或以上，下同），需分别评价各行政区的达标情况，若存在不达标行政区，则判定项目所在评价区域为不达标区。

国家或地方生态环境主管部门未发布城市环境空气质量达标情况的，可按照 HJ 663 中各评价项目的年评价指标进行判定。年评价指标中的年均浓度和相应百分位数 24 h 平均或 8 h 平均质量浓度满足 GB 3095 中浓度限值要求的即为达标。HJ 663 中年评价指标规定见表 5-10。

表 5-10　基本污染物年评价指标要求

评价时段	评价项目及平均时间
年评价	SO_2 年平均、SO_2 24 h 平均第 98 百分位数 NO_2 年平均、NO_2 24 h 平均第 98 百分位数 PM_{10} 年平均、PM_{10} 24 h 平均第 95 百分位数 $PM_{2.5}$ 年平均、$PM_{2.5}$ 24 h 平均第 95 百分位数 CO 4 h 平均第 95 百分位数 O_3 日最大 8 h 滑动平均值的第 90 百分位数

【例 5】某城市 2018 年区域环境空气质量达标分析

按《环境影响评价技术导则　大气环境》（HJ 2.2—2018）要求，城市环境空气质量达标情况评价指标为 SO_2、NO_2、PM_{10}、$PM_{2.5}$、CO 和 O_3，6 项污染物全部达标即为城市环境空气质量达标。项目所在区域达标判定，优先采用国家或地方生态环境主管部门公开公布的评价基准年环境质量公告或环境质量报告中的数据或结论。

本次评价基准年选择为 2018 年。根据某市 2018 年环境状况公报，区域空气质量现状情况见表 5-11。根据表 5-11 可知，某市 2018 年区域空气质量不达标。

表 5-11　某市 2018 年区域空气质量现状评价表

污染物	年评价指标	现状浓度/（μg/m^3）	标准值/（μg/m^3）	占标率/%	达标情况
SO_2	年平均质量浓度	11	60	18.33	达标
NO_2	年平均质量浓度	41	40	102.50	不达标
PM_{10}	年平均质量浓度	60	70	85.71	达标
$PM_{2.5}$	年平均质量浓度	35	35	100.00	达标
CO	第95百分位数日平均质量浓度	1 200	4 000	30.00	达标
O_3	第 90 百分位数日最大 8 h 滑动平均浓度	172	160	107.50	不达标

2．各污染物的环境质量现状评价

长期监测数据的现状评价内容，按 HJ 663 中的统计方法对各污染物的年评价指标进行环境质量现状评价。对于超标的污染物，计算其超标倍数和超标率。

补充监测数据的现状评价内容分别对各监测点位不同污染物的短期浓度进行环境质量现状评价。对于超标的污染物，计算其超标倍数和超标率。

3．环境空气保护目标及网格点环境质量现状浓度

对采用多个长期监测点位数据进行现状评价的，取各污染物相同时刻各监测点位的浓度平均值作为评价范围内环境空气保护目标及网格点环境质量现状浓度。计算方法见式（5-5）。

$$C_{现状(x,y,z)}=\frac{1}{n}\sum C_{现状(j,t)} \tag{5-5}$$

式中：$C_{现状(x,y,z)}$ —— 环境空气保护目标及网格点（x，y）在 t 时刻环境质量现状浓度，μg/m³；

$C_{现状(j,t)}$ —— 第 j 个监测点在 t 时刻环境质量现状浓度（包括短期浓度和长期浓度），μg/m³；

n —— 长期监测点位数。

对采用补充监测数据进行现状评价的，取各污染物不同评价时段监测浓度的最大值，作为评价范围内环境空气保护目标及网格点环境质量现状浓度。对于有多个监测点位数据的，先计算相同时刻各监测点位平均值，再取各监测时段平均值中的最大值。计算方法见式（5-6）。

$$C_{现状(x,y)}=\max\left[\frac{1}{n}\sum_{j=1}^{n}C_{监测(j,t)}\right] \tag{5-6}$$

式中：$C_{现状(x,y)}$ —— 环境空气保护目标及网格点（x，y）环境质量现状浓度，μg/m³；

$C_{监测(j,t)}$ —— 第 j 个监测点位在 t 时刻环境质量现状浓度，包括 1 h 平均、8 h 平均或日平均质量浓度，μg/m³；

n —— 现状补充监测点位数。

五、大气污染源调查

1. 大气污染源调查与分析对象

一级评价项目，调查本项目不同排放方案有组织及无组织排放源。对于改（扩）建项目还应调查本项目现有污染源。本项目污染源调查包括正常排放和非正常排放，其中非正常排放调查内容包括非正常工况、频次、持续时间和排放量。调查本项目所有拟被替代的污染源（如有），包括被替代污染源名称、位置、排放污染物及排放量、拟被替代时间等。调查评价范围内与评价项目排放污染物有关的其他在建项目、已批复环境影响评价文件的拟建项目等污染源。对于编制报告书的工业项目，分析调查受本项目物料及产品运输影响新增的交通运输移动源，包括运输方式、新增交通流量、排放污染物及排放量。

二级评价项目，参照一级评价项目要求调查本项目现有及新增污染源和拟被替代的污染源。

三级评价项目，只调查本项目新增污染源和拟被替代的污染源。

对于城市快速路、主干路等城市道路的新建项目，需调查道路交通流量及污染物排放量。

对于采用网格模型预测二次污染物的，需结合空气质量模型及评价要求，开展区域现状污染源排放清单调查。

污染源调查内容及格式要求分点源、面源、体源、线源、火炬源、烟塔合一源、城市道路源、机场源等分别给出。

2．数据来源与要求

新建项目的污染源调查，依据 HJ 2.1、HJ 130、HJ 942、行业排污许可证申请与核发技术规范及各污染源源强核算技术指南并结合工程分析从严确定污染物排放量。

评价范围内在建和拟建项目的污染源调查，可使用已批准的环境影响评价文件中的资料；改（扩）建项目现状工程的污染源和评价范围内拟被替代的污染源调查，可根据数据的可获得性，依次优先使用项目监督性监测数据、在线监测数据、年度排污许可执行报告、自主验收报告、排污许可证数据、环评数据或补充污染源监测数据等。污染源监测数据应采用满负荷工况下的监测数据或者换算至满负荷工况下的排放数据。

网格模型模拟所需的区域现状污染源排放清单调查，按国家发布的清单编制相关技术规范执行。污染源排放清单数据应采用近 3 年内国家或地方生态环境主管部门发布的包含人为源和天然源在内所有区域污染源清单数据。在国家或地方生态环境主管部门未发布污染源清单之前，可参照污染源清单编制指南自行建立区域污染源清单，并对污染源清单准确性进行验证分析。

六、气象观测资料调查

1．气象观测资料调查基本原则

采用推荐模型时，应按要求提供气象数据。环境影响预测模型所需气象数据应优先使用国家发布的标准化数据。采用其他数据时，应说明数据来源、有效性及数据预处理方案。

2．气象观测资料调查的内容

（1）估算模型 AERSCREEN

模型所需最高和最低环境温度，一般需选取评价区域近 20 年以上资料统计结果。最小风速可取 0.5 m/s，风速计高度取 10 m。

（2）AERMOD 和 ADMS

地面气象数据选择距离项目最近或气象特征基本一致的气象站的逐时地面气象数据，要素至少包括风速、风向、总云量和干球温度。根据预测精度要求及预测因子特征，可选择观测资料包括：湿球温度、露点温度、相对湿度、降水量、降水类型、海平面气压、地面气压、云底高度、水平能见度等。其中对观测站点缺失的气象要素，可采用经验证的模拟数据或采用观测数据进行插值得到。

高空气象数据选择模型所需观测或模拟的气象数据，要素至少包括一天中早晚两次不同等压面上的气压、离地高度和干球温度等，其中离地高度 3 000 m 以内的有效数据层数应不少于 10 层。

（3）AUSTAL2000

地面气象数据选择距离项目最近或气象特征基本一致的气象站的逐时地面气象数据，要素至少包括风向、风速、干球温度、相对湿度，以及采用测量或模拟气象资料计算得到的稳定度。

（4）CALPUFF

地面气象资料应尽量获取预测范围内所有地面气象站的逐时地面气象数据，要素至少包括风速、风向、干球温度、地面气压、相对湿度、云量、云底高度。若预测范围内地面观测站少于 3 个，可采用预测范围外的地面观测站进行补充，或采用中尺度气象模拟数据。

高空气象资料应获取最少 3 个站点的测量或模拟气象数据，要素至少包括一天中早晚两次不同等压面上的气压、离地高度、干球温度、风向及风速，其中离地高度 3 000 m 以内的有效数据层数应不少于 10 层。

（5）光化学网格模型

光化学网格模型的气象场数据可由 WRF 或其他区域尺度气象模型提供。气象场应至少涵盖评价基准年 1 月、4 月、7 月、10 月。气象模型的模拟区域范围应略大于光化学网格模型的模拟区域，气象数据网格分辨率、时间分辨率与光化学网格模型的设定相匹配。在气象模型的物理参数化方案选择时应注意和光化学网格模型所选择参数化方案的兼容性。非在线的 WRF 等气象模型计算的气象数据提供给光化学网格模型应用时，需要经过相应的数据前处理，处理的过程包括光化学网格模拟区域截取、垂直差值、变量选择和计算、数据时间处理以及数据格式转换等。

第四节 大气环境影响预测与评价

大气环境影响预测用于判断项目建成后对评价范围大气环境影响的程度和范围。常用的大气环境影响预测方法是通过建立数学模型来模拟各种气象条件、地形条件下的污染物在大气中输送、扩散、转化和清除等物理、化学机制。

大气环境影响预测的前提是必须掌握评价区域内的污染源源强、排放方式和布局等有关污染排放的参数，同时还须掌握评价区域内大气传输与迁移扩散规律等。

大气环境影响预测的步骤一般为：①确定预测因子；②确定预测范围；③确定污染源计算清单；④选择预测模式；⑤确定气象条件；⑥确定地形数据；⑦确定地

表参数；⑧确定模式中的计算设置及相关参数；⑨确定预测内容和评价要求；⑩进行大气环境影响预测分析与评价。

一、一般性要求

一级评价项目应采用进一步预测模型开展大气环境影响预测与评价。

二级评价项目不进行进一步预测与评价，只对污染物排放量进行核算。

三级评价项目不进行进一步预测与评价。

二、预测因子

预测因子根据评价因子而定，选取有环境质量标准的评价因子作为预测因子。

三、预测范围

预测范围应覆盖评价范围，并覆盖各污染物短期浓度贡献值占标率大于10%的区域。对于经判定需预测二次污染物的项目，预测范围应覆盖 $PM_{2.5}$ 年平均质量浓度贡献值占标率大于1%的区域。对于评价范围内包含环境空气质量功能区一类区的，预测范围应覆盖项目对一类区最大环境影响。预测范围一般以项目厂址为中心，东西向为 X 坐标轴、南北向为 Y 坐标轴。

四、预测周期

选取评价基准年作为预测周期，预测时段取连续1年。选用网格模型模拟二次污染物的环境影响时，预测时段应至少选取评价基准年1月、4月、7月、10月。

五、预测模型

1．预测模型选择原则

一级评价项目应结合项目环境影响预测范围、预测因子及推荐模型的适用范围等选择空气质量模型。各推荐模型适用范围见表5-12。

表5-12　推荐模型适用范围

模型名称	适用污染源	适用排放形式	推荐预测范围	模拟污染物			其他特性
				一次污染物	二次 $PM_{2.5}$	O_3	
AERMOD	点源、面源、线源、体源	连续源、间断源	局地尺度（≤50 km）	模型模拟法	系数法	不支持	—
ADMS							
AUSTAL2000	烟塔合一源						
EDMS/AEDT	机场源						

模型名称	适用污染源	适用排放形式	推荐预测范围	模拟污染物			其他特性
				一次污染物	二次 $PM_{2.5}$	O_3	
CALPUFF	点源、面源、线源、体源	连续源、间断源	城市尺度（50 km 到几百 km）	模型模拟法	模型模拟法	不支持	局地尺度特殊风场，包括长期静、小风和岸边熏烟
光化学网格模型	网格源	连续源、间断源	区域尺度（几百 km）	模型模拟法	模型模拟法	模型模拟法	模拟复杂化学反应

当推荐模型适用性不能满足需要时，可选择适用的替代模型。

2．预测模型选取的其他规定

当项目评价基准年内存在风速≤0.5 m/s 的持续时间超过 72 h 或近 20 年统计的全年静风（风速≤0.2 m/s）频率超过 35%时，应采用 CALPUFF 模型进行进一步模拟。

当建设项目处于大型水体（海或湖）岸边 3 km 范围内时，应首先采用估算模型判定是否会发生熏烟现象。如果存在岸边熏烟，并且估算的最大 1 h 平均质量浓度超过环境质量标准，应采用 CALPUFF 模型进行进一步模拟。

3．推荐模型使用要求

采用推荐模型时，应按要求提供污染源、气象、地形、地表参数等基础数据。

环境影响预测模型所需气象、地形、地表参数等基础数据应优先使用国家发布的标准化数据。采用其他数据时，应说明数据来源、有效性及数据预处理方案。

六、预测方法

采用推荐模型预测建设项目或规划项目对预测范围不同时段的大气环境影响。

当建设项目或规划项目排放 SO_2、NO_x 及 VOCs 年排放量达到表 5-13 规定的量时，可按推荐的方法预测二次污染物。

表 5-13 二次污染物预测方法

污染物排放量/（t/a）		预测因子	二次污染物预测方法
建设项目	$SO_2+NO_x \geqslant 500$	$PM_{2.5}$	AERMOD/ADMS（系数法）或 CALPUFF（模型模拟法）
规划项目	$500 \leqslant SO_2+NO_x < 2\,000$	$PM_{2.5}$	AERMOD/ADMS（系数法）或 CALPUFF（模型模拟法）
	$SO_2+NO_x \geqslant 2\,000$	$PM_{2.5}$	网格模型（模型模拟法）
	$NO_x+VOCs \geqslant 2\,000$	O_3	网格模型（模型模拟法）

采用 AERMOD、ADMS 等模型模拟 $PM_{2.5}$ 时，需将模型模拟的 $PM_{2.5}$ 一次污染物的质量浓度，同步叠加按 SO_2、NO_2 等前体物转化比率估算的二次 $PM_{2.5}$ 质量浓度，得到 $PM_{2.5}$ 的贡献浓度。前体物转化比率可引用科研成果或有关文献，并注意地域的适用性。对于无法取得 SO_2、NO_2 等前体物转化比率的，可取 φ_{SO_2} 为 0.58、φ_{NO_2} 为 0.44，按式（5-7）计算二次 $PM_{2.5}$ 贡献浓度。

$$C_{二次PM_{2.5}} = \varphi_{SO_2} \times C_{SO_2} + \varphi_{NO_2} \times C_{NO_2} \tag{5-7}$$

式中：$C_{二次PM_{2.5}}$ —— 二次 $PM_{2.5}$ 质量浓度，$\mu g/m^3$；

φ_{SO_2}、φ_{NO_2} —— SO_2、NO_2 浓度换算为 $PM_{2.5}$ 浓度的系数；

C_{SO_2}、C_{NO_2} —— SO_2、NO_2 的预测质量浓度，$\mu g/m^3$。

采用 CALPUFF 或网格模型预测 $PM_{2.5}$ 时，模拟输出的贡献浓度应包括一次 $PM_{2.5}$ 和二次 $PM_{2.5}$ 质量浓度的叠加结果。

对已采纳规划环评要求的规划所包含的建设项目，当工程建设内容及污染物排放总量均未发生重大变更时，建设项目环境影响预测可引用规划环评的模拟结果。

七、预测与评价内容

1．达标区的评价项目

项目正常排放条件下，预测环境空气保护目标和网格点主要污染物的短期浓度和长期浓度贡献值，评价其最大浓度占标率。

项目正常排放条件下，预测评价叠加环境空气质量现状浓度后，环境空气保护目标和网格点主要污染物的保证率日平均质量浓度和年平均质量浓度的达标情况；对于项目排放的主要污染物仅有短期浓度限值的，评价其短期浓度叠加后的达标情况。如果是改（扩）建项目，还应同步减去“以新带老”污染源的环境影响。如果有区域削减项目，应同步减去削减源的环境影响。如果评价范围内还有其他排放同类污染物的在建、拟建项目，还应叠加在建、拟建项目的环境影响。

项目非正常排放条件下，预测评价环境空气保护目标和网格点主要污染物的 1 h 最大浓度贡献值及占标率。

2．不达标区的评价项目

项目正常排放条件下，预测环境空气保护目标和网格点主要污染物的短期浓度和长期浓度贡献值，评价其最大浓度占标率。

项目正常排放条件下，预测评价叠加大气环境质量限期达标规划（简称“达标规划”）的目标浓度后，环境空气保护目标和网格点主要污染物保证率日平均质量浓度和年平均质量浓度的达标情况；对于项目排放的主要污染物仅有短期浓度限值的，评价其短期浓度叠加后的达标情况。如果是改（扩）建项目，还应同步减去“以新带老”污染源的环境影响。如果有区域达标规划之外的削减项目，应同步减去削减源的环境影响。如果评价范围内还有其他排放同类污染物的在建、拟建项目，还应叠加在建、拟建项目的环境影响。

对于无法获得达标规划目标浓度场或区域污染源清单的评价项目，需评价区域环境质量的整体变化情况。

项目非正常排放条件下，预测环境空气保护目标和网格点主要污染物的 1 h 最大浓度贡献值，评价其最大浓度占标率。

3. 区域规划

预测评价区域规划方案中不同规划年叠加现状浓度后，环境空气保护目标和网格点主要污染物保证率日平均质量浓度和年平均质量浓度的达标情况；对于规划排放的其他污染物仅有短期浓度限值的，评价其叠加现状浓度后短期浓度的达标情况。

预测评价区域规划实施后的环境质量变化情况，分析区域规划方案的可行性。

4. 污染控制措施

对于达标区的建设项目，按达标区的评价项目要求预测评价不同方案中主要污染物对环境空气保护目标和网格点的环境影响及达标情况，比较分析不同污染治理设施、预防措施或排放方案的有效性。

对于不达标区的建设项目，按不达标区的评价项目要求预测不同方案中主要污染物对环境空气保护目标和网格点的环境影响，评价达标情况或评价区域环境质量的整体变化情况，比较分析不同污染治理设施、预防措施或排放方案的有效性。

不同评价对象或排放方案对应预测内容和评价要求见表 5-14。

表 5-14　预测内容和评价要求

评价对象	污染源	污染源排放形式	预测内容	评价内容
达标区评价项目	新增污染源	正常排放	短期浓度 长期浓度	最大浓度占标率
	新增污染源 – “以新带老”污染源（如有） – 区域削减污染源（如有） + 其他在建、拟建污染源（如有）	正常排放	短期浓度 长期浓度	叠加环境质量现状浓度后的保证率日平均质量浓度和年平均质量浓度的占标率，或短期浓度的达标情况
	新增污染源	非正常排放	1 h 平均质量浓度	最大浓度占标率

评价对象	污染源	污染源排放形式	预测内容	评价内容
不达标区评价项目	新增污染源	正常排放	短期浓度 长期浓度	最大浓度占标率
	新增污染源 − “以新带老”污染源（如有） − 区域削减污染源（如有） + 其他在建、拟建的污染源（如有）	正常排放	短期浓度 长期浓度	叠加达标规划目标浓度后的保证率日平均质量浓度和年平均质量浓度的占标率，或短期浓度的达标情况；评价年平均质量浓度变化率
	新增污染源	非正常排放	1 h平均质量浓度	最大浓度占标率
区域规划	不同规划期/规划方案污染源	正常排放	短期浓度 长期浓度	叠加达标规划目标浓度后的保证率日平均质量浓度和年平均质量浓度的占标率，或短期浓度的达标情况；评价年平均质量浓度变化率
大气环境防护距离	新增污染源 − “以新带老”污染源（如有） + 项目全厂现有污染源	正常排放	短期浓度	大气环境防护距离

5．大气环境防护距离

对于项目厂界浓度满足大气污染物厂界浓度限值，但厂界外大气污染物短期贡献浓度超过环境质量浓度限值的，可以自厂界向外设置一定范围的大气环境防护区域，以确保大气环境防护区域外的污染物贡献浓度满足环境质量标准。

对于项目厂界浓度超过大气污染物厂界浓度限值的，应要求削减排放源强或调整工程布局，待满足厂界浓度限值后，再核算大气环境防护距离。

大气环境防护距离内不应有长期居住的人群。

八、评价方法

1．环境影响叠加

（1）达标区环境影响叠加

预测评价项目建成后各污染物对预测范围的环境影响，应用本项目的贡献浓度，叠加（减去）区域削减污染源以及其他在建、拟建项目污染源环境影响，并叠加环境质量现状浓度。计算方法见式（5-8）。

$$D_{叠加(y,z,t)} = D_{本项目(y,z,t)} - D_{区域削减(y,z,t)} + D_{拟在建(y,z,t)} + D_{现状(y,z,t)} \tag{5-8}$$

式中：$D_{叠加(y,z,t)}$——在 t 时刻，预测点（x，y）叠加各污染源及现状浓度后的环境质量浓度，μg/m^3；

$D_{本项目(y,z,t)}$——在 t 时刻，本项目对预测点（x，y）的贡献浓度，μg/m^3；

$D_{区域削减(y,z,t)}$——在 t 时刻，区域削减污染源对预测点（x，y）的贡献浓度，μg/m^3；

$D_{现状(y,z,t)}$——在 t 时刻，预测点（x，y）的环境质量现状浓度，μg/m^3；

$D_{拟在建(y,z,t)}$——在 t 时刻，其他在建、拟建项目污染源对预测点（x，y）的贡献浓度，μg/m^3。

其中本项目预测的贡献浓度除新增污染源环境影响外，还应减去“以新带老”污染源的环境影响，计算方法见式（5-9）。

$$D_{本项目(y,z,t)} = D_{新增(y,z,t)} - D_{以新带老(y,z,t)} \tag{5-9}$$

式中：$D_{新增(y,z,t)}$——在 t 时刻，本项目新增污染源对预测点（x，y）的贡献浓度，μg/m^3；

$D_{以新带老(y,z,t)}$——在 t 时刻，“以新带老”污染源对预测点（x，y）的贡献浓度，μg/m^3。

（2）不达标区环境影响叠加

对于不达标区的环境影响评价，应在各预测点上叠加达标规划中达标年的目标浓度，分析达标规划年的保证率日平均质量浓度和年平均质量浓度的达标情况。叠加方法可以用达标规划方案中的污染源清单参与影响预测，也可直接用达标规划模拟的浓度场进行叠加计算。计算方法见式（5-10）。

$$D_{叠加(y,z,t)} = D_{本项目(y,z,t)} - D_{区域削减(y,z,t)} + D_{拟在建(y,z,t)} + D_{规划(y,z,t)} \tag{5-10}$$

式中：$D_{规划(y,z,t)}$——在 t 时刻，预测点（x，y）的达标规划年目标浓度，μg/m^3。

2．保证率日平均质量浓度

对于保证率日平均质量浓度，首先按上述方法计算叠加后预测点上的日平均质量浓度，然后对该预测点所有日平均质量浓度从小到大进行排序，根据各污染物日平均质量浓度的保证率（p），计算排在 p 百分位数的第 m 个序数，序数 m 对应的日平均质量浓度即为保证率日平均浓度 D_n。其中序数 m 计算方法见式（5-11）。

$$m = 1 + (n - 1) \times p \tag{5-11}$$

式中：p——该污染物日平均质量浓度的保证率，按 HJ 663 规定的对应污染物年评价中 24 h 平均百分位数取值，%；

n——1个日历年内单个预测点上的日平均质量浓度的所有数据个数，个；

m——百分位数 p 对应的序数（第 m 个），向上取整数。

3．浓度超标范围

以评价基准年为计算周期，统计各网格点的短期浓度或长期浓度的最大值，所有最大浓度超过环境质量标准的网格，即为该污染物浓度超标范围。超标网格的面积之和即为该污染物的浓度超标面积。

4．区域环境质量变化评价

当无法获得不达标区规划达标年的区域污染源清单或预测浓度场时，也可评价区域环境质量的整体变化情况。按式（5-12）计算实施区域削减方案后预测范围的年平均质量浓度变化率 k。当 $k \leqslant -20\%$时，可判定项目建设后区域环境质量得到整体改善。

$$k=\frac{\left[\bar{C}_{本项目(a)}-\bar{C}_{区域削减(a)}\right]}{\bar{C}_{区域削减(a)}}\times 100\% \tag{5-12}$$

式中：k——预测范围年平均质量浓度变化率，%；

$\bar{C}_{本项目(a)}$——本项目对所有网格点的年平均质量浓度贡献值的算术平均值，μg/m^3；

$\bar{C}_{区域削减(a)}$——区域削减污染源对所有网格点的年平均质量浓度贡献值的算术平均值，μg/m^3。

5．大气环境防护距离确定

采用进一步预测模型模拟评价基准年内，本项目所有污染源［改（扩）建项目应包括全厂现有污染源］对厂界外主要污染物的短期贡献浓度分布。厂界外预测网格分辨率不应超过 50 m。

在底图上标注从厂界起所有超过环境质量短期浓度标准值的网格区域，以自厂界起至超标区域的最远垂直距离作为大气环境防护距离。

6．污染控制措施有效性分析与方案比选

达标区建设项目选择大气污染治理设施、预防措施或多方案比选时，应综合考虑成本和治理效果，选择最佳可行技术方案，保证大气污染物能够达标排放，并使环境影响可以接受。

不达标区建设项目选择大气污染治理设施、预防措施或多方案比选时，应优先考虑治理效果，结合达标规划和替代源削减方案的实施情况，在只考虑环境因素的前提下选择最优技术方案，保证大气污染物达到最低排放强度和排放浓度，并使环境影响可以接受。

污染治理设施及预防措施有效性分析与方案比选内容、结果与格式要求见表 5-15。

表 5-15　污染治理设施与预防措施方案比选结果表

序号	比选方案名称	主要污染治理设施与预防措施	污染源排放方式	排放强度/（kg/a）	叠加后浓度			
					保证率日平均质量浓度/（$\mu g/m^3$）	占标率/%	年平均质量浓度/（$\mu g/m^3$）	占标率/%

7. 污染物排放量核算

污染物排放量核算包括本项目的新增污染源及改建、扩建污染源（如有）。

根据最终确定的污染治理设施、预防措施及排污方案，确定本项目所有新增及改建、扩建污染源大气排污节点、排放污染物、污染治理设施与预防措施以及大气排放口基本情况。

本项目各排放口排放大气污染物的核算排放浓度、排放速率及污染物年排放量，应为通过环境影响评价，并且环境影响评价结论为可接受时对应的各项排放参数。

本项目大气污染物年排放量包括项目各有组织排放源和无组织排放源在正常排放条件下的预测排放量之和。污染物年排放量按式（5-13）计算。

$$E_{年排放}=\sum_{i=1}^{n}\frac{M_{i有组织}\times H_{i有组织}}{1\ 000}+\sum_{j=1}^{m}(M_{j无组织}\times H_{j无组织})/1\ 000 \quad (5\text{-}13)$$

式中：$E_{年排放}$ —— 项目年排放量，t/a；

$M_{i有组织}$ —— 第 i 个有组织排放源排放速率，kg/h；

$H_{i有组织}$ —— 第 i 个有组织排放源全年有效排放小时数，h/a；

$M_{j无组织}$ —— 第 j 个无组织排放源排放速率，kg/h；

$H_{j无组织}$ —— 第 j 个无组织排放源全年有效排放小时数，h/a。

本项目各排放口非正常排放量核算，应结合非正常排放预测结果，优先提出相应的污染控制与减缓措施。当出现 1 h 平均质量浓度贡献值超过环境质量标准时，应提出减少污染排放直至停止生产的相应措施。明确列出发生非正常排放的污染源、非正常排放原因、排放污染物、非正常排放浓度与排放速率、单次持续时间、年发生频次及应对措施等。

九、评价结果表达

1. 基本信息底图

包含项目所在区域相关地理信息的底图，至少应包括评价范围内的环境功能区划、环境空气保护目标、项目位置、监测点位，以及图例、比例尺、基准年风频玫瑰图等要素。

2．项目基本信息图

在基本信息底图上标示项目边界、总平面布置、大气排放口位置等信息。

3．达标评价结果表

列表给出各环境空气保护目标及网格最大浓度点主要污染物现状浓度、贡献浓度、叠加现状浓度后保证率日平均质量浓度和年平均质量浓度、占标率、是否达标等评价结果。

4．网格浓度分布图

包括叠加现状浓度后主要污染物保证率日平均质量浓度分布图和年平均质量浓度分布图。网格浓度分布图的图例间距一般按相应标准值的 5%～100%进行设置。如果某种污染物环境空气质量超标，还需在评价报告及浓度分布图上标示超标范围与超标面积，以及与环境空气保护目标的相对位置关系等。

5．大气环境防护区域图

在项目基本信息图上沿出现超标的厂界外延按大气环境防护距离确定的范围，作为本项目的大气环境防护区域。大气环境防护区域应包含自厂界起连续的超标范围。

6．污染治理设施、预防措施及方案比选结果表

列表对比不同污染控制措施及排放方案对环境的影响，评价不同方案的优劣。

7．污染物排放量核算表

包括有组织及无组织排放量、大气污染物年排放量、非正常排放量等。

8．不同评价等级要求

一级评价应包括 1～7 的内容。二级评价一般应包括 1、2 及 7 的内容。

第五节　大气污染防控措施

根据大气环境影响预测结果，分析项目建设对环境空气质量的影响，有针对性地提出大气污染防控措施建议，是进行大气环境影响评价的重要目的。大气污染防控措施可以从工程治理措施和管理措施两方面考虑。

一、大气污染控制技术

大气污染控制技术是重要的大气环境保护对策措施，大气污染的常规控制技术分为：洁净燃烧技术、烟气的高烟囱排放、污染物净化技术等。

（一）洁净燃烧技术

洁净燃烧技术是指减少燃烧过程污染物排放，提高燃料利用效率的加工、燃烧、转化和污染排放控制等所有技术的总称。

洁净煤燃烧技术主要包括以下几个方面：

①先进的燃煤技术：如整体煤气化联合循环发电技术、循环流化床燃烧技术、低 NO_x 燃烧技术等。

②燃煤脱硫、脱氮技术：如先进的煤炭洗选技术、型煤固硫技术、烟气处理技术、先进的焦炭生产技术等。

③煤炭加工成洁净能源技术：如洗选、温和气化、煤炭直接液化、煤的热解等。

④提高煤炭及粉煤灰的有效利用和节能技术。

（二）烟气的高烟囱排放

烟气的高烟囱排放是通过高烟囱把含有污染物的烟气直接排入大气，使污染物向更大的范围和更远的区域扩散、稀释。由点源预测可知，烟囱高度越高，则污染物的落地浓度越低。如我国《大气污染物综合排放标准》（GB 16297—1996）就要求新污染源的排气筒一般应不低于15 m。经过净化达标的烟气通过烟囱排放到大气中，利用大气的自净作用进一步降低地面空气污染物的浓度。

（三）污染物净化技术

大气污染物按存在状态可分为颗粒污染物和气态污染物两大类。颗粒污染物是指大气中除气体外的物质，包括各种各样的固体、液体和气溶胶，比如粉尘、烟等。气态污染物是大气中气体状态的污染物，以分子状态存在，比如二氧化硫（SO_2）、氮氧化物（NO_x）、一氧化碳（CO）等。

1．颗粒物的净化技术

颗粒物净化技术又称为除尘技术，它是将颗粒物从废气中分离出来并加以回收的操作过程。实现该过程的设备称为除尘器。

除尘技术根据除尘过程中有没有液体参加，可分为干式除尘和湿式除尘。一般根据除尘过程中的粒子分离原理，除尘技术大体上可分为：重力除尘、惯性除尘、离心力除尘、洗涤除尘、过滤除尘、电除尘、声波除尘。各种除尘设备的分类及基本性能见表 5-16。

表 5-16 除尘设备的分类及基本性能

类 别	除尘设备型号	除尘效率/%	初投资	运行费用
机械式除尘器	重力除尘器	40～60	少	少
	惯性除尘器	50～70	少	少
	旋风除尘器	70～92	少	中
	多管旋风除尘器	80～95	中	中

类　别	除尘设备型号	除尘效率/%	初投资	运行费用
湿式除尘器	喷淋洗涤器	75～95	中	中
	文丘里除尘器	90～98	少	高
	自激式除尘器	85～98	中	较高
	水膜除尘器	85～98	中	较高
过滤式除尘器	颗粒层除尘器	85～99	较高	较高
	袋式除尘器	85～99.9	较高	较高
静电除尘器	干式静电除尘器	85～99	高	少
	湿式静电除尘器	90～99	高	少

2．气态污染物的净化技术

气态污染物种类繁多，特点各异，因此采用的净化方法也不相同，常用的方法有吸收法、吸附法、催化法、燃烧法、冷凝法、膜分离法、电子束照射净化法和生物净化法。

（1）烟气脱硫技术

从排烟中去除 SO_2 的技术简称排烟脱硫。烟气脱硫方法上百种，通常将排烟脱硫方法分为抛弃法和回收法两大类。在抛弃法中，吸收剂与 SO_2 结合，形成废渣，其中包括烟灰、硫酸钙、亚硫酸钙和部分水，没有再生步骤，综合利用或填埋处理。在回收法中，吸收剂吸收或吸附 SO_2，然后再生或循环使用。烟气中 SO_2 被回收，转化成可出售的副产品如硫黄、硫酸或浓 SO_2。

一般习惯以使用吸收剂或吸附剂的形态和处理过程将回收法分为干法与湿法两类。干法排烟脱硫，是用固态吸附剂或固体吸收剂去除烟气中 SO_2 的方法。湿法排烟脱硫，是用液态吸收剂去除烟气中 SO_2 的方法。按使用的吸收剂不同，分为氨法、钠法、石灰—石膏法、镁法以及催化氧化法等（表 5-17）。

表 5-17　排烟脱硫方法汇总

分类	处理方法	原　理	处理效果
干法排烟脱硫	石灰粉吹入法	将石灰石（$CaCO_3$）粉末吹入燃烧室内，在 1 050℃高温下，$CaCO_3$ 分解成石灰（CaO），并和燃烧气体中的 SO_2 反应生成 $CaSO_4$	脱硫率为 40%～60%，可回收 $CaSO_4$
	活性炭法	活性炭脱硫是利用活性炭吸附烟道气中的 SO_2，将其氧化为硫酸而储存在活性炭孔隙内的烟气净化技术，其优点是活性炭吸附容量大，吸附过程和催化转化的动力学过程快，对氧的反应性慢，可再生	可回收稀硫酸、SO_3、S、$CaSO_4$ 等
	催化氧化法	以二氧化硅等为载体，五氧化二钡、硫酸钾等为催化剂，使 SO_2 催化氧化成三氧化硫，制成无水或 78%的硫酸	可回收制成 H_2SO_4、$(NH_4)_2SO_4$

分类	处理方法	原　理	处理效果
湿法排烟脱硫	氨法	氨法又称亚硫酸氨法，脱硫是以氨水、液氨为吸收剂吸收烟气中的 SO_2，其中间产物为亚硫酸氨[$(NH_4)_2SO_3$]和亚硫酸氢氨（NH_4HSO_3）	对中间产物采用不同的方法处理，可回收硫酸铵、石膏和硫黄等副产品
	钙法（石灰—石膏法）	采用石灰石、生石灰或消石灰[$Ca(OH)_2$]的乳浊液为吸收剂吸收烟气中的 SO_2。吸收生成的 $CaSO_3$ 经空气氧化后可得到石膏	在低浓度的排烟脱硫方面有很大的实际意义，因石灰来源广，价格便宜，脱硫效率达 80%以上
	钠法	采用氢氧化钠、碳酸钠或亚硫酸钠水溶液为吸收剂吸收烟气中的 SO_2。生产 Na_2SO_3 和 $NaHSO_3$	具有对 SO_2 吸收速度快，管路和设备不容易堵塞等优点。但吸收剂价格昂贵，对 SO_2 排放量少、间断排放 SO_2 的污染源，使用比较广泛
	镁法	采用氧化镁、镁盐浆液为吸收剂，吸收 SO_2	回收的产品为硫酸或硫黄，脱硫达到 90%以上，原料来源方便

（2）烟气脱硝技术

目前烟气脱硝技术有催化分解法、选择性非催化还原法（SNCR）、选择性催化还原法（SCR）、固体吸附法、电子束法、湿法脱硝等几类，见表 5-18。

表 5-18　烟气脱硝技术

处理方法	原　理	技术特点
催化分解法	在催化剂作用下，使 NO 直接分解为 N_2 和 O_2。主要的催化剂有过渡金属氧化物、贵金属催化剂和离子交换分子筛等	不需耗费氨，无二次污染。催化活性易被抑制，SO_2 存在时催化剂中毒问题严重，还未工业化
选择性非催化还原法（SNCR）	用氨或尿素类物质使 NO_x 还原为 N_2 和 H_2O	效率较高，操作费用较低，技术已工业化。温度控制较难，氨气泄漏可能造成二次污染
选择性催化还原法（SCR）	在特定催化剂作用下，用氨或其他还原剂选择性地将 NO_x 还原为 N_2 和 H_2O	脱除率高，投资和操作费用大，也存在 NH_3 的泄漏
固体吸附法	吸附	对于小规模排放源可行，具有耗资少，设备简单，易于再生等特点。但受到吸附容量的限制，不能用于大规模的排放源
电子束法	用电子束照射烟气，生成强氧化性 OH 基、O 原子和 NO_2，这些强氧化基团氧化烟气中的二氧化硫和氮氧化物，生成硫酸和硝酸，加入氨气，则生成硫硝铵复合盐	技术能耗高，并且有待实际工程应用检验
湿法脱硝	先用氧化剂将难溶的 NO 氧化为易于被吸收的 NO_2，再用液体吸收剂吸收	脱除率较高，但要消耗大量的氧化剂和吸收剂，吸收产物造成二次污染

在众多的脱硝技术中，成熟的脱硝技术有选择性催化还原法（SCR）和选择性非催化还原法（SNCR）。

二、大气污染防治的管理措施

除了工程治理上的措施外，对于项目建成后可能产生的大气污染还可以通过管理上的措施加以防止和减缓。大气污染防治的管理措施可以从以下几个方面加以考虑。

①排污口规范化建议：废气排放口必须符合规定的高度和按照《污染源监测技术规范》便于采样、监测的要求，设置直径不小于 75 mm 的采样口；无法满足要求的，其采样口与环境监测部门共同确认。

②清洁生产的要求。从燃料使用的种类、含硫率等方面考虑减少污染物的产生；通过加强生产过程的管理，减少生产过程中的无组织排放废气量；从节约能源入手，减少燃料的使用量，从而实现减少污染物排放的目标等。

③通过加强项目内绿化美化建设，减少因大气污染物排放对周围环境的影响。

④对于无组织排放的污染物，特别是有毒有害物质，通过设置卫生防护距离的办法，避免或减少可能对周围环境敏感目标的影响。

⑤通过加强车间的通风等劳动保护措施，减少因工艺废气排放对劳动工人的健康影响。

复习与思考题

1. 试解释以下术语和定义：风、风频、基本污染物、短期浓度、长期浓度、评价基准年。

2. 简述大气稳定度及其分类。

3. 何谓“逆温”？产生的主要原因是什么？有何危害性？

4. 简述预测模型的选取原则。

5. 简述大气环境影响工作等级确定中，标准的选取原则。

6. 简述大气环境质量现状评价方法。

7. 设置环境防护距离的前提条件有哪些？

8. 某沿海地区拟建一年产 60 万 t 甲醇的项目，根据工程分析的污染源源强数据，通过估算模式计算得出项目的大气评价等级为二级。该地区环境空气良好，主导风向为南风。项目评价范围内的大气环境保护目标情况见下表。试制定现状监测方案。

保护目标	敏感点	方位	与厂址距离/km
居民	A 村	NW	1.0
居民	B 村	NE	1.6
居民	C 镇	W	2.8
居民	D 小学	SSW	2.2
居民	E 医院	SE	5.9
居民	F 公园	ESE	3.2

第六章 声环境影响评价

【知识目标】

1. 了解环境噪声来源、特征及危害。
2. 熟悉环境噪声的基本概念及评价量，理解声音在传播过程中的衰减。
3. 熟悉声环境现状调查的内容及要求。
4. 掌握声环境影响评价工作等级的划分方法。
5. 掌握声环境影响预测与评价技术。

【能力目标】

1. 能进行噪声计算及衰减计算。
2. 能够划分声环境影响评价工作等级。
3. 能够制定声环境现状监测方案并编制现状评价报告。
4. 能够进行声环境影响分析。
5. 能够根据评价结果提出噪声防控措施。

第一节 声环境影响评价的基本概念

建设项目在建设及运行阶段会产生不同程度的噪声，从而影响周围人的学习、工作和正常生活。声环境影响评价是在对噪声源、声环境敏感目标，以及声环境现状调查的基础上，预测建设项目产生的噪声影响范围、程度和影响人口分布情况，对照相应的标准评价其影响大小，并提出相应防治噪声对策措施的过程。

一、基本概念

1．声

在物理学上，声有双重定义，一方面是指弹性介质传播的压力、应力、质点位移和质点速度等变化（指客观存在的能量波）；另一方面是指上述变化作用于人耳引起的感觉（指主观听觉振动频率在 20～20 000 Hz）。为清楚起见，前者称为声波，后者则称为声音。严格地讲，声和音是有区别的，音是有调的。

2．噪声

噪声有两种含义：第一是指不规则的、间歇的或随机的声振动；第二是指任何难听的、不和谐的声或干扰。

从环境保护的角度理解，噪声就是人们不需要的声音。它不仅包括杂乱无章不协调的声音，而且也包括影响别人工作、休息、睡眠、谈话和思考的声音。因此，对于噪声的判断还往往与人们所处的环境和主观反应有关。

3. 噪声源

声音是由物体振动而产生的，其中包括固体、液体和气体，这些振动的物体通常称为声源，也可称为噪声源。

噪声源按其辐射特性及其传播距离，可分为点声源、线声源和面声源三种类型。以球面波形式辐射声波的声源，辐射声波的声压幅值与声波传播距离（r）成反比。任何形状的声源，只要声波波长远远大于声源几何尺寸，该声源可视为点声源。在声环境影响评价中，声源中心到预测点之间的距离超过声源最大几何尺寸 2 倍时，可将该声源近似为点声源。线声源是以柱面波形式辐射声波的声源，辐射声波的声压幅值与声波传播距离的平方根（$\sqrt{r}$）成反比。面声源是以平面波形式辐射声波的声源，辐射声波的声压幅值不随传播距离改变（不考虑空气吸收）。

按照噪声源位置的移动状况，可以分为固定声源（在声源发声时间内，声源位置不发生移动的声源）和流动声源（在声源发声时间内，声源位置按一定轨迹移动的声源）。

除了上述分类方法外，还可以从产生机理、噪声随时间变化、与人们日常生活的关系等方面进行分类。

噪声源按照产生机理可以划分为机械噪声源、空气动力性噪声源和电磁性噪声源三大类。

按照噪声随时间的变化关系，可以分为稳态噪声源和非稳态噪声源，其中，非稳态噪声源中又有瞬态的、周期性起伏、脉冲、无规则的噪声之分。

按照与人们日常生活的关系，又可以分为工业生产噪声源、交通噪声源、施工噪声源和社会生活噪声源等。

4. 环境噪声污染

环境噪声是指在工业生产、建筑施工、交通运输和社会生活中所产生的干扰周围生活环境的声音（频率在 20～20 000 kHz 的可听声范围内）。

环境噪声污染是指所产生的环境噪声超过国家规定的环境噪声排放标准，并干扰他人正常生活、工作和学习的现象。

5. 环境噪声的主要特征

①环境噪声是感觉性公害。环境噪声不仅取决于噪声强度的大小，也取决于受影响人当时的行为状态，与本人的生理（感觉）与心理（感觉）因素有关。不同的人或同一人在不同的行为状态下对同一种噪声会有不同的反应。因此，这就使声环境影响评价有其显著的特点。

②环境噪声的局限性和分散性。环境噪声影响范围的局限性和声源分布的分散性是其另外的特征。任何一个环境噪声源，由于距离发散衰减等因素只能影响一定的范围，超过一定范围就不再有影响，因此环境噪声影响是有局限性的。然而，环境噪声源往往不是单一的，在人群周围，噪声源无处不在，分布是分散的。

③环境噪声的暂时性。噪声源停止发声，噪声影响过程即消失，声环境可以恢复原来的状态，不会留下能量的积累。

二、噪声的基本评价量

（一）声音的基本物理量

1．声波、声速、波长、频率（周期）

①声波。声音是由物体振动而产生的。物体振动引起周围媒质的质点位移，媒质密度产生疏密变化，这种变化的传播就是声波。它属于弹性介质中传播的一种机械波。

②声速。声波在弹性媒质中的传播速度，即振动在媒质中的传递速度称为声速，单位为 m/s。

③波长。一声波相邻的两个压缩层（或稀疏层）之间的距离称为波长，单位为 m。

④频率、周期。频率指每秒钟媒质质点振动的次数，单位为赫兹（Hz）。人耳能感觉到的声波频率为 20～20 000 Hz，低于 20 Hz 的叫次声波，高于 20 000 Hz 的称为超声波。周期是指波行经一个波长的距离需要的时间，即质点每重复一次振动所需时间，单位为秒（s）。

2．声压、声强、声功率

（1）声压

由于声波能引起空气质点的振动，使周围空气质点发生疏密交替变化而产生的压强变化称为声压，亦即声场中单位面积上由于声波引起的压力增量为声压，用 P 表示，单位为 Pa。

声压分为瞬时声压和有效声压。声场中某一瞬时的声压值称为瞬时声压。瞬时声压在随时间变化，而人耳感觉到的是瞬时声压在某一时间的平均结果，叫作有效声压。

声压是常用噪声测量仪器测量的一个基础物理量度，一般仪器测得的往往就是有效声压量，在没有注明的情况下，声压均指的是有效声压。

正常人耳刚能听到的最微弱的声音的声压是 2×10^{-5} Pa，称为人耳听阈声压；使人耳产生疼痛感觉的声压是 20 Pa，称为人耳痛阈声压。

（2）声强

声波作为一种波动形式，将噪声源的能量向空间辐射，一般用能量来表示它的强弱。声强是指单位时间内，声波通过垂直于传播方向单位面积的声能量，常用 I 表示，单位是 W/m^2。声场中某点声强的大小与声源的声功率、该点距声源的距离、波阵面的形状及声场的具体情况有关。

（3）声功率

声功率是指单位时间内，声源发射出的总声能量，常用 W 表示，单位为瓦（W）。声功率越大，表示声源单位时间内发射的声能量越大，引起的噪声越强。声功率的大小，只与声源本身有关。

在上述 3 个物理量中，直接测量声功率或声强较为困难，但是由于声波的存在而引起的空气压强的变化，即受力的变化是可以测量的。所以，常用声压来衡量声音的强弱。

3．声压级、声强级和声功率级

正常人耳刚刚能听到的最低声压称听阈声压，约为 2×10^{-5} Pa；刚刚使人耳产生疼痛感觉的声压称痛阈声压，约为 20 Pa。从听阈到痛阈，声压和声强的变化范围非常大，可以达六个数量级以上，因此用声压或声强的绝对值表示声音的强弱很不方便。由于人耳对声音大小的感觉，近似地与声压、声强呈对数关系，所以通常用对数值来度量声音，也就是声压级、声强级和声功率级。

（1）声压级、声强级和声功率级的单位——分贝

分贝是一个相对单位，指两个相同的物理量（声强与声强、声压与声压、声功率与声功率）之比取以 10 为底的对数并乘以 10（或 20）。分贝的符号为“dB”。声压级、声强级和声功率级的单位都是 dB。

$$N = 10\lg\frac{A_1}{A_0} \tag{6-1}$$

式中：A_0—— 基准量（或参考值）；

A_1—— 被量度量。

因为用被量度量和基准量之比标度时，得到的是比值，它代表被量度量比基准量高出多少“级”。

（2）声压级

根据人耳对声音强弱变化响应的特征，采用声压的平方与基准的声压平方比值的对数值来表示声音的大小，即声压级。

$$L_P = 10\lg\frac{P^2}{P_0^{\ 2}} = 20\lg\frac{P}{P_0} \tag{6-2}$$

式中：L_P—— 对应声压 P 的声压级，dB；

P—— 声压，Pa；

P_0—— 基准声压，即听阈声压，2×10^{-5} Pa。

（3）声强级

$$L_I = 10\lg\frac{I}{I_0} \quad (6\text{-}3)$$

式中：L_I—— 对应声强 I 的声强级，dB；

I—— 声强，W/m^2；

I_0—— 基准声强，$10^{-12}W/m^2$。

在空气为介质的自由声场中，常温常压下某一点的声压级与声强级的数值近似相等。

（4）声功率级

$$L_W = 10\lg\frac{W}{W_0} \quad (6\text{-}4)$$

式中：L_W—— 对应声功率 W 的声功率级，dB；

W—— 声功率，W；

W_0—— 基准声功率，10^{-12} W。

（二）噪声评价量

根据噪声源的特点和应用需要，人们常常用 A 计权声级、等效连续 A 声级、昼夜等效声级、统计噪声级等对噪声源进行评价。

1．A 计权声级

为了能用仪器直接读出反映人耳对声音强弱主观感觉的评价量，在噪声测量仪器中安装一个滤波器，这个滤波器通常称为计权网络。当声音进入网络时，中、低频的声音就按比例衰减通过，而 1 000 Hz 以上的高频声音则无衰减，甚至稍有放大地通过。由于计权网络是把可听声频按 A、B、C、D 等种类特定频率进行计权的，所以就把被 A 网络计权的声压级称为 A 声级，被 B 网络计权的称为 B 声级，以下则称为 C 声级、D 声级等，单位分别计为 dB（A）、dB（B）、dB（C）、dB（D）。

由于 A 声级对低频声较迟钝，而对高频声较灵敏，故与人耳对噪声的主观感觉比较接近，因此 A 声级是应用最广的评价量，A 声级常用 L_{P_A} 或 L_A 表示，单位记作 dB（A）。D 声级在飞机噪声影响评价中仍常使用，B 声级现在已经基本不再使用。

2．等效连续 A 声级

A 声级虽然能较好地反映人耳对噪声强度和频率的主观感觉，但只适用于连续而稳定的噪声评价。对于在一定时间内不连续的或起伏的噪声，如交通噪声、间歇工作的机器噪声，在一定时段内 A 声级有时高有时低，这种情况用某一瞬时的 A 声级去评价一段时间内的 A 声级是不确切的。因此，人们提出用总的工作时间进行平均的方法来评价噪声对人的影响，即在声场内的一定点位上，将某一段时间内连续暴露的不同 A 声级变化，用能量平均的方法以 A 声级表示该段时间内的噪声大小，这个声级称为等效连续 A 声级，简称等效声级，常用 L_{eq} 表示，单位为 dB（A）。

等效连续 A 声级能反映在 A 声级不稳定情况下人们实际接收噪声能量的大小，是按能量平均的 A 声级，其很好地弥补了 A 声级的不足。

$$L_{eq}=10\lg\left[\frac{1}{T}\int_0^T 10^{L_A(t)/10}\mathrm{d}t\right] \quad (6\text{-}5)$$

式中：T—— 连续取样的总时间，min；

$L_A(t)$—— 某时刻 t 的瞬时 A 声级，dB（A）；

L_{eq}—— 在 T 时段内的连续等效 A 声级，dB（A）。

由于 A 声级的测量，实际上是采取等间隔采样的，所以等效连续 A 声级又可以按照下式进行计算：

$$L_{eq}=10\lg\left(\frac{1}{N}\sum_{i=1}^{N}10^{0.1L_i}\right) \quad (6\text{-}6)$$

式中：L_{eq}—— 等效连续 A 声级，dB（A）；

N—— 取样总数；

L_i—— 第 i 次读取的 A 声级，dB（A）。

3．昼夜等效声级

考虑到噪声在夜间对人的影响更为严重，将夜间噪声进行增加 10 dB 加权处理后，用能量平均的方法得出的 24 h A 声级的平均值称为昼夜等效声级，常用 L_{dn} 表示，单位为 dB（A）。计算公式为：

$$L_{dn}=10\lg\left\{\frac{1}{24}\left[\sum_{i=1}^{16}10^{0.1L_i}+\sum_{j=1}^{8}10^{0.1(L_j+10)}\right]\right\} \quad (6\text{-}7)$$

式中：L_i—— 昼间 16 h 的等效声级，dB（A）；

L_j—— 夜间 8 h 的等效声级，dB（A）。

4．统计噪声级

统计噪声级是指某点噪声级有较大波动时，用于描述该点噪声随时间变化状况的统计量。一般用以下 3 个量表示：

- L_{10} 表示测量时间内有 10%的时间超过的噪声级，相当于噪声平均峰值；
- L_{50} 表示测量时间内有 50%的时间超过的噪声级，相当于噪声的中值（平均值）；
- L_{90} 表示测量时间内有 90%的时间超过的噪声级，相当于噪声的背景值。

累积分布值 L_{10}、L_{50} 和 L_{90} 的计算方法有两种：一种是在正态分布概率纸上画出累积分布曲线，然后从图中求得；另一种简便方法是将测定的一组数据（如 100 个），将数从大到小排列，第 10 个数据即为 L_{10}，第 50 个数据为 L_{50}，第 90 个数据即为 L_{90}。

5．计权等效连续感觉噪声级 L_{WECPN}

计权等效连续感觉噪声级是在有效感觉噪声级的基础上发展起来，用于评价航空噪声的方法，其特点在于考虑了 24 h 的时间内飞机通过某一固定点产生的总噪声级，同时也考虑了不同时间段内的飞机对周围环境造成的影响。一日计权等效连续感觉噪声级的计算公式如下：

$$L_{WECPN}=\overline{L_{EPN}}+10\lg(N_1+3N_2+10N_3)-39.4 \qquad (6\text{-}8)$$

式中：$\overline{L_{EPN}}$ —— N 次飞行的有效感觉噪声级的能量平均值，dB；

N_1 —— 7—19 时的飞行次数；

N_2 —— 19—22 时的飞行次数；

N_3 —— 22—7 时的飞行次数。

计算式中所需参数如飞机噪声的 L_{EPN} 与距离的关系，采用设计数据和飞机制造厂家的实测声学参数或通过类比实测。

三、噪声级（分贝）的计算

1．噪声级（分贝）的相加

如果已知若干个声源在某一预测点单独产生的声压级，这些声源合成的声压级就要进行声级的相加。具体有如下两种方法。

①公式法。根据声压级的定义，分贝相加一定要按能量（声功率或声压平方）相加，求合成的声压级，可按下列公式计算：

$$L_{总}=10\lg\left(\sum_{i=1}^{n}10^{\frac{L_i}{10}}\right) \qquad (6\text{-}9)$$

式中：$L_{总}$ —— 几个声压级相加后的总声压级，dB；

L_i —— 某一个声压级，dB。

若上式的几个声压级均相等，即可简化为：

$$L_{总}=L_p+10\lg N \qquad (6\text{-}10)$$

式中：L_p —— 单个声压级，dB；

N —— 相同声压级的个数。

②查表法。实际工作中，也可以根据表 6-1 直接查算噪声级相加的结果。从表中查得的增值应与声压级高的相加为合成的声压级。

表 6-1　分贝和的增值表　　单位：dB

声压级差（L_1-L_2）	0	1	2	3	4	5	6	7	8	9	10
增值 ΔL	3.0	2.5	2.1	1.8	1.5	1.2	1.0	0.8	0.6	0.5	0.4

【例 1】已知两个声源的声压级分别为 L_1=98 dB，L_2=89 dB，求 L_{1+2}。

【分析】可以按照公式法及查表法分别求解。

①公式法：根据分贝相加的公式：

$$L_{总}=10\lg(\sum_{i=1}^{n}10^{\frac{L_i}{10}})$$

$$L_{1+2}=10\lg(10^{\frac{L_1}{10}}+10^{\frac{L_2}{10}})=10\lg(10^{9.8}+10^{8.9})=98.5\text{（dB）}$$

②查表法：因为 $L_1-L_2=98-89=9$（dB）

查表 6-1：ΔL=0.5（dB）

所以，$L_{1+2}=98+0.5=98.5$（dB）

2．噪声级（分贝）的相减

如果已知两个声源在某一预测点产生的合成声压级（$L_{合}$）和其中一个声源在预测点单独产生的声压级（L_2），则另一个声源在此点单独产生的声压级 L_1 可用下式计算：

$$L_1=10\lg(10^{0.1L_{合}}-10^{0.1L_2}) \tag{6-11}$$

将公式进行变形：

$$L_1=L_{合}+10\lg[1-10^{-0.1(L_{合}-L_2)}]$$

令：

$$\Delta L=10\lg[1-10^{-0.1(L_{合}-L_2)}]$$

得：$L_1=L_{合}+\Delta L$

$\Delta L\leqslant 0$，由（$L_{合}-L_2$）值查表 6-2 可得ΔL 的值。

表 6-2 （$L_{合}-L_2$）与ΔL 对应关系表　　单位：dB

$L_{合}-L_2$	3	4	5	6	7	8	9	10	11
ΔL	−3	−2.2	−1.6	−1.3	−1.0	−0.8	−0.6	−0.5	−0.4

3．噪声级的平均值

一般说来，噪声级的平均值不能按照算术平均值计算，应按下式计算：

$$\overline{L}=10\lg(\frac{1}{n}\sum_{i=1}^{n}10^{\frac{L_i}{10}})=10\lg\sum_{i=1}^{n}10^{\frac{L_i}{10}}-10\lg n \tag{6-12}$$

式中：$\overline{L}$——n 个噪声源的平均声级；

L_i——第 i 个噪声源的声级；

n——噪声源的个数。

四、噪声的传播及传播过程中的衰减

噪声从声源传播到受声点，因几何发散、空气吸收、阻挡物的反射和屏障等因素的影响，会使其产生衰减。离噪声源近，噪声大些；离噪声源远，噪声就小。为了保证噪声影响预测和评价的准确性，对于由上述各因素引起的衰减值需认真考虑，不能任意忽视。

（一）噪声的传播——声音的三要素

声音是由物体振动产生的，这些振动的物体通常称为声源或发声体，包括固体、液体和气体。物体振动产生的声能，通过周围的介质（可以是气体、液体或者固体）向外界传播，并且被感受目标所接收。在声学中，把声源（发声体）、介质（传播途径）、接收器（或称受体）称为声音的三要素。

（二）户外声传播衰减

户外声传播衰减包括几何发散（A_{div}）、大气吸收（A_{atm}）、地面效应（A_{gr}）、屏障屏蔽（A_{bar}）、其他多方面效应（A_{misc}）引起的衰减。

1. 几何发散衰减

（1）点声源的几何发散衰减

在声环境影响评价中，声源中心到预测点之间的距离超过声源最大几何尺寸 2 倍时，可将该声源近似为点声源。点声源随传播距离增加引起其衰减值可按下式计算。

$$A_{div}=10\lg\frac{1}{4\pi r^2} \tag{6-13}$$

式中：A_{div} —— 传播距离增加而引起的衰减值，dB；

r —— 点声源至受声点的距离，m。

在距离点声源 r_0 处至 r 处的衰减值为：

$$A_{div}=20\lg\frac{r}{r_0} \tag{6-14}$$

当 $r_2=2r_1$ 时，$\Delta L=-6$ dB，即点声源随传播距离增加 1 倍，衰减值是 6 dB。

【例 2】 已知距离某点声源 10 m 处测得噪声分贝值为 90 dB，则 30 m 处的噪声值为多少 dB？

【分析】 可以按照式 6-14。

$$\Delta L=20\lg\frac{r_1}{r_2}=20\lg\frac{10}{30}=-10$$

$$90-10=80\text{（dB）}$$

故 30 m 处的噪声值为 80 dB。

（2）线声源的几何发散衰减

$$A_{div} = 10\lg\frac{1}{2\pi rl} \quad (6\text{-}15)$$

式中：A_{div} —— 传播距离增加而引起的衰减值，dB；

r —— 线声源至受声点的距离，m；

l —— 线声源长度，m。

当 $l/3 < r < l$，且 $l/3 < r_0 < l$ 时，可视为有限长声源，此时衰减值为：

$$A_{div} = 15\lg\frac{r}{r_0} \quad (6\text{-}16)$$

当 $r < l/3$ 且 $r < l/3$ 时，可视为无限长线声源，此时衰减值为：

$$A_{div} = 10\lg(r/r_0) \quad (6\text{-}17)$$

当 $r_2=2r_1$ 时，由上式可以计算出 $\Delta L= -3$ dB，即线声源传播距离增加 1 倍，衰减值是 3 dB。

当 $r_2 > l$ 且 $r_0 > l$ 时，可以视为点声源，衰减值按点声源公式计算。

（3）面声源的几何发散衰减

如图 6-1 所示，长方形面声源短边为 a，长边为 b，图中虚线为实际衰减量。当预测点和面声源中心距离 r 处于以下条件时，可按下述方法近似计算：

当 $r < a/\pi$ 时，几乎不衰减（$A_{div} \approx 0$）；

当 $a/\pi < r < b/\pi$，距离加倍衰减 3 dB 左右，类似线声源衰减特性[$A_{div} \approx 10\lg(r/r_0)$]；

当 $r > b/\pi$ 时，距离加倍衰减趋近于 6 dB，类似点声源衰减特性[$A_{div} \approx 20\lg(r/r_0)$]。

2．大气吸收引起的衰减

大气吸收声波而引起的声衰减与声波频率、大气压、温度、湿度有关，被大气吸收的衰减值可由下列公式计算：

$$A_{atm} = \alpha_0 \times r = \frac{\alpha_0 (r - r_0)}{100} \quad (6\text{-}18)$$

式中：A_{atm} —— 大气吸收引起的衰减值，dB；

α_0 —— 大气吸声系数，可查大气的吸声系数表，dB/100 m；

r —— 声波传播距离（即受声点与声源的距离），m；

r_0 —— 参考位置与声源的距离，m。

当 $r < 200$ m 时，A_{atm} 近似为零。

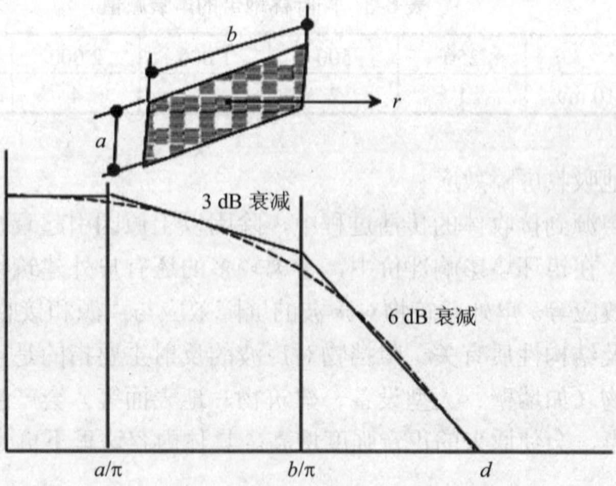

图 6-1 长方形面声源中心轴线上的衰减特性

3．屏障引起的衰减

（1）墙壁屏障效应

室内混响对建筑物的墙壁隔声影响十分明显，其总隔声量可用下式计算。

$$L_{总} = L_{P_1} - L_{P_2} + 10\lg(\frac{1}{4} + \frac{S}{A}) \tag{6-19}$$

所以，受墙壁阻挡的噪声衰减值为：

$$A_{bar} = L_{总} - 10\lg(\frac{1}{4} + \frac{S}{A}) \tag{6-20}$$

式中：$L_{总}$ —— 总隔声量，dB；

A_{bar} —— 墙壁阻挡引起的衰减值，dB；

L_{P_1} —— 室内混响噪声级，dB；

L_{P_2} —— 室外 1 m 处的噪声级，dB；

S —— 墙壁的阻挡面积，m^2；

A —— 受声室内吸声面积，m^2。

（2）植物吸收屏障效应

声波通过高于声线 1 m 以上的密集植物丛时，即会因植物阻挡而产生衰减。在一般情况下，松树林带能使频率为 1 000 Hz 的声音衰减 3 dB/10 m，杉树林带为 2.8 dB/10 m，槐树林带为 3.5 dB/10 m，高 30 cm 的草地为 0.7 dB/10 m。阔叶林地带的声衰减值见表 6-3。

表 6-3 阔叶林地带的声衰减值

频率/Hz	250	500	1 000	2 000	4 000	8 000
衰减值/（dB/10 m）	1	2	3	4	4.5	5

（3）其他吸收屏障效应

声波从声源到接收体的传播过程中，除因以上原因引起衰减外，还存在多种吸收屏障效应。在声环境影响评价中，考虑较多的还有户外建筑物的声屏障效应、阻挡物的反射效应等。户外建筑物对声波的屏障效应与声源和接收点、建筑物的位置、高度、长度及结构性质有关。阻挡物对声波的反射主要指的是声波在传播过程中，若遇到阻挡物（如墙壁、大型设备、建筑物、地表面等）会产生反射效应，对某些位置的受声点，会使原来的声音强度增高。具体内容这里不再一一叙述了。

五、噪声敏感区的确定

噪声环境影响评价中指的声环境敏感区主要依据《中华人民共和国环境噪声污染防治法》中规定的“噪声敏感建筑物”“噪声敏感建筑物集中区域”。

噪声敏感建筑物具体是指医院、学校、机关、科研单位、住宅等需要保持安静的建筑物。

噪声敏感建筑物集中区域是指医疗区、文教科研区和以机关或者居民住宅为主的区域。

交通部《公路环境保护设计规范》规定的声环境敏感区包括：学校、医院、疗养院、城乡居民区和有特殊要求的地区。

在具体项目的声环境影响评价中，噪声敏感区主要根据建设项目与噪声源影响范围内的区域声环境要求确定。通常把噪声评价范围内的城镇、文教区、疗养地、医院、居民稠密区或农村生活区等声环境要求较高的区域确定为噪声敏感区（点）。

第二节　工作等级与评价范围的确定

一、声环境影响评价工作等级的确定

（一）评价工作等级划分依据

声环境影响评价工作等级与地表水、大气环境影响评价工作等级一样可以分为三级，其工作等级划分的依据主要有以下 3 个。

1．建设项目所在区域的声环境功能区类别

建设项目所在区域的声环境功能区类别越高，其对声环境质量的要求就越高，评价工作要求就越高，评价工作等级也就较高。

2．建设项目建设前后所在区域的声环境质量变化程度

建设项目对声环境影响的大小是评价工作划分等级时必须考虑的，以项目建设前后噪声级的变化情况衡量。一般而言，项目建设前后噪声级变化越大，说明项目建设对周围声环境影响越大，评价工作等级就应该越高。

3．受建设项目影响的人口数量

鉴于声环境影响的特殊性，项目所在区域受建设项目影响的人口数量应作为评价工作等级划分的重要依据，主要考虑建设项目噪声有影响范围内的环境保护目标和人口分布等情况。项目噪声有影响范围内的环境保护目标越多、人口分布越密集则其评价工作等级就越高。

（二）评价工作等级的划分

声环境影响评价工作等级分为一级、二级、三级；一级为详细评价，二级为一般性评价，三级为简要评价。根据《环境影响评价技术导则 声环境》（HJ 2.4—2009）的要求，按照以下原则最终确定评价工作等级。

1．一级评价

评价范围内有适用于 GB 3096 规定的 0 类声环境功能区域，以及对噪声有特别限制要求的保护区等敏感目标，或建设项目建设前后评价范围内敏感目标噪声级增高量达 5 dB（A）以上［不含 5 dB（A）］，或受影响人口数量显著增多时，应按一级评价进行工作。

2．二级评价

建设项目所处声环境功能区为 GB 3096 规定的 1 类、2 类地区，或建设项目建设前后评价范围内敏感目标噪声级增高量达 3～5 dB（A）［含 5 dB（A）］，或受噪声影响人口数量增加较多时，应按二级评价进行工作。

3．三级评价

建设项目所处的声环境功能区为 GB 3096 规定的 3 类、4 类地区，或建设项目建设前后评价范围内敏感目标噪声级增高量在 3 dB（A）以下［不含 3 dB（A）］，且受影响人口数量变化不大时，应按三级评价进行工作。

在确定评价工作等级时，如建设项目符合两个以上级别的划分原则，按较高级别的评价等级评价。

对于处在非敏感区的小型建设项目，噪声评价只填写“环境影响报告表”中相关的内容。

二、声环境影响评价的内容和范围

（一）声环境影响评价工作的内容

声环境影响评价工作等级不同，其工作的深度、广度要求不一样，具体体现在工作内容的繁简上。

1．一级评价的内容

①在工程分析中，给出建设项目对环境有影响的主要声源的数量、位置和声源源强，并在标有比例尺的图中标识固定声源的具体位置或流动声源的路线、跑道等位置。在缺少声源源强的相关资料时，应通过类比测量取得，并给出类比测量的条件。

②评价范围内具有代表性敏感目标的声环境质量现状需要实测。对实测结果进行评价，并分析现状声源的构成及其对敏感目标的影响。

③噪声预测应覆盖全部敏感目标，给出各敏感目标的预测值及厂界（或场界、边界）噪声值。固定声源评价、机场周围飞机噪声评价、流动声源经过城镇建成区和规划区路段的评价应绘制等声级线图，当敏感目标高于（含）三层建筑时，还应绘制垂直方向的等声级线图。给出建设项目建成后不同类别的声环境功能区内受影响的人口分布、噪声超标的范围和程度。

④对工程预测的不同代表性时段噪声级可能发生变化的建设项目，应分别预测其不同时段的噪声级。

⑤对工程可行性研究和评价中提出的不同选址（选线）和建设布局方案，应根据不同方案噪声影响人口的数量和噪声影响的程度进行比选，并从声环境保护角度提出最终的推荐方案。

⑥针对建设项目的工程特点和所在区域的环境特征提出噪声防治措施，并进行经济、技术可行性论证，明确防治措施的最终降噪效果和达标分析。

2．二级评价的内容

①在工程分析中，给出建设项目对环境有影响的主要声源的数量、位置和声源源强，并在标有比例尺的图中标识固定声源的具体位置或流动声源的路线、跑道等位置。在缺少声源源强的相关资料时，应通过类比测量取得，并给出类比测量的条件。

②评价范围内具有代表性的敏感目标的声环境质量现状以实测为主，可适当利用评价范围内已有的声环境质量监测资料，并对声环境质量现状进行评价。

③噪声预测应覆盖全部敏感目标，给出各敏感目标的预测值及厂界（或场界、边界）噪声值，根据评价需要绘制等声级线图。给出建设项目建成后不同类别的声环境功能区内受影响的人口分布、噪声超标范围和程度。

④对工程预测的不同代表性时段噪声级可能发生变化的建设项目，应分别预测其不同时段的噪声级。

⑤从声环境保护角度对工程可行性研究和评价中提出的不同选址（选线）和建设布局方案的环境合理性进行分析。

⑥针对建设项目的工程特点和所在区域的环境特征提出噪声防治措施，并进行经济、技术可行性论证，明确防治措施的最终降噪效果和达标分析。

3．三级评价的内容

①在工程分析中，给出建设项目对环境有影响的主要声源的数量、位置和声源源强，并在标有比例尺的图中标识固定声源的具体位置或流动声源的路线、跑道等位置。在缺少声源源强的相关资料时，应通过类比测量取得，并给出类比测量的条件。

②重点调查评价范围内主要敏感目标的声环境质量现状，可利用评价范围内已有的声环境质量监测资料，若无现状监测资料时应进行实测，并对声环境质量现状进行评价。

③噪声预测应给出建设项目建成后各敏感目标的预测值及厂界（或场界、边界）噪声值，分析敏感目标受影响的范围和程度。

④针对建设项目的工程特点和所在区域的环境特征提出噪声防治措施，并进行达标分析。

（二）声环境影响评价工作范围

声环境影响评价工作范围一般根据评价工作等级确定，具体涉及以下几种情况。

1．对于以固定声源为主的建设项目（如工厂、港口、施工工地、铁路站场等）

这类项目边界向外 200 m 内的评价范围一般能满足一级评价的要求。相应的二级、三级评价可根据建设项目所在区域和相邻区域的声环境功能区类别及敏感目标等实际情况适当缩小。若依据建设项目声源计算得到的贡献值到 200 m 处，仍不能满足相应功能区标准值时，应将评价范围扩大到满足标准值的距离。

2．对于城市道路、公路、铁路、城市轨道交通地上线路和水运线路等建设项目

一般以道路中心线外两侧 200 m 以内为一级评价的评价范围。二级、三级评价范围可根据建设项目所在区域和相邻区域的声环境功能区类别及敏感目标等实际情况适当缩小。如依据建设项目声源计算得到的贡献值到 200 m 处，仍不能满足相应功能区标准值时，应将评价范围扩大到满足标准值的距离。

3．机场周围飞机噪声评价范围应根据飞行量计算到 L_{WECPN} 为 70 dB 的区域

一般以主要航迹离跑道两端各 6～12 km、侧向各 1～2 km 的范围为一级评价的评价范围。二级、三级评价范围可根据建设项目所处区域的声环境功能区类别及敏感目标等实际情况适当缩小。

第三节　声环境现状监测与评价

一、环境噪声现状调查

一方面，通过了解评价范围内噪声现状、噪声敏感目标和人口分布状况为预测评价准备基础资料；另一方面，为管理决策部门提供环境噪声现状情况，以便与项目建设后的噪声影响程度进行比较和判别。

（一）调查内容

声环境现状主要调查内容包括以下几个方面。

1．影响声波传播的环境要素

调查建设项目所在区域的主要气象特征：年平均风速、主导风向、年平均气温以及年平均相对湿度等。同时，收集评价范围内 1∶2 000～1∶50 000 地理地形图，说明评价范围内声源和敏感目标之间的地貌特征、地形高差及影响声波传播的环境要素。

2．声环境功能区划情况

调查确定评价范围内不同区域的声环境功能区划情况，调查各声环境功能区的声环境质量现状。

3．评价范围内的敏感目标

调查评价范围内的敏感目标的名称、规模、人口的分布等情况，并以图、表相结合的方式说明敏感目标与建设项目的关系（如方位、距离、高差等）。

4．现状声源

建设项目所在区域的声环境功能区的声环境质量现状超过相应标准要求或噪声值相对较高时，需对区域内的主要声源的名称、数量、位置、影响的噪声级等相关情况进行调查。

有厂界（或场界、边界）噪声的改、扩建项目，应说明现有建设项目厂界（或场界、边界）噪声的超标、达标情况及超标原因。

（二）调查方法

环境噪声现状调查的基本方法是收集资料法、现场调查法和现场测量法。实际工作中，应根据评价工作等级的要求确定需采用的方法。评价等级高的应以现场调查法和现场测量法为主，辅之以收集资料法；评价等级低的应以收集资料法为主，辅之以现场调查法和现场测量法。

二、环境噪声现状测量

（一）环境噪声测量方法

环境噪声的测量，应严格按现行有关的国家环境噪声标准测量方法进行。这些标准方法包括：《声环境质量标准》（GB 3096—2008）、《工业企业厂界环境噪声排放标准》（GB 12348—2008）、《建筑施工场界环境噪声排放标准》（GB 12523—2011）、《铁路边界噪声限值及其测量方法》（GB 12525—90）等。

（二）噪声源噪声的测量

噪声源噪声的测量应包括：声压级（包括倍频带声压级）、A 声级（包括最大 A 声级）、A 声功率级、倍频带声功率以及有效感觉噪声级。这些数据的获得，可通过以下两个途径。

1．类比测量

选取与建设项目的声源具有相似的型号、工况和环境条件的声源进行类比测量，并根据条件的差别进行必要的声学修正。

为了获得噪声源噪声级的准确数据，必须严格按照现行的国家标准方法进行测量。对于噪声源声功率级的测量，当评价等级为一级时，应满足工程法的要求；当评价等级为二级时，应满足准工程法的要求；当评价等级为三级时，可以用简易测量法。

2．引用已有数据

评价等级为二级、三级的评价，可以引用已有的噪声源噪声级数据。引用的数据必须是公开发表的、经过专家鉴定并且是按有关标准测量得到的数据。

（三）环境噪声现状测量要求

1．测量量

①环境噪声：等效连续 A 声级；高声级的突发性噪声测量量还应为最大 A 声级及噪声持续时间；机场飞机噪声的测量量为计权等效连续感觉噪声级（L_{WECPN}）。

②噪声源：有倍频带声压级、总声压级、A 声级、线性声级或声功率级、A 声功率级等。

③特殊噪声源：对一些特殊的噪声源（如排气放空等），除上述测量量外还应同时测量声级的频率特性和 A 声级。

④脉冲噪声：除上述测量量外，应同时测量 A 声级及脉冲周期。

2．测量时段

①应在声源正常运行工况的条件下选择适当时段测量。

②每一测点，应分别进行昼间、夜间时段的测量，以便与相应标准对照。具体

分为昼间（6:00—22:00）和夜间（22:00—6:00）两个时段，一般采用短时间的取样方法来测量，昼间测量一般选在 8:00—12:00 或 14:00—18:00 时段，夜间一般选在 22:00—5:00 时段，随地区和季节不同，上述时间可稍做更改。

③对于噪声起伏较大的情况（如道路交通噪声、铁路噪声、飞机机场噪声）应增加昼间、夜间的测量次数，其测量时段应具有代表性。

3．测量记录内容

在测量过程中应记录以下内容：测量仪器型号、级别、仪器使用过程的校准情况；各测量点的编号、测量时段和对应的声级数据（需要说明测量时的环境条件）；有关声源运行情况（设备噪声包括设备名称、型号、运行工况、运转台数，道路交通噪声包括车流量、车种、车速等）。

4．监测布点

（1）布点原则

为了掌握拟建项目所在位置的声环境质量现状，需要选择有代表性的点作为声环境现状监测点。一般情况下，声环境现状监测布点遵循的原则是：

①布点应覆盖整个评价范围，包括厂界（或场界、边界）和敏感目标。当敏感目标高于（含）三层建筑时，还应选取有代表性的不同楼层设置测点。

②评价范围内没有明显的声源（如工业噪声、交通噪声、建筑施工噪声、社会生活噪声等），且声级较低时，可选择有代表性的区域布设测点。

③评价范围内有明显的声源，并对敏感目标的声环境质量有影响，或建设项目为改、扩建工程，应根据声源种类采取不同的监测布点原则。

- 当声源为固定声源时，现状测点应重点布设在可能既受到现有声源影响，又受到建设项目声源影响的敏感目标处，以及有代表性的敏感目标处；为满足预测需要，也可在距离现有声源不同距离处设衰减测点。
- 当声源为流动声源，且呈现线声源特点时，现状测点位置选取应兼顾敏感目标的分布状况、工程特点及线声源噪声影响随距离衰减的特点，布设在具有代表性的敏感目标处。为满足预测需要，也可选取若干线声源的垂线，在垂线上距声源不同距离处布设监测点。其余敏感目标的现状声级可通过具有代表性的敏感目标噪声的验证和计算求得。
- 对于改、扩建机场工程，测点一般布设在主要敏感目标处，测点数量可根据机场飞行量及周围敏感目标情况确定，现有单条跑道、两条跑道或三条跑道的机场可分别布设 3～9 个、9～14 个或 12～18 个飞机噪声测点，跑道增多可进一步增加测点。其余敏感目标的现状飞机噪声声级可通过测点飞机噪声声级的验证和计算求得。

（2）具体点位的布置

由于不同的评价项目和评价等级对声环境监测过程要求不同，所以，监测点位的布置应结合项目及声源特点等因素综合考虑。

①现有车间的噪声现状调查。对于改、扩建项目等需要对现有车间噪声现状进行调查的，应重点调查处于 85 dB（A）以上的噪声源。调查方法按《工业企业噪声调查规程（草案）》的有关规定进行。目前，我国已发布实施 19 种噪声源噪声级测量方法。为了获得噪声源噪声级的准确数据，必须严格按照现行国家标准进行测量。对于未制定测试规范的，通常可按表 6-4 布置测点。

表 6-4　机器噪声测点布置

噪声机器分类	机器尺寸/m	测点与噪声机器的距离/m	测点数目/个	测点离地面的高度/m
大型	＞1	1	4～10 或更多	以噪声机器半高为准，但不得低于 0.5 m
中型	0.3～1	0.5	4～8	
小型	＜0.3	0.3	1～4	

②工业企业厂区噪声水平调查监测。采用点阵法，每隔 10～50 m（大厂每隔 50～100 m）划分正方网格，每个网格的交点即为测点。若测点位置遇有建筑物、河沟等障碍物时，可改到旁边易测位置。敏感区域和声源附近的测点应加密。测量时要把传声器放置到距地面高度大于 1.2 m 处，如果测量时风力超过三级，应加防护罩，大风天气应停止测量。如为稳态噪声则测量 A 声级，如为不稳态噪声则测量等效连续 A 声级或测量不同 A 声级下的暴露时间，计算等效连续 A 声级，记为 dB（A）。测量时使用慢挡，每个测点读取 5 个 A 声级，取算术平均值为代表值。在测量中若发现两个测点间的声级差大于 5 dB（A）时，应在其间增补测点。读数时避免偶发性噪声干扰。所有测点的数据均应直接标记在厂区总平面布置图的方格网坐标交点的右上角，供数据处理使用。

③厂界噪声水平调查监测。应按照《工业企业厂界环境噪声排放标准》（GB 12348—2008）调查，测点布置也是采用点阵法。测点间距，中小型项目取 50～110 m；大型项目取 100～300 m。对厂外可能造成重大影响的地段，应作为测量重点。如果厂界遇有围墙，则测点应选在法定厂界上，若厂界围墙紧靠厂内建筑物，或以建筑物墙体做围墙时，则测点位置应选在墙内 3.5 m 处（或在围墙以上）；测量时段和所用测量仪器、读数方法均与厂区调查相同。

④生活区环境噪声水平调查监测。将要测量的生活区分成 250 m×250 m 等距离网格，测量点设在每个网格中心。若中心位置（如房顶、污沟、禁区等）不容易测量时，可移到旁边能够测量的位置。若生活区受交通噪声影响，则应在交通干线两侧和交通要道处的居住建筑物外 1 m 处增设若干监测点，同时记录车流量（辆/h）。如果生活区属于特殊住宅和噪声敏感区，应进行昼夜 24 h 连续测量，给出昼夜等效声级。

三、环境噪声现状评价方法

在上述工作的基础上，对环境噪声现状进行评价是环境噪声影响预测的基础性工作，是声环境影响评价不可或缺的环节。环境噪声现状评价内容主要有以下几个方面。

①以图、表结合的方式给出评价范围内的声环境功能区及其划分情况，以及现有敏感目标的分布情况。

②分析评价范围内现有主要声源种类、数量及相应的噪声级、噪声特性等，明确主要声源分布。

③分别评价不同类别的声环境功能区内各敏感目标的超、达标情况，说明其受到现有主要声源的影响状况。

④给出不同类别的声环境功能区噪声超标范围内的人口数及分布情况。

【例 3】某市新建隧道工程项目声环境现状评价部分要点摘录。

（1）噪声源评价

隧道运营期噪声源主要包括道路交通噪声、隧道通风风机噪声和排风塔噪声。评价过程中选择工程特点、运营状况与本工程类似的另一已经建成的隧道进行隧道噪声类比调查与监测，结果如表 6-5 所示。

表 6-5　主要噪声源类比调查与监测结果

噪声源类别	测点位置			声压级/dB（A）	测点相关条件
	位置	距隧道引道边缘水平距离/m	与隧道引道路面的相对高差/m		
隧道洞口	路边	1.0	1.2	71.9	类比路隧道禁止货车通行，只通过客车及小车，车流量约为 1 500 辆/h，客车占 10%，小车占 90%
路堑地段（路堑深 5 m）	1 楼	25	6	65.5	
	2 楼		9	65.5	
	4 楼		11	66.5	
平面地段	1 楼	10	1	69.2	
	3 楼		7	70.4	
排风塔	地面	距风塔边缘 1 m	1	66～67	1～2 台风机高速运转
	风口	距风塔边缘 12 m	30	67～70	

（2）噪声环境现状评价

评价分析：由表 6-6 环境背景噪声监测结果可以看出，评价区域内的现状是声环境主要受道路交通噪声和社会生活噪声的影响，昼间环境噪声为 64.0～69.7 dB（A），夜间环境噪声为 58.5～67.7 dB（A），昼间达到 GB 3096—2008 的 4a 类标准，夜间超标 3.5～12.7 dB（A）；湖边街的第二排住宅楼处主要受社会生活噪声的影响，昼间环境噪声为 57.8～58.9 dB（A），夜间环境噪声为 54.5～56.0 dB（A），昼间达到 GB 3096—2008 的 2 类标准，夜间超标 4.5～6.0 dB（A）。

表 6-6 环境噪声敏感点分布及现状监测结果

敏感点编号	敏感点		对应拟建道路		测点				监测结果 L_{Aeq}/dB		标准值 L_{Aeq}/dB		超标量 L_{Aeq}/dB		主要噪声源
	名称	规模	里程	相对位置	编号	位置说明	水平距离/m	高差/m	昼间	夜间	昼间	夜间	昼间	夜间	
1	骏景社区	800余人	K2+050	引道东侧	1-N1	1 楼窗外	20	1	64.5	59.9	70	55	−5.5	4.9	道路及生活
					1-N2	3 楼窗外		7	65.4	61.7	70	55	−4.6	6.7	
					1-N3	5 楼窗外		13	64.0	59.2	70	55	−6.0	4.2	
2	康乐家园	1 000余人	K2+100	隧道出口西侧	2-N1	1 楼窗外	20	1	69.7	67.4	70	55	−0.3	12.4	道路及生活
					2-N2	3 楼窗外		7	69.0	67.7	70	55	−1	12.7	
					2-N3	5 楼窗外		13	69.7	67.4	70	55	−0.3	12.4	
					2-N4	7 楼窗外		19	68.5	66.4	70	55	−1.5	11.4	
					2-N5	9 楼窗外		25	66.9	65.0	70	55	−3.1	10	
3	莲花小区	500余人	K2+100	隧道出口东侧	3-N1	1 楼窗外	20	1	69.7	67.4	70	55	−0.3	12.4	道路及生活
					3-N2	3 楼窗外		7	69.0	67.7	70	55	−1	12.7	
					3-N3	5 楼窗外		13	69.7	67.4	70	55	−0.3	12.4	
					3-N4	7 楼窗外		19	68.5	66.4	70	55	−1.5	11.4	
					3-N5	9 楼窗外		25	66.9	65.0	70	55	−3.1	10	
4	顺意大厦	600余人	K2+400	匝道北侧	4-N1	1 楼窗外	20	1	68.5	61.6	70	55	−1.5	6.6	道路及生活
					4-N2	3 楼窗外		7	67.7	60.8	70	55	−2.3	5.8	
					4-N3	5 楼窗外		13	67.3	59.7	70	55	−2.7	4.7	
					4-N4	7 楼窗外		19	66.8	59.0	70	55	−3.2	4	
					4-N5	9 楼窗外		25	65.5	58.5	70	55	−4.5	3.5	
5	湖边街邻街住宅楼	200余人	K2+810	湖边竖井	5-N1	1 楼窗外	10	1	69.7	60.8	70	55	−0.3	5.8	道路及生活
					5-N2	3 楼窗外		7	64.0	60.7	70	55	−6	5.7	
					5-N3	5 楼窗外		13	65.1	61.3	70	55	−4.9	6.3	
	湖边街的第二排住宅楼	100余人			5-N4	1 楼窗外		1	58.9	54.5	60	50	−1.1	4.5	生活
					5-N5	3 楼窗外		7	57.8	55.6	60	50	−2.2	5.6	
					5-N6	5 楼窗外		13	58.5	56.0	60	50	−1.5	6.0	

第四节　声环境影响预测与评价

一、声环境影响预测

（一）预测范围和预测点布设原则

1．预测范围的确定

噪声预测范围一般应与确定的噪声评价等级所规定范围相同，也可根据项目情况稍大于评价范围。

2．预测点布设原则

一般应将建设项目的厂界（或场界、边界）和评价范围内的敏感目标作为预测点。具体噪声预测点的布置，可按下列原则考虑。

①为了比较声环境敏感点的噪声水平变化情况，预测点均选择在所有现状监测点的同一位置。

②为了便于绘制等声级线图，可以用网格法确定预测点。网格的大小应根据具体情况确定，对于拟建项目包含呈线状声源特征的情况，平行于线状声源走向的网格间距可大些（如 100～300 m），垂直于线状声源走向的网格间距应小些（如 20～60 m）；对于建设项目包含呈点声源特征的情况，网格的大小一般在 20 m×20 m～100 m×100 m。

③评价范围内需要特别考虑的预测点，如一些敏感点。

（二）声环境影响预测的基础条件

建设项目声环境影响预测应在掌握建设项目的声源资料、建筑布局、室外声波传播条件、气象参数及有关资料的基础上进行。

建设项目的声源资料指声源种类（包括设备型号）与数量、空间位置、各声源的噪声级、频率特性与发声持续时间、对敏感目标的作用时段。

影响声波传播的各种参量应通过资料收集和现场调查取得，具体包括当地常年平均气温和平均相对湿度；预测范围内声波传播的障碍物（如建筑物、围墙等，若声源位于室内还包括门或窗）的位置（坐标）及长、宽、高数据；树林、灌木等分布情况、地面覆盖情况（如草地等）；风向、风速等内容。

（三）声源简化的条件和方法

在声环境影响评价中，需要根据靠近声源某一位置（参考位置）处的已知声级来计算距声源较远处预测点的声级。在预测前需根据声源与预测点之间空间分布形式将声源简化成三类声源：点声源、线声源和面声源。

1．点声源确定原则

当声波波长比声源尺寸大得多或是预测点离开声源的距离 d 比声源本身尺寸大得多（$d>2$ 倍声源最大尺寸）时，声源可作为点声源处理，等效点声源位置在声源本身的中心。如各种机械设备、单辆汽车、单架飞机等均可简化为点声源。

2．线声源确定原则

当许多点声源连续分布在一条直线上时，可以认为该声源是线状声源。如公路上的汽车流、铁路列车均可作为线状声源处理。

3．面声源确定原则

当声源体积较大（有长度有高度）、声源声级较强时，在声源附近的一定距离内会出现距离变化而声级基本不变或变化微小时，可认为该环境处于面声源影响范围内。

（四）预测点噪声级计算

预测点噪声级的基本计算步骤如下：

①建立坐标系，确定各声源坐标和预测点坐标，并根据声源性质以及预测点与声源之间的距离等情况，把声源简化成点声源、线声源或面声源。

②根据已获得的声源源强的数据和各声源到预测点的声波传播条件资料，计算出噪声从各声源传播到预测点的声衰减量，由此计算出各声源单独作用在预测点时产生的 A 声级（L_{Ai}）或等效感觉噪声级（L_{EPN}）。

③声级的计算。

a）建设项目声源在预测点产生的等效声级贡献值 L_{eqg} 计算公式：

$$L_{eqg}=10\lg\left(\frac{1}{T}\sum_i t_i 10^{0.1L_{Ai}}\right) \tag{6-21}$$

式中：L_{eqg} —— 建设项目声源在预测点的等效声级贡献值，dB（A）；

L_{Ai} —— i 声源在预测点产生的 A 声级，dB（A）；

T —— i 声源在 T 时段内的运行时间，s。

b）预测点的预测等效声级 L_{eq} 计算公式：

$$L_{eq}=10\lg(10^{0.1L_{eqg}}+10^{0.1L_{eqb}}) \tag{6-22}$$

式中：L_{eqg} —— 建设项目声源在预测点的等效声级贡献值，dB（A）；

L_{eqb} —— 预测点的背景值，dB（A）。

c）机场飞机噪声计权等效连续感觉噪声级 L_{WECPN} 计算公式：

$$L_{WECPN} = \overline{L_{EPN}} + 10\lg(N_1 + 3N_2 + 10N_3) - 39.4 \qquad (6\text{-}23)$$

式中：N_1 —— 7:00—19:00 对某个预测点声环境产生噪声影响的飞行架次；

N_2 —— 19:00—22:00 对某个预测点声环境产生噪声影响的飞行架次；

N_3 —— 22:00—7:00 对某个预测点声环境产生噪声影响的飞行架次；

$\overline{L_{EPN}}$ —— N 次飞行有效感觉噪声级能量平均值（$N = N_1 + N_2 + N_3$），dB。

$\overline{L_{EPN}}$ 的计算公式：

$$\overline{L_{EPN}} = 10\lg\left(\frac{1}{N_1 + N_2 + N_3}\sum_i \sum_j 10^{0.1 L_{EPN_{ij}}}\right) \qquad (6\text{-}24)$$

式中：$L_{EPN_{ij}}$ —— j 航路，第 i 架次飞机在预测点产生的有效感觉噪声级，dB。

按工作等级要求绘制等声级线图：计算出各网格点上的噪声级（如 L_{eq}、L_{WECPN}）后，采用数学方法（如按距离加权平均法、按距离加权最小二乘法）计算并按间隔不大于 5 dB 绘制等声级线图。等声级线的间隔不大于 5 dB（一般选用 5 dB）。对于 L_{eq}，等声级线最低值应与相应功能区夜间标准值一致，最高值可为 75 dB；对于 L_{WECPN}，一般应有 70 dB、75 dB、80 dB、85 dB、90 dB 的等声级线。等值线图直观地表明了项目的噪声级分布，为分析功能区噪声超标提供了方便。

（五）典型建设项目噪声影响预测

1．工业噪声预测分析

（1）固定声源分析

①分析建设项目的设备类型、型号、数量，并结合设备类型、设备和工程边界、敏感目标的相对位置确定工程的主要声源。

②依据建设项目平面布置图、设备清单及声源源强等资料，标明主要声源的位置。建立坐标系，确定主要声源的三维坐标。

③将主要声源划分为室内声源和室外声源两类。确定室外声源的源强和运行时间及时间段。当有多个室外声源时，为简化计算，可视情况将数个声源组合成为声源组团，然后按等效声源进行计算。对于室内声源，需分析围护结构的尺寸及使用的建筑材料，确定室内声源的源强和运行的时间及时间段。

④编制主要声源汇总表，以表格的形式给出主要声源的分类、名称、型号、数量、坐标位置等，声功率级或某一距离处的倍频带声压级、A 声级。

（2）声波传播途径分析

列表给出主要声源和敏感目标的坐标或相互间的距离、高差，分析主要声源和敏感目标之间声波的传播路径，给出影响声波传播的地面状况、障碍物、树林等。

（3）预测内容

根据评价工作等级及相应工作内容要求的不同，选择以下内容分别进行预测，给出相应的预测结果。

①预测厂界（或场界、边界）噪声，给出厂界（或场界、边界）噪声的最大值及位置。

②预测敏感目标的贡献值、预测值、预测值与现状噪声值的差值，敏感目标所处声环境功能区的声环境质量变化，敏感目标所受噪声影响的程度，确定噪声影响的范围，并说明受影响人口分布情况。当敏感目标高于（含）三层建筑时，还应预测有代表性的不同楼层所受噪声影响。

③绘制等声级线图，说明噪声超标的范围和程度。

④根据厂界（或场界、边界）和敏感目标受影响的情况，明确影响厂界（或场界、边界）和周围声环境功能区声环境质量的主要声源，分析厂界和敏感目标的超标原因。

（4）预测模式

具体预测模式参照《环境影响评价技术导则　声环境》（HJ 2.4—2009）附录 A。

2．公路、城市道路交通运输噪声预测

（1）预测参数

①工程参数：明确公路（或城市道路）建设项目各路段的工程内容，路面的结构、材料、坡度、标高等参数；明确公路（或城市道路）建设项目各路段昼间和夜间各类型车辆的比例、昼夜比例、平均车流量、高峰车流量、车速。

②声源参数：按照大、中、小车型的分类，利用相关模式计算各类型车的声源源强，也可通过类比测量进行修正。

③敏感目标参数：根据现场实际调查，给出公路（或城市道路）建设项目沿线敏感目标的分布情况，各敏感目标的类型、名称、规模、所在路段、桩号（里程）、与路基的相对高差及建筑物的结构、朝向和层数等。

（2）声传播途径分析

列表给出声源和预测点之间的距离、高差，分析声源和预测点之间的传播路径，给出影响声波传播的地面状况、障碍物、树林等。

（3）预测内容

依据评价工作等级及相应的工作内容要求，预测各预测点的贡献值、预测值、预测值与现状噪声值的差值，预测高层建筑有代表性的不同楼层所受的噪声影响。按贡献值绘制代表性路段的等声级线图，分析敏感目标所受噪声影响的程度，确定噪声影响的范围，并说明受影响人口分布情况。给出满足相应声环境功能区标准要求的距离。

（4）预测模式

具体预测模式参照《环境影响评价技术导则　声环境》（HJ 2.4—2009）附录 A。

3．铁路、城市轨道交通噪声预测

（1）预测参数

①工程参数：明确铁路（或城市轨道交通）建设项目各路段的工程内容，分段给出线路的技术参数，包括线路形式、轨道和道床结构等。

②车辆参数：铁路列车可分为客车、货车两类，牵引类型分为内燃机车、电力机车、蒸汽机车、动车组等；城市轨道交通可按车型进行分类。分段给出各类型列车昼间和夜间的开行对数、编组情况及运行速度等参数。

③声源源强参数：不同类型（或不同运行状况下）列车的声源源强，可参照国家相关部门的规定确定，无相关规定的应根据工程特点通过类比监测确定。

④敏感目标参数：根据现场实际调查，给出铁路（或城市轨道交通）建设项目沿线敏感目标的分布情况，各敏感目标的类型、名称、规模、所在路段、桩号（里程）、与路基的相对高差及建筑物的结构、朝向和层数等。视情况，给出铁路边界范围内的敏感目标情况。

（2）声传播途径分析

列表给出声源和预测点间的距离、高差，分析声源和预测点之间的传播路径，给出影响声波传播的地面状况、障碍物、树林等。

（3）预测内容

依据评价工作等级及相应的工作内容要求，预测各预测点的贡献值、预测值、预测值与现状噪声值的差值，预测高层建筑有代表性的不同楼层所受的噪声影响。按贡献值绘制代表性路段的等声级线图，分析敏感目标所受噪声影响的程度，确定噪声影响的范围，并说明受影响人口分布情况。给出满足相应声环境功能区标准要求的距离。

（4）预测模式

具体预测模式参照《环境影响评价技术导则 声环境》（HJ 2.4—2009）附录A。

4．机场飞机噪声预测

（1）预测参数

①工程参数：机场跑道参数（跑道的长度、宽度、坐标、坡度、数量、间距、方位及海拔高度等）；飞行参数（机场年日平均飞行架次；机场不同跑道和不同航向的飞机起降架次，机型比例，昼间、傍晚、夜间的飞行架次比例；飞行程序——起飞、降落、转弯的地面航迹；爬升、下滑的垂直剖面）。

②声源参数：利用国际民航组织和飞机生产厂家提供的资料，获取不同型号发动机飞机的功率—距离—噪声特性曲线，或按国际民航组织规定的监测方法进行实际测量。

③气象参数：机场的年平均风速、年平均温度、年平均湿度、年平均气压。

④地面参数：分析飞机噪声影响范围内的地面状况（坚实地面、疏松地面、混合地面）。

（2）预测的评价量

根据 GB 9660 的规定，预测的评价量为 L_{WECPN}。

（3）预测范围

计权等效连续感觉噪声级（L_{WECPN}）等值线应预测到 70 dB。

（4）预测内容

依据评价工作等级，给出相应的预测结果。在 1∶50 000 或 1∶10 000 地形图上给出计权等效连续感觉噪声级（L_{WECPN}）为 70 dB、75 dB、80 dB、85 dB、90 dB 的等声级线图。同时给出评价范围内敏感目标的计权等效连续感觉噪声级（L_{WECPN}）。给出不同声级范围内的面积、户数、人口。

（5）预测模式

改扩建项目应进行飞机噪声现状监测值和预测模式计算值符合性的验证，给出误差范围。预测模式参照《环境影响评价技术导则 声环境》（HJ 2.4—2009）附录 A。

5．施工场地、调车场、停车场等噪声预测

（1）预测参数

①工程参数：给出施工场地、调车场、停车场等的范围。

②声源参数：根据工程特点，确定声源的种类。对于固定声源，给出主要设备名称、型号、数量、声源源强、运行方式和运行时间。对于流动声源，给出主要设备名称、型号、数量、声源源强、运行方式、运行时间、移动范围和路径。

（2）声传播途径分析

根据声源种类的不同，声传播途径分析的要求和内容不同，分别参照上述几种项目的要求进行。

（3）预测内容

根据建设项目工程的特点，分别预测固定声源和流动声源对场界（或边界）、敏感目标的噪声贡献值，进行叠加后作为最终的噪声贡献值。同时，应根据评价工作等级，给出相应的预测结果。

（4）预测模式

依据声源的特征，选择相应的预测模式，具体参照《环境影响评价技术导则 声环境》（HJ 2.4—2009）附录 A。

6．敏感建筑建设项目声环境影响预测

（1）预测参数

①工程参数：给出敏感建筑建设项目（如居民区、学校、科研单位等）的地点、规模、平面布置图等，明确属于建设项目的敏感建筑物的位置、名称、范围等参数。

②声源参数：建设项目声源（对建设项目的空调、冷冻机房、冷却塔、供水、供热、通风机、停车场、车库等设施进行分析，确定主要声源的种类、源强及其位置）；外环境声源（对建设项目周边的机场、铁路、公路、航道、工厂等进行分析，给出外环境对建设项目有影响的主要声源的种类、源强及其位置）。

（2）声传播途径分析

以表格形式给出建设项目声源和预测点（包括属于建设项目的敏感建筑物和建设项目周边的敏感目标）间的坐标、距离、高差，以及外环境声源和预测点（属于建设项目的敏感建筑物）间的坐标、距离、高差，分别分析两部分声源和预测点之间的传播路径。

（3）预测内容

敏感建筑建设项目声环境影响预测应包括建设项目声源对项目及外环境的影响预测和外环境（如周边公路、铁路、机场、工厂等）对敏感建筑建设项目的环境影响预测两部分内容。

分别计算建设项目主要声源对属于建设项目的敏感建筑和建设项目周边的敏感目标的噪声影响，同时计算外环境声源对属于建设项目的敏感建筑的噪声影响，属于建设项目的敏感建筑所受噪声影响是建设项目主要声源和外环境声源影响的叠加。

根据评价工作等级要求，给出相应的预测结果。

（4）预测模式

根据不同声源的特点，选择相应的预测模式。具体参照《环境影响评价技术导则 声环境》（HJ 2.4—2009）附录A。

二、声环境影响评价

（一）评价标准的确定

应根据声源的类别和建设项目所处的声环境功能区等确定声环境影响评价标准，没有划分声环境功能区的区域由地方生态环境主管部门参照《声环境质量标准》（GB 3096—2008）和《声环境功能区划分技术规范》（GB/T 15190—2014）的规定划定声环境功能区。

（二）评价的主要内容

1. 评价方法和评价量

根据噪声预测结果和环境噪声评价标准，评价建设项目在施工、运行期噪声的影响程度、影响范围，给出边界（厂界、场界）及敏感目标的达标分析。

进行边界噪声评价时，新建建设项目以工程噪声贡献值作为评价量；改、扩建建设项目以工程噪声贡献值与受到现有工程影响的边界噪声值叠加后的预测值作为评价量。

进行敏感目标噪声环境影响评价时，以敏感目标所受的噪声贡献值与背景噪声值叠加后的预测值作为评价量。

2．影响范围、影响程度分析

给出评价范围内不同声级范围覆盖下的面积，主要建筑物类型、名称、数量及位置，影响的户数、人口数。

3．噪声超标原因分析

分析建设项目边界（厂界、场界）及敏感目标噪声超标的原因，明确引起超标的主要声源。对于通过城镇建成区和规划区的路段，还应分析建设项目与敏感目标间的距离是否符合城市规划部门提出的防噪声距离的要求。

4．对策建议

分析建设项目的选址（选线）、规划布局和设备选型等的合理性，评价噪声防治对策的适用性和防治效果，提出需要增加的噪声防治对策、噪声污染管理、噪声监测及跟踪评价等方面的建议，并进行技术、经济可行性论证。

（三）常见项目的声环境影响评价

在上述声环境评价的基本要求和方法的基础上，工矿企业、公路、铁路，以及机场飞机等项目声环境影响评价应根据其项目特点着重分析说明。

1．工矿企业声环境影响评价重点

①按厂区周围敏感目标所处环境功能区类别评价噪声影响的范围和程度，说明受影响的人口情况。

②分析主要影响的噪声源，说明厂界和功能区的超标原因。

③评价厂区总图布置和控制噪声措施方案的合理性与可行性，提出必要的替代方案。

④明确必须增加的噪声控制措施及其降噪效果。

2．公路、铁路声环境影响评价重点

①针对项目建设期和不同运行阶段，评价沿线评价范围内各敏感目标（包括城镇、学校、医院、集中生活区等）按标准要求预测声级的达标及超标状况，并分析受影响人口的分布情况。

②对工程沿线两侧的城镇规划受到噪声影响的范围绘制等声级曲线，明确合理的噪声控制距离和规划建设控制要求。

③结合工程选线和建设方案布局，评述其合理性和可行性，必要时提出环境替代方案。

④对提出的各种噪声防治措施需进行经济技术论证，在多方案比选后规定应采取的措施并说明其降噪效果。

3．机场飞机噪声环境影响评价重点

①针对项目不同运行阶段，依据《机场周围飞机噪声环境标准》（GB 9660—88）评价 L_{WECPN} 评价量 70 dB、75 dB、80 dB、85 dB、90 dB 等值线范围内各敏感目标（城镇、学校、医院、集中生活区等）的数目及受影响人口的分布情况。

②结合工程选址和机场跑道方案布局，评述其合理性和可行性，必要时提出环境替代方案。

③对超过标准的环境敏感地区，按照等值线范围的不同提出不同的降噪措施，并进行经济技术论证。

【例 4】某隧道建设项目声环境影响评价部分摘录（一级评价）。

（1）预测评价方法

根据评价工作等级（一级评价）及项目建设特点，环境噪声影响预测采用类比监测与模式计算相结合的方法，道路交通噪声预测采用交通部《公路建设项目环境影响评价规范》（JTJ 005—96）所推荐的模型；排风塔等噪声预测按照《环境影响评价技术导则 声环境》（HJ 2.4—2009）中的噪声传播声级衰减计算方法进行。

（2）预测模式

交通噪声预测根据 JTJ 005—96 中交通噪声预测公式计算；施工期运输车辆，由于车辆相对较少，不能形成交通流，其噪声特性符合运动点声源特性，施工机械及运营期排风塔也符合点声源特性，其对环境的影响引用点声源公式近似计算（模式略）。

（3）预测技术条件

①预测时段：噪声预测年度为工程运量预测年度的 2010 年、2012 年及 2020 年。

②设计行车速度：设计车速为 50 km/h。

③车道数目：道路双向四车道。

④车种构成：隧道禁止货车通行。

⑤昼、夜车流比：白天 16 h 流量占全日 24 h 流量的 80%。

⑥车流量：见表 6-7。

表 6-7 交通量预测表

预测年	隧道总流量		胜利街进口流量		天津路出口流量	
	万辆（混合车）/d	辆（标准车）/高峰小时	万辆（混合车）/d	辆（标准车）/高峰小时	万辆（混合车）/d	辆（标准车）/高峰小时
2010 年	6.1	4 700	0.9	700	1.5	1 120
2012 年	6.3	4 900	1.0	760	1.5	1 160
2020 年	7.1	5 500	0.9	700	1.4	1 100

（4）环境噪声预测结果与评价

①对应敏感点环境噪声预测与评价。根据工程主要噪声源的类比调查与监测结果，以及噪声源与敏感点的相对位置关系，采用上述预测方法预测出对应敏感点的环境噪声如表 6-8 所示。

a）从表 6-8 中噪声预测结果看出，隧道建成运营后，由于车流的增加，使道路交通噪声呈增加的趋势，但是部分路段由于道路条件的改善，使道路交通噪声又出现下降的可能；受这两方面原因的共同作用，隧道运营后，部分区段道路交通噪声较现状增加，而有些区段道路交通噪声下降了。

b）骏景社区区段，在隧道运营后，随着车流的大幅增加，环境噪声增加，昼间基本达到 GB 3096—2008 的 4a 类标准，而夜间超标 10.1～13.5 dB（A），受道路交通噪声影响的有 1 000 余人。

c）康乐家园及莲花小区位于江北隧道出口处的路堑段，由于车流增加及路堑的混响作用，环境噪声较现状增加，所有楼层昼夜均超过 GB 3096—2008 的 4a 类标准，其中昼间超标 3.3～5.9 dB（A）、夜间超标 15.3～17.9 dB（A），受道路交通噪声影响的有 2 000 余人。

d）顺意大厦，在隧道运营后，由于道路条件的改善，车流鸣笛等噪声基本消除，环境噪声较现状有所改善，昼间达到 GB 3096—2008 的 4a 类标准，而夜间由于车流较现状增加，导致夜间环境噪声增加，并超标 6.3～10.6 dB（A）。

e）受排风塔噪声及湖边临街道路交通噪声的影响，湖边邻街住宅楼处的环境噪声昼间为 67.5～71.7 dB（A），超过 GB 3096—2008 的 4a 类标准 0～1.7 dB（A）；夜间环境噪声为 66.0～69.3 dB（A），超过 GB 3096—2008 的 4a 类标准 11.0～14.3 dB（A），受道路交通噪声及排风塔噪声影响的有 200 余人。湖边临街第二排住宅楼处的环境噪声主要受排风塔噪声影响，昼间为 65.6～69.0 dB（A），超过 GB 3096—2008 的 2 类标准 5.6～9.0 dB（A）；夜间环境噪声为 64.9～68.8 dB（A），超过 GB 3096—2008 的 2 类标准 14.9～18.8 dB（A），受排风塔噪声影响的有 100 余人。

②环境影响分析。根据预测结果，本工程范围内对外环境形成主要干扰的噪声源为隧道两端的敞开段、引道的道路交通噪声和排风塔的风机噪声，为了给规划管理部门提供参考依据，本次评价给出远期 2020 年度道路隧道出口处路堑及平面道路段的空间等声级曲线图及噪声防护距离（图 6-2、图 6-3，表 6-9～表 6-11）。

表 6-8 对应敏感点环境噪声预测结果

单位：dB（A）

敏感点编号	敏感点	预测点编号	预测点位置说明	相对位置		2010 年预测值			2012 年预测值			2020 年预测值			环境标准		2010 年超标量		2012 年超标量		2020 年超标量		备注
				距离	高差	昼间	夜间	高峰小时	昼间	夜间	高峰小时	昼间	夜间	高峰小时	昼间	夜间	昼间	夜间	昼间	夜间	昼间	夜间	
1	骏景社区	1-N1	1 楼窗外	20	1	68.6	65.6	70.0	68.7	65.7	70.2	69.7	66.7	71.1	70	55	−1.4	10.6	−1.3	10.7	−0.3	11.7	平面道路
		1-N2	3 楼窗外		7	70.4	67.4	71.8	70.5	67.5	71.9	71.5	68.5	72.9	70	55	0.4	12.4	0.5	12.5	1.5	13.5	
		1-N3	5 楼窗外		13	68.1	65.1	69.5	68.2	65.2	69.7	69.2	66.2	70.6	70	55	−1.9	10.1	−1.8	10.2	−0.8	11.2	
2	康乐家园	2-N1	1 楼窗外	20	11	70.3	67.3	71.7	70.4	67.4	71.9	71.4	68.4	72.8	70	55	0.3	12.3	0.4	12.4	1.4	13.4	隧道路堑
		2-N2	3 楼窗外		17	73.3	70.3	74.7	73.4	70.4	74.9	74.4	71.4	75.8	70	55	3.3	15.3	3.4	15.4	4.4	16.4	
		2-N3	5 楼窗外		23	74.8	71.8	76.2	74.9	71.9	76.4	75.9	72.9	77.3	70	55	4.8	16.8	4.9	16.9	5.9	17.9	
		2-N4	7 楼窗外		29	74.3	71.3	75.7	74.4	71.4	75.9	75.4	72.4	76.8	70	55	4.3	16.3	4.4	16.4	5.4	17.4	
		2-N5	9 楼窗外		35	73.8	70.8	75.2	73.9	70.9	75.4	74.9	71.9	76.3	70	55	3.8	15.8	3.9	15.9	4.9	16.9	
3	莲花小区	3-N1	1 楼窗外	20	11	70.3	67.3	71.7	70.4	67.4	71.9	71.4	68.4	72.8	70	55	0.3	12.3	0.4	12.4	1.4	13.4	
		3-N2	3 楼窗外		17	73.3	70.3	74.7	73.4	70.4	74.9	74.4	71.4	75.8	70	55	3.3	15.3	3.4	15.4	4.4	16.4	
		3-N3	5 楼窗外		23	74.8	71.8	76.2	74.9	71.9	76.4	75.9	72.9	77.3	70	55	4.8	16.8	4.9	16.9	5.9	17.9	
		3-N4	7 楼窗外		29	74.3	71.3	75.7	74.4	71.4	75.9	75.4	72.4	76.8	70	55	4.3	16.3	4.4	16.4	5.4	17.4	
		3-N5	9 楼窗外		35	73.8	70.8	75.2	73.9	70.9	75.4	74.9	71.9	76.3	70	55	3.8	15.8	3.9	15.9	4.9	16.9	
4	顺意大厦	4-N1	1 楼窗外	20	1	66.4	63.9	67.0	66.6	64.1	67.2	66.4	63.9	67.0	70	55	−3.6	8.9	−3.4	9.1	−3.6	8.9	平面道路
		4-N2	3 楼窗外		7	68.1	65.6	68.7	68.3	65.8	68.9	68.1	65.6	68.7	70	55	−1.9	10.6	−1.7	10.8	−1.9	10.6	
		4-N3	5 楼窗外		13	65.8	63.3	66.4	65.9	63.4	66.6	65.8	63.3	66.4	70	55	−4.2	8.3	−4.1	8.4	−4.2	8.3	
		4-N4	7 楼窗外		19	64.8	62.3	65.4	64.9	62.4	65.6	64.8	62.3	65.4	70	55	−5.2	7.3	−5.1	7.4	−5.2	7.3	
		4-N5	9 楼窗外		25	63.8	61.3	64.4	63.9	61.4	64.6	63.8	61.3	64.4	70	55	−6.2	6.3	−6.1	6.4	−6.2	6.3	
5	湖边临街住宅楼	5-N1	1 楼窗外	10	1	昼间：70.8～71.7，夜间：66.0～68.3									70	55	昼间：0.8～1.7，夜间：11.0～13.3						风塔附近及面临洞庭街
		5-N2	3 楼窗外		7	昼间：67.5～69.5，夜间：66.4～68.7									70	55	昼间：−2.5～−0.5，夜间：11.4～13.7						
		5-N3	5 楼窗外		13	昼间：68.4～70.2，夜间：66.9～69.3									70	55	昼间：−1.6～0.2，夜间：11.9～14.3						
	湖边临街第二排住宅楼	5-N4	1 楼窗外		1	昼间：65.6～68.1，夜间：64.9～67.7									60	50	昼间：5.6～8.1，夜间：14.9～17.7						风塔附近，临街的第二排建筑
		5-N5	3 楼窗外		7	昼间：65.8～68.4，夜间：65.5～68.2									60	50	昼间：5.8～8.4，夜间：15.5～18.2						
		5-N6	5 楼窗外		13	昼间：66.4～69.0，夜间：66.1～68.8									60	50	昼间：6.4～9.0，夜间：16.1～18.8						

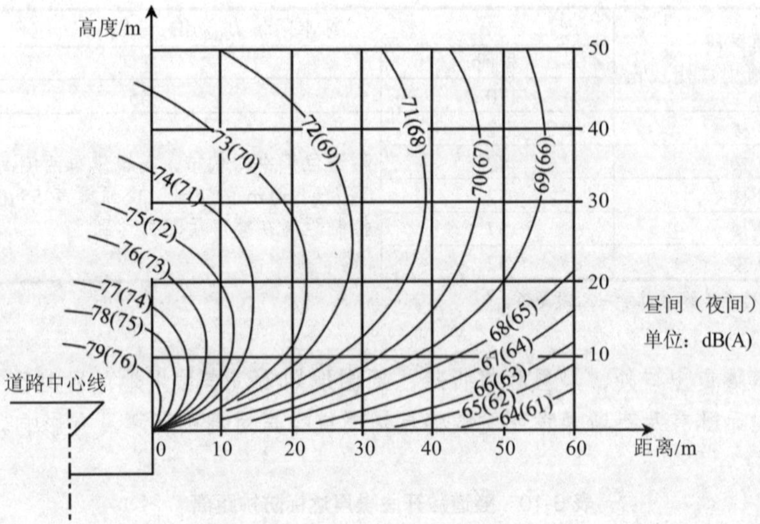

（图中高度“0”代表敏感点所处地面的标高）

图 6-2　隧道出口路堑区段空间等声级曲线

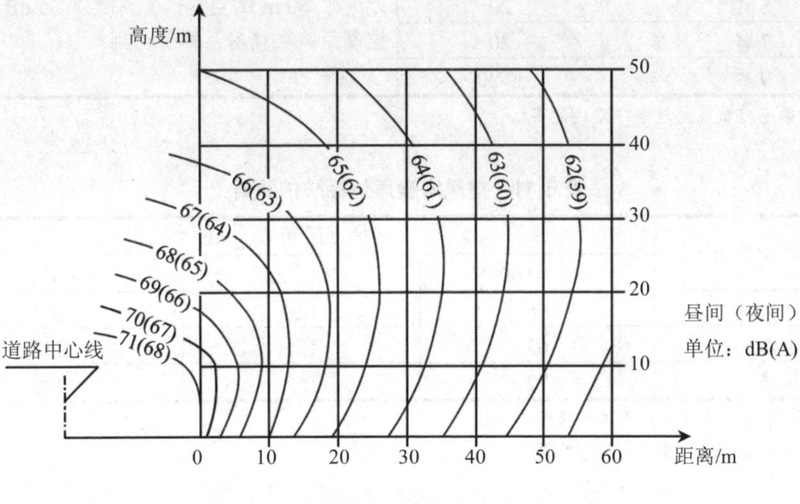

图 6-3　隧道出口平面道路空间等声级曲线

表 6-9　隧道路堑区段噪声防护距离

路堑区段（大智路隧道出口处）/m	标准限值 L_{Aeq}/dB	
	昼间	夜间
	70	55
1 楼	22	隧道位于中心城市，隧道出口两侧高楼林立，无大于 60 m 的空地，交通噪声 55 dB（A）的控制距离在楼房后即可达到
3 楼	42	
5 楼	52	
7 楼	57	
9 楼	57	

注：距离为敏感点边缘至道路中心线距离。

在江南隧道出口处，凤凰村将拆除，周围规划为汽车城用地，目前已有部分汽车城在建，无既有及新增噪声环境敏感点，隧道噪声对周围环境没有影响。

表 6-10　隧道敞开段噪声达标防护距离

平面道路区段（道路隧道出口处）/m	标准限值 L_{Aeq}/dB	
	昼间	夜间
	70	55
1 楼	20	隧道位于中心城市，隧道出口两侧高楼林立，无大于 60 m 的空地，交通噪声 55 dB（A）的控制距离在楼房后即可达到
3 楼	22	
5 楼	20	
7 楼	20	
9 楼	＜20	

注：距离为敏感点边缘至道路中心线距离。

表 6-11　排风塔噪声达标防护距离

排风塔周围/m	标准限值 L_{Aeq}/dB		
	昼间 60	夜间 55	夜间 50
1 楼	56	120	213
3 楼	63	136	242
5 楼	72	155	276

注 1：距离为敏感点边缘至排风塔边缘距离。

注 2：噪声为单纯排风塔噪声，不含背景。

三、噪声防控对策

在噪声环境影响评价中，噪声防控措施应主要考虑从声源上降低噪声和从噪声传播途径上降低噪声两个环节。通过评价提出的噪声防控措施，必须具有针对性、具体性、技术经济合理性。

（一）噪声防控措施的一般要求

①工业（工矿企业和事业单位）建设项目噪声防治措施应针对建设项目投产后噪声影响的最大预测值制订，以满足厂界（场界、边界）和厂界外敏感目标（或声环境功能区）的达标要求。

②交通运输类建设项目（如公路、铁路、城市轨道交通、机场项目等）的噪声防治措施应针对建设项目不同代表性时段的噪声影响预测值分期制定，以满足声环境功能区及敏感目标功能要求。其中，铁路建设项目的噪声防治措施还应同时满足铁路边界噪声排放标准要求。

（二）技术防治途径

1．从声源上降低噪声

从声源上降低噪声是指将发声大的设备改造成发声小的或不发声的设备，其方法主要包括以下几个方面。

①改进机械设计以降低噪声，如在设计和制造过程中选用发声小的材料来制造机件，改进设备结构和形状、改进传动装置，以及选用已有的低噪声设备都可以降低声源的噪声。

②改革工艺和操作方法以降低噪声，如用压力式打桩机代替柴油打桩机、铆接改为焊接、液压代替锻压等。

③维持设备处于良好的运转状态，因设备运转不正常时噪声往往增大。

对于已经成型的设备或确定的噪声源，其降低噪声的技术措施大致有以下几种，但需要针对不同发声对象综合考虑使用。

①对以振动、摩擦、撞击等引发的机械噪声，一般采取减振、隔声措施，如对设备加装减振垫、隔声罩等。有条件进行设备改造或工艺设计时，可以采用先进工艺技术，如将某些设备传动的硬连接改为软连接等。对于以这类设备为主的车间厂房，一般采用吸声、消声的措施。一般材料的隔声效果可以达到15～40 dB，可以根据不同材料的隔声性能选用。

②对以空气柱振动引发的空气动力性噪声的治理，一般采用安装消声器的措施。一般消声器可以实现10～25 dB的降噪量，若减少通风量还可提高设计的消声效果。

③对某些用电设备产生的电磁噪声，一般是尽量使设备安装远离人群，一是保障电磁安全，二是利用距离衰减降低噪声。当距离受到限制时，则应考虑对设备采取隔声措施。

④针对环境保护目标采取的环境噪声污染防治技术工程措施，主要是以隔声、吸声为主的屏蔽性措施，使保护目标免受噪声影响。如可利用天然地形、地物作为噪声源和保护对象之间的屏障，或是依靠已有的建筑物或构筑物（应是非噪声敏感

的）做隔离屏障，或是根据噪声对保护目标的影响程度进行设计的声屏障等。一般人工设计的声屏障最多可以达到5～12 dB的实际降噪效果。

2. 从噪声传播途径上降低噪声

从噪声传播途径上降低噪声是一种常用的噪声防治手段，以使噪声敏感区达标为目的，具体做法如下：

①采用“闹静分开”和“合理布局”的设计原则，使高噪声敏感设备尽可能远离噪声敏感区。

②利用自然地形物（如位于噪声源和噪声敏感区之间的山丘、土坡、地堑、围墙等）降低噪声。

③采取声学控制措施，如对声源采用消声、隔振和减振措施、在传播途径上增设吸声、声屏障等措施。

④可将声源设置于地下或半地下的室内等。

3. 敏感目标自身防护措施

敏感目标自身防护措施主要包括：

①受声者自身增设吸声、隔声等措施。

②合理布局和调整噪声敏感区中的建筑物布局。

（三）管理措施

噪声防控管理措施主要包括提出环境噪声管理方案（如制订合理的施工方案、优化飞行程序等），制订噪声监测方案，提出降噪减噪设施的运行使用、维护保养等方面的管理要求，提出跟踪评价要求等。

（四）典型工程噪声防控措施

1. 工业噪声的防控措施

工业噪声以固定的工业设备噪声源为主。对项目整体来说，可以从工程选址、总图布置、设备选型、操作工艺变更等方面考虑尽量减少声源可能对环境产生的影响。

在考虑降噪措施时，首先应该关注工程项目周围居民等敏感目标分布情况和项目邻近的声环境功能需求。若项目噪声影响范围内无人群生活，按照国家现行法规和标准规定，原则上不要求采取噪声防治措施。但若工程项目所处地区的地方政府或环境保护部门对项目周边有土地使用规划功能要求声环境质量达到一定要求的，则应采取必要的措施保证达标或给出相应的噪声控制要求。

在此类项目的环评文件中，应将选址结果、总图布置、声源降噪措施、需建造声屏障及必要的敏感点建筑物噪声防治措施等分项给出。

2．公路、铁路、城市轨道交通的噪声防控措施

公路、铁路、城市轨道交通噪声影响的对象主要是线路两侧的以人群生活为主的环境敏感目标。主要防控措施有：线路优化比选，进行线路和敏感建筑物之间距离的调整；线路路面结构、路面材料或是路基、道轨材料改变；道路和敏感建筑物之间的土地利用规划，以及邻街建筑物使用功能的变更、声屏障和敏感建筑物本身防护；优化运行方式（包括车辆选型、速度控制、鸣笛控制和运行计划变更等）以及进行远距离拆迁安置等。

3．机场噪声防控措施

机场飞机噪声影响与其他类别工程项目噪声影响的形式不同，主要是非连续的单个飞行事件的噪声影响。主要措施有机场位置选择、跑道方位和位置的调整、飞行程序的变更、机型选择，昼夜飞行架次比例的变化，起降程序的优化，敏感建筑物本身的噪声防护或使用功能更改、拆迁，噪声影响范围内土地利用规划或土地使用功能的变更等。

【例 5】A 市公路评价中项目噪声防控措施建议（摘录）。

①采用吸声减噪路面。实践表明，沥青路面相对混凝土路面来讲，其减噪性能明显比混凝土路面好。在本项目建设中，建议所有路面全部采用沥青减噪路面。

②在道路两侧广植绿植。树木具有声衰减作用，不同品种的植物具有不同的降噪效果，植物的种植结构对降噪作用也有很大的影响。每 1 m 宽的较为稠密林带可降噪约 1.0 dB（A），因此，应根据当地的地理气象条件，选择最佳的降噪植物和绿化结构。绿化带除可降低道路交通噪声污染外，还能够净化空气，减轻城市的“热岛效应”，提高城市生态系统的自净能力，因此这种措施是值得推广的。

③设置车道隔离栏。设置车道隔离栏的主要作用是疏通交通，减少交通事故，在城区的繁忙路段采用此措施，再配合严格的交通和环境管理措施，可减少交通堵塞，从而可减少伴随交通堵塞而产生的刹车、启动和鸣笛等噪声，能较明显减少交通噪声污染。因此建议本项目在中间设置车道隔离栏。

④全路段禁鸣喇叭。按 A 市有关规定，本项目全路段需禁止鸣喇叭，在本项目沿线明显位置设置禁鸣喇叭标志，并加强监管，及时纠正或处罚违规车辆。

⑤道路两侧合理规划布局。结合噪声污染防治，建设单位应与规划部门密切合作，建议规划部门在道路两侧第一排建筑物（立交周边 100 m 范围内）不应布设对声环境质量要求较高的敏感构筑物（如医院住院部、疗养院、学校教室、居民住宅等），应将现有居民住宅逐步改造为商场、商务楼宇、仓库等封闭性建筑，且门窗不宜直接朝向道路一侧，第一排建筑物应尽量向后退缩，这在一定程度上可缓解机动车噪声可能带来的不利影响。

⑥设置通风隔声窗。通风隔声窗既保证室内持续有新鲜空气的流通，又大大减缓了外界噪声对室内的干扰。因此建议在距公路最近边界小于 50 m 的第一排学校教

学楼及小于 30 m 的第一排居民楼等声环境保护敏感点面向公路一侧的窗户上设置通风隔声窗。

⑦设置声屏障。建议在立交桥匝道北侧设置120 m的声屏障，可保护立交桥东北侧的民居住宅点的声环境。

复习与思考题

1. 解释下列名词：环境噪声、敏感目标、点声源、A 声级、等效连续 A 声级。

2. 声环境功能区分类是如何划分的？

3. 某工厂风机排气筒外 3 m 处噪声级为 80 dB，若该项目厂界噪声级的标准为昼间 60 dB，请问至少应离锅炉多远处厂界昼间噪声可达标？

4. 某工厂内有四种机器，声压级分别为 84 dB、82 dB、86 dB、89 dB，它们同时运行时的声压级是多少？

5. 室内有两个噪声源，同时工作时总声压级为 73 dB，当其中一个声源停止工作时，测得室内声压级为 72 dB，另一个声源的声压级为多少？

6. 噪声防控措施的一般要求是什么？简述如何从声源上减少噪声。

第七章　土壤环境影响评价

【知识目标】

1. 熟悉土壤环境的基本概念及评价量，理解土壤环境影响评价的工作程序。
2. 掌握制订土壤环境现状监测方案的方法并利用监测结果进行现状评价。
3. 掌握土壤环境影响评价工作等级的划分方法。

【能力目标】

1. 能够划分土壤环境影响评价工作等级。
2. 能够制订土壤环境现状监测方案并编制现状评价报告。
3. 能够进行土壤环境影响分析。

第一节　土壤环境影响评价的基本概念

建设项目在建设及运行阶段会对土壤环境产生不同程度的影响，从而影响周围人的学习、工作和正常生活。土壤环境影响评价是在土壤环境现状调查的基础上，对建设项目周围土壤环境对于周围敏感目标的影响程度范围情况进行分析预测，对照相应的土壤标准评价其影响大小，并提出相应的防治土壤环境影响的对策措施的过程。

一、土壤的基本概念

1. 土壤

土壤对不同的人来讲其含义是不一样的。对于农民和农业科学工作者，土壤是植物生长的介质；对于水利学家，土壤是贮水和输水的多孔介质；对于工程学家，土壤是承受高强度压力的基地或制作工程材料的来源；对于地质学家，土壤是地球陆地表面的一个疏松的薄层，主要是近代地质作用所形成的地壳风化的产物；对于生态学家，从生物地球化学观点来看，土壤是表层系统中生物多样性最丰富，生物地球化学的能量交换、物质循环（转化）最活跃的生命层；对于土壤学家，土壤有着自己发生、发展和长期演变的历史，土壤是由岩石风化形成的母质在生物等因素的参与下逐渐形成的，是自然界中一个独立的历史自然体；对于环境科学家，土壤是重要的环境因素，是环境污染物的缓冲带和过滤器，是植被生态系统赖以生长的浅层土壤，包括淋滤层、淀积层和过渡层，一般为 2 m 以内。如图 7-1 所示。

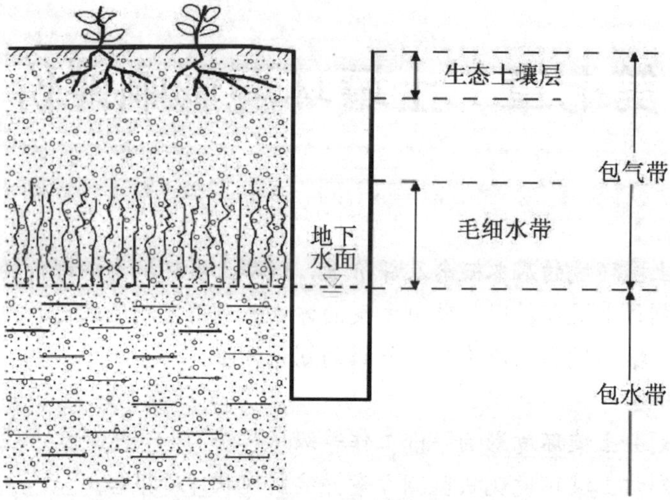

图 7-1 植被生长土壤

2．土壤环境

土壤环境既包含了传统意义的土壤层，又界定了土壤环境管理界限，是指受自然或人为因素作用的，由矿物质、有机质、水、空气、生物有机体等组成的陆地表面疏松综合体，包括陆地表层能够生长植物的土壤层和污染物能够影响的松散层等。

3．土壤环境生态影响

《环境影响评价技术导则 土壤环境（试行）》（HJ 964—2018）中将土壤环境影响类型分为两类，即污染影响型和生态影响型。土壤环境生态影响是指由于人为因素引起土壤环境特征变化导致其生态功能变化的过程或状态。

4．土壤环境污染影响

《土壤污染防治法》第二条对“土壤污染”的定义，是指人为因素导致某种物质进入土壤环境，引起土壤物理化学、生物等方面特性的改变，导致土壤质量恶化的过程或状态。

5．土壤环境敏感目标

在《土壤污染防治法》中，土壤环境敏感目标是指认为可能受影响的、与土壤环境相关的，敏感区或对象，主要分为：①耕地、园地、牧草地、饮用水水源地或居民区、学校、医院、养老院等；②重点文物、重要湿地等管理名录中除了①中以外的环境敏感区。

6．农用地

农用地指 GB/T 21010 中的 01 耕地（0101 水田、0102 水浇地、0103 旱地）、02 园地（0201 果园、0202 茶园）和 04 草地（0401 天然牧草地、0403 人工牧草地）。

7．建设用地

建设用地指建造建筑物、构筑物的土地，包括城乡住宅和公共设施用地、工矿用地、交通水利设施用地、旅游用地、军事设施用地等。

8．农用地土壤污染风险

农用地土壤污染风险指因土壤污染导致食用农产品质量安全、农作物生长或土壤生态环境受到不利影响。

9．农用地土壤污染风险筛选值

农用地土壤污染风险筛选值指农用地土壤中污染物含量等于或者低于该值的，对农产品质量安全、农作物生长或土壤生态环境的风险低，一般情况下可以忽略；超过该值的，对农产品质量安全、农作物生长或土壤生态环境可能存在风险，应当加强土壤环境监测和农产品协同监测，原则上应当采取安全利用措施。

10．农用地土壤污染风险管制值

农用地土壤污染风险管制值指农用地土壤中污染物含量超过该值的，食用农产品不符合质量安全标准等农用地土壤污染风险高，原则上应当采取严格管控措施。

二、土壤的分类

（一）土壤的分类

中国土壤系统分类为多级分类，共七级，即土纲、亚纲、土类、亚类、土属、土种和变种。前四级为高级分类级别，主要供中小比例尺土壤因确定制图单元用，后三级为基层分类级别，主要供大比例尺土壤因确定制图单元用。《中国土壤分类与代码》（GB/T 17296—2009），将中国土壤分为 12 个土纲、30 个亚纲、60 个土类、229 个亚类、658 个土属和 2 624 个土种。一级分类（土纲）包括：铁铝土、淋溶土、半淋溶土、钙层土、干旱土、漠土、初育土、半水成土、水成土、盐碱土、人为土、和高山土。

（二）土壤颗粒和土壤质地

土壤是一种由固、液、气三相组成的分散系，土壤固相即土壤颗粒，它包括矿质颗粒、有机颗粒及有机无机复合颗粒。在一般土壤中，矿质颗粒约占土壤固相重量的 95%以上，因此，所谓土壤颗粒，主要指矿质单粒（简称土粒）。土壤质地则是按土粒的大小和它们的组合比例而定的土壤名称，土粒是组成土壤的物质基础，它们的组成、特性及其排列状况可影响较活跃的液相和气相，其作用十分重要。土壤质地可影响土壤的物理、化学、生物等性质，与作物生长所需的环境条件及养分的关系十分密切，本章就我国土粒分级、质地分类、土粒分布特征及质地与肥力的关系等作一概述。

1．土壤颗粒分级和各级颗粒特性

（1）土壤颗粒分级

根据中国的土壤情况，将土粒分为五级，其中又将砂粒分为粗砂粒和细砂粒，将粉粒分为粗、中、细粉粒，将黏粒分为粗黏粒和细黏粒。各级颗粒的名称及其相应的粒径见表 7-1。

表 7-1 土壤颗粒分级标准

名称		粒径/mm
石块		＞3
石砾		3～1
砂粒	粗砂粒	1～0.25
	细砂粒	0.25～0.05
粉粒	粗粉粒	0.05～0.01
	中粉粒	0.01～0.005
	细粉粒	0.005～0.002
黏粒	粗黏粒	0.002～0.001
	细黏粒	＜0.001

（2）土壤颗粒的物理性质

随着土壤颗粒变细和比表面积增加，不仅改变了表面吸附、离子交换等化学性质，而且也改变了土壤的物理行为。一般地，随着粒径的减小，土粒的吸湿量、最大吸湿量、持水量、毛管持水量将增加，而土壤的通气孔隙度、通气和透水速度则降低，土壤的一些力学参数，如黏结力、黏着力、膨胀、收缩以及阿德伯常数等亦随之变化。据对白土及砖红壤各级颗粒的物理性质的测定（表 7-2，表 7-3），容重有随粒径的减小而降低的趋势，浸水容重，白土以粉粒为最大，而砖红壤以砂粒为最大，说明在水中沉实不仅取决于颗粒直径，还取决于颗粒的形状和沉实时的排列状况。吸湿系数以细黏粒为最高，白土的砂粒也有相当的吸湿量。流限和塑限只有黏粒才出现。膨胀也以细黏粒为最大。抗压强度在粉粒始现，而以细黏粒者为最高。总吸水量有随粒径的变细而增加的趋势。吸水速度以 1～0.005 mm 的颗粒为最快，小于 0.002 mm 的颗粒则非常缓慢。

表 7-2 白土及其各级颗粒的物理性质

粒径/mm	容重/(g/cm)	浸水容量/(g/cm)	吸湿系数/%	流限/%	塑限/%	总吸水量/(mL/g)	膨胀/(mL/g)	抗压强度/(kg/cm)
全土<1	1.31	0.83	6.08	31.2	18.0	0.58	0.19	7.18
1～0.25	1.55	1.10	4.79	无	无	0.34	0.01	无
0.25～0.05	1.24	1.01	4.15	无	无	0.46	0.03	无
0.05～0.01	1.26	1.37	0.26	无	无	0.33	–0.095	0.014
0.01～0.005	1.08	1.37	0.26	无	无	0.39	–0.16	0.029
0.005～0.002	1.07	1.42	1.34	无	无	0.47	–0.095	0.147
0.002～0.001	0.91	1.13	2.66	43.6	37.2	0.49	–0.25	1.112
<0.001	1.17	0.42	22.68	75.9	50.1	0.94	0.45	6.31

表 7-3 砖红壤及其各级颗粒的物理性质

粒径/mm	容重/(g/cm)	浸水容量/(g/cm)	吸湿系数/%	流限/%	塑限/%	总吸水量/(mL/g)	膨胀/(mL/g)	抗压强度/(kg/cm)
全土<1	1.04	0.63	12.68	52.0	35.7	0.81	0.21	4.73
1～0.25	1.54	1.30	2.21	无	无	0.29	0.03	无
0.25～0.05	1.42	1.27	3.16	无	无	0.35	0.03	无
0.05～0.01	1.28	1.02	3.77	无	无	0.50	0.02	无
0.01～0.005	1.03	0.78	4.82	无	无	0.71	0.07	无
0.005～0.002	1.03	0.69	6.08	无	无	0.71	0.08	0.13
0.002～0.001	1.08	0.50	6.75	51.8	39.2	0.76	0.18	0.34
<0.001	0.98	0.43	13.75	66.7	43.9	0.90	0.24	1.99

在农业生产实践中，对土壤的要求是既要保水又能通气；既能吸水，又能供水；既容易耕作，又不能散成单粒或形成大块。因此，必须考虑各种颗粒的合理搭配，过去有些教科书中把砂粒称为惰性颗粒，这是指其化学行为。而在涉及提高土壤的生产力和提高作物产量方面，砂粒并不是惰性颗粒。

2．土壤质地分类和各组质地特性

（1）土壤质地分类

土壤质地是土壤的一种较稳定的自然属性，因此被普遍用来作为土壤物理性质的特征，土壤质地分类是按土壤颗粒组成的比例特点对土壤所作的分类。

由于对土粒分级的标准不同，所以相对应的土壤质地分类也不同，即使质地名称相同，它的各级粒径及其含量百分率也不一致。根据国内研究结果，将土壤分为三大组，共有十二种质地名称，表 7-4 为土壤质地分类。

我国北方寒冷少雨，风化较弱，土壤中砂粒、粉粒含量较多，细黏粒含最较少。南方气候温暖，雨量充沛，风化作用较强，故土壤中细黏粒含量较多。所以，砂土的质地分类中的砂粒含量等级主要以北方土壤的研究结果为依据。而黏土质地分类中的细黏粒含量的等级则主要以南方土壤的研究结果为依据。对于南北方过渡的中等风化程度的土壤，以砂粒和细黏粒含量是难以区分的，因此，根据两合土、小粉土、壤土和绵土等的颗粒分析结果，以其含量最多的粗粉作为划分壤土的主要标准，再参照砂粒和细黏粒的含量来区分。

表 7-4　土壤质地分类

<table>
<tr><th colspan="2" rowspan="2">质地名称</th><th colspan="3">颗粒组成/%</th></tr>
<tr><th>砂粒</th><th>粗粉粒</th><th rowspan="7">细黏粒
＜30</th></tr>
<tr><td rowspan="3">砂土</td><td>粗砂土</td><td>＞70</td><td>—</td></tr>
<tr><td>细砂土</td><td>≥60～≤70</td><td>—</td></tr>
<tr><td>面砂土</td><td>≥50～＜60</td><td>—</td></tr>
<tr><td rowspan="5">壤土</td><td>砂粉土</td><td>≥20</td><td rowspan="2">≥40</td></tr>
<tr><td>粉土</td><td>＜20</td></tr>
<tr><td>砂壤土</td><td>≥20</td><td rowspan="2">＜40</td></tr>
<tr><td>壤土</td><td>＜20</td></tr>
<tr><td>砂黏土</td><td>≥50</td><td>—</td><td>≥30</td></tr>
<tr><td rowspan="4">黏土</td><td>粉黏土</td><td colspan="2">—</td><td>≥30～＜35</td></tr>
<tr><td>壤黏土</td><td colspan="2">—</td><td>≥35～＜40</td></tr>
<tr><td>黏土</td><td colspan="2">—</td><td>≥40～≤50</td></tr>
<tr><td>重黏土</td><td colspan="2">—</td><td>＞60</td></tr>
</table>

（2）各组质地特性

①砂土组，广泛分布于新疆、青海、甘肃、内蒙古、华北平原和沿江、沿河、沿海地区，土壤颗粒组成较粗。砂粒含量在 50%以上，砂土组土壤一般保水保肥性能弱，而通气透水性能强，容易耕种，作物生长后期容易脱水，土性热。作物出苗快，较早熟，适种薯类、花生、谷子等。这类土壤的物理性质主要受砂粒含量特别是细砂粒含量的影响。如北京郊区的几种砂土，总孔隙度、毛管孔隙度或毛管持水量都是随细砂粒含量的增加而减小，土壤容重和非毛管孔隙度则随细砂粒含量的增加而增大。这说明土壤中含粗颗粒较多，土壤的通气透水性能也较良好。

②壤土组，是我国主要的粮食生产基地，广泛分布于黄土地区、松辽平原、华北平原、长江中下游、珠江三角洲等平原地区以及南方丘陵区。壤土组土壤质地较均匀，粗粉粒含量高是其主要特点。如果土壤的砂粒含量超过 50%，而细黏粒含量又超过 30%，其生产性能类属于壤土组，其质地名称为砂黏土。壤土组土壤的物理性质良好，抗逆能力强，适种作物范围较广，耕种方便，适耕期较长，农民群众说："干不起颗粒，湿不成泥浆"，通气透水、保水保肥性能都较好，抗旱能力强，是一

组良好的土壤质地。

③黏土组，广泛分布于平原洼地、山间盆地和湖积平原地区，其成土母质多为河流静水沉积物、湖相沉积物、红色黏土以及石灰岩、玄武岩等。我国农民对这类土壤的认识，着重于其“黏”或“胶”，这不仅反映了该组土壤的颗粒组成是以细黏粒为主，而且也反映了生产上的黏重等主要特性。农民群众形容这类土壤的特点是“天晴一把刀，落雨一团糟”“干时耕不动，湿时粘犁头”。这组土壤的颗粒组成是以细黏粒占优势，质地黏重，结构致密，结持力大，保水保肥能力较强，但通气通水性能差，从而表现出一些不良的水分物理性质。

（3）土壤中石砾含量分级

由于我国山地和丘陵较多，砾质土壤分布很广，它们的理化性质不利于作物生长，而且还影响耕作并会磨损农具。

本章将土壤的石砾含量分为三级（表 7-5），含量小于 1%时，对土壤性质和耕作制度以及耕具无影响。含量在 1%～10%时，对耕作制度影响不大，但对耕具特别是犁铧磨损较大。含量超过 10%时，对土壤性质，特别是保水保肥性及耕具均有明显影响，但可植树造林或种植牧草。

表 7-5　土壤石砾含量分级

3～1 mm 石砾含量/%	分级
＜1	无砾质（质地名称前不冠）
1～10	砾质
＞10	多砾质

3．我国土壤颗粒组成及其地理分布特点

我国北方地区土壤受黄土和黄土性母质影响的面积很大，其范围西起甘肃、青海、新疆，东至黑龙江、山东等地区，北起内蒙古，南至四川等地区。长江以南广大地区则受深度风化的红壤母质的影响。

土壤颗粒组成的特点，主要取决于成土母质的类型及其矿物组成特点，在已辟为农田的地区，还受耕作、施肥等措施的影响。我国主要类型土壤的颗粒组成，在水平方向上，有自西而东从北向南，也就是从干旱区到湿润区，由低温带到高温带，随着由物理风化为主渐次变为化学风化增强，明显地表现出粗颗粒渐减而细颗粒递增，土壤质地相应由砾质砂土、砂土、壤土到黏土的变化趋势（表 7-6）。

表 7-6　我国主要类型土壤的颗粒组成

土壤	地区	年均温度/℃	年雨量/mm	自然植被类型	剖面数/个	石砾		颗粒组成/%						质地名称
						10～3	3～1	1～0.25	0.25～0.05	0.05～0.01	0.01～0.005	0.005～0.001	<0.001	
黑土	东 北	−2～1（北）3～4（南）	400～600	森林草原和草原	13	0	0	5	18	27	10	14	26	砂壤土
淡栗钙土	内蒙古	−3.3～6.6	220～489	干草原	7	0	0	14	70	8	1	2	5	粗砂土
栗钙土	新疆北部	2～5	250～350	干草原	4	42	9	39		19	9	14	19	多砾质砂壤土
棕钙土	新疆北部	2.5～6	150～300	干草原	8	9	4	48		17	6	10	19	多砾质砂壤土
灰漠土	新疆	5～7	150～200	荒漠草原和荒漠灌木	6	0	0	29		23	10	15	23	砂壤土
灰棕漠土	新疆北部	6～8	90～120	干旱荒漠草原和灌木	2	20	18	28	21	9	5	20	17	多砾质砂壤土
棕漠土	新疆南部	10～12	＜100	无高等植物	2	33	15	1	73	5	3	4	14	多砾质砂壤土
黄绵土	陕、甘、宁	8～12	200～500	干旱草原	5	0	0	0	17	50	10	10	13	粉土
黑垆土	陕、甘、宁	8～10	350～500	干旱草原	4	0	0	0	24	49	6	7	14	砂粉土
褐土	陕、晋、冀	13～14	400～600	森林灌木草原	9	0	0	4	22	39	7	12	16	砂壤土
潮土	冀、鲁、豫	9～15	600～700	落叶阔叶林	14	0	0	0	11	41	8	13	27	砂土
黄棕壤	陕西南部、南京	16～17	1 000～1 200	落叶阔叶林混有常绿阔叶林	15	0	0	2	4	38	12	15	29	壤土
黄壤	川、滇、黔、桂	17～19	1 500～2 000	常绿林和落叶林	10	0	0	10	11	18	8	23	30	粉黏土
红壤	粤、桂	18～20	1 000～1 600	常绿林和落叶林	12	0	0	6	18	17	6	20	33	粉黏土
赤红壤和砖红壤	粤、桂、滇	20～24	1 400～2 000	常绿阔叶林	14	0	0	7	12	15	8	19	39	壤黏土

三、土壤污染问题与污染途径

1. 土壤污染问题

土壤是构成生态系统的基本环境要素，是人类赖以生存的物质基础，也是经济社会发展不可或缺的重要资源。当前，我国土壤环境总体状况堪忧，面临的土壤环境问题主要包括两个方面：

一是土壤环境污染问题较为严重。2014 年 4 月 17 日环境保护部联合国土资源部发布的《全国土壤污染状况调查公报》显示，我国土壤环境状况不容乐观，总的点位超标率为 16.1%，其中轻微、轻度、中度和重度污染点位比例分别为 11.2%、2.3%、1.5%和 1.1%。从土地利用类型看，耕地、林地、草地土壤点位超标率分别为 19.4%、10.0%、10.4%，约两成耕地污染超标；从污染分布情况看，南方土壤污染重于北方，长江三角洲、珠江三角洲、东北老工业基地等部分区域土壤污染问题较为突出，西南、中南地区土壤重金属超标范围较大，镉、汞、砷、铅四种无机污染物含量分布呈现从西北到东南、从东北到西南方向逐渐升高的态势。

二是土壤生态环境遭人为破坏现象频发。人类生产、生活等人为活动改变了土壤发育的生态环境，使土壤本身或土壤与其他环境要素之间的正常自然物质、能量循环过程受到影响或破坏，引起如土壤次生盐碱化、水土流失、土壤侵蚀、土地沙化和贫瘠、土壤酸化等一系列生态环境问题。各类工程建设和生产活动改变了当地水文地质条件或改变了水盐平衡，使原本非盐渍化土壤积盐或碱化，演化成盐渍化土壤，或者加重了原有的土壤盐渍化程度。较为常见的诱发原因主要有：水库或大面积水体构建工程、大型养殖场建设、大中型水产养殖企业建设、沿海地下水体开采工程、各类盐碱物质排放工矿企业建设、劣质水灌溉、灌溉扩展、节水灌溉、设施农业栽培、农业种植制度改变等。

2. 土壤污染物

土壤污染物是指使土壤遭受污染的物质。可以分为化学污染物、物理污染物、生物污染物和放射性污染物等，其中以化学污染物最为普遍。

（1）化学污染物

①无机污染物，包括对动植物有危害作用的元素和化合物，主要有 Hg、Cd、Cu、Zn、Cr、Pb、As、Ni、Se 等重金属，过量的 N、P 等营养物质及其他无机物质如酸、碱、盐、氟等。

②有机污染物，包括有机农药、石油、多环芳烃、洗涤剂、有机化学原料等。

（2）物理污染物

物理污染物主要包括来自工厂、矿山的固体废物，如尾矿、废石、粉煤灰和工业垃圾等。在某些矿床或元素和化合物的富集中心周围，由于矿物的自然分解与风化，往往形成自然扩散带，使附近土壤某些元素含量超出土壤环境质量限定值，造成污染。

（3）生物污染物

生物污染物来自城市垃圾和项目排出的废水等，其中的寄生虫、病原菌均可引起土壤污染。

3. 土壤污染途径

土壤污染的途径包括大气沉降、地面漫流、垂直入渗及其他。

（1）大气沉降

大气中的有害气体主要是工业中排出的有毒气体。工业排放的气体以及粉尘、烟尘等固体粒子和烟雾、雾气等液体粒子等，通过沉降或降水进入土壤，造成污染。污染常呈现以污染源为中心的椭圆形或带状分布。大气沉降是导致土壤污染的重要途径之一。

能源、运输、冶金和建筑材料生产产生的气体和粉尘中含有大量的重金属，除汞以外，其他重金属基本上是以气溶胶的形态进入大气，经过干湿沉降进入土壤。存在于煤和石油中的一些微量元素，如Cd、Zn、As和Cu等经工业燃烧以飘尘、灰、颗粒物或气体形式释放。此外，一些金属如Se、Pb、Mo等，被加入到燃料或润滑剂中以改善其性质，都是加剧土壤重金属污染的因素。

经大气沉降导致土壤的重金属污染，与重工业发达程度、城市的人口密度、土地利用率、交通发达程度有直接关系，距城市越近污染的程度就越重，污染强弱顺序为：城市—郊区—农村。

（2）地面漫流

地面漫流主要是基于厂区所在位置的微地貌，在降雨或洒水抑尘过程中，由于地面漫流而引起污染物在地表扩散，对土壤环境产生影响的过程。地面漫流可能发生在大多数产污项目中，当厂区布置散乱、雨水导流措施不完善或老化、地面防渗未铺设或老化破损等，都会造成该类型影响。厂区微地貌条件决定了地面漫流的水平扩散范围，地面漫流的径流路径是污染物垂向扩散的起源，垂向污染深度由漫流污染源存在的时间、污染源浓度和漫流区包气带土壤的防污性能决定，其中微地貌单元中的汇水区是地面漫流影响需要关注的重点区。

（3）垂直入渗

垂直入渗主要是指厂区各类原料及产污设施，在“跑、冒、滴、漏”过程中或防渗设施老化破损情况下，经泄漏点对土壤环境产生影响的过程。垂直入渗普遍存在于大多数企业中，污染物的影响主要表现在垂直向上扩散，水平方向上的扩散趋势甚微。垂直向上污染物的污染深度受污染物性质、包气带渗透性能、地下水的水位埋深等因素影响。

（4）其他

其他影响主要指由于非以上三种途径对土壤环境造成影响的过程，如车辆运输过程中的洒漏、风险事故爆炸等过程中导致原料或污染物的散落等过程。该类污染过程主要表现为污染源呈点源分布且位置随机，污染物落地后与表层土壤混合，在不受外力条件影响下影响范围不大，垂向扩散深度不深。

第二节　土壤环境影响评价的任务与工作内容

一、评价基本任务

①按照 HJ 2.1 建设项目污染影响和生态影响的相关要求，根据建设项目对土壤环境可能产生的影响，将土壤环境影响类型划分为生态影响型与污染影响型，其中 HJ 2.1 中土壤环境生态影响重点指土壤环境的盐化、酸化、碱化等。

②根据行业特征、工艺特点或规模大小等将建设项目类别分为Ⅰ类、Ⅱ类、Ⅲ类、Ⅳ类，见 HJ 964—2018 附录 A，其中Ⅳ类建设项目可不开展土壤环境影响评价；自身为敏感目标的建设项目，可根据需要仅对土壤环境现状进行调查。

③土壤环境影响评价应按本标准划分的评价工作等级开展工作，识别建设项目土壤环境影响类型、影响途径、影响源及影响因子，确定土壤环境影响评价工作等级；开展土壤环境现状调查，完成土壤环境现状监测与评价；预测与评价建设项目对土壤环境可能造成的影响，提出相应的防控措施与对策。

④涉及两个或两个以上场地或地区的建设项目应按上述③分别开展评价工作。

⑤涉及土壤环境生态影响型与污染影响型两种影响类型的应按上述③分别开展评价工作。

二、评价程序与主要工作内容

土壤环境影响评价工作可划分为准备阶段、现状调查与评价阶段、预测分析与评价阶段和结论阶段。

1．准备阶段

收集分析国家和地方土壤环境相关的法律、法规、政策、标准及规划等资料；了解建设项目工程概况，结合工程分析，识别建设项目对土壤环境可能造成的影响类型，分析可能造成土壤环境影响的主要途径；开展现场踏勘工作，识别土壤环境敏感目标；确定评价等级、范围与内容。

2．现状调查与评价阶段

采用相应标准与方法，开展现场调查、取样、监测和数据分析与处理等工作，进行土壤环境现状评价。

3．预测分析与评价阶段

依据本标准制定的或经论证有效的方法，预测分析与评价建设项目对土壤环境可能造成的影响。

4．结论阶段

综合分析各阶段成果，提出土壤环境保护措施与对策，对土壤环境影响评价结论进行总结。

第三节 评价工作等级的划分

土壤环境影响评价工作等级划分为一级、二级、三级。根据建设项目的特点把土壤环境影响评价工作等级划分主要分为生态影响型建设项目和污染影响型建设项目。

一、影响识别

在工程分析结果的基础上，结合土壤环境敏感目标，根据建设项目建设期、运营期和服务期满后（可根据项目情况选择）三个阶段的具体特征，识别土壤环境影响类型与影响途径；对于运营期内土壤环境影响源可能发生变化的建设项目，还应按其变化特征分阶段进行环境影响识别。识别内容包括：

①根据 HJ 964—2018 附录 A 识别建设项目所属行业的土壤环境影响评价项目类别。

②识别建设项目土壤环境影响类型与影响途径、影响源与影响因子，初步分析可能影响的范围。具体识别内容参见表 7-7～表 7-9。

③根据《土地利用现状分类》（GB/T 21010）识别建设项目及周边的土地利用类型，分析建设项目可能影响的土壤环境敏感目标。土壤环境敏感目标识别结果可参见表 7-10。

表 7-7 建设项目土壤环境影响类型与影响途径表

不同时段	污染影响型				生态影响型			
	大气沉降	地面漫流	垂直入渗	其他	盐化	碱化	酸化	其他
建设期								
运营期								
服务期满后								

注：在可能产生的土壤环境影响类型处打“√”，列表未涵盖的可自行设计。

表 7-8 污染影响型建设项目土壤环境影响源及影响因子识别表

污染源	工艺流程/节点	污染途径	全部污染物指标[a]	特征因子	备注[b]
车间/场地		大气沉降			
		地面漫流			
		垂直入渗			
		其他			

注：a 根据工程分析结果填写。

b 应描述污染源特征，如连续、间断、正常、事故等；涉及大气沉降途径的，应识别建设项目周边的土壤环境敏感目标。

表 7-9 生态影响型建设项目土壤环境影响途径识别表

影响结果	影响途径	具体指标	土壤环境敏感目标
盐化/酸化/碱化/其他	物质输入/运移		
	水位变化		

表 7-10 土壤环境敏感目标分布情况一览表

序号	敏感目标名称	方位	距离/m	环境特征	质量标准
1	上社村	东	142	居民区	《土壤环境质量 建设用地土壤污染风险管控标准（试行）》（GB 36600—2018）中的第一类用地的筛选值
2	大方村	东南	187	居民区	
3	大方医院	东南	150	医院	
4	星天小学	西北	200	学校	
5	周边农田	南边	紧邻	一般农田，规划为园区工业用地	《土壤环境质量 农用地土壤污染风险管控标准（试行）》（GB 15618—2018）的筛选值

【例 1】某建设项目可能影响的土壤环境敏感目标。

分析的内容包括敏感目标的名称、方位、与项目距离、环境特征和其执行的质量标准等。

二、生态影响型评价工作等级划分

建设项目所在地土壤环境敏感程度分为敏感、较敏感、不敏感，判别依据见表 7-11。同一建设项目涉及两个或两个以上场地或地区，应分别判定其敏感程度；产生两种或两种以上生态影响后果的，敏感程度按相对最高级别判定。

表 7-11 生态影响型敏感程度分级表

敏感程度	判别依据		
	盐化	酸化	碱化
敏感	建设项目所在地干燥度[a]>2.5且常年地下水位平均埋深<1.5 m 的地势平坦区域；或土壤含盐量>4 g/kg的区域	pH≤4.5	pH≥9.0
较敏感	建设项目所在地干燥度>2.5 且常年地下水位平均埋深≥1.5 m 的，或 1.8<干燥度≤2.5 且常年地下水位平均埋深<1.8 m 的地势平坦区域；建设项目所在地干燥度>2.5或常年地下水位平均埋深<1.5 m的平原区；或 2 g/kg<土壤含盐量≤4 g/kg 的区域	4.5<pH≤5.5	8.5≤pH<9.0
不敏感	其他	5.5<pH<8.5	

注：a 是指采用 E601 观测的多年平均水面蒸发量与降水量的比值，即蒸降比值。

根据土壤环境影响评价项目类别与敏感程度分级结果划分评价工作等级，详见表 7-12。

表 7-12 生态影响型评价工作等级划分表

敏感程度 \ 评价工作等级 \ 项目类别	Ⅰ类	Ⅱ类	Ⅲ类
敏感	一级	二级	三级
较敏感	二级	二级	三级
不敏感	二级	三级	—

注："—"表示可不开展土壤环境影响评价工作。

三、污染影响型评价工作等级划分

1．敏感程度分级

将建设项目占地规模分为大型（≥50 hm^2）、中型（5～50 hm^2）、小型（≤5 hm^2），建设项目占地主要为永久占地。建设项目所在地周边的土壤环境敏感程度分为敏感、较敏感、不敏感，判别依据见表 7-13。

表 7-13 污染影响型敏感程度分级表

敏感程度	判别依据
敏感	建设项目周边存在耕地、园地、牧草地、饮用水水源地或居民区、学校、医院、疗养院、养老院等土壤环境敏感目标的
较敏感	建设项目周边存在其他土壤环境敏感目标的
不敏感	其他情况

2．工作等级划分

根据土壤环境影响评价项目类别、占地规模与敏感程度划分评价工作等级，详见表 7-14。

表 7-14 污染影响型评价工作等级划分表

评价工作等级 / 占地规模 / 敏感程度	Ⅰ类			Ⅱ类			Ⅲ类		
	大	中	小	大	中	小	大	中	小
敏感	一级	一级	一级	二级	二级	二级	三级	三级	三级
较敏感	一级	一级	二级	二级	二级	三级	三级	三级	—
不敏感	一级	二级	二级	二级	三级	三级	三级	—	—

注：“—”表示可不开展土壤环境影响评价工作。

3．其他注意问题

建设项目同时涉及土壤环境生态影响型与污染影响型时，应分别判定评价工作等级，并按相应等级分别开展评价工作。

当同一建设项目涉及两个或两个以上场地时，各场地应分别判定评价工作等级，并按相应等级分别开展评价工作。

线性工程重点针对主要站场位置（如输油站、泵站、阀室、加油站、维修场所等）参照污染影响型分段判定评价等级，并按相应等级分别开展评价工作。

【例 2】判断某化工项目土壤环境影响评价工作等级。

①该化工企业生产涂料，属于《环境影响评价技术导则 土壤环境（试行）》（HJ 964—2018）附录“石油、化工”行业类别中Ⅰ类项目。

②全厂占地面积为 7 000 m^2≤5 hm^2，用地规模为小型。

③项目所在区域为工业区，项目周边主要是工厂，周边无居民区、学校、医院、疗养院、养老院等土壤环境敏感目标，项目所在地无饮用水水源保护区。因此，项目所在地的敏感程度为不敏感。

④项目类别为Ⅰ类，项目占地规模为小型，敏感程度为不敏感，根据表 7-14，

本项目土壤环境影响评价工作等级为二级。

第四节　土壤环境现状调查与评价

土壤环境现状调查是土壤环境影响评价的重点工作内容。

一、基本原则与要求

①土壤环境现状调查与评价工作应遵循资料收集与现场调查相结合、资料分析与现状监测相结合的原则。

②土壤环境现状调查与评价工作的深度应满足相应的工作级别要求，当现有资料不能满足要求时，应通过组织现场调查、监测等方法获取。

③建设项目同时涉及土壤环境生态影响型与污染影响型时，应分别按相应评价工作等级要求开展土壤环境现状调查，可根据建设项目特征适当调整、优化调查内容。

④工业园区内的建设项目，应重点在建设项目占地范围内开展现状调查工作，并兼顾其可能影响的园区外围土壤环境敏感目标。

二、调查评价范围

①调查评价范围应包括建设项目可能影响的范围，能满足土壤环境影响预测和评价要求；改、扩建类建设项目的现状调查评价范围还应兼顾现有工程可能影响的范围。

②建设项目（除线性工程外）土壤环境影响现状调查评价范围可根据建设项目影响类型、污染途径、气象条件、地形地貌、水文地质条件等确定并说明，或者参考表 7-15 现状调查范围来确定。

表 7-15　现状调查范围

评价工作等级	影响类型	调查范围[a]	
		占地[b]范围内	占地范围外/km
一级	生态影响型	全部	5 范围内
	污染影响型		1 范围内
二级	生态影响型		2 范围内
	污染影响型		0.2 范围内
三级	生态影响型		1 范围内
	污染影响型		0.05 范围内

注：a 涉及大气沉降途径影响的，可根据主导风向下风向的最大落地浓度点适当调整。

b 矿山类项目指开采区与各场地的占地；改、扩建类的指现有工程与拟建工程的占地。

③建设项目同时涉及土壤环境生态影响与污染影响时，应各自确定调查评价范围。

④危险品、化学品或石油等输送管线应以工程边界两侧向外延伸 0.2 km 作为调查评价范围。

三、调查内容与要求

1．资料收集

根据建设项目特点、可能产生的环境影响和当地环境特征，有针对性地收集调查评价范围内的相关资料，主要包括以下内容：①土地利用现状图、土地利用规划图、土壤类型分布图；②气象资料、地形地貌特征资料、水文及水文地质资料等；③土地利用历史情况；④与建设项目土壤环境影响评价相关的其他资料。

2．理化特性调查内容

在充分收集资料的基础上，根据土壤环境影响类型、建设项目特征与评价需要，有针对性地选择土壤理化特性调查内容，主要包括土体构型、土壤结构、土壤质地、阳离子交换量、氧化还原电位、饱和导水率、土壤容重、孔隙度等；土壤环境生态影响型建设项目还应调查植被、地下水位埋深、地下水溶解性总固体等，可参照表 7-16 填写。

【例 3】某项目土壤调查形成的土壤理化特性调查表（表 7-16）。

表 7-16　土壤理化特性调查表

点号		$1^{\#}$		时间	2019 年×月×日	
经度		113°15′30.40″		纬度	38°42′40.40″	
层次		0～20 cm	20～30 cm	30～60 cm	60～90 cm	90 cm 以上
现场记录	颜色	浅灰棕	浅灰棕	浅棕	浅棕有锈斑	浅棕
	结构	团粒	团粒	块状	块状	块状
	质地	粗粉砂为主	粗粉砂为主	粉砂为主	粉砂为主	粉砂为主
	砂砾含量/%	91	88	83	75	70
	其他异物	枯枝、落叶等	无	无	无	无
实验室测定	pH	7.30	7.20	7.15	7.20	7.10
	阳离子交换量/（mol/kg）	15	12	12	10	9
	氧化还原电位/mV	624	522	325	215	175
	饱和导水率/（mm/min）	2.86	1.76	1.66	1.32	0.68
	土壤容重/（g/cm^3）	1.38	1.41	1.38	1.36	1.35
	孔隙度/%	47	46	47	48	49

注 1：根据确定需要调查的理化特性并记录，土壤环境生态影响型建设项目还应调查植被、地下水位埋深，地下水溶解性总固体等。

注 2：点号为代表性监测点位。

评价工作等级为一级的建设项目应参照表 7-17 填写土壤剖面调查表。

表 7-17 土体构型（土壤剖面）

点号	景观照片	土壤剖面照片	层次[a]
1#		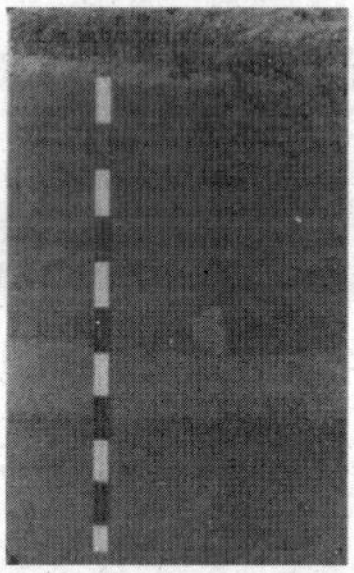	0～20 cm 耕作层， 20～30 cm 犁底层， 30～60 cm 心土层， 60～90 cm 潮化层， 90 cm 以上 母质层

注：应给出带标尺的土壤剖面照片及其景观照片。

a 根据土壤分层情况描述土壤的理化特性。

3．影响源调查

应调查与建设项目产生同种特征因子或造成相同土壤环境影响后果的影响源。改、扩建的污染影响型建设项目，其评价工作等级为一级、二级的，应对现有工程的土壤环境保护措施情况进行调查，并重点调查主要装置或设施附近的土壤污染现状。

四、土壤环境现状监测

建设项目土壤环境现状监测应根据建设项目的影响类型、影响途径，有针对性地开展监测工作，了解或掌握调查评价范围内土壤环境现状。

（一）监测布点原则

土壤环境现状监测点布设应根据建设项目土壤环境影响类型、评价工作等级、土地利用类型确定，采用均布性与代表性相结合的原则，充分反映建设项目调查评价范围内的土壤环境现状，可根据实际情况优化调整。调查评价范围内的每种土壤类型应至少设置 1 个表层样监测点，应尽量设置在未受人为污染或相对未受污染的区域（该监测点为背景样监测点）。

生态影响型建设项目应根据建设项目所在地的地形特征、地面径流方向设置表层样监测点。

涉及垂直入渗途径影响的，主要产污装置区应设置柱状样监测点，采样深度需至装置底部与土壤接触面以下，根据可能影响的深度适当调整。

涉及大气沉降影响的，应在占地范围外主导风向的上、下风向各设置 1 个表层样监测点，可在最大落地浓度点增设表层样监测点。

涉及地面漫流影响的，应结合地形地貌，在占地范围外的上、下游各设置 1 个表层样监测点。

线性工程应重点在站场位置（如输油站、泵站、阀室、加油站及维修场所等）设置监测点，涉及危险品、化学品或石油等输送管线的应根据评价范围内土壤环境敏感目标或厂区内的平面布局情况确定监测点布设位置。

评价工作等级为一级、二级的改、扩建项目，应在现有工程厂界外可能产生影响的土壤环境敏感目标处设置监测点。

涉及大气沉降影响的改、扩建项目，可在主导风向的下风向适当增加监测点位，以反映降尘对土壤环境的影响。

建设项目占地范围及其可能影响区域的土壤环境已存在污染风险的，应结合用地历史资料和现状调查情况，在可能受影响最重的区域布设监测点；取样深度根据其可能影响的情况确定。建设项目现状监测点设置应兼顾土壤环境影响跟踪监测计划。

（二）现状监测点数量要求

建设项目各评价工作等级的监测点数不少于表 7-18 现状监测布点类型与数量要求。

表 7-18 现状监测布点类型与数量

评价工作等级		占地范围内	占地范围外
一级	生态影响型	5 个表层样点[a]	6 个表层样点
	污染影响型	5 个柱状样点[b]，2 个表层样点	4 个表层样点
二级	生态影响型	3 个表层样点	4 个表层样点
	污染影响型	3 个柱状样点，1 个表层样点	2 个表层样点
三级	生态影响型	1 个表层样点	2 个表层样点
	污染影响型	3 个表层样点	—

注：“—”表示无现状监测布点类型与数量的要求。

a 表层样应在 0～0.2 m 取样。

b 柱状样通常在 0～0.5 m、0.5～1.5 m、1.5～3 m 分别取样，3 m 以下每 3 m 取 1 个样，可根据基础埋深、土体构型适当调整。

生态影响型建设项目可优化调整占地范围内、外监测点数量，保持总数不变；占地范围超过 5 000 hm^2 的，每增加 1 000 hm^2 增加 1 个监测点。

污染影响型建设项目占地范围超过 100 hm^2 的，每增加 20 hm^2 增加 1 个监测点。

【例 4】某二级评价项目土壤监测点位设置情况。

【分析】本次土壤质量调查共布设 6 个样点，其中包括项目厂区占地范围内设置 3 个柱状样点，1 个表层样点，项目占地范围外周边设置 2 个表层样点。

表 7-18 中的“[b]柱状样通常在 0～0.5 m、0.5～1.5 m、1.5～3 m 分别取样，3 m 以下每 3 m 取 1 个样，可根据基础埋深、土体构型适当调整。”这句话并不是要求所有柱状样都要采样到 3 m，甚至是 3 m 以下。取样深度由建设项目可能影响的垂向深度范围确定，非固定值。假设项目场地只能采到 2 m 深，根据土体构型，选取最具代表性的土层进行取样，则该柱状样上可以取 2 个样，也可以取 3 个样，根据实际情况而定。

具体监测点位见表 7-19 所示。

表 7-19　项目场地内土壤监测点位

布点位置	点位编号	经纬度	取样深度/m	具体位置说明	样点类型
拟建场地内	Z1	略	0～0.5；0.5～1.2	拟建甲类罐区位置	柱状点
	Z2	略	0～0.5；0.5～1.2	拟建污水处理池位置	
	Z3	略	0～0.5；0.5～1.2	拟建甲类车间处	
	B1	略	0～0.2	拟建厂址中心	表层点
厂界外	B2	略	0～0.2	厂址东北面约 110 m 处	
	B3	略	0～0.2	厂址西南面约 170 m 处	

（三）现状监测取样方法

表层样监测点及土壤剖面的土壤监测取样方法一般参照 HJ/T 166 执行，柱状样监测点和污染影响型改、扩建项目的土壤监测取样方法还可参照 HJ 25.1、HJ 25.2 执行。

一般监测采集表层土，采样深度为 0～20 cm，特殊要求的监测（土壤背景、环评、污染事故等）必要时选择部分采样点采集剖面样品。

剖面的规格一般为长 1.5 m，宽 0.8 m，深 1.2 m。挖掘土壤剖面要使观察面向阳，表土和底土分两侧放置。一般每个剖面采集 A、B、C 三层土样。地下水位较高时，剖面挖至地下水出露时为止；山地丘陵土层较薄时，剖面挖至风化层。对 B 层发育不完整（不发育）的山地土壤，只采 A、C 两层；干旱地区剖面发育不完善的土壤，在表层 5～20 cm、心土层 50 cm、底土层 100 cm 左右采样。

采样次序自下而上，先采剖面的底层样品，再采中层样品，最后采上层样品。测量重金属的样品尽量用竹片或竹刀去除与金属采样器接触的部分土壤，再用其取样。

（四）现状监测因子

土壤环境现状监测因子分为基本因子和建设项目的特征因子。

1．基本因子

土壤环境现状监测基本因子为 GB 15618、GB 36600 中规定的基本项目，根据调查评价范围内的土地利用类型选取。

①农用地必测基本因子包括：镉、汞、砷、铅、铬、铜、镍和锌，共 8 个项目。

表 7-20　农用地土壤污染风险筛选值（基本因子）

序号	污染物项目[a,b]		风险筛选值			
			pH≤5.5	5.5＜pH≤6.5	6.5＜pH≤7.5	pH＞7.5
1	镉	水田	0.3	0.4	0.6	0.8
		其他	0.3	0.3	0.3	0.6
2	汞	水田	0.5	0.5	0.6	1.0
		其他	1.3	1.8	2.4	3.4
3	砷	水田	30	30	25	20
		其他	40	40	30	25
4	铅	水田	80	100	140	240
		其他	70	90	120	170
5	铬	水田	250	250	300	350
		其他	150	150	200	250
6	铜	果园	150	150	200	200
		其他	50	50	100	100
7	镍		60	70	100	190
8	锌		200	200	250	300

注：a 重金属和类金属砷均按元素总量计。
b 对于水旱轮作地，采用其中较严格的风险筛选值。

农用地土壤污染风险筛选值和管制值的使用中，当土壤中污染物含量等于或者低于农用地土壤污染风险筛选值时，农用地土壤污染风险低，一般情况下可以忽略；高于农用地土壤污染风险筛选值时，可能存在农用地土壤污染风险，应加强土壤环境监测和农产品协同监测。

当土壤中镉、汞、砷、铅、铬的含量高于农用地土壤污染风险筛选值、等于或者低于农用地土壤污染风险管制值时，则可能存在食用农产品不符合质量安全标准等土壤污染风险，原则上应当采取农艺调控、替代种植等安全利用措施。

当土壤中镉、汞、砷、铅、铬的含量高于农用地土壤污染风险管制值时，食用农产品不符合质量安全标准，农用地土壤污染风险高，且难以通过安全利用措施降低污染风险，原则上应当采取禁止种植食用农产品和退耕还林等严格管控措施。

②建设用地土壤现状监测基本项目共 45 项，见表 7-21。建设用地中，城市建设用地根据保护对象暴露情况的不同，可划分为以下两类。

第一类用地：包括 GB 50137 规定的城市建设用地中的居住用地（R）、公共管理与公共服务用地中的中小学用地（A33）、医疗卫生用地（A5）、社会福利设施用地（A6），以及公园绿地（G1）中的社区公园或儿童公园用地等。

第二类用地：包括 GB 50137 规定的城市建设用地中的工业用地（M）、物流仓储用地（W）、商业服务业设施用地（B）、道路与交通设施用地（S）、公用设施用地（U）、公共管理与公共服务用地（A）（A33、A5、A6 除外），以及绿地与广场用地（G）（G1 中的社区公园或儿童公园用地除外）等。

表 7-21 建设用地土壤污染风险筛选值和管制值（基本项目）

序号	污染物项目	CAS 编号	筛选值		管制值	
			第一类用地	第二类用地	第一类用地	第二类用地
重金属和无机物						
1	砷	7440-38-2	20[a]	60[a]	120	140
2	镉	7440-43-9	20	65	47	172
3	铬（六价）	18540-29-9	3.0	5.7	30	78
4	铜	7440-50-8	2 000	18 000	8 000	36 000
5	铅	7439-92-1	400	800	800	2 500
6	汞	7439-97-6	8	38	33	82
7	镍	7440-02-0	150	900	600	2 000
挥发性有机物						
8	四氯化碳	56-23-5	0.9	2.8	9	36
9	氯仿	67-66-3	0.3	0.9	5	10
10	氯甲烷	74-87-3	12	37	21	120
11	1,1-二氯乙烷	75-34-3	3	9	20	100
12	1,2-二氯乙烷	107-6-2	0.52	5	6	21
13	1,1-二氯乙烯	75-35-4	12	66	40	200
14	顺-1,2-二氯乙烯	156-59-2	66	596	200	2 000
15	反-1,2-二氯乙烯	156-60-5	10	54	31	163
16	二氯甲烷	75-09-2	94	616	300	2 000
17	1,2-二氯丙烷	78-87-5	1	5	5	47
18	1,1,1,2-四氯乙烷	630-20-6	2.6	10	26	100

序号	污染物项目	CAS 编号	筛选值		管制值	
			第一类用地	第二类用地	第一类用地	第二类用地
挥发性有机物						
19	1,1,2,2-四氯乙烷	79-34-5	1.6	6.8	14	50
20	四氯乙烯	127-18-4	11	53	34	183
21	1,1,1-三氯乙烷	71-55-6	701	840	840	840
22	1,1,2-三氯乙烷	79-00-5	0.6	2.8	5	15
23	三氯乙烯	79-01-6	0.7	2.8	7	20
24	1,2,3-三氯丙烷	96-18-4	0.05	0.5	0.5	5
25	氯乙烯	75-01-4	0.12	0.43	1.2	4.3
26	苯	71-43-2	1	4	10	40
27	氯苯	108-90-7	68	270	200	1 000
28	1,2-二氯苯	95-50-1	560	560	560	560
29	1,4-二氯苯	106-46-7	5.6	20	56	200
30	乙苯	100-41-4	7.2	28	72	280
31	苯乙烯	100-42-5	1 290	1 290	1 290	1 290
32	甲苯	108-88-3	1 200	1 200	1 200	1 200
33	间二甲苯+对二甲苯	108-38-3，106-42-3	163	570	500	570
34	邻二甲苯	95-47-6	222	640	640	640
半挥发性有机物						
35	硝基苯	98-95-3	34	76	190	760
36	苯胺	62-53-3	92	260	211	663
37	2-氯酚	95-57-8	250	2 256	500	4 500
38	苯并[*a*]蒽	56-55-3	5.5	15	55	151
39	苯并[*a*]芘	50-32-8	0.55	1.5	5.5	15
40	苯并[*b*]荧蒽	205-99-2	5.5	15	55	151
41	苯并[*k*]荧蒽	207-08-9	55	151	550	1 500
42	䓛	218-01-9	490	1 293	4 900	12 900
43	二苯并[*a,h*]蒽	53-70-3	0.55	1.5	5.5	15
44	茚并[1,2,3-*cd*]芘	193-39-5	5.5	15	55	151
45	萘	91-20-3	25	70	255	700

注：a 具体地块土壤中污染物检测含量超过筛选值，但等于或者低于土壤环境背景值水平的，不纳入污染地块管理。土壤环境背景值可参见 GB 36600—2018 附录 A。

建设用地土壤中污染物含量等于或者低于风险筛选值的，建设用地土壤污染风险一般情况下可以忽略。

通过初步调查确定建设用地土壤中污染物含量高于风险筛选值的，应当依据 HJ 25.1、HJ 25.2 等标准及相关技术要求，开展详细调查。

通过详细调查确定建设用地土壤中污染物含量等于或者低于风险管制值，应当依据 HJ 25.3 等标准及相关技术要求，开展风险评估，确定风险水平，判断是否需要采取风险管控或修复措施。

通过详细调查确定建设用地土壤中污染物含量高于风险管制值，对人体健康通常存在不可接受风险，应当采取风险管控或修复措施。

建设用地若需采取修复措施，其修复目标应当依据 HJ 25.3、HJ 25.4 等标准及相关技术要求确定，且应当低于风险管制值。

2．特征因子

特征因子为建设项目产生的特有因子，根据影响识别的结果确定。若某因子既是特征因子又是基本因子，按特征因子对待。

3．须监测基本因子与特征因子的点位要求

建设项目评价范围内的每种类型的 1 个土样（一般为“背景样”）和调查范围内已存在土壤环境污染风险的区域（可称为“存在污染风险样”）中规定的点位须监测全项基本因子与特征因子；其他监测点位可仅监测特征因子。

【例 5】某二级评价项目土壤监测因子选择情况。

【分析】本次土壤质量调查共布设 6 个样点，厂界外监测点 B2 为背景监测点，厂界内监测点 Z1 曾用于含重金属固废堆存，存在污染风险，因此 B2 和 Z1 两个监测点必须做全项基本因子+特征因子监测。其他 4 个监测点确定当前及历史上无可能污染源时，可仅监测特征因子。

具体监测点监测方案见表 7-22。

表 7-22　项目场地内土壤监测方案

布点位置	点位编号	取样深度/m	监测因子	选点依据	类型
拟建场地内	Z1	0～0.5；0.5～1.2	GB 36600 中的 45 项基本项目+特征因子	拟建甲类罐区位置，曾用于含重金属固废堆存，存在污染风险	柱状点
	Z2	0～0.5；0.5～1.2	特征因子	拟建污水处理池位置，可能发生渗漏的装置区	
	Z3	0～0.5；0.5～1.2	特征因子	拟建甲类车间处，可能发生渗漏的装置区	
	B1	0～0.2	特征因子	拟建厂址中心	表层点
厂界外	B2	0～0.2	GB 36600 中的 45 项基本项目+特征因子	背景样（受人为扰动较少）	
	B3	0～0.2	特征因子	厂址西南面约 170 m 处	

（五）现状监测点频次要求

1．基本因子现状监测频次

评价工作等级为一级的建设项目，应至少开展 1 次现状监测；评价工作等级为二级、三级的建设项目，若掌握近 3 年至少 1 次的监测数据，可不再进行现状监测；引用监测数据应满足现状监测布点原则和现状监测点数要求的相关要求，并说明数据有效性。

2．特征因子现状监测频次

应至少开展 1 次现状监测。

五、土壤环境现状评价

（一）现状评价因子

同土壤现状监测因子。

（二）现状评价标准

根据调查评价范围内的土地利用类型，分别选取 GB 15618、GB 36600 等标准中的筛选值进行评价，土地利用类型无相应标准的可只给出现状监测值。

评价因子在 GB 15618、GB 36600 等标准中未规定的，可参照行业、地方或国外相关标准进行评价，无可参照标准的可只给出现状监测值。

土壤盐化、酸化、碱化等的分级标准见表 7-23 和表 7-24。

表 7-23　土壤盐化分级标准

分级	土壤含盐（SSC）/（g/kg）	
	滨海、半湿润和半干旱地区	干旱、半荒漠和荒漠地区
未盐化	SSC≤1	SSC＜2
轻度盐化	1≤SSC＜2	2≤SSC＜3
中度盐化	2≤SSC＜4	3≤SSC＜5
重度盐化	4≤SSC＜6	5≤SSC＜10
极重度盐化	SSC≥6	SSC≥10

注：根据区域自然背景状况适当调整。

表 7-24　土壤酸化、碱化分级标准

土壤 pH	土壤酸化、碱化强度
pH＜3.5	极重度酸化
3.5≤pH＜4.0	重度酸化

土壤 pH	土壤酸化、碱化强度
4.0≤pH<4.5	中度酸化
4.5≤pH<5.5	轻度酸化
5.5≤pH<8.5	酸化或碱化
8.5≤pH<9.0	轻度碱化
9.0≤pH<9.5	中度碱化
9.5≤pH<10.0	重度碱化
pH≥10.0	极重度碱化

注：土壤酸化、碱化强度指受人为影响后呈现的土壤 pH，可根据区域自然背景状况适当调整。

（三）现状评价方法

土壤环境质量现状评价应采用标准指数法，并进行统计分析，给出样本数量、最大值、最小值、均值、标准差、检出率和超标率、最大超标倍数等。

对照表 7-23 和表 7-24，给出各监测点位土壤盐化、酸化、碱化的级别，统计样本数量、最大值、最小值和均值，并评价均值对应的级别。

（四）评价结论

生态影响型建设项目应给出土壤盐化、酸化、碱化的现状。

污染影响型建设项目应给出评价因子是否满足相关标准要求的结论。当评价因子存在超标时，应分析超标原因。

第五节　土壤环境影响评价

一、土壤环境影响预测

（一）土壤环境影响预测的基本要求

根据影响识别结果与评价工作等级，结合当地土地利用规划，确定影响预测的范围、时段、内容和方法。

选择适宜的预测方法，预测评价建设项目各实施阶段不同环节与不同环境影响防控措施下的土壤环境影响，给出预测因子的影响范围与程度，明确建设项目对土壤环境的影响结果。

应重点预测评价建设项目对占地范围外土壤环境敏感目标的累积影响，并根据建设项目特征兼顾对占地范围内的影响预测。

土壤环境影响分析可定性或半定量地说明建设项目对土壤环境产生的影响及趋势。

建设项目导致土壤潜育化、沼泽化、潴育化和土地沙漠化等影响的，可根据土壤环境特征，结合建设项目特点，分析土壤环境可能受到影响的范围和程度。

（二）土壤环境预测范围、时段和预测因子

1．预测的范围

一般与土壤现状调查评价范围一致。

2．预测的时段

根据建设项目土壤环境影响识别结果，确定重点预测时段。

3．预测因子

污染影响型建设项目应根据环境影响识别出的特征因子选取关键预测因子；可能造成土壤盐化、酸化、碱化影响的建设项目，分别选取土壤盐分含量、pH 等作为预测因子。在影响识别的基础上，根据建设项目特征设定预测情景。

（三）土壤预测评价标准

对照 GB 15618、GB 36600 中的相应土壤类型的风险筛选值和管制值，或土壤盐化分级标准（表 7-23），土壤酸化、碱化分级标准（表 7-24）和土壤盐化预测表（表 7-25）。

表 7-25　土壤盐化预测表

土壤盐化综合评分值（Sa）	Sa＜1	1≤Sa＜2	2≤Sa＜3	3≤Sa＜4.5	Sa≥4.5
土壤盐化综合评分预测结果	未盐化	轻度盐化	中度盐化	重度盐化	极重度盐化

（四）土壤预测与评价方法

土壤环境影响预测与评价方法应根据建设项目土壤环境影响类型与评价工作等级确定。

可能引起土壤盐化、酸化、碱化等影响的建设项目，其评价工作等级为一级、二级的，预测方法可参见 HJ 964—2018 附录 E、附录 F 或进行类比分析。

污染影响型建设项目，其评价工作等级为一级、二级的，预测方法可参见 HJ 964—2018 附录 E 或进行类比分析；占地范围内还应根据土体构型、土壤质地、饱和导水率等分析其可能影响的深度。

评价工作等级为三级的建设项目，可采用定性描述或类比分析法进行预测。

1．预测与评价因子

污染影响型建设项目应根据环境影响识别出的特征因子选取关键预测因子。

可能造成土壤盐化、酸化、碱化影响的建设项目，分别选取土壤盐分含量、pH等作为预测因子。

2．预测方法

（1）面源形式污染预测

某种物质可概化为以面源形式进入土壤环境的影响预测，包括大气沉降、地面漫流以及盐、酸、碱类等物质进入土壤环境引起的土壤盐化、酸化、碱化等。

①单位质量土壤中某种物质的增量可用下式计算：

$$\Delta S = n(I_s - L_s - R_s) / (\rho_b \times A \times D) \tag{7-1}$$

式中：ΔS——单位质量表层土壤中某种物质的增量，g/kg；

表层土壤中游离酸或游离碱浓度增量，mmol/kg；

I_s——预测评价范围内单位年份表层土壤中某种物质的输入量，g；

预测评价范围内单位年份表层土壤中游离酸、游离碱输入量，mmol；

L_s——预测评价范围内单位年份表层土壤中某种物质经淋溶排出的量，g；

预测评价范围内单位年份表层土壤中经淋溶排出的游离酸、游离碱的量，mmol；

R_s——预测评价范围内单位年份表层土壤中某种物质经径流排出的量，g；

预测评价范围内单位年份表层土壤中经径流排出的游离酸、游离碱的量，mmol；

ρ_b——表层土壤容重，kg/m^3；

A——预测评价范围，m^2；

D——表层土壤深度，一般取 0.2 m，可根据实际情况适当调整；

n——持续年份，a。

②单位质量土壤中某种物质的预测值可根据其增量叠加现状值进行计算，如式（7-2）：

$$S = S_b + \Delta S \tag{7-2}$$

式中：S_b——单位质量土壤中某种物质的现状值，g/kg；

S——单位质量土壤中某种物质的预测值，g/kg。

③酸性物质或碱性物质排放后表层土壤 pH 预测值，可根据表层土壤游离酸或游离碱浓度的增量进行计算，如式（7-3）：

$$\mathrm{pH} = \mathrm{pH}_b \pm \Delta S / BC_{\mathrm{pH}} \tag{7-3}$$

式中：pH_b —— 土壤 pH 现状值；

BC_{pH} —— 缓冲容量，mmol/（kg·pH）；

pH —— 土壤 pH 预测值。

④缓冲容量（BC_{pH}）测定方法：采集项目区土壤样品，样品加入不同量游离酸或游离碱后分别进行 pH 测定，绘制不同浓度游离酸或游离碱和 pH 之间的曲线，曲线斜率即为缓冲容量。

（2）点源垂直污染预测

本方法适用于某种污染物以点源形式垂直进入土壤环境的影响预测，重点预测污染物可能影响到的深度。采用一维非饱和溶质运移模型预测方法。

①一维非饱和溶质垂向运移控制方程：

$$\frac{\partial(\theta c)}{\partial t}=\frac{\partial}{\partial z}\left(\theta D\frac{\partial c}{\partial z}\right)-\frac{\partial}{\partial z}(qc) \tag{7-4}$$

式中：c —— 污染物介质中的浓度，mg/L；

D —— 弥散系数，m^2/d；

q —— 渗流速率，m/d；

z —— 沿 z 轴的距离，m；

t —— 时间变量，d；

θ —— 土壤含水率，%。

②初始条件：

$$c(z,t)=0 \quad t=0,\ L\leqslant z<0 \tag{7-5}$$

③边界条件：

第一类 Dirichlet 边界条件，其中式（7-6）适用于连续点源情景，式（7-7）适用于非连续点源情景。

$$c(z,t)=c_0 \quad t>0,\ z=0 \tag{7-6}$$

$$c(z,t)=\begin{cases}c_0 & 0<t\leqslant t_0\\ 0 & t>t_0\end{cases} \tag{7-7}$$

第二类 Neumann 零梯度边界。

$$-\theta D\frac{\partial c}{\partial z}=0 \quad t>0,\ z=L \tag{7-8}$$

（五）土壤预测与评价结论

1. 土壤环境影响可接受

建设项目各不同阶段，土壤环境敏感目标处且占地范围内各评价因子均满足土壤预测评价标准中相关标准要求的；生态影响型建设项目各不同阶段，出现或加重土壤盐化、酸化、碱化等问题，但采取防控措施后，可满足相关标准要求的；污染影响型建设项目各不同阶段，土壤环境敏感目标处或占地范围内有个别点位、层位或评价因子出现超标，但采取必要措施后，可满足 GB 15618、GB 36600 或其他土壤污染防治相关管理规定的。

2．土壤环境影响不可接受

生态影响型建设项目的土壤盐化、酸化、碱化等对预测评价范围内土壤原有生态功能造成重大不可逆影响的。

污染影响型建设项目各不同阶段，土壤环境敏感目标处或占地范围内多个点位、层位或评价因子出现超标，采取必要措施后，仍无法满足 GB 15618、GB 36600 或其他土壤污染防治相管理规定的。

二、土壤环境的保护措施与对策

土壤环境的保护措施与对策也是土壤环境影响评价的重要内容。

（一）提出土壤防控措施的一般原则

土壤环境的保护措施与对策应包括：保护的对象、目标，措施的内容，设施的规模及工艺，实施部位和时间，实施的保证措施，预期效果的分析等，在此基础上估算（概算）环境保护投资，并编制环境保护措施布置图。

在建设项目可行性研究提出的影响防控对策基础上，结合建设项目特点、调查评价范围内的土壤环境质量现状，根据环境影响预测与评价结果，提出合理可行、可操作性强的土壤环境影响防控措施。

改、扩建项目应针对现有工程引起的土壤环境影响问题，提出“以新带老”措施，有效减轻影响程度或控制影响范围，防止土壤环境影响加剧。

涉及取土的建设项目，所取土壤应满足占地范围对应的土壤环境相关标准要求，并说明其来源；弃土应按照固体废物相关规定进行处理（处置），确保不产生二次污染。

（二）建设项目土壤环境保护措施

1．土壤环境质量现状保障措施

对于建设项目占地范围内的土壤环境质量存在点位超标的，应依据土壤污染防治的相关管理办法、规定和标准，采取相关土壤污染防治措施。

2．源头控制措施

生态影响型建设项目应结合项目的生态影响特征、按照生态系统功能优化的理念、坚持高效适用的原则提出源头防控措施。

污染影响型建设项目应针对关键污染源、污染物的迁移途径，提出源头控制措施，并与 HJ 2.2、HJ 2.3、HJ 19、HJ 169、HJ 610 等标准要求相协调。

3．过程控制措施

建设项目根据行业特点与占地范围内的土壤特性，按照相关技术要求采取过程阻断、污染物削减和分区防控措施。

生态影响型：①涉及酸化、碱化影响的，可采取相应措施调节土壤 pH，以减轻土壤酸化、碱化的程度；②涉及盐化影响的，可采取排水、排盐或降低地下水位等措施，以减轻土壤盐化的程度。

污染影响型：①涉及大气沉降影响的，占地范围内应采取绿化措施，以种植具有较强吸附能力的植物为主；②涉及地面漫流影响的，应根据建设项目所在地的地形特点，优化地面布局，必要时进行地面硬化或设置围堰、围墙，以防止土壤环境污染；③涉及入渗途径影响的，应根据相关标准规范要求，对设备设施采取相应的防渗措施，以防止土壤环境污染。

4．土壤环境跟踪监测

土壤环境跟踪监测措施包括制订跟踪监测计划、建立跟踪监测制度，以便及时发现问题，采取措施。

土壤环境跟踪监测计划应明确监测点位、监测指标、监测频次以及执行标准等。

①监测点位应布设在重点影响区和土壤环境敏感目标附近；

②监测指标应选择建设项目特征因子；

③评价工作等级为一级的建设项目一般每 3 年内开展 1 次监测工作，二级的每 5 年内开展 1 次，三级的必要时可开展跟踪监测；

④生态影响型建设项目跟踪监测应尽量在农作物收割后开展；

⑤执行标准应同土壤评价标准。

监测计划应包括向社会公开的信息内容。

复习与思考题

1. 土壤环境影响评价中的影响识别包括哪些内容？

2. 简述土壤环境影响评价工作等级的划分方法。

3. 某电子科技公司致力于新型电子元器件（高密度印刷线路板等）的研发、生产与销售。项目有四条生产线，涉及镀铜、镀镍工艺。项目位于某电镀工业园内，占地 12 202 m^2。① 列出该建设项目的土壤环境影响类型与影响途径识别汇总表；② 判定该建设项目的土壤环境影响评价工作等级和评价范围，并且给出具体判定依据；③ 判定该建设项目的土壤环境现状监测点数要求、监测因子以及现状评价标准；④ 给出该项目土壤环境保护措施。

第八章　固体废物环境影响评价

【知识目标】

1. 了解固体废物的概念、分类、来源，以及固体废物的处理与处置等基本知识。

2. 了解固体废物环境影响评价的方法及要求。

3. 初步了解固体废物处置场所环境影响评价要点。

【能力目标】

1. 能够准确进行固体废物的分类。

2. 能够在环境影响分析的基础上，有针对性地提出一般固体废物与危险废物的处理与处置方法。

第一节　固体废物的基本知识

一、固体废物的概念

固体废物是指在生产、生活和其他活动中产生的丧失原有利用价值或者虽未丧失利用价值但被抛弃或者放弃的固态、半固态和置于容器中的气态的物品、物质，以及法律、行政法规规定纳入固体废物管理的物品、物质。由于大多数不能排入水体的液态废物和不能排入大气的置于容器中的气态废物都具有较大的危害性，所以一般归入固体废物管理体系。

二、固体废物的来源

固体废物来自人类活动的许多环节，主要包括生产过程和生活活动的一些环节，具体见表 8-1。

表 8-1　从各类发生源产生的主要固体废物

产生源	产出的主要固体废物
居民生活	食物、纸、木、布、庭院植物修剪物、金属、玻璃、塑料、陶瓷、燃料灰渣、脏土、碎砖瓦、废器具、粪便、杂品等
商业、机关	除上述废物外，另有管道、碎砌体、沥青及其他建筑材料，含有易爆、易燃腐蚀性、放射性废物以及废汽车、废电器等

产生源	产出的主要固体废物
市政维护、管理部门	脏土、碎砖瓦、树叶、死畜禽、金属、锅炉灰渣、污泥等
矿业	废石、尾矿、金属、废木、砖瓦、水泥、砂石等
冶金、金属结构、交通、机械等工业	金属、渣、砂石、模型、芯、陶瓷、涂料、管道、绝热和绝缘材料、黏结剂、污垢、废木、塑料、橡胶、纸、各种建筑材料、烟尘等
建筑材料工业	金属、水泥、黏土、陶瓷、石膏、石棉、沙石、纸、纤维等
食品加工业	肉、谷物、蔬菜、硬壳果、水果、烟草等
橡胶、皮革、塑料等工业	橡胶、塑料、皮革、布、线、纤维、染料、金属等
石油化工工业	化学药剂、金属、塑料、橡胶、陶瓷、沥青、油毡、石棉、涂料等
电器、仪器仪表等工业	金属、玻璃、木、橡胶、塑料、化学药剂、研磨料、陶瓷、绝缘材料等
纺织服装工业	布头、纤维、金属、橡胶、塑料等
造纸、木材、印刷等工业	刨花、锯末、碎木、化学药剂、金属填料、塑料等
核工业和放射性医疗单位	金属、含放射性废渣、粉尘、污泥、器具和建筑材料等
农业	秸秆、蔬菜、水果、果树枝条、糠秕、人和畜禽粪便、农药等

三、固体废物的特点

固体废物由于其不同的产生源及其固有特性，决定了对其进行管理和污染控制的管理方法和管理体制。概括地讲，固体废物具有下述特点。

（一）数量巨大、种类繁多、成分复杂

随着我国工业生产规模的扩大、人口的增加和居民生活水平的提高，各类固体废物的产生量也逐年增加。根据生态环境部发布的《2019 年全国大、中城市固体废物污染环境防治年报》，2018 年，全国 200 个大、中城市一般工业固体废物产生量为 15.5 亿 t，危险废物产生量为 4 724.7 万 t（含医疗废物 81.7 万 t），生活垃圾产生量为 21 147.3 万 t。固体废物的来源十分广泛，因此也决定了其成分的复杂。

（二）资源和废物的相对性

固体废物具有鲜明的时间和空间特征，是在错误时间放在错误地点的资源。从时间方面讲，仅仅是在目前的科学技术和经济条件下无法加以利用的资源，但随着时间的推移、科学技术的进步以及人们要求的变化，今天的废物完全可能成为明天的资源。从空间角度，废物仅仅是相对于某一过程或某一方面没有使用价值，而并非在一切过程或一切方面都没有使用价值。一种过程的废物，往往可以成为另一种过程的原料。

（三）危害具有潜在性、长期性和灾难性

固体废物对环境的污染不同于废水、废气和噪声。固体废物呆滞性大，扩散性小，它对环境的影响主要是通过水、气和土壤进行的。固态的危险废物具有呆滞性和不可稀释性，一旦造成污染有时很难补救恢复。因此，从某种意义上讲，固体废物，特别是危险废物对环境造成的危害可能比废水、废气造成的危害严重得多。

（四）处理过程的终态，污染环境的源头

废水和废气既是水体、大气和土壤环境的污染源，又是接受其所含污染物的环境。固体废物则不同，它们往往是许多污染成分的最终状态。许多水污染物、大气污染物经过各种过程，最终成为固体废物，因此固体废物一方面是水、气污染物处理的终态；另一方面又是造成大气、水体、土壤污染的源头。正是由于固体废物的两面性，对其进行管理既要尽量避免和减少其产生，又要力求避免和减少其向水体、大气，以及土壤环境的排放。最终处置需要解决的就是废物中有害组分的最终归宿问题，这也是控制环境污染的最后步骤。

四、固体废物的分类

固体废物来源广泛，种类繁多，性质各异。在环境影响评价工作中，按其来源可分为工业固体废物、农业固体废物和城市固体废物；按其污染特性可分为一般废物和危险废物。

（一）城市固体废物

城市固体废物是指居民生活、商业活动、市政建设与维护、机关办公等过程产生的固体废物，一般可以分为如下几类。

1. 生活垃圾

生活垃圾是指在日常生活中或者为日常生活提供服务的活动中产生的固体废物，以及法律、行政法规规定视为生活垃圾的固体废物。生活垃圾主要包括厨余物、庭院废物、废纸、废塑料、废织物、废金属、废玻璃陶瓷碎片、砖瓦渣土、废家具、废旧电器等。

自 2000 年将北京、上海、广州、深圳、厦门、南京、杭州、桂林等 8 个城市确定为全国垃圾分类收集试点城市以来，我国生活垃圾分类制度试点工作已历经 20 余年，积累了丰富的经验。当前，我国正在积极推进生活垃圾分类工作，旨在加快建立生活垃圾分类投放、分类收集、分类运输、分类处理的综合性系统，以实现垃圾分类全覆盖。

根据生活垃圾的特性，一般可以细分为以下 4 类：①可回收物，是指适宜回收和可循环再利用的物品；②有害垃圾，是指对人体健康、自然环境造成直接或者潜在危害的物品；③餐厨垃圾（或易腐垃圾），是指在普通存放条件下容易腐烂变质的餐饮垃圾、废弃食用油脂、家庭厨余垃圾以及废弃的蔬菜、瓜果等有机物固体废物；④其他垃圾，是指前三项以外的生活垃圾。

2．城建渣土

该类废物主要包括废砖瓦、碎石、渣土、混凝土碎块（板）等。

3．商业固体废物

商业固体废物包括废纸、各种废旧的包装材料，丢弃的主、副食品等。

4．粪便

工业先进国家城市居民产生的粪便，大多都通过下水道输入污水处理厂处理。而我国由于条件限制，城市污水处理设施不足，粪便需要收集、清运，是城市固体废物的重要组成部分。

（二）工业固体废物

工业固体废物是指在工业生产活动中产生的固体废物，主要包括以下几种。

1．冶金工业固体废物

冶金工业固体废物主要包括各种金属冶炼或加工过程中所产生的各种废渣，如高炉炼铁产生的高炉渣，铜、镍、铅、锌等有色金属冶炼过程中产生的有色金属渣，铁合金渣及提炼氧化铝时产生的赤泥等。

2．能源工业固体废物

能源工业固体废物主要包括燃煤电厂产生的粉煤灰、炉渣、烟道灰，采煤及洗煤过程中产生的煤矸石等。

3．石油化学工业固体废物

石油化学工业固体废物主要包括石油及加工工业产生的油泥、焦油页岩渣、废催化剂、废有机溶剂等，化学工业生产过程中产生的硫铁矿渣、酸渣碱渣、盐泥、釜底泥、精（蒸）馏残渣，以及医药和农药生产过程中产生的医药废物、废药品、废农药等。

4．矿业固体废物

矿业固体废物主要包括采矿废石和尾矿。废石是指各种金属、非金属矿山开采过程中从主矿上剥离下来的各种围岩，尾矿是指在选矿过程中提取精矿以后剩下的尾渣。

5．轻工业固体废物

轻工业固体废物主要包括食品工业、造纸印刷工业、纺织印染工业、皮革工业等工业加工过程中产生的污泥、动物残物、废酸、废碱，以及其他废物。

6．其他工业固体废物

其他工业固体废物主要包括机械加工过程产生的金属碎屑、电镀污泥、建筑废料，以及其他工业加工过程中产生的废渣等。

表 8-2 列举了部分工业固体废物的来源和产生的废物种类。

表 8-2 工业固体废物的来源和种类

工业类型	产废工艺	废物种类
军工产品	生产、装配	金属、塑料、橡胶、纸、木材、织物、化学残渣等
食品类产品	加工、包装、运送	肉、油脂、油、骨头、内脏、蔬菜、水果、果壳、谷类等
织物产品	编织、加工、染色、运送	织物及过滤残渣
服装	剪裁、缝制、熨烫	织物、纤维、金属、塑料、橡胶等
木材及木制品	锯床、木制容器、各类木制产品生产	碎木头、刨花、锯屑，有时会有金属、塑料、纤维、胶、封蜡、涂料、溶剂等
木制家具	家庭及办公家具、办公室和商店附属装置的生产	碎木头、刨花、锯屑，有时会有金属、塑料、纤维、胶、封蜡、涂料、溶剂、织物及垫衬残余物等
金属家具	家庭及办公金属家具、锁、弹簧、框架等的生产	金属、塑料、树脂、玻璃、木头、橡胶、胶黏剂、织物、纸等
纸类产品	纸和纸板制品、纸板箱及纸容器的生产	纸和纤维残余物、化学试剂、包装纸及填料、墨、胶、扣钉等
印刷及出版	报纸出版、印刷、平版印刷、雕版印刷、装订	纸、白报纸、卡片、金属、化学试剂、织物、墨、胶、扣钉等
化学试剂及其产品	无机化学制品的生产和制备（从药品和脂肪酸盐变成涂料、清漆和炸药）	有机和无机化学制品、金属、塑料、橡胶、玻璃油、涂料、溶剂、颜料等
石油精炼及其工业	精炼、加工	沥青和焦油、毡、石棉、纸、织物、纤维
橡胶及各种塑料制品	橡胶和塑料制品加工业	橡胶和塑料碎料、被加工的化合物染料
皮革及皮革制品	鞣革和抛光、皮革和衬垫材料加工业	皮革碎料、线、染料、油、处理及加工的化合物
石头、黏土及玻璃制品	平板玻璃生产，玻璃加工制作，混凝土、石膏及塑料的生产，石头和石头产品、研磨料、石棉及各种矿物质的生产及加工	玻璃、水泥、黏土、陶瓷、石膏、石棉、石头、纸、研磨料
金属工业	冶炼、铸造、锻造、冲压、滚轧、成型、挤压	黑色及有色金属碎料、炉渣、尾矿、铁芯、模子、黏合剂
金属加工产品	金属容器、手工工具、非电加热器、管件附件加工、农用机械设备、金属丝和金属的涂层与电镀	金属、陶瓷制品、尾矿、炉渣、铁屑、涂料、溶剂、润滑剂、酸洗剂

工业类型	产废工艺	废物种类
机械	建筑或采矿设备、电梯、移动楼梯、输送机、工业卡车、拖车、升降机、机床等的生产	炉渣、铁芯、金属碎料、木材、塑料、树脂、橡胶、涂料、溶剂、石油产品、织物
运输设备	摩托车、卡车及汽车车体的生产，摩托车零件、飞机零件、船零件等的生产	金属碎料、玻璃、橡胶、塑料、纤维、织物、木料、涂料、溶剂、石油产品
专用控制设备	生产工程、实验室和研究仪器及有关的设备	金属、玻璃、橡胶、塑料、树脂、木料、纤维、研磨料
电力生产	燃煤发电工艺	粉煤灰（包括飞灰和炉渣）
采选工业	煤炭、铁矿、石英石等的开采	煤矸石、各种尾矿
其他生产	珠宝、银器、电镀制品、玩具、运动物品、服饰、广告	金属、玻璃、橡胶、塑料、树脂、皮革、混合物、骨状物织物、胶黏剂、涂料、溶剂等

（三）农业固体废物

农业固体废物来自农业生产、畜禽饲养、农副产品加工所产生的废物，如农作物秸秆、农用薄膜及畜禽排泄物。

（四）危险废物

危险废物泛指除放射性废物以外，具有毒性、易燃性、反应性、腐蚀性、感染性，故可能对人类的生活环境产生危害的废物。《中华人民共和国固体废物污染环境防治法》中规定：危险废物是指列入《国家危险废物名录》或是根据国家规定的危险废物鉴别标准和鉴别方法认定的具有危险特性的废物。

危险废物的特性通常包括浸出毒性、急性毒性（包括口服毒性、吸入毒性和皮肤吸收毒性）和腐蚀性、易燃性、反应性和疾病传染性。

①浸出毒性：按规定的浸出或萃取方法得到的浸出液中，任何一种规定污染物的浓度超过标准值的特性。

②急性毒性：用 1∶1 浸出液对试验鼠灌胃后进行中毒症状观察，记录在 48 h 内的死亡率，当死亡率高于 50%时，即判定为有急性毒性的固体废物。

③腐蚀性：指采用指定的标准方法或根据规定程序批准的等效方法测定其溶液、固体或半固体浸出液的 $pH \leq 2$ 或 $pH \geq 12.5$ 的废物，或最低温度为 55℃，对钢制品的腐蚀深度大于 0.04 cm/a 的废物，即判定该废物具有腐蚀性。

④易燃性：含闪点低于 60℃的液体，经摩擦或吸湿和自发的变化具有着火倾向的固体，着火时燃烧剧烈而持续，以致在管理期间会引起危险。

⑤反应性：是指在通常状态下不稳定，极易发生激烈的化学反应，遇火或水反

应猛烈，在受到摩擦、撞击或加热后可能发生爆炸，或产生有毒有害气体的性质。我国在《工业固体废物有害特性试验与监测分析方法》中规定了各种反应性的测试方法，但制定鉴别的定量标准，通常只能根据相应的测试方法予以定性或半定量的说明，再根据废物所处的具体条件由有关部门判定。

⑥疾病传染性：含有已知或怀疑能引起人类或动物疾病的活微生物或毒素的物质。

《国家危险废物名录》（2021 年版）自 2021 年 1 月 1 日起施行。该名录中将危险废物分为 46 类（表 8-3）。需要注意的是：

①凡列入《国家危险废物名录》的固体废物，属于危险废物，不需要进行危险特性鉴别。未列入《国家危险废物名录》，但不排除具有腐蚀性、毒性、易燃性、反应性的固体废物，依据国家规定的危险废物鉴别标准和鉴别方法进行鉴别。凡具有腐蚀性、毒性、易燃性、反应性中一种或一种以上危险特性的固体废物，属于危险废物。对未列入《国家危险废物名录》且根据危险废物鉴别标准无法鉴别，但可能对人体健康或生态环境造成有害影响的固体废物，由国务院生态环境主管部门组织专家认定。

②列入该名录附录《危险废物豁免管理清单》中的危险废物，在所列的豁免环节，且满足相应的豁免条件时，可以按照豁免内容的规定实行豁免管理。

目前已制定的危险废物鉴别标准和技术规范主要包括：腐蚀性（GB 5085.1）、急性毒性初筛（GB 5085.2）、浸出毒性（GB 5085.3）、易燃性（GB 5085.4）、反应性（GB 5085.5）、毒性物质含量鉴别（GB 5085.6）、通则（GB 5085.7）和《危险废物鉴别技术规范》（HJ 298）。

表 8-3 国家危险废物名录

编号	废物类别	编号	废物类别
HW01	医疗废物	HW24	含砷废物
HW02	医药废物	HW25	含硒废物
HW03	废药物、药品	HW26	含镉废物
HW04	农药废物	HW27	含锑废物
HW05	木材防腐剂废物	HW28	含碲废物
HW06	废有机溶剂与含有机溶剂废物	HW29	含汞废物
HW07	热处理含氰废物	HW30	含铊废物
HW08	废矿物油与含矿物油废物	HW31	含铅废物
HW09	油/水、烃/水混合物或乳化液	HW32	无机氟化物废物
HW10	多氯（溴）联苯类废物	HW33	无机氰化物废物
HW11	精（蒸）馏残渣	HW34	废酸
HW12	染料、涂料废物	HW35	废碱

编号	废物类别	编号	废物类别
HW13	有机树脂类废物	HW36	石棉废物
HW14	新化学物质废物	HW37	有机磷化合物废物
HW15	爆炸性废物	HW38	有机氰化物废物
HW16	感光材料废物	HW39	含酚废物
HW17	表面处理废物	HW40	含醚废物
HW18	焚烧处置残渣	HW45	含有机卤化物废物
HW19	含金属羰基化合物废物	HW46	含镍废物
HW20	含铍废物	HW47	含钡废物
HW21	含铬废物	HW48	有色金属采选和冶炼废物
HW22	含铜废物	HW49	其他废物
HW23	含锌废物	HW50	废催化剂

注：相对 2008 年版名录，HW06、HW41、HW42 合并成 HW06 废有机溶剂；删除 HW43、HW44；新增 HW50。

五、固体废物中污染物进入环境的方式

一般情况下，固体废物中的污染物根据其产生过程、性质、处理（处置）等的不同，会以不同的方式进入环境，直接或间接地影响环境质量。

（一）对大气环境的影响

堆放的固体废物中的细微颗粒、粉尘等随风飞扬，就会对大气环境造成不同程度的污染。据研究表明，当风力处于 4 级以上时，在粉煤灰尾矿堆表层的粒径为 1～1.5 cm 的粉末将出现剥离，其飘扬的高度可达 20～50 m。在季风期间可使平均视程降低 30%～70%。此外，由于堆积的废物中某些物质的分解和化学反应，可以不同程度地产生毒气或恶臭，造成区域性空气污染。

垃圾填埋等处理（处置）过程中逸出的沼气如果不能很好地收集的话，对当地的环境空气也会造成严重的污染。主要是因为：首先沼气中的氨气、硫化氢、甲硫醇等的扩散会造成恶臭的影响；其次，沼气的主要成分甲烷是一种温室气体，其温室效应是二氧化碳的 21 倍；再次甲烷在空气中的含量达到 5%～15%时很容易发生爆炸，对生命安全造成很大威胁。

固体废物在焚烧过程中会产生粉尘、酸性气体、二噁英等。例如，焚烧塑料时排出的 Cl_2、HCl 和粉尘等物质，会对大气环境造成污染。

（二）对水环境的影响

固体废物对水体环境产生影响的途径主要有直接污染和间接污染两种。例如，世界上不少国家把发挥重要功能的河流、湖泊或海洋等水体，当成处置固体废物的

场所，直接将固体废物倾倒于其中，造成水资源的严重污染和极大浪费此为直接污染；堆积的固体废物经过雨水的浸渍和废物本身的分解，其渗滤液和有害化学物质不断转化和迁移，将对附近的地表水甚至地下水造成污染，此为间接污染。目前，我国在不同地区每年仍有大量的固体废物直接倒入地表水体中，其所产生的严重后果是不言而喻的。

（三）对土壤的影响

固体废物对土壤有两个方面的环境影响，一方面是废物堆放、贮存和处置过程中，其中有害组分容易污染土壤；另一方面是固体废物的堆放需要占用土地，使可耕地面积短缺的矛盾加剧。

另外需要指出的是，固体废物及其淋洗和渗滤液中所含有的有害物质会改变土壤的理化性和结构，并对土壤微生物的活动产生影响。这些有害成分的存在，不仅影响植物的正常生理过程，而且还可能在植物体内蓄积，并通过食物链危及人体健康。

（四）对人体健康的影响

固体废物，特别是在露天存放、处理或处置过程中，其中的有害成分会在物理、化学和生物的作用下发生浸出，含有害成分的浸出液可通过地表水、地下水、大气和土壤等环境介质直接或间接被人体吸收，从而对人体健康造成威胁。

根据物质的化学特性，当某些不相容物相混时，可能发生不良反应，包括热反应（燃烧或爆炸）、产生有毒气体（砷化氢、氰化氢、氯气等）和产生可燃性气体（氢气、乙炔等）。若人体皮肤与废强酸或废强碱接触，将发生烧灼性腐蚀作用。贮存化学物品的空容器，若未经适当处理或管理不善，能引起严重中毒事件。化学废物经长期暴露会产生对人类健康有不良影响的恶性物质等。

第二节　固体废物环境影响分析

一、固体废物环境影响评价类型及内容

固体废物的环境影响评价主要分两大类型：第一类是对一般工程项目产生的固体废物，由产生、收集、运输、处理到最终处置的环境影响评价；第二类是对处理（处置）固体废物设施建设项目的环境影响评价。

（一）一般工程项目的固体废物环境影响评价内容

对于一般工程项目产生的固体废物的环境影响评价，应包括以下几方面内容。

1．污染源调查

主要是对工程项目产生的固体废物的名称、组分、形态、数量进行调查，并列出调查结果清单，特别是应区分出一般工业固体废物和危险废物，危险废物还应区分其种类。

【例 1】表 8-4 为某集成电路芯片生产线项目的固体废物产生情况。

表 8-4　固体废物产生情况

类别		物理形态	年产生量/（t/a）	主要组分	危害性	处置方式
生产废物	污泥	固态	2 000	CaF_2、$CaSO_4$、$Ca(OH)_2$	一般	委外焚烧
	硫酸废液	液态	800	30%～95%硫酸	刺激和腐蚀	本厂综合利用后委外回收
	磷酸废液	液态	123	30%～95%磷酸	刺激	委外回收
	显影废液	液态	237	EBR、TOK105、C260、A515	易燃	委外回收
	硫酸铵废液	液态	300	$(NH_4)_2SO_4$	一般	委外回收
	混合有机溶剂	液态	439	NMP、Acetone、Diluited-IPA	易挥发燃烧、低毒	委外焚烧
	废光刻胶	液态	212	EKC	易挥发燃烧	委外焚烧
	废金属	固态	23	金属	无	委外回收
	废芯片	固态	8	废五金	无	委外回收
	废玻璃	固态	9	玻璃	无	委外回收
生活垃圾		固态	500	生活和办公垃圾	一般	城市垃圾集中统一处理

2．污染物防治措施的论证

主要是根据工艺过程，各个产出环节提出防治措施，并需要对防治措施从技术、经济可行性上进行论证。

3．提出最终处置措施方案

作为固体废物环境影响评价部分，应该给出项目产生固体废物的最终处置方案和去向。如综合利用、填埋、焚烧等，同时还应包括固体废物收集、贮运、预处理等全过程的环境影响评价及污染防治措施。具体可以细化为：

①综合利用。说明综合利用固体废物的名称、数量、性质、用途、利用价值、防止污染转移及二次污染措施，综合利用单位情况等方面的内容。

②焚烧处理。说明废物的名称、来源、产生量、排放规律，属于危险废物的还应说明其分类编号、热值、常温下的状态等。同时，应交代清楚焚烧处理设施名称、隶属关系、厂址、运距、路由、运输手段及运输管理办法，焚烧处理和废气处理工艺，焚烧余灰及废水处理方法，主要设备情况、焚烧费用等。

③填埋处理。填埋处理的固体废物应说明名称、产生量、主要成分、浸出液浓度、是否需要固化处理、中转站情况等，另外还需要交代填埋场的基本情况。

（二）处理（处置）固体废物设施的环境影响评价

对于处理（处置）固体废物设施的环境影响评价，应根据处理（处置）工艺的特点，依据《环境影响评价技术导则》进行环境影响评价处理（处置）设施包括一般工业废物贮存、处置场，危险废物贮存场所，生活垃圾填埋场，生活垃圾焚烧厂，危险废物填埋场，危险废物焚烧厂等。

二、固体废物环境影响评价的技术要点

根据国家相关法律法规的要求，应对固体废物污染实行由产生、收集、贮存、运输、预处理直至处置全过程控制，因此在环境影响评价中就有相应的要求和体现。首先，固体废物环境影响评价应涉及建设项目的各个过程。其次，一般工程项目产生固体废物的过程可能涉及收集、运输，为了保证固体废物处理（处置）设施的安全稳定运行，必须建立一个完整的收、贮、运体系，环评中必须加以充分的考虑。运输设备、运输方式、运输距离、运输路径等因素，在运输时可能对路线周围环境敏感目标造成影响，如何规避运输风险等也应作为环评的主要任务。

三、固体废物处置场所环境影响评价

如前所述，固体废物环境影响评价主要有两类，对于第一类一般项目中固体废物的环境影响评价工作，其属于项目环境影响评价中的一个专题，相对比较简单，只需要对污染源情况、处理（处置）方式进行调查、分析。而对于第二类固体废物处置场所的环境影响评价就复杂得多，需要按照《环境影响评价技术导则》的相关要求开展。下面以生活垃圾填埋场为例，介绍固体废物处置场所环境影响评价工作的主要内容。

（一）垃圾填埋场的主要环境影响

1．垃圾填埋场的主要污染源

填埋场的主要污染源是渗滤液和填埋气体。

城市生活垃圾填埋场渗滤液是一种高污染负荷且表现出很强的综合污染特征、成分复杂的高浓度有机废水，其性质在一个相当大的范围内变动。一般来说，城市生活垃圾填埋场渗滤液的 pH 为 4～9，COD 为 2 000～62 000 mg/L，BOD_5 为 60～45 000 mg/L，BOD_5/COD 值较低，可生化性差。重金属浓度和市政污水中重金属浓度基本一致。所以，评价时应选择有代表性的数值。通常，渗滤液的水质随填埋场的使用年限的延长而发生变化，根据填埋时间长短分为“年轻”（填埋时间在

5 年以内）和“年老”（填埋时间大于等于 5 年）两类，不同类别的填埋场其渗滤液水质的特点也不同。

填埋场释放的气体由主要气体和微量气体两部分组成。

城市生活垃圾填埋场产生的主要气体为甲烷和二氧化碳，此外还有少量的一氧化碳、氢、硫化氢、氨、氮和氧等，接受工业废物的城市生活垃圾填埋场产生的气体中还可能含有微量挥发性有毒气体。城市生活垃圾填埋场气体的典型组成（体积浓度）：甲烷为 45%～50%，二氧化碳为 40%～60%，氮气为 2%～5%，氧气为 0.1%～1.0%，硫化物为 0～1.0%，氢气为 0～0.2%，一氧化碳为 0～0.2%，微量组分为 0.01%～0.6%；气体的典型温度达 43～49℃，相对密度为 1.02～1.06，高位热值在 15 630～19 537 kJ/m^3。另外，填埋场释放气体中的微量气体量很少，但成分却很多，其中许多可以归为挥发性有机气体（VOCs）。

2．垃圾填埋场的主要环境影响

运行中的垃圾填埋场对环境的影响主要包括：①填埋场渗滤液泄漏或处理不当对地下水及地表水的污染；②填埋场产生的气体对大气的污染、对公众健康的危害，以及可能发生的爆炸对公众安全的威胁；③填埋场的存在对周围景观的不利影响；④填埋场作业及垃圾堆体对周围地质环境的影响；⑤填埋场机械噪声的影响；⑥填埋场滋生的害虫、昆虫、鸟类、动物可能传播疾病；⑦填埋场中的塑料袋、纸张以及尘土在未来及覆盖压实的情况下可能飘出场外，造成环境污染和景观破坏；⑧流经填埋场区域的地表径流可能受到污染。

封场后的填埋场对环境的影响减小，但填埋场植被恢复过程中种植于填埋场顶部覆盖层上的植物可能受到污染。

（二）生活垃圾填埋场选址要求

生活垃圾填埋场的选址应符合区域性环境规划、环境卫生设施建设规划和当地的城市规划。

生活垃圾填埋场场址不应选在城市工农业发展规划区、农业保护区、自然保护区、风景名胜区、文物（考古）保护区、生活饮用水水源保护区、供水远景规划区、矿产资源储备区、军事要地、国家保密地区和其他需要特别保护的区域内。

生活垃圾填埋场选址的标高应位于重现期不小于 50 年一遇的洪水位之上，并建设在长远规划中的水库等人工蓄水设施的淹没区和保护区外。如果拟建有可靠防洪设施的山谷型填埋场，并经过环境影响评价证明洪水对生活垃圾填埋场的环境风险在可接受范围内，选址标准可以适当降低。

生活垃圾填埋场场址的选择应避开下列区域：破坏性地震及活动构造区；活动中的坍塌、滑坡和隆起地带；活动中的断裂带；石灰岩溶洞发育带；废弃矿区的活动塌陷区；活动沙丘区；海啸及涌浪影响区；湿地；尚未稳定的冲积扇及冲沟地区；

泥炭以及其他可能危及填埋场安全的区域。

生活垃圾填埋场场址的位置及与周围人群的距离应依据环境影响评价结论确定，并经地方生态环境部门批准。

在对生活垃圾填埋场场址进行环境影响评价时，应考虑生活垃圾填埋场产生的渗滤液、大气污染物（含恶臭物质）、滋养动物（蚊、蝇、鸟类等）等因素，根据其所在地区的环境功能区类别，综合评价其对周围环境、居住人群的身体健康、日常生活和生产活动的影响，确定生活垃圾填埋场与常住居民居住场所、地表水域、高速公路、交通主干道（国道或省道）、铁路、飞机场、军事基地等敏感对象间合理的位置关系以及合理的防护距离，环境影响评价的结论可作为规划控制的依据。

（三）垃圾填埋场环境影响评价的主要内容

根据垃圾填埋场建设及其排污特点，环境评价工作的主要内容如下。

1．场址选择评价

场址选择评价是填埋场环境影响评价的重要内容，主要是评价拟选场地是否符合选址标准。其方法是根据场地自然条件，采用选址标准逐项进行评判。评价的重点是场地的水文地质条件、工程地质条件、土壤自净能力等。

2．自然、环境质量现状评价

自然、环境质量现状评价主要评价拟选场地及其周围的空气、地表水、地下水、噪声等自然环境质量状况。其方法一般是根据监测值与各种标准，采用单因子和多因子综合评判法。

3．工程污染因素分析

工程污染因素分析主要是分析填埋场建设过程中和建成投产后可能产生的主要污染源及其污染物，以及它们产生的数量、种类、排放方式等。其方法一般采用计算、类比、经验统计等。污染源一般有渗滤液、释放气、恶臭、噪声等。

4．施工期影响评价

施工期影响评价主要评价施工场地内排放生活污水，各类施工机械产生的机械噪声、振动以及二次扬尘对周围地区产生的环境影响。

5．水环境影响预测与评价

水环境影响预测与评价主要是评价填埋场衬里结构的安全性以及渗滤液排出对周围水环境影响，包括两方面内容：①正常排放对地表水的影响。主要评价渗滤液经处理达到排放标准后排出，经预测并利用相应标准评价是否会对受纳水体产生影响或影响程度如何。②非正常渗漏对地下水的影响。主要评价衬里破裂后渗滤液下渗对地下水的影响。

6．空气环境影响预测及评价

空气环境影响预测及评价主要是评价填埋场释放气体及恶臭对环境的影响。①释放气体：主要是根据排气系统的结构，预测和评价排气系统的可靠性、排气利用的可能性以及排气对环境的影响。预测模式可采用地面源模式。②恶臭：主要是评价运输填埋过程中及封场后可能对环境的影响。评价是要根据环境的种类，预测各阶段臭气产生的位置、种类、浓度及其影响。

7．噪声环境影响预测及评价

噪声环境影响预测及评价主要是评价垃圾运输、场地施工、垃圾填埋操作各阶段由各种机械产生的振动和噪声对环境的影响。噪声评价可根据各种机械的特点采用机械噪声声压级预测，然后再结合卫生标准和功能区标准评价，判定是否满足噪声控制标准，是否会对最近的居民点产生影响。

8．污染防治措施

污染防治措施主要包括：①渗滤液的治理和控制措施以及填埋场衬里破裂补救措施；②释放气的导排或综合利用措施以及防臭措施；③减振防噪措施。

9．环境经济损益分析

环境经济损益分析主要是计算评价污染防治设施以及所产生的经济、社会、环境效益。

10．其他评价项目

结合填埋场周围的土地、生态情况，对土壤、生态、景观等进行评价；对洪涝特征年产生的过量渗滤液以及垃圾释放气因物理、化学条件易变而产生垃圾爆炸等进行风险事故评价。

第三节　固体废物控制措施

在固体废物环境影响分析中，尤其是明确其性质（危险特性）、污染途径和危害情况后，根据现有的固体废物管理规范及控制标准，有针对性地提出合理的管理和处理（处置）措施是很必要的。

一、固体废物污染控制的主要原则

1．“三化”原则

20 世纪 80 年代，我国提出了对固体废物的污染控制采取“减量化”“无害化”“资源化”原则。《中华人民共和国固体废物污染环境防治法》中也提出“减少固体废物的产生量和危害性、充分合理利用固体废物和无害化处置固体废物的原则，促进清洁生产和循环经济发展”。

①减量化是作为防治固体废物污染环境的重要终端措施，它要求在废物进行最终处置以前，通过各种处理方法，尽量减少固体废物数量、种类、浓度和危险性。为达到

废物的减量化应采取的措施包括进行废物分类和回收、机械压缩、脱水，以及焚烧、堆肥、厌氧分解等处理方法。

②无害化，是指对已经产生但无法或暂时尚不能进行综合利用的固体废物，尽量消除和降低环境危害的安全处理（处置）手段，其目的是减轻这些固体废物的污染影响。

③资源化，就是通称的废物综合利用，是指对已经产生的固体废物不仅进行简单回收，还要通过加工、再制造、循环利用或其他过程使废物中的资源（包括热能）得到重新利用。资源化的目的是使废物直接变为产品或能源，或者转化为可再利用的二次原材料。作为资源化的引申，生产企业还应该对其产品采用易回收、易处置或易降解的包装物或原材料。

2．全过程管理原则

传统的固体废物控制方式主要是集中在末端治理上，但在经历了许多的污染事故与教训之后，人们认识到了固体废物全过程管理与控制的重要性。世界范围内取得共识的解决固体废物污染控制问题的基本对策是：避免产生（clean）、综合利用（cycle）、妥善处置（control）的“3C”原则。

“3C”原则即通过改变原料、改进生产工艺和更换产品等来减少或避免固体废物的产生；系统内回收生产过程中的固体废物；系统外回收利用（如废物交换等）固体废物；无害化/稳定化处理固体废物；处置/管理等过程防控措施尽量减少、避免和治理固体废物污染。对于危险废物，从产生到处置的全过程管理理念就显得尤为重要。

3．一些具体的原则

在固体废物的环境影响评价中，提出固体废物污染防控措施在遵守上述原则的基础上，还要具体考虑以下因素：

①有毒有害废物应尽量通过焚烧或化学处理方法转化为无害后再处置。

②无法无害化的有毒有害废物必须放在具有长期稳定性的容器和设施内，处置系统应能防止雨水淋溶和地下水浸泡，并在任何时候保证此类废物的迁移不会污染水体的水质。

③放射性废物必须事先进行固定、包装，并应放置在具有一定工程屏障的设施中。

④一般废物的填埋处置必须保持周围环境的一致性，废物顶部必须覆盖植被，保持长期稳定，能防止风化侵蚀、洪水和扬尘。

⑤有毒有害和放射性废物的处置场所必须经过预选和评价。

二、固体废物处置常用的方法概述

（一）预处理方法

城市固体废物的种类复杂，大小、形状、状态、性质千差万别，一般需要进行预处理。常用的预处理方法有三种。

1. 压实

用物理手段提高固体废物的聚集程度，减少其容积，以便运输和后续处理，主要设备为压实机。

2. 破碎

用机械方法破坏固体废物内部的聚合力，减少颗粒尺寸，为后续处理提供合适的固相粒度。

3. 分选

根据固体废物不同的性质，在进行最终处理之前，分离出有价值的和有害的成分，实现“废物利用”。

（二）堆肥处理法

堆肥处理法是利用自然界广泛分布的细菌、真菌和放线菌等微生物新陈代谢的作用，在适宜的水分、通气的条件下，将可生物降解的有机物向稳定的腐殖质转化。堆肥处理法的产物称为堆肥，是优质的土壤改良剂和农肥。

（三）卫生填埋法

区别于传统的填埋法，卫生填埋法采用严格的污染控制措施，使整个填埋过程的污染和危害减少到最低限度，在填埋场的设计、施工、运行时最关键的问题是控制含大量有机酸、氨氮和重金属等污染物的渗滤液随意流出，做到统一收集后集中处理。

（四）一般物化处理法

工业生产产生的某些含油、含酸、含碱或含重金属的废液，均不宜直接焚烧或填埋，要通过简单的物理、化学方法处理。经处理后水溶液可以再回收利用，有机溶剂可以做焚烧的辅助燃料，浓缩物或沉淀物则可送去填埋或焚烧。因此，物理、化学处理方法也是综合利用或预处理过程。

（五）安全填埋法

安全填埋法是一种把危险废物放置或贮存在环境中，使其与环境隔绝的处置方法。也是对其经过各种方式的处理之后所采取的最终处置措施，目的是割断废物和环境的联系，使其不再对环境和人体健康造成危害。所以，是否能阻断废物和环境的联系是填埋处置成功与否的关键，也是安全填埋潜在风险的所在。

一个完整的安全填埋场应包括废物接收与贮存系统、分析监测系统、预处理系统、防渗系统、渗滤液集排水系统、雨水及地下水集排水系统、渗滤液处理系统、渗滤液监测系统、管理系统和公用工程等。

（六）焚烧处理法

焚烧处理法是一种高温热处理技术，即以一定的过剩空气量与被处理的有机废物在焚烧炉内进行氧化分解反应，废物中的有毒有害物质在高温中氧化、热解而被破坏。焚烧处置的特点是可以实现固体废物的无害化、减量化、资源化。

（七）热解法

区别于焚烧，热解技术是在氧分压较低的条件下，利用热能将大分子量的有机物裂解为分子量相对较小的易于处理的化合物或燃料气体、油和炭黑等有机物质。

三、固体废物的处理与处置

固体废物环境影响评价，特别是一般建设项目的固体废物环境影响评价的最终落脚点是提出技术经济可行的固体废物的处理（处置）方法。根据固体废物污染控制的原则及常用的处置方法，可结合项目特点从以下几个方面加以考虑。

（一）固体废物的综合利用和资源化

1. 一般工业固体废物的再利用

由矿物开采、火力发电以及金属冶炼产生的大量的一般工业固体废物，积存量大，处置占地多。主要固体废物有煤矸石、锅炉渣、钢渣、尘泥等，这些废物多以 SiO_2、Al_2O_3、CaO、MgO、Fe_2O_3 为主要成分，只要适当进行调配，经加工即可生产水泥等多种建筑材料，这不仅实现了资源的再利用，而且由于其产生量大，可以大大减少处置的费用和难度。表 8-5 列出了可做建筑材料的工业废渣。

表 8-5　可做建筑材料的工业废渣

用途	工业废渣
①制造水泥或混凝土材料 ②制造墙体材料 ③道路材料、制造地基垫层填料	高炉渣、粉煤灰、煤渣、煤矸石、钢渣、电石渣、尾矿粉、赤泥、镍渣、铅渣、硫铁矿渣、废石膏、水泥、窑灰等
作为混凝土骨料和轻质骨料	高炉渣（气冷渣、粒化渣、膨胀矿渣、膨珠）、粉煤灰（陶料）、煤矸石（膨胀煤矸石）、煤渣、赤泥（陶粒）、钢渣和镍渣（烧胀钢渣和镍渣）
制造热铸制品	高炉渣、钢渣、镍渣、粉煤灰、煤矸石等
制造保温材料	高炉渣（渣棉、水渣）、粉煤灰、煤渣等

2. 有机固体废物堆肥技术

固体废物生物转换技术是对固体废物进行稳定化、无害化处理的重要方式之一，也是实现固体废物资源化、能源化的系统技术之一，主要包括堆肥、沼气化和其他生物转化技术。

根据生物处理过程中起作用的微生物对氧气要求的不同，可以将固体堆肥分为好氧堆肥和厌氧堆肥。前者是在通风条件下，有游离氧存在时进行的发酵过程，由于堆肥温度高，一般在55～65℃，有时高达80℃，故亦称为高温堆肥；后者是利用厌氧微生物发酵堆肥。

生活垃圾经分选后，将分选出的玻璃、塑料、金属物质送去回收再利用，剩余垃圾的有机质具有堆肥的潜力。

污水处理厂产生的污泥也可堆肥，但必须对产生的肥料进行组分分析，符合国家农用标准的才能用于农田施肥，否则会带来土壤污染。

（二）固体废物的焚烧处置技术

如前所述，焚烧处置的最大特点就是可以实现废物的无害化、减量化和资源化。焚烧法不但可以处置固体废物，还可以处置液体废物和气体废物，不但可以处置城市垃圾和一般工业废物，还可以处置危险废物。

焚烧方法适宜处置有机成分多、热值高的废物。当可燃有机物组分很少时，需要补加大量的燃料，这会使运行费用增高，经济可行性存在一定的问题。

焚烧处置方法会因为尾气排放对环境空气质量带来影响，常见的焚烧尾气污染物包括：粒状污染物、酸性气体、氮氧化物、重金属、一氧化碳和有机氯化物（代表性的如二噁英）。因此，采取这类处置方式应特别注意尾气的二次污染。

（三）固体废物的填埋处置技术

使用填埋处置生活垃圾是应用最早、最广泛的，也是当今世界各国普遍使用的一项技术。填埋技术是利用天然地形或人工构造形成一定空间，将固体废物填充、压实、覆盖以达到贮存的目的。填埋处置是固体废物的最终归宿或最终处置，并且是保护环境的重要手段。

进行填埋处置，如果没有做好相关的环保措施会引发占用土地、植被破坏、垃圾渗滤液对土壤和地下水的影响、填埋废气对周围环境带来的影响等一系列问题。

四、固体废物污染控制的管理措施

对于固体废物污染的控制，除了上述的工程措施外，环境影响评价中还应根据项目的特点，从管理控制的角度提出措施。

实施全过程管理，运用清洁生产理念，加强对生产全过程管理，对项目废物的产生、收集、运输、贮存、再循环、再利用、加工处理直到最终处置实行全过程管理，实现固体废物的减量化、资源化。

对固体废物在厂内贮存应提出明确的管理要求，一般废物应做到防渗、防扬尘、防流失、及时消毒等。对于危险废物在厂内临时贮存，应做到：危险废物临时贮存场必须符合国家规定标准，配套防雨水、防火、防渗漏、防风等设施。临时贮存场应有专人管理，并制订完善的管理制度，对危险废物的产生量、来源及去向等应做详细的档案记录。

危险废物应严格按照国家有关规定进行管理，即：①必须按国家有关规定申报登记；②建立健全污染防治责任制度，采取防治措施，即建设单位除自设回收系统外，外运处理的废物必须交由有资质的专业工业废弃物处理部门处理，转移危险废物的必须按照国家有关规定填写危险废物转移联单，并向危险废物移出地和接受地的县级以上地方人民政府生态环境行政主管部门报告。

严格按《国家危险废物名录》中的有关要求实施。加强对危险废物的管理，对危险废物的产生、利用、收集、运输、贮存、处置等环节建立追踪性的账目和手续，并纳入生态环境部门的监督管理。

复习与思考题

1. 什么是固体废物？固体废物是如何分类的？

2. 什么是危险废物？危险废物的特性包括哪些？

3. 固体废物影响环境的方式有哪些？

4. 固体废物环境影响评价类型有哪些？对一般项目产生的固体废物进行环境影响评价，其主要的工作内容是什么？

第九章　生态影响评价

【知识目标】

1. 了解生态影响评价的基本概念。

2. 知晓生态影响评价的技术方法及工作程序。

【能力目标】

在了解生态影响评价技术方法、工作内容的基础上，能够对一些简单的非污染生态影响类的建设项目进行生态影响分析。

第一节　生态影响评价概述

生态影响评价的主要目的是认识开发建设项目所在区域的生态系统特点与环境服务功能，明确开发建设项目对生态影响的性质、程度和生态系统对影响的敏感程度，确定应采取的相应措施以维持区域生态环境功能和自然资源的可持续利用。

一、生态影响及生态影响评价

生态影响是指经济社会活动对生态系统及其生物因子、非生物因子所产生的任何有害的或有益的作用，影响可划分为不利影响和有利影响，直接影响、间接影响和累积影响，可逆影响和不可逆影响。

生态影响评价是通过定量揭示和预测人类活动对生态影响及其对人类健康和经济发展的作用，分析确定一个地区的生态负荷或环境容量。

由于生态系统具有因素众多、结构复杂、层次交叠、功能综合的特征，其各组成成分之间的相互制约关系和整个生态系统对外界冲击因子响应方式的复杂性，使生态系统影响评价比大气、水、土壤等评价复杂得多，因而在生态影响评价理论研究和实践探索中存在着较大的困难。随着人类生态意识、环境意识的提高，以及生态学的发展，生态影响评价越来越受到世人的关注，成为环境影响评价中的重要组成部分。

二、生态影响评价中涉及的生态学基本概念

（一）生态学

研究生物与其生存的有机和无机环境的全部关系的学科称为生态学。

从人类角度考察生物与人类的关系或考虑对生物进行保护时，总是把生物与其生存的环境作为一个整体看待，因而，生态影响评价要依赖生态学的知识和方法。传统生态学可以分为个体生态学、种群生态学、群落生态学和生态系统生态学，生态影响评价中主要涉及种群生态学、群落生态学和生态系统生态学的内容。

（二）种群

种群是指某一地区中同种个体的集合体。种群密度（单位面积或单位空间内的个体数目）是描述种群动态的常用参数。生态影响评价较少涉及个体生态学问题，但对种群的数量动态和空间分布特征十分关注。个体的迁入、迁出、出生率和死亡率、栖息地条件和人类干扰等因素，都影响种群的动态。

（三）群落

群落是生活在某一地区中所有种群的集合体，包括该地区的动物、植物和微生物。群落不是生物物种简单的加和，而是一个由各种关系联系在一起的整体。群落的外部形态特征常被作为划分类型的依据。群落的结构特征亦被用作判别其完整性的指标。群落中起主导作用和控制作用的物种称作优势种，可用重要值表征。群落的生物量和物种多样性常作为评价其优劣或重要性的指标。

（四）群落演替

在一定地段上，群落由一个类型转变为另一类型的有顺序的演变过程称为群落演替。

在群落演替过程中，随着群落结构的变化，其生物量逐渐增加，生物多样性增加，环境功能亦随之提高。当生态系统受到人类的干扰后，如森林被砍伐后，其原有的功能亦丧失殆尽，土壤侵蚀加剧，土壤肥力迅速损失。此后，次生演替开始，其主要过程是植被恢复和替代过程。当植被重建之后，生物逐渐增加，土壤侵蚀减少，生物量不断积累，其功能亦随之提高。因此，群落演替在受损生态系统的恢复中有着重要意义。

（五）生态系统

某一地区的生物群落及其非生物环境的集合体构成了这一地区的生态系统。具

体讲，生态系统就是指生命系统与非生命系统（环境）在特定空间组成的具有一定结构与功能的系统。它是生态影响评价的基本对象。

1．生态系统的组成

生态系统由生物组分和非生物环境两部分组成，其中生物组分包括生产者、消费者和分解者。

生产者是指从简单的无机物制造食物的自养生物，通常是指能进行光合作用的藻类、高等植物及光合细菌等。

消费者是针对生产者而言，即它们不能从无机物质制造有机物质，而是直接或间接依赖于生产者所制造的有机物质，因此属于异养生物。

分解者主要是细菌和真菌，作用是把动植物体中的复杂有机物分解，并释放出能为生产者植物所重新利用的简单的化合物。

非生物环境包括参加物质循环的无机元素和化合物（如 C、N、CO_2、O_2、P、K），联结生物和非生物成分的有机物质（如蛋白质、糖类、脂类和腐殖质等）和气候以及其他物理条件（如温度、压力等）。

2．生态系统的运行

生态系统的运行是由组成生态系统的生物群落或生物群落通过它们之间复杂的关系维系的，最重要的运行过程是物质循环、能量流动。

（1）物质循环

物质循环是指化学物质由无机循环进入到生物有机体，经过生物有机体的生长、代谢、死亡、分解，又重新返回到无机循环的过程。物质循环发端于绿色植物的光合作用，物质从绿色植物经动物消费、微生物分解，最终又回到无机循环中。一般参与循环的化学元素有 20 种，其中最重要的是 C、N、P、K、S 等。

（2）能量流动

能量流动指绿色植物通过光合作用获取太阳能，把无机物转化为有机物，并合成自己的躯体，同时也把太阳能转化为化学能。由此，随着植物被动物逐级消费，能量也随着物质的流动而流动。但应指出的是，能量的流动是单向的。

3．生态系统的环境功能

生态系统是支持人类生存和发展的物质基础，生态系统作为人类的环境而对人类的服务价值称作生态系统的环境功能。

生态系统对人类生存和发展的物质基础支撑作用主要体现于直接的生产价值，即生产可供人类利用的生物资源，如木材、药材、建材、薪材、牧草、粮食等。生态系统更多的是间接的环境服务价值，亦称作环境服务功能或环境功能，主要是植物的光合作用，调节地球的碳氧平衡、涵养水源，通过水分涵养和调蓄作用缓解极端水情；通过植被保持土壤，防止土壤侵蚀；通过树木阻挡防风固沙等。

生态系统的环境服务功能是环境科学特别关注的研究领域，也是评价生态优劣的重要指标。

（六）生物多样性

生物多样性是生物和它们组成的系统的总体多样性和变异性。生物多样性有遗传多样性、物种多样性和生态系统多样性三个层次。

生物多样性保护是世界环境保护的核心问题，被列为全球重大环境问题之一，这是因为生物多样性对人类具有巨大的也是不可替代的价值，它是人类群体得以持续发展的保障之一。

第二节　生态影响评价基础性工作

一、生态影响评价等级和范围

确定生态影响评价工作的等级和范围，是开展生态影响评价的前提，直接关系到其工作的深度和广度，进而直接影响到评价工作的效果。

（一）生态影响评价工作等级的划分

1．划分的原则和依据

生态影响评价工作等级的划分应按照《环境影响评价技术导则 生态影响》（HJ 19—2011）的要求，依据影响区域的生态敏感性和评价项目的工程占地（含水域）范围，包括永久占地和临时占地，将生态影响评价工作等级划分为一级、二级、三级。具体见表 9-1。位于原厂界（或永久用地）范围内的工业类改扩建项目，可做生态影响分析。

表 9-1　生态影响评价工作等级划分（一级、二级、三级）

影响区域或生态敏感性	工程占地（水域）范围		
	面积≥20 km^2 或长度≥100 km	面积 2～20 km^2 或长度 50～100 km	面积≤2 km^2 或长度≤50 km
特殊生态敏感区	一级	一级	一级
重要生态敏感区	一级	二级	三级
一般区域	二级	三级	三级

表 9-1 中，特殊生态敏感区是指具有极重要的生态服务功能，生态系统极为脆弱或已有较为严重的生态问题，如遭到占用、损失或破坏后所造成的生态影响后果

严重且难以预防、生态功能难以恢复和替代的区域，包括自然保护区、世界文化和自然遗产地等；重要生态敏感区是指具有相对重要的生态服务功能或生态系统较为脆弱，如遭到占用、损失或破坏后所造成的生态影响后果较严重，但可以通过一定措施加以预防、恢复和替代的区域，包括风景名胜区、森林公园、地质公园、重要湿地、原始天然林、珍稀濒危野生动植物天然集中分布区、重要水生生物的自然产卵场及索饵场、越冬场和洄游通道、天然渔场等；一般区域是指除特殊生态敏感区和重要生态敏感区以外的其他区域。

2．判定步骤

实际工作中，应按照如下步骤参照表 9-1 中的依据进行评价工作等级的划分。

（1）确定工程的占地情况

评价等级的划分首先需要确定工程的占地情况，包括涉及的陆域、水域、永久性占地、临时性占地等。划分评价等级主要参照占地面积的大小，或者对线性工程项目（如铁路、公路等）参照工程长度按表 9-1 的规定进行。

（2）判断工程所在区域的生态敏感性

根据工程所在区域生态服务功能、生态系统脆弱程度以及相关规划等判定区域的生态敏感性，在此基础上参照表 9-1 的规定进行评价工作等级的划分。

（3）依据工程相关情况进行评价工作等级的调整

评价工作等级按表 9-1 的规定划分后，尚需要根据工程相关情况决定是否进行相应的调整。当工程占地（含水域）范围的面积或长度分别属于两个不同评价工作等级时，原则上应按其中较高的评价工作等级进行评价；改扩建工程的工程占地范围以新增占地（含水域）面积或长度计算；在矿山开采可能导致矿区土地利用类型明显改变，或拦河闸坝建设可能明显改变水文情势等情况下，评价工作等级应上调一级。

【例 1】某旅游休闲开发建设项目，选址位于市级风景名胜区内，占地 2 000 亩（1 亩≈667 m^2），请确定该项目生态影响评价工作的等级。

【分析】根据评价工作等级划分的原则，以及表 9-1 中提供的划分依据：

① 项目占地约为 1.33 km^2；

② 项目选址位于市级风景名胜区，属于重要生态敏感区。

按照表 9-1 中给定的划分原则，本项目的生态影响评价工作等级应属于三级。

（二）评价范围的确定

生态影响评价应能充分体现生态完整性，涵盖评价项目全部活动的直接影响区域和间接影响区域。评价工作范围应依据评价项目对生态因子的影响方式、影响程度和生态因子之间的相互影响和相互依存关系来确定。可综合考虑评价项目与项目区的气候过程、水文过程、生物过程等生物地球化学循环过程的相互作用关系，以评价项目影响区域所涉及的完整气候单元、水文单元、生态单元、地理单元界限为参照边界。

二、生态影响识别与评价因子的筛选

（一）生态影响识别

生态影响识别是在初步调查（含现场踏勘）的基础上，将开发建设活动的作用（工程分析成果）与生态系统的现状和特点（生态现状调查与评价成果）结合起来做综合分析的第一步，目的是明确主要作用因素和受影响的主要生态系统和生态因子，从而筛选出评价工作的重点内容和重点评价因子。

影响识别包括三个方面：识别作用主体（影响因素）、识别作用受体（影响对象）、识别影响的效应。

1．影响因素识别

影响因素的识别，主要是识别影响主体，即开发建设项目的识别。目的是明确主要作用因素，识别要点包括以下 3 个方面。

①内容全面，包括主体工程、所有的辅助工程、公用工程和配套设施建设。

②全过程识别，包括施工期、运营期、服务期满后（如矿山闭矿、渣场封闭、设施退役等）的影响识别。

③识别主要工程及其作用方式：影响环境的主要工程组成，如公路的桥、隧道、取弃土场等；作用方式如集中作用点与分散作用点、长期作用与短期作用、物理作用或化学作用等。

2．影响对象识别

影响对象识别主要是对受体即主要受影响的生态系统和生态因子的识别。识别的内容包括以下 4 个方面。

①生态系统及其主导因子，如生态系统类型、特点、主要限制性环境因子、生物群落种群等，考察这些主导因子受影响的可能性。

②敏感保护目标，如水源地、水源林、风景名胜区、自然保护区、珍稀濒危动植物、特别生境、脆弱生态系统等。

③主要自然资源，如水资源、耕地（尤其是基本农田保护区）资源、特产地与特色资源、景观资源，以及对区域可持续发展有重要作用的资源。

④景观，包括自然景观和人文景观。

3．影响效应识别

影响效应识别主要是识别影响作用产生的生态效应，即影响后果与程度识别。主要内容包括以下 3 个方面。

①影响的性质。如，是正影响还是负影响、是可逆影响还是不可逆影响、可补

偿影响或不可补偿影响、有替代方案或无替代方案、短期与长期影响、一次性与累积性影响等。

②影响的程度。如，影响的范围大小、持续时间的长短、作用程度之剧烈与缓和、是否影响敏感目标或影响生态系统主导因子及主要资源。

③影响的可能性。判别直接影响和间接影响发生的可能性。

环境影响识别可以用列表清单法或矩阵表达，并辅之以必要的文字说明。

表 9-2 为环境影响效应识别矩阵示意，项目不同其表格中的内容不尽相同。

表 9-2 环境影响效应识别矩阵示意

项目			自然环境							社会环境		
			水文	水质	大气质量	陆生生物		水生生物		人群健康	居住环境	景观
						珍稀动植物	森林植被	鱼类	珍稀水生生物			
工程作用	施工期	1										
		⋮										
		m										
	运营期	1										
		⋮										
		n										
	服务期满	1										
		2										
		⋮										
		f										

注：+有利影响；−不利影响；0—无影响；1—较小影响；2—显著影响。

（二）评价因子筛选

生态影响评价因子筛选是在生态影响识别的基础上进行的，目的是建立可行的评价工作方案。在生态影响评价因子的筛选中应注意把握以下要点：

①明确拟评价的主要生态因子。所选择的评价因子应具有代表性，能够反映生态的特点、性状、动态和功能优势，并且可以测量和操作。不同的生态系统可能有完全不同的评价因子，例如：森林生态系统可能选覆盖率、生物量、物种组成和重要的保护性动植物；农业生态系统可能选耕地、基本农田、土壤肥力因子等；城市则可能是绿化指标、城市景观等。

②判别可能的影响程度。可参照文献或工作经验，大体判断生态影响的程度。

③法规要求的评价因子必须包括在内。

第三节 生态现状调查与评价

一、生态现状调查

生态现状调查是生态现状评价、影响预测的基础和依据，调查的内容和指标应能反映评价工作范围内的生态背景特征和现存的主要生态问题，调查的范围应不小于评价工作的范围。不同等级的评价要求也不相同，其中：一级评价应给出采样地样方实测、遥感等方法测定的生物量、物种多样性等数据，给出主要生物物种名录、受保护的野生动植物物种等调查资料；二级评价的生物量和物种多样性调查可依据已有资料推断，或实测一定数量的、具有代表性的样方予以验证；三级评价可充分借鉴已有资料进行说明。

（一）调查内容

生态现状调查内容主要包括生态背景调查、主要生态问题调查。

1. 生态背景调查

根据生态影响的空间和时间尺度特点，调查影响区域内涉及的生态系统类型、结构、功能和过程，以及相关的非生物因子特征（如气候、土壤、地形地貌、水文及水文地质等），重点调查受保护的珍稀濒危物种、关键种、土著种、建群种和特有种，天然的重要经济物种等。如涉及国家级和省级保护物种、珍稀濒危物种和地方特有物种时，应逐个或逐类说明其类型、分布、保护级别、保护状况等；如涉及特殊生态敏感区和重要生态敏感区时，应逐个说明其类型、等级、分布、保护对象、功能区划、保护要求等。

2. 主要生态问题调查

调查影响区域内已经存在的制约本区域可持续发展的主要生态问题。如水土流失、沙漠化、石漠化、盐渍化、自然灾害、生物入侵和污染危害等，指出其类型、成因、空间分布、发生特点等。

（二）调查方法

生态现状调查一般综合运用以下几种方法。

①资料收集法。收集现有的能反映生态现状或生态背景的资料，从表现形式上分为文字资料和图形资料，从时间上可分为历史资料和现状资料，从收集行业类别上可分为农、林、牧、渔和生态环境部门，从资料性质上可分为环境影响报告书，有关污染源调查，生态保护规划、规定，生态功能区划，生态敏感目标的基本情况

以及其他生态调查材料等。使用资料收集法时，应保证资料的现时性，引用资料必须建立在现场校验的基础上。

②现场勘查法。现场勘查应遵循整体与重点相结合的原则，在综合考虑主导生态因子结构与功能的完整性的同时，突出重点区域和关键时段的调查，并通过对影响区域的实际踏勘，核实收集资料的准确性，以获取实际资料和数据。

③专家和公众咨询法。该方法是对现场勘查的有益补充。通过咨询有关专家，收集评价工作范围内的公众、社会团体和相关管理部门对项目影响的意见，发现现场踏勘中遗漏的生态问题，与资料收集、现场勘查同步进行。

④生态监测法。当资料收集、现场勘查、专家和公众咨询提供的数据无法满足评价的定量需要，或项目可能产生潜在的或长期累积效应时，可考虑选用生态监测法。生态监测应根据监测因子的生态学特点和干扰活动的特点确定监测位置和频次，有代表性地布点。生态监测方法与技术要求须符合国家现行的有关生态监测规范和监测标准；对于生态系统生产力的调查，必要时需现场采样、实验室测定。

⑤遥感调查法。当涉及区域范围较大或主导生态因子的空间等级尺度较大，通过人力踏勘较困难或难以完成评价时，可采用该方法。遥感调查过程中必须辅助必要的现场勘查工作。

二、生态环境现状评价

生态环境现状评价是对生态现状调查所得到的资料进行梳理、分析，判别轻重缓急，明确主要问题与根源的过程，应按照一定的指标和标准进行。

（一）评价基本要求

在区域生态基本特征现状调查的基础上，对评价区的生态现状进行定量或定性的分析评价，评价应采用文字和图件相结合的表现形式。

（二）评价内容

对于生态环境的现状情况，应从以下几个方面进行分析、评价。

①在阐明生态系统现状的基础上，分析影响区域内生态系统状况的主要原因。评价生态系统的结构与功能状况（如水源涵养、防风固沙、生物多样性保护等主导生态功能）、生态系统面临的压力和存在的问题、生态系统的总体变化趋势等。

②分析和评价受影响区域内动、植物等生态因子的现状组成、分布；当评价区域涉及受保护的敏感物种时，应重点分析该敏感物种的生态学特征；当评价区域涉及特殊生态敏感区或重要生态敏感区时，应分析其生态现状、保护现状和存在的问题等。

（三）评价方法

生态现状评价要有大量数据支持评价结果，可以用定性与定量相结合的方法进行。常用的方法有：图形叠置法、生态机理分析法、类比分析法、列表清单法、指数法与综合指数法、景观生态法、系统分析法、生物多样性评价法等。

1．图形叠置法

该方法是将两个以上的生态信息叠合到一张图上，构成复合图，用以表示生态变化的方向和程度。本方法的特点是直观、形象、简单明了。图形叠置法有指标法和 3S 叠图法两种基本制作手段。

图形叠置法主要用于：区域生态质量评价和影响评价；具有区域性影响的特大型建设项目评价，如大型水利枢纽工程、新能源基地建设、矿业开发项目等；土地利用开发和农业开发。

2．生态机理分析法

该方法是根据建设项目的特点和受其影响的动、植物的生物学特征，依照生态学原理分析、预测工程生态影响的方法，其工作步骤如下：①调查环境背景现状和收集有关资料。②调查植物和动物分布、动物栖息地和迁徙路线。③根据调查结果分别对植物或动物按种群、群落和生态系统进行划分，描述其生物区系、分布特点、结构特征、演化等级、服务功能、价值评估、演化趋势。④识别有无珍稀濒危物种及具有重要经济、历史、景观和美学科研价值的物种。⑤观测项目建成后该地区动植物生长环境的变化，评估其生物多样性与景观生态的可逆性。⑥根据兴建项目后的环境变化，对照无开发项目条件下动植物或生态系统演替趋势，预测对动植物个体、种群和群落的影响，并预测生态系统的演替方向。

评价过程中有时要根据实际情况进行相应的生物模拟试验，如环境条件—生物习性模拟试验、生物毒理试验、实地种植放养试验等，或进行数学模拟，如种群增长模型的应用。

该方法需与生物学、地理学、水文学、数学及其他多学科合作评价，才能得出较为客观的结果。

3．类比分析法

类比分析法是一种比较常用的定性和半定量评价方法，一般可分为生态整体类比、生态因子类比和生态问题类比等。

类比分析是根据已建成的项目对植物、动物或生态系统产生的影响来分析或预测拟建项目的影响。该方法需要被选中的类比项目在工程特性、地理地质环境、气象因素、动物和植物背景等方面都与拟建项目相似，并且项目建成达到一定年限，其影响已基本趋于稳定。在调查类比项目的植被现状，包括个体、群种、群落以及动植物分布和生态功能的变化情况之后，根据类比项目的变化情况预测拟建项目对动植物和生态系统的影响。

类比分析法可用于：进行生态影响识别和评价因子筛选；以原始生态系统作为参照，可评价目标生态系统的质量；进行生态影响的定性分析与评价；进行某一个或几个生态因子的影响评价；预测生态问题的发生与发展趋势及其危害；确定环保目标和寻求最有效、可行的生态保护措施。

4．列表清单法

该方法是 Little 等人在 1971 年提出的一种定性分析方法。其基本做法是将实施的开发活动和可能受影响的环境因子分别列于同一张表格的列与行，在表格中用不同的符号来表示和判定每项开发活动与对应的环境因子的相对影响大小。该方法使用方便，针对性强。

该方法可用于开发建设活动对生态因子的影响分析、生态保护措施的筛选、物种或栖息地重要性或优先度比选。

5．指数法与综合指数法

指数法是利用同度量因素的相对值来表明因素变化状况的方法，是建设项目环境影响评价中规定的评价方法，其同样可拓展用于生态影响评价。指数法简明扼要，且符合人们所熟悉的环境污染影响评价的思路，但困难之处在于需明确建立表征生态质量的标准体系，且难以赋权和准确定量。综合指数法是从确定同度量因素出发，把不能直接对比的事物变成能够同度量的方法。

①单因子指数法。选定合适的评价标准，采集拟评价项目区的现状资料与选定的评价标准进行比较。如，以同类型立地条件的森林植被覆盖率为标准可评价项目建设区的植被覆盖现状情况，亦可进行生态因子的预测评价。

②综合指数法。以大系统理论为基础，将反映生态质量的指标和生态评价的内容作为纲目，通过对环境因子性质及变化规律的研究与分析，建立起评价函数曲线，通过评价函数曲线将这些环境因子的现状值（项目建设前）与预测值（项目建设后），转换为统一的量纲为一的环境质量指标，由好至差用 1～0 表示，由此可计算出项目建设前、后各因子环境质量指标的变化值。最后，根据各因子的重要性赋予权重，再将各因子的变化值综合起来，便可得到项目对生态环境的综合影响，其基本公式如下：

$$\Delta E=\sum_{i=1}^{n}W_i(E_{\mathrm{h}i}-E_{\mathrm{q}i}) \tag{9-1}$$

式中：ΔE —— 建设项目前、后环境质量指标的变化值，即项目对环境的综合影响；

$E_{\mathrm{h}i}$ —— 项目建设后的环境质量指标；

$E_{\mathrm{q}i}$ —— 项目建设前的环境质量指标；

W_i —— 权值。

该方法的核心问题是建立环境因子的评价函数曲线，通常要先确定环境因子的质量指标，再根据不同标准规定的数值确定曲线的上限、下限；对于已被国家标准或地方明确规定的环境因子，如水、大气等，可以直接用标准值确定曲线的上限、下限；对于一些无明确标准的环境因子，需要对其进行大量的工作，选择与之相对应的质量标准，再用以确定曲线的上限、下限。权值的确定大多采用专家咨询法。

指数法可用于生态因子单因子质量评价、生态多因子综合质量评价、生态系统功能评价。

6．景观生态学法

景观生态学法是通过研究某一区域、一定时段内的生态系统类群的格局、特点、综合资源状况等自然规律，以及人为干预下的演替趋势，揭示人类活动在改变生物与环境方面的作用的方法。

景观生态学法对生态环境质量状况的评判是通过两个方面进行的：一方面是空间结构解析；另一方面是功能与稳定性解析。景观生态学认为景观的结构与功能是相当匹配的，且增加景观异质性和共生性也是生态学和社会学整体论的基本原则。

空间结构分析基于景观是高于生态系统的自然系统，是一个清晰的和可度量的单位。景观由斑块、基质和廊道组成，其中基质是景观的背景地块，是景观中一种可以控制环境质量的组分。因此，基质的判定是空间结构分析的重要内容。判定基质有三个标准，即相对面积大、连通程度高、有动态控制功能。基质的判定多借用传统生态学中计算植被重要值的方法。决定某一斑块类型在景观中的优势，也称优势度值（D_0）。优势度值由密度（R_d）、频率（R_f）和景观比例（L_p）3 个参数计算得出，其数学表达式如下：

$$R_d = （斑块 I 的数目/斑块总数）\times 100\% \tag{9-2}$$

$$R_f = （斑块 I 出现的样方数/总样方数）\times 100\% \tag{9-3}$$

$$L_p = （斑块 I 的面积/样地总面积）\times 100\% \tag{9-4}$$

$$D_0 = 0.5 \times [0.5 \times (R_d + R_f) + L_p] \tag{9-5}$$

上述分析同时反映自然组分在区域生态环境中的数量和分布，因此能准确地表示生态环境的整体性。

景观的功能和稳定性分析包括生物恢复力分析、异质性分析、种群的持久性和可达性分析、景观组织的开放性分析。

7．系统分析法

系统分析法是指把要解决的问题作为一个系统，对系统要素进行综合分析，找出解决问题的可行方案的咨询方法。具体步骤为：限定问题、确定目标、调查研究、收集数据、提出备选方案和评价标准、备选方案评估和提出最可行方案。

该方法因其能妥善解决一些多目标动态问题，目前已广泛使用，尤其在进行区域规划或解决优化方案选择问题时，系统分析法可显示出其他方法所不能达到的效果。由于生态环境是开放的远离平衡状态的非线性系统，需要外界输入必要的能源物流以维持其正常运行，系统多处于混沌态而可能发生各种突变，在风险分析中应高度关注。

在生态系统质量评价中使用系统分析的具体方法有专家咨询法、层次分析法、模糊综合评判法、综合排序法，以及系统动力学、灰色关联法等，这些方法原则上都适用于生态影响评价。

8．生物多样性评价法

生物多样性评价是指通过实地调查，分析生态系统和生物种的历史变迁、现状和存在主要问题的方法，评价目的是有效保护生物多样性，通常用香农-威纳指数（Shannon-Wiener index）表征。

（四）评价基本图件

生态影响评价图件是指以图形、图像的形式对生态影响评价有关空间内容的描述、表达或定量分析。生态影响评价图件是生态影响评价报告的必要组成内容，是评价的主要依据和成果的重要表示形式，是指导生态保护措施设计的重要依据。

根据评价项目自身特点、评价工作等级以及区域生态敏感性的不同，生态影响评价图件由基本图件和推荐图件构成。基本图件是指根据生态影响评价工作等级不同，各级生态影响评价工作需提供的必要图件，具体见表 9-3。

表 9-3　生态影响评价基本图件要求

评价工作等级	基本图件要求
一级	1．项目区域地理位置图；2．工程平面图；3．土地利用现状图；4．地表水系图；5．植被类型图；6．特殊生态敏感区和重要生态敏感区空间分布图；7．主要评价因子的评价成果和预测图；8．生态监测布点图；9．典型生态保护措施平面布置示意图
二级	1．项目区域地理位置图；2．工程平面图；3．土地利用现状图；4．地表水系图；5．特殊生态敏感区和重要生态敏感区空间分布图；6．主要评价因子的评价成果和预测图；7．典型生态保护措施平面布置示意图
三级	1. 项目区域地理位置图；2. 工程平面图；3. 土地利用或水体利用现状图；4. 典型生态保护措施平面布置示意图

第四节 生态影响预测与评价

一、生态影响预测与评价的概念

生态影响是指生态系统受到外来作用时所发生的响应与变化。科学地分析和预估这种响应和变化的趋势，称为影响预测。对这种预测的结果进行显著性分析、人为地判别可否接受的过程，称作影响评价。

生态影响常常是一个从量变到质变的过程，显示累积性影响特点，即生态系统在某种外力的作用下，其变化起初是不明显的，但当发展到一定程度时，就突然地、显著地和以出乎常人预料的结果显现出来。

生态影响也常具有区域性或流域性特点，即一个地区发生的生态恶化会殃及其他广大地区。

生态影响又是高度相关和综合性的，这主要是由于生态因子之间联系的复杂性和紧密性。生态影响不仅涉及自然问题，还往往涉及社会和经济问题。

正是由于有上述特点，生态影响也就具有整体性的特点，即不管影响到生态系统的什么因子，其影响效应是系统整体性的，从而也决定了其预测与评价较其他环境要素的特殊性。

二、生态影响预测与评价

生态影响预测应该在生态现状调查与评价、工程分析与环境影响识别的基础上，有选择有重点地对某些评价因子的变化和生态功能变化进行预测。生态影响评价则是对某种生态环境的影响是否显著、严重，以及可否为社会和生态所接受进行的判断。

（一）预测与评价内容

生态影响预测与评价内容应与现状评价内容相对应，依据区域生态保护的需要和受影响生态系统的主导生态功能选择评价预测指标。

①评价工作范围内涉及的生态系统及其主要生态因子的影响评价。通过分析影响作用的方式、范围、强度和持续时间来判别生态系统受影响的范围、强度和持续时间；预测生态系统组成和服务功能的变化趋势，重点关注其中的不利影响、不可逆影响和累积生态影响。

②敏感生态保护目标的影响评价应在明确保护目标的性质、特点、法律地位和保护要求的情况下，分析评价项目的影响途径、影响方式和影响程度，预测潜在的后果。

③预测评价项目对区域现存主要生态问题的影响趋势。

（二）预测与评价方法

生态影响预测与评价方法应根据评价对象的生态学特征，在调查、判定该区主要的、辅助的生态功能以及完成功能必需的生态过程的基础上，分别采用定量分析与定性分析相结合的方法进行预测及评价。常用的方法有：图形叠置法、生态机理分析法、类比分析法、列表清单法、指数法与综合指数法、景观生态法、系统分析法、生物多样性评价法等，具体方法参照本章第三节现状评价方法。

在进行生态影响预测、分析及评价时，应注意以下问题：

①保持生态整体性观念，切忌割裂整体性做“点”或“片段”分析。例如，对于林纸一体化工程生态影响分析，既要考虑项目造林减少对区域植被破坏的有利影响，也要考虑到由于造林树种的单一对生物多样性、土壤的不利影响。

②保持生态系统为开放性系统观念，切忌将自然保护区当作封闭系统分析其影响。

③保持生态系统为地域性差异系统的观念，切忌以一般的普遍规律推断特殊地域的特殊性。例如，植树造林对于防风固沙、涵养水源、保护生态环境有积极的作用，是一般的普遍规律，但对于我国西北干旱半干旱地区，由于水资源的缺乏及地理环境差异，对于植树造林的作用应慎重对待，应根据地域差异性，做到宜林则林、宜草则草、宜荒则荒。

④保持生态系统为动态变化的系统观念，切忌用一成不变的观念和过时的资料为依据作主观推断。

⑤做好深入细致的工程分析，要做到把全部工程活动（包括主体工程、辅助工程、配套工程、公用工程和环保工程等）都纳入分析；把工程活动的全过程（从勘探至闭矿、设备退役）都纳入分析；把各种不同的影响形式、内容都纳入分析，筛选重点影响问题做深入分析与研究。

⑥做好敏感保护目标的影响分析，要做到对敏感保护目标逐一进行影响分析，并结合上述的工程分析内容做全部活动、全过程和所有影响形式的影响分析。

⑦正确处理依法影响评价和科学影响评价的问题。建设项目的环境影响评价主要解决两类问题：一类是贯彻执行环保政策与法规，将建设项目的影响限定在法规允许的范围内；另一类是科学地预测实际发生的影响。在环境影响分析中应注意把握好两者之间的关系。

⑧正确处理一般评价和生态影响特殊性的问题。一般评价比较重视直接影响而忽视甚至否认间接影响，重视显现性影响而忽视潜在影响，重视局部影响而忽视区域性影响，重视单因子影响而忽视综合性影响。生态影响分析中应充分重视间接性、潜在性、区域性和综合性的影响。

三、生态影响的防护、恢复、补偿及替代方案

建设项目生态影响减缓措施和生态保护措施是生态影响评价工作成果的集中体现，是生态影响评价的最终目的之一，也是环境影响报告中的精华所在。

（一）生态影响的防护、恢复与补偿原则

生态影响的防护、恢复与补偿应遵循以下原则：

①按照避让、减缓、补偿和重建的次序提出生态影响防护与恢复的措施；所采取措施的效果应有利于修复和增强区域生态功能。

②凡涉及不可替代、极具价值、极敏感、被破坏后很难恢复的敏感生态保护目标（如特殊生态敏感区、珍稀濒危物种）时，必须提出可靠的避让措施或生境替代方案。

③涉及采取措施后可恢复或修复的生态目标时，也应尽可能地提出避让措施；否则，应制定恢复、修复和补偿措施。各项生态保护措施应按项目实施阶段分别提出，并提出实施时限和经费估算。

（二）替代方案

替代方案主要指项目中的选线、选址替代方案，项目的组成和内容替代方案，工艺和生产技术的替代方案，施工和运营方案的替代方案，生态保护措施的替代方案。

评价中应对替代方案进行生态可行性论证，优先选择生态影响最小的替代方案，最终选定的方案至少应该是生态保护可行的方案。

（三）生态保护措施

生态保护措施应包括保护对象和目标，内容、规模及工艺，实施空间和时序，保障措施和预期效果分析，绘制生态保护措施平面布置示意图和典型措施设施工艺图，估算或概算环境保护投资。

对可能具有重大、敏感生态影响的建设项目，区域、流域开发项目，应提出长期的生态监测计划、科技支撑方案，明确监测因子、方法、频次等。

明确施工期和运营期管理原则与技术要求。可提出环境保护工程分标与招投标原则，施工期工程环境监理，环境保护阶段验收和总体验收、环境影响后评价等环保管理技术方案。

【例 2】某高速公路建设项目运行期生态环境保护措施（摘录）。

1. 道路绿化措施

（1）道路抗污绿化植物的选择。道路绿化能起到绿荫防尘、防污染、减轻交通

噪声的效果，它是减少项目建设生态影响的重要措施。公路用地范围内全面绿化栽植，可起到保护路基、防止土壤侵蚀、美化路容景观的作用，同时补偿因公路征地损失的绿地，起到调节沿线带状地区的生态环境作用。按照《国务院关于进一步推进全国绿色通道建设的通知》（国发〔2000〕31 号）的要求，高速公路两侧绿化宽度每侧严格按 5～10 m 进行规划设计，有条件的地方可加宽到 10 m 以上。另外，除了保证较大的绿化面积外，建立多层次、高质量的绿地系统，提高绿地的生态效益也极为重要。

因此本项目的绿化应结合绿色通道建设的精神统筹安排，并由专业单位单独设计，按照国家规定，高标准、高要求，达到绿化、美化、净化、香化、四季有花。营造宽 5～10 m 的隔离防护林带。绿化资金要到位，应占项目投资经费的 2%～3%，全部绿地都要绿化，以便将公路建成现代化生态园林高速公路和生态廊道。工程措施与生物措施相结合，以生物措施为主。建议绿地系统建设，尤其是道路两侧的绿地应以乔、灌、草相结合。由于道路存在较严重的汽车尾气污染，道路绿地系统应尽量选择抗污染性能好的植物。

建议选择的绿化植物有：乔木植物、灌木植物和草本植物（具体略）。

（2）工程完成后，首先应对工程裸地进行植被恢复，对开山的路堑边坡应在建设水泥网格基础上，铺土种草或用喷草种的方式进行绿化；对填土的坡地可种草、种藤也可种速生树种。

（3）对防护工程和绿化工程进行养护。

（4）按设计要求进一步完善水土保持的各项工程措施、植物措施和土地复垦措施。科学合理地实行草、花类与灌木、乔木相结合的立体绿化格局。特别是对土质边坡，在施工后期及时进行绿化，以保护路基边坡稳定，减少水土流失。

2. 生态恢复补偿措施

本高速公路建设项目沿线破坏林地有 13.22 hm^2、苗圃有 5.05 hm^2、果园有 25.55 hm^2、经济林有 84.94 hm^2、水稻有 127.40 hm^2、灌草有 35.61 hm^2、瓜菜复合群落有 10.57 hm^2、鱼塘有 76.65 hm^2。总计损失约为 6 112.91 t 生物量和 5 483.35 t/a 净生产量。这些生态损失需要项目建设者在建设区域和周边地区进行绿化补偿。根据公路设计的绿化规划，本项目道路总体绿化面积达 103 hm^2，其中中间绿化带绿化面积为 11.45 hm^2，两边防护绿地面积为 91.55 hm^2，总计公路中间绿化带绿地生物量和净生产量可达 354.95 t 和 111.07 t/a，边坡绿地生物量和净生产量可达 915.50 t 和 695.78 t/a。绿地总生物量与净生产量分别为 1 270.45 t 和 806.85 t/a，可补偿沿线生物量损失的 20.78%和大约 14.71%的净生产量损失。

可见，若绿地防护主要以灌木和草坡为主的话，则补偿的生物量与净生产量相当少。这时，需要大力提高绿地的生产力并考虑异地绿化补偿。但若以乔、灌、草相搭配结构为主，则绿地总生物量与净生产量分别为 7 015.82 t 和 1 160.89 t/a，可完全补偿沿线的植被生物量损失和 21.17%的净生产量损失。所以，如果沿线的绿地建设以森林为主，将可更有效地减少由于项目建设造成的植被生物量和净生产量损失。

3. 取土场植被恢复

取土场是指在公路修建中因填方路段的需要在路外取土所造成的裸地。取土场在道路施工的过程中逐渐变为次生裸地，取土场的原有植被、土壤、植被种子和繁殖体系都被破坏。因此，取土过程对取土场区域内的生态影响十分严重。为了减轻取土区植被恢复的难度，建议将取土场区域的表层土壤堆到一边，取土完成之后，再将表土层覆盖于取土场的表面，尽量减少原取土场土壤的变化。此外，掌握和了解取土场周围的群落特征和植被类型对取土场植被恢复所选的植物种类非常重要，要选择适合当地环境条件的植物种类来恢复植被。

4. 建设生物廊道

本建设项目的建成，改变了自然廊道的组成，提高了景观功能的异质性，不可避免地会对沿线的动物造成一定的影响。项目的建设，作为生物廊道，对大多数动物起着屏障和过滤作用，会使其速度减缓或改变原来的运动方向，切断野生动物迁移走廊，切断食物链等。车辆运行时产生的废气和噪声将使部分的哺乳类、鸟类、两栖类、爬行类动物发生一定的迁移，数量有一定的减少。因此，要注意公路的阻隔效应，建议在道路适当的位置建设生物廊道，根据村镇分布位置与农田水利设计等增设人行通道、跨线桥、涵洞等，为受到影响的村民、行人、野生生物创造栖息地。

5. 减少建设项目对周围景观的不利影响

为了减少本项目建设对周围景观的不利影响，项目的建设应尽量与周围的景观相协调。因为项目沿线大部分为农田、果园、鱼塘和森林等自然景观，搞好公路的绿化建设将是减少建设项目对周围景观不利影响的最重要方面。

公路景观按照评价和欣赏的活动方式可以分为动态景观和静态景观两类。动态景观是指乘车人在公路上高速行驶下对公路的感受和认知，如公路线性、坡度、上边坡景观、公路标志物、隔离栅等；公路静态景观是指公路外的居民对公路景观的感受和认知，如上下边坡、桥梁、路堤、空间轮廓线及公路与环境背景的调和程度等。在设计公路景观时要注重动态景观和静态景观的结合，这样才可以最大限度地降低公路建设项目的施工对景观的影响程度。本评价采用的具体景观规划措施有以下几个方面。

（1）施工期预防性地减少对景观的影响。合理选择线路走向，使路线最佳地适应当地的风景，具体的措施有：

①路面的竖向和水平向应在坡度和曲率半径等技术限制条件允许之内，并且应该考虑在少占地和少投资的条件下，尽量按照天然的地形起伏，减少高填深挖路段。

②用桥的方案来跨越起伏或陡峭地形，而不是用深挖和高填路基，以保护风景地视觉连续性。

③选线时应该注意对公路两侧居民视觉、生理和心理的不快感觉，例如，有视觉要求的地方应该降低路基高度，以免影响居民对看习惯了的景物的观赏，争取不破坏自然或田园风光。

（2）利用绿化减轻公路项目对景观的影响。根据公路绿化的规划，公路中间隔离带、道路两侧绿化带都为公路绿化带。绿化带在绿化设计时应该注意以下两点：①沿线美化地植物物种要选择适应于当地的植物（树、灌木、林荫树、树篱等），这是遵循绿化要突出地方特色的原则；②要构成多样统一的动态风景序列，如利用林带断续产生节奏感，利用自然起伏的地形和弯曲产生构图节奏，利用农田与绿色林带交错形成节奏感，利用绿化植物的有序交错、反复构成丰富而不凌乱的动态景观。

（3）加强景观的协同性。一条精心设计的公路应与周围的自然景观和谐一致，公路的绿化更应该与现有的自然景观相协调。绿化时应该充分利用地形和景色，最好包括一些当地的代表植物，使其融入自然。另外，公路选线和服务区设置等应该使乘车人能眺望到绵绵远山、壮丽的水景或其他自然景观和人文景观，使沿线美好景观与公路相互映衬、融为一体。对在工程建设时清除掉的树木林区，要修复风景中的“黑点”，使之与原来的植物群落保持一致，做到一定程度的生态补偿。

该项目如果能够加强道路绿化建设，做好边坡生态绿化，合理配置植物种类，建设高质量的由乔木、灌木、草本组成的多层结构道路绿地系统，将高速公路掩映在绿树丛中，则可减少水泥路面对整体景观的不利影响。

6. 加强边坡绿化生态防护

本项目的建设会对沿线生态植被和水土造成严重影响，为防止严重的水土流失，土方施工应尽量于旱季进行，挖填土方时应建立工程与植被相结合的复式挡土墙，以减少施工中的水土流失。

施工期造成的水土流失相对来说是短暂的，随着项目施工的完成，植被的恢复，这种影响将会消失或明显减少，而边坡防护工程则是关系到建设项目长远水土保持的关键问题。因为大雨和暴雨容易引起边坡冲刷和土体坍塌，造成水土流失。传统的边坡防护主要是石墙工程措施，如浆砌挡墙、砌石护坡、护面墙、喷浆等。工程措施不仅造价昂贵，而且形成“地球疤痕”，更重要的是它缺乏生态效益，难以达到根治效果。公路边坡绿化生态防护的主要措施有：

（1）客土喷播是一种融合土壤学、植物学、生态学理论的生态防护技术。它在这些理论的指导下精心配制适合于特殊地质条件下的植物生长基质（客土）和种子，然后用挂网喷附的方式覆盖在坡面，从而实现对岩石边坡的防护和绿化。

该技术在设计上首先是根据地质和气候情况确定边坡的植物生长基质配方，同时确定喷播厚度（一般为 0.03～0.1 m）。然后根据坡面稳定性确定锚杆的长度和金属网的尺寸。施工工艺顺序为：清理坡面，钻、打锚杆挂网和喷射客土。

客土的配方是技术要点。它包含土壤、纤维、肥料、保水剂、黏结剂、稳定剂。配制后的客土能满足植物生长所需要的基本厚度、酸碱度、孔隙率、营养成分、水分及耐久性。这些指标不仅与具体的边坡地质条件有关，而且还受当地的气候条件的影响。因此技术引进必须根据具体情况进行试验。植物种类选择也有别于普通植草。客土喷播的植物由多种草本、灌木组成，而且尽量采用与当地天然植被类似的种类。混合种类的目的在于使植被可以实现从草坪到树林的演替，而且乡土植物更容易与自然融为一体。这两个方面的考虑使得人工植被更接近自然生态。

锚杆挂网的目的也有两个方面：一是防护功能，对于边坡局部不稳定者，可通过加大加深锚杆以稳定边坡；二是支撑功能，客土基质可以借助金属网的支撑附着在坡面，对坡率陡者可以加密网或设置双层网。

由于客土可以由机械拌和，挂网实施容易，因此，该技术施工的机械化程度高，速度快。经过在高速公路的边坡试验结果可以看出，该技术无论效率还是成本都比浆砌片石护面墙和挂网喷混凝土防护要优越。而且植被防护的效果良好，基本不需要养护即可维持植物的正常生长。

（2）喷混凝土植草是类似于客土喷播的一项生态防护技术。对于边坡稳定性不足者，首先在坡面上打设锚杆并挂镀锌编织铁丝网起到稳定坡面的作用，然后将由黏土、谷壳、锯末、水泥、复合肥以及草木种子等通过一定配方拌和的混合物喷射在边坡上，喷射厚度一般为0.06～0.1 m，视坡率和坡面的破碎程度而定。对于边坡比较稳定者则可以直接在原始坡面上喷射混合物。一周之后，岩石坡面上就会逐渐形成草木结合的植被绿化。在该技术中，混合物配方是成功实施的关键。良好的配方能够达到在陡于 1∶0.75 的边坡上既具备一定的强度保护坡面和抵抗雨水冲刷，又具有足够的空隙率和肥力以保证植物生长。边坡喷播草坪的生长效果，关键在于能否选择出适宜的草种和用量配方，选用的草种须根系发达、粗生、耐热、耐寒、耐贫瘠、抗干旱等，且具有生长迅速、植株低矮、形成的景观优美、自然等特点，如百慕达、百喜草、画眉草、黑麦草等。根据不同的边坡植草防护类型及边坡立地条件，选用的草种品种及用量也不同。

（3）三维植被网植草技术是一种固土防冲刷的植草技术，近年来逐渐开始在公路边坡防护中推广使用。它将一种带有突出网包的多层聚合物网固定在边坡上，在网包中敷土植草。三维植被网从功能上分为抗拉纤维层和固土网包两个部分，根据其抗拉能力和固土能力的不同又分为2层、3层、4层、5层网。其中薄层应用于下边坡，厚层应用于上边坡。该技术对于设计稳定的上、下边坡，特别是土质贫瘠的上边坡和土石混填的下边坡可以起到固土防冲刷并改善植草质量的良好效果。由于比较经济，因此在一定程度上可以取代部分拱形截水骨架植草。

三维网植草具有工艺简单，操作方便，施工速度快等优点。三维植被网是以热塑性树脂为原料，采用科学配方，经挤出、拉伸等工序精制而成，它无腐蚀性，化学性质稳定，对大气、土壤、微生物呈惰性，在边坡防护中使用三维植被网能有效地保护坡面不受风、雨、洪水的侵蚀。三维植被网的初始功能是有利于植被生长，随着植被的形成，草根生长与三维网形成地面网系，有效地防止坡面径流冲刷，而根系深入原始坡面土层，使坡面土层、三维网及草坪共同组成坡面防护体系，对坡面的稳定起到重要作用。

复习与思考题

1. 什么是生态影响评价？
2. 生态影响评价工作等级怎样划分？依据是什么？
3. 生态环境现状评价方法有哪几种？
4. 生态影响的防护、恢复与补偿应遵循哪些原则？
5. 生态环境保护措施包括哪些内容？

第十章　环境风险评价

【知识目标】

1. 了解环境风险评价的基本概念。
2. 掌握环境风险评价的程序和内容。
3. 掌握风险防范措施及应急预案的编制要求。

【能力目标】

1. 能进行各环境要素的环境风险潜势初判。
2. 能确定各环境要素的环境风险评价工作等级。
3. 能编写环境风险评价专章。

第一节　环境风险评价的基本概念

工业化、社会化生产带来巨大经济效益的同时，其背后不可避免地蕴藏着各种各样的环境风险。在世界上已经发生了多起环境风险事故。1984 年美国联合碳化物公司在印度的博帕尔农药厂发生的甲基异氰酸泄漏事故最具有典型性，该事件直接导致 2 000 多人死亡、50 000 多人失明、20 多万人受伤。随着认识的不断提高，人们逐步开始关注环境风险问题，并开始进行环境风险评价。

一、环境风险的基本概念

（一）风险

风险一般指遭受损失、损伤或毁坏的可能性，或者说发生人们不希望出现的后果的可能性。它存在于人的一切活动中，不同的活动会带来不同性质的风险，如经常遇到的灾害风险、工程风险、投资风险、健康风险、污染风险、决策风险等。

风险通常用在一定时期内产生有害事件的概率与有害事件后果的乘积表示。也就是说，风险是危险、危害事故发生的可能性与危险、危害事故所造成损失的严重程度的综合度量。

（二）环境风险

环境风险是指突发性事故对环境（或健康）的危害程度及可能性，用风险值 R 表征，其定义为事故发生概率 P 与事故造成的环境（或健康）后果 C 的乘积，即：

$$R[\text{危害/单位时间}]=P[\text{事故/单位时间}]\times C[\text{危害/事故}] \tag{10-1}$$

环境风险具有不确定性和危害性。不确定性是指人们对事件发生的概率、发生的时间、地点、强度等事先难以准确预见；危害性是指风险事件对其承受者所造成的损失或危害，包括人身健康、经济财产、社会福利和生态系统带来的损失或危害。

环境风险分布广泛，复杂多样。按其成因可分为化学风险、物理风险和自然灾害引发的风险。化学风险是指对人类、动植物能产生毒害或不利作用的化学物品的排放、泄漏或易燃易爆物品的泄漏而引发的风险；物理风险是指由机械设备或机械结构的故障所引发的风险；自然灾害引发的风险是指地震、火山、洪水、台风、滑坡等自然灾害带来的各种风险。

按危害性事件承受的对象，风险分为人群风险、设施风险和生态风险。人群风险是指因危害事件而致人病、伤、死、残等损失的概率；设施风险是指危害事件对人类社会经济活动的依托设施，如水库大坝、房屋、桥梁等造成破坏的概率；生态风险是指危害性事件对生态系统中某些要素或生态系统本身造成破坏的概率，如生态系统中生物种群的减少或灭绝，生态系统结构与功能的变异等。

（三）环境风险评价

环境风险评价是针对建设项目在建设和运行期间发生的可预测突发性事件或事故（一般不包括人为破坏及自然灾害）引起有毒有害、易燃易爆等物质泄漏，或突发事件产生的新的有毒有害物质，所造成的对人身安全与环境的影响和损害所进行的风险评估，提出合理可行的防范、应急与减缓措施，以使建设项目事故率、损失和环境影响达到可接受水平。

根据《建设项目环境风险评价技术导则》（HJ 169—2018），环境风险评价应以突发性事故导致的危险物质环境急性损害防控为目标，对建设项目的环境风险进行分析、预测和评估，提出环境风险预防、控制、减缓措施，明确环境风险监控及应急建议要求，为建设项目环境风险防控提供科学依据。

二、环境风险评价的发展过程

国际上环境风险评价研究首先开始于核电站系统，至 20 世纪 70 年代逐步完善起来。20 世纪 80 年代联合国环境规划署制定了“地区性紧急事故的意识和防备”；1987 年欧洲共同体通过立法，规定对可能发生化学事故危险的工厂必须进行环境风险评价；与此同时，美国也作出规定将环境风险评价正式列为环境影响评价的一个组成部分；1990 年亚洲开发银行正式颁布了《环境风险管理》。

我国环境风险评价起步虽然相对较晚，但环境保护部门十分重视环境风险防范，早在1990年就颁布了第057号文，要求对重大环境污染事故隐患进行环境风险评价。自此，环境风险评价逐渐成为我国建设项目环境影响评价的一部分。

为了规范建设项目环境风险评价，提高其有效性和实用性，使之能更有效地防范建设项目的环境风险，国家环境保护总局于 2004 年发布了《建设项目环境风险评价技术导则》（HJ 169—2004），规定了建设项目环境风险评价的目的、基本原则、内容、程序和方法。

随着我国经济的快速发展，环境污染事故也呈逐年增加的趋势，特别是 2005 年 11 月发生的“松花江污染”事件，再次就环境风险问题向人们敲响了警钟。环境风险评价的重要性再次凸显出来，环境保护部就环境风险评价提出了更高的要求。

近年来，发生在大连、天津、渭南等一系列风险事故，一方面暴露出企业和政府在安全生产、环境风险事故防范措施与应急预案方面存在疏漏，另一方面也引发对现行风险评价如何更好地适应当前环境保护需要的思考。《建设项目环境风险评价技术导则》（HJ 169—2018）于 2018 年 10 月 14 日发布，2019 年 3 月 1 日正式实施。该风险评价导则修订内容较多，建设项目环境风险评价的思路、方法、流程相比 HJ/T 169—2004 都有较大调整。

三、环境风险评价的目的和重点

环境风险评价的主要目的在于就建设项目建设和运行期间发生的可预测的突发性事件或事故（一般不包括人为破坏及自然灾害）引起有毒有害、易燃易爆等物质泄漏，或突发事件产生的新的有毒有害物质所造成的对人身安全与环境的影响和损害进行评估，提出合理可行的防范、应急措施与减缓措施，以使建设项目事故率、损失和环境影响达到可接受水平。

环境风险评价有别于安全评价，环境风险评价是预测和评价事故对厂（场）界外人群的伤害、环境质量的恶化及生态影响的程度和范围，以提出防范、减少、消除对环境破坏的措施为工作重点。而安全评价则主要是预测和评价事故对厂（场）界内人群的伤害。

第二节　环境风险评价的技术方法

《建设项目环境风险评价技术导则》（HJ 169—2018）适用于涉及有毒有害和易燃易爆危险物质生产、使用、储存（包括使用管线输运）的建设项目可能发生的突发性事故（不包括人为破坏及自然灾害引发的事故）的环境风险评价。该导则不适用于生态风险评价及核辐射类建设项目的环境风险评价。

HJ 169—2018 所指风险主要考虑事故状况下出现急性伤害风险的情形。对于人体健康风险、生态风险、土壤风险等以长期性及累积性效应为主的影响评价，列入人体健康、生态、土壤导则中统筹考虑。

一、环境风险评价的工作程序

环境风险评价包括风险调查、环境风险潜势初判、风险识别、风险事故情形分析、风险预测与评价、环境风险管理和评价结论与建议等步骤（图 10-1）。

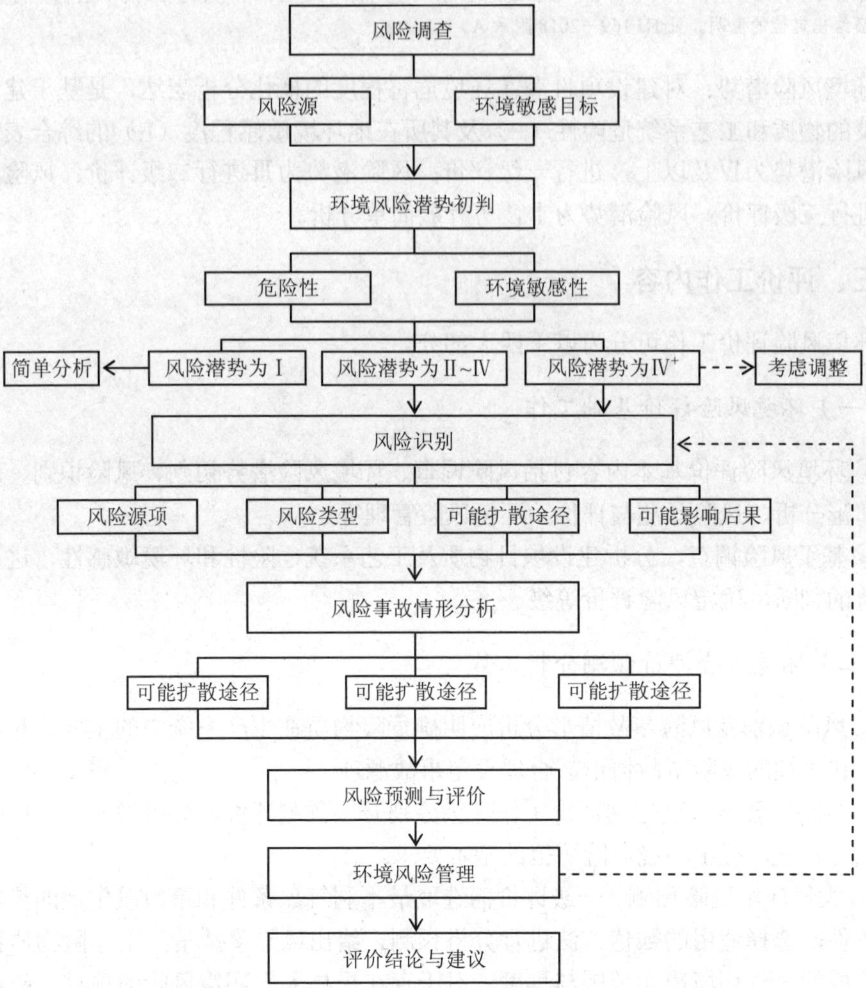

图 10-1 环境风险评价流程

二、环境风险评价工作等级的划分

环境风险评价工作等级划分为一级、二级、三级。根据建设项目涉及的物质及工艺系统危险性和所在地的环境敏感性确定环境风险潜势，按照表 10-1 确定评价工作等级。

表 10-1 评价工作等级划分

环境风险潜势	Ⅳ、Ⅳ⁺	Ⅲ	Ⅱ	Ⅰ
评价工作等级	一	二	三	简单分析[a]

注：a 是相对于详细评价工作内容而言，在描述危险物质、环境影响途径、环境危害后果、风险防范措施等方面给出定性的说明。见 HJ 169—2018 附录 A。

环境风险潜势：对建设项目潜在环境危害程度的概化分析表达，是基于建设项目涉及的物质和工艺系统危险性（P）及其所在地环境敏感程度（E）的综合表征。

风险潜势为Ⅳ及以上，进行一级评价；风险潜势为Ⅲ进行二级评价；风险潜势为Ⅱ进行三级评价；风险潜势为Ⅰ，可开展简单分析。

三、评价工作内容

环境风险评价工作可分为以下四大部分。

（一）环境风险评价基础工作

①环境风险评价基本内容包括风险调查、环境风险潜势初判、风险识别、风险事故情形分析、风险预测与评价、环境风险管理等。

②基于风险调查，分析建设项目物质及工艺系统危险性和环境敏感性，进行风险潜势的判断，确定风险评价等级。

（二）环境风险评价预测分析工作

①风险识别及风险事故情形分析应明确危险物质在生产系统中的主要分布，筛选具有代表性的风险事故情形，合理设定事故源项。

②各环境要素按确定的评价工作等级分别开展预测评价，分析说明环境风险危害范围与程度，提出环境风险防范的基本要求。

a. 大气环境风险预测。一级评价需选取最不利气象条件和事故发生地的最常见气象条件，选择适用的数值方法进行分析预测，给出风险事故情形下危险物质释放可能造成的大气环境影响范围与程度。对于存在极高大气环境风险的项目，应进一步开展关心点概率分析。二级评价需选取最不利气象条件，选择适用的数值方法进行分析预测，给出风险事故情形下危险物质释放可能造成的大气环境影响范围与程度。三级评价应定性分析说明大气环境影响后果。

b. 地表水环境风险预测。一级、二级评价应选择适用的数值方法预测地表水环境风险，给出风险事故情形下可能造成的影响范围与程度；三级评价应定性分析说明地表水环境影响后果。

c. 地下水环境风险预测。一级评价应优先选择适用的数值方法预测地下水环境风险，给出风险事故情形下可能造成的影响范围与程度；低于一级评价的，风险预测分析与评价要求参照 HJ 610 执行。

（三）环境风险管理

提出环境风险管理对策，明确环境风险防范措施及突发环境事件应急预案编制要求。

（四）环境风险总体评价结论

综合环境风险评价过程，给出评价结论与建议。

四、评价工作范围的确定

①大气环境风险评价范围：一级、二级评价距建设项目边界一般不低于 5 km；三级评价距建设项目边界一般不低于 3 km。油气、化学品输送管线项目一级、二级评价距管道中心线两侧一般均不低于 200 m；三级评价距管道中心线两侧一般均不低于 100 m。当大气毒性终点浓度预测到达距离超出评价范围时，应根据预测到达距离进一步调整评价范围。

②地表水环境风险评价范围参照 HJ 2.3 确定。

③地下水环境风险评价范围参照 HJ 610 确定。

④环境风险评价范围应根据环境敏感目标分布情况、事故后果预测可能对环境产生危害的范围等综合确定。项目周边所在区域，评价范围外存在需要特别关注的环境敏感目标，评价范围需延伸至所关心的目标。

第三节　风险调查和环境风险潜势初判

一、风险调查

（一）建设项目风险源调查

调查建设项目危险物质数量和分布情况、生产工艺特点，收集危险物质安全技术说明书（MSDS）等基础资料。

调查的结果在“风险识别”章节中详细说明。

（二）环境敏感目标调查

根据危险物质可能的影响途径，如大气、地表水、地下水等，明确环境敏感目标，给出环境敏感目标区位分布图，列表明确调查对象、属性、相对方位及距离等信息。列表的要求见 HJ 169—2018 附录 J 的《建设项目环境风险敏感特征表》。填写例子可参考表 10-15。

二、环境风险潜势初判

（一）环境风险潜势等级划分

环境风险潜势是建设项目潜在环境危害程度的表征，是初判建设项目环境风险的量化分级指标。

建设项目环境风险潜势划分为Ⅰ、Ⅱ、Ⅲ、Ⅳ/Ⅳ$^+$级。Ⅳ$^+$代表极高环境风险，Ⅰ代表低环境风险。

（二）环境风险潜势判断步骤

1．计算建设项目涉及的危险物质数量与临界量比值（*Q*）

计算所涉及的每种危险物质在厂界内的最大存在总量与其在 HJ 169—2018 附录 B 中对应临界量的比值 Q。在不同厂区的同一种物质，按其在厂界内的最大存在总量计算。对于长输管线项目，按照两个截断阀室之间管段危险物质最大存在总量计算。

当只涉及一种危险物质时，计算该物质的总量与其临界量比值，即为 Q；

当存在多种危险物质时，则按下式计算物质总量与其临界量比值（Q）：

$$Q=\frac{q_1}{Q_1}+\frac{q_2}{Q_2}+\cdots+\frac{q_n}{Q_n} \tag{10-2}$$

式中：q_1，q_2，…，q_n —— 每种危险物质的最大存在总量，t；

Q_1，Q_2，…，Q_n —— 每种危险物质的临界量，t。

当 $Q<1$ 时，该项目环境风险潜势为Ⅰ。

当 $Q\geqslant1$ 时，将 Q 划分为：① $1\leqslant Q<10$；② $10\leqslant Q<100$；③ $Q\geqslant100$。

HJ 169—2018 附录给出了 Q 确定表格的样式。

2．判断工艺系统危险性（*M*）

分析项目所属行业及生产工艺特点，按照表 10-2 评估生产工艺情况。具有多套工艺单元的项目，对每套生产工艺分别评分并求和。将 M 划分为：① $M>20$；② $10<$

$M\leqslant20$；③ $5<M\leqslant10$；④ $M=5$，分别以 $M1$、$M2$、$M3$ 和 $M4$ 表示。

表 10-2 行业及生产工艺（M）的确定表

行业	评估依据	分值
石化、化工、医药、轻工、化纤、有色冶炼等	涉及光气及光气化工艺、电解工艺（氯碱）、氯化工艺、硝化工艺、合成氨工艺、裂解（裂化）工艺、氟化工艺、加氢工艺、重氮化工艺、氧化工艺、过氧化工艺、胺基化工艺、磺化工艺、聚合工艺、烷基化工艺、新型煤化工工艺、电石生产工艺、偶氮化工艺	10/套
	无机酸制酸工艺、焦化工艺	5/套
	其他高温或高压，且涉及危险物质的工艺过程[a]；危险物质贮存罐区	5/套（罐区）
管道、港口/码头等	涉及危险物质管道运输项目、港口/码头等	10
石油	石油、天然气、页岩气开采（含净化），气库（不含加气站的气库），油库（不含加气站的油库）、油气管线[b]（不含城镇燃气管线）	10
其他	涉及危险物质使用、贮存的项目	5

注：a 高温指工艺温度≥300℃，高压指压力容器的设计压力（P）≥10.0 MPa；
b 长输管道运输项目应按站场、管线分段进行评价。

3．根据 M-Q 矩阵，确定危险物质及工艺系统危险性等级（P）

根据危险物质数量与临界量比值（Q）和行业及生产工艺（M），按照表 10-3 确定危险物质及工艺系统危险性等级（P），分别以 P1、P2、P3、P4 表示。

表 10-3 危险物质及工艺系统危险性等级判断（P）

危险物质数量与临界量比值（Q）	行业及生产工艺（M）			
	$M1$	$M2$	$M3$	$M4$
$Q\geqslant100$	P1	P1	P2	P3
$10\leqslant Q<100$	P1	P2	P3	P4
$1\leqslant Q<10$	P2	P3	P4	P4

4．判断所在地环境敏感程度（E）

分析危险物质在事故情形下的环境影响途径，如大气、地表水、地下水等，按照 HJ 169—2018 对项目各要素环境敏感程度（E）等级进行判断。

从保护环境角度考虑，各要素环境敏感程度分级 E 取相对高值。

（1）大气环境敏感程度（E）的分级

依据环境敏感目标环境敏感性及人口密度划分环境风险受体的敏感性，共分为三种类型，E1 为环境高度敏感区，E2 为环境中度敏感区，E3 为环境低度敏感区，分级原则见表 10-4。

表 10-4 大气环境敏感程度分级

分级	大气环境敏感性
E1	周边 5 km 范围内居住区、医疗卫生、文化教育、科研、行政办公等机构人口总数大于 5 万人，或其他需要特殊保护区域；或周边 500 m 范围内人口总数大于 1 000 人；油气、化学品输送管线管段周边 200 m 范围内，每千米管段人口数大于 200 人
E2	周边 5 km 范围内居住区、医疗卫生、文化教育、科研、行政办公等机构人口总数大于 1 万人，小于 5 万人；或周边 500 m 范围内人口总数大于 500 人，小于 1 000 人；油气、化学品输送管线管段周边 200 m 范围内，每千米管段人口数大于 100 人，小于 200 人
E3	周边 5 km 范围内居住区、医疗卫生、文化教育、科研、行政办公等机构人口总数小于 1 万人；或周边 500 m 范围内人口总数小于 500 人；油气、化学品输送管线管段周边 200 m 范围内，每千米管段人口数小于 100 人

（2）地表水环境敏感程度（E）的分级

依据事故情况下危险物质泄漏到水体的排放点受纳地表水体功能敏感性，与下游环境敏感目标情况，共分为三种类型，E1 为环境高度敏感区，E2 为环境中度敏感区，E3 为环境低度敏感区，分级原则见表 10-7。其中地表水功能敏感性分区和环境敏感目标分级分别见表 10-5 和表 10-6。

表 10-5 地表水功能敏感性分区

敏感性	地表水环境敏感特征
敏感 F1	排放点进入地表水水域环境功能为Ⅱ类及以上，或海水水质分类第一类； 或以发生事故时，危险物质泄漏到水体的排放点算起，排放进入受纳河流最大流速时，24 h 流经范围内涉跨国界的
较敏感 F2	排放点进入地表水水域环境功能为Ⅲ类，或海水水质分类第二类； 或以发生事故时，危险物质泄漏到水体的排放点算起，排放进入受纳河流最大流速时，24 h 流经范围内涉跨省界的
低敏感 F3	上述地区之外的其他地区

表 10-6 环境敏感目标分级

分级	环境敏感目标
S1	发生事故时，危险物质泄漏到内陆水体的排放点下游（顺水流向）10 km 范围内、近岸海域一个潮周期水质点可能达到的最大水平距离的两倍范围内，有如下一类或多类环境风险受体：集中式地表水饮用水水源保护区（包括一级保护区、二级保护区及准保护区）；农村及分散式饮用水水源保护区；自然保护区；重要湿地；珍稀濒危野生动植物天然集中分布区；重要水生生物的自然产卵场及索饵场、越冬场和洄游通道；世界文化和自然遗产地；红树林、珊瑚礁等滨海湿地生态系统；珍稀、濒危海洋生物的天然集中分布区；海洋特别保护区；海上自然保护区；盐场保护区；海水浴场；海洋自然历史遗迹；风景名胜区；或其他特殊重要保护区域

分级	环境敏感目标
S2	发生事故时，危险物质泄漏到内陆水体的排放点下游（顺水流向）10 km 范围内、近岸海域一个潮周期水质点可能达到的最大水平距离的两倍范围内，有如下一类或多类环境风险受体：水产养殖区；天然渔场；森林公园；地质公园；海滨风景游览区；具有重要经济价值的海洋生物生存区域
S3	排放点下游（顺水流向）10 km 范围、近岸海域一个潮周期水质点可能达到的最大水平距离的两倍范围内无上述类型 1 和类型 2 包括的敏感保护目标

表 10-7　地表水环境敏感程度分级

环境敏感目标	地表水功能敏感性		
	F1	F2	F3
S1	E1	E1	E2
S2	E1	E2	E3
S3	E1	E2	E3

（3）地下水环境敏感程度（E）的分级

依据地下水功能敏感性与包气带防污性能，共分为三种类型，E1 为环境高度敏感区，E2 为环境中度敏感区，E3 为环境低度敏感区，分级原则见表 10-10。其中地下水功能敏感性分区和包气带防污性能分级分别见表 10-8 和表 10-9。当同一建设项目涉及两个 G 分区或 D 分级及以上时，取相对高值。

表 10-8　地下水功能敏感性分区

敏感性	地下水环境敏感特征
敏感 G1	集中式饮用水水源（包括已建成的在用、备用、应急水源，在建和规划的饮用水水源）准保护区；除集中式饮用水水源以外的国家或地方政府设定的与地下水环境相关的其他保护区，如热水、矿泉水、温泉等特殊地下水资源保护区
较敏感 G2	集中式饮用水水源（包括已建成的在用、备用、应急水源，在建和规划的饮用水水源）准保护区以外的补给径流区；未划定准保护区的集中式饮用水水源，其保护区以外的补给径流区；分散式饮用水水源地；特殊地下水资源（如热水、矿泉水、温泉等）保护区以外的分布区等其他未列入上述敏感分级的环境敏感区[a]
不敏感 G3	上述地区之外的其他地区

注：a “环境敏感区”是指《建设项目环境影响评价分类管理名录》中所界定的涉及地下水的环境敏感区。

表 10-9　包气带防污性能分级

分级	包气带岩土的渗透性能
D3	$M_b \geq 1.0$ m，$K \leq 1.0\times10^{-6}$ cm/s，且分布连续、稳定
D2	0.5 m $\leq M_b <$ 1.0 m，$K \leq 1.0\times10^{-6}$ cm/s，且分布连续、稳定 $M_b \geq 1.0$ m，1.0×10^{-6} cm/s $< K \leq 1.0\times10^{-4}$ cm/s，且分布连续、稳定
D1	岩（土）层不满足上述“D2”和“D3”条件

注：M_b——岩土层单层厚度；K——渗透系数。

表 10-10 地下水环境敏感程度分级

环境敏感目标	地表水功能敏感性		
	G1	G2	G3
D1	E1	E1	E2
D2	E1	E2	E3
D3	E2	E3	E3

5．根据 P-E 矩阵，确定环境风险潜势

根据建设项目涉及的物质和工艺系统的危险性（P）及其所在地的环境敏感程度（E），结合事故情形下环境影响途径，对建设项目潜在环境危害程度进行概化分析。按照表 10-11 确定环境风险潜势。

建设项目环境风险潜势综合等级取各要素等级的相对高值。

表 10-11 建设项目环境风险潜势划分

环境敏感程度（E）	危险物质及工艺系统危险性（P）			
	极高危害（P1）	高度危害（P2）	中度危害（P3）	轻度危害（P4）
环境高度敏感区（E1）	Ⅳ$^+$	Ⅳ	Ⅲ	Ⅲ
环境中度敏感区（E2）	Ⅳ	Ⅲ	Ⅲ	Ⅱ
环境低度敏感区（E3）	Ⅲ	Ⅲ	Ⅱ	Ⅰ

注：Ⅳ$^+$为极高环境风险。

【例 1】某化工项目环境风险潜势判断过程：

（1）确定项目危险物质的 Q 值

本项目涉及的危险物质主要是苯乙烯、氟化钠和锅炉使用的柴油，根据《建设项目环境风险评价技术导则》（HJ 169—2018）附录 B，项目 Q 值计算详见表 10-12：

表 10-12 建设项目 Q 值确定表

序号	危险物质名称	CAS 号	最大存在总量 q_n/t	临界量 Q_n/t	该种危险物质 Q 值
1	苯乙烯	100-42-5	30	10	3
2	氟化钠	7681-49-4	8	50	0.16
3	柴油	—	100	2 500	0.04
项目 Q 值∑					3.20

注：氟化钠是健康危险急性毒性物质，在导则附录表 B.1 中不能直接查找到临界量，需要根据《化学品分类和标签规范 第 18 部分：急性毒性》（GB 30000.18）判断出其急性毒性类别，再查导则附录表 B.2 得出推荐临界量。分析过程见表 10-20。

综上所述，1＜Q=3.20＜10。

（2）确定项目行业及生产工艺特点 *M* 值

本项目属于化工行业，生产过程中涉及聚合工艺，合成反应釜 3 套，设有 2 处储罐区（1 处为苯乙烯储罐区，1 处为柴油储罐区），配套使用 1 台锅炉。项目 *M* 值计算详见表 10-13。

表 10-13 建设项目 *M* 值确定表

序号	工艺单元名称	生产工艺	数量/套	*M* 分值
1	生产线	聚合工艺	3	30
2	储罐区	储罐区	2	10
3	供热系统	锅炉	1	5
项目 *M* 值∑				45

由上表可知，*M*=45，即为 *M*1。

（3）危险物质及工艺系统危险性（P）分级

表 10-14 危险物质及工艺系统危险性等级判断（P）

危险物质数量与临界量比值（*Q*）	行业及生产工艺（*M*）			
	*M*1	*M*2	*M*3	*M*4
Q≥100	P1	P1	P2	P3
10≤*Q*<100	P1	P2	P3	P4
1≤*Q*<10	P2	P3	P4	P4

由表 10-14 可知，本项目 1<*Q*=3.20<10，*M* 为 *M*1，则 P 等级为 P2。

（4）各要素环境敏感程度（E）的等级确定

分析危险物质在事故情形下的环境影响途径，如大气、地表水、地下水等，根据环境风险敏感目标调查，得出建设项目环境风险敏感特征表，见表 10-15。

表 10-15 建设项目环境敏感特征表

类别	环境敏感特征					
大气	厂址周边 5 km 范围内					
	序号	敏感目标名称	相对方位	距离/m	属性	人口数/人
	1	上柳	东北	390	居住区	1 263
	2	下柳新村	东	700	居住区	286
	3	金田	东北	1 535	居住区	500
	4	新华	东	1 765	居住区	100

类别	环境敏感特征					
大气	厂址周边 5 km 范围内					
	序号	敏感目标名称	相对方位	距离/m	属性	人口数/人
	5	菜至	东南偏南	1 415	居住区	90
	6	新村小学	南	2 000	文化教育	2 184
	7	白头村	西南	3 550	居住区	3 800
	8	红荔园	西南	4 445	居住区	360
	厂址周边 500 m 范围内人口数小计					1 263
	厂址周边 5 km 范围内人口数小计					8 583
	大气环境敏感程度 E 值					E1
地表水	受纳水体					
	序号	受纳水体名称		排放点水域环境功能		24 h 内流经范围/km
	1	天明河		Ⅲ类水体		其他
	地表水环境敏感特征					F2
	内陆水体排放点下游 10 km（近岸海域一个潮周期最大水平距离两倍）范围内敏感目标					
	序号	敏感目标名称	环境敏感特征	水质目标		与排放点距离/m
	1	无	—	—		—
	地表水环境敏感目标					S3
	地表水环境敏感程度 E 值					E2
地下水	序号	环境敏感区名称	环境敏感特征	水质目标	包气带防污性能	与下游厂界距离/m
	1	无 G1 和 G2 包括的敏感保护目标	—	《地下水质量标准》（GB/T 14848—2017）Ⅲ类标准	M_b≥1.0 m，K 的范围在 1.2×10^{-6}～6.0×10^{-5} cm/s，且分布连续、稳定	—
	地下水功能敏感性分区					G3
	包气带防污性能分级					D2
	地下水环境敏感程度 E 值					E3

按照《建设项目环境风险评价技术导则》（HJ 169—2018）附录 D 对项目各要素环境敏感程度（E）等级进行判断，本项目所在地环境敏感程度如下：

- 大气环境：环境中度敏感区（E1）
- 地表水环境：环境中度敏感区（E2）
- 地下水环境：环境低度敏感区（E3）

（5）建设项目环境风险潜势判断

本项目P值为P2，根据P-E矩阵表（表10-16）进行判断，大气环境风险潜势为Ⅳ级，地表水和地下水环境风险潜势为Ⅲ级。建设项目环境风险潜势综合等级取各要素等级的相对高值，所以本项目环境风险潜势综合等级为Ⅳ级。

表10-16　建设项目环境风险潜势划分

环境敏感程度（E）	危险物质及工艺系统危险性（P）			
	极高危害（P1）	高度危害（P2）	中度危害（P3）	轻度危害（P4）
环境高度敏感区（E1）	$Ⅳ^+$	Ⅳ	Ⅲ	Ⅲ
环境中度敏感区（E2）	Ⅳ	Ⅲ	Ⅲ	Ⅱ
环境低度敏感区（E3）	Ⅲ	Ⅲ	Ⅱ	Ⅰ

注：$Ⅳ^+$为极高环境风险。

（6）确定风险评价等级

根据《建设项目环境风险评价技术导则》（HJ 169—2018），环境风险评价工作等级分为一级、二级、三级（表10-17）。

表10-17　评价工作等级划分

环境风险潜势	Ⅳ、$Ⅳ^+$	Ⅲ	Ⅱ	Ⅰ
评价工作等级	一	二	三	简单分析

本项目大气环境风险潜势为Ⅳ级，大气环境风险评价等级确定为一级；地表水和地下水环境风险潜势为Ⅲ级，地表水和地下水环境风险评价等级均为二级。本项目环境风险综合评价等级为一级。

本项目风险评价工作等级确定情况见表10-18。

表10-18　本项目风险评价工作等级划分结果

要素	环境敏感程度E	风险潜势	评价工作等级
大气环境	E1	Ⅳ	一级
地表水环境	E2	Ⅲ	二级
地下水环境	E3	Ⅲ	二级
综合评价	E1	Ⅳ	一级

第四节　风险识别

风险识别是建设项目环境风险评价工作的重要内容，也是基础性工作，风险识别的主要目的是确定危险因素和风险类型。可以说环境风险识别直接关系到环境风险评价工作的成败。

一、风险识别内容

①物质危险性识别，包括主要原辅材料、燃料、中间产品、副产品、最终产品、污染物、火灾和爆炸伴生/次生物等。

②生产系统危险性识别，包括主要生产装置、储运设施、公用工程和辅助生产设施，以及环境保护设施等。

③危险物质向环境转移的途径识别，包括分析危险物质特性及可能的环境风险类型，识别危险物质影响环境的途径，分析可能影响的环境敏感目标。

二、风险识别方法

（一）资料收集和准备

资料的收集和准备是风险识别的基础。

根据危险物质泄漏、火灾、爆炸等突发性事故可能造成的环境风险类型，收集和准备建设项目工程资料，周边环境资料，国内外同行业、同类型事故统计分析及典型事故案例资料。对已建工程应收集环境管理制度，操作和维护手册，突发环境事件应急预案，应急培训、演练记录，历史突发环境事件及生产安全事故调查资料，设备失效统计数据等。

环境资料主要应收集有关拟建项目附近居民分布及敏感目标方位、距离、重要水环境和生态保护资料。具体如下所述。

1．项目资料

项目资料包括建设项目工程资料：可行性研究、工程设计资料、建设项目安全评价资料、安全管理体制及事故应急预案资料。

①生产工艺流程、装置平面布置，高程布置。

②生产装置、设备选型及材质，管路结构及重要阀门，控制系统。

③工艺反应条件、操作运转要求、控制要求。

④安全、消防、环保和工艺卫生设施等。

2. 环境资料

利用环境影响报告书中有关厂址周边环境和区域环境资料，重点收集人口分布资料。

①拟建项目周围其他工矿企业布置情况，给出区域位置图。

②拟建项目工作场所及其装置周围人员分布情况。

③厂区周围区域居民分布、敏感目标。

④项目所在地区的区域气象、水文资料。

⑤地形图、交通图等。

⑥重要水环境和生态环境的资料。

3. 事故资料

①同类装置国内外事故统计、分析资料及典型事故案例资料。

②同行业国内外事故统计、分析资料及典型事故案例资料。

③涉及项目中毒物的毒理学资料等。

（二）物质危险性识别

危险物质是指具有易燃易爆、有毒有害等特性，会对环境造成危害的物质。

对项目所涉及的原辅材料、燃料、中间产品、副产品、最终产品、污染物、火灾和爆炸伴生/次生物等，按其危险性或毒性，进行危险性识别。HJ 169—2018 附录 B 的表 B.1 给出 385 种物质的名称、CAS 号和临界量，数据与《企业突发环境事件风险分级方法》附录相一致。附录 B 中的表 B.2 对未列入表 B.1 的物质，给出了推荐值，健康危害急性毒性物质分类见 GB 30000.18，危害水环境物质分类见 GB 30000.28，该类物质临界量参考欧盟《塞维索指令Ⅲ》（2012/18/EU）。

按 HJ 169—2018 附录 B“重点关注的危险物质及临界量”识别出的危险物质，以图表的方式给出其易燃易爆、有毒有害危险特性，明确危险物质的分布。

1. 易燃、易爆物质的识别

易燃、易爆物质是指具有火灾爆炸危险性物质，分为爆炸性物质、氧化剂、可燃气体、自燃性物质、遇水燃烧物质、易燃与可燃液体、易燃与可燃固体等。

①爆炸性物质是指受到高热、摩擦、撞击或受到一定物质激发能瞬间发生急剧的物理变化、化学变化，并伴有能量的快速释放，引起被作用介质的变形、移动和破坏的物质。爆炸性物质分为爆炸性化合物和爆炸性混合物。前者具有一定的化学成分，分子间含有不稳定的爆炸基团，包括硝基化合物、硝胺、叠氮化合物、重氮化合物、乙炔化合物、过氧化物、氮的卤化物等；后者通常由两个或两个以上的爆炸组分和非爆炸组分经机械混合而成，主要为硝铵炸药等。

②氧化剂是指具有较强的氧化性能，能发生分解反应，并引起燃烧或爆炸的物质。氧化剂分为有机氧化剂和无机氧化剂。其危险性在于氧化剂遇碱、潮湿、强热、

摩擦、撞击或与易燃物、还原剂等接触时发生分解反应，释放氧，有些反应急剧，易引起燃烧或爆炸。

③可燃气体是指遇火、受热或与氧化剂接触能引起燃烧或爆炸的气体。可燃气体的危险性主要为其燃烧性、爆炸性和自燃性。

④自燃性物质是指不需要明火作用，因本身受空气氧化或外界温度、湿度影响发热达到自燃点而发生自行燃烧的物质。

⑤遇水燃烧物质是指遇水或潮湿空气能分解产生可燃气体，并放出热量而引起燃烧或爆炸的物质，包括锂、钾等金属及其氢氧化物和硼烷等。

⑥易燃与可燃液体是指遇火、受热或与氧化剂接触能燃烧和爆炸的液体、溶液、乳状液和悬浮液等燃烧液体。易燃与可燃液体具有易挥发性、易燃性、毒性、密度大都小于水的特点。其危险性的表征参数有闪点与燃点、爆炸极限、自燃点、密度、沸点、饱和蒸气压、受热膨胀性、流动扩散性、带电性和分子量与化学结构等参数。流体能发生闪燃的最低温度叫闪点，它反映液体燃烧的难易程度。闪点越低，液体越易燃烧。闪点≤60℃的燃烧液体为易燃液体，60～93℃为可燃液体。

⑦易燃与可燃固体是指燃点低，对热、撞击、摩擦敏感和与氧化剂接触能着火燃烧的固体。易燃与可燃固体的危险性用熔点、燃点、自燃点、比表面积和热分解等参数表征。一般300℃以下为易燃固体，300～400℃为可燃固体。

2. 毒性物质识别

毒性物质毒性的表征一般以化学物质引起实验动物某种毒性反应所需的剂量来表示，常采用半数致死量或浓度（LD_{50} 或 LC_{50}），即染毒动物半数致死的最小剂量或浓度。

（1）健康危险急性毒性物质

根据《化学品分类和标签规范 第18部分：急性毒性》（GB 30000.18），急性毒性，是指经口或经皮肤给予物质的单次剂量或在 24 h 内给予的多次剂量，或者 4 h 的吸入接触发生的急性有害影响。对物质进行分类的急性毒性估计值（ATE），一般根据已知的 LD_{50}/LC_{50} 值推算。HJ 169—2018 附录 B 中的表 B.2 对类别 1～3 的物质给出了推荐临界量。

表 10-19 急性毒性危害分类和定义各个类别的急性毒性估计值（ATE）

接触途径	单位	类别 1	类别 2	类别 3	类别 4	类别 5
经口	mg/kg	5	50	300	2 000	5 000
经皮肤	mg/kg	50	200	1 000	2 000	见具体标准
气体	mL/L	0.1	0.5	2.5	20	
蒸气	mg/L	0.5	2.0	10	20	见具体标准
粉尘和烟雾	mg/L	0.05	0.5	1.0	5	

注：经口和经皮肤的 ATE 单位中 kg 特指体重。

（2）危害水环境物质

危害水环境物质依据《化学品分类和标签规范 第28部分：对水生环境的危害》（GB 30000.28）进行判断。HJ 169—2018仅对水环境中引起的急性毒性类别1给出推荐临界量。急性水生毒性一般使用鱼类96 h LC_{50}、甲壳纲48 h EC_{50}和/或藻类72 h或96 h EC_{50}确定。急性（短期）水生危害类别1的分类标准为：96 h LC_{50}（鱼类）≤1 mg/L和/或48 h EC_{50}（甲壳纲动物）≤1 mg/L和/或72或96 h ErC_{50}（藻类或其他水生植物）≤1 mg/L。一些管理制度可能将急性类别1进行细分，包括更低的幅度$L(E)C_{50}$≤0.1 mg/L。

3．大气毒性终点浓度

大气毒性终点浓度，是指人员短期暴露可能会导致出现健康影响或死亡的大气污染物浓度，用于判断周边环境风险影响程度。

大气毒性终点浓度即大气环境风险评价标准。大气毒性终点浓度不同于正常状态下的环境质量浓度，特指短期急性接触的空气浓度标准。导则直接采用美国能源部在采取保护性行动标准中的规定（Protective Action Criteria，PAC）作为大气毒性终点浓度值。

大气毒性终点浓度值选取参见HJ 169—2018附录H，分为1、2级。其中1级为当大气中危险物质浓度低于该限值时，绝大多数人员暴露1 h不会对生命造成威胁，当超过该限值时，有可能对人群造成生命威胁；2级为当大气中危险物质浓度低于该限值时，暴露1 h一般不会对人体造成不可逆的伤害，或出现的症状一般不会损伤该个体采取有效防护措施的能力。

在环境风险评价中进行物质危险性识别时，还应对项目所涉及的原料、辅料、中间产品、产品及废物等物质，凡属于有毒物质（极度危害、高度危害）、强反应或爆炸物、易燃物的均需列表说明其物理化学和毒理学性质、危险性类别、加工量、贮量及运输量等。

【例2】某化工项目生产过程中使用的原辅材料、燃料、火灾事故次生/伴生物质等涉及危险物质，对照《建设项目环境风险评价技术导则》（HJ 169—2018）附录B识别出的各危险物质的危险特性详见表10-20。

表10-20 重点关注的物质危险性识别一览表

序号	名称	危险性分类		闪点/℃	沸点/℃	急性毒性	爆炸极限/%	毒性终点浓度-1/（mg/m^3）	毒性终点浓度-2/（mg/m^3）	分区区域
		CAS号	危险特性							
1	苯乙烯	100-42-5	易燃液体	34.4	146	LD_{50}：5 000 mg/kg（大鼠经口）	1.1～6.1	4 700	550	储罐区、生产车间

序号	名称	危险性分类		闪点/℃	沸点/℃	急性毒性	爆炸极限/%	毒性终点浓度-1/(mg/m³)	毒性终点浓度-2/(mg/m³)	分区区域
		CAS 号	危险特性							
2	氟化钠	7681-49-4	健康危险急性毒性物质（类别 3）	—	1 700	LD_{50}: 52 mg/kg（大鼠经口）	—	—	—	仓库、生产车间
3	柴油	—	易燃液体	38	282～338	—	—	—	—	储罐区、生产车间
4	CO（火灾事故时伴生物质）	630-08-0	毒性气体	−50	−191.4	LC_{50}: 2 069 mg/m³, 4 h（大鼠吸入）	12.5～74.2	380	95	火灾事故区域

【分析】上面只是物质危险性识别的一个实例，在环境风险评价中进行物质危险性识别时，应从以下几个方面进行识别。

（1）物质的化学名称、化学分子式。

（2）物质的物理性质，包括沸点、熔点、相对密度（水的为 1）、水中溶解度、蒸气压、蒸气/空气混合物的相对密度（空气的为 1）、闪点、自燃温度、爆炸极限等。

（3）物质在正常使用、储存状态下的物理状态及物理危险性、化学危险性。

（4）物质可能存在的急性危害/接触类型及症状，具体包括以下几方面。

①火灾危害

- 极易燃的：指闪点＜23℃且初沸点≤35℃的液体和液化易燃气体。
- 高度易燃的：指闪点＜23℃且初沸点＞35℃的液体。
- 易燃的：指 23℃≤闪点≤60℃的液体。
- 可燃的：指 60℃＜闪点≤93℃的液体。
- 爆炸的：最低引燃能量超过爆炸触发阈引起爆炸，同时伴有着火现象的物质。

②爆炸危害

- 蒸气/空气混合物爆炸：指易燃气体和闪点小于 21℃的液体。在环境温度下气体/液体释放形成的气体/蒸气/空气混合物有巨大爆炸危险。
- 可能形成爆炸性蒸气/空气混合物：指闪点在 21～100℃的物质。
- 微细分散的颗粒物在空气中形成爆炸性混合物：指可能发生粉尘爆炸的场合，可燃液体的烟雾通常也是爆炸性的。

③毒性及健康危害

列出毒理学资料、接触限值。

（5）贮存条件及要求。

（6）运输包装及标志。

（三）生产系统危险性识别

风险源：存在物质或能量意外释放，并可能产生环境危害的源。通俗来讲，就是具有危险物质，在一定的触发因素作用下可转化为事故的部位、区域、场所、空间、设备及其位置。例如，储存易燃液体的储罐、使用易燃气体的生产装置等。

危险单元：由一个或多个风险源构成的具有相对独立功能的单元，事故状况下应可实现与其他功能单元的分割。例如，生产车间单元、储罐区单元、仓库单元等的划分。

按工艺流程和平面布置功能区划，结合物质危险性识别，以图表的方式给出危险单元划分结果及单元内危险物质的最大存在量。按生产工艺流程分析危险单元内潜在的风险源。

按危险单元分析风险源的危险性、存在条件和转化为事故的触发因素。

采用定性或定量分析方法筛选确定重点风险源。

对项目主要生产装置、贮运系统、公用和辅助工程，逐一划分功能单元，分别进行重点风险源判定。

①生产装置，包括生产流程中各种生产加工设备、装置。

②公用工程系统，包括生产运行中的公用辅助系统，如蒸汽、气、水、电、脱盐水站等单元。

③贮存运输系统，包括原料、中间体、产品的运输及贮槽、罐、仓库等。

④生产辅助系统，包括机械、设备、仪表维修及分析化验等。

⑤环保工程设施，包括废气、废水、固体废物、噪声等处理（处置）设施等。

【例3】某化工企业生产系统危险性识别：

(1) 生产装置风险识别

项目生产线包括3套聚合工艺反应釜。

由于生产过程的周期性较长，使整个生产过程对各类设备的可靠性要求很高，设计中考虑不周、施工中因关不严或者运行中的松懈，操作不当，都可能造成物料泄漏，引起工作人员的化学灼伤、中毒，甚至火灾爆炸等事故。因此工艺过程中可能会导致事故情况如下：

①运行过程中未严格控制工艺技术指标，造成生产时，系统负荷超标影响生产运行和产品质量并发生事故。

②不能准确分析故障原因、判断故障部位和正确处理各类故障，潜在危险不能及时排除，致使生产不能正常运行。

③设备维护保养不严格、在生产运行过程中出现设备故障等。

……

（2）储运设施风险识别

本项目设有两处储罐区（1 处为苯乙烯储罐区，1 处为柴油储罐区）。还设有 1 个 50 m^2 危险品仓库。

①输送、装卸易燃易爆液体至储罐时，若管道、泵等设备没有良好、可靠的静电接地设施，静电可能引起易燃液体爆炸。

②在危险化学品储存过程中，若危险物品包装密封不严，可燃液体的蒸气易挥发，其挥发气体与空气混合形成爆炸性混合气体，遇点火源，可能造成火灾事故。

③危险化学品储存时若不按照危险化学品的特性分区储存，混合存放的化学品可能发生化学反应，引起火灾、爆炸。

④若原料仓库内危险货物摆放过多，阻挡库房内通往消防器材的消防通道，一旦发生火灾事故，不能及时采取灭火措施，将导致事故扩大化。

……

（3）公用、辅助工程生产设施

主要为锅炉在运行过程中发生燃料柴油泄漏，引发火灾及爆炸的情况。

（4）环境保护设施

①导致废水事故排放的主要原因有污水管网系统由于管道堵塞、破裂或接头处破损，造成大量废水外溢，污染附近地表水体；污水处理站由于停电、设备损坏、废水处理设施运行不正常等造成大量废水未经处理直接排入污水处理厂，对污水处理厂的水质造成冲击或者直接外排至周边地表水体；易燃液体泄漏引起爆炸，在消防救援时消防水未经处理直接外排，造成局部污染。

②本项目废气处理设施——工艺废气处理装置出现故障后，废气超标排放，对周围环境会造成不良影响。

【分析】在进行危险、有害因素的识别时，应全面、有序地进行识别。为防止出现漏项，宜按厂址、总平面布置、厂内运输、工艺过程等方面进行。

（1）厂址

从厂址的工程地质、地形地貌、水文、气象条件、周围环境、交通运输条件、自然灾害、消防等方面分析、识别。

（2）总平面布置

从功能分区、防火间距和安全间距、风向、建筑物朝向、危险化学品仓库、动力设施（氧气站、乙炔气站、压缩空气站、锅炉房、液化石油气站等）、道路、贮运等方面进行分析、识别。

（3）厂内运输

从运输、装卸、消防、疏散、人流、物流、平面交叉运输和竖向交叉运输等方面进行分析、识别。

（4）工艺过程

①描述项目工艺流程、反应过程、重要装置设备位置、总体平面布置，包括储运。

②划分项目功能系统。根据化工、石化企业安全评价要求及一般工艺工序特点，功能系统划分为：生产运行系统、公用工程系统、贮存运输系统、生产辅助系统、环境保护系统、安全消防系统、工业卫生系统（工业卫生管理、医疗救护、劳防用品等）。

③划分子系统。将每一功能系统划分为若干子系统，每一子系统首先要包括一种危险物的主要贮存容器或管道，其次要设有边界，在泄漏事故中有单一信号遥控的自动关闭阀隔开。

④划分单元。根据工艺或评价需要可进一步划分为单元。如生产运行系统中的子系统，可进一步划分为机、器、釜、槽、池、炉、泵、塔、管线、阀门等单元。

（四）环境风险类型及危害分析

环境风险类型包括危险物质泄漏，以及火灾、爆炸等引发的伴生/次生污染物排放。根据物质及生产系统危险性识别结果，分析环境风险类型、危险物质向环境转移的可能途径和影响方式。

事故状态下污染物一般通过大气、地表水、地下水等途径扩散和转移。

项目危险物质向环境转移的途径一般包括：①有毒有害液体发生泄漏，以及火灾或爆炸事故发生时产生的有毒气体向环境空气中扩散，危害到周边居民的身体健康；②发生事故产生的有毒有害物质、消防废水未能得到有效拦截，进入地表水环境中，危害水体环境；③发生泄漏的有毒有害物质或者消防废水漫流，下渗至土壤中，造成地下水水质或者土壤环境超标等。

三、风险识别结果

在风险识别的基础上，图示危险单元分布。给出建设项目环境风险识别汇总，包括危险单元、风险源、主要危险物质、环境风险类型、环境影响途径、可能受影响的环境敏感目标等，说明风险源的主要参数。风险识别汇总可参考表 10-21。

【例 4】某化工项目风险识别结果汇总见表 10-21。

表 10-21 建设项目环境风险识别表

序号	危险单元	风险源	主要危险物质	环境风险类型	环境影响途径	可能受影响的环境敏感目标	备注
1	生产线	反应釜	苯乙烯	泄漏	大气、地表水	周边村庄，项目附近某河	

序号	危险单元	风险源	主要危险物质	环境风险类型	环境影响途径	可能受影响的环境敏感目标	备注
2	储罐区	1#储罐	苯乙烯	泄漏	大气、地表水	周边村庄，项目附近某河	
3	供热站	柴油储罐	柴油	火灾爆炸引发CO释放，消防废水排放	大气、地表水	周边村庄，项目附近某河	
4	废气处理系统	废气处理设施	有毒有害气体	有毒有害气体释放	大气	周边村庄	
……							

第五节　风险事故情形分析

一、风险事故情形设定

（一）风险事故情形设定内容

由于事故触发因素具有不确定性，因此环境风险事故情形的设定并不能包含全部可能的环境风险，但通过代表性的事故情形分析可为风险管理提供技术支持。

在风险识别的基础上，选择对环境影响较大并具有代表性的事故类型，设定风险事故情形。风险事故情形设定内容应包括环境风险类型、风险源、危险单元、危险物质和影响途径等。

（二）风险事故情形设定原则

①同一种危险物质可能有多种环境风险类型。风险事故情形应包括危险物质泄漏，以及火灾、爆炸等引发的伴生/次生污染物排放情形。对不同环境要素产生影响的风险事故情形，应分别进行设定。

②对于火灾、爆炸事故，需将事故中未完全燃烧的危险物质在高温下迅速挥发释放至大气，以及燃烧过程中产生的伴生/次生污染物对环境的影响作为风险事故情形设定的内容。

③设定的风险事故情形发生可能性应处于合理的区间，并与经济技术发展水平相适应。一般而言，发生频率小于10^{-6}/年的事件是极小概率事件，可作为代表性事故情形中最大可信事故设定的参考。最大可信事故，是基于经验统计分析，在一定

可能性区间内发生的事故中，造成环境危害最严重的事故。

④风险事故情形设定的不确定性与筛选。事故触发因素具有不确定性，因此，事故情形的设定并不能包含全部可能的环境风险，但通过具有代表性的事故情形分析可为风险管理提供科学依据。事故情形的设定应在环境风险识别的基础上筛选，设定的事故情形应具有危险物质、环境危害、影响途径等方面的代表性。

二、源项分析

（一）源项分析方法

源项分析应基于风险事故情形的设定，合理估算源强。泄漏频率可参考 HJ 169—2018 附录 E 的推荐方法确定，也可采用事故树、事件树分析法或类比法等确定。

（二）事故源强的确定

事故源强是为事故后果预测提供分析模拟情形。事故源强设定可采用计算法和经验估算法。计算法适用于以腐蚀或应力作用等引起的泄漏型为主的事故；经验估算法适用于以火灾、爆炸等突发性事故伴生/次生的污染物释放。

1．物质泄漏量的计算

危险物质的泄漏主要包括液体、气体和两相流泄漏三种形式。

泄漏时间应结合建设项目探测和隔离系统的设计原则确定。一般情况下，设置紧急隔离系统的单元，泄漏时间可设定为 10 min；未设置紧急隔离系统的单元，泄漏时间可设定为 30 min。

本章仅介绍评价中使用较多的液体泄漏伯努利方程，气体泄漏和两相流泄漏的计算方法详见 HJ 169—2018 附录 F。

液体泄漏速率 Q_L 用伯努利方程计算（限制条件为液体在喷口内不应有急骤蒸发）：

$$Q_L = C_d A\rho\sqrt{\frac{2(P-P_0)}{\rho}+2gh} \tag{10-3}$$

式中：Q_L —— 液体泄漏速率，kg/s；

P —— 容器内介质压力，Pa；

P_0 —— 环境压力，Pa；

ρ —— 泄漏液体密度，kg/m^3；

g —— 重力加速度，9.81 m/s^2；

h —— 裂口之上液位高度，m；

C_d —— 液体泄漏系数，按表 10-22 选取；

A —— 裂口面积，m^2。

表 10-22　液体泄漏系数（C_d）

雷诺数 Re	裂口形状		
	圆形（多边形）	三角形	长方形
＞100	0.65	0.60	0.55
≤100	0.50	0.45	0.40

【例 5】某化工厂假定事故为苯乙烯储罐的泄漏，裂口直径为 2 cm，储罐为常压储存，泄漏口位于液面以下 5 m，$\rho_{苯乙烯}$=909 kg/m^3，C_d 取 0.65，g 取 9.81 m/s^2，泄漏时间为 10 min。计算苯乙烯的泄漏速率和总泄漏量。

$$
\begin{aligned}
Q_L &= C_d A\rho\sqrt{\frac{2(P-P_0)}{\rho}+2gh} \\
&= 0.65\times(3.14\times0.01^2)\times909\times\sqrt{2\times9.81\times5} \\
&= 1.84\ \text{（kg/s）}
\end{aligned}
$$

苯乙烯总泄漏量=1.84×10×60=1 104（kg）

当泄漏的危险物质为液体时，还需要根据实际泄漏量，液池面积和环境条件，进一步计算泄漏液体的蒸发速率才可以作为大气风险物质扩散的源强。蒸发时间应结合物质特性、气象条件、工况等综合考虑，一般情况下，可按 15～30 min 计；泄漏物质形成的液池面积以不超过泄漏单元的围堰（或堤）内面积计。

泄漏液体的蒸发分为闪蒸蒸发、热量蒸发和质量蒸发三种，其蒸发总量为这三种蒸发之和。闪蒸是指过热液体暴露在低于自身饱和压力以下的空间时，骤然蒸发并且伴随自身温度急速下降的现象。热量蒸发是指泄漏的液体在地面形成液池，并吸收地面热量而汽化。质量蒸发是由于液池表面气流运动使液体蒸发。

本节举例介绍质量蒸发的计算过程，闪蒸和热量蒸发的计算详见 HJ 169—2018 附录 F。

【例 6】计算例 5 中泄漏苯乙烯的蒸发速率。

项目苯乙烯储罐泄漏事故属于常温压力液体储罐泄漏，苯乙烯的沸点为 146℃，当其在常温环境下泄漏时不会发生闪蒸和热量蒸发，只发生质量蒸发。泄漏后的苯乙烯会迅速在围堰内形成液池，由于所形成的液池面积将恒定为围堰面积（围堰面积 20 m^2），从而使质量蒸发速率也保持恒定，此时的质量蒸发速率 Q 按下式计算：

$$Q=\alpha p\frac{M}{RT_0}u^{\frac{(2-n)}{(2+n)}}r^{\frac{(4+n)}{(2+n)}} \tag{10-4}$$

式中：Q —— 质量蒸发速率，kg/s；

p —— 液体表面蒸气压，Pa；

R —— 气体常数，取 8.314 J/（mol·K）；

T_0 —— 环境温度，K；

M —— 物质的摩尔质量，kg/mol；

u —— 风速，m/s；

r —— 液池半径，m；

α，n —— 大气稳定度系数，取值见导则表 F.3。

本次计算按大气稳定度为 F 取值，即 $\alpha=5.285\times10^{-3}$，$n$=0.3。环境温度为 20℃，风速为 1.5 m/s，液体表面蒸气压 598 Pa，摩尔质量 0.104 kg/mol。

经计算，泄漏的苯乙烯质量蒸发速率为 0.001 03 kg/s。蒸发时间按 20 min 计算，总蒸发量为 1.236 kg。

2．经验法估算物质释放量

火灾、爆炸事故在高温下迅速挥发释放至大气的未完全燃烧危险物质，以及在燃烧过程中产生的伴生/次生污染物（如油品燃料产生的二氧化硫、一氧化碳等），可参照 HJ 169—2018 附录 F 采用经验法估算释放量。

3．其他估算方法

①装卸事故，泄漏量按装卸物质流速和管径及失控时间计算，失控时间一般可按 5～30 min 计。

②油气长输管线泄漏事故，按管道截面 100%断裂估算泄漏量，应考虑截断阀启动前、后的泄漏量。截断阀启动前，泄漏量按实际工况确定；截断阀启动后，泄漏量以管道泄压至与环境压力平衡所需要时间计。

③水体污染事故源强应结合污染物释放量、消防用水量及雨水量等因素综合确定。

4．源强参数确定

根据风险事故情形确定事故源参数（如泄漏点高度、温度、压力、泄漏液体蒸发面积等）、释放/泄漏速率、释放/泄漏时间、释放/泄漏量、泄漏液体蒸发量等，给出源强汇总。

【例 7】某化工项目风险事故源强汇总情况见表 10-23。

表 10-23　建设项目源强一览表

序号	风险事故情形描述	危险单元	危险物质	影响途径	释放或泄漏速率/（kg/s）	释放或泄漏时间/min	最大释放或泄漏量/kg	泄漏液体蒸发量/kg	其他事故源参数
1	苯乙烯储罐出现裂口	储罐区	苯乙烯	经大气扩散	1.84	10	1 104	1.236	裂口直径 2 cm，常压储存，泄漏口位于液面以下 5 m，泄漏液体蒸发面积 20 m^2，温度 20℃，大气稳定度为 F，风速 1.5 m/s
……									

第六节　风险预测

一、风险预测

（一）有毒有害物质在大气中的扩散

1．预测模型筛选

①导则推荐模型包括 SLAB 模型和 AFTOX 模型。预测计算时，应区分重质气体与轻质气体排放选择合适的大气风险预测模型。其中，重质气体和轻质气体的判断，取决于它相对空气的“过剩密度”和环境条件等因素，依据可采用 HJ 169—2018 附录 G 中 G.2 推荐的理查德森数（R_i）进行判定。

SLAB 模型适用于平坦地形下重质气体排放的扩散模拟。SLAB 模型处理的排放类型包括地面水平挥发池、抬升水平喷射、烟囱或抬升垂直喷射以及瞬时体源。SLAB 模型可以在一次运行中模拟多组气象条件，但模型不适用于实时气象数据输入。

AFTOX 模型适用于平坦地形下中性气体和轻质气体排放以及液池蒸发气体的扩散模拟。AFTOX 模型可模拟连续排放或瞬时排放，液体或气体，地面源或高架源，点源或面源的指定位置浓度、下风向最大浓度及其位置等。

②采用附录 G 中的推荐模型进行气体扩散后果预测，模型选择应结合模型的适用范围、参数要求等说明模型选择的依据。

③选用推荐模型以外的其他技术成熟的大气风险预测模型时，需说明模型选择理由及适用性。

2．预测范围与计算点

①预测范围即预测物质浓度达到评价标准时的最大影响范围，通常由预测模型计算获取。预测范围一般不超过 10 km。

②计算点分特殊计算点和一般计算点。特殊计算点指大气环境敏感目标等关心点，一般计算点指下风向不同距离点。一般计算点的设置应具有一定分辨率，距离风险源 500 m 范围内可设置 10～50 m 间距，大于 500 m 范围内可设置 50～100 m 间距。

3．事故源参数

根据大气风险预测模型的需要，调查泄漏设备类型、尺寸、操作参数（压力、温度等），泄漏物质理化特性（摩尔质量、沸点、临界温度、临界压力、比热容比、气体定压比热容、液体定压比热容、液体密度、汽化热等）。

4．气象参数

一级评价需选取最不利气象条件及事故发生地的最常见气象条件分别进行后果预测。其中最不利气象条件取 F 类稳定度，1.5 m/s 风速，温度 25℃，相对湿度 50%；最常见气象条件由当地近 3 年内的至少连续 1 年气象观测资料统计分析得出，包括出现频率最高的稳定度、该稳定度下的平均风速（非静风）、日最高平均气温、年平均湿度。

二级评价需选取最不利气象条件进行后果预测。最不利气象条件取 F 类稳定度，1.5 m/s 风速，温度 25℃，相对湿度 50%。

5．大气毒性终点浓度值选取

大气毒性终点浓度即预测评价标准。大气毒性终点浓度值选取参见 HJ 169—2018 附录 H，分为 1 级和 2 级。

6．预测结果表述

①给出下风向不同距离处有毒有害物质的最大浓度，以及预测浓度达到不同毒性终点浓度的最大影响范围。

②给出各关心点的有毒有害物质浓度随时间变化情况，以及关心点的预测浓度超过评价标准时对应的时刻和持续时间。

③对于存在极高大气环境风险的建设项目，应开展关心点概率分析，即有毒有害气体（物质）剂量负荷对个体的大气伤害概率、关心点处气象条件的频率、事故发生概率的乘积，以反映关心点处人员在无防护措施条件下受到伤害的可能性。有毒有害气体大气伤害概率估算参见 HJ 169—2018 附录 I。

（二）有毒有害物质在地表水、地下水环境中的运移扩散

1．有毒有害物质进入水环境的方式

有毒有害物质进入水环境，包括事故直接导致和事故处理（处置）过程间接导

致的情况，一般为瞬时排放源和有限时段内排放的源。

2．预测模型

（1）地表水

根据风险识别结果，有毒有害物质进入水体的方式、水体类别及特征，以及有毒有害物质的溶解性，选择适用的预测模型。①对于油品类泄漏事故，流场计算按 HJ 2.3 中的相关要求，选取适用的预测模型，溢油漂移扩散过程按 GB/T 19485 中的溢油粒子模型进行溢油轨迹预测。②其他事故，地表水风险预测模型及参数参照 HJ 2.3。

（2）地下水

地下水风险预测模型及参数参照 HJ 610。

3．终点浓度值选取

终点浓度即预测评价标准。终点浓度值根据水体分类及预测点水体功能要求，按照 GB 3838、GB 5749、GB 3097 或 GB/T 14848 选取。对于未列入上述标准，但确需进行分析预测的物质，其终点浓度值选取可参照 HJ 2.3、HJ 610。

对于难以获取终点浓度值的物质，可按质点运移到达判定。

4．预测结果表述

（1）地表水

根据风险事故情形对水环境的影响特点，预测结果可采用以下表述方式：①给出有毒有害物质进入地表水体最远超标距离及时间。②给出有毒有害物质经排放通道到达下游（按水流方向）环境敏感目标处的到达时间、超标时间、超标持续时间及最大浓度，对于在水体中漂移类物质，应给出漂移轨迹。

（2）地下水

给出有毒有害物质进入地下水体到达下游厂区边界和环境敏感目标处的到达时间、超标时间、超标持续时间及最大浓度。

项目的风险事故情形分析和事故后果预测按表 10-24 进行汇总。

表 10-24 事故源项及事故后果基本信息表

风险事故情形分析[a]					
代表性事故情形描述					
环境风险类型					
泄漏设备类型		操作温度/℃		操作压力/MPa	
泄漏危险物质		最大存在量/kg		泄漏孔径/mm	
泄漏速率/（kg/s）		泄漏时间/min		泄漏量/kg	
泄漏高度/m		泄漏液体蒸发量/kg		泄漏频率	

<table>
<tr><td colspan="7">事故后果预测</td></tr>
<tr><td rowspan="6">大气</td><td>危险物质</td><td colspan="5">大气环境影响</td></tr>
<tr><td rowspan="5"></td><td>指标</td><td>浓度值/（mg/m^3）</td><td>最远影响距离/m</td><td colspan="2">到达时间/min</td></tr>
<tr><td>大气毒性终点浓度-1</td><td></td><td></td><td colspan="2"></td></tr>
<tr><td>大气毒性终点浓度-2</td><td></td><td></td><td colspan="2"></td></tr>
<tr><td>敏感目标名称</td><td>超标时间/min</td><td>超标持续时间/min</td><td colspan="2">最大浓度/（mg/m^3）</td></tr>
<tr><td></td><td></td><td></td><td colspan="2"></td></tr>
<tr><td rowspan="5">地表水</td><td>危险物质</td><td colspan="5">地表水环境影响[b]</td></tr>
<tr><td rowspan="4"></td><td>受纳水体名称</td><td colspan="2">最远超标距离/m</td><td colspan="2">最远超标距离到达时间/h</td></tr>
<tr><td></td><td colspan="2"></td><td colspan="2"></td></tr>
<tr><td>敏感目标名称</td><td>到达时间/h</td><td>超标时间/h</td><td>超标持续时间/h</td><td>最大浓度/（mg/L）</td></tr>
<tr><td></td><td></td><td></td><td></td><td></td></tr>
<tr><td rowspan="5">地下水</td><td>危险物质</td><td colspan="5">地下水环境影响</td></tr>
<tr><td rowspan="4"></td><td>厂区边界</td><td>到达时间/d</td><td>超标时间/d</td><td>超标持续时间/d</td><td>最大浓度/（mg/L）</td></tr>
<tr><td></td><td></td><td></td><td></td><td></td></tr>
<tr><td>敏感目标名称</td><td>到达时间/d</td><td>超标时间/d</td><td>超标持续时间/d</td><td>最大浓度/（mg/L）</td></tr>
<tr><td></td><td></td><td></td><td></td><td></td></tr>
</table>

注：a 按选择的代表性风险事故情形分别填写；

b 根据预测结果表述，选择受纳水体最远超标距离及到达时间或环境敏感目标到达时间、超标时间、超标持续时间及最大浓度填写。

二、环境风险评价

结合各要素风险预测，分析说明建设项目环境风险的危害范围与程度。大气环境风险的影响范围和程度由大气毒性终点浓度确定，明确影响范围内的人口分布情况；地表水、地下水对照功能区质量标准浓度（或参考浓度）进行分析，明确对下游环境敏感目标的影响情况。环境风险可采用后果分析、概率分析等方法开展定性或定量评价，以避免急性损害为重点，确定环境风险防范的基本要求。

第七节 环境风险管理

一、环境风险管理目标

环境风险管理目标是采用最低合理可行原则（as low as reasonable practicable，ALARP）管控环境风险。采取的环境风险防范措施应与社会经济技术发展水平相适应，运用科学的技术手段和管理方法，对环境风险进行有效的预防、监控、响应。

环境风险管理重点在于提出合理有效的环境风险防范措施建议，同时衔接后续管理工作，提出企业突发环境事件应急预案编制或完善的原则要求。

二、环境风险防范措施

（一）大气环境风险防范措施

大气环境风险防范应结合风险源状况明确环境风险的防范、减缓措施，提出环境风险监控要求，并结合环境风险预测分析结果、区域交通道路和安置场所位置等，提出事故状态下人员的疏散通道及安置等应急建议。

（二）事故废水环境风险防范措施

事故废水环境风险防范应明确“单元—厂区—园区/区域”的环境风险防控体系要求，设置事故废水收集（尽可能以非动力自流方式）和应急储存设施，以满足事故状态下收集泄漏物料、污染消防水和污染雨水的需要，明确并图示防止事故废水进入外环境的控制、封堵系统。

应急储存设施应根据发生事故的设备容量、事故时消防用水量及可能进入应急储存设施的雨水量等因素综合确定。应急储存设施内的事故废水，应及时进行有效处置，做到回用或达标排放。结合环境风险预测分析结果，提出实施监控和启动相应的园区/区域突发环境事件应急预案的建议要求。

（三）地下水环境风险防范措施

地下水环境风险防范应重点采取源头控制和分区防渗措施，加强地下水环境的监控、预警，提出事故应急减缓措施。

（四）其他风险防范措施

①针对主要风险源，提出设立风险监控及应急监测系统，实现事故预警和快速

应急监测、跟踪，提出对应急物资、人员等的管理要求。

②对于改建、扩建和技术改造项目，应分析依托企业现有环境风险防范措施的有效性，提出完善意见和建议。

③环境风险防范措施应纳入环保投资和建设项目竣工环境保护验收内容。

（五）应急体系与联动要求

考虑事故触发具有不确定性，厂内环境风险防控系统应纳入园区/区域环境风险防控体系，明确风险防控设施、管理的衔接要求。极端事故风险防控及应急处置应结合所在园区/区域环境风险防控体系统筹考虑，按分级响应要求及时启动园区/区域环境风险防范措施，实现厂内与园区/区域环境风险防控设施及管理有效联动，有效防控环境风险。

三、突发环境事件应急预案编制要求

①按照国家、地方和相关部门要求，提出企业突发环境事件应急预案编制或完善的原则要求，包括预案适用范围、环境事件分类与分级、组织机构与职责、监控和预警、应急响应、应急保障、善后处置、预案管理与演练等内容。

②明确企业、园区/区域、地方政府环境风险应急体系。企业突发环境事件应急预案应体现分级响应、区域联动的原则，与地方政府突发环境事件应急预案相衔接，明确分级响应程序。

复习与思考题

1. 环境风险评价的内容及其步骤是什么？
2. 如何进行环境风险潜势初判？
3. 风险识别的内容包括哪三个方面？
4. 环境风险类型有哪些？
5. 有毒有害物质在大气中扩散的预测模型有哪些？

第十一章　环境影响经济损益分析

【知识目标】

1. 一般性了解环境影响经济损益分析的步骤。

2. 掌握环境价值评估技术（方法）。

【能力目标】

能够按照相关要求，进行环境影响经济损益分析。

一、环境影响经济损益分析概念

环境影响的经济损益分析，也称为环境影响的经济评价，就是要估算某一建设项目、规划或政策所引起的环境影响的经济价值，并将环境影响的价值纳入项目、规划或政策的经济分析（费用效益分析），以判断这些环境影响对该项目、规划或政策的可行性会产生多大的影响。这里，对负面的环境影响，估算出的是环境成本；对正面的环境影响，估算出的是环境效益。

环境影响的经济损益分析是环境影响评价的一项重要工作内容，其主要任务是衡量因建设项目的建设和运营带来的环境成本和环境效益，是对建设项目进行环境可行性判定的重要依据。

二、环境影响经济损益分析的必要性

在环境影响评价中进行环境影响经济损益分析具有重要的理论意义和实践意义，这主要体现在以下几方面。

（一）环境影响评价中体现可持续发展战略的要求

我国政府早在 20 世纪 90 年代就制定了明确的可持续发展战略。但是，要使我国的可持续发展战略付诸实践，还必须使可持续发展战略具体化，将其纳入各种开发活动的管理体系中考虑。具体而言，就是在项目投资、区域开发或政策制定过程中对其所造成的环境影响进行环境影响经济损益分析，以此进行综合的评估和判断，从而确定这些活动能否达到可持续发展的要求。

（二）环境影响评价中体现国民经济核算体系发展的要求

目前的国民经济核算体系没有考虑到环境资源的作用，因此存在重大的缺陷。

要想真实地反映国民财富的状况，就必须对现有的国民经济核算体系进行改造，将环境资源的变动状况综合地反映到国民经济核算体系中。而只有通过对环境资源进行货币化估值，才有可能用货币价值这一共同的量度将环境资源与其他经济财富统一起来。对环境影响进行经济损益分析，将有利于推进把环境核算纳入我国国民经济核算体系的进程。

（三）进一步提高环境影响评价有效性的要求

目前，我国建设项目或区域开发，一般是企业从自身的角度先进行财务分析和国民经济评价，然后由环评单位进行环境影响评价。这种以经济效益为主要目标、没有具体考虑环境影响所产生的费用和效益的评价模式，不可避免地存在诸多弊端，诸如未对环境价值进行系统分析、过分集中于建设项目而忽视了环境外部不经济性等。为了进一步提高目前环境影响评价的有效性，我们必须将有关的经济学理论融入传统的环境影响评价之中，使环境影响评价和国民经济评价有机结合起来，其结合点就是环境影响经济损益分析。

（四）环境影响评价体现生态补偿理念的要求

环境保护需要补偿机制，需要以补偿为纽带，以利益为中心，建立利益驱动机制、激励机制和协调机制。生态补偿制度的建立和完善，已经成为重大的现实课题。要实行生态补偿，首先面临的一个难题就是如何确定生态补偿的数额。生态补偿金的最终确定必须要有明确的科学依据，其基础就是对环境影响进行经济损益分析，确定生态环境影响的货币化价值。

三、环境影响经济损益分析的方法、步骤

环境影响经济损益分析可以按以下三个步骤来进行，在实际中有些步骤可以合并操作。

（一）环境影响的筛选

环境影响筛选，是因为并不是所有的环境影响都需要或可能进行经济损益分析，一般从如下四个方面进行筛选（图 11-1）。

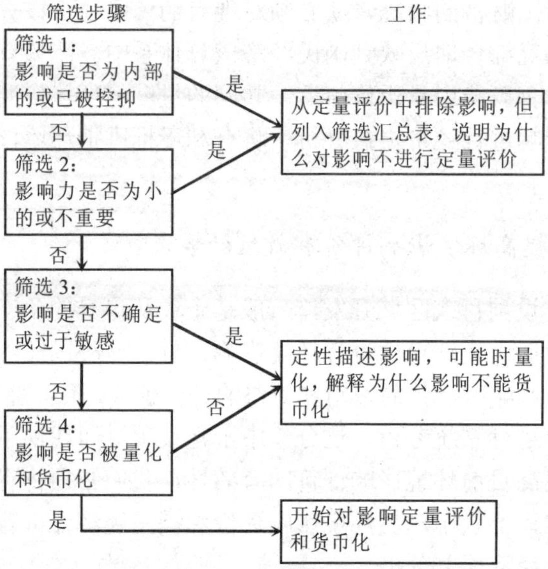

图 11-1　环境影响筛选的过程

筛选 1：影响是否为内部的或已被控抑。

环境影响的经济评价只是考虑项目的外部影响，即没有纳入项目财务核算的影响。内部影响将被排除，内部环境影响是已被纳入项目的财务核算的影响。环境影响的经济评价也只是考虑项目没有被控抑的影响。按项目设计已被环境保护措施治理掉的影响也将被排除，因为计算已被控抑的环境影响的价值在这里是毫无意义的。

这一筛选要考虑两个问题：首先，要决定该影响是否代表一个内部成本或效益。如果一个影响是内部的，那么它就应该已经包括在项目的经济分析中，在这儿就会导致重复计算。其次，要决定该影响是否能够全部或大部分被控抑。如果影响被控抑，那么所发生的控抑成本（如污染控制），就应该已经包括在项目的估算成本中，不应该遗留任何重要的环境影响需要评价。

筛选 2：影响力是否为小的或不重要的。

项目造成的环境影响是众多的、方方面面的，其中小的、轻微的环境影响将不再被量化和货币化。损益分析部分只关注大的、重要的环境影响。环境影响的大小轻重，需要评价者作出判断。

这一筛选要考虑对该影响进行评价的价值意义。因为在一定程度上这是一个判断问题，对于后面的逻辑程序非常重要。

筛选 3：影响是否不确定或过于敏感。

有些影响可能比较大，但也许这些环境影响本身是否发生存在很大的不确定性，或人们对该影响的认识存在较大的分歧，这样的影响将被排除。另外，对有些环境影响的评估可能涉及政治、军事禁区，在政治上过于敏感，这些影响也将不再进一步做经济评价。

该筛选要考虑的问题是，是否会由于不确定性（如由于科学不确定性或文化价值、政治考虑、法律要求），无论取得什么结果，任何评价都是不可能的或是没有用的。在这种情况下，对争论的评价，可能是决定一个项目取舍至关重要的因素，但是超出了经济学方法的领域。此时应该明确认识到，对于这个问题仅有经济评价可能是不够的或者是没有意义的。

筛选 4：影响是否被量化和货币化。

由于认识上的限制、时间限制、数据限制、评估技术上的限制或者预算限制，有些大的环境影响难以定量化，有些环境影响难以货币化，这些影响将被排除，不再对它们进行经济评价。例如，一片森林被破坏引起当地社区在文化、心理或精神上的损失很可能是巨大的，但因为难以量化，所以不再对此进行经济评价。

这个筛选要考虑有没有足够的数据或其他信息支持对潜在影响进行定量评价。

经过筛选过程后，全部环境影响将被分成三大类：第一类环境影响是被剔除、不再做任何评价分析的影响，如那些内部的环境影响、小的环境影响以及能被控抑的影响等；第二类环境影响是需要做定性说明的影响，如那些大的但可能很不确定的影响、显著但难以量化的影响等；第三类环境影响就是那些需要并且能够量化和货币化的影响。

（二）环境影响的量化

环境影响的量化是指需要一个合理的物理量化单位来表达每一种影响的大小，环境影响评价所提供的数据可能仅仅是污染物（影响因子）的量化信息而不是承受者受害情况的变化数据，在这种情况下，需要剂量反应函数来测定各种污染物与承受者之间的数量关系。在许多情况下，不可能将承受者的所有影响都予以量化，为尽可能地扩大量化范围，可将定性信息与定量信息相结合。

环境影响的量化，应该在环评的前面阶段已经完成。但是：①环境影响的已有量化方式，不一定适合于进行下一步的价值评估。如对健康的影响，可能被量化为健康风险水平的变化，而不是死亡率、发病率的变化。②在许多情况下，前一部分环评报告书只给出项目排放污染物（如 SO_2，TSP，COD 等）的数量或浓度，而不是这些污染物对受体影响的大小。

根据影响的定义，影响可以分为四类，即人体健康、人类福利、环境资源和全球系统。这四类影响量化的方法有共同的部分，但又各有其特殊性，涉及多学科的知识，它们之间共同的原则性步骤如下所述。

第一步，查找出需要全面或部分经济评估的影响，然后确定与这些影响相对应的环境影响因子。

第二步，确定这些环境因子的量纲和数量。量纲的确定可能需要参考相关领域的文献或听取专家的意见，以此量纲来衡量影响因子的数量。不同的建设项目，其环境影响因子的量纲应该是相同的，其数量可以是不同的。

第三步，确定受体和影响因子对受体的传播途径，尤其是易感受体。受体既包括直接受影响因子影响的受体，也包括通过受体传播而受到影响的间接受体。影响因子的传播途径是计算受体所受影响的基础。

第四步，确定受体所受影响的指标及其量纲。这一步需要参考相关领域的文献或听取专家的意见。描述受体所受影响的指标也许会随着对影响因子产生影响的机制的认识而发生变化，量纲也就随之变化。

第五步，量化影响。一个影响因子所产生的影响可能是四类影响中的一种，也可能是多种。影响是影响因子的数量、影响的地理范围、时间和受影响地区人口密度的函数。各种影响因子与受体之间的数量关系，可以采用剂量—反应函数来做。

在许多情况下，不可能将受体的所有影响予以量化。为尽可能地扩大量化范围，可以将定性信息与定量信息相结合。

（三）环境影响的价值评价

环境影响的价值评价是对量化的环境影响进行货币化的过程。这是损益分析部分中最关键的一步，也是环境影响经济评价的核心。

目前，全部的环境价值评估技术（方法）可分为 3 组。

1. 第Ⅰ组评估方法

第Ⅰ组评估方法包括旅行费用法、隐含价格法、调查评价法、成果参照法，都有完善的理论基础，是对环境价值（以支付意愿衡量）的正确度量，可以称为标准的环境价值评估法。美国内政部、商务部在各自起草的自然资源损害评估原则条例中都将这些方法作为适用的评估方法。世界银行、亚洲开发银行等国际发展机构都在环境评估中应用这些方法。详见表 11-1。

表 11-1　第Ⅰ组评估方法

方法		含义
第Ⅰ组评估方法	旅行费用法	旅行费用法，一般用来评估户外游憩地的环境价值，如评估森林公园、城市公园、自然景观等的游憩价值。旅行费用法的基本思想是到该地旅游要付出代价，这一代价即旅行费用。旅行费用越高，来该地游玩的人越少；旅行费用越低，来该地游玩的人越多。所以，旅行费用成了旅游地环境服务价格的替代物。据此，可以求出人们在消费该旅游地环境服务时获得的消费者剩余。旅游地门票为零时，该消费者剩余，就是这一景观的游憩价值

方法		含义
第Ⅰ组评估方法	隐含价格法	隐含价格法可用于评估大气质量改善的环境价值，也可用于评估大气污染、水污染、环境舒适性和生态系统环境服务功能等的环境价值。 其基本思想是，以上环境因素会影响房地产的价格。市场中形成的房地产价格，包含了人们对其环境因素的评估。通过回归分析，可以分析出人们对环境因素的估价
	调查评价法	可用于评估几乎所有的环境对象，如大气污染的环境损害、户外景观的游憩价值、环境污染的健康损害、人的生命价值、特有环境的非使用价值。其中环境的非使用价值，只能使用调查评价法来评估。 调查评价法通过构建模拟市场来揭示人们对某种环境物品的支付意愿（WTP），从而评价环境价值。它通过人们在模拟市场中的行为，而不是在现实市场中的行为来进行价值评估，通常不发生实际的货币支付
	成果参照法	成果参照法是把旅行费用法、隐含价格法、调查评价法的实际评价结果作为参照对象，用于评价一个新的环境物品。该法类似于环评中常用的类比分析法，最大的优点是节省时间、费用。因此，环境影响经济评价中最常用的就是成果参照法

2．第Ⅱ组评估方法

第Ⅱ组评估方法包括医疗费用法、人力资本法、生产力损失法、恢复或重置费用法、影子工程法、防护费用法，都是基于费用或价格的。它们虽然不等于价值，但据此得到的评估结果，通常可作为环境影响价值的低限值。

该组方法的优点是所依据的费用或价格数据比较容易获得、数据变异小、易被管理者理解；缺陷是，在理论上，这组方法评估出的并不是以支付意愿衡量的环境价值。详见表 11-2。

表 11-2　第Ⅱ组评估方法

方法		含义
第Ⅱ组评估方法	医疗费用法	用于评估环境污染引起的健康影响（疾病）的经济价值。如果环境污染引起某种疾病（发病率）的增加，治疗该疾病的费用，可以作为人们为避免该环境影响所具有的支付意愿（WTP）的底线值。 医疗费用法估价健康影响的缺陷是，它无视疾病给人们带来的痛苦。人们避免疾病，一方面是为了避免医疗费用，另一方面是为了避免疾病带来的痛苦。医疗费用法没有捕捉到健康影响的这一方面
	人力资本法	用于评估环境污染的健康影响（收入损失、死亡）。 环境污染引起误工、收入能力降低、某种疾病死亡率的增加，由此引起的收入减少，可以作为人们为避免该环境影响所具有的支付意愿（WTP）的底线值
	生产力损失法	用于评估环境污染和生态破坏造成的工农业等生产力的损失。该方法用环境破坏造成的产量损失乘以该产品的市场价格，来表示该环境破坏的损失价值。该方法也称为市场价值法

方法		含义
第Ⅱ组评估方法	恢复或重置费用法	用于评估水土流失、重金属污染、土地退化等环境破坏造成的损失。用恢复或破坏环境（或重置相似环境）的费用来表示该环境的价值
	影子工程法	用于评估水污染造成的损失、森林生态功能价值等。用复制具有相似环境功能的工程的费用来表示该环境的价值，是重置费用法的特例
	防护费用法	用于评估噪声、危险品和其他污染造成的损失。用避免某种污染的费用来表示该环境污染造成损失的价值

3．第Ⅲ组评估方法

第Ⅲ组评估方法包括反向评估、机会成本法，详见表 11-3。

表 11-3　第Ⅲ组评估方法

方法		含义
第Ⅲ组评估方法	反向评估法	反向评估法不是直接评估环境影响的价值，而是根据项目的内部收益率或净现值反推，推算出项目的环境成本不超过多少时，该项目才是可行的（数据严重不足时，可考虑使用）
	机会成本法	机会成本法是一种反向评估法。它只对项目进行财务分析，先不考虑外部环境影响，计算出该项目的净收益。再考虑该项目占用的环境资源的价值大于还是小于该收益

上述 3 组环境价值评估方法的选择优先顺序（在可能的情况下）：首选第Ⅰ组评估方法，因其理论基础完善，是标准的环境价值评价方法；其次是第Ⅱ组评估方法，可作为低限值，但有时具有不确定性；最后是第Ⅲ组评估方法，有助于项目决策。

在实际环境影响评价工作中，最常用的方法是成果参照法。

四、建设项目环境影响经济损益分析的内容

建设项目环境影响经济损益分析是以大气、水、声、生态等环境影响评价为基础的，只有在得到各环境要素影响评价结果以后，才可能在此基础上进行环境影响经济损益分析。

建设项目环境影响经济损益分析包括建设项目环境影响经济评价和环保措施的经济损益评价两部分。

环境保护措施的经济论证，是要估算环境保护措施的投资费用、运行费用、取得的效益，用于多种环境保护措施的比较，以选择费用比较低的环境保护措施。但应指出的是环境保护措施的经济论证不能代替建设项目的环境影响经济损益分析。

根据《中华人民共和国环境影响评价法》第十七条的规定，建设项目环境影响报告书均应有环境影响经济损益分析的专题内容，但对于项目不太大或项目污染不严重的环境影响报告书来说，只需要做出简易的环境—经济损益分析。简易分析的

主要内容为环保投资估算，运行费用估算、投资比例以及取得的环境效益的分析。环境效益分析一般包括以下两个方面：

（1）环境影响的经济损失：项目治理污染或生态保护方面的投资和运行管理费用，也包括对环境造成影响的补偿（交纳排污费）与赔偿费用，或是对环境直接的修复治理费用。

（2）环境影响的经济收益：项目采取的相关措施使得在节约资源与能源、减少污染与生态灾害方面节省下来的费用或增加的额外经济效益（例如植树造林项目、防风固沙项目、河涌污染综合整治项目、城市污水处理厂项目）。

【例 1】某大型房地产项目生态环境影响的经济损益分析。

参照生态环境影响分析结论，该项目建设过程中带来的主要生态环境问题是植被的破坏。植被具有释放氧气、涵养水源、调节地表径流等功能。地表植被的破坏造成植被覆盖率降低，会导致这些功能的丧失，具体可以从植被破坏年释放氧量减少、植被直接经济损失两方面评价其造成的经济损失。下面仅以植被破坏年释放氧量减少为例分析其经济损失。

植被破坏年释放氧量减少损失：

$$E=W\times X$$

式中：W—— 年释氧量，t；

X—— 氧气市场价格，元/t。

根据有关资料，每公顷植物一年释放的氧气量见表 11-4。

表 11-4 不同植物释放氧气情况 单位：t/hm^2

植被类型	释放氧气量	计算取值
农作物草地	30～100	65
常绿林和果林	200～300	250

根据本项目的实际情况，以及评价期间进行的陆生生态环境调查的成果，粗略统计本项目建成前后植被覆盖情况（表 11-5）。

表 11-5 项目建成前后植被覆盖情况 单位：hm^2

植被类型	建设前面积	建成后面积
农作物草地	10.72	92.38
常绿林和果林	89.35	19.99
荒地	5.34	3.77（含建筑、道路）

按照前面提供的计算方法及系数，可计算出项目建设前后植被释放氧气量的变化情况（表 11-6）。

表 11-6 项目建设前后植被释放氧气量变化 单位：t

植被类型	建设前释放氧气量	建成后释放氧气量	变化量
农作物草地	696.8	6 004.7	+5 307.9
常绿林和果林	22 337.5	4 997.5	−17 340.0
总　量	23 034.3	11 002.2	−12 032.0

根据文献资料显示，氧气的市场价格按照 1999 年可比价为 680 元/t，则可估算出项目建设因植被破坏带来的生态损失（表 11-7）。

表 11-7 从释放氧气量变化计算项目建设带来的生态损失 单位：元

植被类型	建设前释放氧气价值	建成后释放氧气价值	生态损失
农作物草地	473 824	4 083 196	+3 609 372
常绿林和果林	15 189 500	3 398 300	−11 791 200
总　量	15 663 324	7 481 496	−8 181 828

从表 11-7 可以看出，由于本项目的建设，环境减少释放氧气等的损失达到 8 181 828 元。

复习与思考题

1. 何谓环境影响经济损益分析，其在环境影响评价中的作用是什么？

2. 环境价值评估技术（方法）有哪些？在环境影响评价实际工作中，选择的优先顺序是什么？

第十二章　环境影响评价公众参与

【知识目标】

1. 了解环境影响评价中公众参与的依据。

2. 熟悉环境影响评价中公众参与的要求及做法。

【能力目标】

能够按照相关要求，完成环境影响评价中公众参与工作。

第一节　公众参与依据

公众参与是环境影响评价工作中的一个重要组成部分，是完善决策的一种有效办法。同时也是项目方通过环境影响评价工作同公众之间的一种双向交流，其目的是使项目能被公众充分了解，并提高项目的环境和经济效益。

建设项目环境影响评价公众参与说明是独立于环境影响报告书之外的材料文本，由建设单位编制，需要与环境影响报告书同时报送生态环境主管部门。

一、《中华人民共和国环境保护法》

第五十六条规定：对依法应当编制环境影响报告书的建设项目，建设单位应当在编制时向可能受影响的公众说明情况，充分征求意见。

负责审批建设项目环境影响评价文件的部门在收到建设项目环境影响报告书后，除涉及国家秘密和商业秘密的事项外，应当全文公开；发现建设项目未充分征求公众意见的，应当责成建设单位征求公众意见。

二、《中华人民共和国环境影响评价法》

环境影响评价中开展公众参与的主要依据来自《中华人民共和国环境影响评价法》第五条、第十一条、第二十一条的规定。

第五条规定：国家鼓励有关单位、专家和公众以适当方式参与环境影响评价。

第十一条规定：专项规划的编制机关对可能造成不良环境影响并直接涉及公众环境权益的规划，应当在该规划草案报送审批前，举行论证会、听证会，或者采取其他形式，征求有关单位、专家和公众对环境影响报告书草案的意见。但是，国家规定需要保密的情形除外。

编制机关应当认真考虑有关单位、专家和公众对环境影响报告书草案的意见，并应当在报送审查的环境影响报告书中附具对意见采纳或者不采纳的说明。

第二十一条规定：除国家规定需要保密的情形外，对环境可能造成重大影响、应当编制环境影响报告书的建设项目，建设单位应当在报批建设项目环境影响报告书前，举行论证会、听证会，或者采取其他形式，征求有关单位、专家和公众的意见。

建设单位报批的环境影响报告书应当附具对有关单位、专家和公众的意见采纳或者不采纳的说明。

三、《环境影响评价公众参与办法》

2006 年 2 月，国家环境保护总局印发《环境影响评价公众参与暂行办法》（环发〔2006〕28 号），首次对环境影响评价公众参与进行了全面系统的规定。办法自施行以来，环境影响评价公众参与全面开展，极大地调动了公众保护环境的积极性和主动性，畅通了公众环境保护诉求表达渠道，维护了公众环境权益，得到社会的广泛认可。

随着公众环保意识的逐步提高，进一步强化环境影响评价工作中公众参与的作用，切实做到环境与经济协调发展，生态环境部于 2018 年 4 月 16 日审议通过了《环境影响评价公众参与办法》（以下简称《公参办法》），自 2019 年 1 月 1 日起施行。

《公参办法》第三条：国家鼓励公众参与环境影响评价。

环境影响评价公众参与遵循依法、有序、公开、便利的原则。

《公参办法》要求建设单位单独编制公众参与说明，纳入环评审批的受理要件，同步受理同步公开，接受公众监督和举报。

第二节　规划环评公众参与的基本要求

专项规划编制机关应当在规划草案报送审批前，举行论证会、听证会，或者采取其他形式，征求有关单位、专家和公众对环境影响报告书草案的意见。

建设单位应当依法听取环境影响评价范围内的公民、法人和其他组织的意见，鼓励建设单位听取环境影响评价范围之外的公民、法人和其他组织的意见。

专项规划编制机关和建设单位负责组织环境影响报告书编制过程的公众参与，对公众参与的真实性和结果负责。

专项规划编制机关和建设单位可以委托环境影响报告书编制单位或者其他单位承担环境影响评价公众参与的具体工作。

专项规划环境影响评价的公众参与，《公参办法》未做规定的，依照《中华人民共和国环境影响评价法》《规划环境影响评价条例》的相关规定执行。

土地利用的有关规划和区域、流域、海域的建设、开发利用规划的编制机关，在组织进行规划环境影响评价的过程中，可以参照《公参办法》的有关规定征求公众意见。

第三节　建设项目环评的公众参与

一、建设项目公众参与的程序

建设项目环评公众参与的程序分为三个阶段，建设单位主要工作内容和要求如下。

（一）第一阶段（首次信息公开）

建设单位在确定环境影响报告书编制单位后 7 个工作日内，完成以下工作。

1．公开信息的方式

通过建设单位网站、建设项目所在地公共媒体网站或者建设项目所在地相关政府网站（以下统称网络平台），进行网上公示。

2．公开信息的内容

公开的信息包括以下内容：

①建设项目名称、选址选线、建设内容等基本情况，改建、扩建、迁建项目应当说明现有工程及其环境保护情况；

②建设单位名称和联系方式；

③环境影响报告书编制单位的名称；

④公众意见表的网络链接；

⑤提交公众意见表的方式和途径。

3．征求公众意见的期限

在环境影响报告书征求意见稿编制过程中，公众均可向建设单位提出与环境影响评价相关的意见。

（二）第二阶段（报告书征求意见稿公示）

建设项目环境影响报告书征求意见稿形成后，建设单位应当完成以下工作，征求与该建设项目环境影响有关的意见。

1．公开信息的方式

建设单位应当通过下列 3 种方式同步公开：

①通过网络平台公开，且持续公开期限不得少于10个工作日；

②通过建设项目所在地公众易于接触的报纸公开，且在征求意见的10个工作日内公开信息不得少于两次；

③通过在建设项目所在地公众易于知悉的场所张贴公告的方式公开，且持续公开期限不得少于10个工作日。

鼓励建设单位通过广播、电视、微信、微博及其他新媒体等多种形式发布建设项目环境影响报告书征求意见稿，建设单位等公开的信息。

建设单位可以通过发放科普资料、张贴科普海报、举办科普讲座或者通过学校、社区、大众传播媒介等途径，向公众宣传与建设项目环境影响有关的科学知识，加强与公众互动。

2．公开信息的内容

建设单位应当公开下列信息，征求与该建设项目环境影响有关的意见：

①环境影响报告书征求意见稿全文的网络链接及查阅纸质报告书的方式和途径；

②征求意见的公众范围；

③公众意见表的网络链接；

④公众提出意见的方式和途径；

⑤公众提出意见的起止时间。

3．征求公众意见的期限

建设单位征求公众意见的期限不得少于10个工作日。

4．其他公众参与情况

对环境影响方面公众质疑性意见多的建设项目，建设单位应当开展深度公众参与。具体要求在后面介绍。

（三）第三阶段（报批前公开）

1．公开信息的方式

建设单位向生态环境主管部门报批环境影响报告书前，应当通过网络平台，公开拟报批的环境影响报告书全文和公众参与说明。

2．公开信息的内容

建设单位向生态环境主管部门报批环境影响报告书前，组织编写建设项目环境影响评价公众参与说明。公众参与说明包括下列主要内容：

①公众参与的过程、范围和内容；

②公众意见收集整理和归纳分析情况；

③公众意见采纳情况，或者未采纳情况、理由及向公众反馈的情况等。

公众参与说明的内容和格式，由生态环境部制定。

建设单位向生态环境主管部门报批环境影响报告书时，应当附具公众参与说明。

二、公众提意见的方式

公众可以通过信函、传真、电子邮件或者建设单位提供的其他方式，在规定时间内将填写的公众意见表等提交建设单位，反映与建设项目环境影响有关的意见和建议。

公众意见表的内容和格式，由生态环境部制定。

公众提交意见时，应当提供有效的联系方式。鼓励公众采用实名方式提交意见并提供常住地址。

对公众提交的相关个人信息，建设单位不得用于环境影响评价公众参与之外的用途，未经个人信息相关权利人允许不得公开。法律法规另有规定的除外。

三、深度公众参与的要求

对环境影响方面公众质疑性意见多的建设项目，建设单位应当按照下列方式组织开展深度公众参与。

1．座谈会、听证会

公众质疑性意见主要集中在环境影响预测结论、环境保护措施或者环境风险防范措施等方面的，建设单位应当组织召开公众座谈会或者听证会。座谈会或者听证会应当邀请在环境方面可能受建设项目影响的公众代表参加。

2．专家论证会

公众质疑性意见主要集中在环境影响评价相关专业技术方法、导则、理论等方面的，建设单位应当组织召开专家论证会。专家论证会应当邀请相关领域专家参加，并邀请在环境方面可能受建设项目影响的公众代表列席。

3．组织要求

建设单位可以根据实际需要，向建设项目所在地县级以上地方人民政府报告，并请求县级以上地方人民政府加强对公众参与的协调指导。县级以上生态环境主管部门应当在同级人民政府指导下配合做好相关工作。

建设单位决定组织召开公众座谈会、专家论证会的，应当在会议召开的10个工作日前，将会议的时间、地点、主题和可以报名的公众范围、报名办法，通过网络平台和在建设项目所在地公众易于知悉的场所张贴公告等方式向社会公告。

建设单位应当综合考虑地域、职业、受教育水平、受建设项目环境影响程度等因素，从报名的公众中选择参加会议或者列席会议的公众代表，并在会议召开的5个工作日前通知拟邀请的相关专家，并书面通知被选定的代表。

建设单位应当在公众座谈会、专家论证会结束后5个工作日内，根据现场记录，整理座谈会纪要或者专家论证结论，并通过网络平台向社会公开座谈会纪要或者专家论证结论。座谈会纪要和专家论证结论应当如实记载各种意见。

建设单位组织召开听证会的，可以参考环境保护行政许可听证的有关规定执行。

四、公众意见整理要求

建设单位应当对收到的公众意见进行整理，组织环境影响报告书编制单位或者其他有能力的单位进行专业分析后提出采纳或者不采纳的建议。

建设单位应当综合考虑建设项目情况、环境影响报告书编制单位或者其他有能力的单位的建议、技术经济可行性等因素，采纳与建设项目环境影响有关的合理意见，并组织环境影响报告书编制单位根据采纳的意见修改完善环境影响报告书。

对未采纳的意见，建设单位应当说明理由。未采纳的意见由提供有效联系方式的公众提出的，建设单位应当通过该联系方式，向其说明未采纳的理由。

五、生态环境主管部门环评行政许可的公众参与

（一）生态环境主管部门公示要求

1．受理公示

生态环境主管部门受理建设项目环境影响报告书后，应当通过其网站或者其他方式向社会公开下列信息：

①环境影响报告书全文；

②公众参与说明；

③公众提出意见的方式和途径。

公开期限不得少于10个工作日。

2．审批前公示

生态环境主管部门对环境影响报告书作出审批决定前，应当通过其网站或者其他方式向社会公开下列信息：

①建设项目名称、建设地点；

②建设单位名称；

③环境影响报告书编制单位名称；

④建设项目概况、主要环境影响和环境保护对策与措施；

⑤建设单位开展的公众参与情况；

⑥公众提出意见的方式和途径。

公开期限不得少于5个工作日。

在生态环境主管部门受理环境影响报告书后和作出审批决定前的信息公开期间，公民、法人和其他组织可以依照规定的方式、途径和期限，提出对建设项目环境影响报告书审批的意见和建议，举报相关违法行为。

生态环境主管部门对收到的举报，应当依照国家有关规定处理。必要时，生态环境主管部门可以通过适当方式向公众反馈意见采纳情况。

3. 审批后公告

生态环境主管部门应当自作出建设项目环境影响报告书审批决定之日起 7 个工作日内，通过其网站或者其他方式向社会公告审批决定全文，并依法告知提起行政复议和行政诉讼的权利及期限。

（二）生态环境主管部门审查要求

生态环境主管部门对公众参与说明内容和格式是否符合要求、公众参与程序是否符合《公参办法》的规定进行审查。

经综合考虑收到的公众意见、相关举报及处理情况、公众参与审查结论等，生态环境主管部门发现建设项目未充分征求公众意见的，应当责成建设单位重新征求公众意见，退回环境影响报告书。

生态环境主管部门参考收到的公众意见，依照相关法律法规、标准和技术规范等审批建设项目环境影响报告书。

六、其他说明

①建设单位应当将环境影响报告书编制过程中公众参与的相关原始资料，存档备查；

②建设单位违反《公参办法》规定，在组织环境影响报告书编制过程的公众参与时弄虚作假，致使公众参与说明内容严重失实的，由负责审批环境影响报告书的生态环境主管部门将该建设单位及其法定代表人或主要负责人失信信息记入环境信用记录，向社会公开；

③公众提出的涉及征地拆迁、财产、就业等与建设项目环境影响评价无关的意见或者诉求，不属于建设项目环境影响评价公众参与的内容。公众可以依法另行向其他有关主管部门反映；

④对依法批准设立的产业园区内的建设项目，若该产业园区已依法开展了规划环境影响评价公众参与且该建设项目性质、规模等符合经生态环境主管部门组织审查通过的规划环境影响报告书和审查意见，建设单位开展建设项目环境影响评价公众参与时，可以适当简化程序；

⑤核设施建设项目建造前的环境影响评价公众参与依照《公参办法》有关规定执行。

【例 1】某化工建设项目环境影响评价工作公众参与公告。

1. 建设项目概要

××化学工业有限公司用地位于 A 市 B 区××精细化工产业基地内，北面为人民一路，南面邻人民二路，西侧为××化工有限公司，东边为工业区规划用地。占地 20 000 m^2，总建筑面积 15 000 m^2。主要建设内容包括：2 栋甲类车间、3 栋丙类仓库、1 处甲类地上罐区、1 栋综合研发楼等。项目总投资 6 000 万元，计划年产胶粘剂 5 000 t。

2. 建设单位及联系方式

建设单位名称：××化学工业有限公司

联系方式：（包括联系人、单位地址、电话、传真、公司邮箱等内容）

3. 环境影响报告书编制单位

评价机构名称：（略）

4. 环境影响评价的工作程序和主要工作内容

分析建设项目的环境影响因素，调查项目所在地区的环境质量，预测评价建设项目对各项环境要素及保护目标的影响，收集公众意见和建议，提出减轻环境污染、保护生态环境的预防、控制和管理措施，给出环境影响评价结论。

5. 征求公众意见的范围和主要事项

征求公众对建设项目环境影响、污染防治措施、项目选址等方面的意见和建议。

6. 提交公众意见表的方式和途径

公众可以通过信函、电子邮件、传真等方式提交公众意见表。提出意见的公众请留下姓名、电话、地址等联系方式，以便我们及时向您反馈相关信息。公众意见表详见附件。

7. 公众意见表的网络链接

附件：公众意见表

https://pan.baidu.com/s/153trBci-ydd4jX0lSsDnP0q7oA（提取码：××××）。

第四节　建设项目环评公众参与说明格式要求

生态环境部发布了《公参办法》配套文件，包括：①建设项目环境影响评价公众意见表；②建设项目环境影响评价公众参与说明格式要求。本节介绍建设项目环境影响评价公众参与说明格式要求。

公众参与说明一共分为 9 个部分。

1. 概述

建设单位组织的建设项目环境影响评价公众参与整体情况概述。

2. 首次环境影响评价信息公开情况

（1）公开内容及日期

说明公开主要内容及日期，分析是否符合《公参办法》要求（确定环境影响报告书编制单位日期一般以委托函或合同载明日期为准)。

(2)公开方式

①网络:载体选取符合性分析,网络公示时间、网址及截图;

②其他:如同时还采用了其他方式,予以说明。

(3)公众意见情况

公众提出意见情况,包括数量、形式等。

3. 征求意见稿公示情况

(1)公示内容及时限

说明公示主要内容及时限,分析是否符合《公参办法》要求(征求意见稿应是主要内容基本完成的环境影响报告书)。

(2)公示方式

①网络:载体选取的符合性分析,网络公示时间、网址及截图等;

②报纸:载体选取的符合性分析,报纸名称、日期及照片;

③张贴:张贴区域选取的符合性分析,张贴的时间、地点及照片;

④其他:如同时还采用了其他方式,予以说明。

(3)查阅情况

说明查阅场所设置情况、查阅情况。

(4)公众提出意见情况

公众在征求意见期间提出意见情况,包括数量、形式等。

4. 其他公众参与情况

说明是否采取了深度公众参与,论证合理性。

(1)公众座谈会、听证会、专家论证会等情况

若采用公众座谈会方式开展深度公众参与的,应说明公众代表选取原则和过程,会上相关情况等,附座谈会纪要。

若采用听证会方式开展深度公众参与的,应说明听证会筹备及召开情况,附听证笔录。

若采用专家论证会方式开展深度公众参与的,应说明专家选取原则和过程,列席论证会的公众选取原则和过程,会上相关情况等,附专家论证意见。

(2)其他公众参与情况

如采取了请求地方人民政府加强协调指导等其他方式的公众参与,说明相关情况。

(3)宣传科普情况

若采取了科普宣传措施的,说明相关情况。

5．公众意见处理情况

（1）公众意见概述和分析

说明收到意见的数量、形式，分类列出公众意见等（与项目环评无关的意见或者诉求不纳入）。

（2）公众意见采纳情况

说明对公众环境影响相关意见的采纳情况，并说明在环境影响报告书中的对应内容。

（3）公众意见未采纳情况

详细阐述公众意见的未采纳情况，说明理由，并说明反馈情况。

6．报批前公开情况

（1）公开内容及日期

说明公开主要内容及日期，分析是否符合《公参办法》要求（此次公开的应是未包含国家秘密、商业秘密、个人隐私等依法不应公开内容的拟报批环境影响报告书全本）。

（2）公开方式

①网络：载体选取符合性分析，网络公开时间、网址及截图。

②其他：如同时还采用了其他方式，予以说明。

7．其他

存档备查情况及其他需要说明的内容。

8．诚信承诺

我单位已按照《公参办法》要求，在××项目环境影响报告书编制阶段开展了公众参与工作，在环境影响报告书中充分采纳了公众提出的与环境影响相关的合理意见，对未采纳的意见按要求进行了说明，并按照要求编制了公众参与说明。

我单位承诺，本次提交的《××项目环境影响评价公众参与说明》内容客观、真实，未包含依法不得公开的国家秘密、商业秘密、个人隐私。如存在弄虚作假、隐瞒欺骗等情况及由此导致的一切后果由××（建设单位名称或单位负责人姓名）承担全部责任。

承诺单位：（单位名称及公章，无公章的由单位负责人签字）

承诺时间：××××年××月××日

9．附件

其他需要提交的附件（公众提交的公众意见表不纳入附件，但应存档备查）。

注：

①根据《公参办法》规定，公众参与说明需要公开，因此，建设单位在编制公

众参与说明时，应不包含依法不得公开的国家秘密、商业秘密、个人隐私等内容。

②关于“6. 报批前公开情况”，建设单位按照《公参办法》要求在报批前公开公众参与说明时，由于报批前公开环节尚未开始，故不包括本章内容。向生态环境主管部门报送公众参与说明时，应包含本章内容。

复习与思考题

1. 公众参与的依据有哪些？

2. 公众参与有哪几种主要组织形式？

3. 对环境影响方面公众质疑性意见多的建设项目，建设单位应当如何组织开展深度公众参与？

第十三章　规划环境影响评价

【知识目标】

使学生理解规划环评是环境影响评价工作的重要类型，一般性了解规划环评的基础知识。

第一节　规划环境影响评价概述

我国是在1973年第一次全国环境保护会议上引入“环境影响评价”概念的，1979年《中华人民共和国环境保护法》正式确立了环境影响评价制度。一直以来，我国的环境影响评价工作的重点是针对建设项目，有时也会涉及少量的区域开发，并没有把对环境有重大影响的规划纳入环境影响评价的范围。直到2002年《中华人民共和国环境影响评价法》颁布以来，才明确规定了对规划应进行环境影响评价，2009年《规划环境影响评价条例》对规划环境影响评价作出了进一步明确、具体的要求。2014年发布了《规划环境影响评价技术导则 总纲》（HJ 130—2014）。“十三五”以来，按照国务院简政放权、放管结合的总体部署，生态环境行政管理部门以强化宏观指导、简化微观管理为工作目标，不断加强规划环境影响评价工作，充分发挥规划环境影响评价对于优化空间开发布局、推进区域（流域）环境质量改善以及推动产业转型升级的作用，推动在建设项目环境影响评价审批及事中事后监督管理中落实规划环境影响评价的成果。自2015年以来，国家生态环境行政管理部门先后发布了加强规划环境影响评价与建设项目环境影响评价联动工作的意见、规划环境影响评价会商指导意见、加强空间管制、总量管控和环境准入的指导意见等文件，2019年修订了《规划环境影响评价技术导则 总纲》（HJ 130）并制定了《规划环境影响跟踪评价技术指南（试行）》，进一步规范规划环境影响评价工作。发布《规划环境影响评价技术导则 总纲》（HJ 130—2019），是落实《环境影响评价法》等法律法规，衔接区域 “三线一单”，推动“放管服”改革，规范和指导规划环评工作的重要举措。

《规划环境影响评价条例》中提出：国务院有关部门、设区的市级以上地方人民政府及其有关部门，对其组织编制的土地利用的有关规划和区域、流域、海域的建设、开发利用规划（即综合性规划），以及工业、农业、畜牧业、林业、能源、水利、交通、城市建设、旅游、自然资源开发的有关专项规划（即专项规划），应当进行环境影响评价。

一、规划环境影响评价的基本概念

（一）环境目标

指为保护和改善生态环境而设定的、拟在相应规划期限内达到的环境质量、生态功能和其他与生态环境保护相关的目标和要求，是规划编制和实施应满足的生态环境保护总体要求。

（二）生态空间

指具有自然属性、以提供生态服务或生态产品为主体功能的国土空间，包括森林、草原、湿地、河流、湖泊、滩涂、岸线、海洋、荒地、荒漠、戈壁、冰川、高山冻原、无居民海岛等区域，是保障区域生态系统稳定性、完整性，提供生态服务功能的主要区域。

（三）生态保护红线

指在生态空间范围内具有特殊重要生态功能、必须强制性严格保护的区域，是保障和维护国家生态安全的底线和生命线，通常包括具有重要水源涵养、生物多样性维护、水土保持、防风固沙、海岸生态稳定等功能的生态功能重要区域，以及水土流失、土地沙化、石漠化、盐渍化等生态环境敏感脆弱区域。

（四）环境质量底线

指按照水、大气、土壤环境质量不断优化的原则，结合环境质量现状和相关规划、功能区划要求，考虑环境质量改善潜力，确定的分区域、分阶段环境质量目标及相应的环境管控、污染物排放控制等要求。

（五）资源利用上线

以保障生态安全和改善环境质量为目的，结合自然资源开发管控，提出的分区域、分阶段的资源开发利用总量、强度、效率等管控要求。

（六）环境敏感区

指依法设立的各级各类保护区域和对规划实施产生的环境影响特别敏感的区域，主要包括生态保护红线范围内或者其外的下列区域：

①自然保护区、风景名胜区、世界文化和自然遗产地、海洋特别保护区、饮用

水水源保护区；

②永久基本农田、基本草原、森林公园、地质公园、重要湿地、天然林、野生动物重要栖息地、重点保护野生植物生长繁殖地、重要水生生物自然产卵场、索饵场、越冬场和洄游通道、天然渔场、水土流失重点预防区、沙化土地封禁保护区、封闭及半封闭海域；

③以居住、医疗卫生、文化教育、科研、行政办公等为主要功能的区域，以及文物保护单位。

（七）重点生态功能区

指生态系统脆弱或生态功能重要，需要在国土空间开发中限制进行大规模高强度工业化、城镇化开发，以保持并提高生态产品供给能力的区域。

（八）生态系统完整性

指自然生态系统通过其组织、结构、关系等应对外来干扰并维持自身状态稳定性和生产能力的功能水平。

（九）环境管控单元

指集成生态保护红线及生态空间、环境质量底线、资源利用上线的管控区域。

（十）生态环境准入清单

指基于环境管控单元，统筹考虑生态保护红线、环境质量底线、资源利用上线的管控要求，以清单形式提出的空间布局、污染物排放、环境风险防控、资源开发利用等方面生态环境准入要求。

（十一）跟踪评价

指规划编制机关在规划的实施过程中，对已经和正在产生的环境影响进行监测、分析和评价的过程，用以检验规划实施的实际环境影响以及不良环境影响减缓措施的有效性，并根据评价结果，提出完善环境管理方案，或者对正在实施的规划方案进行修订。

二、规划环境影响评价的目的、原则与范围

（一）规划环境影响评价的目的

以改善环境质量和保障生态安全为目标，论证规划方案的生态环境合理性和环境效益，提出优化规划的调整建议；明确不良生态环境影响的减缓措施，提出

生态环境保护建议和管控要求，为规划决策和规划实施过程中的生态环境管理提供依据。

国内外通常将战略环评（含规划环评）作为连接宏观的、抽象的可持续发展战略与具体的、可操作的项目之间的桥梁，作为实施环境与发展综合决策的重要工具。因此，规划环评的目的应充分体现这一要求与特征。

（二）规划环境影响评价的原则

1．早期介入、过程互动

评价应在规划编制的早期阶段介入，在规划前期研究和方案编制、论证、审定等关键环节和过程中充分互动，不断优化规划方案，提高环境合理性。

2．统筹衔接、分类指导

评价工作应突出不同类型、不同层级规划及其环境影响特点，充分衔接“三线一单”成果，分类指导规划所包含建设项目的布局和生态环境准入。

3．客观评价、结论科学

依据现有知识水平和技术条件对规划实施可能产生的不良环境影响的范围和程度进行客观分析，评价方法应成熟可靠，数据资料应完整可信，结论建议应具体明确且具有可操作性。

（三）规划环境影响评价的范围

按照规划实施的时间维度和可能影响的空间尺度来界定评价范围。时间维度上，应包括整个规划期，并根据规划方案的内容、年限等选择评价的重点时段。空间尺度上，应包括规划空间范围以及可能受到规划实施影响的周边区域。周边区域确定应考虑各环境要素评价范围，兼顾区域流域污染物传输扩散特征、生态系统完整性和行政边界。

三、规划环境影响评价的流程

规划环境影响评价的流程可以分为工作流程和技术流程。

（一）规划环境影响评价的工作流程

规划环境影响评价应在规划编制的早期阶段介入，并与规划编制、论证及审定等关键环节和过程充分互动，互动内容一般包括：

①在规划前期阶段，同步开展规划环评工作。通过对规划内容的分析，收集与规划相关的法律法规、环境政策等，收集上层位规划和规划所在区域战略环评及“三线一单”成果，对规划区域及可能受影响的区域进行现场踏勘，收集相关基础数据资料，初步调查环境敏感区情况，识别规划实施的主要环境影响，分析提出规划

实施的资源、生态、环境制约因素，反馈给规划编制机关。

②在规划方案编制阶段，完成现状调查与评价，提出环境影响评价指标体系，分析、预测和评价拟定规划方案实施的资源、生态、环境影响，并将评价结果和结论反馈给规划编制机关，作为方案比选和优化的参考和依据。

③在规划的审定阶段：

a）进一步论证拟推荐的规划方案的环境合理性，形成必要的优化调整建议，反馈给规划编制机关。针对推荐的规划方案提出不良环境影响减缓措施和环境影响跟踪评价计划，编制环境影响报告书。

b）如果拟选定的规划方案在资源、生态、环境方面难以承载，或者可能造成重大不良生态环境影响且无法提出切实可行的预防或减缓对策和措施，或者根据现有的数据资料和专家知识对可能产生的不良生态环境影响的程度、范围等无法做出科学判断，应向规划编制机关提出对规划方案做出重大修改的建议并说明理由。

④规划环境影响报告书审查会后，应根据审查小组提出的修改意见和审查意见对报告书进行修改完善。

⑤在规划报送审批前，应将环境影响评价文件及其审查意见正式提交给规划编制机关。

（二）规划环境影响评价的技术流程

规划环境影响评价的技术流程见图13-1。

四、规划环境影响评价的方法

规划环境影响评价各工作环节的常用方法见表13-1。开展具体评价工作时可根据需要选用，也可选用其他已广泛应用、可验证的技术方法。

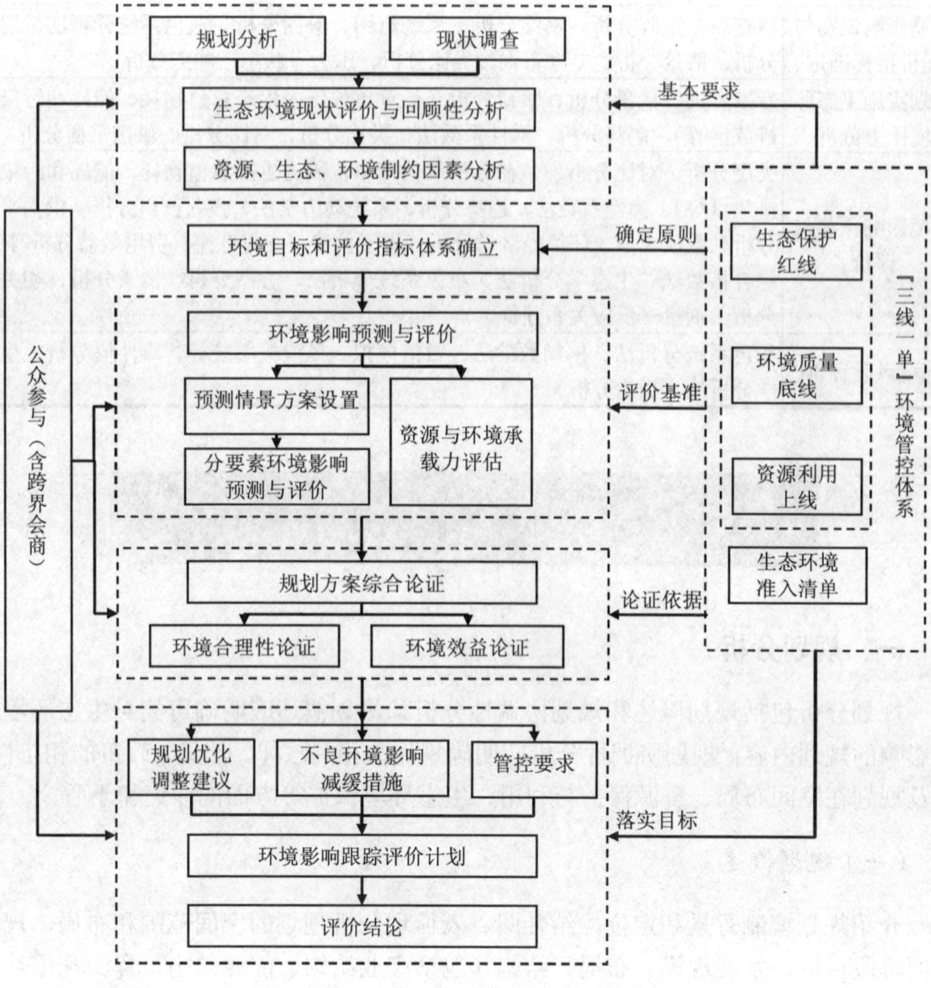

图 13-1　规划环境影响评价的技术流程

表 13-1　规划环境影响评价的常用方法

评价环节	可采用的主要方式和方法
规划分析	核查表、叠图分析、矩阵分析、专家咨询（如智暴法、德尔斐法等）、情景分析、类比分析、系统分析
现状调查与评价	现状调查：资料收集、现场踏勘、环境监测、生态调查、问卷调查、访谈、座谈会。 现状分析与评价：专家咨询、指数法（单指数、综合指数）、类比分析、叠图分析、生态学分析法（生态系统健康评价法、生物多样性评价法、生态机理分析法、生态系统服务功能评价方法、生态环境敏感性评价方法、景观生态学法等）、灰色系统分析法

评价环节	可采用的主要方式和方法
环境影响识别与评价指标确定	核查表、矩阵分析、网络分析、系统流图、叠图分析、灰色系统分析法、层次分析、情景分析、专家咨询、类比分析、压力—状态—响应分析
规划实施生态环境压力分析	专家咨询、情景分析、负荷分析（估算单位国内生产总值物耗、能耗和污染物排放量等）、趋势分析、弹性系数法、类比分析、对比分析、供需平衡分析
环境影响预测与评价	类比分析、对比分析、负荷分析（估算单位国内生产总值物耗、能耗和污染物排放量等）、弹性系数法、趋势分析、系统动力学法、投入产出分析、供需平衡分析、数值模拟、环境经济学分析（影子价格、支付意愿、费用效益分析等）、综合指数法、生态学分析法、灰色系统分析法、叠图分析、情景分析、相关性分析、剂量—反应关系评价
环境风险评价	灰色系统分析法、模糊数学法、数值模拟、风险概率统计、事件树分析、生态学分析法、类比分析

第二节　规划环境影响评价的内容

一、规划分析

规划分析包括规划概述和规划协调性分析。规划概述应明确可能对生态环境造成影响的规划内容；规划协调性分析应明确规划与相关法律、法规、政策的相符性，以及规划在空间布局、资源保护与利用、生态环境保护等方面的冲突和矛盾。

（一）规划概述

介绍规划编制背景和定位，结合图、表梳理分析规划的空间范围和布局，规划不同阶段目标、发展规模、布局、结构（包括产业结构、能源结构、资源利用结构等）、建设时序，配套基础设施等可能对生态环境造成影响的规划内容，梳理规划的环境目标、环境污染治理要求、环保基础设施建设、生态保护与建设等方面的内容。如规划方案包含的具体建设项目有明确的规划内容，应说明其建设时段、内容、规模、选址等。

（二）规划协调性分析

筛选出与本规划相关的生态环境保护法律法规、环境经济政策、环境技术政策、资源利用和产业政策，分析本规划与其相关要求的符合性。

分析规划规模、布局、结构等规划内容与上层位规划、区域“三线一单”管控要求、战略或规划环评成果的符合性，识别并明确在空间布局以及资源保护与利用、生态环境保护等方面的冲突和矛盾。

筛选出在评价范围内与本规划同层位的自然资源开发利用或生态环境保护相关规划，分析与同层位规划在关键资源利用和生态环境保护等方面的协调性，明确规划与同层位规划间的冲突和矛盾。

二、现状调查与评价

现状调查与评价的主要工作包括：开展资源利用和生态环境现状调查、环境影响回顾性分析，明确评价区域资源利用水平和生态功能、环境质量现状、污染物排放状况，分析主要生态环境问题及成因，梳理规划实施的资源、生态、环境制约因素。

（一）现状调查

调查应包括自然地理状况、环境质量现状、生态状况及生态功能、环境敏感区和重点生态功能区、资源利用现状、社会经济概况、环保基础设施建设及运行情况等内容。实际工作中应根据规划环境影响特点和区域生态环境保护要求，从表 13-2 中选择相应内容开展调查和资料收集，并附相应图件。

表 13-2 资源、生态、环境现状调查内容

<table>
<tr><th colspan="2">调查要素</th><th>主要调查内容</th></tr>
<tr><td colspan="2">自然地理状况</td><td>地形地貌，河流、湖泊（水库）、海湾的水文状况，水文地质状况，气候与气象特征等</td></tr>
<tr><td rowspan="3">环境质量现状</td><td>地表水环境</td><td>1. 水功能区划、海洋功能区划、近岸海域环境功能区划、保护目标及各功能区水质达标情况；
2. 主要水污染因子和特征污染因子、水环境控制单元主要污染物排放现状、环境质量改善目标要求；
3. 地表水控制断面位置及达标情况、主要水污染源分布和污染贡献率（包括工业、农业、生活污染源和移动源）、单位国内生产总值废水及主要水污染物排放量；
4. 附水功能区划图、控制断面位置图、海洋功能区划图、近岸海域环境功能区划图、水环境控制单元图、主要水污染源排放口分布图和现状监测点位图</td></tr>
<tr><td>地下水环境</td><td>1. 环境水文地质条件，包括含（隔）水层结构及分布特征、地下水补径排条件，地下水流场等；
2. 地下水利用现状，地下水水质达标情况，主要污染因子和特征污染因子；
3. 附环境水文地质相关图件，现状监测点位图</td></tr>
<tr><td>大气环境</td><td>1. 大气环境功能区划、保护目标及各功能区环境空气质量达标情况；
2. 主要大气污染因子和特征污染因子、大气环境控制单元主要污染物排放现状、环境质量改善目标要求；
3. 主要大气污染源分布和污染贡献率（包括工业、农业和生活污染源）、单位国内生产总值主要大气污染物排放量；
4. 附大气环境功能区划图、大气环境管控分区图、重点污染源分布图和现状监测点位图</td></tr>
</table>

调查要素		主要调查内容
环境质量现状	声环境	声环境功能区划、保护目标及各功能区声环境质量达标情况，附声环境功能区划图和现状监测点位图
	土壤环境	1．土壤主要理化特征，主要土壤污染因子和特征污染因子，土壤中污染物含量，土壤污染风险防控区及防控目标，附土壤现状监测点位图； 2．海洋沉积物质量达标情况
生态状况及生态功能		1．生态保护红线与管控要求； 2．生态功能区划、主体功能区划； 3．生态系统的类型（森林、草原、荒漠、冻原、湿地、水域、海洋、农田、城镇等）及其结构、功能和过程； 4．植物区系与主要植被类型，珍稀、濒危、特有、狭域野生动植物的种类、分布和生境状况； 5．主要生态问题的类型、成因、空间分布、发生特点等； 6．附生态保护红线图、生态空间图、重点生态功能区划图及野生动植物分布图等
环境敏感区和重点生态功能区		1．环境敏感区的类型、分布、范围、敏感性（或保护级别）、主要保护对象及相关环境保护要求等，与规划布局空间位置关系，附相关图件； 2．重点生态功能区的类型、分布、范围和生态功能，与规划布局空间位置关系，附相关图件
资源利用现状	土地资源	主要用地类型、面积及其分布，土地资源利用上线及开发利用状况，土地资源重点管控区，附土地利用现状图
	水资源	水资源总量、时空分布，水资源利用上线及开发利用状况和耗用状况（包括地表水和地下水），海水与再生水利用状况，水资源重点管控区，附有关的水系图及水文地质相关图件
	能源	能源利用上线及能源消费总量、能源结构及利用效率
	矿产资源	矿产资源类型与储量、生产和消费总量、资源利用效率等，附矿产资源分布图
	旅游资源	旅游资源和景观资源的地理位置、范围和开发利用状况等，附相关图件
	岸线和滩涂资源	滩涂、岸线资源及其利用状况，附相关图件
	重要生物资源	重要生物资源（如林地资源、草地资源、渔业资源、海洋生物资源）和其他对区域经济社会发展有重要价值的资源地理分布、储量及其开发利用状况，附相关图件
其他	固体废物	固体废物（一般工业固体废物、一般农业固体废物、危险废物、生活垃圾）产生量及单位国内生产总值固体废物产生量，危险废物的产生量、产生源分布等
社会经济概况		评价范围内的人口规模、分布，经济规模与增长率，交通运输结构、空间布局等；重点关注评价区域的产业结构、主导产业及其布局、重大基础设施布局及建设情况等，附相应图件
环保基础设施建设及运行情况		评价范围内的污水处理设施（含管网）规模、分布、处理能力和处理工艺、服务范围；集中供热、供气情况；大气、水、土壤污染综合治理情况；区域噪声污染控制情况；一般工业固体废物与危险废物利用处置方式和利用处置设施情况（包括规模、分布、处理能力、处理工艺、服务范围和服务年限等）；现有生态保护工程及实施效果；环保投诉情况等

现状调查应立足于收集和利用评价范围内已有的常规现状资料，并说明资料来源和有效性。有常规监测资料的区域，资料原则上包括近 5 年或更长时间段资料，能够说明各项调查内容的现状和变化趋势。对其中的环境监测数据，应给出监测点位名称、监测点位分布图、监测因子、监测时段、监测频次及监测周期等，分析说明监测点位的代表性。

当已有资料不能满足评价要求，或评价范围内有需要特别保护的环境敏感区时，可利用相关研究成果，必要时进行补充调查或监测，补充调查样点或监测点位应具有针对性和代表性。

（二）现状评价与回顾性分析

1. 资源利用现状评价

明确与规划实施相关的自然资源、能源种类，结合区域资源禀赋及其合理利用水平或上线要求，分析区域水资源、土地资源、能源等各类资源利用的现状水平和变化趋势。

2. 环境与生态现状评价

①结合各类环境功能区划及其目标质量要求，评价区域水、大气、土壤、声等环境要素的质量现状和演变趋势，明确主要特征污染因子，并分析其主要来源；分析区域环境质量达标情况、主要环境敏感区保护等方面存在的问题及成因，明确需解决的主要环境问题。

②结合区域生态系统的结构与功能状况，评价生态系统的重要性和敏感性，分析生态状况和演变趋势及驱动因子。当评价区域涉及环境敏感区和重点生态功能区时，应分析其生态现状、保护现状和存在的问题等；当评价区域涉及受保护的关键物种时，应分析该物种种群与重要生境的保护现状和存在的问题。明确需解决的主要生态保护和修复问题。

3. 环境影响回顾性分析

结合上一轮规划实施情况或区域发展历程，分析区域生态环境演变趋势和现状生态环境问题与上一轮规划实施或发展历程的关系，调查分析上一轮规划环评及审查意见落实情况和环境保护措施的效果，提出本次评价应重点关注的生态环境问题及解决途径。

（三）制约因素分析

分析评价区域资源利用水平、生态状况、环境质量等现状与区域资源利用上线、生态保护红线、环境质量底线等管控要求间的关系，明确提出规划实施的资源、生态、环境制约因素。

三、环境影响识别与评价指标体系构建

识别规划实施可能产生的资源、生态、环境影响，初步判断影响的性质、范围和程度，确定评价重点，明确环境目标，建立评价的指标体系。

（一）环境影响识别

根据规划方案的内容、年限，识别和分析评价期内规划实施对资源、生态、环境造成影响的途径、方式，以及影响的性质、范围和程度。识别规划实施可能产生的主要生态环境影响和风险。

对于可能产生易生物蓄积的、长期接触对人群和生物产生危害作用的无机和有机污染物、放射性污染物、微生物等的规划，还应识别规划实施产生的污染物与人体接触的途径以及可能造成的人群健康风险。

对资源、生态、环境要素的重大不良影响，可从规划实施是否导致区域环境质量下降和生态功能丧失、资源利用冲突加剧、人居环境明显恶化等 3 个方面进行分析与判断。具体包括以下几个方面：

①导致区域环境质量、生态功能恶化的重大不良生态环境影响，主要包括规划实施使评价区域的环境质量下降（环境质量降级）或导致生态保护红线、重点生态功能区的组成、结构、功能发生显著不良变化或导致其生态功能丧失。

②导致资源利用、环境保护严重冲突的重大不良生态环境影响，主要包括规划实施与规划范围内或相邻区域内的其他资源开发利用规划同环境保护规划等产生的显著冲突，规划实施可能导致的跨行政区、跨流域以及跨国界的显著不良影响。

③导致人居环境发生显著不利变化的重大不良生态环境影响，主要包括规划实施导致具有易生物蓄积的、长期接触对人体和生物产生危害作用的无机和有机污染物、放射性污染物、微生物等在水、大气和土壤等人群主要环境暴露介质中污染水平显著增加，农牧渔产品污染风险、人群健康风险显著增加，规划实施导致人居生态环境发生显著不良变化。

通过环境影响识别，筛选出受规划实施影响显著的资源、生态、环境要素，作为环境影响预测与评价的重点。

（二）环境目标与评价指标确定

1. 确定环境目标

分析国家和区域可持续发展战略、生态环境保护法规与政策、资源利用法规与政策等的目标及要求，重点依据评价范围涉及的生态环境保护规划、生态建设规划以及其他相关生态环境保护管理规定，结合规划协调性分析结论，衔接区域“三线一单”成果，设定各评价时段有关生态功能保护、环境质量改善、污染防治、资源

开发利用等的具体目标及要求。

2. 建立评价指标体系

结合规划实施的资源、生态、环境等制约因素，从环境质量、生态保护、资源利用、污染排放、风险防控、环境管理等方面构建评价指标体系。评价指标应符合评价区域生态环境特征，体现环境质量和生态功能不断改善的要求，体现规划的属性特点及其主要环境影响特征。

3. 确定评价指标值

评价指标应易于统计、比较和量化，指标值符合相关产业政策、生态环境保护政策、相关标准中规定的限值要求，如国内政策、标准中没有相应的规定，也可参考国际标准来确定；对于不易量化的指标可参考相关研究成果或经过专家论证，给出半定量的指标值或定性说明。

四、环境影响预测与评价

（一）基本要求

主要针对环境影响识别出的资源、生态、环境要素，开展多情景的影响预测与评价，一般包括预测情景设置、规划实施生态环境压力分析，环境质量、生态功能的影响预测与评价，对环境敏感区和重点生态功能区的影响预测与评价，环境风险预测与评价，资源与环境承载力评估等内容。

环境影响预测与评价应给出规划实施对评价区域资源、生态、环境的影响程度和范围，叠加环境质量、生态功能和资源利用现状，分析规划实施后能否满足环境目标要求，评估区域资源与环境承载能力。

应充分考虑不同层级和属性规划的环境影响特征以及决策需求，采用定性和定量相结合的方式开展评价。对主要环境要素的影响预测和评价可参考相应的环境影响评价技术导则来进行。

（二）环境影响预测与评价的内容

1. 预测情景设置

应结合规划所依托的资源环境和基础设施建设条件、区域生态功能维护和环境质量改善要求等，从规划规模、布局、结构、建设时序等方面，设置多种情景开展环境影响预测与评价。

2. 规划实施生态环境压力分析

①依据环境现状评价和回顾性分析结果，考虑技术进步等因素，估算不同情景下水、土地、能源等规划实施支撑性资源的需求量和主要污染物（包括常规污染物和特征污染物）的产生量、排放量。

②依据生态现状评价和回顾性分析结果，考虑生态系统演变规律及生态保护修复等因素，评估不同情景下主要生态因子（如生物量、植被覆盖度/率、重要生境面积等）的变化量。

3．影响预测与评价

（1）水环境影响预测与评价

预测不同情景下规划实施导致的区域水资源、水文情势、海洋水文动力环境和冲淤环境、地下水补径排状况等的变化，分析主要污染物对地表水和地下水、近岸海域水环境质量的影响，明确影响的范围、程度，评价水环境质量的变化能否满足环境目标要求，绘制必要的预测与评价图件。

（2）大气环境影响预测与评价

预测不同情景下规划实施产生的大气污染物对环境空气质量的影响，明确影响范围、程度，评价大气环境质量的变化能否满足环境目标要求，绘制必要的预测与评价图件。

（3）土壤环境影响预测与评价

预测不同情景下规划实施的土壤环境风险，评价土壤环境的变化能否满足相应环境管控要求，绘制必要的预测与评价图件。

（4）声环境影响预测与评价

预测不同情景下规划实施对声环境质量的影响，明确影响范围、程度，评价声环境质量的变化能否满足相应的功能区目标，绘制必要的预测与评价图件。

（5）生态影响预测与评价

预测不同情景下规划实施对生态系统结构、功能的影响范围和程度，评价规划实施对生物多样性和生态系统完整性的影响，绘制必要的预测与评价图件。

（6）环境敏感区影响预测与评价

预测不同情景下规划实施对评价范围内生态保护红线、自然保护区等环境敏感区的影响，评价其是否符合相应的保护和管控要求，绘制必要的预测与评价图件。

（7）人群健康风险分析

对可能产生具有易生物蓄积、长期接触对人群和生物产生危害作用的无机和有机污染物、放射性污染物、微生物等的规划，根据上述特定污染物的环境影响范围，估算暴露人群数量和暴露水平，开展人群健康风险分析。

（8）环境风险预测与评价

对于涉及重大环境风险源的规划，应进行风险源及源强、风险源叠加、风险源与受体响应关系等方面的分析，开展环境风险评价。

4．资源与环境承载力评估

（1）资源与环境承载力分析

分析规划实施支撑性资源（水资源、土地资源、能源等）可利用（配置）上线和规划实施主要环境影响要素（大气、水等）污染物允许排放量，结合现状利用和排放量、区域削减量，分析各评价时段剩余可利用的资源量和剩余污染物允许排放量。

（2）资源与环境承载状态评估

根据规划实施新增资源消耗量和污染物排放量，分析规划实施对各评价时段剩余可利用资源量和剩余污染物允许排放量的占用情况，评估资源与环境对规划实施的承载状态。

五、规划方案综合论证和优化调整建议

以改善环境质量和保障生态安全为核心，综合环境影响预测与评价结果，论证规划目标、规模、布局、结构等规划内容的环境合理性以及评价设定的环境目标的可达性，分析判定规划实施的重大资源、生态、环境制约的程度、范围、方式等，提出规划方案的优化调整建议并推荐环境可行的规划方案。如果规划方案优化调整后资源、生态、环境仍难以承载，不能满足资源利用上线和环境质量底线要求，应提出规划方案的重大调整建议。

（一）规划方案综合论证

规划方案的综合论证包括环境合理性论证和环境效益论证两部分内容。前者从规划实施对资源、生态、环境综合影响的角度，论证规划内容的合理性；后者从规划实施对区域经济、社会与环境发挥的作用，以及协调当前利益与长远利益之间关系的角度，论证规划方案的合理性。

1. 规划方案的环境合理性论证

①基于区域环境保护目标以及“三线一单”要求，结合规划协调性分析结论，论证规划目标与发展定位的环境合理性；

②基于环境影响预测与评价和资源与环境承载力评估结论，结合资源利用上线和环境质量底线等要求，论证规划规模和建设时序的环境合理性；

③基于规划布局与生态保护红线、重点生态功能区、其他环境敏感区的空间位置关系和对以上区域的影响预测结果，结合环境风险评价的结论，论证规划布局的环境合理性；

④基于环境影响预测与评价和资源与环境承载力评估结论，结合区域环境管理和循环经济发展要求，以及规划重点产业的环境准入条件和清洁生产水平，论证规划用地结构、能源结构、产业结构的环境合理性；

⑤基于规划实施环境影响预测与评价结果，结合生态环境保护措施的经济技术可行性、有效性，论证环境目标的可达性。

2．规划方案的环境效益论证

分析规划实施在维护生态功能、改善环境质量、提高资源利用效率、减少温室气体排放、保障人居安全、优化区域空间格局和产业结构等方面的环境效益。

3．不同类型规划方案综合论证重点

进行综合论证时，应针对不同类型和不同层级规划的环境影响特点，选择论证方向，突出重点。

①对于资源能源消耗量大、污染物排放量高的行业规划，重点从流域和区域资源利用上线、环境质量底线对规划实施的约束、规划实施可能对环境质量的影响程度、环境风险、人群健康风险等方面，论述规划拟定的发展规模、布局（及选址）和产业结构的环境合理性；

②对于土地利用的有关规划和区域、流域、海域的建设、开发利用规划，农业、畜牧业、林业、能源、水利、旅游、自然资源开发专项规划，重点从流域或区域生态保护红线、资源利用上线对规划实施的约束，以及规划实施对生态系统及环境敏感区、重点生态功能区结构、功能的影响和生态风险等角度，论述规划方案的环境合理性；

③对于公路、铁路、城市轨道交通、航运等交通类规划，重点从规划实施对生态系统结构、功能所造成的影响，规划布局与评价区域生态保护红线、重点生态功能区、其他环境敏感区的协调性等方面，论述规划布局（及选线、选址）的环境合理性；

④对于产业园区等规划，重点从区域资源利用上线、环境质量底线对规划实施的约束、规划及包括的交通运输实施可能对环境质量的影响程度以及环境风险与人群健康风险等方面，综合论述规划规模、布局、结构、建设时序以及规划环境基础设施、重大建设项目的环境合理性；

⑤对于城市规划、国民经济与社会发展规划等综合类规划，重点从区域资源利用上线、生态保护红线、环境质量底线对规划实施的约束，城市环境基础设施对规划实施的支撑能力、规划及相关交通运输实施对改善环境质量、优化城市生态格局、提高资源利用效率的作用等方面，综合论述规划方案的环境合理性。

（二）规划方案的优化调整建议

根据规划方案的环境合理性和环境效益论证结果，对规划内容提出明确的、具有可操作性的优化调整建议，特别是出现以下情形时：

①规划的主要目标、发展定位不符合上层位主体功能区规划、区域“三线一单”等要求；

②规划空间布局和包含的具体建设项目选址或选线不符合生态保护红线、重点生态功能区，以及其他环境敏感区的保护要求；

③规划开发活动或包含的具体建设项目不满足区域生态环境准入清单要求、属于国家明令禁止的产业类型或不符合国家产业政策、环境保护政策；

④规划方案中配套的生态保护、污染防治和风险防控措施实施后，区域的资源、生态、环境承载力仍无法支撑规划实施，环境质量无法满足评价目标，或仍可能造成重大的生态破坏和环境污染，或仍存在显著的环境风险；

⑤规划方案中有依据现有科学水平和技术条件，无法或难以对其产生的不良环境影响的程度或范围作出科学、准确判断的内容。

应明确优化调整后的规划布局、规模、结构、建设时序，给出相应的优化调整图、表，说明优化调整后的规划方案具备资源、生态和环境方面的可支撑性。将优化调整后的规划方案，作为评价推荐的规划方案。说明规划环评与规划编制的互动过程、互动内容和各时段向规划编制机关反馈的建议及其被采纳情况等互动结果。

六、环境影响减缓对策和措施

规划的环境影响减缓对策和措施是针对评价推荐的规划方案实施后可能产生的不良环境影响，在充分评估规划方案中已明确的环境污染防治、生态保护、资源能源增效等相关措施的基础上，提出的环境保护方案和管控要求。

环境影响减缓对策和措施应具有针对性和可操作性，能够指导规划实施中的生态环境保护工作，有效预防重大不良生态环境影响的产生，并促进环境目标在相应的规划期限内可以实现。

环境影响减缓对策和措施一般包括生态环境保护方案和管控要求，主要内容包括：

①提出现有生态环境问题解决方案，规划区域整体性污染治理、生态修复与建设、生态补偿等环境保护方案，以及与周边区域开展联防联控等预防和减缓环境影响的对策措施；

②提出规划区域资源能源可持续开发利用、环境质量改善等目标、指标性管控要求；

③对于产业园区等规划，从空间布局约束、污染物排放管控、环境风险防控、资源开发利用等方面，以清单方式列出生态环境准入要求。

七、规划所包含建设项目环评要求

如规划方案中包含具体的建设项目，应针对建设项目所属行业特点及其环境影响特征，提出建设项目环境影响评价的重点内容和基本要求，并依据规划环评的主要评价结论提出建设项目的生态环境准入要求（包括选址或选线、规模、资源利用效率、污染物排放管控、环境风险防控和生态保护要求等）、污染防治措施建设要求等。

对符合规划环评环境管控要求和生态环境准入清单的具体建设项目，应将规划环评结论作为重要依据，其环评文件中选址或选线、规模分析内容可适当简化。当规划环评资源、环境现状调查与评价结果仍具有时效性时，规划所包含的建设项目环评文件中现状调查与评价内容可适当简化。

八、环境影响跟踪评价计划

结合规划实施的主要生态环境影响，拟定跟踪评价计划，监测和调查规划实施对区域环境质量、生态功能、资源利用等的实际影响，以及不良生态环境影响减缓措施的有效性。

跟踪评价取得的数据、资料和结果应能够说明规划实施带来的生态环境质量实际变化，反映规划优化调整建议、环境管控要求和生态环境准入清单等对策措施的执行效果，并为后续规划实施、调整、修编，完善生态环境管理方案和加强相关建设项目环境管理等提供依据。

跟踪评价计划应包括工作目的、监测方案、调查方法、评价重点、执行单位、实施安排等内容，主要包括：

①明确需重点调查、监测、评价的资源生态环境要素，提出具体监测计划及评价指标，以及相应的监测点位、频次、周期等；

②提出调查和分析规划优化调整建议、环境影响减缓措施、环境管控要求和生态环境准入清单落实情况和执行效果的具体内容和要求，明确分析和评价不良生态环境影响预防和减缓措施有效性的监测要求和评价准则；

③提出规划实施对区域环境质量、生态功能、资源利用等的阶段性综合影响，环境影响减缓措施和环境管控要求的执行效果，后续规划实施调整建议等跟踪评价结论的内容和要求。

九、公众参与和会商意见处理

收集整理公众意见和会商意见，对于已采纳的，应在环境影响评价文件中明确说明修改的具体内容；对于未采纳的，应说明理由。

十、评价结论

评价结论是对全部评价工作内容和成果的归纳总结，应文字简洁、观点鲜明、逻辑清晰、结论明确。

在评价结论中应明确以下内容：

①区域生态保护红线、环境质量底线、资源利用上线，区域环境质量现状和演变趋势，资源利用现状和演变趋势，生态状况和演变趋势，区域主要生态环境问题、资源利用和保护问题及成因，规划实施的资源、生态、环境制约因素。

②规划实施对生态、环境影响的程度和范围，区域水、土地、能源等各类资源

要素和大气、水等环境要素对规划实施的承载能力，规划实施可能产生的环境风险，规划实施环境目标可达性分析结论。

③规划的协调性分析结论，规划方案的环境合理性和环境效益论证结论，规划优化调整建议等。

④减缓不良环境影响的生态环境保护方案和管控要求。

⑤规划包含的具体建设项目环境影响评价的重点内容和简化建议等。

⑥规划实施环境影响跟踪评价计划的主要内容和要求。

⑦公众意见、会商意见的回复和采纳情况。

第三节　规划环境影响评价文件的编制要求

一、规划环境影响评价文件的形式

根据《中华人民共和国环境影响评价法》第二章“规划的环境影响评价”中相关条款的规定以及《规划环境影响评价条例》中的要求，规划环境影响评价文件包括规划有关环境影响的篇章或说明、规划环境影响报告书两种形式。

（一）规划有关环境影响的篇章或说明

国务院有关部门、设区的市级以上地方人民政府及其有关部门，对其组织编制的土地利用的有关规划，区域、流域、海域的建设、开发利用规划，应在规划编制过程中组织进行环境影响评价，编写该规划有关环境影响的篇章或说明。

（二）规划环境影响报告书

国务院有关部门、设区的市级以上地方人民政府及其有关部门，对其组织编制的土地利用的有关规划和区域、流域、海域的建设，开发利用规划，以及工业、农业、畜牧业、林业、能源、水利、交通、城市建设、旅游、自然资源开发的有关专项规划，应在该专项规划草案上报审批前，组织进行环境影响评价，并向审批专项规划的机关提出环境影响报告书。

二、规划环境影响报告书的编写要求

（一）编写要求

规划环境影响评价文件应图文并茂、数据详实、论据充分、结构完整、重点突出、结论和建议明确。

（二）基本内容

（1）总则

概述任务由来，明确评价依据、评价目的与原则、评价范围、评价重点、执行的环境标准、评价流程等。

（2）规划分析

介绍规划不同阶段目标、发展规模、布局、结构、建设时序，以及规划包含的具体建设项目的建设计划等可能对生态环境造成影响的规划内容；给出规划与法规政策、上层位规划、区域“三线一单”管控要求、同层位规划在环境目标、生态保护、资源利用等方面的符合性和协调性分析结论，重点明确规划之间的冲突与矛盾。

（3）现状调查与评价

通过调查评价区域资源利用状况、环境质量现状、生态状况及生态功能等，说明评价区域内的环境敏感区、重点生态功能区的分布情况及其保护要求，分析区域水资源、土地资源、能源等各类自然资源现状利用水平和变化趋势，评价区域环境质量达标情况和演变趋势，区域生态系统结构与功能状况和演变趋势，明确区域主要生态环境问题、资源利用和保护问题及成因。对已开发区域进行环境影响回顾性分析，说明区域生态环境问题与上一轮规划实施的关系。明确提出规划实施的资源、生态、环境制约因素。

（4）环境影响识别与评价指标体系构建

识别规划实施可能影响的资源、生态、环境要素及其范围和程度，确定不同规划时段的环境目标，建立评价指标体系，给出评价指标值。

（5）环境影响预测与评价

设置多种预测情景，估算不同情景下规划实施对各类支撑性资源的需求量和主要污染物的产生量、排放量，以及主要生态因子的变化量。预测与评价不同情景下规划实施对生态系统结构和功能、环境质量、环境敏感区的影响范围与程度，明确规划实施后能否满足环境目标的要求。根据不同类型规划及其环境影响特点，开展人群健康风险分析、环境风险预测与评价。评价区域资源与环境对规划实施的承载能力。

（6）规划方案综合论证和优化调整建议

根据规划环境目标可达性论证规划的目标、规模、布局、结构等规划内容的环境合理性，以及规划实施的环境效益。介绍规划环评与规划编制互动情况。明确规划方案的优化调整建议，并给出调整后的规划布局、结构、规模、建设时序。

（7）环境影响减缓对策和措施

给出减缓不良生态环境影响的环境保护方案和管控要求。

（8）如规划方案中包含具体的建设项目，应给出建设项目环境影响评价的重点内容要求和简化建议

（9）环境影响跟踪评价计划

说明拟定的跟踪监测与评价计划。

（10）说明公众意见、会商意见回复和采纳情况

（11）评价结论

归纳总结评价工作成果，明确规划方案的环境合理性，以及优化调整建议和调整后的规划方案。

（三）图件要求

规划环境影响评价文件中图件一般包括规划概述相关图件，环境现状和区域规划相关图件，现状评价、环境影响评价、规划优化调整、环境管控、跟踪评价计划等成果图件。成果图件应包含地理信息、数据信息，依法需要保密的除外。

三、环境影响篇章及说明的编写内容

（1）环境影响分析依据

重点明确与规划相关的法律法规、政策、规划和环境目标、标准。

（2）现状调查与评价

通过调查评价区域资源利用状况、环境质量现状、生态状况及生态功能等，分析区域水资源、土地资源、能源等各类资源现状利用水平，评价区域环境质量达标情况和演变趋势，区域生态系统结构与功能状况和演变趋势等，明确区域主要生态环境问题、资源利用和保护问题及成因。明确提出规划实施的资源、生态、环境制约因素。

（3）环境影响预测与评价

分析规划与相关法律法规、政策、上层位规划和同层位规划在环境目标、生态保护、资源利用等方面的符合性和协调性。预测与评价规划实施对生态系统结构和功能、环境质量、环境敏感区的影响范围与程度。根据规划类型及其环境影响特点，开展环境风险预测与评价。评价区域资源与环境对规划实施的承载能力，以及环境目标的可达性。给出规划方案的环境合理性论证结果。

（4）环境影响减缓措施

给出减缓不良生态环境影响的环境保护方案和环境管控要求。针对主要环境影响提出跟踪监测和评价计划。

根据评价需要，在篇章（或说明）中附必要的图、表。

复习与思考题

1. 什么是规划环境影响评价？规划环境影响评价的目的有哪些？
2. 规划环境影响评价的形式有哪几种，如何确定？
3. 规划环境影响评价的工作内容包括哪些？

第十四章　环境影响评价文件编写

【知识目标】

了解环境影响评价文件的质量要求。

【能力目标】

掌握建设项目环境影响报告表的编写技能。

第一节　环境影响评价文件的质量要求

一、环境影响评价文件的类型

根据生态环境部《建设项目环境影响评价分类管理名录》，按照建设项目对环境的影响程度，将建设项目环境影响评价及环境影响评价文件类型分为三类。

（一）须编制环境影响报告书的项目

根据《建设项目环境影响评价分类管理名录》，建设项目对环境可能造成重大影响的，应当编制环境影响报告书，对建设项目产生的污染和对环境的影响进行全面的、详细的评价。对环境可能造成重大影响的项目是指：

①原料、产品或生产过程中涉及的污染物种类多、数量大或毒性大、难以在环境中降解的项目；

②可能造成生态系统结构重大变化、重要生态功能改变或生物多样性明显减少的项目；

③可能对脆弱生态系统产生较大影响或可能引发和加剧自然灾害的项目；

④容易引起跨行政区环境影响纠纷的建设项目；

⑤所有流域开发、开发区建设、城市新区建设和旧区改建等区域性开发活动或建设项目。

（二）须编制建设项目环境影响报告表的项目

根据《建设项目环境影响评价分类管理名录》，建设项目对环境可能造成轻度影响的，应当编制建设项目环境影响报告表，对项目产生的污染和对环境的影响进行分析或者专项评价。对环境可能造成轻度影响的项目是指：

①污染因素单一，而且污染物种类少、产生量小或毒性较低的项目；

②对地形、地貌、水文、土壤、生物多样性等有一定影响，但不改变生态系统结构和功能的项目；

③基本不对环境敏感区造成影响的小型建设项目。

（三）填报环境影响登记表的项目

根据《建设项目环境影响评价分类管理名录》，建设项目对环境影响很小的，不需要进行环境影响评价，应填报环境影响登记表。该类项目是指：

①基本不产生废水、废气、废渣、粉尘、恶臭、噪声、振动、热污染、放射性、电磁波等不利环境影响的建设项目；

②基本不改变地形、地貌、水文、土壤、生物多样性等，不改变生态系统结构和功能的建设项目；

③不对环境敏感区造成影响的小型建设项目。

需要指出的是，《建设项目环境影响评价技术导则 总纲》（HJ 2.1—2016）中所指的环境影响评价文件仅包括建设项目环境影响报告书和建设项目环境影响报告表，不包括环境影响登记表。

二、环境影响评价文件编制质量要求

环境影响评价文件是生态环境部门审批项目的重要技术依据，也是项目今后污染防治工作的指导性文件，其编制质量的好坏直接关系到环境影响评价制度的执行效果。对于环境影响评价文件编制的质量可以从政策层面和技术层面来分析。

（一）对环境影响评价文件质量在政策层面上的要求

能够符合生态环境部门审批要求的环境影响评价文件，应该是以国家环境保护法律法规为依据，充分满足建设项目环境管理各项规定的文件。

①环境影响评价文件应交代清楚项目的建设是否符合国家的环境保护相关法律法规规定。主要的就是《中华人民共和国环境保护法》《中华人民共和国环境影响评价法》《建设项目环境保护管理条例》以及单项法，项目的建设不得与法律法规有冲突，环境影响评价文件的编制必须在充分研读法律法规的基础上进行；

②环境影响评价文件应说明项目的建设是否符合部门规章、行业政策；

③环境影响评价文件中应对项目是否符合产业政策进行分析。以《产业结构调整指导目录（2019 年本）》为主要依据，兼顾地方产业政策的具体要求；

④环境影响评价文件中应说明项目建设的规划相符性，即分析项目建设是否符合区域发展规划、环境规划的要求。

（二）对环境影响评价文件质量在技术层面上的要求

①能够全面、客观、公正、概括地反映环境影响评价的全部工作；

②能够体现建设项目的工程特点，特别是产污环节、产污量、采用的污染防治措施的具体化；

③能够说明项目建成后对环境的影响程度，包括对环境敏感目标的影响程度，以及环境及受体的可接受性；

④有简洁明了的评价结论。

第二节　建设项目环境影响登记表的填写

一、建设项目环境影响登记表的格式及内容

《建设项目环境影响登记表备案管理办法》于 2017 年 1 月 1 日起施行。建设项目环境影响登记表备案采用网上备案方式。建设单位应当在建设项目建成并投入生产运营前，登录网上备案系统，在网上备案系统注册真实信息，在线填报并提交建设项目环境影响登记表。建设单位在线提交环境影响登记表后，网上备案系统自动生成备案编号和回执，该建设项目环境影响登记表备案即为完成。

登记表的格式及内容见表 14-1。

二、建设项目环境影响登记表填写要点

建设项目环境影响登记表的填写较为简单，填写时有以下注意事项：

①建设地点。建设项目的建设地点涉及多个县级行政区域的，建设单位应当分别向各建设地点所在地的县级生态环境主管部门备案；

②建设内容及规模。可填写建设内容和生产规模等，如建设标准厂房 1 栋，建筑面积 1 000 m^2；建设标准化猪场 1 座，年出栏生猪 200 头等；

③备案依据。备案依据必须按照《建设项目环境影响评价分类管理名录》正确填写。对按照《建设项目环境影响评价分类管理名录》应当编制环境影响报告书或者报告表的建设项目，建设单位擅自降低环境影响评价等级，填报环境影响登记表并办理备案手续，经查证属实的，县级生态环境主管部门认定建设单位已经取得的备案无效，向社会公布，并进行相应处罚。

表 14-1　建设项目环境影响登记表

填报日期：

<table>
<tr><td>项目名称</td><td colspan="3"></td></tr>
<tr><td>建设地点</td><td></td><td>占地（建筑、营业）面积/m²</td><td></td></tr>
<tr><td>建设单位</td><td></td><td>法定代表人或者主要负责人</td><td></td></tr>
<tr><td>联系人</td><td></td><td>联系电话</td><td></td></tr>
<tr><td>项目投资/万元</td><td></td><td>环保投资/万元</td><td></td></tr>
<tr><td>拟投入生产运营日期</td><td colspan="3"></td></tr>
<tr><td>项目性质</td><td colspan="3">□新建　□改建　□扩建</td></tr>
<tr><td>备案依据</td><td colspan="3">该项目属于《建设项目环境影响评价分类管理名录》中应当填报环境影响登记表的建设项目，属于第××类××项中××。</td></tr>
<tr><td>建设内容及规模</td><td colspan="3">□工业生产类项目□生态影响类项目□餐饮类项目□畜禽养殖类项目
□核工业类项目（核设施的非放射性和非安全重要建设项目）
□核技术利用类项目□电磁辐射类项目</td></tr>
<tr><td>主要环境影响</td><td>□废气
□废水
□生活污水
□生产废水
□固废
□噪声
□生态影响
□辐射环境影响</td><td>采取的环保措施及排放去向</td><td>□无环保措施：
直接通过____排放至____。
□有环保措施：
□____采取____措施后通过____排放至____。
□其他措施：____。</td></tr>
</table>

承诺：××（建设单位名称及法定代表人或者主要负责人姓名）承诺所填写各项内容真实、准确、完整，建设项目符合《建设项目环境影响登记表备案管理办法》的规定。如存在弄虚作假、隐瞒欺骗等情况及由此导致的一切后果由××（建设单位名称及法定代表人或者主要负责人姓名）承担全部责任。

法定代表人或者主要负责人签字：

备案回执

该项目环境影响登记表已经完成备案，备案号：××××××。

备案依据填写示例：该项目属于《建设项目环境影响评价分类管理名录》中应当填报环境影响登记表的建设项目，属于“第3牲畜饲养031；家禽饲养032；其他畜牧业039”（通过系统下拉菜单选择）项中“其他（规模化以下的除外）（具体规模化的标准按《畜禽规模化养殖污染防治条例》执行）”（通过系统下拉菜单选择）；

④主要环境影响。在系统上勾选环境要素后，再填写相应环保措施情况；

⑤打印、签字。登记表提交生成备案号后，需打印，由法定代表人或主要负责人签字备查。

第三节　建设项目环境影响报告表的编写

为深化建设项目环境影响评价“放管服”改革，优化和规范环境影响报告表编制，提高环境影响评价制度有效性，生态环境部修订了《建设项目环境影响报告表》内容及格式，根据建设项目环境影响特点将报告表分为污染影响类和生态影响类，配套制定了《建设项目环境影响报告表编制技术指南（污染影响类）（试行）》和《建设项目环境影响报告表编制技术指南（生态影响类）（试行）》。《建设项目环境影响报告表》内容、格式及编制技术指南，自2021年4月1日起实施。

本节内容仅介绍污染影响类建设项目环境影响报告表的编写要求。

一、建设项目环境影响报告表的格式及内容

《建设项目环境影响报告表（污染影响类）》主要包括建设项目基本情况、建设项目工程分析、区域环境质量现状、环境保护目标及评价标准、主要环境影响和保护措施、环境保护措施监督检查清单、结论等内容。

建设项目产生的环境影响需要深入论证的，应按照环境影响评价相关技术导则开展专项评价工作。根据建设项目排污情况及所涉环境敏感程度，确定专项评价的类别。大气、地表水、环境风险、生态和海洋专项评价具体设置原则见表14-2。土壤、声环境不开展专项评价。地下水原则上不开展专项评价，涉及集中式饮用水水源和热水、矿泉水、温泉等特殊地下水资源保护区的开展地下水专项评价工作。专项评价一般不超过两项，印刷电路板制造类建设项目专项评价不超过三项。

表14-2　专项评价设置原则表

专项评价的类别	设置原则
大气	排放废气含有毒有害污染物[1]、二噁英、苯并[a]芘、氰化物、氯气且厂界外500米范围内有环境空气保护目标[2]的建设项目

专项评价的类别	设置原则
地表水	新增工业废水直排建设项目（槽罐车外送污水处理厂的除外）； 新增废水直排的污水集中处理厂
环境风险	有毒有害和易燃易爆危险物质存储量超过临界量[3]的建设项目
生态	取水口下游500米范围内有重要水生生物的自然产卵场、索饵场、越冬场和洄游通道的新增河道取水的污染类建设项目
海洋	直接向海洋排放污染物的海洋工程建设项目

注1：废气中有毒有害污染物指纳入《有毒有害大气污染物名录》的污染物（不包括无排放标准的污染物）。

注2：环境空气保护目标指自然保护区、风景名胜区、居住区、文化区和农村地区中人群较集中的区域。

注3：临界量及其计算方法可参考《建设项目环境风险评价技术导则》（HJ 169）附录B、附录C。

二、建设项目环境影响报告表编写要点

建设项目环境影响报告表的编写因建设项目的不同在具体内容上也会有一定差异，但编写要点基本相同。

（一）建设项目基本情况

建设项目名称：指立项批复时的项目名称。无立项批复则为可行性研究报告或相关设计文件的项目名称。

项目代码：指发展改革部门核发的唯一项目代码。发展改革部门未核发项目代码，填写“无”。

建设地点：指项目具体建设地址。海洋工程建设地点应明确项目所在海域位置。

地理坐标：指建设地点中心坐标。坐标经纬度采用度分秒（秒保留3位小数）。

国民经济行业类别：填写《国民经济行业分类》小类。

建设项目行业类别：指《建设项目环境影响评价分类管理名录》中项目行业具体类别。

是否开工建设：填写是否开工建设。存在“未批先建”违法行为的，填写已建设内容、处罚及执行情况。

用地（用海）面积（m^2）：指建设项目所占有或使用的土地水平投影面积。租用建筑物的建设项目填写实际租用面积。海洋工程填写占用的海域面积。改建、扩建工程填写新增用地面积。

专项评价设置情况：需要设置专项评价的，填写专项评价名称，并参照表14-1说明设置理由。未设置专项评价的，填写“无”。

规划情况：填写建设项目所依据的行业、产业园区等相关规划名称、审批机关、审批文件名称及文号。无相关规划的，填写“无”。

规划环境影响评价情况：填写规划环境影响评价文件名称、召集审查机关、审

查文件名称及文号。未开展规划环境影响评价的，填写“无”。

规划及规划环境影响评价符合性分析：分析建设项目与相关规划、规划环境影响评价结论及审查意见的符合性。

其他符合性分析：分析建设项目与所在地“三线一单”（生态保护红线、环境质量底线、资源利用上线和生态环境准入清单）及相关生态环境保护法律法规政策、生态环境保护规划的符合性。

（二）建设项目工程分析

建设内容：填写主体工程、辅助工程、公用工程、环保工程、储运工程、依托工程，明确主要产品及产能、主要生产单元、主要工艺、主要生产设施及设施参数、主要原辅材料及燃料的种类和用量（改建、扩建及技改项目应说明原辅料及产品变化情况）。简要分析主要原辅料中与污染排放有关的物质或元素，必要时开展相关元素平衡计算。产生工业废水的建设项目应开展水平衡分析。明确劳动定员及工作制度。简述厂区平面布置并附图。

工艺流程和产排污环节：简述工艺流程和产排污环节，绘制包括产排污环节在内的生产工艺流程图。

与项目有关的原有环境污染问题：改建、扩建及技改项目说明现有工程履行环境影响评价、竣工环境保护验收、排污许可手续等情况，核算现有工程污染物实际排放总量，梳理与该项目有关的主要环境问题并提出整改措施。

（三）区域环境质量现状、环境保护目标及评价标准

区域环境质量现状：

①大气环境。常规污染物引用与建设项目距离近的有效数据，包括近 3 年的规划环境影响评价的监测数据，国家、地方环境空气质量监测网数据或生态环境主管部门公开发布的质量数据等。排放国家、地方环境空气质量标准中有标准限值要求的特征污染物时，引用建设项目周边 5 千米范围内近 3 年的现有监测数据，无相关数据的选择当季主导风向下风向 1 个点位补充不少于 3 天的监测数据。

根据建设项目所在环境功能区及适用的国家、地方环境质量标准，以及地方环境质量管理要求评价大气环境质量现状达标情况；

②地表水环境。引用与建设项目距离近的有效数据，包括近 3 年的规划环境影响评价的监测数据，所在流域控制单元内国家、地方控制断面监测数据，生态环境主管部门发布的水环境质量数据或地表水达标情况的结论；

③声环境。厂界外周边 50 米范围内存在声环境保护目标的建设项目，应监测保护目标声环境质量现状并评价达标情况。各点位应监测昼夜间噪声，监测时间不少于 1 天，项目夜间不生产则仅监测昼间噪声；

④生态环境。产业园区外建设项目新增用地且用地范围内含有生态环境保护目标时，应进行生态现状调查；

⑤电磁辐射。新建或改建、扩建广播电台、差转台、电视塔台、卫星地球上行站、雷达等电磁辐射类项目，应根据相关技术导则对项目电磁辐射现状开展监测与评价；

⑥地下水、土壤环境。原则上不开展环境质量现状调查。建设项目存在土壤、地下水环境污染途径的，应结合污染源、保护目标分布情况开展现状调查以留作背景值。

环境保护目标：

①大气环境。明确厂界外500米范围内的自然保护区、风景名胜区、居住区、文化区和农村地区中人群较集中的区域等保护目标的名称及与建设项目厂界位置关系；

②声环境。明确厂界外50米范围内声环境保护目标；

③地下水环境。明确厂界外500米范围内的地下水集中式饮用水水源和热水、矿泉水、温泉等特殊地下水资源；

④生态环境。产业园区外建设项目新增用地的，应明确新增用地范围内生态环境保护目标。

污染物排放控制标准：填写建设项目相关的国家、地方污染物排放控制标准，以及污染物的排放浓度、排放速率限值。

总量控制指标：填写地方生态环境主管部门核定的总量控制指标。没有总量控制指标的，填写“无”。

开展专项评价的环境要素，应在表格中填写调查和评价结果。

（四）主要环境影响和保护措施

施工期环境保护措施：填写施工扬尘、废水、噪声、固体废物、振动等防治措施。产业园区外建设项目新增用地的，应明确新增用地范围内生态环境保护目标的保护措施。

运营期环境影响和保护措施：

以下内容参考源强核算技术指南和排污许可证申请与核发技术规范要求填写。

①废气。产排污环节、污染物种类、污染物产生量和浓度，排放形式（有组织、无组织）、治理设施（处理能力、收集效率、治理工艺去除率、是否为可行技术）、污染物排放浓度（速率）、污染物排放量、排放口基本情况（高度、排气筒内径、温度、编号及名称、类型、地理坐标）、排放标准，监测要求（监测点位、监测因子、监测频次）。废气污染物排放源可列表说明，并在表格后以文字形式简单阐述其源强核算过程。结合源强、排放标准、污染治理措施等分析达标排放情况。生产设施开

停炉（机）等非正常情况应分析频次、排放浓度、持续时间、排放量及措施。

废气污染治理设施未采用污染防治可行技术指南、排污许可技术规范中可行技术或未明确规定为可行技术的，应简要分析其可行性。

结合建设项目所在区域环境质量现状、环境保护目标、项目采取的污染治理措施及污染物排放强度、排放方式，定性分析废气排放的环境影响；

②废水。产排污环节、类别、污染物种类、污染物产生浓度和产生量，治理设施（处理能力、治理工艺、治理效率、是否为可行技术）、废水排放量、污染物排放量和浓度、排放方式（直接排放、间接排放）、排放去向、排放规律、排放口基本情况（编号及名称、类型、地理坐标）、排放标准，监测要求（监测点位、监测因子、监测频次）。结合源强、排放标准、污染治理措施等分析达标情况。

废水污染治理设施未采用污染防治可行技术指南、排污许可技术规范中可行技术或未明确规定为可行技术的，应简要分析其可行性。

废水间接排放的建设项目应从处理能力、处理工艺、设计进出水水质等方面，分析依托集中污水处理厂的可行性；

③噪声。明确噪声源、产生强度、降噪措施、排放强度、持续时间，分析厂界和环境保护目标达标情况，提出监测要求（监测点位、监测频次）；

④固体废物。明确产生环节、名称、属性（一般工业固体废物、危险废物及编码）、主要有毒有害物质名称、物理性状、环境危险特性、年度产生量、贮存方式、利用处置方式和去向、利用或处置量、环境管理要求；

⑤地下水、土壤。分析地下水、土壤污染源、污染物类型和污染途径，按照分区防控要求提出相应的防控措施，并根据分析结果提出跟踪监测要求（监测点位、监测因子、监测频次）；

⑥生态。产业园区外建设项目新增用地且用地范围内含有生态环境保护目标的，应明确保护措施；

⑦环境风险。明确有毒有害和易燃易爆等危险物质和风险源分布情况及可能影响途径，并提出相应环境风险防范措施；

⑧电磁辐射。明确电磁辐射源布局、发射功率、频率范围、天线特性参数、运行工况，电磁辐射场强分布情况，环境保护目标达标情况，监测要求（监测点位、监测频次）。当建设项目存在多个电磁辐射源时，应考虑其对环境保护目标的综合影响，并说明相应的环境保护措施。

开展专项评价的环境要素，应在表格中填写主要环境影响评价结论。

（五）环境保护措施监督检查清单

按要素填写相关内容。

（六）结论

从环境保护角度，明确建设项目环境影响可行或不可行的结论（无须重复前文所述的项目概况、具体的影响分析及保护措施等内容）。

附表：填写建设项目污染物排放量汇总表，其中现有工程污染物排放情况根据排污许可证执行报告填写，无排污许可证执行报告或执行报告中无相关内容的，通过监测数据核算现有工程污染物排放情况。

（七）其他要求

①涉密建设项目应按照国家有关规定执行，非涉密建设项目不应包含涉密数据及图件；

②报告表中含有知识产权、商业秘密等不可公开内容的应注明并说明理由，未注明的视为可公开内容；

③附图主要包括建设项目地理位置图、厂区平面布置图、环境保护目标分布图，根据项目实际情况可附具现状监测布点图、地下水和土壤跟踪监测布点图等。附图中应标明指北针、图例及比例尺等相关图件信息。

第四节 环境影响报告书编写要点

一、环境影响报告书内容及章节设置

《中华人民共和国环境影响评价法》第十七条规定，建设项目的环境影响报告书应当包括：建设项目概况；建设项目周围环境现状；建设项目对环境可能造成影响的分析、预测和评估；建设项目的环境保护措施及其技术、经济论证；建设项目对环境影响的经济损益分析；对建设项目实施环境监测的建议；环境影响评价的结论等七个方面的内容，但对具体的章节没有硬性要求。

《建设项目环境影响评价技术导则 总纲》（HJ 2.1—2016）规定，以污染影响为主的建设项目一般包括概述、总则、建设项目工程分析、环境现状调查与评价、环境影响预测与评价、环境保护措施及其可行性论证、环境影响经济损益分析、环境管理与监测计划、环境影响评价结论和附录、附件等内容。生态影响为主的建设项目还应设置施工期、环境敏感区、珍稀动植物、社会影响等专题。

二、环境影响报告书编制的总体要求

①概述可简要说明建设项目的特点、环境影响评价的工作过程、分析判定相关

情况、关注的主要环境问题及环境影响、环境影响评价的主要结论等。总则应包括编制依据、评价因子与评价标准、评价工作等级和评价范围、相关规划及环境功能区划、主要环境保护目标等。附录和附件应包括项目依据文件、相关技术资料、引用文献等；

②应概括地反映环境影响评价的全部工作成果，突出重点。工程分析应体现工程特点，环境现状调查应反映环境特征，主要环境问题应阐述清楚，影响预测方法应科学，预测结果应可信，环境保护措施应可行、有效，评价结论应明确；

③文字应简洁、准确，文本应规范，计量单位应标准化，数据应真实、可信，资料应详实，应强化先进信息技术的应用，图表信息应满足环境质量现状评价和环境影响预测评价的要求。

三、环境影响报告书编写要点

建设项目内容不同，其编写的环境影响报告书的内容也不相同，但无论什么项目在报告书的编制或者环境影响评价工作中都必须注意下列要点。

（一）项目建设合理合法性分析

全面落实科学发展观，实施可持续发展战略，迫使我们在建设项目的选择上更多地顾及环境的需求。为此，在环境影响报告书的编制过程中应首先对建设项目的建设合理合法性进行充分分析。

1．项目产业政策相符性分析

首先从国家产业政策、区域产业政策、行业产业政策和技术政策入手，分析该建设项目是否符合要求。按照《产业结构调整指导目录（2019 年本）》的要求，国家将不同的项目分为鼓励类、限制类和淘汰类，其中淘汰类和限制类明确规定是不准新建设的，鼓励类是国家鼓励的项目，而产业政策中未列出的，属于国家允许类项目。除了国家产业政策外，在分析项目产业政策相符性时，还必须注意区域、行业的产业政策。

2．项目规划相符性分析

主要是指应从区域发展规划、环境规划等方面入手，分析项目建设与这些规划的相符性，有没有冲突的地方。对于符合地方总体发展规划、环境规划要求的项目应积极予以肯定。

3．项目选址合理性分析

注意分析项目所在区域位置的环境敏感性，处理好项目建设与环境保护目标之间的矛盾关系，对于违背国家相关法律法规的选址，应明确另址建设（如选址处于各级水源保护区的项目）。

4．项目环境影响经济损益分析

以建设项目实施后的环境影响预测与环境质量现状进行比较，从环境影响的正负两方面，以定性与定量相结合的方式，对建设项目的环境影响后果（包括直接和间接影响、不利和有利影响）进行货币化经济损益核算，估算建设项目环境影响的经济价值。

（二）工程分析应突出特点，找到潜在的主要环境问题

工程分析部分是环境影响报告书编制的重点内容，也是反映环境影响评价工作成果的重点部分，该部分必须明确以下内容：

①项目的主要工艺流程及产污环节，特征污染物及主要污染物产生量核算；

②项目拟采用的污染防治措施及可行性分析；

③环境风险源分析；

④项目建成后可能存在的环境问题及环境风险。

（三）环境影响分析应全面

环境影响预测分析凝聚了环境影响评价的主要成果，该部分应交代清楚项目不同时期（营运期、施工期、退役期）、不同工况（正常排放、事故排放），对环境敏感目标的影响大小及接受程度。

（四）重视环境风险评价

随着我国经济不断增长，环境风险事故频频发生，直接影响人民群众的生命财产安全，同时也影响相关企业的正常生产和社会经济的稳定发展。在建设项目环境影响评价中设置环境风险评价专题就是为了重视环境风险，通过制定管理和减缓措施，最大限度地减少项目建成后的环境风险。

（五）提出切实可行的污染防治措施

环境影响报告书中应重视对提出的污染防治措施的技术、经济可行性分析，只有技术经济可行的措施，才是可靠的。

（六）环境影响评价结论应简单、明晰

环境影响报告书的结论就是全部评价工作成果的集中体现，编写时要在概括和总结全部评价工作的基础上，简洁、准确、客观地总结建设项目实施过程各阶段的生产和生活活动与当地环境的关系，明确一般情况下和特定情况下的环境影响，规定采取的环境保护措施，最后从环境保护角度分析，得出建设项目是否可行的结论。具体应包括以下内容：

①概括描述环境现状，指出项目所在区域已经存在的主要环境质量问题和限制性因素；

②简要说明建设项目的影响源及污染源状况，具体包括污染源及污染物位置、数量、种类、浓度、排放量及排放方式等；

③概括总结环境影响的预测和评价结果，明确不同阶段、不同时期项目带来的环境影响是否可以接受；

④有针对性地对环保措施提出改进建议；

⑤从产业政策、环境保护政策、生态保护和建设规划的一致性、规划相容性、清洁生产水平、环保措施、达标排放和总量控制、公众参与等方面对项目建设的环境可行性给出明确的结论。

复习与思考题

1. 环境影响评价文件的类型有几种？
2. 对环境影响评价文件质量有什么要求？
3. 结合实际案例编制一份建设项目环境影响报告表。

参考文献

[1] 刘晓冰．环境影响评价．北京：中国环境科学出版社，2012.

[2] 张敬东．环境科学与大学生环境素质．北京：清华大学出版社，2015.

[3] 朱源，袁彦婷，姚荣．建设项目环境影响评价“放管服”的地方经验和改革建议[J]．环境保护，2019，（22）：21-25.

[4] 于新．环境影响评价工作存在问题及对策分析[J]．科技创新与应用，2019，（31）：128-129.

[5] 朱源．国际环境政策与治理．北京：中国环境出版社，2015.

[6] 刘绮，潘伟斌．环境质量评价．广州：华南理工大学出版社，2004.

[7] 朴光洙，刘定慧，马品懿．环境法与环境执法．北京：中国环境科学出版社，2002.

[8] 李淑芹，孟宪林．环境影响评价（第二版）．北京：化学工业出版社，2018.

[9] 沈洪艳．环境影响评价教程．北京：化学工业出版社，2018.

[10] 生态环境部环境工程评估中心．环境影响评价相关法律法规．北京：中国环境出版集团，2019.

[11] 生态环境部环境工程评估中心．环境影响评价技术导则与标准．北京：中国环境出版集团，2019.

[12] 生态环境部环境工程评估中心．环境影响评价技术方法．北京：中国环境出版集团，2019.

[13] 生态环境部环境工程评估中心．环境影响评价案例分析．北京：中国环境出版集团，2019.

[14] 王大纯，张人权，史毅虹，等．水文地质学基础．北京：地质出版社，1995.

[15] 张元禧，施鑫源．地下水水文学．北京：中国水利水电出版社，1998.10.

[16] 薛禹群．地下水动力学．北京：地质出版社，1997.

[17] 陈刚，刘晰岚，严维．关于地下水常见分类方法的初步总结[J]．科技视界，2012，（29）：197-205.

[18] 蒋维湄，孙鉴宁，曹文俊，等．空气污染物气象学教程．北京：气象出版社，2004.

[19] 生态环境部．2019 年全国大、中城市固体废物污染环境防治年报．

[20] 龚子同．中国土壤地理．北京：科学出版社，2018.

[21] 陈怀满．环境土壤学（第三版）．北京：科学出版社，2019.

[22] 张乃明．环境土壤学．北京：中国农业大学出版社，2013.

[23] 骆永明．中国土壤污染与修复研究二十年（英文版）．北京：科学出版社，2016.

[24] 赵雪莲，王黎黎．浅论我国的土壤污染与防治[J]．内蒙古民族大学学报，2008，（14）：110.

[25] 黄中华，孙秀云，韩卫清．环境模拟与评价．北京：北京航空航天大学出版社，2015.

[26] 胡二邦．环境风险评价实用技术和方法．北京：中国环境科学出版社，2000.

[27] 陈汀筑．环境工程基础．武汉：武汉理工大学出版社，2002.
[28] 环境保护部．建设项目环境影响评价技术导则 总纲．北京：中国环境出版社，2016.
[29] 生态环境部．环境影响评价技术导则 地表水环境．北京：中国环境出版集团，2019.
[30] 环境保护部．环境影响评价技术导则 地下水环境．北京：中国环境出版社，2016.
[31] 生态环境部．环境影响评价技术导则 大气环境．北京：中国环境出版集团，2018.
[32] 环境保护部．环境影响评价技术导则 声环境．北京：中国环境科学出版社，2010.
[33] 生态环境部．环境影响评价技术导则 土壤环境（试行）．北京：中国环境出版集团，2019.
[34] 环境保护部．环境影响评价技术导则 生态影响．北京：中国环境科学出版社，2011.
[35] 生态环境部．建设项目环境风险评价技术导则．北京：中国环境出版集团，2019.
[36] 生态环境部．规划环境影响评价技术导则 总纲．北京：中国环境出版集团，2020.
[37] 生态环境部．污染源源强核算技术指南 准则．北京：中国环境出版集团，2018.